호남문집 소재(所載) 일기류 자료

"이 저서는 2014년도 대한민국 교육부와 한국학중앙연구원(한국학진흥사업단)을 통해 창의연구지원 시범사업의 지원을 받아 수행된 연구임(AKS-2014-ORS-1120003)"

호남문집 소재(所載) 일기류 자료

김미선 지음

경인문화사

머리말

본 저서는 호남문집 소재 일기류 자료에 대한 종합적인 조사·연구 결과물로서, 565편 일기를 시기별, 내용별로 정리하였고, 특징과 활용을 살폈다.

호남일기에 대한 전반적인 조사 및 정리는 매우 미흡한 실정으로, 『표해록』, 『미암일기』 등 일부 개별 작품에 대한 연구는 많이 이루어졌지만, 호남일기가 얼마나 되며 어떠한 일기들이 있는지 전체적인 현황이 파악되지 않았다.

개인이 소장한 일기, 필사본 일기 등의 조사는 인력과 시간의 문제로 뒤로 미루더라도 문집 소재 일기를 먼저 조사·정리하여 호남의 일기를 파악하는 것이 필요하다고 판단하여 본 연구를 진행하였다. 현황파악이 먼저 되어야 앞으로 호남일기 연구의 활성화에 기여하고, 다양한 연구 자료를 제공할 수 있을 것이기 때문이다.

또한 문집 내에 수록된 일기는 후손들에 의해 중요성이 인정된 작품이라는 점에서 의미가 있다고 보았다. 후손들이나 후학들이 작자의 글을 수합하여 문집을 간행하면서, 일상적이면서 정제하지 않은 글인 일기를 넣었다는 것은 그만큼 중요성을 인정한 것으로 보아야하기 때문이다.

호남문집 소재 일기에 대한 종합적 조사를 시행한 본 저서를 통해 연구자들, 일반 대중들에게 최대한 많은 호남문집 소재 일기를 제공하여 호남의 일기, 문집 소재 일기에 대한 연구의 활성화에 기여하고자 하였다.

그렇기 때문에 일기의 범위를 넓게 하여, 경험을 시간순으로 기록하여 문집에 실리기 전의 모습이 일기 형식일 것으로 추정되는 글의 경우, 날짜가 나오지 않아도 일기의 범위에 포함시켰다. 또한 단 하루 일만을 적은 것도 포함시켰으며, 저자의 직접 경험이 아닌 역사적으로 중요한 사건을 일기 형식으로 정리한 기사(記事) 종류도 연구대상에 포함시켰다.

일기를 최대한 많이 사람들에게 제공하고자 하는 의도에 의해 연구 결과로 출간되는 본 저서의 제목도 '호남문집 소재(所載) 일기류 자료'라고 하였다. 날짜별로 기록한 완벽한 형태의 일기뿐 아니라 일기류로 볼 수 있는 자료를 모두 포함한 것을 드러내기 위해서이다.

연구의 대상인 호남문집은 '호남권(광주·전남·전북·제주)에서 출생하였거나 이 지역과 긴밀한 관련을 맺은 인물의 개인 한문문집'을 말한다. 호남지역에서 태어나 살다가 호남지역에서 사망한 인물은 논란이 없지만, 호남지역에서 일정 기간만 살았던 인물의 경우에는 호남인물로 보는 것에 논란이 있을 수 있다. 본 연구에서는 최대한 많은 자료를 제공하여 앞으로의 연구에 기여하고자 하기 때문에, 호남지역과 관련이 있으며 선행 연구에서 호남문집으로 본 경우에는 최대한 연구대상에 포함시켰다.

본 저서의 Ⅰ장은 서론의 역할을 하는 장으로, 호남문집 소재 일기의 조사 과정, 본 연구에서의 일기 범주 등을 설명하였다. Ⅱ장에서는 호남문집 소재 일기의 시기별 현황을 살폈다. 이 부분에서는 각 세기별로 일기 목록 전체를 먼저 제시하여 어떠한 일기가 있는지를 누구나 쉽게 파악할 수 있도록 하였다.

Ⅱ장에서 일기자료 제시에 집중하였다면 Ⅲ장에서는 내용별 일기를

각 특성에 맞게 재분류하고, 작품 원문 예시를 들면서 어떠한 내용들을 담고 있는지 살펴보고자 하였다. Ⅳ장과 Ⅴ장에서는 호남문집 소재 일기의 특징과 활용을 살펴서 호남문집 소재 일기 전체를 종합적으로 보고자 하였다.

마지막으로 말미에 부록으로 '호남문집 소재 일기류 자료 목록(문집 저자명 가나다순)'을 수록하였다. Ⅱ장에 목록이 제시되긴 하지만 세기별로 나뉘어져 있으며, 저자 생몰연도순으로 목록이 제시되어 해당 세기를 모르는 경우에는 일기를 찾는 데 어려움이 있을 수 있다. 호남문집 소재 일기에 어떤 일기가 있는지 한 눈에 볼 수 있게 말미에 목록 전체를 수록하되, 문집 저자명 가나다순으로 편집하여 사전처럼 쉽게 찾을 수 있도록 하였다.

Ⅱ장에 이미 일기 기간, 내용 요약까지 담은 목록이 제시되었기 때문에 여기에서는 문집 저자, 일기명, 수록 문집, 해당 세기, 내용 분류 등 5가지 항목만 간략히 제시하였다. 이 부록에서 일기를 찾게 되면 해당 세기나 내용 분류 부분에서 자세한 내용은 확인할 수 있을 것이다.

본 저서는 2014년도 대한민국 교육부와 한국학중앙연구원을 통해 창의연구지원 시범사업의 지원을 받아 수행된 연구의 결과물로서, 연구기간은 2014년 12월 31일부터 2017년 6월 30일까지였으며, 2017년 12월에 결과보고서를 제출하여 2018년 3월에 최종 결과를 통보받았다.

그렇기 때문에 본 저서는 2014년 12월부터 2017년 12월까지의 연구 내용을 바탕으로 하고 있으며, 2018년 결과 통보 이후에는 심사의견을 바탕으로 수정하는 작업을 진행하였다. 저서에서 제시되는 누리집 등은 2017년 12월까지의 상황임을 밝히는 바이며, 두 차례의 연차보고, 한 차례의 결과보고를 하면서 심사받은 내용을 반영하여 1인 연구의 독단에 빠지지 않도록 노력하였다. 또한 본 저서가 출판되기 전에 이 연구 내용과 관련하여 두 편의 논문을 발표하였으며, 이에 대한 사항은 첫 번째 각주에서 구체적으로 설명하였다.

호남일기가 얼마인지 전체적인 조사가 이루어지지 않은 상황에서 이 연구는 호남일기 연구의 기초가 될 것이라 생각한다. 또한 강원, 경기, 영남, 충청 등 지역별 문집 소재 일기에 대한 종합적 조사·연구의 시발점이 될 수 있기를 바란다.

본 저서 집필의 가장 큰 아쉬운 점은 다른 지역 문집 소재 일기와의 비교 연구를 하지 못했다는 점이다. 다른 지역 문집 소재 일기에 대한 정리가 이루어진다면, 이에 대한 비교 연구를 통해 호남지역만의 특성을 더 드러낼 수 있을 것이다. 이는 추후 연구 과제로 남겨 둔다.

아울러 본 저서에서는 방대한 일기를 다루다 보니, 전체적인 자료 소개에 치중하였고 다양한 개별 작품 하나하나를 보여주지는 못하였다. 본 저서를 통해 알려지지 않았던 일기를 비롯한 호남문집 소재 일기 565편에 대한 정보를 제공하였으니, 추후 개별 작품까지 연구가 활성화될 수 있기를 기대한다.

필자는 앞으로도 일기에 관심을 가지고 연구를 진행할 것이며, 추후 호남의 필사본 일기, 호남지역을 배경으로 한 일기 등 호남지역 일기는 물론 기행일기, 유배일기 등 지역 제한을 두지 않고 장르별 일기도 다양하게 연구하고자 한다. 이러한 연구들이 한국의 일기문학 연구에 작게나마 기여할 수 있기를 기대한다.

2018년 8월
김미선

차 례

머리말

Ⅰ. 호남문집과 일기류 자료의 수록

1. 호남문집의 현황과 일기류 자료 조사[1]

일기는 초고의 형태로 전해지는 경우가 있고, 후손들이 문집을 간행하면서 일기의 전체나 일부를 문집에 수록하여 문집의 일부로 전해지는 경우가 있다. 특별한 경우 일기가 별도로 간행되어 전해지는 경우도 있지만, 이는 수적으로 적은 편이다. 본 저서에서 주목하는 것은 바로 문집에 수록된 일기이다.[2]

초고 형태의 일기는 작자가 쓴 원저작의 모습을 그대로 간직하고 있

---

1) 본 저서의 출간 전에 소논문「문집 부록에 수록된 일기의 양상과 의의 - 호남문집을 대상으로」(『국학연구』29, 한국국학진흥원, 2016, 4월)와「호남문집 소재 일기류 자료의 현황과 가치」(『국학연구』31, 한국국학진흥원, 2016, 12월)를 발표하였다. 이는 본 연구의 일환으로 발표된 것으로서, 호남문집 소재 일기에 대한 관심을 환기시키고, 이에 대한 연구가 진행되고 있음을 알리기 위한 것이었다.
「문집 부록에 수록된 일기의 양상과 의의 - 호남문집을 대상으로」는 호남문집 소재 일기 관련한 필자의 연구 중 처음으로 학계에 발표된 것으로 호남문집 소재 일기를 연구하는 이유, 호남문집 소재 일기를 조사하는 과정을 논문의 1장과 2장에 밝혔다. 본 절의 내용은 논문의 1장·2장의 내용과 일부 겹치는 부분이 있으며, 그 경우에는 문단의 끝에 각주로 논문의 쪽수를 표시하였다.
또한「호남문집 소재 일기류 자료의 현황과 가치」는 2016년 11월까지 조사한 호남문집 소재 일기 562편을 대상으로 시기별 현황과 가치를 밝힌 것이다. 이 논문의 2장 '호남문집 소재 일기류 자료의 현황'은 본 저서 Ⅲ장의 내용을 미리 연구자들에게 알리는 성격이 강하다. 그러나 이 논문에서는 지면의 제약으로 인해 일기의 목록을 제시하지 못하였고 내용도 소략한 편이다. 본 저서의 Ⅲ장에서는 일기의 시기별 목록 전체를 직접 제시하였고, 논문 발표 이후에 추가 조사된 일기도 포함하였으며, 내용도 훨씬 확장되고 자세하다. 이처럼 본 저서에는 위 두 편 논문의 내용이 일부 포함되었으나 전체의 10% 정도에 해당하며, 연구의 최종 성과가 본 저서임을 밝혀둔다.
2) 김미선,「문집 부록에 수록된 일기의 양상과 의의 - 호남문집을 대상으로」,『국학연구』29, 한국국학진흥원, 2016, 212쪽.

어 최초의 형태를 볼 수 있다는 점에서 의미가 있다. 하지만 전해지지 못하고 멸실되는 경우가 많고, 현전하고 있더라도 개인이 소장하고 있는 경우가 많아 조사가 매우 어렵다. 문집 내에 수록된 일기는 후손들에 의해 중요성이 인정된 작품이다. 일기는 지극히 일상적이고 신변잡기적인 글이다. 기록 정신이 투철했고 글쓰기가 생활화되었던 조선의 많은 선비들이 일기를 썼을 것이라고 추정된다. 그런데 후손들이나 후학들이 작자의 글을 수합하여 문집을 간행하면서, 지극히 개인적인 글인 일기를 문집에 수록하였다는 것은 특별한 경험, 내용의 풍부함, 진솔한 감정 표현 등으로 인해 의미 있는 작품으로 판단했기 때문일 것이다.3)

　호남일기가 얼마나 있는지, 어떤 사람들이 일기를 남겼는지 전체적인 현황이 파악되지 않은 현상황에서 호남일기를 조사하여 전체 규모를 파악하고, 일기의 현황을 살피는 것은 매우 필요한 일이다.4) 개인 소장 필사본 일기까지 조사하는 것은 많은 시간과 인력을 필요로 하므로, 이는 추후 연구 과제로 남겨두고, 본 저서에서는 호남문집에 수록된 일기를 조사·연구하는 것을 목표로 하였다. 이를 통해 호남일기의 전체 현황과 특징을 파악할 뿐만 아니라, 호남일기에 대한 다양한 연구자료를 제공하여, 호남일기 연구의 활성화에도 기여하고자 한다. 또한 문집 소재 일기를 자료로 하여 필사본 일기의 역추적과 조사에도 도움이 될 것이다.

　본 저서를 통해 연구자들, 일반 대중들에게 최대한 많은 호남문집 소재 일기를 제공하여 호남의 일기, 문집 소재 일기에 대한 연구의 활성화에 기여하고자 한다. 그렇기 때문에 일기의 범위를 넓게 하여, 조사를

---

3) 김미선, 「문집 부록에 수록된 일기의 양상과 의의 - 호남문집을 대상으로」, 『국학연구』29, 한국국학진흥원, 2016, 213쪽.

4) 호남일기 연구의 현황에 대해서는 김대현, 김미선의 논문 「호남지방 일기자료 정리의 현황과 과제」(『호남문화연구』58, 전남대학교 호남학연구원, 2015) 참조.

하는 과정에서 날짜가 나온 것으로만 국한하지 않았다. 경험을 시간순
으로 기록하여, 문집에 실리기 전의 모습이 일기 형식일 것으로 추정되
는 글의 경우, 날짜가 나오지 않아도 일기의 범위에 포함시켰다. 단 하
루 일만을 적은 것도 포함시켰으며, 저자의 직접 경험이 아닌 역사적으
로 중요한 사건을 일기 형식으로 정리한 '기사(記事)' 종류도 연구대상
에 포함시켰다. 이와 관련하여서는 2절 '호남문집에 실린 다양한 일기류
자료'에서 좀 더 구체적으로 살펴보도록 하겠다.

  일기를 최대한 많이 사람들에게 제공하고자 하는 의도로 본 저서의
제목도 '호남문집 소재 일기류 자료'라고 하였다. 저서 제목과 장, 절의
제목에는 '일기류 자료'라는 용어를 쓰지만, 본문에서는 '일기류 자료'라
는 용어가 길기 때문에 편의상 '일기'라는 용어를 사용하였다.

  연구의 대상인 호남문집은 '호남권(광주·전남·전북·제주)에서 출생하
였거나 이 지역과 긴밀한 관련을 맺은 인물의 개인 한문문집'5)을 말한
다. 이는 호남문집에 대한 가장 많은 연구 성과를 남긴 호남지방문헌연
구소(구 전남대학교 호남한문고전연구실)의 정의를 따른 것이다. 호남에
서 출판된 문집, 호남지역에 소장된 문집도 호남문집이라 칭하기도 한
다. 하지만 본 논문에서는 간행, 보관과 상관없이 저자를 중심으로 호남
문집의 범위를 정하였다.

  호남지역에서 태어나 살다가 호남지역에서 사망한 인물은 논란이 없
지만, 호남지역에서 일정 기간만 살았던 인물의 경우에는 호남인물로
보는 것에 논란이 있을 수 있다. 본 연구에서는 최대한 많은 자료를 제
공하여 앞으로의 연구에 기여하고자 하기 때문에, 선행 연구에서 호남

---

5) 전남대학교 호남한문고전연구실, 『호남문집 기초목록』, 전남대학교출판부, 2014,
  14쪽.

문집으로 본 경우에는 최대한 연구대상에 포함시켰다. 예컨대 최익현(崔益鉉, 1833~1906)의 경우 경기도 포천 출신이지만 호남에서 의병활동을 하였고, 선행 연구에서 그의 문집인 『면암집(勉菴集)』을 호남문집에 포함시켰기 때문에6) 본 연구에서도 연구대상에 넣었다.

아울러 본 저서에서는 호남문인의 문집에 수록된 일기만을 연구하는 것으로 범위를 제한하였지만, 호남문인이 아닌 다른 지역 문인이 호남지역에서 있었던 일을 기록한 일기도 의미가 있다. 때로는 호남문집 소재 일기보다 더 호남의 특색이 잘 드러나는 일기가 있기도 하다. 이러한 호남을 배경으로 한 일기에 대해서는 추후 별도로 연구를 진행하고자 하며, 본 저서에서는 호남문집 소재 일기에 집중할 것이다.

문집은 작자가 남긴 문학작품을 모은 것으로 문집 안에는 한시를 비롯하여, 시조, 서간문, 격문, 실기 등 다양한 글이 망라되어 있고, 행장, 묘갈명 같은 작자의 전기적 사실에 대한 기록도 실려 있다. 그렇기에 문집은 한 개인의 성과물이자 지나간 역사의 총체적 집약체이다.7) 문집의 작자들은 다양하고 많은 작품들을 남겼고, 이 작품들은 문집을 편찬한 후손, 후학들에 의해 선택되어 문집에 실리게 되었다. 호남지역의 한문문집은 약 3,000종으로 추정되는데, 그중 일기는 얼마나 수록되어 있으며, 어떠한 내용을 담고 있을까? 이 의문을 풀기 위해서는 먼저 호남문집에 대한 조사가 선행되어야 한다.

호남문집에 대한 조사는 양의 방대함으로 인해 개인이 수행하기에는 어려움이 많다. 다행히 호남문집에 대한 중요성이 인식되어, 그동안 여

---

6) '호남기록문화유산' 누리집의 문집 분야에 『면암집』 기초DB가 구축되어 있고, 같은 누리집 내 '호남인물검색시스템'에는 최익현에 대한 인물설명이 있다.

7) 김미선, 『호남의 포로실기 문학』, 경인문화사, 2014, 20쪽.

러 연구 성과가 있어왔다. 간명해제집, 상세해제집, 목록집 등의 형태로
이루어졌는데 이러한 연구 성과를 통해 호남의 문집과 수록 내용을 확
인할 수 있다. 다음은 호남문집에 대한 기관별 연구 성과를 정리한 것이
다.[8]

〈전북대학교 전라문화연구소의 호남문집 연구 성과〉

서명	출판연도	수록 문집 수	비고
전라문화의 맥과 전북 인물	1990년	600여 종	- 호남문집에 대한 최초의 해제본 - 간략한 해제 수록

〈전남대학교 인문과학연구소의 호남문집 연구 성과〉

서명	출판연도	수록 문집 수	비고
광주권문집해제	1992년	310종	- 문집의 서명, 저자, 서지의 내용을 앞에 밝히고, 해제를 실은 후, 마지막에 문집의 세부목차 수록
전남권문집해제 Ⅰ·Ⅱ	1997년	514종	

〈민족문화추진회 부설 국역연수원 전주분원·호남고전문화연구원의 호남문집 연구 성과〉

서명	권호	수록 문집	총 수량	비고
전북 선현 문집 해제	1권	간재의 학통 10종, 간재의 문인 15종	25종	- 저자의 연보를 비롯한 상세한 해제 및 세부 목차 수록
	2권	간재의 문인	23종	
	3권	간재의 문인	23종	
	4권	노송(蘆松)의 문인 : 노사(蘆沙)와 그 고제(高弟) 10종 노송의 문인 : 노송 제자 17종	27종	
	5권	남원 편	45종	

8) 김대현·김미선, 「호남문집 정리의 현황과 과제」, 『호남문화연구』54, 전남대학교 호남학연구원, 2013, 149~167쪽 참조.

서명	권호	수록 문집	총 수량	비고
	6권	고창 편	30종	
	7권	전주·완주 편	19종	
	8권	부안 편	28종	
	9권	군산·익산 편	24종	
	10권	무주·진안·장수 편	24종	

〈호남지방문헌연구소9)의 호남문집 연구 성과〉

순번	연구 성과명	형태	간행연도	비고
1	춘강문고목록	출판도서 (전남대학교출판부)	2007	춘강 유재영 교수 기증 문헌 목록
2	20세기 호남 한문문집 간명해제	출판도서 (경인문화사)	2007	문집해제 1,002종
3	20세기 호남 주요 한문문집 해제	출판도서 (전남대학교출판부)	2007	문집 상세해제 33종
4	호남지역 한문문집 예비목록	보고서	2009	문집 2,209종
5	호남지역 간행본 한문문집 간명 해제(상·하)	출판도서 (전남대학교출판부)	2010	문집해제 1,470종
6	호남 주요 인물 전기자료 (표점·주해본)	출판도서 (전남대학교출판부)	2010	인물 100여 명에 대한 전기자료
7	호남문집 기초목록	출판도서 (전남대학교출판부)	2014	2,600여 종 문집의 간략 정보 수록
8	호남문집 기초DB	DB, 보고서	2010~2017	문집 기초DB 1,530종

---

9) 구 전남대학교 호남한문고전연구실. 2016년 2월부터 이름을 호남지방문헌연구소로 바꾸고 연구를 진행하고 있다. 그 이전에 출간된 저서의 경우 본 저서에서 '호남한문고전연구실'이라는 명칭을 사용하였다.

〈지역 단체의 호남문집 연구 성과〉

순번	서명	단체명	간행연도	비고
1	한시문 I	전남고시가연구회	1992	문집해제 50종
2	한시문 II	전남고시가연구회	1995	문집해제 34종
3	보성문학대간	보성문학회	1997	문집해제 108종
4	장흥문집해제	장흥문화원	1997	문집해제 125종
5	강진문집해제1	강진군문화재연구소	2008	문집해제 42종

호남문집에 실린 일기를 조사하기 위해서는 작품의 구체적 제목을 알수 있어야 한다. 위의 연구 성과들 중 세부목차까지 싣고 있는 것은 전남대학교 인문과학연구소의 『광주권문집해제』·『전남권문집해제』, 민족문화추진회 부설 국역연수원 전주분원과 호남고전문화연구원의 『전북선현 문집 해제』1~10, 호남지방문헌연구소의 『20세기 호남 주요 한문문집 해제』, 호남문집 기초DB 등이다. 이 중 가장 주목되는 것은 호남지방문헌연구소가 '호남기록문화유산' 누리집(http://memoryhonam.or.kr/)에 구축하고 있는 기초DB이다. 현재 1,530종 문집에 대한 해제, 서지사항, 세부목차가 탑재되어 있다. 이 기초DB는 앞서 출간된 책들의 연구 성과를 포함하고 있는 것으로 양적으로 가장 방대하며, 2010년에 10년을 계획으로 연구가 시작되어 현재도 지속적으로 DB가 추가되고 있다.

필자는 먼저 이러한 선행 연구 자료의 문집 세부목차, 곧 작품 제목을 통해 일기를 전체적으로 조사하였다.[10] 일기의 대표적인 명칭은 '일기(日記)'와 '일록(日錄)'으로 우선 이 명칭을 가지고 있는 작품을 찾았다. '일승(一乘)'으로도 찾았으나 이는 아직까지 발견하지 못하였다.

---

10) 작품 조사 과정에 대한 것은 「문집 부록에 수록된 일기의 양상과 의의 - 호남문집을 대상으로」, (『국학연구』29, 한국국학진흥원, 2016, 216쪽)에도 요약적으로 제시하였다.

한편 사행을 기록한 것에도 일기가 많다. 명나라로 사행을 다녀온 일을 기록한 것을 '조천록(朝天錄)', 청나라로 사행을 다녀온 일을 기록한 것을 '연행록(燕行錄)'이라 하므로, '조천'과 '연행'으로도 작품을 찾았다. 이 명칭으로는 시도 많으므로 시의 하위에 수록된 작품은 제외하였다.

또한 일기 중 많은 수를 차지하고 있는 것은 산수유람을 기록한 기행일기이다. 산수간을 유람하고 지은 글은 '유기(遊記)', '산수유기(山水遊記)'라고도 불리며, 이 중 산을 유람한 것은 별도로 '유산기(遊山記)'라 한다. 이러한 글들에는 일기 형식인 글이 다수를 차지한다.

산수유람을 기록한 일기는 짧은 여정기록이 상당비중을 차지하며, 기행일기는 다른 유형의 일기들과 달리 거의 90% 이상이 저자들의 문집에 수록되어 전해진다.[11] 실제 문집의 '잡저(雜著)', '기(記)' 부분에 산수유람을 기록한 일기가 다수 실려 있다.

산수유람을 기록한 글의 경우 '~기(記)', '~록(錄)'으로 제명되며, 그중 유산기에 대해서는 '유(遊)~산기(山記)', '유(遊)~기(記)', '~산유기(山遊記)', '유(遊)~산(山)', '~산기(山記)', '유(遊)~산록(山錄)', '유(遺)~록(錄)', '~산유람기(山遊覽記)' 등의 제목으로 나타난다.[12]

'~기(記)', '~록(錄)' 중에는 일기 형식이 아닌 잡기류(雜記類) 산문도 많으므로, '유(遊)~기(記)'와 '유(遊)~록(錄)'으로 제목이 이루어진 작품을 찾았으며, 산의 경우에는 '유(遊)'의 자리에 오른다는 의미의 '등(登)'을 사용한 작품 제목도 있으므로 이러한 작품도 찾았다. 또한 '유(遊)'와 '등(登)'이라는 동사를 사용하지 않은 '~산기(山記)'로 제목이 이루어진 작

---

11) 최은주, 「조선 시대 일기 자료의 실상과 가치」, 『대동한문학』30, 대동한문학회, 2009, 23쪽.
12) 김순영, 「무등산 유산기 연구」, 전남대학교 석사학위논문, 2013, 4쪽.

품도 찾았다. '~산기(山記)'에는 호(號)를 설명하는 호기(號記)가 많으므로 실제 산 이름에 '기(記)'가 붙은 작품만을 찾았다. 이 과정에서 산이 아닌 명승이나 누대를 유람한 작품 '유(遊)~대(臺)'와 같은 작품도 포함하였다.

산수유람을 기록한 일기에 대해서는 아래의 논저와 같은 연구 성과들이 있었으므로, 앞선 조사에서 누락된 작품들을 찾을 수 있었다. 이들은 산수유람을 기록한 '유기', 특정 산에 대한 유람을 기록한 '유산기'라는 명칭 아래 작품을 모은 것이지만, 이 중에는 일기 형식인 것이 많기 때문에 일기 조사에 큰 도움이 되었다.

정민 편, 『한국역대산수유기취편(韓國歷代山水遊記聚編)』1~10, 민창문화사, 1996.

김대현 외, 『국역 무등산유산기(無等山遊山記)』, 광주시립민속박물관, 2010.

김순영, 「무등산 유산기 연구」, 전남대학교 석사학위논문, 2013.

김순영, 「호남 유산기의 자료적 특징과 의의」, 『국학연구론총』13, 택민국학연구원, 2014.

강정화 외, 『지리산 유산기 선집』, 경상대 경남문화연구원, 2008.

이들 논저에는 문집에 실리지 않은 작품도 있고, 호남문인이 아닌 다른 지역 문인이 쓴 작품도 있다. 또 수록된 작품 중에는 일기 형식이 아닌 것도 있었다. 본 저서에서는 호남문집에 실린 일기만을 대상으로 하기 때문에 호남문집에 실린 일기작품만을 연구대상에 포함시켰다.

해제집, 기초DB 등을 통해 문집의 세부목차를 볼 수 있는 경우는 1,530종 정도이다. 하지만 세부목차는 볼 수 없으나 해제를 볼 수 있는 문집은 더욱 많기 때문에, 『춘강문고목록』과 『호남지역 간행본 한문문

집 간명해제』등의 해제를 통해 일기 등이 수록되어 있다고 나온 경우
를 조사하였다.

이외에 위에서 조사한 명칭이 제목에 들어있지 않은 작품을 찾을 수
있었다. 한 예로, 정유재란 때 포로로 잡혀 일본으로 끌려갔다가 중국으
로 탈출, 다시 조선으로 돌아온 경험을 일기로 남긴 노인(魯認, 1566~
1622)의 경우가 있다. 현전하는 필초본『금계일기』와는 별도로 문집『금
계집』잡록(雜錄)에 '임진부의(壬辰赴義)', '정유피부(丁酉彼俘)' 등의 제
목으로 일기 형식의 포로 경험 기록이 전한다.『금계일기』의 내용을 경
험별로 요약하고 제목을 붙여 문집에 수록한 것으로 보이는데, 제목만
보고는 일기인지 알 수가 없다. 이는 필자가 임진왜란기 해외체험 포로
실기를 연구하면서 알게 낸 내용을 바탕으로 찾은 것이다. 또한 정의림
(鄭義林, 1845~1910)의『일신재문집』을 강독하는 과정에서 보게 된 <서
석창수운(瑞石唱酬韻)>의 서문이 날짜순으로 무등산 유람 과정을 기록
하여 기행일기와 같은 형식이므로 연구대상에 포함하였다. 이처럼 논저
에 일기자료에 대한 설명이 있거나 기타 연구 과정에서 알게 된 일기 작
품도 연구에 포함하였다.

'호남기록문화유산' 내에는 일기자료도 연구분야 중 하나로 포함되
어, 일기에 대한 기초DB가 구축되어 있다. 여기에는 현재 210편 호남일
기에 대한 저자 인물정보, 해제, 번역예시, 이미지가 탑재되어 있으며,
이 중 40편은 일기 전체 이미지도 제공되고 있다. 이 일기들은 크게 호
남문인이 쓴 일기, 다른 지역 문인이 호남을 다녀간 일을 기록한 일기로
나눌 수 있으며, 일기가 별도의 필초본이나 간행본으로 전해지는 경우
와 문집 안에 수록되어 전해지는 경우가 모두 포함되어 있다. 본 연구에
맞게 이들 일기 중 호남문집에 실려 있는 일기만을 연구대상에 포함시

켰으며, 다수는 문집 조사 과정에서 이미 조사된 일기와 겹쳤다. 하지만 일기DB에는 해제에 일기의 수록 내용이 자세히 설명되어 있고 일기의 의의도 서술되어 있어, 연구에 큰 도움이 되었다.

이렇게 기존 연구자료를 통해 호남문집 소재 일기 조사를 1차 완료하였고, 이후 작품 직접 조사를 통해 작품 내용을 검토하여 일기인지 확인하는 과정을 거쳤다. 국립중앙도서관 DB 조사, 전남대학교 도서관 및 호남지방문헌연구소 원자료 조사, 한국문집총간 및 한국역대문집총서 수록본 조사, 기타 다양한 영인본·선집·DB 조사 등을 통해 문집 소재 일기를 직접 확인하였고, 이 과정에서 일기가 아닌 것은 연구대상에서 제외하였다. 또한 제목은 일기로 추정되나 원자료를 직접 확인할 수 없는 것도 연구대상에서 제외하였다. 다만 김이백(金履百)의 『이요와유고(二樂窩遺稿)』에 수록된 <일기(日記)>, 유적(柳迪)의 『폐와유집(閉窩遺集)』에 수록된 <궐시일기(闕時日記)>, 신언구(申彦球)의 『백촌문고(柏村文稿)』에 수록된 <경북유람록(慶北遊覽錄)>과 <황해도해주관람록(黃海道海州觀覽錄)>은 필사본인 원 문집을 찾지 못하였으나 이를 직접 보고 쓴 해제에 일기에 대한 설명이 상세하여 일기의 기간, 내용 등을 확인할 수 있으므로 연구대상에 포함시켰다. 그 결과 총 565편의 호남문집 소재 일기 자료를 확보하였고, 이를 대상으로 시기별, 내용별 연구를 진행하였다.

2. 호남문집에 실린 다양한 일기류 자료

호남문집에 실린 일기는 고려말부터 근현대까지 긴 시기에 걸쳐 작품이 전해진다. 다만 시대가 멀수록 시간이 오래 지나 문집이 있었더라도 전해지지 않는 경우가 많고, 조선후기에 들어서 여러 가지 요인 속에 문집 간행이 활성화되었기 때문에 시기가 뒤로 갈수록 많은 문집이 전해진다.13) 그에 따라 문집에 수록된 일기도 조선후기에 더 많이 발견된다. 문집 속에 일기를 남긴 호남문인 중 고려시대 인물은 현재까지 조사한 바로는 고려말, 조선초에 살았던 정광(程廣) 한 사람뿐이다. 조선초인 15세기의 경우 최부를 비롯한 3명의 문집 소재 일기가 전해지고, 16세기 이후부터는 많은 일기가 전해진다.

그렇다면 호남문집 속에는 어떠한 일기들이 남아 있는 것일까? 일기의 종류는 실로 다양하다. 조선시대 일기를 연구한 황위주는 1,600여 편의 일기를 조사하고 이를 분류하였다.14) 그는 일기 작성 주체에 따라 관청의 일기, 공동체의 일기, 개인 생활일기 세 종류로 일기를 구분하였으며, 이 중 전체의 70%를 차지하는 것이 개인 생활일기라고 하였다. 그리

---

13) 김영진의 논문 「朝鮮朝 文集 刊行의 諸樣相 - 朝鮮後期 事例를 中心으로」(『민족문화』43, 한국고전번역원, 2014, 5~6쪽)에 의하면 조선후기, 숙종 연간 이후로 오면 문집 간행 상황은 크게 변화한다. 활자의 사제(私製) 및 사유(私有)가 본격적으로 시작되면서 벌어진 새 양상, 교서관인서체자(校書館印書體字)와 전사자(全史字) 등을 통한 개인 문집 간행의 활성화, 장혼자(張混字)를 중심으로 한 중인(中人) 저작 간행의 활성화, 자편(自編) 문집(文集)의 대대적인 증가, 가문과 학파 내 문집 간행을 넘어선 교유 그룹에서의 활발한 문집 간행, 조선인 문집의 중국에서의 간행 유행 등이 그것이다.

14) 황위주, 「조선시대 일기자료의 현황과 활용방안」, 『국역 조선시대 서원일기』, 한국국학진흥원, 2007, 767~783쪽 참조.

고 개인 일기를 사환일기, 기행일기, 사행일기, 전쟁체험일기, 사건 견문
일기, 유배일기, 강학·독서 일기, 고종·문상일기, 기타 종합 생활일기로
분류하였다.

호남문집도 개인 문집인지라 문집에 수록된 일기작품도 개인 일기가
절대다수를 차지한다. 내용도 다양하여, 생활일기, 강학일기, 관직일기,
기행일기, 사행일기, 유배일기, 전쟁일기, 의병일기, 사건일기, 장례일기
등이 전한다. 내용별 일기 분류 및 명칭에 있어서는 학자들마다 견해가
조금씩 다르다. 필자는 황위주의 분류에 전체적으로 동의하지만 명칭에
있어서는 현대에 이해하기 쉽고, 전체를 대변할 수 있는 명칭으로 수정
하였다. '사환일기'는 '관직일기'로, '전쟁체험일기'는 '전쟁일기'로, '고
종·문상일기'는 '장례일기'로 명명한 것이 그 예이다. 또한 의병일기를
별도로 분류하였다. 임진왜란 같은 전쟁 속에서 의병이 일어난 것은 전
쟁일기에 포함할 수 있지만 한말의 항일의병은 그 성격이 다르기 때문
이다.

호남문집 소재 일기의 내용별 분류는 추후 Ⅲ장에서 구체적으로 살필
것이다. 그렇기 때문에 본 절에서는 호남문집에 실린 일기 중 특별한 것
들을 살펴보고자 한다. 가장 일반적인 일기는 내용상 저자 본인의 경험
을 쓰되, 형식상 날짜를 적고 일별로 구분하여 기록한 것이다. 그런데
문집에 수록된 일기를 살펴보면 그렇지 않은 경우들이 있다. 이러한 것
을 일기가 아니라고 제외할 것이 아니라, 넓은 범위의 일기로 보고, 어
떤 것들이 있는지 살펴보려는 것이다.

일기의 정의와 범주에 대해서는 학자들의 많은 고민이 있어 왔다. 한
시와 같은 정형적인 형식이 아니며, 산문 중에서도 분량과 형식에 있어
자유롭기에 어디까지를 일기로 볼 수 있는지에 대한 것은 꾸준한 논의

의 대상이었다. 이에 대해서는 일기자료 전반에 대한 초기의 연구가 진행된 1990년대의 연구 성과들에서 볼 수 있다. 『한국의 일기문학』이라는 책을 출간한 이우경은 일기의 유형과 서술 방법, 시점과 표현 방법, 대립적 구조, 장르적 성격을 살폈는데, 이러한 것들을 살피기에 앞서 일기의 형성 배경을 보면서 "일기는 어떤 인물의 행적과 결부된 모든 '있는 그대로의 사실'을 '일정 기간' 동안 기록한 것이다."[15]라고 보았다. 미암 유희춘의 『미암일기』를 문학적으로 연구한 송재용도 작품을 분석하기에 앞서 일기문학의 개념과 범주, 특성을 살피면서 "일기란 '자신이 일상생활이나 체험 등을 통하여 보고 듣고 느낀 것을 일정기간 동안 축일 또는 부정기적 일자순(日字順)으로 기술한 글'을 말한다."[16]라고 정의하였다.

조선조 일기의 자료적 성격을 밝힌 논문을 발표한 정구복의 경우 "일기라 함은 개인이 매일매일 경험한 바를 기록해 놓은 것이다. 이는 문학의 한 장르로서 그 형식은 산문이며 수필문학의 범주에 속한다. 보통 연월일과 날씨가 기록되고 그 날에 일어난 일이나 가졌던 느낌을 기술한다. 흔히 주어는 생략된다. 이런 형식을 띤 일기는 단 하루만을 기록하였어도 일기라 할 수 있으나 실제로 이를 일기로 볼 수 있는 것은 특이한 것이고, 대개는 일정 기간의 기록이 대부분이다."[17]라고 정의하였고, 조선조 일기의 문학사적 의의를 살핀 논문을 발표한 정하영은 "일기는 일어난 사실을 있는 그대로 기록하여 과거를 되돌아보고 미래에 참조할 자료로 쓰여진다. 명칭이 일기(日記)라고 해서 반드시 하루도 빠뜨리지

---

15) 이우경, 『한국의 일기문학』, 집문당, 1995, 21쪽.
16) 송재용, 「'眉巖日記' 硏究」, 단국대학교 박사학위논문, 1996, 25쪽.
17) 정구복, 「朝鮮朝 日記의 資料的 性格」, 『정신문화연구』19, 한국학중앙연구원, 1996, 1쪽.

않고 매일매일 기록해야 하는 것은 아니었다. 다만 '시간적 순서에 따라 사실을 기록한 것'이면 대체로 일기에 포함할 수 있다."[18]라고 정의하였다. 조선시대 일기류 자료의 성격과 분류를 연구한 논문을 발표한 염정섭의 경우에는 "일기(日記)는 날짜의 순서에 따라 기록하는 형식을 가지고 필자의 활동 등을 주요한 내용으로 하는 기록물이다. …… 일기는 매일매일 날짜 순서에 따른 기록이라는 단일한 형식을 가지고 있지만 수십 년에 걸친 방대한 일기에서부터 며칠간의 기행을 기록한 짤막한 일기까지 분량면에서 다양한 편차를 보이고 있다."[19]라고 정의하였다.

위와 같이 학자들이 일기의 정의와 범주를 고민하고 나름의 정의를 내 놓은 것은 그만큼 일기가 다양하기 때문이다. 위의 논의들을 보면 현대의 일기와 같이 날짜, 날씨를 쓰고 일자별로 자신의 경험과 감상을 기록한 것은 당연히 일기에 포함된다. 하지만 여러 날의 기록이 아닌 단 하루간의 일기도 있고, 날짜가 많이 빠진 것도 있으며, 분량에 있어서도 며칠에서 몇 십 년까지 다양하므로 고민이 될 수밖에 없다. 학자마다 어디까지로 제한을 두느냐가 조금씩 다르고 그들의 원논저에는 일기와 관련한 논의가 매우 자세하므로, 여기에서는 자세히 논하지 않겠다.

기존 연구자들의 논저를 통해 일기의 정의와 범주에 대한 다양한 고민을 확인하였고,[20] 필자 또한 직접 일기를 살피면서 어디까지 일기로 볼 것인가 많은 고민을 하였다. 그러면서 필자는 두 가지 점에 초점을

---

18) 정하영, 「朝鮮朝 '日記'類 資料의 文學史的 意義」, 『정신문화연구』19, 한국학중앙연구원, 1996, 27쪽.

19) 염정섭, 「조선시대 일기류 자료의 성격과 분류」, 『역사와현실』24, 한국역사연구회, 1997, 221~222쪽.

20) 이와 관련하여 최근 박현순도 논문 「문집을 통해 본 조선시대의 일기와 일기쓰기」 (『조선시대사학보』79, 조선시대사학회, 2016)에서 조선시대에 어떤 자료들을 '일기'나 '일록'으로 일컫는지 살펴보기도 하였다.

맞췄다. 첫째, 선조들이 오랜 기간 일기로 인식하고 작성했던 글들을 현대의 잣대로 제한해서는 안 된다. 둘째, 본 저서는 연구자들, 일반 대중들에게 최대한 많은 호남문집 소재 일기를 제공하는 데에 목적이 있다. 그러므로 본 저서에서는 정하영의 '시간적 순서에 따라 사실을 기록한 것'이라는 정의로 일기의 범위를 넓게 정하고, 최대한 다양한 자료를 일기의 범주 안에 포함시켰다. 그러다보니 다음과 같은 경우도 호남문집 소재 일기작품으로 포함하였다.

먼저 저자와 관련한 것으로, 문집 저자가 아닌 다른 사람이 쓴 일기가 문집에 수록된 경우가 있다. 이 경우는 대부분 문집의 부록에 수록된 것으로, 박심문(朴審問, 1408~1456)의 『청재박선생충절록(清齋朴先生忠節錄)』 부록에 실린 <정원일기(政院日記)>, 송덕봉으로 익히 알려진 송종개(宋鍾介, 1521~1578)의 『덕봉집(德峰集)』 부록에 실린 <미암일기초(眉巖日記抄)>, 박한우(朴漢祐, 1772~1834)의 『정수재유고(靜修齋遺稿)』 부록에 실린 <사문양례일기(師門襄禮日記)> 등이 있다.

일반적인 문집의 부록에는 행장, 가장, 묘갈명 등 저자의 생애와 관련한 글과 저자에 대한 제문 등이 수록된다. 저자의 작품이 아닌 다른 사람들이 저자에 대해 쓴 글을 수록한 것인데, 부록에 일기를 실은 경우도 저자와 깊은 관련이 있기 때문이라고 유추할 수 있다.[21]

호남문집 부록에 수록된 일기의 양상과 의의에 대해서는 2016년 2월까지 조사한 호남문집 소재 일기 중 부록의 일기 24편을 대상으로 하여 「문집 부록에 수록된 일기의 양상과 의의 - 호남문집을 대상으로」[22]라

---

21) 김미선, 「문집 부록에 수록된 일기의 양상과 의의 - 호남문집을 대상으로」, 『국학연구』29, 한국국학진흥원, 2016, 221쪽.
22) 김미선, 「문집 부록에 수록된 일기의 양상과 의의 - 호남문집을 대상으로」, 『국학연구』29, 한국국학진흥원, 2016, 211~243쪽.

는 논문을 2016년 4월에 발표하였다. 이를 통해 부록의 일기 수록 양상으로 타인 일기 내의 저자 등장 부분을 발췌한 것, 저자가 등장한 타인 일기 전체를 수록한 것, 저자의 행적을 일기 형식으로 정리한 것 세 가지를 확인하였다. 그리고 의의로는 저자의 행적을 알 수 있는 자료로 활용되어 부록에 수록된 다른 전기자료의 부족한 점을 보완해 준다는 점, 저자에 대한 평가에 객관성을 부여한다는 점, 일기의 활용 가치를 보여 준다는 점 등을 확인하였다.

한편 문집의 편제가 완벽하게 정리되지 않은 경우 부록에 실릴 법한 일기가 문집 본문에 수록되는 경우도 있다. 문집 저자의 장례 과정을 후손이 기록한 일기가 본문에 수록된 것으로, 남극엽(南極曄, 1736~1804)의 『애경당유고(愛景堂遺稿)』에 실린 <임종시일기병록(臨終時日記病錄)>, 김영근(金永根, 1865~1934)의 『경회집(景晦集)』에 실린 <선고경회당부군임종시일기(先考景晦堂府君臨終時日記)> 등이 있다. 이 일기들은 아들이 아버지인 문집 저자의 임종과 장례를 일기로 기록한 것이다. 아들이 쓴 글임에도 문집 본문에 수록된 것은 두 문집 모두 필사본을 영인한 형태로 존재하여, 편제가 완벽히 갖추어지지 않았기 때문이다.

위의 일기들이 저자와 관련한 일기를 수록하였다면, 이강회(李綱會, 1789~?)의 『유암총서(柳菴叢書)』에는 저자가 관심이 있어서 다른 사람의 일기를 정리한 것이 수록되어 있다. 문순득(文淳得, 1777~1847)의 <표해시말(漂海始末)>이 그것으로, 문순득이 우이도에서 홍어를 사러갔다 표류되어 유구, 여송, 중국을 거쳐 돌아온 일을 일기 형식으로 기록한 것이다. 원래 정약전이 문순득의 말을 듣고 대필한 것인데, 이것을 다시 이강회가 정리하였고, 이강회의 글들을 영인하는 과정에서 이 글도 문집에 포함되었다.

다음으로 내용과 관련한 것으로, 자신이 살았던 시대의 중요한 역사적 사건을 일기 형식으로 기록한 경우가 있다. 대표적인 것은 안방준(安邦俊, 1573~1654)이 임진왜란 상황을 기록한 <임진기사(壬辰記事)>, <부산기사(釜山記事)>, <노량기사(露梁記事)>, <진주서사(晉州敍事)>로, 『은봉전서(隱峰全書)』에 수록되어 있다. 안방준은 임진왜란 외에도 정여립과 그 무리들의 역옥(逆獄) 과정을 기록한 <기축기사(己丑記事)>, 기묘사화 때 조광조가 겪은 일을 중점적으로 기록한 <기묘유적(己卯遺蹟)>도 저술하였는데, 이 일기들 역시 문집에 수록되어 있다. 역사적인 상황을 일기 형식으로 정리한 전통은 이어져 조선후기 동학농민운동을 기록한 조석일(曺錫一, 1868~1916)의 <갑오사기(甲午事記)>(『오암유고(梧巖遺稿)』 내에 수록) 등에서 확인된다.

조선왕조실록과 같은 경우도 일자별로 정리된 일기의 형식이지만 이는 조선의 공식적인 역사기록으로 개인이 쓴 글처럼 하나의 작품으로 보기가 어렵다. 조선왕조실록 중 연산군과 광해군의 실록에는 '일기'라는 명칭이 붙어있다. 문집에 조선왕조실록의 일부가 실린 경우가 있는데, 호남문집 중 김억추(金億秋, 1548~1618)의 『현무공실기(顯武公實記)』 부록에 조선왕조실록 선조, 광해군대의 김억추 관련 기록이 수록되어 있다. 그러다보니 『광해군일기』의 내용도 들어있다. 이 경우 '일기'는 실록을 낮춰서 명명한 명칭이므로 본 연구의 대상에 넣지 않았다. 하지만 역사적 사실을 쓰더라도 개인이 쓴 글은 공식 역사기록이 아니므로 넓은 범위의 일기로서 본 연구에 포함시켰다. '호남기록문화유산'의 일기 분야 DB에도 안방준의 <부산기사>와 <진주기사>가 포함되어 있다. 그러나 안방준의 같은 문집에 실렸고 '기사'라는 제목을 가지고 있는 <삼원기사(三冤記事)>의 경우 일자별 기록이 아니라 김덕령(金德齡), 김응회(金應會), 김대인(金大仁) 3인의 인물별 전기에 가까우므로 연구대상에서 제외하였다.

　마지막으로 형식과 관련한 것으로서, 날짜가 나오되 하루간의 일기가 기록된 경우나, 여러 날의 일이 시간순으로 기록되었으되 날짜가 명확히 기록되지 않은 경우가 있다. 하루간의 일기로는 이덕열(李德悅, 1534~1599)의 『양호당선생유고(養浩堂先生遺稿)』에 수록된 <별전일기(別殿日記)>, 노인(魯認, 1566~1622)의 『금계집(錦溪集)』에 수록된 <장부답문(漳府答問)>, <해방서별(海防敍別)>, 김경규(金慶奎, 1807~1876)의 『우졸재집(愚拙齋集)』에 수록된 <환비일기(圜扉日記)>, 박인규(朴仁圭, 1909~1976)의 『성당사고(誠堂私稿)』에 수록된 <무자중춘일록(戊子仲春日錄)>, <남양사봉안일록(南陽祠奉安日錄)> 등이 있다.

　문집에 일기를 수록할 때는 편찬자의 선별과 수정 과정을 거치게 된다. 하루간의 일기는 저자가 처음부터 하루만 일기를 쓴 것일 수도 있지만, 저자가 쓴 일기 중 편찬자가 중요한 하루간의 일기만 수록했을 가능성이 높다. 이런 맥락을 고려하여, 정구복이 '특이한 것'이라고 단서를 달았지만 "단 하루만을 기록하였어도 일기"[23]라 한 것처럼 하루간의 일기도 연구대상에 포함시켰다.

　여러 날의 일이 시간순으로 기록되었으되 날짜가 명확히 기록되지 않은 것으로는 이희탁(李熙鐸)의 『송계유고(松溪遺稿)』에 수록된 <장동일록(長洞日錄)>과 산천을 유람한 일을 기록한 일기 등이 있다. <장동일록>은 장동(長洞)에서 부해(浮海) 선생에게 배우고 독서하면서 장례의 예에 대해 선생과 문답한 내용을 기록한 것으로, 내용상 스승에게 배운

---

23) 정구복, 「朝鮮朝 日記의 資料的 性格」, 『정신문화연구』19, 한국학중앙연구원, 1996, 1쪽.

일을 기록한 일반적인 강학일기와 다른 점이 없고, '일록'이라고 제목에
붙어있지만, 날짜가 전혀 나오지 않는다.

산수유람을 기록한 일기의 경우에도 날짜를 쓰고 유람의 과정을 날짜
별로 완벽히 구분하여 쓴 것도 있지만, 처음에만 날짜를 쓰고 이후 며칠
간의 경험을 날짜 표기 없이 시간순으로 쓴 것, 아예 날짜를 쓰지 않은
것도 있다. 이런 경우에도 저자가 직접 유람한 일을 썼고, 시간순으로
기록했다면 넓은 범위의 일기로 보고 본 연구대상에 포함시켰다.

직접 작품을 확인하다보면 직접 경험이 아닌 산에 대한 의론이나 설
명을 적은 경우가 있다. 아래의 목록은 필자가 제목을 보고 일기로 유추
했으나 실제 작품을 보았을 때 설명문, 의론문에 해당했던 작품이다.

〈산수와 관련한 의론이나 설명을 기록한 작품〉

작품명	수록 문집	문집 저자	저자 생몰연도	내용
유산기(遊山記)	청파유집(靑坡遺集) 권1 기	신이강 (辛二剛)	1601~1661	유산에 대해 의론한 글.
유산수기(遊山水記)	회만재시고 (悔晚齋詩稿)	박동눌 (朴東訥)	1734~1799	산수유람에 대해 논한 글.
금강산기(金剛山記)	회만재시고 (悔晚齋詩稿)	박동눌 (朴東訥)	1734~1799	금강산에 대해 설명한 글.
화양동기(華陽洞記)	회만재시고 (悔晚齋詩稿)	박동눌 (朴東訥)	1734~1799	화양동에 대해 설명한 글
두류산기(頭流山記)	허재유고(虛齋遺稿) 권하	정석구 (丁錫龜)	1772~1833	지리산을 인문지리적 관점에서 설명한 글.
월출산제승기 (月出山諸勝記)	송암유고(松菴遺稿) 권2 기	신재철 (愼在哲)	1803~1872	과거의 경험을 바탕으로 월출산에 대해 설명한 글.
만덕산기(萬德山記)	계양유고(桂陽遺稿) 권4 기	이금 (李欽)	1842~1928	만덕산에 대해 설명한 글.

작품명	수록 문집	문집 저자	저자 생몰연도	내용
광덕산기(廣德山記)	고헌유고(固軒遺稿) 권2 기	김영준 (金永駿)	1857~1902	광덕산에 대해 설명한 글.
숭덕산기(崇德山記)	송계유고(松溪遺稿) 권2 기	박영호 (朴泳鎬)	1858~1931	산의 이름에 대해 의론한 글.
유영벽정기 (遊暎碧亭記)	희암유고(希庵遺稿) 권8 기	양재경 (梁在慶)	1859~1918	과거에 영벽정에 다녀온 일을 바탕으로 의론한 글.
유봉서루기 (遊鳳棲樓記)	희암유고(希庵遺稿) 권8 기	양재경 (梁在慶)	1859~1918	과거에 봉서루에 다녀온 일을 바탕으로 의론한 글.
예암산기(禮巖山記)	과암유고(果庵遺稿) 권3 기	염재신 (廉在愼)	1862~1935	예암산에 대해 설명한 글.
유병암기(遊屛巖記)	만헌유고(晩軒遺稿) 기	박승재 (朴丞載)	1863~1943	병암 유람에 대한 기록이 긴 하지만 다녀온 경험을 수필적으로 쓴 글이 아니라 설명문 같은 글.
유산수기(遊山水記)	의재집(毅齋集) 권4 기	예대주 (芮大周)	1865~?	용산(龍山)의 아래, 아지(鵝池)의 가에 머무르면서 이 생활의 기쁨을 읊은 글로, 감정이 주를 이룸.
유달산기(遺達山記)	모암유고(慕巖遺稿) 권3 기	심능표 (沈能杓)	1871~1894	유달산에 대해 설명한 글.
구룡산기(九龍山記)	성당유고(性堂遺稿) 권2 기	석대성 (石大誠)	1871~1933	구룡산에 대해 설명한 글.
서석기(瑞石記)	난계유고(蘭溪遺稿) 권2	김태석 (金泰錫)	1872~1933	과거에 서석산에 다녀온 경험을 바탕으로 서석산을 설명한 글.
금강산기(金剛山記)	운파유고(雲坡遺稿) 권3 기	김진현 (金珍鉉)	1878~1966	'금강'이라는 명칭과 관련해 의론한 글.

위와 같은 경우에는 일기에서 제외하였다. 곧 형식은 현대의 일기에 미치지 못하더라도 내용상 본인의 경험을 기록한 것이라면 연구대상에 포함시켰으나, 내용상 본인의 경험이 아니라면 제외하였다.

산수유람을 기록한 글은 작품 수가 워낙 많고 명산 등을 유람한 일을 기록한다는 공통적인 수록 내용을 가지고 있기에 '유기'라는 장르로 별도로 연구하는 경우가 많다. 그런데 유기 중 많은 작품은 본인의 직접 경험을 담으며, 형식상 날짜별로 완전히 구분한 현대적 일기 형식이든, 날짜 표기를 하지 않은 것이든 넓은 범위의 일기 형식에 포함되는 작품이 많다. 본 연구에서는 유기 중 일기 형식인 경우 내용별 분류시 기행일기에 포함시켰다.

3. 호남문집과 일기류 자료의 상관관계

문집은 작자가 남긴 글을 모은 것으로, 문집에 실린 다양한 형식의 글 중 일기도 포함되어 있다. 그렇기 때문에 문집과 일기는 일차적으로 작품을 수록하고 있는 매체와 수록된 작품의 일부로써 관계를 갖고 있다.

초고 형태로 전해지는 일기는 유실될 위험이 높다. 반면 문집에 일기가 수록된 경우에는, 일기가 사라지지 않고 전해질 수 있다. 또 초고본이 전해진다 하더라도 유일본이기 때문에 집안에 보관되어 널리 읽히기가 어렵다. 간행된 문집 속에 일기가 수록되어 있는 경우에는 문집의 유통을 통해 문집 속 일기도 함께 널리 전해지게 된다. 곧 문집은 수록된 일기의 유실을 막고, 일기의 유통에도 기여를 하는 것이다.

최부(崔溥, 1454~1504)의 <표해록>은 <표해록>만을 별도로 간행한 조금은 특별한 경우이다. 1488년 제주도에서 나주로 향하던 중 표류하여, 중국을 거쳐 조선으로 돌아온 5개월 남짓의 일을 일기로 기록한 <표해록>은 성종의 명에 의해 작성된 것이다. 보고서의 성격도 가지고 있는 이 일기는 '중조견문일기(中朝見聞日記)'라는 이름으로 승정원에 보관되어오다가 '표해록(漂海錄)'이라는 이름으로 간행되었다. 박원호의 연구에 의하면 조선시대에 간행된 최부 <표해록> 판본은 6종이다. 이 중 임진왜란 이전에 간행된 3종은 <표해록>만을 별도로 간행한 것으로, 일본의 세 문고에만 완본이 보관되어 있다. 임진왜란 이후 간행된 3종은 모두 최부의 문집인 『금남집』 간행의 일환으로 간행된 것이다. 『금남집』에 <표해록>이 작품의 일부로 수록되어 간행된 것으로, 이 3종은 한국에 모두 전해지고 있다.[24] 임진왜란이라는 전란을 겪으며 많은 전적이 불

---

24) 박원호, 「崔溥 '漂海錄' 板本考」, 『서지학연구』26, 서지학회, 2003, 113~114

타 없어지기도 하고 약탈에 의해 일본으로 건너가기도 하였다. 최부의 <표해록> 간행본도 그 과정에서 소실되고, 일부는 일본으로 이동되었던 것으로 보인다. 이후 문집 간행 과정에서 <표해록>이 포함되어 간행되었고, 이 문집으로 인해 <표해록>은 다시 유통될 수 있었다.

이렇듯 문집에 수록된 일기는 그 작품이 사라지지 않고 전해지게 된다는 점에서 의의가 크며, 초고 상태의 원본이 남아 있는 경우에는 원본과 문집 수록 일기의 차이점을 비교 연구할 수 있는 자료가 된다는 점에서도 의의가 있다.

문집은 보통 후손이나 후학들이 저자가 남긴 작품을 모아 문집 형태로 편찬하여 간행한다. 문집의 간행 경위 등을 적은 서를 문집의 앞에 붙이고, 수록 작품 제목을 정리한 목차를 넣으며, 작자의 작품 중 시를 앞부분에 수록한다. 이후 산문을 서(書), 책(策), 서(序), 기(記) 등 유형별로 수록하고 부록이라 하여 다른 사람이 적은 글을 수록한다. 부록에는 보통 행장, 가장, 묘갈명 등 저자의 생애와 관련한 글이 수록되어 있다. 마지막에는 편찬자 등이 쓴 발을 붙인다.

이러한 형식으로 문집을 편찬하기 위해서는 먼저 저자의 작품들을 모두 모으는 작업이 필요하다. 저자가 남긴 자료들은 물론이요, 저자와 교류가 있던 사람들과도 연락을 하여 혹 저자가 보낸 편지나 저자와 수창한 시가 있는지를 찾아 작품을 모은다. 그리고 모은 작품 안에서 문집에 수록할 작품을 선별하게 되는데, 이때 수록하기로 한 작품의 경우 작품 내용을 일부 수정하거나 생략하는 일이 발생하기도 한다. 문집 간행에는 많은 비용이 소요되기 때문에 분량을 제한할 수밖에 없을 것이고, 논란이 될 만한 내용은 생략하게 될 것이다. 특히 일기의 경우에는 자유롭

쪽 참조.

게 자신의 경험을 쓴 것인지라 분량이 많고 개인적인 일들이 기록되어
있는 것이 많다. 그렇기 때문에 문집을 편찬하면서 일기를 수록하는 경
우 편찬자에 의한 수정이 일어날 가능성이 높다.

유희춘(柳希春, 1513~1577)의 일기의 경우 초고본이 문중에 전해지고
있고, 유희춘의 문집인『미암집』속에도 일기가 수록되어 있다. 그렇기
때문에 두 일기의 비교를 통해 문집 편찬 과정에 일어나는 작품 변형을
살필 수가 있다.

이연순은 담양의 유희춘 집에서 보관되어 오던 친필본 일기를 1936년
조선총독부내 한국사편수회에서 다섯 권으로 펴낸『미암일기초』와『미
암집』에 실린 일기를 비교하였다. 두 일기는 일기의 기간이 1567년부터
죽기 전인 1577년까지라는 점에서 같지만, 문집에 수록된 일기는『미암
일기초』에 비해 편자의 손길이 많이 간 편이다. 문집에 수록된 일기는
권5~14에는 '일기'라는 제목으로, 권15~18에는 '경연일기(經筵日記)'라는
제목으로 구분되어 실려 있다. 반면『미암일기초』는 전체적으로 경연일
기와 평소 일기를 날짜별로 모두 함께 수록하였고, 1574년 10~12월의 경
연일기만을 따로 실어 구별하였다. 또『미암일기초』에는 있지만 문집에
는 없는 일기 기록이 상당 부분 발견된다. 특히 일기에 삽입된 시문의
경우 문집에는 전문(全文)이 실린 경우도 있지만, 제목만 적어놓고 '운운
(云云)'으로 작품 내용을 생략하거나, 작품 제목을 생략한 채 작품이 지
어진 전후 사정과 내용만을 실어놓은 경우도 있다.[25] 이러한 이연순의
분석은 문집에 수록된 일기가 편자의 의도에 의해 재편집되거나 분량을
고려해 일부 삭제되었다는 것을 증명해 준다.

일기가 문집에 수록되면서 내용이 일부 생략될 수 있다고 해서 초고

---

25) 이연순,『미암 유희춘의 일기문학』, 혜안, 2012, 21~25쪽.

본만이 더 많은 양을 담고 있는 것은 아니다. 초고본이 일부 유실된 경우, 유실된 부분을 문집을 통해 유추해낼 수도 있다. 포로로 일본에 다녀온 경험을 일기로 기록한『금계일기』의 경우 1599년 2월 21일부터 6월 27일까지 4개월 7일간의 일기만이 전한다. 이는 초고본으로, 원래는 1592년 전쟁이 났을 때부터 1597년 8월에 포로로 잡혔다가 1600년 1월 한양으로 돌아올 때까지의 경험을 모두 일기로 썼으나, 전해지는 과정에서 일부가 유실된 것으로 보인다. 그런데 전쟁을 경험한 전 과정이 1823년에 간행된『금계집』권3 잡록의 <임진부의(壬辰赴義)>, <정유피부(丁酉被俘)>, <만요섭험(蠻徼涉險)>, <왜굴탐정(倭窟探情)>, <화관결약(和館結約)>, <화주동제(華舟同濟)>, <장부답문(漳府答問)>, <해방서별(海防敍別)>, <흥화력람(興化歷覽)>, <복성정알(福省呈謁)>, <대지서회(臺池舒懷)>, <원당승천(院堂升薦)>, <화동과제(華東科制)>, <성현궁형(聖賢窮亨)>이라는 글들에 순차적으로 제시되어 있다.

이는『금계일기』의 내용을 요약한 것으로 보이는데, 특별한 기록이 없어 노인이 직접 자신의 일기를 요약한 것인지, 후손들이 노인의 일기를 보고 요약한 것인지는 알 수 없다. 하지만 초고본『금계일기』를 보고 요약한 것은 확실해 보인다. 현전하는 초고본『금계일기』는 문집의 <화관결약(和館結約)>부터 <성현궁형(聖賢窮亨)>의 앞 부분까지이다. 이 부분은 초고본이 훨씬 자세하지만, 전후(前後) 부분은 전혀 남아있지 않아『금계집』에 기록된 것이 유일하다.『금계일기』가 일부만 남아있는 상황에서, 이 문집 내 일기들을 통해 유실된 부분의 내용을 알 수 있다.

일반적으로 일기가 문집 안에 수록된 작품 중 하나로 들어있는 경우가 많다. 그런데 때로는 일기 자체가 문집보다 더 큰 범위를 차지하는 경우가 있다. 바로 일기에 수록된 시문을 선별하여 문집을 만드는 것이

그러하다. 작자가 오랜 기간 방대한 양의 일기를 쓰고, 일기 안에 자신이 썼던 시나 글들을 적어 놓은 경우 후손들이 이 일기에서 시문을 취하여 문집을 편찬하게 된다. 그 대표적인 경우가 황윤석(黃胤錫, 1729~1791)의 『이재유고』이다.

『이재유고』는 황윤석의 일기 『이재난고』에서 시문을 취하여 만든 문집이다. 『이재난고』는 황윤석이 10세부터 63세까지 직접 쓴 초고본 일기이다. 황윤석의 문헌자료를 연구한 노혜경에 의하면 『이재난고』는 단순히 일상생활과 느낌만을 기록한 일기가 아니라 자신의 작품과 독서기, 보낸 편지, 공문서 등 다양한 성격의 글들이 모두 뒤섞여 있는 형태이다. 따라서 각각에 제목을 붙이고 조금씩 성격이 다른 글들은 같은 날짜의 기록이라도 'O'로 구분하여 쓰고 있다.26) 초간 목판본 『이재유고』는 1829년 황윤석의 작품 중 순수 문집의 형태에 들어갈 수 있는 것만을 가려 뽑아서 편집한 것이고, 『이재속고』는 유고에 실리지 않고 빠진 것과 수록할 가치가 있는 것을 다시 정리하여 보충·편집한 것이다. 이 과정에서 『이재난고』의 전 부분을 다시 조사하여 수록했고, 현재 『이재난고』에서 보이는 표시는 이때 찍힌 것으로 추정된다.27) 이렇듯 일기인 『이재난고』가 문집의 일부로 들어간 것이 아니라 『이재난고』의 일부를 문집으로 편찬하여 『이재유고』와 『이재속고』가 만들어진 것이다.

이는 일기가 문집의 초고로서의 의미도 갖는 것으로, 원저작인 일기가 남아 있으므로 일기와 문집의 비교 연구를 통해 문집 편찬자의 작품 선정 방식도 파악할 수 있다. 대부분의 문집의 경우 문집을 간행하기 위

---

26) 노혜경, 「黃胤錫의 文獻資料 檢討 - 文集을 중심으로」, 『장서각』9, 한국학중앙연구원, 2003, 86~87쪽.

27) 노혜경, 「黃胤錫의 文獻資料 檢討 - 文集을 중심으로」, 『장서각』9, 한국학중앙연구원, 2003, 100쪽.

해 모은 자료들이 남아 있지 않은 현 상황에서, 『이재난고』는 문집 편찬 과정을 볼 수 있는 귀한 자료이다.

이종묵은 문집의 초고로서 『이재난고』의 가치를 크다고 보고, 실제 『이재난고』와 『이재유고』에 수록된 시를 비교 연구하였다. 그에 의하면 『이재난고』에는 1,600여 편의 한시가 수록되어 있는데, 대부분 연작으로 이루어져 있으며, 10수 이상 되는 연작도 많아 실제 작품 수는 5,000여 수를 상회할 것으로 추정된다. 그런데 『이재유고』에는 500여 편 남짓만 수록되어 있어 3분의 1도 수습되지 못한 것이고, 수록된 연작조차 몇 수를 줄여 수록되었으니 결국 전체의 4분의 1 이하가 수록된 것이다.[28] 이종묵은 다시 실리지 않은 작품들이 어떠한 성향을 지녔는지 살폈는데, 정치적으로 민감한 작품, 당대인의 기준으로 볼 때 비루하다고 판단된 국문시가, 일상의 소소한 일을 시에 담은 담박한 생활시 등이 문집 편찬 과정에서 산삭되었다고 보았다.[29] 이처럼 일기와 문집의 비교를 통해 당대 어떠한 작품들이 편찬자에 의해 문집에서 제외되었는지를 확인할 수 있다.

황윤석의 경우는 조선후기의 대표적인 학자로 작자 본인도 널리 알려진 인물이고, 『이재난고』도 잘 보관되어 전해졌다. 그러나 이외에 많이 알려지지 않은 문집의 경우에도 일기에 수록된 작품을 모아 문집을 편찬한 경우를 볼 수가 있다.

> 만년(晩年)에 일기(日記) 2권을 지었는데 이것은 19년 동안 일심(一心)

---

28) 이종묵, 「황윤석의 문학과 '이재난고'의 문학적 가치」, 『이재난고로 보는 조선 지식인의 생활사』, 한국학중앙연구원, 2008, 119쪽.

29) 이종묵, 「황윤석의 문학과 '이재난고'의 문학적 가치」, 『이재난고로 보는 조선 지식인의 생활사』, 한국학중앙연구원, 2008, 120~132쪽.

으로 해낸 그의 사적(事跡)이다. 손자 만기(萬基)는 그 일기(日記) 가운데
시문(詩文)이 편장(篇章) 사이에 산재(散在)한 것을 보고 방만(放漫)하여
읽어보기 어렵기 때문에 그 시문(詩文)을 따로 뽑아내어 책자(册子)로 만
들고 그것을 이름하여『봉서집(鳳棲集)』이라고 했다.[30]

위의 글은 변상철(邊相轍, 1818~1886)의『봉서유고(鳳棲遺稿)』해제 중
간행 경위를 설명한 부분이다. 보통 해제를 쓸 때 서, 발 등을 통해 문집
편찬 경위를 파악하는데, 위의 설명도 서, 발을 통해 파악한 것으로 보
인다. 이를 통해 변상철이 19년간 일기 2권을 남겼고, 손자 변만기가 그
일기 안에서 시문을 뽑아내어 문집을 편찬하였음을 알 수 있다. 곧『봉
서유고』의 경우도『이재유고』처럼 일기의 일부를 문집으로 편찬한 것
이다.

변상철의 일기는 아직 알려지지 않은 상태이다. 그런데 이처럼 일기
를 바탕으로 문집을 편찬했다는 기록을 통해, 문집 편찬시에 필사본 일
기가 존재했음을 알 수 있다. 그리고 이는 필사본 일기의 조사에도 도움
을 줄 수 있다. 변상철이 19년간 썼던 일기가 존재했었다는 확실한 기록
이 있으므로, 변상철의 후손가 조사 등을 통한 일기 발굴 가능성이 생기
기 때문이다.

또 한편 일기가 문집의 초고로서 역할을 한 경우가 아니라도 문집에
있는 글, 특히 편찬 경위를 쓴 서, 발이나 작자의 일생에 대해 쓴 행장과
같은 전기자료를 통해 일기의 존재 여부를 알 수도 있다.

경사자집(經史子集)을 두루 섭렵하고 나서 쓴 일기(日記)가 있어 사람들

---

30) 전남대학교 호남한문고전연구실,『호남지역 간행본 한문문집 간명해제』上, 전남
   대학교출판부, 2010, 425쪽.

의 찬탄을 받았다. 1908년에 나라의 어지러움을 보고 가족을 이끌고 동복(同
福) 웅곡(熊谷)으로 들어가 수정암(守靜庵)을 짓고 후학들을 가르쳤다.[31]

신암(新菴)이 죽은 뒤 손자인 조흥구(趙興九)가 그의 유문을 수집하여
1942년에 간행을 보았다. 권수(卷首)에 정기(鄭琦)가 지은 서문(序文,
1939년)이 있고 권말에는 윤재린(尹在麟)·이기영(李基泳)의 발문(跋文)이
있다. 별도의 수초(手草) 일록(日錄)이 있는 듯하나 이 문집에는 수록되지
않았다.[32]

위는 문집해제를 통해 일기의 유무를 볼 수 있는 경우를 예로 든 것이
다. 첫째 인용문은 오진묵(吳晉默, 1868~1936)의 『수정유고(守靜遺稿)』에
대한 해제 중 인물에 대해 설명하고 있는 부분의 일부이다. 전기자료를
통해 인물의 일생을 정리하면서 일기에 대한 내용을 확인하고 설명을
붙인 것으로 보인다. 둘째 인용문은 조승하(趙承夏, 1816~1889)의 『신암유
고(新菴遺稿)』에 대한 해제 중 마지막 부분이다. 서, 발을 정리하면서 일
기 관련 내용이 있어 설명을 붙인 것으로 보인다.
두 해제를 통해 오진묵에게 사람들의 칭찬을 받은 일기가 있으며, 조
승하에게 직접 쓴 일기가 있음을 알 수 있다. 문집의 글을 직접 보고 일
기에 대한 기록이 있는지를 찾는 것은 많은 시간과 노력을 요구하므로,
해제를 통해 찾아보았다. 문집에 대한 설명글인 해제에 이렇듯 일기에
대한 기록이 있는 것으로 보아, 실제 문집의 글을 본다면 더 많은 일기
에 대한 정보를 찾을 수 있을 것이다.

---

31) 전남대학교 호남한문고전연구실, 『호남지역 간행본 한문문집 간명해제』上, 전남
대학교출판부, 2010, 665쪽.
32) 전남대학교 호남한문고전연구실, 『호남지역 간행본 한문문집 간명해제』上, 전남
대학교출판부, 2010, 687쪽.

Ⅱ. 호남문집 소재 일기류 자료의 시기별 현황

호남문집 소재 일기는 고려말, 조선초를 살았던 인물인 정광의 일기를 시작으로 하여 20세기까지 다양한 인물의 일기가 남아 있다. 본 장에서는 호남문집 소재 일기의 시기를 세기별로 나누어 정리할 것이다.

일기의 일자가 확실한 경우와 일기의 일자는 미상이라도 저자의 생년과 몰년이 같은 세기라면 문제가 없지만, 인물의 생몰연도가 두 세기에 걸쳐 있고 일기의 일자가 미상인 경우에는 세기 구분이 애매해진다. 이런 경우에는 저자가 살았던 기간이 더 긴 세기에 해당 일기를 포함시켰다. 적은 수이긴 하지만 문집 저자의 일기가 아닌 다른 사람의 일기를 수록한 경우가 있다. 이때 일기에 기록된 시기가 저자의 생몰시기와 다르더라도 저자 생몰년이 해당하는 세기에 일기를 포함시켰다. 이렇게 해서 확인된 호남문집 소재 일기의 시기별 수량 및 비율은 다음과 같다.

〈호남문집 소재 일기의 시기별 수량 및 비율〉

시기	수량(편)	비율(%)
14~15세기	5	0.88
16세기	75	13.27
17세기	59	10.44
18세기	57	10.09
19세기	172	30.44
20세기	197	34.86
합계	565	

14세기와 15세기에는 작품 수가 적기 때문에 14~15세기는 한 절로 묶었고, 이후는 세기별로 작품을 정리하였다. 각 세기별로 먼저 일기 목록

을 제시한 후 설명을 덧붙였다. 분량이 많긴 하지만 세기별로 일기 목록 전체를 제시하여 일기의 현황을 선명하게 볼 수 있도록 하였다. 일기의 일자가 미상인 작품들이 있기 때문에 수록 순서는 저자 생몰년 순서로 하였으며, 한 문집에 2편 이상의 일기가 있는 경우에는 문집에 수록된 순서를 따랐다. 이 경우 저자명 다음에 숫자로 문집 수록 일기 중 몇 번째에 해당하는지를 표기하였다. 한 문집에 수록된 일기라도 세기가 다른 경우 해당 세기별로 일기가 나뉘어 제시되므로, 숫자를 통해 해당 일기가 문집 중 몇 번째 일기인지를 한 눈에 파악할 수 있게 하기 위해서이다.

한 문집 안에 수록된 일기가 2편 이상인데 각 편의 세기가 다른 경우에는, 다음 세기의 일기는 다음 세기 일기 목록에 다시 저자 생몰년 순서, 문집에 수록된 순서로 넣었다. 예컨대 남극엽의 『애경당유고』에 수록된 4편의 일기 중 <영남일기>는 18세기 일기 목록에 실었으며, 다른 3편은 19세기 일기 목록에 문집 수록 순서대로 실었다. 또 한 편의 일기가 두 세기에 걸쳐 작성된 경우에는 앞 세기에 해당 일기를 넣었다. 저자의 생몰년을 확실히 알 수 없고 세기만 아는 경우에는 일기 기간과 상관없이 각 세기의 맨 마지막에 해당 일기를 넣었다.

1800년의 일을 기록한 일기(장헌주의 『여력재집』 내 <경신구월구일야록>, <지월이십일일야록>, <지월회일야록>), 1900년의 일을 기록한 일기(오준선의 『후석유고』 내 <서유록>, 김운덕의 『추산유고』 내 <회덕유람기>, 강희진의 『지헌유고』 내 <삼산재일기>, 김택술의 『후창집』 내 <금화집지록>)의 경우 세기를 나누는 원칙상으로는 각각 18세기, 19세기에 속해야 한다. 하지만 본 저서에서는 연대별로도 작품을 살피기 때문에 연구 편의상 1800년의 일기는 19세기에, 1900년의 일기는 20세기에 포함시켰다.

각 세기별로 제시한 목록의 항목은 '순번, 일기명, 수록 문집, 문집 저자, 저자 생몰연도, 일기 기간, 요약, 내용 분류'로 이루어져 있다. 수록 문집의 경우 문집명과 함께 몇 권의 어느 부분에 실렸는지까지 제시하였다. 요약은 일기의 내용을 한 두 문장으로 집약한 것이며, 내용 분류는 생활일기, 강학일기, 관직일기, 기행일기, 사행일기, 유배일기, 전쟁일기, 의병일기, 사건일기, 장례일기 10가지 중 무엇에 해당하는 지를 적은 것이다.

일기를 보면 하나의 일기에 여러 가지 내용이 실린 경우가 있다. 한 예로 스승을 만나 수학을 하는 것은 강학일기에 속하지만, 그 스승을 만나기 위해 이동하는 과정에서 보게 되는 것들이 자세히 수록되어 있으면 기행일기와 같은 특징도 가지고 있다. 이러한 경우 내용 분류 항목에 각 일기의 주된 부분, 곧 '강학일기'를 먼저 쓰고, 함께 담고 있는 내용인 '기행일기'를 다음 줄에 넣었다. 그리고 내용별로 분류할 때는 첫 줄에 쓴 분류의 일기에 포함시켰다. 일기 하위에 해당하지 않지만 '유기'는 문학의 한 장르로서 널리 쓰이고 일기 형식인 것이 많기 때문에, 기행일기이면서 유기에도 해당하는 것은 기행일기 다음 줄에 유기라고 넣었다. 표류일기, 포로일기 같은 경우에도 10가지에는 해당하지 않지만 매우 특색이 있는 경우이기 때문에 표류일기는 기행일기 하위에, 포로일기는 전쟁일기 하위에 표기하여 이 목록을 보고 주된 내용을 파악할 수 있게 하였다. 과거일기, 제사일기 같은 경우도 주된 내용 분류 하위에 표기하였다.

1. 14~15세기

〈14~15세기 호남문집 소재 일기 목록〉

순번	일기명	수록 문집	문집 저자	저자 생몰연도	일기 기간	요약	내용 분류
1	일기(日記)	건천선생유집 (巾川先生遺集)	정광1[1] (程廣)	미상 (고려말엽)	1359년~1392년	이성계가 홍두적을 대파한 때부터 즉위할 때까지의 활약상을 기록.	사건일기
2	등산록 (登山錄)	건천선생유집 (巾川先生遺集)	정광2 (程廣)	미상 (고려말엽)	미상	제목만 전함. 제목 밑에 '문실전(文失傳)'이라는 주가 붙음.	기행일기
3	정원일기 (政院日記)	청재박선생충절록(淸齋朴先生忠節錄) 부록	박심문 (朴審問)	1408~1456	1758년 8월, 10월 28일, 1788년 8월, 1791년 2월 25일, 3월 11일, 4월 20일	영조, 정조 때에 사육신 등을 증직하고 시호를 내려 준 일과 관련한 《승정원일기》 부분 발췌.	관직일기
4	표해록 (漂海錄)	금남집 (錦南集) 권3~5	최부 (崔溥)	1454~1504	1488년 1월 30일~ 6월 4일	제주도에서 나주로 이동 중의 표류와 중국을 통한 귀환과정을 기록.	기행일기 표류일기
5	유서석산기 (遊瑞石山記)	면와공유고 (勉窩公遺稿) 부기(附記)	정지반 (鄭之潘)	1464~1517	미상	동생이 무등산을 유람한다는 것을 듣고 쓴 글.	기행일기

조선시대 일기를 전체적으로 조사하여 가장 많은 연구 성과를 낸 연구자는 황위주이다.[2] 황위주는 조선시대 일기 1,600여 편을 조사하고,

---

1) 한 문집 안에 2편 이상의 일기가 수록된 경우에는 이처럼 저자명 옆에 번호를 붙여 문집 수록 일기 중 몇 번째 일기인지를 한 눈에 파악할 수 있게 하였다. 14~15세기에는 일기 수가 적어서 숫자를 표기하지 않아도 쉽게 파악되나, 이후에는 수가 많고 두 세기에 걸쳐 일기가 여러 편 있는 문집도 있어서 숫자 표기가 필요하다.

2) 황위주, 「조선시대 일기자료의 현황과 활용방안」, 『국역 조선시대 서원일기』, 한국국학진흥원, 2007 ; 황위주, 「朝鮮時代 日記資料와 '秋淵先生日記'」, 『대동한문학』30, 대동한문학회, 2009 ; 황위주, 「日記類 資料의 國譯 現況과 課題」,

조사한 자료를 바탕으로 일기의 현황을 시기별, 내용별로 정리하였다. 그는 문집에 수록된 일기뿐 아니라 별도로 존재하는 일기를 비롯하여 모든 일기를 총 망라하여 조사하였는데 시기별, 내용별 추이는 문집 소재 일기와 상통하는 부분이 있다.

황위주는 "14~15세기의 일기는 절대 양이 많지 않을 뿐만 아니라 일기다운 일기를 발견하기도 어려웠다. …… 다만 15세기 말 중국 표류 사실을 서술한 최부의 <표해록> 정도가 일기 체계를 제대로 갖추고 내용도 풍부하였다."[3]라고 하였는데, 양도 적고 일기다운 일기를 찾기 어려운 현실은 호남문집 소재 일기에서도 확인할 수 있었다.

14~15세기 호남문집 소재 일기는 5편으로 수량이 매우 적지만, 어떤 내용을 담고 있는 일기들이 있는지를 파악하기 위해 내용별 수량 및 비율을 살펴보면 다음과 같다.

〈14~15세기 호남문집 소재 일기의 내용별 수량 및 비율〉

내용 분류	수량(편)	비율(%)
관직일기	1	20
기행일기	3	60
사건일기	1	20
합계	5	

『고전번역연구』1, 한국고전번역학회, 2010. 이 중 2007년에 발간된 『국역 조선시대 서원일기』의 말미에는 「조선시대 일기자료의 현황과 활용방안」이라는 황위주의 논문과 함께 1,602편 일기 전체의 목록과 소장처가 제시되어 있다.

3) 황위주, 「조선시대 일기자료의 현황과 활용방안」, 『국역 조선시대 서원일기』, 한국국학진흥원, 2007, 770~771쪽.

호남문집 소재 일기 중 가장 앞선 시기의 작품은 정광의 『건천선생유집』에 실린 <일기>와 <등산록>이다. 정광은 고려말, 조선초 곧 14세기 말엽에 살았던 인물로, 구체적 생몰연도는 알려지지 않고 있다. 15세기에 와서는 박심문의 『청재박선생충절록』 부록에 실린 <정원일기>, 최부의 『금남집』에 실린 <표해록>, 정지반의 『면와공유고』에 부기(附記)라 하여 실린 <유서석산기>가 있다.

그런데 초기의 이러한 일기들은 광의(廣義)의 일기에 포함되긴 하지만, 일반적인 일기의 형태가 아닌 것들이 많다. 우선 호남문집 소재 일기 중 가장 초기 작품이고 '일기(日記)'라는 명칭을 사용하고 있는 정광의 <일기>는 자신의 경험을 쓴 것이 아니라, 이성계와 관련한 역사적 사건을 기록한 것이다. 이성계가 1359년에 홍두적 사유관(沙劉關) 등을 대파한 일을 시작으로 고려말에 이성계의 활약을 요약하고 이성계가 송경(宋京) 수창궁(壽昌宮)에서 즉위한 것으로 끝맺고 있다.

같은 문집에 실린 <등산록>은 제목의 주(註)에 '글은 전해지지 않는다[文失傳]'라고 하였으며, 원문은 실려있지 않다. 다만 아래와 같은 이 글에 대한 간략한 설명이 있어, 정광이 동료들과 만수산에 올랐던 일을 적은 글이 있었음을 알 수 있다.

> 공이 동료들과 함께 만수산에 올라 술을 마시며 시를 짓고, 감개한 마음을 글로 지어 주의(周顗)가 신정(新亭)에서 탄식한 일을 발하였다고 한다.[4]

주의는 동진(東晉) 사람으로, 여러 명사(名士)들이 신정(新亭)에 모여

---

4) 此公同諸僚, 登萬壽山, 酣觴賦詩, 述文憾慨, 發周顗新亭之歎云. - 程廣, 『巾川先生遺集』, <登山錄>

술을 마시는데, 주의(周顗)가 "풍경은 다르지 않는데 눈을 들어 바라보니, 산하(山河)가 다르다."고 탄식하였다는 고사가 있다. 아마도 원래의 <등산록>에 주의의 고사를 빗댄 표현이 있었던 듯하다. 기행일기이며 유기에 속했을 듯하나 원문이 전해지지 않는다.

박심문의 『청재박선생충절록』 부록에 실린 <정원일기>와 정지반의 『면와공유고』에 부기(附記)라 하여 실린 <유서석산기>는 문집 저자가 쓴 일기가 아니다. <정원일기>는 저자 사후 300년도 지난 영조, 정조 대의 《승정원일기》에서 사육신 증직 관련 부분을 발췌한 것이고, <유서석산기>는 문집 저자 정지반의 형인 정지유(鄭之遊)의 글이다.

14~15세기 5편의 호남문집 소재 일기 중 저자의 직접 경험을 날짜별로 정리한 일반적인 일기는 최부의 『금남집』에 실린 <표해록>이 유일하다. <표해록>은 최부가 추쇄경차관으로 제주도에 있던 중 1488년 1월에 아버지가 돌아가셨다는 소식을 듣고 출항했다가 표류하여 중국을 거쳐 같은 해 6월에 조선으로 돌아 온 과정을 일기로 기술한 것이다. 이 일기는 호남의 대표적인 일기, 15세기의 대표적인 일기, 표류문학의 대표적인 일기로 현대에까지 널리 읽혀지고 있다. 표류 과정을 생생하게 묘사하여 표류문학으로서도 의의가 있지만, 15세기 중국 강남을 묘사한 기행문학으로서도 의의가 있다.

이렇듯 14~15세기 호남문집 소재 일기는 작품 수도 5편으로 적고 형식적으로 완전하지 못하며, 내용도 빈약하다. 하지만 문집 간행시 일기의 수록 과정과 호남에 어떤 일기들이 있었는지를 아는 데 도움을 준다는 점, 조선의 일기문학 중 높은 평가를 받고 있는 <표해록>이 이 시기에 있었다는 점에서 의의가 있다.

2. 16세기

〈16세기 호남문집 소재 일기 목록〉

순번	일기명	수록 문집	문집 저자	저자 생몰연도	일기 기간	요약	내용 분류
1	금골산록 (金骨山錄)	망헌선생문집 (忘軒先生文集)	이주 (李冑)	1468~1504	1502년 9월	진도 유배 중 금골산에 다녀온 일을 기록.	기행일기 유기
2	부경일기 (赴京日記)	양곡선생문집 (陽谷先生文集) 권14 잡저	소세양 (蘇世讓)	1486~1562	1533년 11월~1534년 4월 28일	진하사로서 중국 연경에 다녀온 일을 기록.	사행일기
3	연행록 (燕行錄)	면앙집 (俛仰集) 속집 권1	송순 (宋純)	1493~1583	1547년	사절로서 추천받고 출발할 때의 일을 짧게 기록.	사행일기
4	조천록 (朝天錄)	회산집 (檜山集) 권2	정환1 (丁煥)	1497~1540	1537년 7월 1일~11월 14일	서장관으로서 중국 북경에 다녀온 일을 기록.	사행일기
5	서행기 (西行記)	회산집 (檜山集) 권2	정환2 (丁煥)	1497~1540	미상	서울에서 평양까지 유람한 일을 기록.	기행일기 유기
6	유호가정기 (遊浩歌亭記)	설강유고 (雪江遺稿) 부록 권2 기	유사 (柳泗)	1502~1571	미상	문집 저자 유사의 후손인 종(琮)이 호가정에 와서 노닌 일을 기록.	기행일기 유기
7	유칠보산기 (遊七寶山記)	금호유고 (錦湖遺稿) 잡저	임형수 (林亨秀)	1504~1547	1542년 3월	칠보산을 유람한 일을 기록.	기행일기 유기
8	일기(日記)	유헌집(遊軒集) 권3	정황 (丁熿)	1512~1560	1545년 1월 15일~6월 30일	사신 방문 등 정사상 있었던 일을 기록.	관직일기
9	전라도도사 시일록 (全羅道都 事時日錄)	행당유고 (杏堂遺稿) 권3	윤복1 (尹復)	1512~1577	1551년 8월 6일~10월 19일	관찰사의 보좌관으로서 부임지에 내려가 임무를 수행한 일을 기록.	관직일기
10	은대일록 (銀臺日錄)	행당유고 (杏堂遺稿) 권3	윤복2 (尹復)	1512~1577	1572년 4월 23일~9월 12일	승정원의 주요 사건을 기록.	관직일기
11	유사척록 (遺事撫錄)	행당유고 (杏堂遺稿) 권4 부록	윤복3 (尹復)	1512~1577	1568년, 1577년	여러 문헌에서 저자와 관련된 기록을 뽑아 편찬한 것으로서, 『미암일기』 중에서 1568년의 이틀간의 일기와 1577년 윤복의	생활일기

순번	일기명	수록 문집	문집 저자	저자 생몰연도	일기 기간	요약	내용 분류
						사망 소식을 듣고 쓴 일기가 수록됨.	
12	일기(日記)	미암집(眉岩集) 권5~14	유희춘1 (柳希春)	1513~1577	1567년 10월 3일~ 1577년 5월 13일	약 10년 동안의 일상생활을 기록.	생활일기
13	경연일기 (經筵日記)	미암집(眉岩集) 권15~18	유희춘2 (柳希春)	1513~1577	1567년 11월~1576년 9월	경연관으로서 경연에 참여했던 일을 기록.	관직일기 경연일기
14	유장수사기 (遊長水寺記)	옥계선생문집 (玉溪先生文集) 권5	노진 (盧禛)	1518~1578	미상	두류산 장수사를 유람한 일을 기록.	기행일기 유기
15	미암일기초 (眉巖日記抄)	덕봉집(德峰集) 부록	송종개 (宋鍾介)	1521~1578	1567년 12월 1일~ 1576년 11월 11일	미암 유희춘의 일기 중 송종개의 등장 부분을 발췌하여 수록.	생활일기
16	조천록 (朝天錄)	동상선생문집 (東湘先生文集) 권7	허진동 (許震童)	1525~1610	1572년 8월 6일~1573년 2월 11일	등극하사인 외숙을 따라 중국에 다녀온 일을 기록.	사행일기
17	정해일기초 (丁亥日記抄)	금호유사 (錦湖遺事) 문	나사침 (羅士忱)	1525~1596	1587년 1월 14일~12월 30일	약 1년간의 일상생활을 기록.	생활일기
18	논사록 (論思錄)	고봉집(高峯集) 권4~5	기대승 (奇大升)	1527~1572	1564년 2월 13일~1572년 5월 1일	후손들이 정리한 것으로 경연에 참여했던 일을 기록.	관직일기 경연일기
19	제현기술 (諸賢記述)	운강유고 (雲江遺稿) 부록	김계 (金啓)	1528~1574	1567년 11월 1일~ 1574년 1월 6일	김계가 등장한 기록을 모아 놓은 것으로, 미암의 일기에서 발췌한 것이 많으며, 관직생활과 관련한 내용이 대부분임.	관직일기
20	산서일기절록 (山西日記節錄)	삼도실기 (三島實記) 권2 부록	임계영1 (任啓英)	1528~1597	1592년 7월 20일~1593년 6월 15일	조경남 일기 중 임계영과 관련된 기록이 있는 날짜의 일기들을 수록.	전쟁일기
21	충무공난중일기절록 (忠武公亂中日記節錄)	삼도실기 (三島實記) 권2 부록	임계영2 (任啓英)	1528~1597	1593년 1월 14일	이순신 일기 중 전라 좌의 병장 임계영과 우의병장 최경회를 만나 토벌을 약속한 부분 발췌 수록.	전쟁일기

순번	일기명	수록 문집	문집 저자	저자 생몰연도	일기 기간	요약	내용 분류
22	유송도록 (遊松都錄)	도탄집(桃灘集) 권1 잡저	변사정1 (邊士貞)	1529~1596	1591년 2월 23일~27일	송도의 박연폭포 등을 유람한 일을 기록.	기행일기 유기
23	유두류록 (遊頭流錄)	도탄집(桃灘集) 권1 잡저	변사정2 (邊士貞)	1529~1596	1580년 4월 5일~11일	지리산 청왕봉, 쌍계사 등을 유람한 일을 기록.	기행일기 유기
24	고산일록 (孤山日錄)	일휴당선생실기 (日休堂先生實記) 부록	최경회 (崔慶會)	1532~1593	1592년 7월	조경남의 일기 중 최경회가 활약한 부분 발췌 수록.	전쟁일기
25	흥의소일기 (興義所日記)	야수실기 (野叟實記) 권1	채홍국1 (蔡弘國)	1534~1597	1592년 8월 11일~11월 19일	임진왜란 초기에 흥덕에서 의병을 규합하고 훈련한 과정 등을 기록.	전쟁일기
26	호벌치순절일기 (胡伐峙殉節日記)	야수실기 (野叟實記) 권1	채홍국2 (蔡弘國)	1534~1597	1597년 3월 23일~4월 23일	부안에서 왜적과 싸우다 죽어간 일을 기록. 채홍국 사망 후까지 기록되므로 다른 사람이 기록한 것으로 보임.	전쟁일기
27	별전일기 (別殿日記)	양호당선생유고 (養浩堂先生遺稿) 권3	이덕열1 (李德悅)	1534~1599	1594년 10월 29일	하루간의 일기로 윤두수 관련 임금과 영의정 사이의 문답 기록.	관직일기
28	경연일기 (經筵日記)	양호당선생유고 (養浩堂先生遺稿) 권3	이덕열2 (李德悅)	1534~1599	1594년 11월 16일, 1595년 6월 15일, 9월 1일	이덕열이 경연에 참여했던 일자의 일기를 모은 것. 일자별로 '경연일기'라는 제목이 다시 붙음.	관직일기 경연일기
29	일록(日錄)	양호당선생유고 (養浩堂先生遺稿) 권4 보유	이덕열3 (李德悅)	1534~1599	1592년 4월 13일~1599년 6월 1일	임진왜란의 상황을 일기 형식으로 정리한 것으로, 본인의 일이 아니라 전쟁을 정리한 것.	전쟁일기
30	임진창의일기 (壬辰倡義日記)	풍암문선생실기 (楓菴文先生實記) 권3	문위세 (文緯世)	1534~1600	1592년 4월 13일~1597년 8월 15일	다른 사람이 쓴 것으로 임진왜란 당시 문위세의 의병활동을 기록.	전쟁일기
31	일기십오조 (日記十五條)	송강선생문집 (松江先生文集) 별집 권1 잡저	정철 (鄭澈)	1536~1593	미상	하서 김인후를 뵈러 간 일 등 짤막한 15일간의 생활 기록.	생활일기
32	일기(日記)	선양정문집 (善養亭文集) 권3	정희맹 (鄭希孟)	1536~1596	1592년 4월 ~1594년 1월 4일	임진왜란 초기의 상황과 의병활동을 기록.	전쟁일기

순번	일기명	수록 문집	문집 저자	저자 생몰연도	일기 기간	요약	내용 분류
33	예교진병일록 (曳橋進兵日錄)	섬호시집 (剡湖詩集)	진경문 (陳景文)	1538~1642	1598년 9월 14일~10월 13일	정유재란 시 의병이 순천 예교에서 대전한 상황을 기록.	전쟁일기
34	두류산 (頭流山)	영허집(映虛集) 권4 유산록	영허 해일1(映虛 海日)	1541~1609	미상	직접 본 두류산의 풍경 기록.	기행일기 유기
35	향산(香山)	영허집(映虛集) 권4 유산록	영허 해일2(映虛 海日)	1541~1609	미상	직접 본 향산의 풍경 기록.	기행일기 유기
36	금강산 (金剛山)	영허집(映虛集) 권4 유산록	영허 해일3(映虛 海日)	1541~1609	미상	직접 본 금강산의 풍경 기록.	기행일기 유기
37	난중일기 (亂中日記)	반곡집 (盤谷集) 권5	정경달 (丁景達)	1542~1602	1592년 4월 ~1596년 3월	선산부사 및 이순신의 종 사관으로서 임진왜란 때 겪었던 일들을 기록.	전쟁일기
38	금강산기행록 (金剛山紀 行錄)	청계집(靑溪集) 권4 문	양대박1 (梁大樸)	1543~1592	1572년 4월 4일~20일	아버지를 모시고 금강산 을 유람한 일을 기록.	기행일기 유기
39	두류산기행록 (頭流山紀 行錄)	청계집(靑溪集) 권4 문	양대박2 (梁大樸)	1543~1592	1586년 9월 2일~12일	지리산을 유람한 일을 기록.	기행일기 유기
40	창의일기 (倡義日記)	오천집(鰲川集) 권1 잡저	김경수 (金景壽)	1543~1631	1592년 7월 18일~1597 년 9월 10일	남문에서 창의한 것을 시 작으로 의병으로서 전쟁 에 참여한 일을 기록.	전쟁일기
41	안우산부산 기사 (安牛山釜 山記事)	정충장공실기 (鄭忠壯公實紀)	정운1 (鄭運)	1543~1592	1592년 4월 ~9월 1일	〈부산기사〉는 임진왜란 발발 시 이순신과 정운의 해전에서의 활동상을 안 방준이 기록한 것으로, 정운의 문집에 전체가 수 록됨.	전쟁일기
42	난중일기 (亂中日記)	정충장공실기 (鄭忠壯公實紀)	정운2 (鄭運)	1543~1592	1592년 5월 1일, 6월 7일	이순신의 일기 중 정운이 등장한 이틀간의 일기 발 췌 수록.	전쟁일기
43	덕룡유산록 (德龍遊山錄)	향북당선생유고 (向北堂先生遺稿) 권상 잡저	정준일 (鄭遵一)	1547~1623	1590년 3월 15일	덕룡산을 유람한 일을 기록.	기행일기 유기

순번	일기명	수록 문집	문집 저자	저자 생몰연도	일기 기간	요약	내용 분류
44	찬술선고양건당임진창의격왜일기 (纂述先考兩蹇堂壬辰倡義擊倭日記)	양건당문집 (兩蹇堂文集) 권3	황대중 (黃大中)	1551~1597	1592년 4월 ~1598년 12월 19일	임진왜란 당시의 상황과 황대중의 활약을 기록한 것으로, 자식들이 정리한 것으로 보임.	전쟁일기
45	일기(日記)	월파집(月坡集)	유팽로 (柳彭老)	1554~1592	1592년 4월 2일~7월 10일	임진왜란 초기 의병으로서 유팽로의 활약을 다른 사람이 기록한 것.	전쟁일기
46	예교진병일록 (曳橋進兵日錄)	습정유고 (習靜遺稿) 부록2	임환 (林懽)	1561~1608	1598년 9월 14일~10월 13일	정유재란 시 의병이 순천 예교에서 대전한 상황을 기록한 것으로, 진경문의 일기를 그대로 수록.	전쟁일기
47	오산남문일기 (鰲山南門日記)	노파실기 (老坡實記) 권1	윤황 (尹趪)	1562~1597	1592년 7월 28일~1593년 6월 2일	〈창의록〉에서 윤황이 기록된 부분만 발췌 수록.	전쟁일기
48	유삼각산기 (遊三角山記)	난곡유고 (蘭谷遺稿) 권2 잡저	정길 (鄭佶)	1566~1619	미상	삼각산을 유람한 일을 기록.	기행일기 유기
49	임진부의 (壬辰赴義)	금계집(錦溪集) 권3	노인1 (魯認)	1566~1622	1592년~ 1593년	임진왜란이 일어나고 권율의 아래에 들어가 전쟁에 참여하는 과정을 기록.	전쟁일기
50	정유피부 (丁酉彼俘)	금계집(錦溪集) 권3	노인2 (魯認)	1566~1622	1597년	정유년 재침입 때의 상황과 본인이 피랍되는 과정을 기록.	전쟁일기 포로일기
51	만요척험 (蠻徼陟險)	금계집(錦溪集) 권3	노인3 (魯認)	1566~1622	1597년	순천에서 바다를 건너 일본으로 가는 과정을 기록.	전쟁일기 포로일기
52	왜굴탐정 (倭窟探情)	금계집(錦溪集) 권3	노인4 (魯認)	1566~1622	1597년~ 1599년	일본에서 포로로서 살던 몇 년간의 생활을 기록.	전쟁일기 포로일기
53	화관결약 (和館結約)	금계집(錦溪集) 권3	노인5 (魯認)	1566~1622	1599년 2월 ~3월	중국 차관의 종자인 진병산, 이원징과 중국으로 도망가기로 약속하는 과정을 기록.	전쟁일기 포로일기
54	화주동제 (華舟同濟)	금계집(錦溪集) 권3	노인6 (魯認)	1566~1622	1599년 3월	배를 타고 중국으로 이동하고, 중국에 도착한 일을 기록.	전쟁일기 기행일기

순번	일기명	수록 문집	문집 저자	저자 생몰연도	일기 기간	요약	내용 분류
55	장부답문 (漳府答問)	금계집(錦溪集) 권3	노인7 (魯認)	1566~1622	1599년 4월 4일	하루간의 일기로 해방아 문(海防衙門)에서 전쟁 상황에 대해 물은 것에 대답함.	전쟁일기
56	해방서별 (海防敍別)	금계집(錦溪集) 권3	노인8 (魯認)	1566~1622	1599년 4월 5일	하루간의 일기로 함께 중 국으로 온 진병산, 이원 징과 이별하는 과정을 기록.	전쟁일기
57	흥화력람 (興化歷覽)	금계집(錦溪集) 권3	노인9 (魯認)	1566~1622	1599년 4월 6일~미상	임차관과 함께 출발하여 복건성에 도착하기까지 보게 된 것과 도착한 후 사람들을 만난 일을 기록.	전쟁일기 기행일기
58	복성정알 (福省呈謁)	금계집(錦溪集) 권3	노인10 (魯認)	1566~1622	1599년 4월	복건성에 머무르면서 군 문(軍門)에 글을 바친 일, 사람들을 만난 일을 기록.	전쟁일기 생활일기
59	대지서회 (臺池舒懷)	금계집(錦溪集) 권3	노인11 (魯認)	1566~1622	1599년 5월 1일~10일	복건성의 누대에 올라 감 상하고 사람을 만난 일 등을 기록.	전쟁일기 기행일기
60	원당승천 (院堂升薦)	금계집(錦溪集) 권3	노인12 (魯認)	1566~1622	1599년 5월 11일~30일	양현사서원에 가서 강학 에 참여한 일을 기록.	전쟁일기 강학일기
61	화동과제 (華東科制)	금계집(錦溪集) 권3	노인13 (魯認)	1566~1622	1599년 6월 1일	조선과 중국의 과거제도 에 대해 문답한 내용을 기록.	전쟁일기 강학일기
62	성현궁형 (聖賢窮亨)	금계집(錦溪集) 권3	노인14 (魯認)	1566~1622	1599년 6월 3일~1604 년 6월	북경으로의 호송과 고향 으로 돌아오는 과정 및 1604년에 남은 왜적을 치 는 내용을 기록.	전쟁일기
63	섭란사적 (涉亂事迹)	수은집(睡隱集) 간양록(看羊錄)	강항 (姜沆)	1567~1618	1597년 8월 ~1600년 5월	정유재란 시 일본에 끌려 갔다가 돌아오기까지의 체험을 기록.	전쟁일기 포로일기
64	일록(日錄)	호산공만사록 (湖山公萬死錄) 권1	정경득 (鄭慶得)	1569~1630	1597년 8월 ~1599년 7월	정유재란 시 동생 정희득 등과 일본에 끌려갔다가 돌아오기까지의 체험을 기록.	전쟁일기 포로일기
65	해상일록 (海上日錄)	월봉해상록 (月峯海上錄)	정희득 (鄭希得)	1573~1640	1597년 7월 20일~1599	정유재란 시 형 정경득 등과 일본에 끌려갔다가	전쟁일기 포로일기

순번	일기명	수록 문집	문집 저자	저자 생몰연도	일기 기간	요약	내용 분류
		권2			년 7월 28일	돌아오기까지의 체험을 기록.	
66	기축기사 (己丑記事)	은봉전서 (隱峰全書) 권5	안방준1 (安邦俊)	1573~1654	1589년 10월	정여립과 그 무리들의 역옥 과정을 기록.	사건일기
67	임진기사 (壬辰記事)	은봉전서 (隱峰全書) 권6	안방준2 (安邦俊)	1573~1654	1592년 4월	임진왜란 전 10년간의 상황을 간략히 설명 후 임진왜란 발발 후 1개월간의 상황을 기록.	전쟁일기
68	부산기사 (釜山記事)	은봉전서 (隱峰全書) 권7	안방준3 (安邦俊)	1573~1654	1592년 4월 ~9월 1일	임진왜란 발발 시 이순신과 정운의 해전에서의 활동상을 기록.	전쟁일기
69	노량기사 (露梁記事)	은봉전서 (隱峰全書) 권7	안방준4 (安邦俊)	1573~1654	1598년 11월	이순신이 노량해전에서 사망할 때의 상황을 서술.	전쟁일기
70	진주서사 (晉州敍事)	은봉전서 (隱峰全書) 권7	안방준5 (安邦俊)	1573~1654	1593년 6월 14일~7월 2일	제2차 진주성전투의 상황을 서술.	전쟁일기
71	기묘유적 (己卯遺蹟)	은봉전서 (隱峰全書) 권11~16	안방준6 (安邦俊)	1573~1654	1506년~ 1611년	기묘사화 때 조광조가 겪은 일이 중점적으로 기록된 것으로서, 1506년 연산군의 폐위부터 1611년에 조광조가 배향된 것까지 시간순으로 기록.	사건일기
72	혼정편록 (混定編錄)	은봉전서 (隱峰全書) 권17~34	안방준7 (安邦俊)	1573~1654	1575년~ 1650년	동서분당 및 당쟁의 일을 시간순으로 기록.	사건일기
73	임진창의일기 (壬辰倡義 日記)	모재집(慕齋集) 권2	정열1 (鄭悅)	1575~1629	1592년 5월 16일~8월 말	임진왜란 초기의 의병활동을 기록.	전쟁일기
74	양화일기 (楊花日記)	모재집(慕齋集) 권2	정열2 (鄭悅)	1575~1629	1592년 9월 26일~1593 년 7월 15일	임진왜란 초기 양화도를 중심으로 한 의병활동을 기록.	전쟁일기
75	정유일기 (丁酉日記)	모재집(慕齋集) 권2	정열3 (鄭悅)	1575~1629	1597년 1월 ~미상	정유년의 의병활동을 기록.	전쟁일기

16세기는 일기 작품이 풍부하게 문학사에 등장한 시기로서, 양적으로 나 질적으로 인정받을 만한 일기들이 등장하는데, 호남문집에 수록된 일기들 또한 그렇다. 이우경은 "우리의 일기는 16세기에 들어서면서 양 적으로 풍부해졌고 단순한 사실 기록에서 벗어나 개인의 의식을 많이 반영하게 되었다."5)고 하였고, 황위주는 1,602편 일기의 시기별 수량 확 인을 통해 이를 증명해 주었다. 황위주는 일기의 시기별 수량을 14세기 4편, 15세기 11편, 16세기 165편, 17세기 243편, 18세기 305편, 19세기 437 편, 20세기 178편, 시기 미확인 259편으로 정리6)하여, 16세기에 일기의 수가 급격히 증가하는 것을 확인시켜주었다. 호남문집 소재 일기도 조 사 결과 16세기에 75편의 일기가 확인되었다. 이는 14~15세기 5편의 15 배에 해당하는 수치로, 16세기에 호남문집 소재 일기도 풍부하게 등장 함을 확인할 수 있다.

14~15세기 5편의 일기는 최부의 <표해록> 외에는 모두 일기적 완결성 이 부족하였고, 작품 수량도 적다보니 내용별로도 관직일기 1편, 기행일 기 3편, 사건일기 1편 등 세 종류만이 있었다. 그마저도 정광의 <등산 록>은 본문이 전해지지 않고 제목과 약간의 설명만 전해지며, 관직일기 로 볼 수 있는 <정원일기>는 문집 저자인 박심문 사후 300여 년이 지난 후의 《승정원일기》에서 사육신 증직 등과 관련한 기록을 발췌한 것이 다. 이에 반해 16세기는 일기의 수량이 늘어난 것에 비례하여 일기가 담 고 있는 내용도 다양하고 풍부하다. 16세기 호남문집 소재 일기 75편을 내용별로 분류하면 다음과 같다.

---

5) 이우경, 『한국의 일기문학』, 집문당, 1995, 22쪽.
6) 황위주, 「조선시대 일기자료의 현황과 활용방안」, 『국역 조선시대 서원일기』, 한 국국학진흥원, 2007, 770쪽.

〈16세기 호남문집 소재 일기의 내용별 수량 및 비율〉

내용 분류	수량(편)	비율(%)
생활일기	5	6.67
강학일기	·	·
관직일기	8	10.67
기행일기	14	18.67
사행일기	4	5.33
유배일기	·	·
전쟁일기	41	54.67
의병일기	·	·
사건일기	3	4
장례일기	·	·
합계	75	

필자는 일기를 조사하는 과정에서 일기의 내용을 확인하고 생활일기, 강학일기, 관직일기, 기행일기, 사행일기, 유배일기, 전쟁일기, 의병일기, 사건일기, 장례일기 등 10가지로 분류하였다. Ⅲ장에서 전 시기 일기를 이 10가지 내용별로 나누어 다시 한 번 자세히 정리할 것이다. 16세기만 살펴봤을 때는 위와 같이 6가지 내용별 일기가 존재하는데, 이는 14~15세기의 두 배에 해당된다.

6가지 중 앞선 시기에도 있었던 3가지는 관직일기, 기행일기, 사건일기이다. 먼저 관직일기의 경우, 15세기 관직일기가 후대의 《승정원일기》를 발췌한 것에 불과하다면 16세기에는 관찰사의 보좌관으로서 순찰한 일을 기록한 윤복의 <행당일기>, 사신 방문 등 정사(政事)상 있었던 일을 기록한 정황의 <일기> 등 직접적인 관직경험을 기록한 일기가 나타난다. 또한 기대승의 <논사록>, 유희춘의 <경연일기> 등 경연관으로서 경연에 참여했던 일을 적은 일기를 비롯한 총 8편의 일기가 있어 다양한 관직일기가 등장하고 있음을 확인할 수 있다.

기행일기의 경우 14~15세기에는 표류로 인해 중국을 다녀오게 된 최부의 <표해록> 외의 두 작품이 모두 유기에도 속하는 작품이었다. 하지만 정광의 <등산록>이 제목만 전해지고, 정지반의 문집에 전해지는 <유서석산기>가 문집 저자 자신의 글이 아닌 저자의 형인 정지유가 동생의 무등산 유람을 듣고 쓴 글이라 이 또한 완전한 형태의 일기라 볼 수 없었다. 하지만 16세기에는 1502년 9월에 진도에 유배 중이던 이주가 금골산에 다녀온 일을 기록한 <금골산록>이 등장하고, 양대박이 아버지를 모시고 조선의 명산인 금강산을 유람한 일을 기록한 <금강산기행록>이 등장하는 등 본격적인 유기문학이면서 기행일기인 작품이 등장하고 있다. 기행일기는 총 14편인데 모두 조선의 아름다운 산수를 유람한 일을 기록한 것으로, 지리산, 삼각산, 칠보산 등의 산과 송도, 평양 등을 다녀온 것을 볼 수 있다.

사건일기의 경우, <기축기사>, <기묘유적>, <혼정편록> 총 3편이 등장하는데 모두 안방준의 저술이다. <기축기사>는 1589년 10월 정여립과 그 무리들의 역옥(逆獄) 과정을 기록한 것으로 짧은 반면, <기묘유적>은 『은봉전서』 권11~16에 수록된 방대한 분량이다. 기묘사화 때 조광조가 겪은 일을 중점적으로 기록한 것으로, 1506년 연산군의 폐위부터 1611년에 조광조가 배향된 것까지 100년이 넘는 기간의 일이 시간순으로 기록되어 있다. <혼정편록>도 1575년부터 1650년까지 약 75년간의 동서분당 및 당쟁의 일을 시간순으로 기록한 것으로, 『은봉전서』의 권17~34에 수록된 방대한 양이다. 안방준이 쓴 이 일기들은 14~15세기 정광이 이성계의 활약을 기록한 사건일기 <일기>와 비교할 수 없을 만큼 해당 사건에 대해 자세히 기록하였다. 안방준은 이 세 편 이외에도 비슷한 형식으로 임진왜란을 기록한 <임진기사>, <부산기사>, <노량기사>, <진주서사>를 남겼는데, 이는 전쟁이라는 단일 사건을 대상으로 하므로, 전쟁일기에 포함시켰다.

호남문집 소재 일기 중 16세기에 새로 등장한 3가지 일기는 생활일기, 사행일기, 전쟁일기이다. 생활일기는 5편이 전해지는데, 윤복의 『행당유고』 부록에 실린 <유사척록>, 유희춘의 <일기>, 송종개의 『덕봉집』 부록에 실린 <미암일기초>, 나사침의 <정해일기초>, 정철의 <일기십오조>가 그것이다. 이 5편 중 나사침의 일기에는 약 1년간의 생활이 간헐적으로 기록되어 있고, 정철의 일기에는 15일간의 일기만 수록되어 있어 짧은 편이라면 유희춘의 <일기>는 10년 동안의 일상생활을 기록한 대표적인 생활일기이다. 총 21권으로 이루어진 『미암집』의 권5부터 권14까지 10권에 걸쳐 이 일기가 수록되어 있다. 또한 생활일기 5편 중 윤복과 송종개의 문집에 수록된 2편은 모두 유희춘의 일기에서 저자 관련 내용을 발췌한 것이어서, 결국 16세기 호남문집에 수록된 생활일기 5편 중 3편은 미암 유희춘의 일기라 할 수 있다.

사행일기는 소세양의 <부경일기>, 송순의 <연행록>, 정환의 <조천록>, 허진동의 <조천록> 등 4편이 등장한다. 사행일기는 공식 사신으로서 명나라, 청나라, 일본 등 외국을 다녀온 일을 기록한 것으로 조선시대 전 시기에 걸쳐 꾸준히 나타난다. 명나라를 다녀온 것을 '조천록', 청나라를 다녀온 것을 '연행록'으로 구분하기도 하며, 일본을 다녀온 사신은 '통신사'라 하기 때문에 일본을 다녀온 일을 기록한 일기의 경우 '통신사일기' 등으로 불린다.

임기중은 일기, 한시 등 형식을 제한하지 않고 중국에 다녀온 사신들의 기록을 총 정리하였으며, 확인된 한국과 일본 소장본 모든 사행록을 사행 연대순으로 배열하여 목록을 제공하였다.7) 그의 조사에 의하면 1273년 원나라 사행을 기록한 이승휴(李承休, 1124~1300)의 『빈왕록(賓王錄)』이 현전하는 가장 오래된 사행록이다. 그는 최부의 <표해록>도 사행록에 포함시켰으나, 최부 <표해록>의 경우 공식적인 사행 기록이 아니므로 본 연구에서는 기행일기에 포함시켰다.

소세양의 『양곡조천록(陽谷朝天錄)』은 임기중이 정리한 사행록 중 시기순으로 13번째에 해당한다. 이 『양곡조천록』은 별도로 존재했으며, 후에 <부경일기>(1533년 11월~1534년 4월의 사행 기록)라는 제목으로 문집에 수록되어 호남문집 소재 일기 중 가장 이른 시기의 사행일기가 되었다. 정환과 허진동의 <조천록>은 1537년과 1572년의 사행을 구체적으로 볼 수 있는 기록이며, 송순의 <연행록>은 사절로서 추천받은 일, 출발 때의 일을 매우 짧게 기록한 것이다.

16세기에 새롭게 등장한 일기 중 마지막은 임진왜란이라는 전쟁 중의 경험을 기록한 전쟁일기이다. 14세기부터 20세기까지 호남문집 소재 일기가 존재하는 기간 동안 일어난 전쟁은 임진왜란, 정묘호란, 병자호란 세 가지로, 이때의 경험을 기록한 것이 전쟁일기에 해당한다. 이 중 호남문집 소재 일기에 기록된 전쟁은 임진왜란, 병자호란이다. 임진왜란은 1592~1598년에, 병자호란은 1636년 12월~1637년 1월에 일어나 총 시기를 합해도 10년이 되지 않는다. 하지만 전쟁은 엄청나게 충격적인 일이므로, 짧은 시기의 일이지만 이를 기록으로 남기려는 사람이 많았다.

16세기에 해당하는 전쟁은 임진왜란으로, 16세기의 말미에 7년 동안 전쟁이 일어났는데, 문집에 수록된 전쟁일기는 41편에 이른다. 16세기 호남문집 소재 일기 전체 75편 중 54%에 이르는 수치로 절반이 넘는 것

---

7) 임기중, 『연행록 연구』, 일지사, 2002, 31~42쪽.

이 바로 전쟁일기이다. 수치가 많은 것에는 노인의 전쟁 경험을 14편의 글로 나누어 수록한『금계집』이 한 몫을 하고 있지만, 이를 한 편으로 간주해도 62편 중 28편이 전쟁일기로 절반에 가깝다.

임진왜란에 참여한 일을 기록한 전쟁일기로는, 관직에 있으면서 전쟁에 참여한 일을 기록한 정경달의 <난중일기>, 의병으로서의 전쟁 참여를 기록한 채홍국의 <홍의소일기>, 김경수의 <창의일기>, 전쟁 중 포로로 잡혀간 일을 기록한 강항의 <섭란사적>, 정경득의 <일록>, 임진왜란을 사건별로 정리하여 기록한 안방준의 <부산기사>, <진주서사> 등 다양한 일기가 존재한다.

임계영의『삼도실기』부록에 수록된 <충무공난중일기절록>, 최경회의『일휴당선생실기』부록에 수록된 <고산일록> 등과 같은 전쟁일기는 선조들 관련 기록을 다른 사람의 전쟁일기에서 발췌하여 문집에 수록한 것으로, 많은 전쟁일기가 이에 속한다. <충무공난중일기절록>은 이순신의 일기에서 임계영 등장 부분을 발췌하여 수록한 것이고, <고산일록>은 조경남의 일기에서 최경회가 활약한 부분을 발췌하여 수록한 것이다. 일기가 짧은 경우에는 임환의『습정유고』부록에 실린 <예교진병일록>과 같이 일기 전문이 수록되기도 한다. <예교진병일록>은 정유재란 시 의병이 순천 예교에서 대전한 상황을 기록한 것으로 원래 진경문이 쓴 것이며, 진경문의『섬호시집』에 수록되어 있다. 예교의 전투에 임환도 참여하였기 때문에 임환의 후손들이 문집을 간행하면서 이 일기 전체를 부록에 수록한 것이다. 이렇듯 임진왜란 관련한 다양한 일기와 일기들의 문집 수록 과정을 16세기 호남문집 소재 일기를 통해 확인할 수 있다.

내용별로 일기를 살펴보면서도 알 수 있듯이 한 문집에 한 편의 일기만 수록되어 있는 것은 아니다. 16세기 호남문집 소재 일기 중 한 문집에 두 편 이상의 일기가 실려 있는 경우를 표로 정리하면 다음과 같다.

〈16세기 호남문집 소재 일기 중 한 문집에 2편 이상 수록된 경우〉

순번	일기 편수	수록 문집	문집 저자	일기명	비고
1	2편	회산집(檜山集)	정환 (丁煥)	조천록(朝天錄), 서행기(西行記)	
2	2편	미암집(眉岩集)	유희춘 (柳希春)	일기(日記), 경연일기(經筵日記)	
3	2편	삼도실기 (三島實記)	임계영 (任啓英)	산서일기절록(山西日記節錄), 충무공 난중일기절록(忠武公亂中日記節錄)	두 편 모두 다른 사 람의 일기를 수록.
4	2편	도탄집(桃灘集)	변사정 (邊士貞)	유송도록(遊松都錄), 유두류록(遊頭 流錄)	
5	2편	야수실기 (野叟實記)	채홍국 (蔡弘國)	흥의소일기(興義所日記), 호벌치순 절일기(胡伐峙殉節日記)	
6	2편	청계집(靑溪集)	양대박 (梁大樸)	금강산기행록(金剛山紀行錄), 두류 산기행록(頭流山紀行錄)	
7	2편	정충장공실기 (鄭忠壯公實紀)	정운 (鄭運)	안우산부산기사(安牛山釜山記事), 난중일기(亂中日記)	두 편 모두 다른 사 람의 일기를 수록.
8	3편	행당유고 (杏堂遺稿)	윤복 (尹復)	전라도도사시일록(全羅道都事時日 錄), 은대일록(銀臺日錄), 유사척록 (遺事摭錄)	
9	3편	양호당선생유고 (養浩堂先生遺稿)	이덕열 (李德悅)	별전일기(別殿日記), 경연일기(經筵 日記), 일록(日錄)	
10	3편	영허집(映虛集)	영허 해일 (映虛海日)	두류산(頭流山), 향산(香山), 금강산 (金剛山)	유산록 하위에 세 편 수록.
11	3편	모재집(慕齋集)	정열 (鄭悅)	임진창의일기(壬辰倡義日記), 양화 일기(楊花日記), 정유일기(丁酉日記)	
12	7편	은봉전서 (隱峰全書)	안방준 (安邦俊)	기축기사(己丑記事), 임진기사(壬辰 記事), 부산기사(釜山記事), 노량기 사(露梁記事), 진주서사(晉州敍事),	

순번	일기편수	수록 문집	문집저자	일기명	비고
				기묘유적(己卯遺蹟), 혼정편록(混定編錄)	
13	14편	금계집(錦溪集)	노인(魯認)	임진부의(壬辰赴義), 정유피부(丁酉被俘), 만요섭험(蠻徼涉險), 왜굴탐정(倭窟探情), 화관결약(和館結約), 화주동제(華舟同濟), 장부답문(漳府答問), 해방서별(海防敍別), 흥화력람(興化歷覽), 복성정알(福省呈謁), 대지서회(臺池舒懷), 원당승천(院堂升薦), 화동과제(華東科制), 성현궁형(聖賢窮亨)	임진왜란 중의 연결된 경험을 14편의 제목을 가진 글로 나누어 수록.

　한 문집에 2편 이상을 실은 문집은 총 13종이다. 이 중 2편을 실은 것이 7종, 3편을 실은 것이 4종으로 2~3편을 실은 경우가 많다. 7편을 실은 경우와 14편을 실은 경우는 각각 1종이다. 2편 이상을 실은 경우는 비교적 양이 적은 편인 산수유람을 기록한 기행일기가 많으며, 임진왜란이 있었던 16세기의 특성상 전쟁일기도 많다. 16세기 대표적인 학자인 안방준의 경우 역사적 사건을 시간순으로 구체적으로 기록한 사건일기 3편과 전쟁일기 4편이 있어, 16세기 일기를 풍부하게 하였다. 그의 글은 자신의 경험이 중심이 아니라서 일기로서 논란이 있기도 하지만 당대의 삶을 방대하게 기록한 넓은 범위의 일기라 할 수 있다. 14편을 실은 노인의 『금계집』은 임진왜란 중의 연결된 경험을 14편의 제목을 가진 글로 나누어 수록한 것이다. 문집에 수록된 것은 필사본 『금계일기』의 내용을 바탕으로 한 것으로, 이를 통해 한 편의 일기를 문집에 내용별로 작품을 나누어 수록하였던 예를 확인할 수 있다.

　호남문집 소재 작품 수가 5편에 불과했던 14~15세기와 달리 16세기에는 75편에 이르는 일기를 확인할 수 있었다. 이 시기에는 생활일기, 관직일기, 기행일기, 사행일기, 전쟁일기, 사건일기 등을 확인할 수 있는데, 이 중 임진왜란이라는 전쟁 상황을 기록한 일기가 절반이 넘는 41편에 달했다. 이들 일기는 의병, 관인 등의 전투뿐만 아니라 포로들의 삶까지 다양한 전쟁체험을 담고 있었다.

또한 생활일기의 수는 5편으로 적지만, '미암일기'로 불리며 현재까지 널리 읽히고 연구되는 유희춘의 <일기>가 이 시기에 해당된다. 유희춘의 문집에는 별도로 <경연일기>도 수록되어 있어 16세기 일기 중 관직일기에 포함시켰으며, 문집 수록 일기 외에도 필사본『미암일기』가 현재까지 전해진다. 유희춘의 일기는 16세기의 문학, 민속, 역사, 국어, 복식 등 다양한 분야를 연구하는 데 중요한 연구자료로 활용되고 있는 일기로서, 호남뿐 아니라 조선시대 전체의 생활일기 중 최고의 작품으로 인정받고 있다.

이처럼 16세기 호남문집 소재 일기는 다양한 내용을 담은 일기가 전해지는 점, 임진왜란이라는 국가적 전쟁 속 경험을 기록한 일기가 다수 전해지는 점, 생활일기 중 최고의 작품인 유희춘의 일기가 전해지는 점이 특징이라고 할 수 있다.

3. 17세기

〈17세기 호남문집 소재 일기 목록〉

순번	일기명	수록 문집	문집 저자	저자 생몰연도	일기 기간	요약	내용 분류
1	월출산유산록 (月出山遊山錄)	창주유고 (滄洲遺稿)	정상 (鄭詳)	1533~1609	1604년 4월 26일~30일	72세의 나이로 월출산을 유람한 일을 기록.	기행일기 유기
2	유천관산기 (遊天冠山記)	헌헌헌선생문집 (軒軒軒先生文集) 권1 기	김여중 (金汝重)	1556~1603	1609년 9월	천관산을 유람한 일을 기록.	기행일기 유기
3	남원의사김원건맹서일기 (南原義士金元健盟書日記)	취수당집 (醉睡堂集) 부록	김성진 (金聲振)	1563~1644	1636년 12월 22일~1637년 1월 25일	병자호란 때 김원건의 의병활동을 기록한 일기를 수록.	전쟁일기
4	조천일록 (朝天日錄)	후천유고 (后泉遺稿) 권3	소광진 (蘇光震)	1566~1611	1603년	중국 사행시의 이동 경로를 성참을 중심으로 기록.	사행일기
5	조천일기 (朝天日記)	입택집 (笠澤集) 권2	김감 (金鑑)	1566~1641	1617년 8월 27일~1618년 윤4월 25일	성절사 서장관으로서 중국 연경에 다녀온 일을 기록.	사행일기
6	유두류산록 (遊頭流山錄)	현곡집 (玄谷集) 권14	조위한 (趙緯韓)	1567~1649	1618년 4월 11일~20일	지리산을 유람한 일을 기록.	기행일기 유기
7	역진연해군현잉입두류상쌍계신흥기행록 (歷盡沿海郡縣仍入頭流賞雙溪神興紀行祿)	제호집 (霽湖集) 권11	양경우 (梁慶遇)	1568~?	1618년 윤4월 15일~5월 18일	영암, 진도, 지리산 등을 유람한 일을 기록.	기행일기 유기
8	일기상 (日記上)	죽계집 (竹溪集) 권3	김존경1 (金存敬)	1568~1631	1617년 6월 13일~11월 1일	성절사로 중국 북경에 다녀온 일을 기록.	사행일기
9	일기하 (日記下)	죽계집 (竹溪集) 권3	김존경2 (金存敬)	1568~1631	1623년 1월 1일~1629년 11월 9일	약 7년간의 일상생활을 기록.	생활일기

순번	일기명	수록 문집	문집 저자	저자 생몰연도	일기 기간	요약	내용 분류
10	병자거의일기 (丙子擧義日記)	청강유집 (淸江遺集)	조수성 (曺守誠)	1570~1644	1636년 12월 25일~1637년 2월 4일	조수성의 아들 조욱이 아버지의 의병부대에 참여하면서 있었던 일을 기록.	전쟁일기 의병일기
11	유검호기 (遊劍湖記)	현주집 (玄洲集) 권15 기	조찬한1 (趙纘韓)	1572~1631	미상	배를 타고 검호를 유람한 일을 기록.	기행일기 유기
12	천왕봉기우동행기 (天王峯祈雨同行記)	현주집 (玄洲集) 권15 기	조찬한2 (趙纘韓)	1572~1631	1613년 7월 1일	5월부터 6월이 끝나가도록 비가 오지 않아 기우제에 다녀온 일을 기록.	사건일기 기행일기
13	유천마성거양산기 (遊天磨聖居兩山記)	현주집 (玄洲集) 권15 기	조찬한3 (趙纘韓)	1572~1631	1605년 9월 7일	천마산과 성거산을 유람한 일을 기록.	기행일기 유기
14	북행일기(北行日記)	장암유집 (壯巖遺集) 권2	나덕헌1 (羅德憲)	1573~1640	1636년 2월 9일~4월 29일	춘신사로서 중국 심양에 다녀온 일을 기록.	사행일기
15	화전일기(花田日記)	장암유집 (壯巖遺集) 권7 부록	나덕헌2 (羅德憲)	1573~1640	1636년	나덕헌이 청나라 심양성에서 경축 반열에 참석하라하자 거부하는 과정을 제3자가 기록.	사건일기
16	남한수록(南漢隨錄)	휴헌문집 (休軒文集) 권1	문재도1 (文載道)	1575~1643	1636년 12월 12일~1637년 2월 26일	병자호란 때에 왕을 호종하고 남한산성으로 들어가 종군한 일을 기록.	전쟁일기
17	강도추록(江都追錄)	휴헌문집 (休軒文集) 권1	문재도2 (文載道)	1575~1643	1636년 12월 14일~1637년 1월 30일	병자호란 때 강화도가 함락된 과정을 쓴 신대식의 〈강도일기〉를 문재도가 수정한 것.	전쟁일기
18	가도종정(椵島從征)	귀래정유고 (歸來亭遺稿) 권3	이준1 (李浚)	1579~1645	1630년 5월	가도의 유흥치 토벌에 참여한 일을 간략 설명 후 참여자의 이름 기록.	관직일기
19	심행일기(瀋行日記)	귀래정유고 (歸來亭遺稿) 권4	이준2 (李浚)	1579~1645	1635년 1월 20일~4월 15일	춘신사로서 중국 심양에 다녀온 일을 기록.	사행일기

순번	일기명	수록 문집	문집 저자	저자 생몰연도	일기 기간	요약	내용 분류
20	유풍암기 (遊楓巖記)	기암집 (畸庵集) 권11 기	정홍명 (鄭弘溟)	1582~1650	1614년	풍암을 유람한 일을 기록.	기행일기 유기
21	송수옹일기 (宋睡翁日記)	백석유고 (白石遺稿) 권4 부록상	유즙 (柳楫)	1585~1657	1627년 2월 10일, 19일	송갑조의 〈수옹일기〉 중 유즙이 등장한 이틀간의 기록 발췌 수록.	생활일기
22	지제산유상기 (支提山遊賞記)	동계집 (東溪集) 권2 기	박춘장 (朴春長)	1595~1664	1622년 4월 1일~8일	지제산을 유람한 일을 기록.	기행일기 유기
23	설서시일기초략 (說書時日記抄畧)	오재집 (梧齋集) 권3 일기	양만용-1 (梁曼容)	1598~1651	1634년 4월 1일~11월 30일	시강원설서로서 경연의 내용을 기록.	관직일기
24	사관시기주초략 (史官時記注抄畧)	오재집 (梧齋集) 권4 일기	양만용-2 (梁曼容)	1598~1651	1634년 12월 1일~1635년 6월 8일	춘추관기주관으로서 국사와 사론을 기록.	관직일기
25	창의일기 (倡義日記)	당촌집 (塘村集) 권3 잡저	황위1 (黃暐)	1605~1654	1636년 12월 22일~1637년 1월 30일	병자호란 시의 의병 활동을 기록.	전쟁일기
26	북관일기 (北關日記)	당촌집 (塘村集) 권3 잡저	황위2 (黃暐)	1605~1654	1649년 6월~10월 13일	함경도를 유람한 일을 기록.	기행일기 유기
27	천문일록 (泉門日錄)	화곡유고 (華谷遺稿) 권11 부록	홍남립 (洪南立)	1606~1679	미상(신유년8) 10월 4일)	객점에서 만난 사람이 세상에서 뛰어난 행실로 누가 있냐고 묻자 화곡 선생이라고 대답한 일을 기록.	생활일기 기행일기
28	황산기유 (黃山記遊)	시남집 (市南集) 권19 기	유계1 (俞棨)	1607~1664	1653년 윤7월 5일	황산의 강원에 갔다가 근처를 유람한 일을 기록.	기행일기 유기
29	남한일기 (南漢日記)	시남집 (市南集) 별집 권8	유계2 (俞棨)	1607~1664	1636년 12월 12일~1637년 2월 3일	병자호란 초기부터 세자가 인질로 끌려가던 때의 상황을 기록.	전쟁일기
30	입도기행 (入島紀行)	계거유고 (溪居遺稿)	나준 (羅俊)	1608~1677	1668년 4월 15일~26일	나주목사 이민서가 신안군 일대 섬의 기	기행일기

순번	일기명	수록 문집	문집 저자	저자 생몰연도	일기 기간	요약	내용 분류
		권2 기				근을 구휼할 때 동행했던 일을 기록.	
31	일기(日記)	사송유집 (四松遺集) 권1 잡저	양주남 (梁柱南)	1610~1656	1650년 1월 12 일~1655년 9 월 2일	약 6년간의 일상생활을 기록.	생활일기
32	유금당도기 (遊金堂島記)	매학선생집 (梅壑先生集)	서봉령 (徐鳳翎)	1622~1687	1683년	금당도를 유람한 일을 기록.	기행일기 유기
33	유두류산기 (遊頭流山記)	담허재집 (湛虛齋集) 권5 기	김지백 (金之白)	1623~1671	1655년 10월 8 일~11일	지리산을 유람한 일을 기록.	기행일기 유기
34	동춘선생문답 일기(同春先生 問答日記)	죽계집 (竹溪集) 권3 부록	송정기 (宋廷耆)	1623~1684	1665년 4월~7 월 6일	송준길을 찾아 뵙고 문답을 나눈 것을 기록.	강학일기
35	남교일기 (南郊日記)	남포집 (南圃集) 권14~15	김만영 (金萬英)	1624~1671	1649년 7월~ 1665년 2월	약 16년간 전라도 남평에서 살 때의 일상생활을 기록.	생활일기
36	청량산기 (淸凉山記)	양곡집 (陽谷集) 권3	오두인1 (吳斗寅)	1624~1689	1651년	경상도도사일 때 영남을 유람하였는데, 이 중 청량산을 유람한 일을 기록.	기행일기 유기
37	부석사기 (浮石寺記)	양곡집 (陽谷集) 권3	오두인2 (吳斗寅)	1624~1689	1651년	경상도도사일 때 영남을 유람하였는데, 이 중 부석사를 유람한 일을 기록.	기행일기 유기
38	조석천기 (潮汐泉記)	양곡집 (陽谷集) 권3	오두인3 (吳斗寅)	1624~1689	1651년 9월 23일	경상도도사일 때 영남을 유람하였는데, 이 중 조석천을 방문한 일을 기록.	기행일기 유기
39	의암기 (義巖記)	양곡집 (陽谷集) 권3	오두인4 (吳斗寅)	1624~1689	1651년 10월 24일	경상도도사일 때 영남을 유람하였는데, 이 중 의암을 유람한 일을 기록.	기행일기 유기
40	두류산기 (頭流山記)	양곡집 (陽谷集) 권3	오두인5 (吳斗寅)	1624~1689	1651년 11월 1일~6일	경상도도사일 때 영남을 유람하였는데, 이 중 지리산을 유람한 일을 기록.	기행일기 유기

순번	일기명	수록 문집	문집 저자	저자 생몰연도	일기 기간	요약	내용 분류
41	회천일기 (懷川日記)	송백당집 (松柏堂集) 권3	이실지 (李實之)	1624~1704	1682년 3월 2 일~4월 2일	외선조인 김인후의 신도비명을 송시열 에게 받기 위해 서울 을 다녀온 일을 기록.	기행일기 생활일기
42	반상일기 (返喪日記)	광반와유고 (廣胖窩遺稿) 권2 부록	홍이장 (洪以樟)	1673~1727	1727년 3월 21 일~1728년 2월 4일	홍이장이 강원도에서 사망하여 시신을 운 구하는 과정을 기록. 후손이 기록한 것임.	장례일기
43	호서일기 (湖西日記)	동오선생유고 (東塢先生遺稿) 권3	이필무 (李必茂)	1628~1693	1679년 1월 5 일~1680년 4 월 15일	관직상의 일로 호서 에 다녀온 일을 기록.	관직일기 기행일기
44	서사일기 (筮仕日記)	수졸재유고 (守拙齋遺稿)	유화 (柳㮚)	1635~1697	1666년~1696 년 9월 28일	유화의 관직 이력을 기록.	관직일기
45	봉해록 (蓬海錄)	안촌집 (安村集) 권3 어록	박광후 (朴光後)	1637~1678	1677년 9월 27 일~10월 15일	장기현에 유배 중인 송시열을 만나고 온 일을 기록.	강학일기 기행일기
46	일기(日記)	이요와유고 (二樂窩遺稿)	김이백 (金履百)	1637~1696	1660년~ 1696년	36년간의 일상생활 을 기록.	생활일기
47	위원일기 (渭源日記)	검암집 (黔巖集) 권4 잡저	박치도 (朴致道)	1642~1697	1689년 윤3월 25일~1694년 윤3월	5년간의 위원 유배생 활을 기록.	유배일기
48	봉산일기 (蓬山日記)	묵와집 (默窩集)	유응수 (柳應壽)	1648~1677	1677년 9월 27 일~11월 3일	봉산에 유배 중인 송 시열을 찾아가 위로 하고, 오는 길에 경주 첨성대 등을 유람한 일을 기록.	기행일기
49	백운봉등유기 (白雲峯登遊記)	창계선생집 (滄溪先生集) 권16 기	임영1 (林泳)	1649~1696	1673년 9월 16 일~미상	용문산 백운봉을 유 람한 일을 기록.	기행일기 유기
50	경연록 (經筵錄)	창계선생집 (滄溪先生集) 권18	임영2 (林泳)	1649~1696	1680년 7월 7 일~10월 2일	여러 차례 경연에 참 여하여 왕에게 진언 한 일을 기록.	관직일기 경연일기
51	일록(日錄)	창계선생집 (滄溪先生集) 권25~26	임영3 (林泳)	1649~1696	1666년~ 1693년	18세 때부터 27년간 의 일상생활을 기록.	생활일기
52	조계유상록 (曹溪遊賞錄)	자연당선생유고 (自然堂先生	김시서1 (金時瑞)	1652~1707	1698년 8월 29일	조계를 유람한 일을 기록.	기행일기 유기

순번	일기명	수록 문집	문집 저자	저자 생몰연도	일기 기간	요약	내용 분류
		遺稿) 권2 유상록					
53	대은암유상록 (大隱巖遊賞錄)	자연당선생유고 (自然堂先生 遺稿) 권2 유상록	김시서2 (金時瑞)	1652~1707	1698년 9월 7일~8일	대은암을 유람한 일 을 기록.	기행일기 유기
54	정원일기 (政院日記)	정재집 (定齋集) 후집 권5 기사 (己巳) 민절록 (愍節錄, 上)	박태보 (朴泰輔)	1654~1689	1689년 4월 25일	기사환국 당시 소를 올린 것과 관련한 하 루의 《승정원일기》 수록.	관직일기
55	일록(日錄)	일신재유고 (日新齋遺稿) 권1~2 잡저	임세복 (任世復)	1655~1703	1692년~1702 년 3월 16일	약 10년간의 일상생 활을 학문과 관련된 것 위주로 기록.	생활일기
56	박광일록 (朴光一錄)	만덕창수록 (晩德唱酬錄) 부록 일기	박광일1 (朴光一)	1655~1723	1689년 2월 18 일~28일	송시열이 제주도로 유배갈 때 찾아가 동 행하면서 학문을 논 하고 돌아온 일을 기록.	강학일기
57	안여해록 (安汝諧錄)	만덕창수록 (晩德唱酬錄) 부록 일기	박광일2 (朴光一)	1655~1723	1689년 2월 23 일~26일	송시열이 제주도로 유배갈 때 찾아가 동 행하면서 학문을 논 하고 돌아온 일을 기록.	강학일기
58	최형록 (崔衡錄)	만덕창수록 (晩德唱酬錄) 부록 일기	박광일3 (朴光一)	1655~1723	1689년 2월 18 일~29일	송시열이 제주도로 유배갈 때 찾아가 동 행하면서 학문을 논 하고 돌아온 일을 기록.	강학일기
59	순천조원겸가 행군일기(順天 趙元謙家行軍 日記)	유주세적 (儒州世積)	유인흡 (柳仁洽) 외 13인	15세기~ 17세기	1636년 12월 23일~1637년 2월 3일	병자호란 때 참전했 던 일을 기록.	전쟁일기

8) 저자 사후 2년 뒤인 1681년이 신유년인데, 내용상 이때인지 그 이후의 신유년인지 확정하기 어려움.

16세기 문학사에 풍부하게 등장한 일기는 17·18세기에도 그대로 이어
진다. 호남문집 소재 일기의 각 세기별 수량을 보면 16세기 75편, 17세기
59편, 18세기 57편으로 17세기와 18세기는 비슷하다. 16세기의 작품 수가
20편 가량 많은 것은 임진왜란이라는 국가적인 전쟁을 기록한 일기가
문집에 많이 수록되었기 때문으로, 전체적인 일기의 분량과 종류는 비
슷하다고 할 수 있다.

16세기 호남문집 소재 일기로 생활일기, 관직일기, 기행일기, 사행일
기, 전쟁일기, 사건일기 등 6가지 내용별 일기를 볼 수 있었다면, 17세기
에는 이러한 종류의 일기는 물론이고, 강학일기, 유배일기, 장례일기까
지 확인된다. 17세기 호남문집 소재 일기 59편을 내용별로 분류하면 다
음과 같다.

⟨17세기 호남문집 소재 일기의 내용별 수량 및 비율⟩

내용 분류	수량(편)	비율(%)
생활일기	8	13.56
강학일기	5	8.47
관직일기	7	11.86
기행일기	23	38.98
사행일기	5	8.47
유배일기	1	1.69
전쟁일기	7	11.86
의병일기	·	·
사건일기	2	3.39
장례일기	1	1.69
합계	59	

호남문집 소재 일기 중 17세기에 새로 등장한 일기를 살펴보면, 먼저 강학일기가 있다. 황위주는 일기자료를 정리하면서 '독서·강학일기'라는 명칭으로 강학일기 21편을 확인하였다. 그는 독서와 강학은 조선시대 사대부들이 오랜 세월 지속해 온 중요한 문화생활 현상이나 일기로 작성해 둔 경우는 좀처럼 찾아보기 힘들다고 하였다. 그리고 21편의 강학일기를 따로 확인할 수 있었던 것은 적지만 소중한 성과로서, 스승을 찾아가는 노정, 강학의 절차와 내용, 강학 기간 동안 스승의 문하에서 보고들은 견문의 내용 등을 다양하게 수록한 자료가 적지 않아서 중요하게 검토할 가치가 있다고 판단하였다.[9] 황위주의 언급처럼 강학은 선조들의 주요한 활동인 반면에 그에 관한 일기가 많지 않은 상황에서 17세기에 강학일기가 호남문집 소재 일기에 있다는 것은 매우 반가운 일이다.

17세기 호남문집 소재 일기 중 강학일기는 총 5편으로 그중 가장 이른 시기의 일기는 1665년에 송준길을 찾아가 문답하고 온 일을 기록한 송정기의 <동춘선생문답일기>이다. 호남문집 소재 일기 중 강학일기가 처음 등장한 것으로 17세기 중후반에 와서야 강학일기를 확인할 수 있다. 이후 1677년에 장기현에 유배 중인 송시열을 찾아뵙고 온 일을 기록한 박광후의 <봉해록>이 있고, 1689년 2월에 송시열이 제주도로 유배갈 때 동행하면서 학문을 논한 것을 기록한 <박광일록>, <안여해록>, <최형록>이 있다. <박광일록>, <안여해록>, <최형록>은 『만덕창수록』 부록에 수록되어 있는데, 『만덕창수록』은 박광일이 송시열 등과 화답한 시를 수록한 문집이다.[10] 각 강학일기 제목은 저자의 이름에 '록(錄)'을 붙인

---

9) 황위주, 「조선시대 일기자료의 현황과 활용방안」, 『국역 조선시대 서원일기』, 한국국학진흥원, 2007, 791쪽.

것으로, 세 사람이 모두 같은 시기에 유배 가는 송시열을 만나 학문적으로 논의한 일을 기록한 것이다. 강학일기 중 송정기의 일기를 제외한 4편이 송시열과의 문답을 기록한 것으로, 당시에 송시열이 학자들에게 위상이 높았음을 확인할 수 있다.

호남문집 소재 일기 중 17세기에 새로 등장한 또 다른 일기는 유배일기와 장례일기로 각 한 편씩만이 전해진다. 박치도가 위원(渭源)에서의 5년간 유배생활을 간헐적으로 기록한 <위원일기>와 홍이장이 강원도에서 사망하여 시신을 운구하는 과정을 후손이 기록한 <반상일기>가 그것이다. 수량은 적지만 호남문집 소재 일기 내용의 폭을 넓히고, 17세기 유배생활과 장례를 볼 수 있는 소중한 자료이다.

생활일기, 관직일기, 기행일기, 사행일기, 전쟁일기, 사건일기는 16세기에 이어서 17세기에도 나타난 것이다. 생활일기의 경우 16세기에 유희춘의 <일기> 외에는 중요한 작품이 적었다. 16세기 5편의 생활일기 중 1편은 유희춘의 <일기>, 다른 2편은 유희춘의 일기 중 문집 저자 부분을 발췌한 것이었고, 나머지 2편의 생활일기는 1년과 15일간의 일기로 짧은 편이었다. 17세기 생활일기는 8편으로 16세기보다 수량이 절대적으로 늘어난 것도 아니며, 송갑조의 <수옹일기> 중에서 문집 저자인 유즙이 등장한 이틀간의 일기를 발췌하여 수록한 <송수옹일기>, 하루간의 일을

---

10) 『만덕창수록』은 일반 개인 문집과 달리 수창시를 모은 것으로, 박광일의 개인 문집으로는 별도로 『손재선생문집』이 있다. 그러나 『만덕창수록』도 작품모음집인 문집의 성격을 가지고 있고, 선행 연구인 전남대학교 인문과학연구소의 『광주권 문집해제』와 전남대학교 호남한문고전연구실의 『호남문집 기초목록』에서도 문집에 포함시켰다. 그러므로 본 연구에서도 『만덕창수록』을 문집으로 보고, 여기에 수록된 일기 세 편을 연구대상에 포함시켰다. - 김미선, 「문집 부록에 수록된 일기의 양상과 의의 - 호남문집을 대상으로」, 『국학연구』29, 한국국학진흥원, 2016, 235~236쪽 참조.

기록한 <천문일록> 같이 짧은 일기도 있다. 하지만 약 7년간의 일상생활을 기록한 김존경의 <일기하>, 5년간의 일상생활을 기록한 양주남의 <일기>, 약 16년간 전라도 남평에서 살 때의 일상생활을 기록한 김만영의 <남교일기>, 36년간의 일상생활을 기록한 김이백의 <일기>, 27년간의 일상생활을 기록한 임영의 <일록>, 10년간의 일상생활을 학문과 관련된 것 위주로 기록한 임세복의 <일록> 등이 있어 생활일기가 16세기보다 풍부한 것을 확인할 수 있다.

기행일기는 16세기 14편보다 수량이 늘어난 23편이 확인되며 16세기와 마찬가지로 산수유람을 기록한 일기가 많은 편이다. 사행일기 또한 16세기 4편보다 1편이 늘어난 5편이 확인되는데, 모두 사절로서 중국에 다녀온 일을 기록한 일반적인 사행일기이다. 이 중 김감의 <조천일기>는 1617년 8월 27일부터 1618년 윤4월 25일까지 성절사 서장관으로서 중국 연경에 다녀온 일을 기록한 것인데, 문집에 수록된 면수가 153면에 이를 정도로 문집 소재 일기 중 방대한 분량이다. 명·청 교체기 사행의 모습이 자세히 나타나 의의가 있다.

전쟁일기의 경우 7편이 등장하는데 모두 병자호란을 기록한 것이다. 병자호란 시 김원건의 의병활동을 기록한 일기를 『취수당집』 부록에 수록한 <남원의사김원건맹서일기>, 아들 조욱이 아버지 조수성의 의병부대에 참여하면서 있었던 일들을 기록한 것을 조수성의 문집 『청강유집』에 수록한 <병자거의일기>, 병자호란 때에 왕을 호종하고 남한산성으로 들어가 종군한 일을 기록한 문재도의 <남한수록>, 병자호란 때 강화도가 함락된 과정을 쓴 신대식의 <강도일기>를 문재도가 수정한 글인 <강도추록>, 병자호란 시의 의병활동을 기록한 황위의 <창의일기> 등을 통해 병자호란의 다양한 상황을 확인할 수 있다.

　호남문집 소재 일기 중 임진왜란 상황을 기록한 일기는 41편이나 되었는데, 병자호란 상황을 기록한 일기는 7편에 불과하다. 이는 임진왜란이 7년이라는 긴 시간에 걸친 전쟁이나 병자호란은 3개월에 불과했다는 점, 임진왜란 때는 1597년 재침입 시 호남이 주요 공격대상이 되어 엄청난 피해를 입었으나 병자호란은 호남지역까지는 전쟁이 미치지 않았던 점에서 기인한 것으로 보인다.

　마지막으로 17세기 사건일기로는 1613년에 5월부터 6월이 끝나가도록 비가 오지 않아 기우제에 다녀온 일을 기록한 조찬한의 <천왕봉기우동행기>, 청나라 심양성에서 경축 반열에 참석하라하자 나덕헌이 거부하는 과정을 제3자가 기록한 것을 나덕헌의 『장암유집』 부록에 수록한 <화전일기>가 있다. <천왕봉기우동행기>는 기행적인 요소를 가지고 있고, <화전일기>는 사행일기의 일부분 같은 성격도 가지고 있지만 한 사건에 집중되어 있으므로 사건일기에 포함시켰다. 16세기에 안방준이 기묘사화 때 조광조가 겪은 일, 동서분당 및 당쟁의 일 등을 방대하게 기록한 사건일기가 3편 있는 반면 17세기 사건일기는 기우제와 사행 중 있었던 한 가지 사건이라는 단일 사건을 기록한 것이다. 하지만 농사를 중시하는 조선사회에서 가뭄 때 어떻게 기우제를 지냈는지를 볼 수 있고, 사행 중 위기 상황에 대한 자세한 과정을 볼 수 있어서 의의가 있다.

　17세기에도 한 문집에 2편 이상의 일기가 수록된 경우가 있다. 이를 표로 정리하면 다음과 같다.

〈17세기 호남문집 소재 일기 중 한 문집에 2편 이상 수록된 경우〉

순번	일기 편수	수록 문집	문집 저자	일기명	비고
1	2편	죽계집 (竹溪集)	김존경 (金存敬)	일기상(日記上), 일기하(日記下)	'일기'라는 같은 제목으로 제목 말미에 '상', '하'가 붙어 구분되어 있으나, 확연히 다른 내용을 담고 있어 두 편으로 간주함.
2	2편	휴헌문집 (休軒文集)	문재도 (文載道)	남한수록(南漢隨錄), 강도추록(江都追錄)	병자호란에 대한 일기.
3	2편	귀래정유고 (歸來亭遺稿)	이준 (李浚)	가도종정(椵島從征), 심행일기(瀋行日記)	
4	2편	오재집 (梧齋集)	양만용 (梁曼容)	설서시일기초략(說書時日記抄畧), 사관시기주초략(史官時記注抄畧)	
5	2편	당촌집 (塘村集)	황위 (黃暐)	창의일기(倡義日記), 북관일기(北關日記)	
6	2편	시남집 (市南集)	유계 (兪棨)	황산기유(黃山記遊), 남한일기(南漢日記)	
7	2편	자연당선생유고 (自然堂先生遺稿)	김시서 (金時瑞)	조계유상록(曺溪遊賞錄), 대은암유상록(大隱巖遊賞錄)	유상록 하위에 수록.
8	3편	현주집 (玄洲集)	조찬한 (趙纘韓)	유검호기(遊劍湖記), 천왕봉기우동행기(天王峯祈雨同行記), 유천마성거양산기(遊天磨聖居兩山記)	
9	3편	창계선생집 (滄溪先生集)	임영 (林泳)	백운봉등유기(白雲峯登遊記), 경연록(經筵錄), 일록(日錄)	
10	3편	만덕창수록 (晩德唱酬錄)	박광일 (朴光一)	박광일록(朴光一錄), 안여해록(安汝諧錄), 최형록(崔衡錄)	부록에 수록된 것으로, 각각 일기 저자가 다름.
11	5편	양곡집 (陽谷集)	오두인 (吳斗寅)	청량산기(清凉山記), 부석사기(浮石寺記), 조석천기(潮汐泉記), 의암기(義嚴記), 두류산기(頭流山記)	

한 문집에 2편 이상을 실은 경우는 16세기와 마찬가지로 2편을 수록한 경우가 가장 많다. 2편을 실은 것이 7종, 3편을 실은 것이 3종이며, 5편을 실은 것도 1종이 있다. 16세기에는 안방준이 많은 기록을 남겨 문집에 일기 7편이 수록되어 있었고, 노인의 임진왜란 경험이 14편으로 나뉘어 수록되어, 단일 문집 안에 수록된 일기 수량이 7편, 14편에 이른 것이 있었다. 하지만 17세기에는 그렇게까지 수량이 많은 것은 없으며, 가장 많은 경우로는 5편의 일기를 수록한 오두인의 『양곡집』이 있다.

오두인의 『양곡집』에 수록된 5편의 일기는 모두 산수유람을 기록한 기행일기이다. 1651년에 오두인이 경상도도사로 있으면서 경상도 지역을 유람하게 되는데, 이때 유람한 일이 장소를 중심으로 제목이 붙어 수록되어 있다. 유기에도 속하는 이런 작품은 분량이 짧아 문집에 많이 수록되어 있는데, 오두인의 일기는 이어진 여정이 장소를 중심으로 각각의 작품으로 나뉘어 있어 특색이 있다. 각 작품별로 하나의 완결된 글이나 5편의 작품을 합하면 더 커다란 작품이 만들어지는 것이다. 이러한 방식은 이후 18세기, 19세기로 넘어오면서 다른 사람의 문집에서도 확인된다.

오두인처럼 5편까지는 아니더라도 2편 이상인 경우는 대체로 김시서, 조찬한의 문집에 실린 것처럼 산수유람을 기록한 기행일기가 많으며, 병자호란이 일어난 17세기의 특성상 문재도의 문집에 실린 것과 같이 전쟁일기인 경우도 있다. 이외에도 생활일기, 관직일기, 강학일기 등 다양한 일기가 있다.

일기가 2편 이상인 경우 제목이 확연히 다른데, 김존경의 경우 '일기상'과 '일기하'로 제목이 모두 '일기'이며 상, 하가 구분되어 있었다. 호남문집 소재 일기를 조사하다보면 같은 제목에 상, 중, 하로 구분된 것을 볼 수 있는데, 이런 경우 하나의 일기로 넣었다. 하지만 김존경의 경우 <일기상>은 1617년 6월 13일부터 11월 1일까지 성절사로 중국 북경에 다녀온 일을 기록한 것이고, <일기하>는 1623년 1월 1일부터 1629년 11월 9일까지 제사, 병치료, 지인 방문 등 일상생활을 기록한 것이어서 시기도, 내용도 두 일기가 분명하게 구분된다. 그러므로 두 편의 일기를 각각 다른 일기로 간주하였다.

15세기에는 기행일기이자 표류일기인 최부의 <표해록>, 16세기에는 10년간의 생활일기인 유희춘의 <일기>와 같이 조선시대 전 시기 일기를 대표할 만한 일기가 있고, 16세기에는 역사적 사건과 임진왜란을 일기 형식으로 방대하면서도 체계적으로 정리한 안방준이 있었다. 그러나 17세기에는 눈에 띄는 인물, 대표적인 일기가 보이지 않는다. 하지만 각 한 편씩에 불과하지만 장례일기, 유배일기가 호남문집 소재 일기 중 처음으로 등장하고, 송시열이라는 큰 인물을 같은 시기에 만나 학문적 논의를 한 것을 세 사람이 각각 쓴 강학일기가 나타나는 등 다양한 내용의 일기가 나타난다는 점에서 의의가 있다.

본 저서에서는 호남문집 소재 일기를 내용별로 10가지로 나누었는데, 이 중 전쟁일기는 임진왜란과 병자호란이 일어난 16세기와 17세기, 의병일기는 20세기에만 나타난다. 임진왜란과 병자호란 중에도 의병은 일어나지만 이는 전쟁의 일환으로 보고 본 연구에서는 전쟁일기에 포함시켰다. 16세기 일기는 75편으로 수량은 많지만 일기의 종류는 6가지가 보이는데, 17세기에는 의병일기를 제외한 9가지가 모두 등장하여 호남문집 소재 일기의 다양성을 보여주었다.

또한 16세기 일기는 하반기에 집중되어 있는 반면, 17세기 일기는 전 시기에 걸쳐 고르게 나타난다. 16세기 75편 일기 중 1550년 이전에 쓰인 것은 이주의 <금골산록>(1502년 9월), 소세양의 <부경일기>(1533년 11월~1534년 4월 28일), 송순의 <연행록>(1547년), 정환의 <조천록>(1537년 7월 1일~11월 14일), <서행기>(미상)[11], 임형수의 <유칠보산기>(1542년 3월), 정황의 <일기>(1545년 1월 15일~6월 30일) 등 7편에 불과하다. 그리고 임진왜란을 기록한 일기가 많은 영향으로 16세기 말미인 1590~1599년의 일기가 60%를 차지하고 있다.[12] 이처럼 16세기에는 시기적으로 하반기에 일기가 집중되어 있는데, 17세기에는 100년이라는 전 시기에 걸쳐 고르게, 다양한 내용을 담은 일기가 등장하고 있다. 이를 통해 17세기에는 일기가 선조들의 중요한 글쓰기 방식으로 널리 쓰였음을 알 수 있다.

---

11) 정확한 시기는 알 수 없으나 저자인 정환의 생몰기간이 1493~1540년이므로 1550년 이전에 쓴 일기에 포함시켰다.

12) 41편의 전쟁일기 외에도 변사정의 <유송도록>(1591년 2월 23일~27일), 이덕열의 <별전일기>(1594년 10월 29일), <경연일기>(1594년 11월 16일, 1595년 6월 15일, 9월 1일), 정준일의 <덕룡유산록>(1590년 3월 15일)이 1590년대의 기록이다.

4. 18세기

〈18세기 호남문집 소재 일기 목록〉

순번	일기명	수록 문집	문집 저자	저자 생몰연도	일기 기간	요약	내용 분류
1	일기(日記)	근촌유고 (芹村遺稿) 권3 잡저	송현도 (宋顯道)	1662~1714	1701년 1월 1일~1702년 7월 29일	약 1년 반 동안의 일상생활을 기록.	생활일기
2	유수인산록 (遊修仁山錄)	장육재유고 (藏六齋遺稿) 권1	문덕구1 (文德龜)	1667~1718	미상	수인산을 유람한 일을 기록.	기행일기 유기
3	유북한록 (遊北漢錄)	장육재유고 (藏六齋遺稿) 권1	문덕구2 (文德龜)	1667~1718	미상	북한산을 유람한 일을 기록.	기행일기 유기
4	정해일기 (丁亥日記)	장육재유고 (藏六齋遺稿) 권2	문덕구3 (文德龜)	1667~1718	1707년 1월 1일~3월 25일	약 3개월 동안의 일상생활을 기록.	생활일기
5	동유록(東遊錄)	명촌선생유고 (明村先生遺稿)	박순우 (朴淳愚)	1686~1759	1739년 3월 3일~4월 30일	금강산을 유람한 일을 기록.	기행일기 유기
6	유천관산【병서】(遊天冠山【幷序】)	만촌집 (晩村集) 권1 잡저	이언근1 (李彦根)	1697~1764	미상	천관산을 유람할 때 쓴 시의 서문으로, 서문 자체는 유기의 형태임.	기행일기 유기
7	유방장록 (遊方丈錄)	만촌집 (晩村集) 권2 잡저	이언근2 (李彦根)	1697~1764	1753년 9월	지리산을 유람한 일을 기록.	기행일기 유기
8	축장일기 (築場日記)	백수문집 (白水文集) 권17	양응수 (楊應秀)	1700~1767	1746년 12월 20일~1747년 12월 1일	스승 도암 이재의 장례를 치르는 과정을 기록.	장례일기
9	이역복마환점사입어수계취리시일기(以驛卜馬換點事入於繡啓就理時日記)	물기재집 (勿欺齋集) 권2 잡저	강응환1 (姜膺煥)	1705~1796	1781년 1월 8일~2월 6일	역마를 환점(換點)했다는 누명을 쓰고 심문을 받던 상황을 기록.	사건일기

순번	일기명	수록 문집	문집 저자	저자 생몰연도	일기 기간	요약	내용 분류
10	기해동어장감착청어봉진시사실대개(己亥冬漁場監捉靑魚封進時事實大槩)	물기재집(勿欺齋集) 권2 잡저	강응환2(姜膺煥)	1705~1796	1779년 10월 6일~미상	어장의 감독관으로서 웅천에서 청어 진상을 주관할 때의 일을 기록.	관직일기
11	구심록(求心錄)	목산고(木山藁) 권2 잡록	이기경1(李基敬)	1713~1787	1739년 10월 18일~1744년 2월 25일	다른 문인이 스승과 문답한 것, 자신이 찾아가 문답한 것 등을 기록.	강학일기
12	취정일기(就正日記)	목산고(木山藁) 권2 잡록	이기경2(李基敬)	1713~1787	1736년 3월 17일~1739년 3월 24일	스승인 도암 이재가 있는 천곡에 찾아가 수학하고 돌아온 일을 기록.	강학일기
13	괴황일기(槐黃日記)	목산고(木山藁) 권2 잡록	이기경3(李基敬)	1713~1787	1737년 9월 12일~1738년 4월 20일	서울에 가서 진사시험을 보고 합격한 일을 기록.	기행일기 과거일기
14	기성겸사일록(騎省兼史日錄)	목산고(木山藁) 권3 잡록	이기경4(李基敬)	1713~1787	1746년 3월 28일~7월 24일	병조좌랑에 제수된 후 외직으로 나가기 전까지의 관직생활을 기록.	관직일기
15	태주일록(泰州日錄)	목산고(木山藁) 권3 잡록	이기경5(李基敬)	1713~1787	1746년 8월 3일~1748년 6월 3일	태천현감으로 재직하던 상황과 스승 도암 이재의 장례식에 다녀온 일을 기록.	관직일기 장례일기
16	변산동유일록(邊山東遊日錄)	목산고(木山藁) 권3 잡록	이기경6(李基敬)	1713~1787	1748년 윤7월 17일~25일	부안의 변산을 유람한 일을 기록.	기행일기 유기
17	해상일록(海上日錄)	목산고(木山藁)	이기경7(李基敬)	1713~1787	1748년 10월 21일~1751	상소로 인해 해남에 유배되었	유배일기

순번	일기명	수록 문집	문집 저자	저자 생몰연도	일기 기간	요약	내용 분류
		권3~4 잡록			년 1월 3일	을 때의 일을 기록.	
18	사촌일록 (沙村日錄)	목산고 (木山藁) 권4 잡록	이기경8 (李基敬)	1713~1787	1751년 7월 7일~1752년 8월 21일	부친상으로 인한 여묘살이 중 유배의 명을 받고 유배생활을 한 일을 기록.	유배일기 장례일기
19	기사관일록 (記事官日錄)	목산고 (木山藁) 권5 잡록	이기경9 (李基敬)	1713~1787	1746년 4월 6일~7월 28일	춘추관기사관으로서의 직무를 기록.	관직일기
20	서연일기 (書筵日記)	목산고 (木山藁) 권6 잡록	이기경10 (李基敬)	1713~1787	1755년 5월 6일~8월 17일	서연관으로서의 직무를 기록.	관직일기
21	음빙행정력 (飮氷行程歷)	목산고 (木山藁) 권7~8 잡록	이기경11 (李基敬)	1713~1787	1755년 8월 7일~1756년 2월 26일	동지사 서장관으로서 북경에 다녀온 일을 기록.	사행일기
22	본말록(本末錄)	목산고 (木山藁) 권9 잡록	이기경12 (李基敬)	1713~1787	1737년 9월~1776년 8월 8월	부안에서 향시에 합격할 때부터 영조의 장례를 치를 때까지의 관직생활을 기록.	관직일기
23	기미행정력 (己未行程歷)	목산고 (木山藁) 권10 잡록	이기경13 (李基敬)	1713~1787	1739년 8월 26일~12월 15일	과거를 치르기 위해 다녀 온 일을 기록.	기행일기 과거일기
24	경신유월과정 (庚申六月課程)	목산고 (木山藁) 권10 잡록	이기경14 (李基敬)	1713~1787	1740년 6월 1일~8월 20일	공부한 것들에 대한 짧은 기록.	강학일기
25	갑술서역일기 (甲戌書役日記)	목산고 (木山藁) 권10 잡록	이기경15 (李基敬)	1713~1787	1754년 3월 16일~윤4월 1일	약 1달 반간의 일상생활을 기록.	생활일기
26	동유일기 (東遊日記)	목산고 (木山藁) 권10 잡록	이기경16 (李基敬)	1713~1787	1765년 3월 11일~3월 26일	화양동을 유람한 일을 기록.	기행일기 유기
27	궐시일기 (闕時日記)	폐와유집 (閉窩遺集)	유적 (柳迪)	1721~1800	1769년 8월 3일~9월 27일	상소를 위해 대궐에 들어갔을 때부터 유배지	유배일기

순번	일기명	수록 문집	문집 저자	저자 생몰연도	일기 기간	요약	내용 분류
						인 삼수에 도착할 때까지의 일을 기록.	
28	일기 (日記)	취은일고 (醉隱逸稿) 권1	정덕필 (鄭德弼)	1725~1800	1751년 2월~ 1795년 2월 19일	과거를 치르고 벼슬을 하는 과정을 간략하게 기록.	관직일기
29	사군일기 (四郡日記)	덕림실기 (德林實記) 권2	조규운 (趙奎運)	1725~1800	1789년 2월~ 6월 23일	네 곳의 명승을 다녀온 일을 기록.	기행일기 유기
30	유가야산기 (遊伽倻山記)	석당유고 (石堂遺稿) 권2 문	김상정1 (金相定)	1727~1788	미상	가야산을 유람한 일을 기록.	기행일기 유기
31	동경방고기 (東京訪古記)	석당유고 (石堂遺稿) 권2 문	김상정2 (金相定)	1727~1788	1760년 2월	동경을 방문한 일을 기록.	기행일기 유기
32	금산관해기 (錦山觀海記)	석당유고 (石堂遺稿) 권2 문	김상정3 (金相定)	1727~1788	1760년 4월 11일	금산에서 바다를 본 일을 기록.	기행일기 유기
33	금당도선유기 (金塘島船遊記)	존재전서 (存齋全書) 권17 기	위백규1 (魏伯珪)	1727~1798	미상	금당도를 유람한 일을 기록.	기행일기 유기
34	유금성기 (遊錦城記)	존재전서 (存齋全書) 권17 기	위백규2 (魏伯珪)	1727~1798	1791년	금성의 김상사 (金上舍)를 만나고, 그 지역을 유람한 일을 기록.	기행일기 유기
35	사자산동유기 (獅子山同遊記)	존재전서 (存齋全書) 권17 기	위백규3 (魏伯珪)	1727~1798	1791년 3월	장흥의 사자산을 유람한 일을 기록.	기행일기 유기
36	유문산석굴기 (遊文山石窟記)	가림이고 (嘉林二稿) 권2	이강 (李矼)	1728~1794	1762년	문산의 석굴을 여러 차례 다녀온 일을 기록.	기행일기 유기
37	간원일기 (諫院日記)	귀락와집 (歸樂窩集) 권7 일기	유광천1 (柳匡天)	1732~1799	1788년 4월 22일~1794 년 4월 10일	약 6년간의 관직생활을 기록.	관직일기

순번	일기명	수록 문집	문집 저자	저자 생몰연도	일기 기간	요약	내용 분류
38	유삼각산기 (遊三角山記)	귀락와집 (歸樂窩集) 권11 기	유광천2 (柳匡天)	1732~1799	미상	북한산을 유람한 일을 기록.	기행일기 유기
39	연정야유기 (蓮亭夜遊記)	귀락와집 (歸樂窩集) 권11 기	유광천3 (柳匡天)	1732~1799	미상(7월)	영주로 가던 중인 7월 밤에 매정에 올라 사람들과 이야기한 일을 기록.	기행일기 유기
40	유화양록 (遊華陽錄)	외암집 (畏庵集) 권2 잡저	정윤교 (鄭允喬)	1733~1821	1793년 9월	화양동을 유람한 일을 기록.	기행일기 유기
41	일기(日記)	회만재시고 (悔晚齋詩稿)	박동눌1 (朴東訥)	1734~1799	1789년 9월 6일~1790년 1월 18일	미호 선생을 찾아가 수학하던 일을 기록.	강학일기
42	기행(紀行)	회만재시고 (悔晚齋詩稿)	박동눌2 (朴東訥)	1734~1799	1794년 10월 3일~1795년 10월 22일	영남지역을 거쳐 철령 이북까지 유람한 2년간의 기록.	기행일기
43	삼동유산록 (三洞遊山錄)	명은집 (明隱集) 권15 유산록	김수민1 (金壽民)	1734~1811	1795년 9월 9일~29일	삼동산을 유람한 일을 기록.	기행일기 유기
44	유변산록 (遊邊山錄)	명은집 (明隱集) 권15 유산록	김수민2 (金壽民)	1734~1811	1794년 4월	부안의 변산을 유람한 일을 기록.	기행일기 유기
45	유석양산기 (遊夕陽山記)	명은집 (明隱集) 권15 유산록	김수민3 (金壽民)	1734~1811	1781년 1월 11일	석양산에 주천자동이 있다는 것을 듣고 석양산을 유람한 일을 기록.	기행일기 유기
46	망덕산기 (望德山記)	명은집 (明隱集) 권15 유산록	김수민4 (金壽民)	1734~1811	1792년 9월 16일	망덕산을 유람한 일을 기록.	기행일기 유기
47	남산기(南山記)	명은집 (明隱集) 권15 유산록	김수민5 (金壽民)	1734~1811	1797년	남산을 유람한 일을 기록.	기행일기 유기
48	영남일기 (嶺南日記)	애경당유고 (愛景堂遺稿) 권8	남극엽1 (南極曄)	1736~1804	1743년 3월 4일~21일	영남을 다녀 온 일을 기록.	기행일기 유기

순번	일기명	수록 문집	문집 저자	저자 생몰연도	일기 기간	요약	내용 분류
49	유성동기 (遊聖洞記)	지오재유고 (知吾齋遺稿) 권3 기	선시계 (宣始啓)	1742~1826	1780년 8월	선조들의 무덤이 있는 성동을 다녀온 일을 기록.	기행일기 유기
50	여유일록 (旅遊日錄)	죽록유고 (竹麓遺稿) 권2 부록	윤효관 (尹孝寬)	1745~1823	1777년 2월~ 1778년 1월 2일	윤효관이 담양의 향시에 합격한 후 서울에 올라가 공부하고 문과에 합격한 뒤 고향으로 올 때까지의 과정을 후손이 기록한 것.	기행일기 과거일기
51	일록(日錄)	묵헌유고 (默軒遺稿) 권3	김재일 (金載一)	1749~1817	1773년~ 1814년 3월 29일	김재일이 영암 동당에서 과거를 본 것을 시작으로 이후 관직 생활을 다른 사람이 정리한 것.	관직일기
52	유세심정기 (遊洗心亭記)	이안유고 (易安遺稿) 권1	남석관1 (南碩寬)	1761~1837	1789년 4월 1일	세심정을 유람한 일을 기록.	기행일기 유기
53	면앙정유기 (俛仰亭遊記)	이안유고 (易安遺稿) 권1	남석관2 (南碩寬)	1761~1837	미상	면앙정을 유람한 일을 기록.	기행일기 유기
54	화방재유선기 (畵舫齋遊船記)	이안유고 (易安遺稿) 권1	남석관3 (南碩寬)	1761~1837	1797년 3월	배를 타고 화방재를 유람한 일을 기록.	기행일기 유기
55	등오도산기 (登吾道山記)	삼주선생문집 (三洲先生文集) 권3 기	신호인 (申顥仁)	1762~1832	미상(4월 3일)	오도산을 유람한 일을 기록.	기행일기 유기
56	일기(日記)	남애집 (南崖集) 권1	홍익진 (洪翼鎭)	1766~1801	1784년 8월 18일~1785년 1월 21일	아버지의 병을 치료하는 과정을 비롯한 일상 생활을 기록.	생활일기
57	유천관산기 (遊天冠山記)	청조유고 (聽潮遺稿) 기	허각 (許桷)	18세기	미상(무술년 8월 23일~9월 2일)	천관산을 유람한 일을 기록.	기행일기 유기

18세기 호남문집 소재 일기는 17세기의 연장이라고 할 수 있다. 14~15세기에 호남문집 소재 일기가 처음 등장하고, 16세기 하반기에 와서 일기의 수량이 늘고 내용도 6가지 정도로 확장되었다면, 17~18세기에는 전 시기에 걸쳐 다양한 장르의 일기가 고르게 등장한다. 17~18세기에는 16세기 말에 임진왜란 관련 일기가 대거 등장한 것처럼 한 시기에 일기가 집중되지 않고 전 시기에 걸쳐 고르게 나타나며, 작품 수도 각각 59편, 57편으로 비슷하다.

다만 17세기와 18세기에 차이가 있다면 '병자호란'이라는 전쟁의 유무에 따른 전쟁일기의 존재여부이다. 17세기에는 병자호란의 경험을 다룬 전쟁일기가 7편 있었지만, 18세기에는 국가적 전쟁이 없기 때문에 전쟁일기가 없다. 또 한말과 같은 의병이 없었기 때문에 의병일기도 없어서 8가지 종류의 내용별 일기가 존재한다. 18세기 호남문집 소재 일기 57편을 내용별로 분류하면 다음과 같다.

〈18세기 호남문집 소재 일기의 내용별 수량 및 비율〉

내용 분류	수량(편)	비율(%)
생활일기	4	7.02
강학일기	4	7.02
관직일기	9	15.79
기행일기	34	59.65
사행일기	1	1.75
유배일기	3	5.26
전쟁일기	·	·
의병일기	·	·
사건일기	1	1.75
장례일기	1	1.75
합계	57	

18세기에는 앞서 언급했듯 17세기와 비슷한 양상을 보이는데, 내용별로 살펴보면 차이를 발견할 수 있다. 우선 생활일기, 사행일기가 17세기에 비해 많이 적어졌다. 17세기 생활일기에는 36년간의 생활을 기록한 김이백의 <일기>, 27년간의 생활을 기록한 임영의 <일록> 등 비교적 긴 기간을 기록한 생활일기가 6편, 짧은 기간을 기록한 생활일기가 2편 총 8편이 있었다. 하지만 18세기에는 약 1년 반 동안의 일상생활을 기록한 송현도의 <일기>, 약 3개월 동안의 일상생활을 기록한 문덕구의 <정해일기>, 약 1달 반간의 일상생활을 기록한 이기경의 <갑술서역일기>, 약 6개월간의 일상생활을 기록한 홍익진의 <일기> 등 총 4편의 생활일기가 존재한다. 수량도 17세기의 절반일 뿐만 아니라 일기의 기간도 1달 반에서 1년 반까지로 짧은 편이다.

사행일기의 경우도 17세기에는 1603년에 중국 사행시의 이동 경로를 성참을 중심으로 기록한 소광진의 <조천일록>, 1617년 8월 27일부터 1618년 윤4월 25일까지 성절사 서장관으로서 중국 연경에 다녀온 일을 기록한 김감의 <조천일기>, 1617년 6월 13일부터 11월 1일까지 성절사로 중국 북경에 다녀온 일을 기록한 김존경의 <일기상>, 1636년 2월 9일부터 4월 29일까지 춘신사로서 중국 심양에 다녀온 일을 기록한 나덕헌의 <북행일기>, 1635년 1월 20일부터 4월 15일까지 춘신사로서 중국 심양에 다녀온 일을 기록한 이준의 <심행일기> 등 사절로서 중국에 다녀온 일을 기록한 일기 5편이 있었다.

이에 반해 18세기에는 이기경이 1755년 8월 7일부터 1756년 2월 26일까지 동지사 서장관으로서 북경에 다녀온 일을 기록한 <음빙행정력> 1편만이 존재한다. 임기중이 사행록을 정리하면서 역대 연행사 일람표를 제시하였는데, 이 표를 살펴보면 18세기에도 해마다 1~3회 사절이 중국에 다녀온다.[13] 사절의 파견에는 변함이 없는데 18세기 호남문집 소재 일기 중 사행일기가 적은 것은 호남인물의 사절 참여가 적었기 때문인 것으로 추정된다.

이외에 사건일기도 17세기 2편에서 18세기 1편으로 수량이 줄었다. 18세기에 있는 1편의 사건일기는 1784년 8월 18일부터 1785년 1월 21일까지 역마를 환점(換點)했다는 누명을 쓰고 심문을 받던 상황을 기록한 강응환의 <이역복마환점사입어수계취리시일기>이다. 이는 17세기의 두 사건일기 <천왕봉기우동행기>, <화전일기>와 마찬가지로 개인이 겪은 단일 사건을 주요 내용으로 하고 있다. 사건일기 자체가 수량이 워낙 적기 때문에 수량의 차이는 큰 의미가 없으며, 사건일기가 18세기에도 이어짐을 확인할 수 있다.

17세기에는 전쟁일기가 7편 있었던 반면, 18세기에는 전쟁일기가 아예 없다. 또 위에서 보듯이 생활일기, 사행일기, 사건일기에서 수량이 줄었다. 그런데도 18세기 호남문집 소재 일기의 수량이 17세기 일기와 비슷한 것은 어째서 일까? 이는 관직일기가 17세기 7편에서 18세기 9편으로, 유배일기가 17세기 1편에서 18세기 3편으로 증가한 것에도 원인이 있지만 기행일기의 수량이 대폭 증가한 것이 가장 큰 원인이 된다.

기행일기는 호남문집 소재 일기가 처음 등장한 14~15세기부터 있었던 것으로 14~15세기 3편, 16세기 14편, 17세기 23편, 18세기 34편으로 꾸준히 증가하였다. 전체 호남문집 소재 일기가 총 5편으로 수량이 적어 비율을 따지는 것이 의미가 없는 14~15세기를 제외한, 16세기 18%, 17세기 38%로 비율이 증가하다 18세기에는 59%에나 이른다. 18세기에도 10가지의 내용별 일기 중 전쟁일기, 의병일기를 제외한 8가지 종류의 일기가

---

13) 임기중, 『연행록 연구』, 일지사, 2002, 12~29쪽.

모두 존재하지만 기행일기가 60% 가까운 수치를 차지하고 있어, 기행일기를 쓰는 것이 널리 생활화되었음을 알 수 있다.

18세기 기행일기 또한 이전 시기와 마찬가지로 산수유람을 기록한 일기가 많다. 북한산을 유람한 일을 기록한 문덕구의 <유북한록>, 금강산을 유람한 일을 기록한 박순우의 <동유록>, 지리산을 유람한 일을 기록한 이언근의 <유방장록> 등 산수유람을 기록한 일기를 쉽게 찾아볼 수 있다. 그런데 18세기에는 기행일기 중 과거시험을 보기 위한 여정을 기록한 일기들도 등장한다.

이기경의 <괴황일기>는 1737년 9월 12일부터 1738년 4월 20일까지 서울에 가서 진사시험을 보고 합격한 후 고향에 돌아오기까지 과정을 기록한 것이고, <기미행정력> 또한 이기경의 일기로 1739년 8월 26일부터 12월 15일까지 문과를 치르기 위해 출발했다가 시험을 치르고 합격 후 관직을 제수받은 일, 사람들을 방문한 일, 성묘한 일 등이 일자별로 짧게 기록되어 있다. 이러한 일기는 과거시험이 중요한 요소이긴 하지만, 과거를 보러 오고 가는 여정이 과거시험보다 많이 담겨 있어 기행일기로 보았다. 과거시험 관련한 기행일기에는 윤효관의 『죽록유고』에 수록된 <여유일록>도 있다. 이는 윤효관이 담양의 향시에 합격한 후 서울에 올라가 공부하고 문과에 합격하고나서 고향으로 올 때까지의 과정을 기록한 것인데, 이것은 윤효관 본인이 쓴 것이 아니라 후손이 작성한 것이다. 이처럼 18세기의 기행일기는 수량에 있어서 비중이 커졌을 뿐만 아니라 내용도 확장되고 있음을 확인할 수 있다.

장례일기의 경우는 17세기와 마찬가지로 1편이 있다. 양응수가 스승 도암(陶庵) 이재(李縡, 1680~1746)의 장례 치르는 과정을 자세히 기록한 것으로, 적은 수량이지만 조선시대 장례 풍습을 볼 수 있는 좋은 자료이다. 호남문집 소재 장례일기는 17세기에 1편이 등장한 이래 18세기에 같은 1편이 등장하여 명맥이 이어지며 19세기부터는 수량이 대폭 확대된다.

16세기, 17세기와 마찬가지로 18세기에도 한 문집에 2편 이상의 일기를 수록한 경우가 있어서, 이를 표로 정리하면 다음과 같다.

〈18세기 호남문집 소재 일기 중 한 문집에 2편 이상 수록된 경우〉

순번	일기 편수	수록 문집	문집 저자	일기명	비고
1	2편	만촌집 (晩村集)	이언근 (李彦根)	유천관산【병서】(遊天冠山【幷序】), 유방장록(遊方丈錄)	
2	2편	물기재집 (勿欺齋集)	강응환 (姜膺煥)	이역복마환점사입어수계취리시일기(以驛卜馬換點事入於繡啓就理時日記), 기해동어장감착청어봉진시사실대개(己亥冬漁場監捉靑魚封進時事實大槩)	
3	2편	회만재시고 (悔晩齋詩稿)	박동눌 (朴東訥)	일기(日記), 기행(紀行)	
4	3편	장육재유고 (藏六齋遺稿)	문덕구 (文德龜)	유수인산록(遊修仁山錄), 유북한록(遊北漢錄), 정해일기(丁亥日記)	
5	3편	석당유고 (石堂遺稿)	김상정 (金相定)	유가야산기(遊伽倻山記), 동경방고기(東京訪古記), 금산관해기(錦山觀海記)	
6	3편	존재전서 (存齋全書)	위백규 (魏伯珪)	금당도선유기(金塘島船遊記), 유금성기(遊錦城記), 사자산동유기(獅子山同遊記)	
7	3편	귀락와집 (歸樂窩集)	유광천 (柳匡天)	간원일기(諫院日記), 유삼각산기(遊三角山記), 연정야유기(蓮亭夜遊記)	
8	3편	이안유고 (易安遺稿)	남석관 (南碩寬)	유세심정기(遊洗心亭記), 면앙정유기(俛仰亭遊記), 화방재유선기(畵舫齋遊船記)	
9	5편	명은집 (明隱集)	김수민 (金壽民)	삼동유산록(三洞遊山錄), 유변산록(遊邊山錄), 유석양산기(遊夕陽山記), 망덕산기(望德山記), 남산기(南山記)	유산록 하위에 수록.

순번	일기 편수	수록 문집	문집 저자	일기명	비고
10	16편	목산고 (木山藁)	이기경 (李基敬)	구심록(求心錄), 취정일기(就正日記), 괴황일기 (槐黃日記), 기성겸사일록(騎省兼史日錄), 태주 일록(泰州日錄), 변산동유일록(邊山東遊日錄), 해상일록(海上日錄), 사촌일록(沙村日錄), 기사 관일록(記事官日錄), 서연일기(書筵日記), 음빙 행정력(飮氷行程歷), 본말록(本末錄), 기미행정 력(己未行程歷), 경신유월과정(庚申六月課程), 갑술서역일기(甲戌書役日記), 동유일기(東遊 日記)	

2편 이상을 수록한 문집은 10종으로, 이전 시기와 마찬가지로 2~3편을 수록한 경우가 가장 많다. 또 비교적 분량이 짧은 기행일기가 많지만, 생활일기, 관직일기, 강학일기 등 다양한 내용의 일기도 있다. 18세기 일기가 담고 있는 내용이 다양하므로 2편 이상인 것도 내용에 있어 다양한 것이다.

이 중에서 16편에 이르는 일기를 수록한 이기경의 『목산고』가 주목된다. 지금까지 살펴본 18세기까지의 호남문집 소재 일기 중 5편 이상의 일기를 수록한 문집은 모두 5종이었다. 그런데 18세기 5편의 기행일기를 수록한 김수민의 『명은집』을 포함하여 대부분 같은 종류의 일기가 문집에 수록되어 있었다.

〈14~18세기 호남문집 소재 일기 중 한 문집에 5편 이상 수록된 경우〉

시기	수록 문집	문집 저자	일기 편수	일기 내용 분류
16세기	은봉전서(隱峰全書)	안방준(安邦俊)	7편	전쟁일기 4편 사건일기 3편
	금계집(錦溪集)	노인(魯認)	14편	전쟁일기 14편
17세기	양곡집(陽谷集)	오두인(吳斗寅)	5편	기행일기(유기) 5편
	명은집(明隱集)	김수민(金壽民)	5편	기행일기(유기) 5편
18세기	목산고(木山藁)	이기경(李基敬)	16편	생활일기 1편 강학일기 3편 관직일기 5편 기행일기 4편 사행일기 1편 유배일기 2편

위는 5편 이상의 일기를 수록한 문집을 표 형식으로 정리한 것이다. 안방준의 『은봉전서』의 경우 전쟁일기, 사건일기 두 종류를 수록하고 있지만, 노인의 『금계집』에는 전쟁일기만이, 오두인과 김수민의 문집에는 산수유람을 기록한 기행일기만이 수록되어 있다. 그런데 이기경의 『목산고』는 작품 수가 16편으로 가장 많을 뿐만 아니라 각 일기들이 담고 있는 내용이 다양하다.

이기경은 전주에 자리한 호남의 명문가 집안에서 태어나 도암 이재에게서 수학하였다. 생원 초시에 장원으로 합격하였으며, 27세에 문과 정시에 장원으로 합격하고 관직에 나아갔다. 상소를 올렸다가 임금 영조의 뜻을 거슬러 해남에 유배되었고, 사면되었다가 다시 익산에 유배되었다. 이후 사간원정언 등 관직에 제수되고 동지사 서장관으로서 북경에 다녀오기도 하였다. 마지막엔 향리로 내려가 전주에서 강학을 하며 지냈다.14)

이기경은 조선시대 선비가 경험할 수 있는 많은 것을 경험하였다. 수

학하고 과거를 치르는 것은 일반적이라면 과거에 장원으로 급제하는 것
은 쉬운 일이 아니다. 또 여행을 다녀오기도 하는데 이것이 흔한 일이라
면, 2차례 유배를 간 것은 조금은 특별한 경우이며, 서장관으로 북경에
다녀오는 것도 아무나 경험할 수 있는 것이 아니다. 이기경은 이처럼 다
양한 경험을 하였고, 경험의 과정을 일기로 기록하였다.

　학문을 닦은 일은 <구심록>, <취정일기>, <경신유월과정>에 기록하였
고, 과거를 보기 위해 다녀온 여정은 <괴황일기>와 <기미행정력>에 기
록하였으며, 부안과 화양서원을 다녀온 일반적인 기행은 <변산동유일
록>과 <동유일기>에 기록하였다. 또한 관직생활 중에 있었던 일은 <기
성겸사일록>, <기사관일록>, <서연일기>, <본말록>, <태주일록>에 기록
하였고, 사절로서 북경에 다녀온 일은 <음빙행정력>에 기록하였으며,
두 차례의 유배생활도 <해상일록>과 <사촌일록>에 기록하였다. 잠깐 사
람들을 만난 일, 선사(先師)가 남긴 글을 정리한 일 등의 일상생활을 <갑
술서역일기>에 기록하기도 하였다. 이렇듯 이기경의 일기는 그의 전 시
기 삶 속에서 그가 겪은 다양한 일들을 담고 있어, 18세기 일기의 다양
한 면모를 한 사람의 글을 통해 볼 수 있다는 점에서 의의가 크다.

　이기경의 문집은 간행되지 않다가 1990년에 와서 유재영의 해제를 붙
이고, 필사본을 영인한 형태로 출판되었다.15) 필사본 문집은 간행본 문
집을 만들기 위한 준비 단계로도 볼 수 있는데, 간행 작업을 거치지 않
았기에 일기 원 모습이 더 잘 담겨 있을 수 있고 많은 일기가 수록될 수
있었을 것으로 생각된다. 간행이 되면 비용 등의 문제로 작품 분량 및

---

14) 이기경의 생애와 관련해서는 이형성의 논문 「木山 李基敬의 삶과 思想에 대한
　一攷」(『퇴계학논총』18, 퇴계학부산연구원, 2011, 170~177쪽) 참조. 이형성의 논
　문에 생애와 함께 어느 시기에 일기를 썼는지가 자세히 정리되어 있다.
15) 이기경, 『木山藁』, 세원사, 1990.

수량이 줄어들 가능성이 높기 때문이다.

지금까지 18세기 호남문집 소재 일기를 살펴보았다. 17세기에 일기의 내용이 다양화되었고 전 시기에 고르게 일기가 나타난 것이 18세기에도 이어져 다양한 일기가 고르게 나타났다. 수량도 17세기, 18세기 각각 59편, 57편으로 비슷하다. 하지만 18세기에는 기행일기가 34편으로 전체의 60% 가까운 비율을 차지할 정도로 많이 나타났고, 산수를 유람한 일뿐 아니라 과거시험을 치르기 위한 여정을 담은 기행일기가 나타나는 등 기행일기의 내용도 확장되었다.

18세기에는 이렇게 기행일기가 확대되는 한편, 16편의 일기를 남긴 이기경이 있어 주목된다. 이기경의『목산고』에는 생활일기 1편, 강학일기 3편, 관직일기 5편, 기행일기 4편, 사행일기 1편, 유배일기 2편이 담겨 있어 한 사람이 겪은 다양한 경험을 일기를 통해 확인할 수 있다.

곧 18세기 호남문집 소재 일기는 내용별 다양한 일기가 전 시기에 걸쳐 나타나되 기행일기가 많이 등장하고 기행일기의 내용도 확장된다는 점, 강학, 관직생활, 기행, 사행, 유배 등 한 개인이 겪은 다양한 경험을 16편의 일기로 형상화한 이기경의 작품이 있다는 점이 특징이라고 할 수 있다.

5. 19세기

〈19세기 호남문집 소재 일기 목록〉

순번	일기명	수록 문집	문집 저자	저자 생몰연도	일기 기간	요약	내용 분류
1	임종시일기 병록(臨終時 日記病錄)	애경당유고 (愛景堂遺稿) 권8	남극엽2 (南極曄)	1736~1804	1803년 3월 ~1804년 3월	남극엽이 아프기 시작하여 사망하고 장례를 치른 과정을 아들 석우가 기록.	장례일기
2	손룡친산기 사(巽龍親山 記事)	애경당유고 (愛景堂遺稿) 권8	남극엽3 (南極曄)	1736~1804	1803년 6월 ~1806년	남극엽이 사망 전에 자식들에게 한 말과 사망 후 산에 묻히는 과정을 아들 석해가 기록.	장례일기
3	명상동친산 기사(明相洞 親山記事)	애경당유고 (愛景堂遺稿) 권8	남극엽4 (南極曄)	1736~1804	1808년 3월 ~1809년	남극엽의 부인 남원 윤씨가 사망한 후 산에 묻히는 과정을 아들이 쓴 것. 글씨체를 보아 석해가 쓴 것으로 추정됨.	장례일기
4	도유기 (島遊記)	창명유고 (滄溟遺稿) 권3 기	유일영 (柳日榮)	1767~1837	1802년 8월 16일	영주의 호산 앞에 있는 비파도를 유람한 일을 기록.	기행일기 유기
5	경행일기 (京行日記)	동곡유고 (東谷遺稿) 권4	이복연 (李復淵)	1768~1835	1825년 1월 18일~4월 9일	약 80일간 서울을 다녀온 일을 기록.	기행일기
6	불일암유산 기(佛日庵遊 山記)	허재유고 (虛齋遺稿) 권하	정석구 (丁錫龜)	1772~1833	미상	친구들과 불일암을 유람한 일을 기록.	기행일기 유기
7	사문양례일 기(師門襄禮 日記)	정수재유고 (靜修齋遺稿) 권3 부록	박한우 (朴漢祐)	1772~1834	1807년	박한우의 스승인 성담 송환기가 죽고 그 장례 과정을 박동순이 기록한 것.	장례일기
8	종유일기 (從遊日記)	솔성재유고 (率性齋遺稿) 권1	박정일1 (朴楨一)	1775~1834	미상(4월)	자운동 송직장 집에서 관례를 행하면서 스승을 초대하여, 스승을 모시고 다녀온 일을 기록.	기행일기 생활일기 배종일기

순번	일기명	수록 문집	문집 저자	저자 생몰연도	일기 기간	요약	내용 분류
9	유금산록 (遊金山錄)	솔성재유고 (率性齋遺稿) 권1	박정일2 (朴禎一)	1775~1834	1824년 9월	금산을 유람한 일을 기록.	기행일기 유기
10	유화양동기 (遊華陽洞記)	솔성재유고 (率性齋遺稿) 권1	박정일3 (朴禎一)	1775~1834	1825년 3월 11일~미상	화양동을 유람한 일을 기록.	기행일기 유기
11	정해회행일기 (丁亥會行日記)	백파집 (白波集) 권2	김재탁 (金再鐸)	1776~1846	1839년 9월 2일~11월 1일	회시를 보기 위해 서울을 다녀온 일을 기록.	기행일기 과거일기
12	경신구월구 일야록 (庚申九月九 日夜錄)	여력재집 (餘力齋集) 권7 잡저	장헌주1 (張憲周)	1777~1867	1800년 9월 9일	밤에 자신의 감회를 기록.	생활일기
13	지월이십일 일야록 (至月二十一 日夜錄)	여력재집 (餘力齋集) 권7 잡저	장헌주2 (張憲周)	1777~1867	1800년 11 월 21일	밤에 자신의 감회를 기록.	생활일기
14	지월회일야록 (至月晦日夜錄)	여력재집 (餘力齋集) 권7 잡저	장헌주3 (張憲周)	1777~1867	1800년 11월	밤에 자신의 감회를 기록.	생활일기
15	신유칠월회 일자계 (辛酉七月晦 日自戒)	여력재집 (餘力齋集) 권7 잡저	장헌주4 (張憲周)	1777~1867	1801년 7월	밤에 자신의 감회를 기록.	생활일기
16	을묘세제야 자경(乙卯歲 除夜自警)	여력재집 (餘力齋集) 권7 잡저	장헌주5 (張憲周)	1777~1867	1805년 12월	밤에 자신의 감회를 기록.	생활일기
17	서유록 (西遊錄)	여력재집 (餘力齋集) 권7 잡저	장헌주6 (張憲周)	1777~1867	1806년 3월 5일~23일	회덕의 송치규를 찾아가 수학하고 돌아온 일을 기록.	강학일기 기행일기
18	정묘서행일기 (丁卯西行日記)	여력재집 (餘力齋集) 권7 잡저	장헌주7 (張憲周)	1777~1867	1807년 3월 11일~3월 24일	공주 동아에 가서 스승에게 수학한 일을 기록.	강학일기 기행일기

순번	일기명	수록 문집	문집 저자	저자 생몰연도	일기 기간	요약	내용 분류
19	유서석산기 (遊瑞石山記)	만회집 (晚羲集) 기	양진영1 (樑進永)	1788~1860	미상	무등산을 유람한 일을 기록.	기행일기 유기
20	유관두산기 (遊館頭山記)	만회집 (晚羲集) 기	양진영2 (樑進永)	1788~1860	미상	관두산을 유람한 일을 기록.	기행일기 유기
21	표해시말 (漂海始末)	유암총서 (柳菴叢書)	이강회 (李綱會)	1789~?	1801년 12월~1805년 1월 8일	문순득이 우이도에서 태사도로 홍어를 사러 갔다 표류되어 유구, 여송, 중국을 거쳐 돌아온 일을 일기 형식으로 기록한 것. 원래 정약전이 문순득의 말을 듣고 대필하였고, 이것을 다시 이강회가 정리한 것.	기행일기 표류일기
22	신축회일소기 (辛丑晦日所記)	농묵유고 (聾默遺稿)	유우현1 (柳禹鉉)	1796~1851	1841년 12월	12월의 마지막날 자신의 감회를 기록.	생활일기
23	계묘일기 (癸卯日記)	농묵유고 (聾默遺稿)	유우현2 (柳禹鉉)	1796~1851	1843년 8월 20일~12월 8일	약 4개월간의 일상생활을 기록.	생활일기
24	초산적소일기 (楚山謫所日記)	습정재선생유고(習靜齋先生遺稿) 권1 기	김한충 (金漢忠)	1801~1873	1866년 4월 5일~5월 3일	장형을 받고 유배지인 초산에 도착하기까지의 과정을 기록.	유배일기 기행일기
25	유합장암기 (遊合掌巖記)	자이선생집 (自怡先生集) 권중 기	이시헌 (李時憲)	1803~1860	1849년	만덕사의 세심암, 다산 초당 등을 거쳐 합장암을 유람한 일을 기록.	기행일기 유기
26	유속리산기 (遊俗離山記)	송암유고 (松菴遺稿) 권2 기	신재철 (愼在哲)	1803~1872	미상(3월)	속리산을 유람한 일을 기록.	기행일기 유기
27	황산일기 (黃山日記)	노포유고 (老圃遺稿) 권3 잡저	정면규1 (鄭冕奎)	1804~1868	1865년 9월 10일~11월 1일	황산의 죽림원에 가서 사당에 알현한 후 근처를 유람한 일을 기록.	기행일기 유기
28	내포일기	노포유고	정면규2	1804~1868	1861년 4월	서울을 출발하여 내려	기행일기

순번	일기명	수록 문집	문집 저자	저자 생몰연도	일기 기간	요약	내용 분류
	(內浦日記)	(老圃遺稿) 권3 잡저	(鄭冕奎)		1일~22일	오면서 산천을 유람한 일을 기록.	유기
29	유관산기 (遊冠山記)	남파집 (南坡集) 권5	이희석1 (李僖錫)	1804~1889	미상	관산을 유람한 일을 기록.	기행일기 유기
30	유사산기 (遊獅山記)	남파집 (南坡集) 권5	이희석2 (李僖錫)	1804~1889	미상	사산을 유람한 일을 기록.	기행일기 유기
31	원유록 (遠遊錄)	남파집 (南坡集) 권7	이희석3 (李義錫)	1804~1889	1866년 3월 2일~6월 13일	서울로 가서 과거를 본 후 금강산을 유람한 일 을 기록.	기행일기 유기
32	유무등산기 (遊無等山記)	화교유고 (華郊遺稿) 권2 잡저	조봉묵 (曺鳳默)	1805~1883	1828년	초여름에 무등산을 유 람한 일을 기록.	기행일기 유기
33	환비일기 (圜扉日記)	우졸재집 (愚拙齋集) 권3 잡저	김경규1 (金慶奎)	1807~1876	1871년 10 월 23일	행장을 꾸려 옥에 들어 가고, 수령의 부탁으 로 대화를 나눈 하루의 일을 간략히 기록.	사건일기 옥중일기
34	심관일록 (審觀日錄)	우졸재집 (愚拙齋集) 권4	김경규2 (金慶奎)	1807~1876	미상(5월 11일~21일)	서울에서 출발하여 파 주, 개성 등을 유람한 일을 기록.	기행일기 유기
35	유쌍회정기 (遊雙檜亭記)	사애선생문집 (沙厓先生文集) 권6 기	민주현 (閔冑顯)	1808~1882	미상	쌍회정을 유람한 일을 기록.	기행일기 유기
36	봉화일기 (奉化日記)	소포유고 (素圃遺稿) 부록	오경리 (吳慶履)	1813~1893	1858년 6월 22일~1860 년 3월 4일	봉화현감으로 제수되 면서부터 지평을 제수 받아 다시 서울에 이를 때까지의 일을 기록.	관직일기
37	과화양원기 (過華陽院記)	연천유고 (蓮泉遺稿) 권3 기	최일휴1 (崔日休)	1818~1879	미상	화양원을 다녀온 일을 기록.	기행일기 유기
38	유두륜산기 (遊頭崙山記)	연천유고 (蓮泉遺稿) 권3 기	최일휴2 (崔日休)	1818~1879	미상	두륜산을 유람한 일을 기록.	기행일기 유기
39	서행일록	연천유고	최일휴3 (崔日休)	1818~1879	1853년 4월	10일간 과천 등을 다녀	기행일기

순번	일기명	수록 문집	문집 저자	저자 생몰연도	일기 기간	요약	내용 분류
	(西行日錄)	(蓮泉遺稿) 권5 일록	(崔日休)		17일~26일	온 일을 기록.	
40	좌춘일록 (坐春日錄)	연천유고 (蓮泉遺稿) 권5 일록	최일휴4 (崔日休)	1818~1879	1850년 11월 20일~ 1851년 1월 19일	약 2개월간 좌춘을 떠났던 일을 기록.	기행일기
41	서행일록 (西行日錄)	낭해선생집 (朗海先生集) 권7 부록	이휴 (李烋)	1819~1894	1846년 3월 16일~6월 21일	여러 교우들과 해남에서 강진, 함평, 나주, 정읍 등을 다녀온 일을 기록.	기행일기
42	유복암기 (遊福庵記)	신회유고 (愼晦遺稿) 권2 기	정희진 (鄭熙鎭)	1822~1891	1884년 6월	대복암으로 피서를 떠났던 일을 기록.	기행일기 유기
43	유삼각산기 (遊三角山記)	죽포집 (竹圃集) 권8 기	박기종1 (朴淇鍾)	1824~1898	1882년 9월 8일~11일	삼각산을 유람한 일을 기록.	기행일기 유기
44	유평양기 (遊平壤記)	죽포집 (竹圃集) 권8 기	박기종2 (朴淇鍾)	1824~1898	1867년 12월 25일~ 1868년 4월 25일	평양을 유람한 일을 기록.	기행일기 유기
45	사상일기 (沙上日記)	월고집 (月皐集) 권19	조성가 (趙性家)	1824~1904	1859년 8월 9일~9월 23일	상사(上沙)의 기정진을 찾아가 수학하고 온 일을 기록.	강학일기
46	서행일기 (西行日記)	덕암만록 (德巖漫錄) 권7 유산록	나도규1 (羅燾圭)	1826~1885	1860년 2월 28일~미상	과거를 보기 위해 한양을 다녀온 일을 기록.	기행일기 과거일기
47	왕자대록 (王子坮錄)	덕암만록 (德巖漫錄) 권7 유산록	나도규2 (羅燾圭)	1826~1885	1847년 3월	광주와 나주 사이에 있는 왕자대를 유람한 일을 기록.	기행일기 유기
48	서석록 (瑞石錄)	덕암만록 (德巖漫錄) 권7 유산록	나도규3 (羅燾圭)	1826~1885	1868년 8월 3일~5일	43세 무렵에 무등산을 유람한 일을 기록.	기행일기 유기
49	속서석록 (續瑞石錄)	덕암만록 (德巖漫錄) 권7 유산록	나도규4 (羅燾圭)	1826~1885	1870년 4월 3일~4일	45세 무렵에 다시 무등산을 유람한 일을 기록.	기행일기 유기

순번	일기명	수록 문집	문집 저자	저자 생몰연도	일기 기간	요약	내용 분류
50	계유일기 (癸酉日記)	백석헌유집 (柏石軒遺集) 권1 잡저	기양연 (奇陽衍)	1827~1895	1873년 2월 3일~5월 10일	동당회시의 시관으로 참여했던 일과 사복에서의 관직생활을 기록.	관직일기
51	탑전일기 (榻前日記)	난석집 (蘭石集) 권4	박창수1 (朴昌壽)	1827~1897	미상	대왕대비전에서 나온 말들을 기록.	관직일기
52	경연소대 (經筵召對)	난석집 (蘭石集) 권4	박창수2 (朴昌壽)	1827~1897	1864년 7월 29일~8월 1일	임금의 부름으로 경연에 참여한 일을 기록.	관직일기 경연일기
53	경연일기 (經筵日記)	난석집 (蘭石集) 권4	박창수3 (朴昌壽)	1827~1897	1865년 3월 26일~5월 5일	경연에 참석했던 3월 26일, 29일, 4월 3일, 5월 4일, 5월 5일 등 5일간의 일을 기록.	관직일기 경연일기
54	관불암기의 (觀佛菴記意)	소두집 (小蠹集) 권10 일기	정하원 (鄭河源)	1827~1902	1868년 10월 16일~11월 17일	오산 관불암에 선생을 찾아가 수학한 일을 일기 형식으로 기록.	강학일기
55	북유일기 (北遊日記)	노하선생문집 (蘆河先生文集) 권2	박모1 (朴模)	1828~1900	1864년경	숙재 선생을 찾아가 수학한 일 등을 기록.	강학일기 기행일기
56	좌행일기 (左行日記)	노하선생문집 (蘆河先生文集) 권2	박모2 (朴模)	1828~1900	1874년 3월 ~4월	만연산, 무등산 등을 다녀온 일을 기록.	기행일기 유기
57	서유기 (西遊記)	노하선생문집 (蘆河先生文集) 권2	박모3 (朴模)	1828~1900	미상	충무공 유적지를 다녀온 일을 기록.	기행일기 유기
58	남류일기 (南留日記)	노하선생문집 (蘆河先生文集) 권2	박모4 (朴模)	1828~1900	1865년경	미황산에 우거할 때의 생활을 기록.	생활일기
59	유천관산기 (遊天冠山記)	노하선생문집 (蘆河先生文集) 권2	박모5 (朴模)	1828~1900	미상	천관산을 유람한 일을 기록.	기행일기 유기
60	유변산기 (遊邊山記)	노하선생문집 (蘆河先生文集) 권2	박모6 (朴模)	1828~1900	미상	변산을 유람한 일을 기록.	기행일기 유기

순번	일기명	수록 문집	문집 저자	저자 생몰연도	일기 기간	요약	내용 분류
61	낙행일기 (洛行日記)	광산유고 (匡山遺稿) 권2 잡저	백민수 (白旻洙)	1832~1885	1865년 1월 22일~미상	서울에 가는 과정을 기록.	기행일기
62	유한라산기 (遊漢拏山記)	면암집 (勉菴集) 권20 기	최익현 (崔益鉉)	1833~1906	1875년 3월 27일	제주도 유배 중에 한라산을 유람한 일을 기록.	기행일기 유기
63	유황산급제명승기(遊黃山及諸名勝記)	연재선생문집 (淵齋先生文集) 권19 잡저	송병선1 (宋秉璿)	1836~1905	1866년 4월 6일~20일	황산을 비롯한 여러 곳을 유람한 일을 기록.	기행일기 유기
64	유금오산기 (遊金烏山記)	연재선생문집 (淵齋先生文集) 권19 잡저	송병선2 (宋秉璿)	1836~1905	1866년 8월 18일~미상	금오산을 비롯한 명승을 유람한 일을 기록.	기행일기 유기
65	서유기 (西遊記)	연재선생문집 (淵齋先生文集) 권19 잡저	송병선3 (宋秉璿)	1836~1905	1867년 9월 10일~11월	평안도, 황해도 등을 유람한 일을 기록.	기행일기 유기
66	동유기 (東遊記)	연재선생문집 (淵齋先生文集) 권20 잡저	송병선4 (宋秉璿)	1836~1905	1868년 3월 21일~5월 6일	숙부와 금강산을 유람한 일을 기록.	기행일기 유기
67	지리산북록기 (智異山北麓記)	연재선생문집 (淵齋先生文集) 권21 잡저	송병선5 (宋秉璿)	1836~1905	1869년 2월	지리산을 유람한 일을 기록.	기행일기 유기
68	서석산기 (瑞石山記)	연재선생문집 (淵齋先生文集) 권21 잡저	송병선6 (宋秉璿)	1836~1905	1869년 2월	서석산을 유람한 일을 기록.	기행일기 유기
69	적벽기 (赤壁記)	연재선생문집 (淵齋先生文集) 권21 잡저	송병선7 (宋秉璿)	1836~1905	1869년 2월	화순 적벽을 유람한 일을 기록.	기행일기 유기
70	백암산기 (白巖山記)	연재선생문집 (淵齋先生文集) 권21 잡저	송병선8 (宋秉璿)	1836~1905	1869년 2월	백암산을 유람한 일을 기록.	기행일기 유기
71	도솔산기 (兜率山記)	연재선생문집 (淵齋先生文集) 권21 잡저	송병선9 (宋秉璿)	1836~1905	1869년 2월	도솔산을 유람한 일을 기록.	기행일기 유기
72	변산기 (邊山記)	연재선생문집 (淵齋先生文集) 권21 잡저	송병선10 (宋秉璿)	1836~1905	1869년 2월	변산을 유람한 일을 기록.	기행일기 유기

순번	일기명	수록 문집	문집 저자	저자 생몰연도	일기 기간	요약	내용 분류
73	덕유산기 (德裕山記)	연재선생문집 (淵齋先生文集) 권21 잡저	송병선11 (宋秉璿)	1836~1905	1869년 5월	덕유산을 유람한 일을 기록.	기행일기 유기
74	황악산기 (黃岳山記)	연재선생문집 (淵齋先生文集) 권21 잡저	송병선12 (宋秉璿)	1836~1905	1872년 9월	종외제와 함께 황악산을 유람한 일을 기록.	기행일기 유기
75	수도산기 (修道山記)	연재선생문집 (淵齋先生文集) 권21 잡저	송병선13 (宋秉璿)	1836~1905	1872년 9월	수도산을 유람한 일을 기록한 것으로, 황악산을 출발하여 수도산을 유람하고 가야산으로 향함.	기행일기 유기
76	가야산기 (伽倻山記)	연재선생문집 (淵齋先生文集) 권21 잡저	송병선14 (宋秉璿)	1836~1905	1872년 9월	가야산을 유람한 일을 기록.	기행일기 유기
77	단진제명승기 (丹晉諸名勝記)	연재선생문집 (淵齋先生文集) 권21 잡저	송병선15 (宋秉璿)	1836~1905	1872년 9월	단계와 진주의 여러 명승을 유람한 일을 기록.	기행일기 유기
78	금산기 (錦山記)	연재선생문집 (淵齋先生文集) 권21 잡저	송병선16 (宋秉璿)	1836~1905	1872년 9월	남해의 금산을 유람하고 집으로 돌아온 일을 기록.	기행일기 유기
79	두류산기 (頭流山記)	연재선생문집 (淵齋先生文集) 권21 잡저	송병선17 (宋秉璿)	1836~1905	1879년 8월 1일~미상	지리산을 유람한 일을 기록.	기행일기 유기
80	유승평기 (遊昇平記)	연재선생문집 (淵齋先生文集) 권21 잡저	송병선18 (宋秉璿)	1836~1905	1882년 5월 2일~6월	녹혈을 복용하기 위해 순천의 금오도를 다녀온 일을 기록.	기행일기 유기
81	유교남기 (遊嶠南記)	연재선생문집 (淵齋先生文集) 권22 잡저	송병선19 (宋秉璿)	1836~1905	1891년 3월 1일~4월	경상도를 유람한 일을 기록.	기행일기 유기
82	유월출천관산기 (遊月出天冠山記)	연재선생문집 (淵齋先生文集) 권22 잡저	송병선20 (宋秉璿)	1836~1905	1898년 윤3월 6일~4월	영암의 월출산, 장흥의 천관산 등을 유람한 일을 기록.	기행일기 유기
83	유안음산수기 (遊安陰山水記)	연재선생문집 (淵齋先生文集) 권22 잡저	송병선21 (宋秉璿)	1836~1905	1899년 3월	안음의 여러 명승을 유람한 일을 기록.	기행일기 유기

순번	일기명	수록 문집	문집 저자	저자 생몰연도	일기 기간	요약	내용 분류
84	동유록 (東遊錄)	동해집 (東海集) 권5 팔유록 (八遊錄)	김훈1 (金勳)	1836~1910	1875년 3월 9일~5월 7일	금강산을 유람한 일을 기록.	기행일기 유기
85	화양록 (華陽錄)	동해집 (東海集) 권5 팔유록 (八遊錄)	김훈2 (金勳)	1836~1910	1876년 9월 3일~10월 3일	화양동을 다녀온 일을 기록.	기행일기 유기
86	흑산록 (黑山錄)	동해집 (東海集) 권5 팔유록 (八遊錄)	김훈3 (金勳)	1836~1910	1878년 7월 1일~9월 11일	흑산도에 유배 중인 최익현을 만나고 온 일을 기록.	기행일기
87	천관록 (天冠錄)	동해집 (東海集) 권5 팔유록 (八遊錄)	김훈4 (金勳)	1836~1910	1882년 봄	강회에 참석했다가 천관산을 유람한 일을 기록.	기행일기 유기
88	남유록 (南遊錄)	동해집 (東海集) 권5 팔유록 (八遊錄)	김훈5 (金勳)	1836~1910	1890년 4월 13일~8월 19일	광주 평장동을 시작으로 창평, 구례, 진해, 창원, 김해, 양산, 의령, 남해 등을 유람한 일을 기록.	기행일기 유기
89	지유록 (坻遊錄)	동해집 (東海集) 권5 팔유록 (八遊錄)	김훈6 (金勳)	1836~1910	1891년 3월 14일~10월	7개월 여의 시간 동안 지인의 집, 서원 등을 방문하고 절에 머물기도 하면서 유람했던 일을 기록.	기행일기
90	유금오록 (遊金烏錄)	심석재선생문집 (心石齋先生文集) 권12 잡저	송병순1 (宋秉珣)	1839~1912	1866년 8월 25일~9월 15일	금오산을 유람한 일을 기록.	기행일기 유기
91	남유기행 (南遊記行)	일석유고 (一石遺稿) 권5 잡저	최병하 (崔炳夏)	1839~1924	1898년 8월 20일~9월 14일	남해 금산 등을 유람한 일을 기록.	기행일기 유기
92	금성일기 (錦城日記)	송애집 (松厓集)	이지헌 (李志憲)	1840~1898	1877년 10월 5일~30일	금성(현 나주)으로 성묘를 다녀온 일을 기록.	기행일기

순번	일기명	수록 문집	문집 저자	저자 생몰연도	일기 기간	요약	내용 분류
93	일유재종환록 (一逌齋從宦錄)	일유재집 (一逌齋集) 추록	장태수1 (張泰秀)	1841~1910	1861년 ~1905년 8월 13일	문과 합격 후 중요한 날짜별로 관직 관련 일을 기록.	관직일기
94	일유재일기 (一逌齋日記)	일유재집 (一逌齋集) 추록	장태수2 (張泰秀)	1841~1910	1862년 3월 18일~ 1894년	관직생활 중 경연할 때의 일기가 친필로 먼저 있고, 뒤쪽에 다른 글씨로 1890년과 1891년 관직생활이 기록됨.	관직일기
95	유등어등산기 (遊登魚登山記)	남파유고 (南坡遺稿) 권4 기	이탁헌 (李鐸憲)	1842~1914	미상	어등산을 유람한 일을 기록.	기행일기 유기
96	갑오구월제행일기 (甲午九月濟行日記)	임하유고 (林下遺稿)	김방선 (金邦善)	1843~1901	1894년 9월	동학농민운동의 과정과 그때 자신이 제주도에 갔던 일을 기록.	사건일기 동학일기
97	광로산기 (匡盧山記)	우당유고 (愚堂遺稿) 권4 기	강지형 (姜芝馨)	1844~1909	1876년	광로산을 유람한 일을 기록.	기행일기 유기
98	유백운대 (遊白雲坮)	송곡유고 (松谷遺稿) 권2 잡저	박주현 (朴周鉉)	1844~1910	미상	백운대를 유람한 일을 기록.	기행일기 유기
99	유람일기 (遊覽日記)	소석유고 (小石遺稿)	유일수 (柳日秀)	1844~1913	1895년 윤5월 16일~6월 19일	옥산, 백양암, 사물재 등을 유람한 일을 기록.	기행일기 유기
100	서석창수운【병서십수】 (瑞石唱酬韻【幷序十首】)	일신재집 (日新齋集) 권1	정의림 (鄭義林)	1845~1910	1887년 8월 17일~23일	무등산을 유람한 일을 10수로 쓴 시의 서문으로, 서문 자체는 유기의 형태임.	기행일기 유기
101	유서산초당기 (遊西山草堂記)	난실유고 (蘭室遺稿) 권2 기	김만식 (金晩植)	1845~1922	1887년	무등산에 있는 서산초당을 다녀온 일을 기록.	기행일기 유기
102	유청학동일기 (遊靑鶴洞日記)	겸산집 (兼山集) 권4	김성렬 (金成烈)	1846~1906	1884년 5월 1일~9일	지리산의 청학동을 유람한 일을 기록.	기행일기 유기

순번	일기명	수록 문집	문집 저자	저자 생몰연도	일기 기간	요약	내용 분류
103	일기(日記)	농은유고 (農隱遺稿) 권3 잡저	이돈식 (李敦植)	1847~1920	1894년 1월 1일~1897년 2월 1일	약 3년간의 생활을 짤막하게 기록.	생활일기
104	서석록 (瑞石錄)	삼우당집 (三友堂集)	홍삼우당 (洪三友堂)	1848~?	1886년	무등산을 유람한 일을 기록.	기행일기 유기
105	유만덕산기 (遊萬德山記)	해학유서 (海鶴遺書) 권8 기	이기1 (李沂)	1848~1909	1870년 10월 4일	전주의 만덕산을 유람한 일을 기록.	기행일기 유기
106	중유만덕산기 (重遊萬德山記)	해학유서 (海鶴遺書) 권8 기	이기2 (李沂)	1848~1909	1870년 11월	만덕산을 다시 유람한 일을 기록.	기행일기 유기
107	해상일기 (海上日記)	율수재유고 (聿修齋遺稿) 권4 일기	박해량 (朴海量)	1850~1886	1874년 2월 10일~1876년 6월 23일	면암 최익현이 제주도와 흑산도에 유배되었을 때 찾아가 수학한 일을 기록.	강학일기 기행일기
108	토평일기 (討平日記)	난파유고 (蘭坡遺稿) 권3	정석진 (鄭錫珍)	1851~1896	1894년	동학농민운동이 일어났을 때 목사 민종렬의 휘하에서 나주를 방어한 일을 기록.	관직일기 동학일기
109	유위봉산성기 (遊威鳳山城記)	괴정집 (槐亭集)	이창신 (李昌新)	1852~1919	미상	위봉산성을 유람한 일을 기록.	기행일기 유기
110	원유일기 (遠遊日記)	이당유고 (以堂遺稿) 권6	정경원 (鄭經源)	1853~1946	1899년 1월 23일~3월 27일	포천 등을 다녀온 일을 기록.	기행일기 유기
111	남유록 (南遊錄)	식재집 (植齋集) 권6 잡저	기재1 (奇宰)	1854~1921	1888년 봄	금산을 유람한 일을 기록.	기행일기 유기
112	동유록 (東遊錄)	식재집 (植齋集) 권6 잡저	기재2 (奇宰)	1854~1921	1891년 3월 11일~4월 8일	금강산을 유람한 일을 기록.	기행일기 유기
113	적벽기 (赤壁記)	매천집 (梅泉集) 권6 기	황현 (黃玹)16)	1855~1910	1895년 9월	화순의 적벽을 유람한 일을 기록.	기행일기 유기
114	유방장산기	매천전집	황현	1855~1910	1876년 8월	지리산을 유람한 일을	기행일기

순번	일기명	수록 문집	문집 저자	저자 생몰연도	일기 기간	요약	내용 분류
	(遊方丈山記)	(梅泉全集) 권3 기	(黃玹)		~미상	기록.	유기
115	승유일기 (勝遊日記)	복재집 (復齋集) 권3 잡저	위계민 (魏啓玟)	1855~1923	1898년 4월 15일~미상	연재 송병선이 명산을 유람하다가 낭주에 이르렀다는 것을 듣고 찾아가 배종한 일을 기록.	기행일기 배종일기
116	해산지 (海山誌)	지암유고 (志巖遺稿) 권3 잡저	정인채2 (鄭仁采)	1855~1934	1898년 2월 ~3월	금강산을 유람한 일을 기록.	기행일기 유기
117	금성정의록 (錦城正義錄)	겸산유고 (謙山遺稿) 권19~20	이병수2 (李炳壽)	1855~1941	1894년 ~1896년	나주지역의 동학농민 운동과 항일의병활동 을 기록.	사건일기 동학일기 의병일기
118	일기(日記)	남곡유고 (南谷遺稿) 권4	소학섭 (蘇學燮)	1856~1919	1876년 ~1917년	흉년, 일식 등 각 해별 로 나라의 중요한 사건 을 짤막하게 기록.	사건일기
119	유옥담기 (遊玉潭記)	청고집 (靑皐集) 권3 기	이승학 (李承鶴)	1857~1928	1898년	옥담을 유람한 일을 기록.	기행일기 유기
120	신묘유서석록 (辛卯遊瑞石錄)	난곡유고 (蘭谷遺稿) 권2	이연관 (李淵觀)	1857~1935	1891년	무등산을 유람한 일을 기록.	기행일기 유기
121	경성유람기 (京城遊覽記)	추산유고 (秋山遺稿) 권3 잡저 유람록	김운덕1 (金雲悳)	1857~1936	1886년 2월	서울을 유람한 일을 기록.	기행일기
122	영남유람기 (嶺南遊覽記)	추산유고 (秋山遺稿) 권3 잡저 유람록	김운덕2 (金雲悳)	1857~1936	1895년 2월	선조 삼외재의 유문을 모으는 일로 농은 민선 생 후손가를 방문하는 것을 시작으로 경주 등 영남지역을 유람한 일 을 기록.	기행일기
123	서호유람기 (西湖遊覽記)	추산유고 (秋山遺稿) 권3 잡저 유람록	김운덕3 (金雲悳)	1857~1936	1896년 1월 4일~미상	무주에 조문을 갔다가 초청을 받아 충청지역 을 유람한 일을 기록.	기행일기

순번	일기명	수록 문집	문집 저자	저자 생몰연도	일기 기간	요약	내용 분류
124	계산유람기 (溪山遊覽記)	추산유고 (秋山遺稿) 권3 잡저 유람록	김운덕4 (金雲悳)	1857~1936	1896년 7월 16일~1913 년 2월 4일	원계의 연재 선생을 찾아가 수학했던 일을 기록.	강학일기 기행일기
125	남원유람기 (南原遊覽記)	추산유고 (秋山遺稿) 권3 잡저 유람록	김운덕11 (金雲悳)	1857~1936	1898년 봄 ~1921년 12 월 27일	세 차례에 걸쳐 남원에 다녀온 일을 기록.	기행일기
126	남유일기 (南遊日記)	소산유고 (蘇山遺稿) 권3 잡저	안성환 (安成煥)	1858~1911	1898년 3월 20일~윤3 월 24일	연재 송병선을 뵙기 위해 임피(현 군산)에 다녀온 일을 기록.	기행일기
127	유서석일기 (遊瑞石日記)	청봉집 (晴峯集) 권2 잡저	하원순 (河元淳)	1858~1924	미상	무등산을 유람한 일을 기록.	기행일기 유기
128	도원계일기 (到遠溪日記)	창암집 (滄庵集) 권6 기	조종덕1 (趙鍾悳)	1858~1927	1897년 2월 27일~3월 10일	묘갈문을 받는 문제로 연재 송병선이 있는 원계에 다녀온 일을 기록.	기행일기 강학일기
129	배종일기 (陪從日記)	창암집 (滄庵集) 권6 기	조종덕2 (趙鍾悳)	1858~1927	1898년 3월 1일~4월 3일	스승이 월악산을 유람할 때 함께 다녀온 일을 기록.	기행일기 배종일기
130	두류산음수기 (頭流山飮水記)	창암집 (滄庵集) 권6 기	조종덕3 (趙鍾悳)	1858~1927	1895년 4월 11일~미상	동네사람과 지리산에 약수를 마시러 다녀온 일을 기록.	기행일기 유기
131	자문산지화양동기 (自文山至華陽洞記)	창암집 (滄庵集) 권6 기	조종덕4 (趙鍾悳)	1858~1927	1897년 6월	『성담집』을 간행하는 일로 선대의 글을 가지고 성담서사에 갔다가 화양동을 다녀온 일을 기록.	기행일기
132	풍영유산기 (風詠遊山記)	청련재유집 (靑蓮齋遺集) 권4 부록	권진규 (權晉奎)	1860~1910	미상	시를 읊조리며 산을 유람한 일을 기록.	기행일기 유기
133	일기(日記)	서헌유고 (瑞軒遺稿) 권4	안규용1 (安圭容)	1860~1910	1891년 11 월 25일	송사 선생을 뵙고 현재 학문하고 있는 부분에 대해 토론한 일을 기록.	강학일기

순번	일기명	수록 문집	문집 저자	저자 생몰연도	일기 기간	요약	내용 분류
134	갑오동란기사 (甲午東亂記事)	서헌유고 (瑞軒遺稿) 권4	안규용4 (安圭容)	1860~1910	1893년 12월~1894년 12월	동학농민운동의 전말을 시간순으로 정리.	사건일기
135	영유록 (嶺遊錄)	경재유고 (敬齋遺稿)	이용호 (李龍鎬)	1861~1899	1897년 8월 6일~9월 6일	스승 월파와 함께 영남을 유람한 일을 기록.	기행일기 유기
136	기행일록 (畿行日錄)	과암유고 (果庵遺稿) 권3 잡저	염재신1 (廉在愼)	1862~1935	1898년 ~1899년	문중회의 후에 원계에 가서 송병선을 뵌 후 청주, 수원 등을 경유하여 서울까지 여행한 일을 기록.	기행일기
137	관동일록 (關東日錄)	과암유고 (果庵遺稿) 권3 잡저	염재신2 (廉在愼)	1862~1935	1899년 7월 ~8월	금강산 등을 유람한 일을 기록.	기행일기 유기
138	유서석산기 (遊瑞石山記)	과암유고 (果庵遺稿) 권3 기	염재신3 (廉在愼)	1862~1935	1892년 7월	무등산을 유람한 일을 기록.	기행일기 유기
139	호남기사 (湖南記事)	화동유고 (華東遺稿) 권1	김한익1 (金漢翼)	1863~1944	1894년 2월 ~12월	동학농민운동을 시간순으로 기록.	사건일기 동학일기
140	유오대기 (遊烏臺記)	의재집 (毅齋集) 권5 기	예대주 (芮大周)	1865~?	미상	오대를 유람한 일을 기록.	기행일기 유기
141	서석산기 (瑞石山記)	월은유고 (月隱遺稿)	박병윤 (朴炳允)	1867~1927	미상	가을에 무등산을 유람한 일을 기록.	기행일기 유기
142	원유록 (遠遊錄)	양와유고 (養窩遺稿) 권3 잡저	김혁수 (金赫洙)	1867~1938	1890년 1월 ~1893년 5월 11일	옥천에 연재 선생을 찾아가 이야기를 나눈 것을 시작으로, 간헐적으로 여러 선생들을 찾아가 이야기를 나눈 것을 기록.	강학일기 기행일기
143	동란일기 (東亂日記)	농암유고 (聾巖遺稿) 권1 잡저	박성근 (朴性根)	1867~1938	1894년 10월 16일~11월 23일	동학농민운동 때 영암에 모임이 있다는 것을 듣고 참여했다가 전투	사건일기 동학일기

순번	일기명	수록 문집	문집 저자	저자 생몰연도	일기 기간	요약	내용 분류
						를 치르고 도망다녔던 일을 기록.	
144	동강일기략 (東岡日記略)	오암유고 (梧巖遺稿) 권2 잡저	조석일1 (曹錫一)	1868~1916	미상	선생을 모시고 수학했던 일을 기록.	강학일기
145	삼산일기략 (三山日記略)	오암유고 (梧巖遺稿) 권2 잡저	조석일2 (曹錫一)	1868~1916	1896년 겨울	삼산재에서 송사 선생을 뵙고 학문에 대해 이야기한 것을 기록.	강학일기
146	서행록략 (西行錄略)	오암유고 (梧巖遺稿) 권2 잡저	조석일3 (曹錫一)	1868~1916	1897년 2월	포천에서 면암 최익현을 뵙고 문답한 일을 기록.	강학일기
147	갑오사기 (甲午事記)	오암유고 (梧巖遺稿) 권2 잡저	조석일4 (曹錫一)	1868~1916	1894년 4월 5일~12월 3일	동학농민운동의 전말을 시간순으로 기록.	사건일기
148	유백양산기 (遊白羊山記)	산곡유고 (山谷遺稿) 권3 기	최기모1 (崔基模)	1869~1925	미상	백양산을 유람한 일을 기록.	기행일기 유기
149	유영호기 (遊嶺湖記)	율산집 (栗山集) 권7 기	문창규3 (文昌圭)	1869~1961	1897년 8월 29일~9월 30일	옥천, 활산 등을 유람한 일을 기록.	기행일기 유기
150	덕호일기 (德湖日記)	상실암유고 (尙實菴遺稿) 권2 잡저	이주헌 (李周憲)	1870~1923	미상	손님이 나에게 술과 시를 권한 일 등 하루의 일상을 기록.	생활일기
151	일기(日記)	지재유고 (止齋遺稿) 권4 잡저	김영순 (金永淳)	1870~1946	1895년 1월 1일~1905년 1월 16일	10년간의 일상생활을 기록.	생활일기
152	연력일기 (年歷日記)	삼오유고 (三悟遺稿)	박채기 (朴采琪)	1870~1947	1874년 ~1893년	5살 때 입학한 것을 시작으로 자라면서 공부한 것이 연보처럼 기록됨.	강학일기
153	일기(日記)	송사유고 (松史遺稿) 권2 잡저	박용주1 (朴用柱)	1871~1930	1888년 4월 27일~1889년 2월 17일	약 1년간의 일상생활을 기록.	생활일기
154	사진일지 (仕進日誌)	송사유고 (松史遺稿) 권2 잡저	박용주2 (朴用柱)	1871~1930	1889년 11월 25일~12월 1일	5일간의 관직생활을 기록.	관직일기

순번	일기명	수록 문집	문집 저자	저자 생몰연도	일기 기간	요약	내용 분류
155	일기(日記)	근암문집 (近菴文集) 권10	박인섭 (朴寅燮)	1873~1933	1886년 10월 1일~11월 10일	여러 책을 통해 공부한 내용을 요약하여 기록.	강학일기
156	계상왕래록 (溪上往來錄)	정와집 (靖窩集) 권7 소	박해창1 (朴海昌)	1876~1933	1896년 8월 17일~9월 3일	연재 송병선이 있는 옥천 원계를 찾아가 수학한 일 등을 기록.	강학일기 기행일기
157	남유록【무술사월】(南遊錄【戊戌四月】)	정와집 (靖窩集) 권7 소	박해창2 (朴海昌)	1876~1933	1898년 4월 19일~5월 9일	우산 안방준이 마지막에 지냈던 송매정 등 남쪽 지역을 유람한 일을 기록.	기행일기 유기
158	원유일기략 (遠遊日記略)	남곡유고 (南谷遺稿) 권3 잡저	염석진1 (廉錫珍)	1879~1955	1899년 3월 21일~5월 21일	장성에서 송사를, 옥천에서 연재를, 포천에서 면암을 뵙고 서울, 수원 등을 다녀온 일을 기록.	기행일기
159	중산죽헌공 묘소일기 (中山竹軒公墓所日記)	몽암집 (夢巖集) 권3 일기	이종욱2 (李鍾勖)	?~1926	미상	죽헌공의 묘소에 대한 설명.	생활일기
160	옥과화면작산용산일기 (玉果火面鵲山用山日記)	몽암집 (夢巖集) 권3 일기	이종욱3 (李鍾勖)	?~1926	1889년 2월	장례 절차인 천광(穿壙)하는 과정을 기록.	장례일기
161	부례위려락일기(赴禮圍戾洛日記)	몽암집 (夢巖集) 권3 일기	이종욱4 (李鍾勖)	?~1926	1891년 8월 6일~11월 6일	과거를 보기 위해 서울에 다녀 온 일을 기록.	기행일기 과거일기
162	사월이십육일향안봉심일기(四月二十六日鄕案奉審日記)	몽암집 (夢巖集) 권3 일기	이종욱5 (李鍾勖)	?~1926	미상	향안을 봉심한 하루의 일을 기록.	사건일기
163	기유구월원유일록	남전유고 (藍田遺稿)	최경휴1 (崔敬休)	19세기	1849년 9월 9일~12월	서울을 다녀온 일을 기록. 중간에 선생과 학	기행일기 강학일기

순번	일기명	수록 문집	문집 저자	저자 생몰연도	일기 기간	요약	내용 분류
	(己酉九月遠遊日錄)	권2			29일	문적 토론을 하는 부분도 있음.	
164	북행일기 (北行日記)	남전유고 (藍田遺稿) 권2	최경휴2 (崔敬休)	19세기	1850년 2월 19일~4월 15일	평양을 다녀온 일을 기록.	기행일기
165	유산록 (遊山錄)	오계사고 (梧溪私稿)	오윤후 (吳允厚)	19세기	1854년 4월	장수의 장안산 등을 유람한 일을 기록.	기행일기 유기
166	유두류일기 (遊頭流日記)	수월사고 (水月私稿)	박제망1 (朴齊望)	19세기	1850년 5월 21일~6월	지리산을 유람한 일을 기록.	기행일기 유기
167	유변산일기 (遊邊山日記)	수월사고 (水月私稿)	박제망2 (朴齊望)	19세기	1864년 4월 6일~17일	부안의 변산을 유람한 일을 기록.	기행일기 유기
168	동유록 (東遊錄)	수월사고 (水月私稿)	박제망3 (朴齊望)	19세기	1868년 4월 24일~윤4월 27일	속리산, 화양구곡 등을 유람한 일을 기록.	기행일기 유기
169	남정기 (南征記)	수월사고 (水月私稿)	박제망4 (朴齊望)	19세기	1868년 7월 16일~8월 11일	나주 봉현의 선산을 다녀온 일을 기록.	기행일기
170	태백산부석사동유기 (太白山浮石寺同遊記)	회계집 (晦溪集) 권5 기	조병만1 (曺秉萬)	19세기	미상	태백산 부석사를 유람한 일을 기록.	기행일기 유기
171	해망산연유기 (海望山宴遊記)	회계집 (晦溪集) 권5 기	조병만2 (曺秉萬)	19세기	미상	해망산을 유람한 일을 기록.	기행일기 유기
172	소청사실급정원일기 (疏聽事實及政院日記)	회계집 (晦溪集) 권6 부록	조병만3 (曺秉萬)	19세기	1875년 6월 7일~7월	대원군이 실각하자 상소를 올린 일을 설명한 후 1875년 《승정원일기》의 관련 기록을 발췌하여 수록.	사건일기 유배일기

16) 황현의 문집 소재 일기로는 <적벽기(赤壁記)>, <유방장산기(遊方丈山記)> 두 편이 있다. 모두 산수유람을 기록한 기행일기인데, 두 작품은 각각 다른 시기에 간행된 문집에 수록되어 있다. <적벽기>는 1911년에 연활자본(7권 3책)으로 간행된

17~18세기에 시기상으로 고른 분포를 보이며 지속적으로 창작되었던 호남문집 소재 일기는 19세기에 이르러 그 수가 폭발적으로 증가한다. 조선시대 일기를 연구한 황위주는 "일기 작성의 추이는 17세기와 18세기를 거치면서 지속적으로 심화 확장되었으며, 19세기에 전성시대를 맞이했던 것으로 보인다."[17]라고 하였다. 이는 그의 조사에서 17세기 243편, 18세기 305편, 19세기 437편으로 19세기에 일기 수가 증가한 것을 바탕으로 한 것이다. 호남문집 소재 일기도 19세기에 그 수가 증가하는데 증가하는 폭은 훨씬 크다. 황위주가 조사한 일기가 19세기에 18세기보다 43% 증가한데 반해, 호남문집 소재 일기는 18세기 57편, 19세기 172편으로 201%가 증가하였다. 14~18세기를 모두 합해도 196편으로 19세기 한 세기의 일기 수량과 24편 밖에 차이나지 않는다.

연구의 편의를 위해 100년 단위, 곧 한 세기씩 나누어서 일기를 살피는데 같은 19세기 안에서도 연대별로 작품 수에 차이가 많이 난다. 다음은 19세기 호남문집 소재 일기를 10년 단위로 정리한 것이다. 여기에서 연대는 일기에 기록되고 있는 기간을 의미한다.

〈19세기 연대별 호남문집 소재 일기 수량 및 비율〉

연대	수량(편)	합계	비율(%)
1800년대	13		
1810년대	0	23	13.37
1820년대	4		

『매천집(梅泉集)』에 수록되어 있으며, 〈유방장산기〉는 1984년에 영인본으로 간행된 『매천전집(梅泉全集)』에 수록되어 있다. 두 편 모두 목록에 넣되, 간행시기가 이른 1911년 문집에 실린 〈적벽기〉를 먼저 배치하였다.

17) 황위주, 「조선시대 일기자료의 현황과 활용방안」, 『국역 조선시대 서원일기』, 한국국학진흥원, 2007, 771쪽.

연대	수량(편)	합계	비율(%)
1830년대	1		
1840년대	5		
1850년대	7		
1860년대	30		
1870년대	24	120	69.19
1880년대	14		
1890년대	45		
연대 미상	29	29	16.86

위의 표를 보면 호남문집 소재 일기는 1850년대까지는 최저 0편, 최고 13편으로 17~18세기와 비슷한 분포를 보인다. 그러나 1860년대 일기는 30편까지 증가하며 1890년대에는 가장 많은 45편이 작성되었다. 하반기 50년간의 일기가 120편으로 19세기 전체 일기의 70% 가까이를 차지한다. 그리고 일기를 많이 작성하는 추세는 20세기 초까지 이어진다.

이렇게 일기가 근현대로 들어오면서 많아지는 것은 시기가 가깝기 때문에 남아있는 자료가 많은 것도 한 원인일 수 있다. 하지만 14~15세기에 태동한 이후 일기를 쓰는 전통이 조금씩 확대되다가, 19세기 후반으로 오면서 일상생활 속 자연스러운 글쓰기가 된 데에 더 큰 원인이 있지 않을까 한다. 일기가 특별한 글이 아니라 자신이 겪은 일을 자연스럽게 쓴 글이 되어 선조들이 많은 일기를 남겼고, 그것이 유실되기 전인 비교적 이른 시기에 문집에 수록되어 전해질 수 있었던 것이다.

그렇다면 172편에 이르는 19세기 호남문집 소재 일기는 어떤 내용을 담고 있을까? 19세기 호남문집 소재 일기를 내용별로 분류하면 다음과 같다.

〈19세기 호남문집 소재 일기의 내용별 수량 및 비율〉

내용 분류	수량(편)	비율(%)
생활일기	13	7.56
강학일기	15	8.72
관직일기	9	5.23
기행일기	119	69.19
사행일기	·	·
유배일기	1	0.58
전쟁일기	·	·
의병일기	·	·
사건일기	10	5.81
장례일기	5	2.9
합계	172	

　18세기 57편보다 수량이 115편 늘어난 만큼 각 내용별로 일기의 수량이 증가한 것이 많다. 전쟁일기는 이 시기에 없었고, 의병일기 또한 호남문집에 실린 것은 20세기에만 나타나므로 이 두 종류를 제외한 다른 8가지 일기는 사행일기와 유배일기만이 수량이 감소하였다. 18세기 1편이었던 사행일기는 19세기에 없으며, 18세기 3편이었던 유배일기는 19세기에 김한충의 <초산적소일기> 1편만이 확인된다. 관직일기는 18세기와 같은 9편이 확인되고, 나머지 5가지인 생활일기, 강학일기, 기행일기, 사건일기, 장례일기는 모두 수량이 대폭 증가하였다.

　먼저 생활일기는 18세기에 4편이었으나 19세기에는 13편이 확인된다. 그런데 편수는 많으나 일기의 수록 기간이 매우 짧다. 10년간의 일상생활을 기록한 김영순의 <일기>, 약 3년간의 생활을 짤막하게 기록한 이돈식의 <일기> 외에는 모두 1년 이하의 기록이다. 특히 이 시기에는 하루간의 일과 감회를 기록한 생활일기가 장헌주의 <경신구월구일야록>,

<지월이십일일야록>, <지월회일야록>, <신유칠월회일자계>, <을묘세제야자경>, 유우현의 <신축회일소기>, 이주헌의 <덕호일기> 등 7편이나 된다.

　강학일기의 경우 18세기 4편에서 19세기 15편으로 확대되었다. 노사(蘆沙) 기정진(奇正鎭, 1798~1879)을 찾아가 수학한 일을 기록한 조성가의 <사상일기>, 면암(勉菴) 최익현(崔益鉉, 1833~1906)을 찾아가 수학한 일을 기록한 박해량의 <해상일기>, 조석일의 <서행록략>, 연재(淵齋) 송병선(宋秉璿, 1836~1905)을 찾아가 수학한 일을 기록한 김운덕의 <계산유람기>, 박해창의 <계상왕래록>, 송사(松沙) 기우만(奇宇萬, 1846~1916)을 찾아가 수학한 일을 기록한 안규용의 <일기>, 조석일의 <삼산일기략> 등 강학일기에 등장한 스승들로는 한말의 대표적인 학자들이 있다. 이러한 대학자들이 호남에 있어서 그들을 찾아가 배우고 학문적으로 논의한 일을 기록한 강학일기가 많이 등장한 것으로 생각된다.

　또한 19세기 강학일기는 5살 때 입학(入學)한 것을 시작으로 자라면서 공부한 것을 연보처럼 기록한 박채기의 <연력일기>, 여러 책을 통해 공부한 내용을 요약하여 기록한 박인섭의 <일기>와 같이 형식도 다양화되었다.

　기행일기는 18세기에 34편으로 18세기 호남문집 소재 일기 중 59%를 차지하여 수량이 많다고 언급을 했었다. 그런데 19세기에는 그의 약 4배가 되는 119편으로 19세기 호남문집 소재 일기의 69%를 차지한다.

　이렇게 수량이 많다보니 기행일기는 다양한 곳의 여정을 담게 되는데, 그중 한라산을 기행한 것이 호남문집 소재 일기 중 처음 등장한다. 1875년 3월 27일에 최익현이 제주도 유배 중 한라산에 다녀온 일을 기록한 <유한라산기>가 바로 그것이다. 또 광주의 무등산(정의림의 <서석창

수운>, 김만식의 <유서산초당기>, 홍삼우당의 <서석록>, 이연관의 <신묘유서석록>, 하원순의 <유서석일기>, 염재신의 <유서석산기>, 박병윤의 <서석산기>, 양진영의 <유서석산기>, 조봉묵의 <유무등산기>, 나도규의 <서석록>, <속서석록>, 박모의 <좌행일기>), 어등산(이탁헌의 <유등어등산기>), 전주의 만덕산(이기의 <유만덕산기>, <중유만덕산기>), 부안의 변산(박모의 <유변산기>, 송병선의 <변산기>, 박제망의 <유변산일기>), 화순의 적벽(송병선의 <적벽기>), 순천 금오도(송병선의 <유승평기>), 영암 월출산(송병선의 <유월출천관산기>), 장흥 천관산(박모의 <유천관산기>, 송병선의 <유월출천관산기>, 김훈의 <천관록>), 신안 흑산도(김훈의 <흑산록>) 등 호남 곳곳에 대한 기행을 볼 수가 있다. 금강산, 지리산, 화양동 등 명산, 명승을 유람한 것도 당연히 있지만, 호남문집에 실려 있기에 저자들의 삶의 장소에 가까운 호남 곳곳을 유람한 일기가 다수 확인된다.

내용에 있어서도 명산을 구경하기 위한 여정이 당연히 많지만, 위계민의 <승유일기>, 조종덕의 <배종일기>와 같이 스승을 배종하기 위한 여정, 김재탁의 <정해회행일기>, 나도규의 <서행일기>와 같이 과거를 치르기 위한 여정, 이지헌의 <금성일기>와 같이 성묘를 위한 여정, 김운덕의 <영남유람기>와 같이 문집 간행 준비를 위한 여정 등 기행의 원인과 과정이 다양하다. 문순득의 표류과정을 정약전이 정리한 것을 다시 이강회가 기록한 <표해시말>도 이 시기의 일기이다.

사건일기와 장례일기의 경우 18세기에 각각 1편씩이었는데, 19세기에는 사건일기 10편, 장례일기 5편으로 수량이 증가하였다. 19세기에는 1894년 동학농민운동이라는 국가적인 사건이 있어서 이를 기록한 것이 김방선의 <갑오구월제행일기>, 이병수의 <금성정의록>, 안규용의 <갑오

동란기사>, 김한익의 <호남기사>, 박성근의 <동란일기>, 조석일의 <갑오사기> 등 6편이나 된다.

동학농민운동에 대해서는 사건의 성격에 대해 논란이 있다. 신영우에 의하면 '반봉건 반외세'가 이 사건의 중심뜻이라고 하지만 보는 시각에 따라 동학농민전쟁인가 갑오농민전쟁인가, 전쟁이냐 혁명이냐 운동이냐 등으로 사건의 이름을 각기 달리 쓰고 있을 만큼 여러 견해가 맞서고 있다.18) 황위주의 경우도 동학농민운동 관련 일기 5편을 정리하면서 '전쟁 관련 종군·창의 일기'에 이 일기들을 포함시켰다.19) 본 연구에서는 임진왜란, 병자호란과 같은 국가간의 전쟁을 다룬 일기만을 전쟁일기에 넣었고, 동학농민운동 관련 일기는 사건일기에 포함시켰다. 또한 같은 맥락에서 사건의 명칭에 '전쟁'이 아닌 '운동'이라는 용어를 사용하였다.

장례일기는 5편 중 3편이 남극엽의 『애경당유고』에 수록된 것으로, 남극엽의 자식들이 부모님의 장례에 대해 쓴 것이다. 아버지 남극엽의 임종 및 장례에 대해 쓴 것이 2편, 어머니 남원 윤씨의 임종 및 장례에 대해 쓴 것이 1편으로 부모님의 임종 및 장례 과정을 자세히 기록하고 잊지 않으려하는 후손들의 태도를 볼 수가 있다.

19세기에는 호남문집 소재 일기 수량이 많다보니 한 문집 안에 2편 이상 수록한 경우도 이전 시기보다 많다.

---

18) 신영우, 「'동학농민전쟁' 연구와 일기자료」, 『역사와현실』12, 한국역사연구회, 1994.
19) 황위주, 「조선시대 일기자료의 현황과 활용방안」, 『국역 조선시대 서원일기』, 한국국학진흥원, 2007, 788쪽.

〈19세기 호남문집 소재 일기 중 한 문집에 2편 이상 수록된 경우〉

순번	일기 편수	수록 문집	문집 저자	일기명	비고
1	2편	만희집 (晚羲集)	양진영 (樑進永)	유서석산기(遊瑞石山記), 유관두산기(遊館頭山記)	
2	2편	농묵유고 (聾默遺稿)	유우현 (柳禹鉉)	신축회일소기(辛丑晦日所記), 계묘일기(癸卯日記)	
3	2편	노포유고 (老圃遺稿)	정면규 (鄭冕奎)	황산일기(黃山日記), 내포일기(內浦日記)	
4	2편	우졸재집 (愚拙齋集)	김경규 (金慶奎)	환비일기(闤扉日記), 심관일록(審觀日錄)	
5	2편	죽포집 (竹圃集)	박기종 (朴淇鍾)	유삼각산기(遊三角山記), 유평양기(遊平壤記)	
6	2편	일유재집 (一逌齋集)	장태수 (張泰秀)	일유재종환록(一逌齋從宦錄), 일유재일기(一逌齋日記)	
7	2편	해학유서 (海鶴遺書)	이기 (李沂)	유만덕산기(遊萬德山記), 중유만덕산기(重遊萬德山記)	
8	2편	식재집 (植齋集)	기재 (奇宰)	남유록(南遊錄), 동유록(東遊錄)	
9	2편	서헌유고 (瑞軒遺稿)	안규용 (安圭容)	일기(日記), 갑오동란기사(甲午東亂記事)	20세기 일기 2편도 문집에 수록됨.
10	2편	송사유고 (松史遺稿)	박용주 (朴用柱)	일기(日記), 사진일지(仕進日誌)	
11	2편	정와집 (靖窩集)	박해창 (朴海昌)	계상왕래록(溪上往來錄), 남유록【무술사월】(南遊錄【戊戌四月】)	20세기 일기 1편도 문집에 수록됨.
12	2편	남전유고 (藍田遺稿)	최경휴 (崔敬休)	기유구월원유일록(己酉九月遠遊日錄), 북행일기(北行日記)	
13	3편	애경당유고 (愛景堂遺稿)	남극엽 (南極曄)	임종시일기병록(臨終時日記病錄), 손룡친산기사(巽龍親山記事), 명상동친산기사(明相洞親山記事)	3편 모두 후손이 기록한 것임. 18세기 일기 1편도 문집에 수록됨.

순번	일기 편수	수록 문집	문집 저자	일기명	비고
14	3편	솔성재유고 (率性齋遺稿)	박정일 (朴楨一)	종유일기(從遊日記), 유금산록(遊金山錄), 유화양동기(遊華陽洞記)	
15	3편	남파집 (南坡集)	이희석 (李僖錫)	유관산기(遊冠山記), 유사산기(遊獅山記), 원유록(遠遊錄)	
16	3편	난석집 (蘭石集)	박창수 (朴昌壽)	탑전일기(榻前日記), 경연소대(經筵召對), 경연일기(經筵日記)	
17	3편	과암유고 (果庵遺稿)	염재신 (廉在愼)	기행일록(畿行日錄), 관동일록(關東日錄), 유서석산기(遊瑞石山記)	
18	3편	회계집 (晦溪集)	조병만 (曺秉萬)	태백산부석사동유기(太白山浮石寺同遊記), 해망산연유기(海望山宴遊記), 소청사 실급정원일기(疏聽事實及政院日記)	
19	4편	연천유고 (蓮泉遺稿)	최일휴 (崔日休)	과화양원기(過華陽院記), 유두륜산기(遊頭崙山記), 서행일록(西行日錄), 좌춘일록(坐春日錄)	
20	4편	덕암만록 (德巖漫錄)	나도규 (羅燾圭)	서행일기(西行日記), 왕자대록(王子岱錄), 서석록(瑞石錄), 속서석록(續瑞石錄)	
21	4편	창암집 (滄庵集)	조종덕 (趙鍾悳)	도원계일기(到遠溪日記), 배종일기(陪從日記), 두류산음수기(頭流山飮水記), 자문산지화양동기(自文山至華陽洞記)	20세기 일기 7 편도 문집에 수 록됨.
22	4편	오암유고 (梧巖遺稿)	조석일 (曺錫一)	동강일기략(東岡日記略), 삼산일기략(三山日記略), 서행록략(西行錄略), 갑오사기(甲午事記)	
23	4편	몽암집 (夢巖集)	이종욱 (李鍾勖)	중산죽헌공묘소일기(中山竹軒公墓所日記), 옥과화면작산용산일기(玉果火面鵲山用山日記), 부례위려락일기(赴禮圍戾洛日記), 사월이십육일향안봉심일기(四月二十六日鄕案奉審日記)	20세기 일기 1 편도 문집에 수 록됨.
24	4편	수월사고 (水月私稿)	박제망 (朴齊望)	유두류일기(遊頭流日記), 유변산일기(遊邊山日記), 동유록(東遊錄), 남정기(南征記)	
25	5편	추산유고 (秋山遺稿)	김운덕 (金雲悳)	경성유람기(京城遊覽記), 영남유람기(嶺南遊覽記), 서호유람기(西湖遊覽記), 계산유람기(溪山遊覽記), 남원유람기(南原遊覽記)	20세기 일기 8 편도 문집에 수 록됨.

순번	일기 편수	수록 문집	문집 저자	일기명	비고
26	6편	노하선생문집 (蘆河先生 文集)	박모 (朴模)	북유일기(北遊日記), 좌행일기(左行日記), 서유기(西遊記), 남류일기(南留日記), 유천관산기(遊天冠山記), 유변산기(遊邊山記)	
27	6편	동해집 (東海集)	김훈 (金勳)	동유록(東遊錄), 화양록(華陽錄), 흑산록(黑山錄), 천관록(天冠錄), 남유록(南遊錄), 지유록(址遊錄)	팔유록(八遊錄) 하위에 수록. 20세기 일기 2 편도 문집에 수 록됨.
28	7편	여력재집 (餘力齋集)	장헌주 (張憲周)	경신구월구일야록(庚申九月九日夜錄), 지월이십일일야록(至月二十一日夜錄), 지월회일야록(至月晦日夜錄), 신유칠월회일자계(辛酉七月晦日自戒), 을묘세제야자경(乙卯歲除夜自警), 서유록(西遊錄), 정묘서행일기(丁卯西行日記)	전자 5편이 각 각 하루간의 일 기임.
29	21편	연재선생문집 (淵齋先生 文集)	송병선 (宋秉璿)	유황산급제명승기(遊黃山及諸名勝記), 유금오산기(遊金烏山記), 서유기(西遊記), 동유기(東遊記), 지리산북록기(智異山北麓記), 서석산기(瑞石山記), 적벽기(赤壁記), 백암산기(白巖山記), 도솔산기(兜率山記), 변산기(邊山記), 덕유산기(德裕山記), 황악산기(黃岳山記), 수도산기(修道山記), 가야산기(伽倻山記), 단진제명승기(丹晉諸名勝記), 금산기(錦山記), 두류산기(頭流山記), 유승평기(遊昇平記), 유교남기(遊嶠南記), 유월출천관산기(遊月出天冠山記), 유안음산수기(遊安陰山水記)	20세기 일기 1 편도 문집에 수 록됨.

위는 19세기 호남문집 소재 일기 중 한 문집에 일기 2편 이상이 수록된 것을 정리한 것이다. 2편을 수록한 문집이 12종, 3편을 수록한 문집이 6종, 4편을 수록한 문집이 6종이며 5편 이상을 수록한 문집도 5종에 이른다. 특히 5편 이상인 문집 중에는 20편이 넘는 일기를 수록한 송병선의 『연재선생문집』이 있어 주목된다.

그런데 위의 표는 한 문집 안에 수록된 것이라도 일기의 수록 기간이 19세기인 것에만 한정하여 작성한 것이다. 19세기 하반기, 20세기 전반기에는 전 시기 중 가장 많은 일기가 창작되며 저자의 생몰기간이 19세기와 20세기에 걸쳐 있는 경우 양 세기의 일기가 모두 수록된 문집들이 있다. 18~19세기에는 남극엽의 『애경당유고』에 18세기 일기 1편, 19세기 일기 3편이 수록되어 있어 양 세기에 걸친 일기를 수록한 것은 이 한 종이 발견되었다. 그러나 19~20세기에는 양 세기의 일기를 수록한 문집이 14종에 이르러, 이를 표로 정리하면 다음과 같다.

〈19~20세기 양 세기에 걸쳐 2편 이상이 수록된 경우〉

순번	수록 문집	문집 저자	19세기 일기 편수	20세기 일기 편수	총 일기 편수
1	연재선생문집(淵齋先生文集)	송병선(宋秉璿)	21편	1편	22편
2	동해집(東海集)	김훈(金勳)	6편	2편	8편
3	심석재선생문집 (心石齋先生文集)	송병순(宋秉珣)	1편	2편	3편
4	지암유고(志巖遺稿)	정인채(鄭仁采)	1편	1편	2편
5	겸산유고(謙山遺稿)	이병수(李炳壽)	1편	2편	3편
6	추산유고(秋山遺稿)	김운덕(金雲悳)	5편	8편	13편
7	창암집(滄庵集)	조종덕(趙鍾惪)	4편	7편	11편
8	서헌유고(瑞軒遺稿)	안규용(安圭容)	2편	2편	4편
9	화동유고(華東遺稿)	김한익(金漢翼)	1편	1편	2편
10	산곡유고(山谷遺稿)	최기모(崔基模)	1편	2편	3편
11	율산집(栗山集)	문창규(文昌圭)	1편	3편	4편
12	정와집(靖窩集)	박해창(朴海昌)	2편	1편	3편
13	남곡유고(南谷遺稿)	염석진(廉錫珍)	1편	1편	2편
14	몽암집(夢巖集)	이종욱(李鍾勖)	4편	1편	5편

위와 같이 20세기 일기까지 포함하여 보면 한 문집에 5편 이상을 수록한 경우는 19세기 일기만 수록한 문집 2종, 19~20세기 일기를 수록한

문집 5종 총 7종이 된다. 이 중 한 문집에 수록한 일기의 수량이 10편 이상인 것은 송병선의 『연재선생문집』, 김운덕의 『추산유고』, 조종덕의 『창암집』 총 3종이다. 송병선 문집의 경우 20세기 일기 한 종이 더 추가되어 22편에 이르는 일기를 확인할 수 있다.

19세기에 2편 이상의 일기를 수록한 문집 중 단연 돋보이는 것은 송병선의 『연재선생문집』이다. 22편에 이르는 일기는 모두 산수유람을 기록한 기행일기로서, 유람한 시기순으로 문집에 수록되어 있다. 1866년 4월 6일부터 20일까지 황산을 비롯한 여러 곳을 유람한 일을 기록한 <유황산급제명승기>를 시작으로 1902년 3월에 화양동의 여러 명승을 유람한 일을 기록한 <유화양제명승기>로 마치기까지 22편의 일기는 우리나라의 다양한 지역에 대한 유람을 기록한다. 22편에는 지리산, 무등산과 같이 단일 산에 대한 유람을 담은 것도 있지만, 평안도, 황해도 등을 유람한 일을 기록한 <서유기>, 숙부와 금강산을 유람한 일을 기록한 <동유기>, 경상도를 유람한 일을 기록한 <유교남기>와 같이 여러 지역을 포괄하는 경우도 있다. 여러 지역을 포괄한 경우에는 여정별로 소제목이 나뉘어져 있고 분량도 상당하다. 이러한 일기는 유기에도 속하는 것으로서, 이병찬은 유기작품의 분량도 많고 다양한 지역을 다루고 있다는 점에서 송병선을 조선후기 대표적인 유기작가라고 평하기도 하였다.[20]

그런데 19~20세기 문집에 기행일기를 여러 편 수록한 것은 송병선에만 국한된 것이 아니다. 8편의 일기를 수록한 김훈의 『동해집』, 11편의 일기를 수록한 조종덕의 『창암집』 모두 기행일기만을 수록하고 있으며, 13편의 일기를 수록한 김운덕의 『추산유고』의 경우 강학을 위해 이동한 내용을 담고 있는 강학일기 1편을 제외하고는 모두 유람한 내용을 담고

20) 이병찬, 「연재 송병선의 유기문학 연구」, 『어문연구』68, 어문연구학회, 2011, 335쪽.

있다. 이는 조선시대 전 시기에 등장하는 기행일기가 19~20세기에 가장
활발하게 창작되었음을 증명해 주며, 사람들이 어쩌다 한 번 기행일기를
작성하는 것이 아니라 평생에 걸쳐 지속적으로 작성했음을 보여준다.

19세기는 일기가 폭발적으로 증가한 시기로, 호남문집 소재 일기가
172편이나 확인되어 일기 창작이 생활화되었음을 확인시켜 준다. 일기
의 수량이 증가한 것에 비례하여 생활일기, 강학일기, 장례일기 등이 증
가되었는데, 가장 많은 수량을 차지하는 것은 기행일기였다. 18세기에
34편이었던 기행일기가 19세기에 119편에 이르며, 19세기 전체 호남문집
소재 일기 중 69%를 차지하였다. 기행일기 중에서도 특히 산수유람을
기록한 것이 돋보이는데, 19~20세기에 산수유람을 기록한 기행일기 22
편을 문집에 남긴 송병선 등을 통해 평생에 걸쳐 지속적으로 창작하였
음을 확인할 수 있었다. 기행일기가 많이 창작된 만큼 여행한 지역도 다
양한데, 특히 호남지역 곳곳에 대한 여정이 다양하게 나타났다.

또한 19세기는 역사적 사건인 동학농민운동이 있었던 시기로서, 이를
기록한 사건일기도 호남문집 속에서 7편이나 발견되었다. 동학농민운동
은 전북 고부에서 시작되었기 때문에 호남문인들이 가까이서 보고 듣고
경험한 것을 정리한 것이라 할 수 있다. 강학일기도 호남에서 활동한 대
표적인 학자인 노사 기정진, 면암 최익현 등을 찾아가 수학한 일들을 기
록하고 있어, 문인들의 삶의 공간과 밀접한 일기들이 많이 등장하였다
고 할 수 있다.

이처럼 19세기 호남문집 소재 일기는 후반기로 갈수록 일기 창작이
활발하여 일기의 수가 폭발적으로 증가한 점, 기행일기를 그 어느 때보
다 많이 창작한 점, 동학농민운동이라는 역사적 사건에 대한 일기가 있
는 점 등이 특징이라 할 수 있다.

6. 20세기

〈20세기 호남문집 소재 일기 목록〉

순번	일기명	수록 문집	문집 저자	저자 생몰연도	일기 기간	요약	내용 분류
1	유화양제명 승기(遊華陽 諸名勝記)	연재선생문집 (淵齋先生文集) 권22 잡저	송병선22 (宋秉璿)	1836~1905	1902년 3월	화양동의 여러 명승을 유람한 일을 기록.	기행일기 유기
2	옥천록 (沃川錄)	동해집(東海集) 권5 팔유록 (八遊錄)	김훈7 (金勳)	1836~1910	1902년 4월~5월	연재 선생과 심석재 선생을 뵙기 위해 옥천에 다녀온 일을 기록.	기행일기 유기
3	방구록 (訪舊錄)	동해집(東海集) 권5 팔유록 (八遊錄)	김훈8 (金勳)	1836~1910	1904년	자신이 예전에 공부했던 곳을 다니며 스승의 후손들을 만나고 과거를 회상했던 일을 기록.	기행일기 유기
4	각금일기 (卻金日記)	춘우정문고 (春雨亭文稿) 권5 부록	김영상 (金永相)	1836~1911	1910년 10월 24일~ 1911년 9월 12일	일제가 내린 은사금 (恩賜金)을 거절한 일로 감옥에 갇히고, 결국 죽어 장례를 치르는 과정 및 장례 후 일본군이 와서 김영상의 문고, 일기 등을 모두 가지고 간 일 등을 기록. 다른 사람이 기록한 것임.	사건일기
5	유방장록 (遊方丈錄)	심석재선생문집 (心石齋先生文集) 권12 잡저	송병순2 (宋秉珣)	1839~1912	1902년 2월 3일~ 3월 12일	지리산을 유람한 일을 기록.	기행일기 유기
6	화양동기행 (華陽洞記行)	심석재선생문집 (心石齋先生文集) 권12 잡저	송병순3 (宋秉珣)	1839~1912	1909년 3월 9일~ 18일	화양의 만동묘가 다시 열렸으나 제사를 지내지 않는다는 것을 듣고 화양동에 다녀온 일을 기록.	기행일기
7	유도성암기 (遊道成庵記)	석정집(石亭集) 권4 기	이정직 (李定稷)	1841~1910	1903년 6월	도성암을 유람한 일을 기록.	기행일기 유기

순번	일기명	수록 문집	문집 저자	저자 생몰연도	일기 기간	요약	내용 분류
8	정종일기 (正終日記)	송사선생문집 습유(松沙先生 文集拾遺) 권3	기우만 (奇宇萬)	1846~1916	1916년 10월 27일	기우만이 임종한 날의 상황을 구체적으로 기록.	장례일기 임종일기
9	남관일기 (南冠日記)	국사유고 (菊史遺稿) 권4 별록	정희면 (鄭熙冕)	1849~1927	1907년 8월 12일~ 12월 25일	성재 기삼연, 후은 김용구 등과의 의병활동과 의병들이 경무소에서 문초를 받은 일 등을 기록.	의병일기
10	창의일기 (倡義日記)	둔헌유고 (遯軒遺稿) 권6	임병찬1 (林炳瓚)	1851~1916	1904년 1월 1일~ 1906년 윤4월 29일	창의하여 의병활동하다 수감된 일을 기록.	의병일기
11	대마도일기 (對馬島日記)	둔헌유고 (遯軒遺稿) 권6	임병찬2 (林炳瓚)	1851~1916	1906년 6월 26일~ 1907년 1월 17일	최익현과 대마도로 유배갔다가 돌아오기까지의 일을 기록.	유배일기
12	환국일기 (還國日記)	둔헌유고 (遯軒遺稿) 권6	임병찬3 (林炳瓚)	1851~1916	1907년 1월 18일~ 2월 2일	대마도 유배가 끝난 후 부산을 통해 고향으로 돌아오는 과정을 기록.	기행일기
13	거의일기 (擧義日記)	둔헌유고 (遯軒遺稿) 권6	임병찬4 (林炳瓚)	1851~1916	1912년 9월 28일~ 1914년 6월 3일	독립운동단체 대한독립의군부를 조직하는 과정을 기록.	의병일기
14	거문도일기 (巨文島日記)	둔헌유고 (遯軒遺稿) 권6	임병찬5 (林炳瓚)	1851~1916	1914년 6월 13일~ 1916년 5월 22일	거문도에서의 유배생활을 기록.	유배일기
15	초종일기 (初終日記)	둔헌유고 (遯軒遺稿) 권6 부록	임병찬6 (林炳瓚)	1851~1916	1916년 5월 23일~ 12월 15일	임병찬이 유배지인 거문도에서 사망하자 시신을 고향으로 운구하여 장례를 치르는 과정을 최면식이 기록.	장례일기
16	서유록 (西遊錄)	후석유고 (後石遺稿)	오준선1 (吳駿善)	1851~1931	1900년 9월 12일~	선조들 문집의 행장 등을 받기 위해 충	기행일기

순번	일기명	수록 문집	문집 저자	저자 생몰연도	일기 기간	요약	내용 분류
		권7 잡저			10월	청도에 다녀온 일을 기록.	
17	서행록 (西行錄)	후석유고 (後石遺稿) 권7 잡저	오준선2 (吳駿善)	1851~1931	1901년 10월 10일~ 11월 4일	최익현, 송근수, 송 병선을 찾아가 문중 일을 처리하고 학술 적 문답을 나눈 일 을 기록.	기행일기
18	유금강산기 (遊金剛山記)	후석유고 (後石遺稿) 권10 기	오준선3 (吳駿善)	1851~1931	미상	금강산을 유람한 일 을 기록.	기행일기 유기
19	임술추황룡 강선유기 (壬戌秋黃龍 江船游記)	후석유고 (後石遺稿) 권10 기	오준선4 (吳駿善)	1851~1931	1922년 7월 16일	황룡강을 유람한 일 을 기록.	기행일기 유기
20	신미일기 (辛未日記)	후석유고 (後石遺稿) 권10 기	오준선5 (吳駿善)	1851~1931	1931년 6월 20일~ 7월 16일	오준선의 임종부터 삼우를 지낼 때까지 를 문인인 양상하가 기록.	장례일기
21	병오일기 (丙午日記)	둔재집(遯齋集) 권4	문달환 (文達煥)	1851~1938	1906년 1월 16일~ 7월	스승인 면암 최익현 을 따라 의병을 일 으켰던 일을 기록.	의병일기
22	유독균대기 (遊獨釣臺記)	운람선생문집 (雲藍先生文集) 권6 기	정봉현 (鄭鳳鉉)	1852~1918	1912년 4월 10일	독균대가 완공된 다 음해에 수십인이 함 께 유람한 일을 기록.	기행일기 유기
23	병오거의일기 (丙午擧義日記)	화은문집 (華隱文集) 권6	양재해 (梁在海)	1854~1907	1906년 1월 6일~ 9월 2일	면암 최익현이 의병 을 일으키자 함께 참 여했던 일을 기록.	의병일기
24	북유일기 (北遊日記)	일암유고 (一菴遺稿) 권4 기	이규철 (李圭哲)	1854~1925	1918년 8월 2일~ 12일	부안으로 간재 전우 를 찾아가 학문적 이야기를 나누고 호 를 받은 일을 기록.	강학일기 기행일기
25	을사일기 (乙巳日記)	지암유고 (志巖遺稿) 권2 잡저	정인채1 (鄭仁采)	1855~1934	1905년 12월 21일~ 1909년 12월 30일	연재 송병선의 자결 후 장례 과정, 3년상 을 마치고 후에 꿈 에 선생이 나타난 일 등을 기록.	장례일기

순번	일기명	수록 문집	문집 저자	저자 생몰연도	일기 기간	요약	내용 분류
26	교남일기 (嶠南日記)	겸산유고 (謙山遺稿) 권17 잡저	이병수1 (李炳壽)	1855~1941	1917년 3월 23일~ 4월 15일	선현의 유풍이 남아 있는 경상도 지역을 다녀온 일을 기록.	기행일기
27	겸산선생 임종일기 (謙山先生臨終日記)	겸산유고 (謙山遺稿) 권20 부록	이병수3 (李炳壽)	1855~1941	1941년	문인 정우석이 스승 이병수의 병세가 위중하다는 것을 듣고 찾아와 임종과 장례 과정을 기록.	장례일기
28	광릉일기부 수남비역 (廣陵日記附 水南碑役)	쌍청헌유고 (雙淸軒遺稿) 권3 잡저	이기유 (李基瑜)	1856~1933	1915년~ 1917년	대종회에서 문중의 세 가지 큰 일을 해결하기 위해 노력하는 과정을 기록.	사건일기
29	금강록 (金剛錄)	저전유고 (樗田遺稿) 권8 유람일기	이종림1 (李鍾林)	1857~1925	1917년 5월 2일~ 6월 1일	61세의 나이에 금강산을 유람한 일을 기록.	기행일기 유기
30	남유록 (南遊錄)	저전유고 (樗田遺稿) 권8 유람일기	이종림2 (李鍾林)	1857~1925	1917년 9월 3일~ 10일	내장사의 단풍을 보기 위해 유람한 일을 기록.	기행일기 유기
31	서유록 (西遊錄)	저전유고 (樗田遺稿) 권8 유람일기	이종림3 (李鍾林)	1857~1925	1918년 9월 2일~ 26일	평양, 청주 등을 유람한 일을 기록.	기행일기 유기
32	경신유람록 (庚申遊覽錄)	저전유고 (樗田遺稿) 권8 유람일기	이종림4 (李鍾林)	1857~1925	1920년 9월 20일~ 23일	은진 관촉사를 유람한 일을 기록.	기행일기 유기
33	중사유람기 (中沙遊覽記)	추산유고 (秋山遺稿) 권3 잡저 유람록	김운덕5 (金雲悳)	1857~1936	1908년 1월 ~1915년 2월 4일	송사 기선생을 찾아 뵙고 의병에 대한 이야기를 나눈 것 등 여러 차례 다녀온 일을 기록.	기행일기
34	회덕유람기 (懷德遊覽記)	추산유고 (秋山遺稿) 권3 잡저 유람록	김운덕6 (金雲悳)	1857~1936	1900년 윤8월 15일~ 미상	회덕에 상사가 있어서 조문을 갔다가 주변을 유람한 일을 기록.	기행일기
35	임피유람기 (臨陂遊覽記)	추산유고 (秋山遺稿) 권3 잡저 유람록	김운덕7 (金雲悳)	1857~1936	미상 (8월 1일)	연재 선생의 명으로 임피에 다녀온 일을 기록.	기행일기

순번	일기명	수록 문집	문집 저자	저자 생몰연도	일기 기간	요약	내용 분류
36	영주유람기 (瀛州遊覽記)	추산유고 (秋山遺稿) 권3 잡저 유람록	김운덕8 (金雲悳)	1857~1936	1903년 11월 20일~ 1904년 8월	제주도를 유람한 일을 기록.	기행일기 유기
37	서석유람기 (瑞石遊覽記)	추산유고 (秋山遺稿) 권3 잡저 유람록	김운덕9 (金雲悳)	1857~1936	1909년 4월	무등산을 유람한 일을 기록.	기행일기 유기
38	화양동유람기 (華陽洞遊覽記)	추산유고 (秋山遺稿) 권3 잡저 유람록	김운덕10 (金雲悳)	1857~1936	1911년	화양동 만동묘에 다녀온 일을 기록.	기행일기
39	태인평사유 람기(泰仁平 沙遊覽記)	추산유고 (秋山遺稿) 권3 잡저 유람록	김운덕12 (金雲悳)	1857~1936	1925년 윤 4월	지인의 요청으로 함께 평사를 유람한 일을 기록.	기행일기 유기
40	백양사유람기 (白羊寺遊覽記)	추산유고 (秋山遺稿) 권3 잡저 유람록	김운덕13 (金雲悳)	1857~1936	1928년 4월 8일~ 12일	사월초파일에 백양사를 유람한 일을 기록.	기행일기 유기
41	자활산지화 양동기 (自活山至華 陽洞記)	창암집(滄庵集) 권6 기	조종덕5 (趙鍾悳)	1858~1927	1910년 2월~3월	제사를 돕기 위해 화양동에 다녀온 일을 기록.	기행일기 제사일기
42	자화양입선 유동기 (自華陽入仙 遊洞記)	창암집(滄庵集) 권6 기	조종덕6 (趙鍾悳)	1858~1927	1910년 3월 5일~ 6일	화양동에서 제사를 지낸 후 선유동으로 가 유람한 이틀간의 일을 기록.	기행일기
43	남유일기 (南遊日記)	창암집(滄庵集) 권6 기	조종덕7 (趙鍾悳)	1858~1927	1910년 1월 9일~ 17일	황묘를 다시 설향하는 일로 능주를 다녀오면서 근처를 유람한 일을 기록.	기행일기
44	등서불암견 노인성기 (登西佛庵見 老人星記)	창암집(滄庵集) 권6 기	조종덕8 (趙鍾悳)	1858~1927	1911년 1월 24일	황묘를 설향하는 일로 고흥에 갔다가 팔영산 노인봉에 가서 별을 본 하루의 일을 기록.	기행일기
45	경행일기 (京行日記)	창암집(滄庵集) 권6 기	조종덕9 (趙鍾悳)	1858~1927	1919년 1월 27일~ 2월 5일	고종황제가 사망한 것을 듣고 서울에 올라가 장례를 보고 통곡하고 돌아온 일을 기록.	장례일기 기행일기

순번	일기명	수록 문집	문집 저자	저자 생몰연도	일기 기간	요약	내용 분류
46	재유관산기 (再遊冠山記)	창암집(滄庵集) 권6 기	조종덕10 (趙鍾悳)	1858~1927	1926년 4월 19일~ 5월 3일	보성 안진사의 계옥 서실에 방문했다가 장흥 천관산을 방문한 일을 기록.	기행일기
47	등서석산기 (登瑞石山記)	창암집(滄庵集) 권6 기	조종덕11 (趙鍾悳)	1858~1927	1919년 가을	무등산을 유람한 일을 기록.	기행일기 유기
48	동행록 (東行錄)	금우유고 (錦愚遺稿) 권2 잡저	임상희 (林相熙)	1858~1931	1921년 4월 12일~ 4월 22일	종중의 일로 서울에 있다가 금강산을 유람한 일을 기록.	기행일기 유기
49	서석록 (瑞石錄)	심재유고 (心齋遺稿) 권2 잡저	이정회 (李正會)	1858~1939	1919년 4월 4일~ 9일	무등산을 유람한 일을 기록.	기행일기 유기
50	유쌍계사기 (遊雙溪寺記)	회암유고 (希庵遺稿) 권8 기	양재경1 (梁在慶)	1859~1918	1905년 4월	지리산 쌍계사를 유람한 일을 기록.	기행일기 유기
51	유서석산기 (遊瑞石山記)	회암유고 (希庵遺稿) 권8 기	양재경2 (梁在慶)	1859~1918	1912년 4월 1일	무등산을 유람한 일을 기록.	기행일기 유기
52	서암일기 (棲巖日記)	서암유고 (棲巖遺稿)	김영찬 (金永粲)	1859~1945	1912년 1월 1일~ 1930년 6월 15일	학문적인 활동을 중심으로 한 일상생활을 기록.	생활일기
53	사문배종일기 (師門陪從日記)	서헌유고 (瑞軒遺稿) 권4	안규용2 (安圭容)	1860~1910	1907년 3월 10일~ 5월 6일	한천정사에 모여 석채례를 행하는 중 순사가 와서 선생을 잡아가자 안규용이 이를 따라가 배종한 일을 기록.	기행일기 배종일기
54	광주교궁일기 (光州校宮日記)	서헌유고 (瑞軒遺稿) 권4	안규용3 (安圭容)	1860~1910	1908년 3월 17일~ 4월 14일	광주향교에 일본 수비대 병원이 설립된다는 것을 듣고 그것에 반대한 일을 일자별로 기록.	사건일기
55	동유기행 (東遊記行)	유남유고 (悠南遺稿) 잡저	노유탁 (魯愉鐸)	1860~1938	1920년 3월	담양, 순창 등을 유람한 일을 기록.	기행일기 유기

순번	일기명	수록 문집	문집 저자	저자 생몰연도	일기 기간	요약	내용 분류
56	의소일기 (義所日記)	후은김선생신담록(後隱金先生薪膽錄)	김용구 (金容球)	1862~1918	1907년 8월 8일~1908년 4월 19일	정미의병 때 성재 기삼연과 영광에서 기병하여 이듬해 4월까지의 의병활동을 기록.	의병일기
57	금강유록 (金剛遊錄)	화동유고 (華東遺稿) 권1	김한익2 (金漢翼)	1863~1944	1924년 4월 20일~5월 5일	장성을 출발하여 금강산을 유람하고 돌아온 일을 기록.	기행일기 유기
58	남유기 (南游記)	염와집(念窩集) 권7	안치수1 (安致洙)	1863~1950	미상(3월 21일~4월 15일)	남해의 금산을 유람한 일을 기록.	기행일기 유기
59	관동일기 (關東日記)	염와집(念窩集) 권7	안치수2 (安致洙)	1863~1950	1937년 7월 25일~8월	관동지역의 금강산 등을 유람한 일을 기록. 여정별로 소제목이 붙어 있음.	기행일기 유기
60	청파일기 (靑巴日記)	독수재유고 (篤守齋遺稿) 권1 잡저	김인식 (金仁植)	1864~1939	1905년 12월 18일~1906년 1월 21일	연재 송병선이 을사조약 체결 후 왕께 건의하고, 사망 후 장례를 치르는 과정을 기록.	장례일기
61	무등산유상록 (無等山遊賞錄)	월송사고 (月松私稿)	안규식 (安圭植)	1864~1941	1929년 9월 4일~9일	무등산을 유람한 일을 기록.	기행일기 유기
62	선고경회당부군임종시일기(先考景晦堂府君臨終時日記)	경회집(景晦集)	김영근1 (金永根)	1865~1934	1934년 11월 23일~12월 7일	김영근이 병이 심해져 사망하기까지의 과정과 장례를 치르는 과정을 아들이 기록.	장례일기
63	경회선생임종일기 (景晦先生臨終日記)	경회집(景晦集)	김영근2 (金永根)	1865~1934	1934년 11월 24일~12월 11일	김영근의 병세가 심해지고 찾아온 사람들을 만난 일과 장례를 치르는 과정을 제자가 기록.	장례일기
64	원유일록 (遠遊日錄)	경회집(景晦集)	김영근3 (金永根)	1865~1934	1906년 5월 19일~8월 21일	첫 경유지인 영암을 시작으로 장성, 광주 등을 유람한 일을 기록.	기행일기 유기

순번	일기명	수록 문집	문집 저자	저자 생몰연도	일기 기간	요약	내용 분류
65	금해유록 (錦海遊錄)	쌍산유고 (雙山遺稿) 권2 잡저	오형순 (吳炯淳)	1865~1940	1921년 8월 17일~ 9월 3일	금산 일대를 유람한 일을 기록.	기행일기 유기
66	유상기 (遊償記)	오천유고 (五泉遺稿)	유영의 (柳永毅)	1865~1947	1914년 2월 20일~ 1925년 4월	1914년에 나주를 떠나 유람한 일과 1925년에 회갑을 맞아 여수에 간 일을 기록.	기행일기 유기
67	유상지 (遊賞志)	물재유고 (勿齋遺稿) 권4	이연회 (李淵會)	1867~1939	1912년 2월 14일~ 1937년 2월	순천, 서울 등 다른 지역을 다녀왔던 날들의 기록을 모은 것	기행일기
68	유서석록 【병서】 (遊瑞石錄 【幷序】)	소봉유고 (小峰遺稿) 권4 시	이일 (李鎰)	1868~1927	1913년 5월	무등산을 유람한 일을 기록한 시의 서문으로, 서문 자체는 유기의 형태임.	기행일기 유기
69	일기(日記)	복재유고 (復齋遺稿) 권2 잡저	이종택1 (李鍾澤)	1868~1938	1914년 5월 1일~ 1918년 10월 29일	약 4년 6개월간의 생활을 짧게 기록한 것	생활일기
70	풍악록 (楓岳錄)	복재유고 (復齋遺稿) 권2 잡저	이종택2 (李鍾澤)	1868~1938	미상 (8월 19일~ 9월 7일)	가을에 금강산을 유람한 일을 기록.	기행일기 유기
71	유람일기 (遊覽日記)	춘재유고 (春齋遺稿) 권하 잡저	김기숙1 (金錤淑)	1868~1945	1933년 5월 5일~ 16일	무등산을 유람한 일을 일자별로 기록.	기행일기 유기
72	병자일기 (丙子日記)	춘재유고 (春齋遺稿) 권하 잡저	김기숙2 (金錤淑)	1868~1945	1936년	병자년의 가뭄과 백성들의 고통을 시간순으로 기록.	사건일기
73	상경일기 (上京日記)	춘재유고 (春齋遺稿) 권하 잡저	김기숙3 (金錤淑)	1868~1945	1940년 4월 12일~ 19일	기차를 타고 서울에 다녀온 일을 기록.	기행일기
74	평장동 왕자 공단향행일기 (平章洞王子 公壇享行日記)	춘재유고 (春齋遺稿) 권하 잡저	김기숙4 (金錤淑)	1868~1945	1920년 10월 13일 ~14일	기차를 타고 장성에 가서 하루 묵은 후 다음날 왕자공유허비를 살피고 제사를 지낸 일을 기록.	기행일기 제사일기

순번	일기명	수록 문집	문집 저자	저자 생몰연도	일기 기간	요약	내용 분류
75	연산둔암서원정향여수원각현씨위문행일기 (連山遯巖書院丁享與水原珏鉉氏慰問行日記)	춘재유고 (春齋遺稿) 권하 잡저	김기숙5 (金錤淑)	1868~1945	1922년 2월 7일~ 미상	둔암서원에서 향사를 드린 후 수원에 가서 지인을 방문하고 온 일을 기록.	기행일기
76	정산왕환일기 (定山往還日記)	산곡유고 (山谷遺稿) 권4 잡저	최기모2 (崔基模)	1869~1925	1903년 5월 23일~ 윤5월 14일	경주 최씨 대동보 편수의 일로 보소가 설치된 충청도 정산에 다녀온 일을 기록.	기행일기
77	박산서실독서일기 (博山書室讀書日記)	산곡유고 (山谷遺稿) 권5	최기모3 (崔基模)	1869~1925	미상	봄에 박산서실에서 수학했던 일을 기록.	강학일기
78	일기(日記)	익재선생문집 (翼齋先生文集)	고재붕 (高在鵬)	1869~1936	1925년 7월 16일	이씨 어른을 찾아가 문답을 주고받은 하루의 일을 기록.	생활일기
79	옥천일기 (玉川日記)	성암집(省菴集) 권6 잡저	조우식1 (趙愚植)	1869~1937	1906년 1월 25일~ 7월 7일	을사조약 후의 상황과 의병활동, 수감생활을 기록.	의병일기
80	금강일록 (金剛日錄)	성암집(省菴集) 권7 잡저	조우식2 (趙愚植)	1869~1937	1924년 5월 9일	금강산을 유람하고 함평으로 돌아온 일을 기록.	기행일기 유기
81	봉래유람일기 (蓬萊遊覽日記)	지산유고 (遲山遺稿)	소진덕 (蘇鎭德)	1868~1943	1917년 3월 28일~ 4월 8일	부안의 변산을 유람한 일을 기록.	기행일기 유기
82	만연사보소일기 (萬淵寺譜所日記)	야은유고 (野隱遺稿) 권1 기	박중면1 (朴重勉)	1869~1950	1927년 11월 14일 ~미상	화순 만연사 보소를 찾아가 일을 보는 과정을 기록.	기행일기
83	보소송세기 (譜所送歲記)	야은유고 (野隱遺稿) 권1 기	박중면2 (朴重勉)	1869~1950	1927년 12월 28일 ~29일	벗들을 만나는 등 만연사 보소에서의 이틀간 일을 기록.	생활일기
84	장사산기 (長沙山記)	율산집(栗山集) 권6 기	문창규1 (文昌圭)	1869~1961	1919년	장사산을 유람한 일을 기록.	기행일기 유기

순번	일기명	수록 문집	문집 저자	저자 생몰연도	일기 기간	요약	내용 분류
85	해상일록 (海上日錄)	율산집(栗山集) 권7 기	문창규2 (文昌圭)	1869~1961	미상	고창의 송림을 유람한 일을 기록.	기행일기 유기
86	호행일기 (湖行日記)	율산집(栗山集) 권7 기	문창규4 (文昌圭)	1869~1961	1905년 12월 18일 ~1906년 1월 초순	행장을 싸서 출발하여 추월산 등지를 유람한 일과 나라가 망해가는 것에 대한 한탄을 기록.	기행일기
87	화양행일기 (華陽行日記)	오헌유고 (梧軒遺稿) 권5 기	위계룡1 (魏啓龍)	1870~1948	1910년 8월 19일~ 9월 23일	화양동의 만동묘에 다녀온 일을 기록.	기행일기
88	평양유상일기 (平壤遊賞日記)	오헌유고 (梧軒遺稿) 권5 기	위계룡2 (魏啓龍)	1870~1948	1935년 4월 28일~ 5월 7일	평양을 유람한 일을 기록.	기행일기 유기
89	섬왜일기 (殲倭日記)	진지록(盡至錄)	심수택 (沈守澤)	1871~1910	1908년 3월 7일~ 1909년 5월 12일	의병장으로서 항일 의병활동을 한 일을 기록. 전투별로 총 13편의 소제목이 붙어 있음.	의병일기
90	유어등산기 (遊魚登山記)	금와유고 (錦窩遺稿) 권2 기	나도의 (羅燾毅)	1872~1947	1901년 여름	어등산을 유람한 일을 짧게 기록.	기행일기 유기
91	유옥류천기 (遊玉流泉記)	옥산집(玉山集) 권4 기	이광수1 (李光秀)	1873~1953	1904년 9월 10일	옥류천을 유람한 일을 기록.	기행일기 유기
92	유금강기 (遊金剛記)	옥산집(玉山集) 권4 기	이광수2 (李光秀)	1873~1953	1933년 6월	금강산을 유람한 일을 기록.	기행일기 유기
93	금강산유상 일기(金剛山 遊賞日記)	노석유고 (老石遺稿) 권1	임기현 (任奇鉉)	1874~1955	1933년 7월 25일~ 8월 27일	금강산을 유람한 일을 기록.	기행일기 유기
94	남유록 (南遊錄)	정와집(靖窩集) 권7 소	박해창3 (朴海昌)	1876~1933	1901년 4월 2일~ 19일	사종형 등과 남해에 다녀온 일을 기록.	기행일기 유기
95	금광일기 (錦光日記)	화담유고 (花潭遺稿) 권2 기	정상열 (鄭相烈)	1876~1942	미상	금성에서 옛 친구를 방문하고, 광산에 이르러 시장을 구경한 일을 기록.	기행일기

순번	일기명	수록 문집	문집 저자	저자 생몰연도	일기 기간	요약	내용 분류
96	유금강산기 (遊金剛山記)	강와집(剛窩集) 권5	송은헌 (宋殷憲)	1876~1945	1935년 3월 25일~ 4월	금강산을 유람한 일을 기록.	기행일기 유기
97	유어병산록 (遊御屛山錄)	신헌유고 (愼軒遺稿) 권4 잡저	김옥섭1 (金玉燮)	1878~1930	미상	어병산을 유람한 일을 기록.	기행일기 유기
98	북유일기 (北遊日記)	신헌유고 (愼軒遺稿) 권4 잡저	김옥섭2 (金玉燮)	1878~1930	1920년 2월 11일~ 3월 2일	서울 등을 유람하고 내려와 나주에 다녀온 일을 기록.	기행일기
99	삼산재일기 (三山齋日記)	지헌유고 (止軒遺稿) 권3 일기	강희진1 (康熙鎭)	1878~1942	1900년 3월 1일~ 4월 20일	공부의 과정을 기록.	강학일기
100	정남일기 (征南日記)	지헌유고 (止軒遺稿) 권3 일기	강희진2 (康熙鎭)	1878~1942	1902년 1월 2일~ 2월 23일	숙부의 명으로『노사집』간행 문제로 선생을 모시고 영남 지역을 다녀온 일을 기록.	기행일기
101	재정교남일기 (再征嶠南日記)	지헌유고 (止軒遺稿) 권3 일기	강희진3 (康熙鎭)	1878~1942	1902년 4월 6일~ 5월 8일	숙부를 모시고 다시 영남에 간 일을 기록.	기행일기
102	동유록 (東遊錄)	후암집(後菴集) 권3 잡저	송증헌1 (宋曾憲)	1878~1947	1928년 9월	금강산을 유람한 일을 기록.	기행일기 유기
103	재유풍악기 (再遊楓岳記)	후암집(後菴集) 권3 잡저	송증헌2 (宋曾憲)	1878~1947	1932년 5월 5일~ 12일	금강산을 다시 유람한 일을 기록.	기행일기 유기
104	여묘일록 (廬墓日錄)	석정유고 (石汀遺稿) 권3 잡저	문제중 (文濟衆)	1878~1949	1933년 7월 4일~ 8월 21일	아버지의 장례를 치르는 과정 중 여묘 생활을 기록. 의론적인 내용이 많음.	장례일기
105	경북유람록 (慶北遊覽錄)	백촌문고 (柏村文稿)	신언구1 (申彦球)	1879~1962	1939년 4월	유림 6명과 3박 4일간 경상북도를 유람한 일을 기록.	기행일기 유기
106	황해도해주 관람록 (黃海道海州 觀覽錄)	백촌문고 (柏村文稿)	신언구2 (申彦球)	1879~1962	1941년 5월 1일~ 8일	황해도 일대를 유람한 일을 기록.	기행일기 유기

순번	일기명	수록 문집	문집 저자	저자 생몰연도	일기 기간	요약	내용 분류
107	남유기행 (南遊紀行)	한천사고 (寒泉私稿) 권2	이환용-1 (李桓溶)	1879~1968	1922년 7월 9일~ 8월	순창, 금산을 거쳐 노량의 충무공 비각에 다녀온 일을 기록.	기행일기 유기
108	풍악기행 (楓岳紀行)	한천사고 (寒泉私稿) 권2	이환용-2 (李桓溶)	1879~1968	1939년 7월~8월 20일	기차를 타고 금강산에 다녀온 일을 기록.	기행일기 유기
109	유현암기 (遊懸巖記)	율계집(栗溪集) 권14 기	정기1 (鄭琦)	1879~1950	1925년 여름	선조가 다녀온 후 글을 남긴 곳인 현암에 다녀온 일을 기록.	기행일기 유기
110	유방장산기 (遊方丈山記)	율계집(栗溪集) 권14 기	정기2 (鄭琦)	1879~1950	1934년 8월 17일~ 24일	지리산을 유람한 일을 기록.	기행일기 유기
111	유백양산기 (遊白羊山記)	율계집(栗溪集) 권14 기	정기3 (鄭琦)	1879~1950	1930년 8월 5일~ 7일	백양산을 유람한 일을 기록.	기행일기 유기
112	남유사산기 (南遊四山記)	율계집(栗溪集) 권14 기	정기4 (鄭琦)	1879~1950	1939년	천관산, 만덕산, 월출산, 유달산을 유람한 일을 기록하고, 각 산에 대해 설명.	기행일기 유기
113	평장서재일기 (平場書齋日記)	남곡유고 (南谷遺稿) 권3 잡저	염석진2 (廉錫珍)	1879~1955	1910년 2월 10일~ 4월 29일	평장서재에서 학동들과 부시(賦詩)를 짓는 등의 생활을 기록.	강학일기
114	유산록 (遊山錄)	행림유고 (杏林遺稿) 권1 잡저	양회환1 (梁會奐)	1879~1955	1925년	앵무산을 유람한 일을 기록.	기행일기 유기
115	유도통사기 (遊道統祠記)	행림유고 (杏林遺稿) 권1 기	양회환2 (梁會奐)	1879~1955	미상	도통사에 다녀온 일을 기록하였으며 유람 내용보다는 공자의 도통에 대한 설명이 많음.	기행일기 유기
116	등호암산기 (登虎巖山記)	행림유고 (杏林遺稿) 권1 기	양회환3 (梁會奐)	1879~1955	미상	과거에 호암산을 유람했던 일을 기록.	기행일기 유기
117	일기(日記)	우헌유고 (又軒遺稿)	이강채 (李康采)	1880~1955	1925년 3월 3일~	제사를 지내고 학문을 닦는 등 일상생	생활일기

순번	일기명	수록 문집	문집 저자	저자 생몰연도	일기 기간	요약	내용 분류
		권2 잡저			윤4월 18일	활을 기록.	
118	유두류산기 (遊頭流山記)	춘재유고 (春齋遺稿) 권1 기	박기우-1 (朴淇禹)	1881~1959	미상	두류산을 유람한 일 을 기록.	기행일기 유기
119	유보평산기 (遊寶平山記)	춘재유고 (春齋遺稿) 권1 기	박기우-2 (朴淇禹)	1881~1959	1908년 여름	보평산을 유람한 일 을 기록.	기행일기 유기
120	을사부경일기 (乙巳赴京日記)	습재실기 (習齋實紀)	최제학1 (崔濟學)	1882~1959	1905년 1월 29일~ 2월 24일	헌병사령부에 압송 된 면암 선생을 서 울로 찾아가 곁에서 모신 일을 기록.	사건일기
121	을병거의일기 (乙丙擧義日記)	습재실기 (習齋實紀)	최제학2 (崔濟學)	1882~1959	1905년 10월 19일 ~1906년 8월 28일	면암을 따라서 한 의병활동과 수감생 활을 기록.	의병일기
122	마관반구일기 (馬關返柩日記)	습재실기 (習齋實紀)	최제학3 (崔濟學)	1882~1959	1906년 10월 19일 ~1907년 4월 5일	면암의 병이 깊다는 것을 듣고 대마도로 찾아가고, 면암의 사망 후 반장하는 과정을 기록.	장례일기
123	관서일기 (關西日記)	석전유고 (石田遺稿) 권1 잡저	유건영 (柳健永)	1883~1940	1936년 3월 14일~ 윤3월 16일	종친의 일로 문화 유 씨 중흥지인 장단에 다녀 온 일을 기록.	기행일기
124	오산정사일기 (鰲山精舍日記)	경암집(敬菴集) 권4 잡저	김교준1 (金敎俊)	1883~1944	1907년 2월~4월 8일	김교준 자신이 태어 나 공부하게 된 과 정을 먼저 설명한 후 1907년에 오산 정사를 짓는 일을 기록.	사건일기
125	두류산기행록 (頭流山紀行錄)	경암집(敬菴集) 권4 잡저	김교준2 (金敎俊)	1883~1944	1906년 3월 30일~ 4월 3일	지리산을 유람한 일 을 기행.	기행일기 유기
126	병자수란일기 (丙子水亂日記)	경암집(敬菴集) 권4 잡저	김교준3 (金敎俊)	1883~1944	1936년 6월 27일~ 12월	수해를 입어 가족을 이끌고 피란하는 과 정, 마을의 피해 상	사건일기

순번	일기명	수록 문집	문집 저자	저자 생몰연도	일기 기간	요약	내용 분류
						황, 복구 과정 등을 기록.	
127	일기(日記)	기우집(幾宇集) 권7 기	홍옥 (洪鈺)	1883~1948	1906년 1월 26일, 윤4월 24일, 1909년 7월 회일 (晦日)	각각 다른 3일간의 일기로, 일본에 짓 밟히는 것을 한탄하 는 내용을 기록.	생활일기 사건일기
128	북학록 (北學錄)	학남재유고 (學南齋遺稿) 권4 잡저	장기홍-1 (張基洪)	1883~1956	1905년 2월 10일~ 1906년 2월 22일	원계로 송병선을 찾 아가 학문을 배우고 논한 일과 송병선 자결 후 장례에 참 여한 일을 기록.	강학일기 기행일기
129	남유록 (南遊錄)	학남재유고 (學南齋遺稿) 권4 잡저	장기홍-2 (張基洪)	1883~1956	1904년 8월 18일~ 21일	담양, 광주 등을 유 람한 일을 기록.	기행일기 유기
130	금강기행 (金剛紀行)	학남재유고 (學南齋遺稿) 권4 잡저	장기홍-3 (張基洪)	1883~1956	1935년 4월 6일~ 5월 1일	광주를 거쳐 금강산 에 다녀온 일을 기록.	기행일기 유기
131	파주선묘제 행일기 (坡州先墓祭 行日記)	낙헌유고 (樂軒遺稿) 권4 잡저	김인섭 (金寅爕)	1884~1949	1949년 4월 4일~ 22일	파주에 성묘를 다녀 온 일을 기록.	기행일기
132	진영화사일 완행일기 (震泳禍士日 完行日記)	후창집(後滄集) 권14 잡저	김택술-1 (金澤述)	1884~1954	1925년 6월 2일~ 12월 12일	스승인 간재의 문집 간행과 관련한 오진 영과의 갈등, 검열을 받는 문제로 조사를 받은 일 등을 기록.	사건일기 기행일기
133	금화집지록 (金華執贄錄)	후창집(後滄集) 권17 잡저	김택술-2 (金澤述)	1884~1954	1900년 윤 8월 16일~ 11월 20일	간재 전우를 찾아가 사제의 예를 행한 일을 기록.	강학일기 기행일기
134	신문화록 (莘門話錄)	후창집(後滄集) 권17 잡저	김택술-3 (金澤述)	1884~1954	1903년 9월 22일	스승 간재와의 국 사, 충에 관한 대화 를 기록.	강학일기

순번	일기명	수록 문집	문집 저자	저자 생몰연도	일기 기간	요약	내용 분류
135	배면암 최찬 정일록 (拜勉菴崔贊 政日錄)	후창집(後滄集) 권17 잡저	김택술4 (金澤述)	1884~1954	1902년 9월 18일~ 21일	면암 최익현을 찾아 가 여러 가지 문답 을 나누고 돌아온 일을 기록.	강학일기 기행일기
136	화도산양록 (華島山樑錄)	후창집(後滄集) 권17 잡저	김택술5 (金澤述)	1884~1954	1922년 7월 3일~ 9월 18일	간재 전우가 위독하 다는 것을 듣고 부안 계화도에 찾아가 임 종을 보고 장례를 치 르는 과정을 기록.	장례일기
137	화양동유록 (華陽洞遊錄)	후창집(後滄集) 권17 잡저	김택술6 (金澤述)	1884~1954	1922년 3월	호남 유림으로 추대 되어 화양동에 다녀 온 일을 기록.	기행일기 유기
138	금강산유록 (金剛山遊錄)	후창집(後滄集) 권17 잡저	김택술7 (金澤述)	1884~1954	1930년 3월 30일~ 5월 3일	금강산을 유람한 일 을 기록.	기행일기 유기
139	두류산유록 (頭流山遊錄)	후창집(後滄集) 권17 잡저	김택술8 (金澤述)	1884~1954	1934년 3월 19일 ~ 4월 7일	지리산을 유람한 일 을 기록.	기행일기 유기
140	남유일기 (南遊日記)	석련유고 (石蓮遺稿) 권4 기	정대현 (丁大晛)	1884~1958	1945년 4월 16일~ 5월	호남지역에 살면서 호남의 명승지를 유 람하지 않은 것을 애석히 여겨 순천, 고흥 등을 유람한 일을 기록.	기행일기 유기
141	서석산기 (瑞石山記)	정재집(正齋集) 권8 기	양회갑1 (梁會甲)	1884~1961	1935년 5월	율계 정기와 함께 무등산을 유람한 일 을 기록.	기행일기 유기
142	천관만덕산기 (天冠萬德山記)	정재집(正齋集) 권8 기	양회갑2 (梁會甲)	1884~1961	1939년 4월 1일~ 4일	천관산과 만덕산을 유람한 일을 기록.	기행일기 유기
143	월출산기 (月出山記)	정재집(正齋集) 권8 기	양회갑3 (梁會甲)	1884~1961	1939년 4월 6일	월출산을 유람한 일 을 기록.	기행일기 유기
144	유달산기 (儒達山記)	정재집(正齋集) 권8 기	양회갑4 (梁會甲)	1884~1961	1939년	월출산에서 내려와 구림에서 하룻밤 묵 고 목포로 가서 유 달산을 유람한 일을 기록.	기행일기 유기

순번	일기명	수록 문집	문집 저자	저자 생몰연도	일기 기간	요약	내용 분류
145	팔영산기 (八影山記)	정재집(正齋集) 권8 기	양회갑5 (梁會甲)	1884~1961	미상	고흥의 팔영산을 유람한 일을 기록.	기행일기 유기
146	종고산기 (鍾鼓山記)	정재집(正齋集) 권8 기	양회갑6 (梁會甲)	1884~1961	1940년	여수의 종고산을 유람한 일을 기록.	기행일기 유기
147	두류산기 (頭流山記)	정재집(正齋集) 권8 기	양회갑7 (梁會甲)	1884~1961	1941년 4월 30일~ 5월 6일	지리산을 유람한 일을 기록.	기행일기 유기
148	유한성기 (遊漢城記)	정재집(正齋集) 권8 기	양회갑8 (梁會甲)	1884~1961	1914년, 1931년, 1938년	세 차례에 걸쳐 한성에 다녀온 일을 묶어 정리한 글.	기행일기
149	유두류록 (遊頭流錄)	수당유고 (修堂遺稿) 권4 록(錄)	정종엽 (鄭鍾燁)	1885~1940	1909년 1월 28일~ 2월 6일	지리산을 유람한 일을 기록.	기행일기 유기
150	유서석산기 (遊瑞石山記)	지호유고 (砥湖遺稿) 권4 기	윤경혁 (尹璟赫)	1885~1966	미상	화순 동복을 시작으로 무등산을 유람한 일을 기록.	기행일기 유기
151	강화행일기 (江華行日記)	만취유고 (晩翠遺稿) 권2 잡저	봉창모 (奉昌模)	1887~1973	1962년 3월 5일~ 8일	시조의 탄신일이라 강화도에 가서 제사를 지내고 고향으로 돌아온 일을 기록.	기행일기 제사일기
152	관행일기 (關行日記)	화운유고 (華雲遺稿) 권3 잡저	홍경하1 (洪景夏)	1888~1949	1933년 7월 27일~ 8월 24일	관동을 유람한 일을 기록.	기행일기 유기
153	낙행일기 (洛行日記)	화운유고 (華雲遺稿) 권3 잡저	홍경하2 (洪景夏)	1888~1949	1938년 8월 3일~ 9월 3일	서울에 가서 지인들을 만나고, 도서관에 가『태종실록』, 『세종실록』 등을 본 일 등을 기록.	기행일기
154	영행견문록 (瀛行見聞錄)	화운유고 (華雲遺稿) 권3 잡저	홍경하3 (洪景夏)	1888~1949	1941년	제주도를 다녀온 후 제주도에 대해 쓴 글. '명량해협', '다도해' 등 소제목을 붙이고 자신이 본 것, 들은 것들을 설명함.	기행일기 유기
155	화행일기 (華行日記)	진재사고 (眞齋私稿)	이연우 (李演雨)	1890~1939	1912년 8월 25일~	부안에 가서 벗들을 만나 이야기를 나누	기행일기

순번	일기명	수록 문집	문집 저자	저자 생몰연도	일기 기간	요약	내용 분류
		권4 기			28일	고 선생님의 글들을 본 일을 기록.	
156	원유록 (遠遊錄)	초당유고 (草堂遺稿) 잡저	정순방 (鄭淳邦)	1891~1960	1919년 7월 15일~ 1920년 4월	1919년 7월에 지암 선생을 모시고 원계 로 길을 떠났던 일, 1920년 4월에 경남 으로 길을 떠났던 일을 기록.	기행일기
157	유대학암기 (遊大學巖記)	양재집(陽齋集) 권10 기	권순명1 (權純命)	1891~1974	1920년 6월	대학암을 유람하면 서 보고 생각한 것 을 기록.	기행일기 유기
158	관삼인대기 (觀三印臺記)	양재집(陽齋集) 권10 기	권순명2 (權純命)	1891~1974	1920년 5월	삼인대를 보고 생각 한 것을 기록.	기행일기 유기
159	등용화산기 (登龍華山記)	양재집(陽齋集) 권10 기	권순명3 (權純命)	1891~1974	1919년 8월	벗들과 함께 용화산 에 있는 스승의 묘 를 다녀온 일을 짧 게 기록.	기행일기 유기
160	유봉래산기 (遊蓬萊山記)	일심재유고 (一心齋遺稿) 권3 기	박홍현 (朴弘鉉)	1892~1930	1917년 3월	부안의 변산을 유람 한 일을 기록.	기행일기 유기
161	사호일록 (沙湖日錄)	송계유고 (松溪遺稿) 권2 잡저	이희탁1 (李熙鐸)	1892~1955	1916년 3월~ 1918년 10월 28일	송사 선생이 계신 사호에서 학문을 질 의하고 돌아온 일 과 임종했다는 소 식을 듣고 찾아가 장례를 치르는 과 정을 기록.	장례일기 강학일기 기행일기
162	장동일록 (長洞日錄)	송계유고 (松溪遺稿) 권2 잡저	이희탁2 (李熙鐸)	1892~1955	미상	장동에서 부해 선생 에게 배우고 문답한 내용을 요약적으로 기록.	강학일기
163	용인일록 (龍仁日錄)	송계유고 (松溪遺稿) 권2 잡저	이희탁3 (李熙鐸)	1892~1955	1920년 10월	선조들의 무덤 근처 도로가 유실되어 용 인으로 가서 선영을 수리하고 돌아온 일 을 기록.	기행일기

순번	일기명	수록 문집	문집 저자	저자 생몰연도	일기 기간	요약	내용 분류
164	시제일록 (侍瘵日錄)	송계유고 (松溪遺稿) 권2 잡저	이희탁4 (李熙鐸)	1892~1955	1934년 2월 28일~ 11월 15일	아버지가 병환으로 누우신 후 돌아가실 때까지의 생활을 기록.	생활일기 임종일기
165	화도기행 (華島紀行)	월담유고 (月潭遺稿) 권3 잡저	김재석 (金載石)	1895~1971	1919년 11월, 1920년 8월	선친의 문집 간행관 련 부탁을 위해 화 도로 스승인 간재를 두 차례 찾아간 일 을 기록.	기행일기
166	일기서 【신해일기발 취】(日記序 【辛亥日記 拔取】)	종양유고 (宗陽遺稿) 권2 잡저	최민열 (崔敏烈)	1896~1980	1911년 6월 13일~ 윤7월 1일	일기란 무엇이며, 일기의 효과는 무엇 인지에 대한 글이 있은 후 5일간의 생 활일기가 수록됨.	생활일기
167	남유기 (南遊記)	회당유고 (晦堂遺稿) 권2 기	홍순주 (洪淳柱)	1897~1971	1964년 9월 7일~ 미상	여수, 남해 등을 며 칠 간 유람한 일을 기록.	기행일기 유기
168	일기(日記)	태강유고 (台江遺稿) 권2	나수찬 (羅綬燦)	1898~1951	미상 (9월 30일 ~12월 11일)	춘담 선생 밑에서 공부하면서 하루하 루 읽었던 책, 교유 했던 일들을 기록.	강학일기
169	화도대상시 일기(華島大 祥時日記)	봉산유고 (蓬山遺稿) 권2 잡저	김현술 (金賢述)	1898~1969	1924년 7월 1일~ 3일	선사의 대기(大朞) 일에 맞춰 화도에 다녀온 일과 스승의 문집 간행을 둘러싼 갈등 상황을 기록.	장례일기 사건일기 기행일기
170	임산야유기 (林山夜遊記)	취송당유고 (翠松堂遺稿) 권2 기	한중석 (韓重錫)	1898~1974	1962년 7월 16일	임산을 밤에 유람한 일을 기록.	기행일기 유기
171	일기(日記)	척재문집 (拓齋文集) 권4	김억술 (金億述)	1899~1959	1916년 2월 29일~ 1922년 12월 24일	어머니의 장례를 비 롯하여 학문활동, 성묘 등 일상생활을 기록.	생활일기 장례일기
172	적벽일기 (赤壁日記)	일재유고 (逸齋遺稿)	정홍채 (鄭泓采)	1901~1982	1970년 7월	적벽을 유람한 일을 기록.	기행일기 유기
173	일기(日記)	소졸재유고 (素拙齋遺稿)	이대원 (李大遠)	1902~1955	1917년 1월 29일~	전주 옥산에 흠재 최선생을 찾아가 독	강학일기

순번	일기명	수록 문집	문집 저자	저자 생몰연도	일기 기간	요약	내용 분류
		권4 잡저			10월 11일	서하고 문답한 일을 기록.	
174	동유록 (東遊錄)	고당유고 (顧堂遺稿) 권7	김규태1 (金奎泰)	1902~1966	1939년 7월 29일~ 8월 12일	금강산을 유람한 일을 기록. 여정에 따라 소제목이 붙어 있음.	기행일기 유기
175	일기(日記)	고당유고 (顧堂遺稿) 권8 잡저	김규태2 (金奎泰)	1902~1966	1927년 1월 1일~ 11월 24일	스승과의 문답, 선현에 얽힌 일화, 시를 읊은 것 등 일상 생활을 기록.	생활일기
176	유불일포기 (遊佛日瀑記)	고당유고 (顧堂遺稿) 권10 기	김규태3 (金奎泰)	1902~1966	1928년 5월 10일~ 11일	벗들과 쌍계사에서 하룻밤 묵고 불일폭포를 유람한 일을 기록.	기행일기 유기
177	일기(日記)	매계문고 (梅谿文稿) 권3	이전우 (李銓雨)	1904~?	1921년 4월 4일~ 12월 6일	선생 밑에서 학문을 하는 날들을 기록.	강학일기
178	계화일기 (繼華日記)	학산유고 (學山遺稿) 권4 잡저	소재준1 (蘇在準)	1905~1930	1922년 5월 20일~ 29일	계화강사에 선생을 찾아가 문답하고 돌아온 일을 기록.	강학일기 기행일기
179	지락당일기 (至樂堂日記)	학산유고 (學山遺稿) 권4 잡저	소재준2 (蘇在準)	1905~1930	1924년 4월 28일~ 29일	상운리 지락당으로 열재 선생을 찾아가 문답을 나눈 일을 기록.	강학일기
180	참선사대상 일기(參先師 大祥日記)	학산유고 (學山遺稿) 권4 잡저	소재준3 (蘇在準)	1905~1930	1924년 6월 27일~ 7월 4일	간재 전우의 대상 (大祥)에 다녀온 일을 기록.	장례일기
181	경성일기 (京城日記)	학산유고 (學山遺稿) 권4 잡저	소재준4 (蘇在準)	1905~1930	1924년 7월 5일~ 9일	간재의 대상이 끝난 후 바로 서울로 이동하여 박물원 등을 유람한 일을 기록.	기행일기
182	서석산기 (瑞石山記)	신재만록 (愼齋漫錄)	김호영 (金鎬永)	1907~1984	미상	거의 50살이 되어 동자 한 명을 데리고 무등산을 유람한 일을 기록.	기행일기 유기
183	일기(日記)	향암유고 (向菴遺稿)	이정순 (李靖淳)	1908~1956	1937년 4월 24일,	이상호가 자신을 찾아오다 일본 헌병대	사건일기 생활일기

순번	일기명	수록 문집	문집 저자	저자 생몰연도	일기 기간	요약	내용 분류
		권1			5월 9일	에 잡혀 간 일과 후에 석방되어 자신을 찾아온 일을 기록.	
184	쇄언(瑣言)	성당사고 (誠堂私稿) 권4 잡저	박인규1 (朴仁圭)	1909~1976	1966년 1월 13일 ~7월 1일	앞부분에는 논어 등에 실린 말이, 뒷부분에는 순조의 아내 윤황후 사망에 슬퍼하고 곡하는 과정이 기록.	장례일기
185	을해중추일록 (乙亥仲秋日錄)	성당사고 (誠堂私稿) 권4 잡저	박인규2 (朴仁圭)	1909~1976	1935년 8월 8일~14일	서울에 가서 사람들을 만나고 돌아온 일을 짧게 일자별로 기록.	기행일기
186	무자중춘일록 (戊子仲春日錄)	성당사고 (誠堂私稿) 권4 잡저	박인규3 (朴仁圭)	1909~1976	1948년 2월	문묘의 제사 때 하루간의 일을 기록.	사건일기 제사일기
187	신묘중하일록 (辛卯仲夏日錄)	성당사고 (誠堂私稿) 권4 잡저	박인규4 (朴仁圭)	1909~1976	1951년 5월 7일	옥류동 최선생을 찾아가 비갈명, 제문 등을 작성하는 방법을 묻고 선생의 답을 들은 하루의 일을 기록.	강학일기
188	옥산집촉록 (玉山執燭錄)	성당사고 (誠堂私稿) 권4 잡저	박인규5 (朴仁圭)	1909~1976	1957년 8월 23일~윤8월	금재 선생의 병이 깊다하여 찾아가 뵙고 문집 간행에 대한 선생의 당부를 들은 일을 기록.	사건일기 임종일기
189	남양사봉안 일록(南陽祠奉安日錄)	성당사고 (誠堂私稿) 권4 잡저	박인규6 (朴仁圭)	1909~1976	1969년 4월 13일	고재 이병은을 남양사에 봉안한 하루의 일을 기록.	사건일기
190	유도유흥사 실록(儒道維興事實錄)	성당사고 (誠堂私稿) 권4 잡저	박인규7 (朴仁圭)	1909~1976	1974년~ 1975년 2월 20일	전주 유도회에서 명륜당을 열고 강학을 준비하는 과정과 실제 행한 일을 기록.	강학일기
191	노양원경전 강연일록 (魯陽院經傳講演日錄)	성당사고 (誠堂私稿) 권4 잡저	박인규8 (朴仁圭)	1909~1976	1975년 8월 21일~ 9월 10일	향교에서 강연을 준비하여 실제 행한 일을 기록.	강학일기

순번	일기명	수록 문집	문집 저자	저자 생몰연도	일기 기간	요약	내용 분류
192	한전사실추록 (韓田事實追錄)	성당사고 (誠堂私稿) 권4 잡저	박인규9 (朴仁圭)	1909~1976	1917년 8월 20일~ 28일	금재 선생이 일본군에게 땅을 팔지 않아 고초를 겪은 일을 일별로 자세하게 기록.	사건일기
193	유황방산기 (遊黃方山記)	성당사고 (誠堂私稿) 권5 기	박인규10 (朴仁圭)	1909~1976	1969년 여름	황방산의 만덕사에서 개유회(開儒會)를 열면서 그 산을 유람한 일을 기록.	기행일기 유기
194	유구이호제기 (遊九耳湖堤記)	성당사고 (誠堂私稿) 권5 기	박인규11 (朴仁圭)	1909~1976	1969년 5월 5일	구이호제는 모악산 동쪽에 있는 호제로, 이곳에 벗 이은형이 살고 있어서 이은형의 생일에 이곳을 유람한 일을 짧게 기록.	기행일기 유기
195	유성암정기 (遊星巖亭記)	직봉유고 (直峯遺稿)	이재두 (李載斗)	1920~1946	미상	성암정을 유람한 일을 기록.	기행일기 유기
196	산행일기 (山行日記)	몽암집(夢巖集) 권3 일기	이종욱1 (李鍾勖)	?~1926	1917년 5월 8일~ 미상	이장을 하기 위해 곡성, 옥과, 겸면, 창평, 동복 일대의 산에 올라가 묘혈을 찾는 과정을 기록.	사건일기 기행일기
197	유설산록 (遊雪山錄)	연상집(蓮上集) 권3 잡저	안중섭 (安重燮)	20세기	미상(4월)	설산을 유람한 일을 기록.	기행일기 유기

20세기는 여러 고난과 큰 변혁이 있었던 시기이다. 일제강점기를 거쳤으며, 광복 후에는 나라가 분단되었고, 6.25라는 큰 전쟁을 치렀다. 이과정 속에서 일제강점기에는 한국어 사용을 핍박 받았으며, 국·한문이 교체되면서 한문은 점차 자리를 잃어갔다. 하지만 과거에 이어오던 전통은 한 번에 끊어지는 것이 아니기에 한문 글쓰기는 20세기에 이어졌고, 한문문집은 20세기에도 꾸준히 간행되었다. 호남한문고전연구실(현

호남지방문헌연구소)에서 근현대 호남문집을 조사한 후 간략한 해제를 담아 간행한 『20세기 호남 한문문집 간명해제』에 1,002종의 문집이 담겨 있는 것이 이를 증명한다.[21] 호남문집 소재 일기도 20세기에 197편이 확인되어 20세기에도 꾸준히 한문으로 된 일기가 창작되었음을 보여준다.

황위주는 19세기에 전성기를 맞이했던 일기가 20세기에는 나라의 국체를 상실하고 국·한문이 교체되면서 전통시대의 일기 역시 차츰 제 모습을 상실해 갔던 것으로 파악하였다.[22] 그의 조사 결과도 19세기 437편으로 가장 많은 수량을 보이다가 20세기에 178편으로 급격히 감소하였다.

그런데 조선시대 일기 전체를 조사한 황위주의 연구 결과와 추이를 같이하던 호남문집 소재 일기의 수치가 20세기에 와서는 그 궤를 달리한다. 호남문집 소재 일기는 20세기에 19세기보다 25편이 많은 197편이 확인되어, 각 세기 중에서 가장 많은 일기가 나온 것이다.

호남문집 소재 일기는 20세기의 수치가 가장 많기 때문에 얼핏 세기별 수치만 보고는 20세기가 일기의 전성기라고 생각할 수 있다. 하지만 20세기는 일기가 가장 활발히 창작되었다가 급격히 사라져가는 시대로서, 전성기와 소멸기를 함께 가지고 있는 시기이다. 20세기 초반에는 그 어느 시기보다 많은 일기가 창작되나, 후반기로 갈수록 호남문집 소재 일기는 점차 사라져간다. 이는 아래와 같은 연대별 수량 및 비율을 통해 확인할 수 있다.

---

21) 전남대학교 호남한문고전연구실, 『20세기 호남 한문문집 간명해제』, 경인문화사, 2007. <일러두기>에 대상 문집 및 수록 문집 수량에 대한 설명이 있다.
22) 황위주, 「조선시대 일기자료의 현황과 활용방안」, 『국역 조선시대 서원일기』, 한국국학진흥원, 2007, 771쪽.

〈20세기 연대별 호남문집 소재 일기 수량 및 비율〉

연대	수량(편)	합계	비율(%)
1900년대	48		
1910년대	42		
1920년대	36	167	84.77
1930년대	32		
1940년대	9		
1950년대	2		
1960년대	7		
1970년대	3	12	6.09
1980년대	0		
1990년대	0		
연대 미상	18	18	9.13

　1900년대 48편으로 호남문집 소재 일기가 가장 많이 나오나 이후 연대별로 감소하다가 1940년대 9편, 1950년대 2편에 이른다. 1960년대에 7편으로 수가 잠깐 증가하나 1970년대에 다시 3편이 발견되고 이후 일기가 발견되지 않는다. 이는 해방 이후 한글이 완전히 자리 잡았기 때문으로 1970년대까지 발견되는 문집 소재 일기는, 한문을 사용하던 마지막 세대의 마지막 일기라고 할 수 있다. 20세기 상반기의 일기는 167편, 하반기의 일기는 12편으로 극명한 대조를 이루어 점차 문집 소재 일기가 사라지고 있음을 알 수 있다.

　일기가 가장 많이 창작된 시기는 1860년대부터 1930년대까지이다. 1860년대 30편, 1870년대 24편, 1880년대 14편, 1890년대 45편으로 이 40년간 113편의 호남문집 소재 일기가 발견되었고, 위의 표에서 보듯이 1900년대부터 1930년대까지 158편의 호남문집 소재 일기가 발견되었다. 이 80년간의 일기는 총 271편으로 필자가 조사한 호남문집 소재 일기 전체 565편의 47%에 이르는 많은 수치이다. 곧 전통적인 일기는 19세기 말과 20세기 초에 가장 전성기를 이루며 활발하게 창작되다가 국·한문 교체기와 맞물려 20세기 후반에 사라진 것임을 호남문집 소재 일기를 통해 확인할 수 있다.

그렇다면 호남문집 소재 일기의 마지막을 장식한 20세기 호남문집 소재 일기가 어떠한 내용을 담고 있는지, 표로 정리해 보면 다음과 같다.

〈20세기 호남문집 소재 일기의 내용별 수량 및 비율〉

내용 분류	수량(편)	비율(%)
생활일기	10	5.08
강학일기	17	8.63
관직일기	·	·
기행일기	129	65.48
사행일기	·	·
유배일기	2	1.02
전쟁일기	·	·
의병일기	9	4.57
사건일기	14	7.11
장례일기	16	8.12
합계	197	

20세기는 앞서 언급했듯이 우리나라에 큰 변혁이 일어났던 시기이다. 조선에서 대한제국으로 나라가 바뀌고, 일제에 의해 수탈을 동반한 강제적 근대화가 이루어지며, 나라의 제도도 바뀐다. 우리나라뿐 아니라 세계적으로 20세기 초는 국가간 전쟁과 대립의 시대로서 전통적인 외교 관계에 변화가 온다. 그렇기 때문에 기존의 관직일기와 중국에 사절로서 다녀온 일을 기록한 사행일기가 이 시기에는 존재하지 않는다. 또한

일본과 국가적인 전쟁을 치른 것이 아니라 강제적 한일합방이 이루어졌기에 전쟁일기도 존재하지 않는다. 그러나 일본에 저항하고자 일어난 의병들이 있기에 호남문집 소재 일기 중 유일하게 이 시기에 의병일기가 존재한다.

의병일기에 있어서는 논란이 있을 수가 있다. 임진왜란, 병자호란 때도 의병이 일어나는데, 이때 의병활동을 쓴 일기도 의병일기라고 보기도 한다. 하지만 본 연구에서는 임진왜란, 병자호란 때는 전쟁 중에 의병활동이 있었기 때문에 이러한 것들은 전쟁일기 하위에 포함시켰고, 19세기 말~20세기 초 일본에 저항하여 일어난 의병에 대한 일기만을 의병일기로 보았다. 전쟁일기 안에서도 세부적으로 종군일기, 포로일기, 의병일기 등으로 나눌 수 있지만 이는 전쟁일기 하위에서의 분류이다. 본 연구의 내용별 분류에서 한말의 의병일기는 전쟁일기와 동급의 범주에 들어간다.

20세기 호남문집 소재 의병일기는 총 9편이 발견된다. 모두 일본에 저항한 의병활동으로, 최익현을 따라 의병활동을 한 것을 기록한 것이 문달환의 <병오일기>, 양재해의 <병오거의일기>, 최제학의 <을병거의일기> 등으로 가장 많다. 임병찬은 <창의일기>, <거의일기> 두 편의 의병일기를 남겼는데, 의병활동으로 인한 수감생활뿐만 아니라 독립운동단체 대한독립의군부를 조직하는 과정도 볼 수 있다. 20세기에 발견되는 유배일기 2편도 항일의병과 연관된 것으로, 임병찬이 의병활동으로 인해 유배를 갔을 때의 일을 기록한 <대마도일기>, <거문도일기>가 있다. 이 중 <대마도일기>는 스승인 최익현과 함께 대마도에 유배되었다가 돌아온 일을 기록한 것이다.

생활일기, 강학일기, 기행일기는 19세기와 비슷한 양상을 보인다. 생활일기는 19세기 13편에서 20세기 10편으로 약간 감소하였으며, 강학일기는 19세기 15편에서 20세기 17편으로, 기행일기는 19세기 119편에서 20세기 129편으로 약간 증가하였다. 하지만 수치에 큰 차이가 없고 내용에 있어서도 큰 차이를 갖지는 않는다. 다만 기행일기의 경우 20세기에 교통편이 발달하면서 기차나 자동차를 이용해 이동하는 것을 볼 수가 있다. 이종림의 <금강록>은 1917년 5월 2일부터 6월 1일까지 금강산에 다녀온 일을 기록한 것이고, 이환용의 <풍악기행>도 1939년 7월부터 8월 20일까지 금강산에 다녀온 일을 기록한 것이다. 모두 저자 나이 61세 때 금강산을 유람한 것으로 기차를 타고 이동했던 것을 확인할 수 있다. 61세는 호남에서 금강산까지 긴 여정을 가기에는 많은 나이이다. 그러나 20세기에는 기차가 있었기 때문에 이들은 금강산을 비교적 수월하게 갈 수 있었다.

사건일기와 장례일기는 각각 14편, 16편으로 비슷한 수량을 보인다. 두 일기 모두 세기별 중 가장 많은 수량으로, 수량이 많은 것은 일제강점기의 혼란한 상황과 관련이 있다. 먼저 사건일기의 경우 문중 대종회와 관련한 일, 문집 간행과 관련한 갈등, 가뭄과 수해 등 단일 사건에 대한 일기가 있다. 이는 18~19세기 사건일기와 비슷한 양상인데, 이외에도 일제와 관련한 일기가 있어 주목된다. 일제가 내린 은사금을 거절하면서 문집 저자가 겪은 고초를 후손들이 기록한 <각금일기>, 광주향교에 일본 수비대 병원이 설립된다는 것을 듣고 그것에 반대한 일을 일자별로 기록한 안규용의 <광주교궁일기>, 항일로 인해 헌병사령부에 압송된 면암 선생을 서울로 찾아가 곁에서 모신 일을 기록한 최제학의 <을사부경일기>, 지인이 일본 헌병대에 잡혀갔다 나온 일을 기록한 이정순의 <일기> 등 일제의 만행과 관련한 사건을 기록한 일기가 있다. 일제에 의

한 사건이 많기에 사건일기의 수도 늘어난 것으로 보인다.

장례일기의 경우도 이전 시기와 마찬가지로 일반적인 스승의 장례, 부모의 장례 과정을 기록한 것도 있지만 일제로 인해 사망한 사람의 장례를 기록한 일기들이 있다. 송병선은 을사조약이 체결되자 조약 폐지와 역적 처단을 상소하다가 1905년에 음독 자결하였으며, 최익현은 항일 의병활동을 하다가 체포되어 대마도에 유배되었고, 유배지에서 단식투쟁을 하다가 1906년에 사망하였다. 송병선의 장례 과정을 정인채가 <을사일기>에, 김인식이 <청파일기>에 기록하였으며, 최익현의 병이 깊다는 것을 듣고 대마도로 찾아가고 최익현 사망 후 반장하는 과정까지를 최제학이 <마관반구일기>에 기록하였다. 또 최익현과 함께 항일의병활동을 했던 임병찬이 유배지인 거문도에서 사망하자 시신을 고향으로 운구하여 장례를 치르는 과정을 최면식(崔勉植)이 기록한 <초종일기>도 있어, 일제와 관련하여 사망한 사람들의 장례 과정을 기록한 장례일기를 여러 편 발견할 수 있었다.

20세기는 호남문집 소재 일기가 가장 많은 197편에 이르는 시기로, 한 문집에 2편 이상의 일기를 수록한 경우도 39종에 이른다.

〈20세기 호남문집 소재 일기 중 한 문집에 2편 이상 수록된 경우〉

순번	일기 편수	수록 문집	문집 저자	일기명	비고
1	2편	동해집 (東海集)	김훈 (金勳)	옥천록(沃川錄), 방구록(訪舊錄)	19세기 일기 6편도 문집에 수록됨. 총 8편의 일기 수록.
2	2편	심석재선생 문집(心石齋 先生文集)	송병순 (宋秉珣)	유방장록(遊方丈錄), 화양동기행 (華陽洞記行)	19세기 일기 1편도 문집에 수록됨. 총 3편의 일기 수록.

순번	일기 편수	수록 문집	문집 저자	일기명	비고
3	2편	겸산유고 (謙山遺稿)	이병수 (李炳壽)	교남일기(嶠南日記), 겸산선생임종일기(謙山先生臨終日記)	19세기 일기 1편도 문집에 수록됨. 총 3편의 일기 수록.
4	2편	희암유고 (希庵遺稿)	양재경 (梁在慶)	유쌍계사기(遊雙溪寺記), 유서석산기(遊瑞石山記)	
5	2편	서헌유고 (瑞軒遺稿)	안규용 (安圭容)	사문배종일기(師門陪從日記), 광주교궁일기(光州校宮日記)	19세기 일기 2편도 문집에 수록됨. 총 4편의 일기 수록.
6	2편	염와집 (念窩集)	안치수 (安致洙)	남유기(南游記), 관동일기(關東日記)	
7	2편	복재유고 (復齋遺稿)	이종택 (李鍾澤)	일기(日記), 풍악록(楓岳錄)	
8	2편	산곡유고 (山谷遺稿)	최기모 (崔基模)	정산왕환일기(定山往還日記), 박산서실독서일기(博山書室讀書日記)	19세기 일기 1편도 문집에 수록됨. 총 3편의 일기 수록.
9	2편	성암집 (省菴集)	조우식 (趙愚植)	옥천일기(玉川日記), 금강일록(金剛日錄)	
10	2편	야은유고 (野隱遺稿)	박중면 (朴重勉)	만연사보소일기(萬淵寺譜所日記), 보소송세기(譜所送歲記)	
11	2편	오헌유고 (梧軒遺稿)	위계룡 (魏啓龍)	화양행일기(華陽行日記), 평양유상일기(平壤遊賞日記)	
12	2편	옥산집 (玉山集)	이광수 (李光秀)	유옥류천기(遊玉流泉記), 유금강기(遊金剛記)	
13	2편	신헌유고 (愼軒遺稿)	김옥섭 (金玉燮)	유어병산록(遊御屛山錄), 북유일기(北遊日記)	
14	2편	후암집 (後菴集)	송증헌 (宋曾憲)	동유록(東遊錄), 재유풍악기(再遊楓岳記)	
15	2편	백촌문고 (柏村文稿)	신언구 (申彦球)	경북유람록(慶北遊覽錄), 황해도해주관람록(黃海道海州觀覽錄)	
16	2편	한천사고 (寒泉私稿)	이환용 (李桓溶)	남유기행(南遊紀行), 풍악기행(風岳紀行)	

순번	일기 편수	수록 문집	문집 저자	일기명	비고
17	2편	춘재유고 (春齋遺稿)	박기우 (朴淇禹)	유두류산기(遊頭流山記), 유보평산 기(遊寶平山記)	
18	3편	경회집 (景晦集)	김영근 (金永根)	선고경회당부군임종시일기(先考景 晦堂府君臨終時日記), 경회선생임종 일기(景晦先生臨終日記), 원유일록 (遠遊日錄)	
19	3편	율산집 (栗山集)	문창규 (文昌圭)	장사산기(長沙山記), 해상일록(海上 日錄), 호행일기(湖行日記)	19세기 일기 1편도 문집에 수록됨. 총 4 편의 일기 수록.
20	3편	지헌유고 (止軒遺稿)	강희진 (康熙鎭)	삼산재일기(三山齋日記), 정남일기 (征南日記), 재정교남일기(再征嶠南 日記)	
21	3편	행림유고 (杏林遺稿)	양회환 (梁會奐)	유산록(遊山錄), 유도통사기(遊道統 祠記), 등호암산기(登虎巖山記)	
22	3편	습재실기 (習齋實紀)	최제학 (崔濟學)	을사부경일기(乙巳赴京日記), 을병 거의일기(乙丙擧義日記), 마관반구 일기(馬關返柩日記)	
23	3편	경암집 (敬菴集)	김교준 (金敎俊)	오산정사일기(鰲山精舍日記), 두류산 기행록(頭流山紀行錄), 병자수란일 기(丙子水亂日記)	
24	3편	학남재유고 (學南齋遺稿)	장기홍 (張基洪)	북학록(北學錄), 남유록(南遊錄), 금강기행(金剛紀行)	
25	3편	화운유고 (華雲遺稿)	홍경하 (洪景夏)	관행일기(關行日記), 낙행일기(洛行 日記), 영행견문록(瀛行見聞錄)	
26	3편	양재집 (陽齋集)	권순명 (權純命)	유대학암기(遊大學巖記), 관삼인대 기(觀三印臺記), 등룡화산기(登龍華 山記)	
27	3편	고당유고 (顧堂遺稿)	김규태 (金奎泰)	동유록(東遊錄), 일기(日記), 유불일 포기(遊佛日瀑記)	
28	4편	저전유고 (樗田遺稿)	이종림 (李鍾林)	금강록(金剛錄), 남유록(南遊錄), 서유록(西遊錄), 경신유람록(庚申遊 覽錄)	유람일기 하위에 수록.

순번	일기 편수	수록 문집	문집 저자	일기명	비고
29	4편	율계집 (栗溪集)	정기 (鄭琦)	유현암기(遊懸巖記), 유방장산기(遊方丈山記), 유백양산기(遊白羊山記), 남유사산기(南遊四山記)	
30	4편	송계유고 (松溪遺稿)	이희탁 (李熙鐸)	사호일록(沙湖日錄), 장동일록(長洞日錄), 용인일록(龍仁日錄), 시제일록(侍癠日錄)	
31	4편	학산유고 (學山遺稿)	소재준 (蘇在準)	계화일기(繼華日記), 지락당일기(至樂堂日記), 참선사대상일기(參先師大祥日記), 경성일기(京城日記)	
32	5편	후석유고 (後石遺稿)	오준선 (吳駿善)	서유록(西遊錄), 서행록(西行錄), 유금강산기(遊金剛山記), 임술추황룡강선유기(壬戌秋黃龍江船游記), 신미일기(辛未日記)	
33	5편	춘재유고 (春齋遺稿)	김기숙 (金錤淑)	유람일기(遊覽日記), 병자일기(丙子日記), 상경일기(上京日記), 평장동왕자공단향행 일기(平章洞王子公壇享行日記), 연산둔암서원정향여수원각현씨위문행 일기(連山遯巖書院丁享與水原珏鉉氏慰問行日記)	
34	6편	둔헌유고 (遯軒遺稿)	임병찬 (林炳瓚)	창의일기(倡義日記), 대마도일기(對馬島日記), 환국일기(還國日記), 거의일기(擧義日記), 거문도일기(巨文島日記), 초종일기(初終日記)	
35	7편	창암집 (滄庵集)	조종덕 (趙鍾悳)	자활산지화양동기(自活山至華陽洞記), 자화양팔입유동기(自華陽入仙遊洞記), 남유일기(南遊日記), 등서불암견노인성기(登西佛庵見老人星記), 경행일기(京行日記), 재유관산기(再遊冠山記), 등서석산기(登瑞石山記)	19세기 일기 4편도 문집에 수록됨. 총 11편의 일기 수록.
36	8편	추산유고 (秋山遺稿)	김운덕 (金雲悳)	중사유람기(中沙遊覽記), 회덕유람기(懷德遊覽記), 임피유람기(臨陂遊覽記), 영주유람기(瀛州遊覽記), 서석유람기(瑞石遊覽記), 화양동유람기(華陽洞遊覽記), 태인평사유람기	19세기 일기 5편도 문집에 수록됨. 총 13편의 일기 수록.

순번	일기 편수	수록 문집	문집 저자	일기명	비고
				(泰仁平沙遊覽記), 백양사유람기(白羊寺遊覽記)	
37	8편	후창집 (後滄集)	김택술 (金澤述)	진영화사일완행일기(震泳禍士日完行日記), 금화집지록(金華執贄錄), 신문화록(莘門話錄), 배면암최찬정일록(拜勉菴崔贊政日錄), 화도산양록(華島山樑錄), 화양동유록(華陽洞遊錄), 금강산유록(金剛山遊錄), 두류산유록(頭流山遊錄)	
38	8편	정재집 (正齋集)	양회갑 (梁會甲)	서석산기(瑞石山記), 천관만덕산기(天冠萬德山記), 월출산기(月出山記), 유달산기(儒達山記), 팔영산기(八影山記), 종고산기(鍾鼓山記), 두류산기(頭流山記), 유한성기(遊漢城記)	
39	11편	성당사고 (誠堂私稿)	박인규 (朴仁圭)	쇄언(瑣言), 을해중추일록(乙亥仲秋日錄), 무자중춘일록(戊子仲春日錄), 신묘중하일록(辛卯仲夏日錄), 옥산집촉록(玉山執燭錄), 남양사봉안일록(南陽祠奉安日錄), 유도유흥사실록(儒道維興事實錄), 노양원경전강연일록(魯陽院經傳講演日錄), 한전사실추록(韓田事實追錄), 유황방산기(遊黃方山記), 유구이호제기(遊九耳湖堤記)	

　위는 20세기 호남문집 소재 일기 중 한 문집에 일기 2편 이상이 수록된 것을 정리한 것으로, 2편을 수록한 문집이 17종, 3편을 수록한 문집이 10종으로 이전 시기와 마찬가지로 2~3편을 수록한 문집이 가장 많다. 이외에도 4편을 수록한 문집이 4종, 5편을 수록한 문집이 2종, 6~7편을 수록한 문집이 각 1종, 8편을 수록한 문집이 3종, 11편을 수록한 문집이 1종 발견된다. 앞서 19세기에서 살폈듯이 19~20세기 양 세기의 일기를 모

두 수록한 경우도 있는데, 19세기 말미에 이미 수량 표를 제시하였기 때문에 여기에서는 비고 부분에만 19세기 일기가 같은 문집에 수록된 경우를 밝혔다.

한 문집에 여러 편의 일기를 수록한 경우 기행일기가 가장 많다. 앞서 살폈듯이 19~20세기에 걸쳐 김운덕, 조종덕 등이 10편이 넘는 기행일기를 문집에 남겼으며, 송병선의 경우 22편의 기행일기를 문집에서 확인할 수 있었다. 20세기에 8편의 일기를 수록한 양회갑의『정재집』에 수록된 일기도 모두 기행일기이다. 이를 보면 명승 등을 유람하고 이를 글로 남긴 전통이 20세기 초반에도 활발하게 이어진 것을 알 수 있다.

그런데 20세기에 2편 이상의 일기를 수록한 문집 중 다양한 종류의 내용별 일기를 포함하고 있는 문집들이 있어 주목된다. 기행일기 1편, 유배일기 2편, 의병일기 2편, 장례일기 1편을 담고 있는 임병찬의『둔헌유고』, 강학일기 3편, 기행일기 3편, 사건일기 1편, 장례일기 1편을 담고 있는 김택술의『후창집』, 강학일기 3편, 기행일기 3편, 사건일기 4편, 장례일기 1편을 담고 있는 박인규의『성당사고』가 그것이다. 이 중 박인규는 가장 후대의 사람으로, 호남문집 소재 일기 중 1950년대 2편이 모두 그의 일기이며, 1970년대 3편의 일기 중 2편이 그의 일기이다. 또한 1960년대에 7편의 일기가 있는데 이 중 4편이 박인규의 일기이다. 이렇듯 박인규는 20세기 하반기까지 한문으로 쓴 다양한 일기를 문집에 남겨, 근현대에 한문일기의 마지막 모습을 확인할 수 있게 해 주었다.

지금까지 20세기 호남문집 소재 일기를 살펴보았다. 20세기 호남문집 소재 일기는 197편으로, 가장 많은 수량을 보이고 있었다. 그러나 활발한 일기 창작은 20세기 상반기에 집중되었고, 하반기에는 일기가 명맥을 유지하다 점차 줄어든다. 곧 20세기는 일기의 활발한 창작과 소멸이 맞물린 시대라 할 수 있다. 또한 20세기는 우리나라가 격변했던 시기로, 특히 일기가 많이 창작되던 20세기 초기는 일제강점기였다. 그렇기 때문에 항일의병활동을 기록한 의병일기가 이 시기에만 나타나며, 사건일기, 장례일기에서도 일제의 만행과 관련한 기록을 확인할 수 있었다.

Ⅲ. 호남문집 소재 일기류 자료의 내용별 분류

Ⅱ장에서는 565편에 이르는 호남문집 소재 일기를 세기별로 목록을 제시하고 어떠한 내용의 일기가 있는지를 살펴보았다. Ⅲ장에서는 565편의 일기를 내용별로 분류하여 내용별 일기의 수량이 얼마나 되며 어떤 특징을 가지고 있는지를 살펴보도록 할 것이다.

앞서 언급했듯이 본 연구에서는 생활일기, 강학일기, 관직일기, 기행일기, 사행일기, 유배일기, 전쟁일기, 의병일기, 사건일기, 장례일기 등 10가지로 내용을 분류하였다. 세기별 일기 목록에도 각 일기가 이 10가지 중 어디에 해당되는지 '내용 분류' 항목에 제시되어 있으며, 일기가 두 가지 이상의 내용을 함께 가지고 있는 경우 핵심적인 내용을 맨 위에 넣고 다음 줄에 부수적인 내용을 넣었다. 그리고 내용별 분류시에는 핵심적인 내용이 해당되는 분류에 그 일기를 포함시켰다. 이렇게 정리한 565편 호남문집 소재 일기의 내용별 수량 및 비율은 다음과 같다.

〈호남문집 소재 일기의 내용별 수량 및 비율〉

내용 분류	수량(편)	비율(%)
생활일기	40	7.08
강학일기	41	7.26
관직일기	34	6.02
기행일기	322	56.99
사행일기	10	1.77
유배일기	7	1.24
전쟁일기	48	8.5
의병일기	9	1.59
사건일기	31	5.47
장례일기	23	4.07
합계	565	

본 내용별 일기의 순서는 사람의 일생과 연관지은 것이다. 생활은 사람이 태어나서 죽을 때까지 전 시기와 관련이 있으므로 맨 앞에 두었다. 강학의 경우 평생 하는 것이긴 하지만 대체로 과거를 보기 전 10~20대 때 집중적으로 하게 되므로 강학일기를 두 번째에 두었으며 강학 이후 관직생활을 하게 되므로 관직일기를 세 번째에 두었다. 기행 또한 평생에 걸쳐 일어나지만 집중적인 강학 기간이 지나고 관직생활도 하게 된 후 어느 정도 여유가 생길 때 여행을 많이 떠나게 되므로 기행일기를 네 번째에 두었다. 사행과 유배도 관직생활 중 일어나긴 하지만 많지는 않으므로 다섯 번째와 여섯 번째에 두었다.

전쟁일기, 의병일기, 사건일기는 사람의 생애 순서와 상관없이 삶 중에 겪게 되는 매우 특별한 일을 기록한 것이다. 그러므로 사행일기, 유배일기 다음에 두되 전쟁이 특별한 일 중 가장 충격이 크므로 세 일기 중에서는 앞에 두었다. 의병일기의 경우 항일투쟁을 담은 것으로 전쟁과 비슷한 무력충돌과 위험을 수반하므로 전쟁일기 다음에 두었다. 사람의 인생은 죽음으로 막을 내리므로, 죽음과 장례를 다룬 장례일기는 전체 일기 중 맨 마지막에 두었다.

Ⅱ장에서 호남문집 소재 일기의 시기별 현황을 보면서 '일기명, 수록 문집, 문집 저자, 저자 생몰연도, 일기 기간, 요약, 내용 분류'를 담은 일기 목록을 제시하였다. 내용별 일기도 위의 내용을 모두 담은 전체 목록을 제시하면 일기를 한 눈에 파악하는데 도움이 된다. 하지만 분량이 너무 많고, 이미 세기별 목록에 각 항목별 내용을 담고 있으므로 본 장에서는 필요한 경우 일부 항목을 담은 목록만을 제시할 것이다. 세기별 목록은 모두 형식이 동일하나, 내용별 일기에서는 일기별 특징과 드러내고자 하는 요소에 따라 목록의 형식이 다르다.

1. 생활일기

'생활(生活)'의 사전적 의미는 '사람이나 동물이 일정한 환경에서 활동하며 살아감'으로, 인간이 태어나서 죽을 때까지 모든 과정이 생활에 들어간다. 그렇기 때문에 일기를 분류할 때 황위주의 경우 '관청의 일기와 일지', '공동체의 일기와 일지', '개인의 생활일기'로 크게 삼분화하였고, '개인의 생활일기' 하위에 사환일기, 기행록, 사행일기, 피란·종군·창의 일기, 사건 견문일기, 유배일기, 강학·독서일기, 고종·문상일기를 포함시켰다.[1] 관직생활도, 여행을 떠난 것도, 장례식에 참석한 것도 모두 생활의 일부이니 이러한 일기들을 '개인의 생활일기' 하위로 본 것이다. 그러나 이렇게 생활 중 하나의 중심 내용만을 기록하여 확실히 구분할 수 있는 일기도 있지만, 여러 해에 걸쳐 일기가 쓰이면서 강학, 관직, 여행 등이 혼합된 경우도 많다. 또한 일상에서 겪는 세세한 일들을 모두 다른 일기로 분류하기도 힘들다. 그렇기 때문에 강학, 관직, 기행, 사행, 유배, 전쟁, 장례 중 하나의 중심 생활이 두드러진 일기 이외에 다양한 생활을 담은 일기를 생활일기로 보았다.

조선시대 일기의 실상과 가치를 연구한 최은주는 생활일기를 "개인의 일상을 토대로 10년 이상 지속적으로 기록한 가장 전형적인 일기"로 보았다. 그는 생활일기는 "작성주체가 비교적 오랜 시간 동안 경험한 개인적 삶의 궤적을 생생하게 기록하므로, 사환생활·유배생활·전쟁체험·향촌생활·여행경험 등 각종 내용이 포괄적으로 담긴 것이 특징"이라고 하였으며, 이와 다르게 "특정한 시간대에 개인적 경험과 견문을 집중적으

---

1) 황위주, 「조선시대 일기자료의 현황과 활용방안」, 『국역 조선시대 서원일기』, 한국국학진흥원, 2007, 772쪽.

로 기록한 일기들"을 내용에 따라 사환일기, 피난·종군·창의일기, 기행일기, 사행일기, 유배일기, 사건 견문일기로 나눌 수 있다고 하였다.[2]

그런데 이러한 정의는 생활일기에 10년 이상의 기간이라는 기간적 제한을 두어 일기 기간이 10년이 되지 않는 일기들 중 다양한 일상생활을 담은 일기가 제외되는 한계를 갖는다. 문집 안에는 짧은 기간의 일상생활을 기록한 일기도 많다. 그렇기 때문에 본 연구에서는 기간도 길면서 강학, 관직, 기행, 사행, 유배, 전쟁, 의병, 사건, 장례 등이 종합적으로 들어간 일기뿐만 아니라, 특정한 내용에 들어가지 않은 일상이 기록된 짧은 일기도 생활일기에 포함시켰다. 이렇게 정리한 호남문집 소재 생활일기는 모두 40편으로 시기별 수량을 정리하면 다음과 같다.

〈호남문집 소재 생활일기의 시기별 수량〉

시기	14~15세기	16세기	17세기	18세기	19세기	20세기	합계
수량	·	5	8	4	13	10	40

호남문집 소재 생활일기는 16세기부터 등장하는데, 각 세기별 4~13편으로 많지는 않다. 모든 일상생활을 망라하여 기록한 생활일기는 대체로 분량이 많으므로 문집 안에 수록되기가 쉽지 않았을 것이다. 그렇기 때문에 문집 편찬자의 손을 거쳐 문집에 수록된 생활일기에는 일기 기간이 짧은 것이 많다. 특히 호남문집 소재 생활일기 중에는 하루의 일기도 여러 편 발견된다. 다음은 호남문집 소재 생활일기를 수록 기간에 맞춰 정리한 것이다.

---

2) 최은주, 「조선 시대 일기 자료의 실상과 가치」, 『대동한문학』30, 대동한문학회, 2009, 10쪽.

〈호남문집 소재 생활일기 수록 기간별 정리 목록〉3)

순번	수록 기간	일기명	수록 문집	문집 저자	해당 세기
1	1일	천문일록(泉門日錄)	화곡유고 (華谷遺稿)	홍남립 (洪南立)	17
2	1일	경신구월구일야록(庚申九月九日夜錄)	여력재집 (餘力齋集)	장헌주 (張憲周)	19
3	1일	지월이십일일야록(至月二十一日夜錄)	여력재집 (餘力齋集)	장헌주 (張憲周)	19
4	1일	지월회일야록(至月晦日夜錄)	여력재집 (餘力齋集)	장헌주 (張憲周)	19
5	1일	신유칠월회일자계(辛酉七月晦日自戒)	여력재집 (餘力齋集)	장헌주 (張憲周)	19
6	1일	을묘세제야자경(乙卯歲除夜自警)	여력재집 (餘力齋集)	장헌주 (張憲周)	19
7	1일	신축회일소기(辛丑晦日所記)	농묵유고 (聾默遺稿)	유우현 (柳禹鉉)	19
8	1일	덕호일기(德湖日記)	상실암유고 (尙實菴遺稿)	이주헌 (李周憲)	19
9	1일	중산죽헌공묘소일기(中山竹軒公墓所日記)	몽암집 (夢巖集)	이종욱 (李鍾勖)	19
10	1일	일기(日記)	익재선생문집 (翼齋先生文集)	고재붕 (高在鵬)	20
11	2일	송수옹일기(宋睡翁日記)	백석유고 (白石遺稿)	유즙 (柳楫)	17
12	2일	보소송세기(譜所送歲記)	야은유고 (野隱遺稿)	박중면 (朴重勉)	20
13	3일	유사척록(遺事摭錄)	행당유고 (杏堂遺稿)	윤복 (尹復)	16
14	3일	일기(日記)	기우집 (幾宇集)	홍옥 (洪鈺)	20

3) 이 목록을 비롯하여 본 Ⅲ장에서 제시하는 목록은 내용별 일기의 특징과 중점적
으로 드러내고자 하는 요소에 따라 표의 형식이 각각 다르다.

순번	수록 기간	일기명	수록 문집	문집 저자	해당 세기
15	8일	남류일기(南留日記)	노하선생문집 (蘆河先生文集)	박모 (朴模)	19
16	15일	일기십오조(日記十五條)	송강선생문집 (松江先生文集)	정철 (鄭澈)	16
17	1개월	갑술서역일기(甲戌書役日記)	목산고 (木山藁)	이기경 (李基敬)	18
18	2개월	일기(日記)	우헌유고 (又軒遺稿)	이강채 (李康采)	20
19	2개월	일기서【신해일기발췌】(日記序【辛亥日記 拔取】)	종양유고 (宗陽遺稿)	최민열 (崔敏烈)	20
20	3개월	정해일기(丁亥日記)	장육재유고 (藏六齋遺稿)	문덕구 (文德龜)	18
21	4개월	계묘일기(癸卯日記)	농묵유고 (聾默遺稿)	유우현 (柳禹鉉)	19
22	5개월	일기(日記)	남애집 (南崖集)	홍익진 (洪翼鎭)	18
23	9개월	시제일록(侍瘵日錄)	송계유고 (松溪遺稿)	이희탁 (李熙鐸)	20
24	10개월	일기(日記)	송사유고 (松史遺稿)	박용주 (朴用柱)	19
25	11개월	일기(日記)	고당유고 (顧堂遺稿)	김규태 (金奎泰)	20
26	1년	정해일기초(丁亥日記抄)	금호유사 (錦湖遺事)	나사침 (羅士忱)	16
27	1년 7개월	일기(日記)	근촌유고 (芹村遺稿)	송현도 (宋顯道)	18
28	3년 1개월	일기(日記)	농은유고 (農隱遺稿)	이돈식 (李敦植)	19
29	4년 6개월	일기(日記)	복재유고 (復齋遺稿)	이종택 (李鍾澤)	20
30	5년 8개월	일기(日記)	사송유집 (四松遺集)	양주남 (梁柱南)	17

순번	수록 기간	일기명	수록 문집	문집 저자	해당 세기
31	6년 10개월	일기하(日記下)	죽계집 (竹溪集)	김존경 (金存敬)	17
32	6년 10개월	일기(日記)	척재문집 (拓齋文集)	김억술 (金憶述)	20
33	8년 9개월	미암일기초(眉巖日記抄)	덕봉집 (德峰集)	송종개 (宋鍾介)	16
34	9년 7개월	일기(日記)	미암집 (眉岩集)	유희춘 (柳希春)	16
35	10년	일록(日錄)	일신재유고 (日新齋遺稿)	임세복 (任世復)	17
36	10년	일기(日記)	지재유고 (止齋遺稿)	김영순 (金永淳)	19
37	15년 7개월	남교일기(南郊日記)	남포집 (南圃集)	김만영 (金萬英)	17
38	18년 5개월	서암일기(棲巖日記)	서암유고 (棲巖遺稿)	김영찬 (金永粲)	20
39	27년	일록(日錄)	창계선생집 (滄溪先生集)	임영 (林泳)	17
40	36년	일기(日記)	이요와유고 (二樂窩遺稿)	김이백 (金履百)	17

수록 기간이 1개월이 되지 않은 경우에는 정확한 일수를 적었고, 1개월이 넘는 경우부터는 개월까지만 적었다. 1개월이 넘는 일기의 경우, 끝 단위 수록 일수가 16일 이상인 경우에는 올림을 하여 1개월 더 수록한 것으로 계산하였다. 이후 일기의 수록 기간을 계산할 때는 모두 같은 방식으로 하였다.

총 40편인 생활일기의 수록 기간을 보았을 때 1년 미만이 25편, 1년 이상~10년 미만이 9편, 10년 이상이 6편으로 1년 미만인 것이 가장 많다. 특히 1년 미만인 일기 중 수록 기간이 10일 미만인 것이 15편에 이르며,

이 중 전체의 4분의 1에 해당하는 10편이 하루 동안의 일기이다.

하루의 일기는 장헌주의 『여력재집』에 5편이 수록되어 있는데, 모두 깊은 밤에 자신의 감회를 적은 것이다. 장헌주의 문집에는 이러한 하루 간의 일기 외에도 스승을 찾아가 강학하고 돌아온 10여 일간의 일을 기록한 일기 두 편이 더 수록되어 있다. 아마도 장헌주는 평상시에 일기를 꾸준히 썼던 인물로 생각되며 후손들이 문집을 편찬하는 과정에서 중요한 일기 일부만을 문집에 수록한 것으로 보인다. 그리고 저자의 일기 중 저자의 마음이 잘 드러난 날의 일기에 각각 제목을 붙여 수록하였을 것이다. 장헌주의 문집 외에도 5종의 문집에서 하루의 일기가 발견되는 것으로 보아 이러한 방식은 문집 편찬 과정에서 종종 있었던 것으로 생각된다.

10일 미만의 일기 중에는 연속된 날짜의 일기가 아닌 것들도 있다. 유즙의 『백석유고』에 실린 <송수옹일기>는 송갑조의 <수옹일기>에서 발췌한 것으로 1627년 2월 10일과 19일의 일기를 담고 있다. 윤복의 『행당유고』 부록에 실린 <유사척록>도 1568년의 이틀, 1577년 하루의 일기로 연속된 3일의 일기가 아니다. 수록 일수가 10일 미만인 경우에는 정확한 일수로 기간을 표시하였다.

또 날짜가 정확히 나타나지 않은 경우 내용을 보고 수록 기간을 추측하였다. 이종욱의 『몽암집』에 수록된 <중산죽헌공묘소일기>는 죽헌공의 묘소에 대해 설명한 것으로 구체적 날짜가 없다. 내용상 하루 동안에 과거를 회상하고 그날의 일을 적은 것이므로 수록 기간을 1일로 보았다. 박모의 『노하선생문집』에 실린 <남류일기>에는 날짜가 구체적으로 없으나 내용상 '○' 표시 후 새로운 날의 일이 기록되어 있었다. 맨 처음에는 '○' 표시가 없이 글이 시작되므로, 처음 부분과 이후 '○' 표시가 있는 7개의 부분을 합쳐서 수록 일수를 8일로 추정하였다.

일기 기간이 길고 날짜가 정확히 나온 것은 논란이 없지만, 이렇게 일기 기간이 10일 미만으로 짧고 날짜가 확실하지 않은 것은 일기로 보는 것에 논란이 있을 수 있다. 하지만 짧다고 하여 그 작품을 배제해서는 안 된다. 일상생활 속에서 쓰는 일기는 하루하루의 기록이 쌓여 양이 많을 수밖에 없다. 그러나 문집에 수록할 수 있는 양은 제한되어 있으므로, 생활일기 중 가장 중요하다고 판단되는 부분이 수록되었을 것이다. 그러므로 이 짧은 생활일기들 또한 저자의 생각이 담긴 하나의 일기작품으로 보아야 할 것이다.

이렇듯 호남문집 속에 수록된 짧은 기간의 생활일기도 의미가 있지만, 많은 분량을 차지하는 생활일기도 있어 주목된다. 필사본으로 전해지는 일기는 10책이 넘는 것도 많지만, 문집에 수록할 때는 분량에 한계가 있을 수밖에 없다. 그런데도 호남문집 소재 생활일기 중에는 긴 수록 기간, 많은 수록 분량을 가진 일기들도 있어 다양한 삶의 모습을 볼 수가 있다.

간행본 문집에 수록된 생활일기의 수록 면수를 살펴볼 때 김영순의 『지재유고』에 수록된 <일기>는 94면(10년)을, 임세복의 『일신재유고』에 수록된 <일록>은 112면(10년)을, 임영의 『창계선생집』에 수록된 <일록>은 192면(27년)을 차지하는 등 수록 기간뿐만 아니라 양적으로도 풍부하다. 그리고 무엇보다 양적으로 풍부하며 내용적으로도 중요성이 높은 것은 유희춘의 『미암집』에 수록된 <일기>이다.

유희춘의 <일기>는 9년 7개월의 일기를 담고 있어 수록 기간이 독보적으로 긴 것은 아니지만 분량에 있어서는 어느 일기보다 많다. 이 일기는 문집 권5부터 권14까지 총 10권에 걸쳐 수록되어 있으며, 간행본 수록 면수는 772면4)에 이른다. 또한 그의 일기는 문집 내 수록본뿐만 아니라 친필본, 다른 사람의 필사본도 전해지며 문집 안에 생활일기 외에 <경연일기>가 별도로 수록되어 있다. 더구나 유희춘은 16세기의 인물로, 그가 남긴 <일기>는 호남문집 소재 생활일기 중 이른 시기의 일기에 해당한다. 내용에 있어서도 미시적인 생활부터 정치, 경제적인 일까지 다양한 내용을 담고 있다.

옛집의 정남쪽 호두나무에 까치집이 엄연히 있고, 첩의 집 배나무는 그전에 죽었다가 지난 을축년(1565)에 비로소 소생하여 병인년(1566)에 가지와 잎이 싹트더니 금년에는 열매를 맺었다. 이것은 참으로 길조가 뚜렷이 드러난 것이다.[5]

아내가 딸을 데리고 담양(潭陽)을 출발하였다. 딸은 몸이 허약하여 말을 탈 수 없으므로 어떤 사람은 딸도 가마를 태우라고 권하였으나 아내는 집안 어른의 명이 없었다며 사양하고 태우지 않았다. 전주에 도착하여 부윤 노진(盧禛)이 가마를 하나 내주면서 딸도 태우라고 하였으나 아내는 애써 사양하며 집안 어른의 뜻이 아니라고 하였다. 부윤이 세 번이나 간청하였으나 끝내 듣지 않자 노공이 탄복하였고, 포쇄별감(曝曬別監) 정언신(鄭彦信)도 서울에서 여러 번 칭송했다고 한다.[6]

---

4) 이는 한국문집총간 제34집에 영인된 판본을 확인한 것으로, 현재 '한국고전종합 DB'에 원전 이미지가 탑재되어 있다. 『미암집』은 781면의 이미지로 수록되어 있는데 이 중 권5~14는 138면부터 523면까지로 총 386면이다. 이 이미지는 한 면이 간행본 문집 2면에 해당하므로, 원 간행본의 수록 면수는 772면이다.

5) 舊宅正南胡桃樹上, 鵲巢儼然, 妾家, 梨樹久枯, 自乙丑年始蘇. 丙寅年, 枝葉萌發, 今年結實. 此實禎祥之著顯者也. - 柳希春, 『眉巖集』, <日記>

6) 細君率女發潭陽也. 女子嬴弱, 不能騎馬. 人或勸女子亦乘轎, 細君以非家翁之命, 辭不敢行. 至全州, 盧府尹禛爲出一轎, 令女子亦乘. 細君力辭, 以爲非家翁之意. 府尹三請竟不聽, 盧公歎伏, 曝曬別監鄭彦信, 亦亟稱於洛中云. - 柳希春, 『眉巖集』, <日記>

위는 『미암집』에 수록된 <일기> 중 1567년 12월 11일, 1568년 9월 29
일 일기의 전문이다. 각각 권5와 권6에 수록되어 있다. 실제 『미암집』에
수록된 일기를 보면 이것보다 훨씬 긴 내용을 담은 것도 많고 관직생활
을 기록한 것도 많다. 문집은 유희춘 사후 약 300년 뒤인 1869년에 간행
되었다.7) 이때 친필본 일기는 문집 편찬의 중요한 자료가 되었을 것이
며, 후손들이 그 일기의 내용을 간추려 수록한 것으로 보인다. 그리고
그 과정에서 개인적인 생활보다 공적인 일이 일기에 더 많이 들어가게
된 것으로 판단된다. 실제 문집에 실린 일기 내용을 보면 조보(朝報)의
내용을 간추려 정리한 것도 보이고, 관직과 관련한 공적인 일의 과정이
기록된 것이 많다. 그런데 위와 같이 개인적이면서도 당대의 세밀한 삶
의 모습을 보여주는 기록도 있어 주목된다.

첫 번째 인용문에서는 나무에 까치집이 있는 것과 나무가 죽었다 살
아난 것을 길조로 판단하는 풍습을 확인할 수 있고, 두 번째 인용문에서
는 사대부가의 부녀자가 서울로 이동하는 과정에서 가마와 관련하여 있
었던 일을 세세히 볼 수가 있다. 또한 두 번째 인용문에는 딸이 허약하
여 말을 타기 힘들자 사람들이 가마를 태우자고 권하였으나 끝내 허락
하지 않는 강직한 아내의 성격이 드러나 있다. 유희춘 본인이 직접 칭찬
하지는 않지만 다른 사람이 칭송한 것으로 끝맺어 아내의 행동을 긍정
적으로 보는 태도를 짐작할 수 있다.

---

7) 『미암집』은 원집 18권, 부록 3권 합 21권 10책의 목판본이다. 문집은 사후 제대로
간행되지 못하여 일기와 시문이 산발적으로 전해져 수많은 시문이 유실된 채 전
해지다가, 9대손 유경심(柳慶深)에 의해 기정진(奇正鎭)의 교정을 받아 1850년에 판
각되었다. 이후 그 사손 유정식(柳廷植)에 의해 1869년에 목판본으로 간행되었다.

2. 강학일기

'강학(講學)'의 사전적 의미는 '학문을 닦고 연구함'이다. 곧 스승에게 배우는 것뿐만 아니라 혼자서 독서하고 공부하는 것도 강학의 범주 안에 들어간다. 그러므로 본 연구에서는 스승에게 교육을 받은 것뿐만 아니라 스승을 찾아가 학문적 논의를 한 것, 혼자서 공부한 일을 기록한 것 등을 모두 강학일기로 보았다. 그 결과 호남문집 소재 강학일기는 모두 41편이 확인되었으며, 수량을 시기별로 정리하면 다음과 같다.

〈호남문집 소재 강학일기의 시기별 수량〉

시기	14~15세기	16세기	17세기	18세기	19세기	20세기	합계
수량	·	·	5	4	15	17	41

호남문집 소재 강학일기는 17세기 5편, 18세기 4편으로 비슷한 수량을 보이다가, 19세기 15편, 20세기 17편으로 수량이 대폭 증가하였다. 16세기 중반부터 서원을 중심으로 학파가 형성되기 시작하였고, 16~17세기 조선의 학인들은 가족·학파·지역 등 여러 층위에 걸쳐 다양한 학문적 네트워크를 형성했다. 그리고 그 기반 위에서 활발한 학문 교류를 전개하였다.[8] 이렇게 학문적 교류가 활발한 사회적 분위기 속에서 호남문집 소재 강학일기가 17세기에 처음 등장한 것으로 보인다.

황위주는 1,602편의 일기 중 '독서·강학일기'라는 명칭으로 강학일기 21편을 확인하였고,[9] 최은주는 18편을 독서·강학일기로 보았다.[10] 최은

---

8) 고영진, 「학문적 네트워크의 형성 - 학파와 학문교류」, 『조선시대사 ② - 인간과 사회』, 푸른역사, 2017, 64쪽, 89쪽.
9) 황위주의 논문 「조선시대 일기자료의 현황과 활용방안」(『국역 조선시대 서원일기』,

주의 논문에는 18편의 작품 제목이 제시되지 않아 21편 중 어떤 3편을 강학일기에서 제외하였는지는 알 수 없다. 어찌되었든 기존에 강학일기를 조사한 것은 이들이 거의 유일한데 이들의 조사 결과가 20편 내외에 불과하다. 최은주는 강학일기가 적은 이유를 "일과의 한 부분으로 생활일기에 함께 기록되는 경우가 일반적이었기 때문으로 판단"[11]하였다.

그런데 호남문집 안에서 그 2배에 이르는 41편의 강학일기를 찾았으므로, 결코 적은 수량이라고 할 수 없다. 더구나 호남문집 소재 강학일기 41편은 황위주가 조사한 21편과 한 편도 겹치지 않는다.

41편에 이르는 호남문집 소재 강학일기를 내용에 따라 분류해 보면 크게 6가지로 나눌 수가 있다. 먼저 가장 많은 형태로 스승을 찾아가 문답 등을 통해 학문적 논의를 하거나 수업을 들은 후 돌아오는 과정을 기록한 경우가 있다. 이러한 경우에는 보통 출발해서 돌아올 때까지의 여정이 담겨 있고, 여정이 끝나면 일기의 내용도 끝이 난다. 집에 돌아오는 날에 일기가 끝나기 때문에 일정한 제한이 있어서, 일기의 분량에도 제한이 있고 내용도 스승을 만나는 것으로 집결되어 기행일기와 같이 완결성을 갖는다. 41편의 강학일기 중 이러한 내용을 담은 것은 19편이며, 이를 목록으로 제시하면 다음과 같다.

한국국학진흥원, 2007)의 791~792쪽에 강학일기에 대한 설명이 있고, 871~873쪽에 21편 일기의 목록이 제시되어 있다.

10) 최은주, 「조선 시대 일기 자료의 실상과 가치」, 『대동한문학』30, 대동한문학회, 2009, 17쪽.

11) 최은주, 「조선 시대 일기 자료의 실상과 가치」, 『대동한문학』30, 대동한문학회, 2009, 17쪽.

〈스승을 만나고 돌아오는 여정을 담은 강학일기〉

순번	일기명	수록 문집	문집 저자	해당 세기	요약
1	봉해록(蓬海錄)	안촌집 (安村集)	박광후 (朴光後)	17	장기현에 유배 중인 송시열을 만나고 온 일을 기록.
2	박광일록(朴光一錄)	만덕창수록 (晚德唱酬錄)	박광일 (朴光一)	17	송시열이 제주도로 유배갈 때 찾아가 동행하면서 학문을 논하고 돌아온 일을 기록.
3	안여해록(安汝諧錄)	만덕창수록 (晚德唱酬錄)	박광일 (朴光一)	17	송시열이 제주도로 유배갈 때 찾아가 동행하면서 학문을 논하고 돌아온 일을 기록.
4	최형록(崔衡錄)	만덕창수록 (晚德唱酬錄)	박광일 (朴光一)	17	송시열이 제주도로 유배갈 때 찾아가 동행하면서 학문을 논하고 돌아온 일을 기록.
5	일기(日記)	회만재시고 (悔晚齋詩稿)	박동눌 (朴東訥)	18	미호 선생을 찾아가 수학하던 일을 기록.
6	서유록(西遊錄)	여력재집 (餘力齋集)	장헌주 (張憲周)	19	회덕의 송치규를 찾아가 수학하고 돌아온 일을 기록.
7	정묘서행일기 (丁卯西行日記)	여력재집 (餘力齋集)	장헌주 (張憲周)	19	공주 동아에 가서 스승에게 수학한 일을 기록.
8	사상일기(沙上日記)	월고집 (月皐集)	조성가 (趙性家)	19	상사(上沙)의 기정진을 찾아가 수학하고 온 일을 기록.
9	관불암기의 (觀佛菴記意)	소두집 (小蠹集)	정하원 (鄭河源)	19	오산(鰲山) 관불암에 선생을 찾아가 수학한 일을 일기 형식으로 기록.
10	북유일기(北遊日記)	노하선생문집 (蘆河先生文集)	박모 (朴模)	19	숙재 선생을 찾아가 수학한 일 등을 기록.
11	삼산일기략 (三山日記略)	오암유고 (梧巖遺稿)	조석일 (曺錫一)	19	삼산재에서 송사 선생을 뵙고 학문에 대해 이야기한 것을 기록.
12	서행록략(西行錄略)	오암유고 (梧巖遺稿)	조석일 (曺錫一)	19	포천에서 면암 최익현을 뵙고 문답한 일을 기록.
13	계상왕래록 (溪上往來錄)	정와집 (靖窩集)	박해창 (朴海昌)	19	연재 송병선이 있는 옥천 원계를 찾아가 수학한 일 등을 기록.
14	북유일기(北遊日記)	일암유고 (一菴遺稿)	이규철 (李圭哲)	20	부안으로 간재 전우를 찾아가 학문적 이야기를 나누고 호를 받은

순번	일기명	수록 문집	문집 저자	해당 세기	요약
					일을 기록.
15	금화집지록 (金華執贄錄)	후창집 (後滄集)	김택술 (金澤述)	20	간재 전우를 찾아가 사제의 예를 행한 일을 기록.
16	배면암최찬정일록 (拜勉菴崔贊政日錄)	후창집 (後滄集)	김택술 (金澤述)	20	면암 최익현을 찾아가 여러 가지 문답을 나누고 돌아온 일을 기록.
17	일기(日記)	소졸재유고 (素拙齋遺稿)	이대원 (李大遠)	20	전주 옥산에 흠재 최선생을 찾아가 독서하고 문답한 일을 기록.
18	계화일기(繼華日記)	학산유고 (學山遺稿)	소재준 (蘇在準)	20	계화강사(繼華講舍)에 선생을 찾아가 문답하고 돌아온 일을 기록.
19	지락당일기 (至樂堂日記)	학산유고 (學山遺稿)	소재준 (蘇在準)	20	상운리 지락당으로 열재 선생을 찾아가 문답을 나눈 일을 기록.

이렇게 여정을 담은 형식은 호남문집 소재 강학일기가 처음 나온 17세기부터 꾸준히 등장하며, 전체 강학일기의 46%나 되는 가장 일반적인 형태이다. 대부분 돌아올 때까지를 기록하는데, 박동눌의 『회만재시고』에 수록된 <일기>의 경우에는 스승에게 배우기 위해 길을 떠나는 것으로 시작되나 마지막 일기는 강학 중 갑자기 끝난다.

강학일기의 저자들이 찾아간 스승을 살펴보면 17세기 4편은 모두 송시열을 찾아간 것이다. 18세기에는 1편 밖에 되지 않는데 미호 선생을 찾아간 것이다. 19~20세기에는 기정진, 기우만, 최익현, 송병선, 전우 등 한말의 대표적인 학자들을 찾아간 것을 확인할 수 있다. 이러한 강학일기를 통해 대표적인 학자들의 사상 등도 확인할 수 있으며, 그들을 찾아가는 여정을 통해 기행일기적 요소도 볼 수 있다.

두 번째로 스승을 찾아가기는 하나 한 번이 아닌 여러 번 찾아간 것을 묶어 기록한 것, 여러 명의 스승을 찾아간 것, 다른 사람과 내가 찾아간 것을 묶어 기록한 것 등이 있다. 다시 말해 스승을 만나기 위한 여정을 담되 특별한 경우이다. 이런 경우는 모두 7편이 발견되며, 이를 목록으로 제시하면 다음과 같다.

〈스승을 만나고 돌아오는 여정을 담되 특별한 경우의 강학일기〉

순번	일기명	수록 문집	문집 저자	해당 세기	요약
1	동춘선생문답일기 (同春先生問答日記)	죽계집 (竹溪集)	송정기 (宋廷耆)	17	송준길을 찾아 뵙고 문답을 나눈 것을 기록.
2	구심록(求心錄)	목산고 (木山藁)	이기경 (李基敬)	18	다른 문인이 스승과 문답한 것, 자신이 찾아가 문답한 것 등을 기록.
3	취정일기(就正日記)	목산고 (木山藁)	이기경 (李基敬)	18	스승인 도암 이재가 있는 천곡에 찾아가 수학하고 돌아온 일을 기록.
4	해상일기(海上日記)	율수재유고 (聿修齋遺稿)	박해량 (朴海量)	19	면암 최익현이 제주도와 흑산도에 유배되었을 때 찾아가 수학한 일을 기록.
5	계산유람기 (溪山遊覽記)	추산유고 (秋山遺稿)	김운덕 (金雲悳)	19	원계의 연재 선생을 찾아가 수학했던 일을 기록.
6	원유록(遠遊錄)	양와유고 (養窩遺稿)	김혁수 (金赫洙)	19	옥천에 연재 선생을 찾아가 이야기를 나눈 것을 시작으로, 간헐적으로 여러 선생들을 찾아가 이야기를 나눈 것을 기록.
7	북학록(北學錄)	학남재유고 (學南齋遺稿)	장기홍 (張基洪)	20	원계로 송병선을 찾아가 학문을 배우고 논한 일과 송병선 자결 후 장례에 참여한 일을 기록.

『죽계집』에 수록된 <동춘선생문답일기>는 송정기가 1665년 4월에 송준길을 찾아뵙는 것을 시작으로, 6월 2일, 7월 6일에 선생을 뵙고 이야기를 나눈 것이 기록되어 있다. 이는 한 번의 여정이 아니라 각각 찾아간 것이 기록된 것이다. 『목산고』에 수록된 <취정일기>도 천곡으로 도암 이재를 찾아뵌 것이긴 하되, 두 번의 여정을 담고 있다. 1736년 3월 17일에 스승을 뵙기 위해 출발한 것을 시작으로 같은 해 7월 26일까지 첫 번

째 수학을 하였고, 1739년 2월 25일에 다시 출발하여 스승을 뵙고 두 번째 수학을 한 후 3월 24일에 집에 돌아온 내용을 담고 있다.

이렇듯 문집 저자가 두 번 이상 같은 스승에게 간 것을 한 편의 글에 모두 담은 것이 있고, 『목산고』에 수록된 <구심록>과 같이 다른 사람이 스승과 문답한 것과 자신이 문답한 것을 모두 실은 경우도 있으며, 『양와유고』에 수록된 <원유록>과 같이 여러 스승을 찾아갔던 일을 기록한 것도 있다. 곧 같은 부류의 경험을 한 편의 글에 넣은 것으로 저자가 처음부터 이렇게 썼을 수도 있지만 후손들이 비슷한 경험을 한 편의 글에 묶어 편집했을 가능성도 크다. 애초에 어떻게 쓰였든 이런 경우 여러 차례의 강학을 한 편의 글로 확인할 수 있다는 장점이 있다.

세 번째로 서재 등에 머무르면서 공부하던 생활을 기록한 경우가 있다. 이 경우에는 지인들을 만나고 시를 짓는 등의 내용도 들어 있어 얼핏 생활일기로도 볼 수 있으나 선생을 모시고 수학하던 때의 생활만을 담고 있어 강학일기에 포함시켰다. 아래 목록과 같이 총 6편을 확인하였으며, 이러한 일기를 통해 선조들이 스승의 문하에서 공부하던 삶을 엿볼 수 있다.

〈스승 문하에서의 생활을 기록한 강학일기〉

순번	일기명	수록 문집	문집 저자	해당 세기	요약
1	동강일기략 (東岡日記略)	오암유고 (梧巖遺稿)	조석일 (曺錫一)	19	선생을 모시고 수학했던 일을 기록.
2	박산서실독서일기 (博山書室讀書日記)	산곡유고 (山谷遺稿)	최기모 (崔基模)	20	봄에 박산서실에서 수학했던 일을 기록.
3	평장서재일기 (平場書齋日記)	남곡유고 (南谷遺稿)	염석진 (廉錫珍)	20	평장서재에서 학동들과 부시(賦詩)를 짓는 등의 생활을 기록.

순번	일기명	수록 문집	문집 저자	해당 세기	요약
4	장동일록(長洞日錄)	송계유고 (松溪遺稿)	이희탁 (李熙鐸)	20	장동에서 부해 선생에게 배우고 문답한 내용을 요약적으로 기록.
5	일기(日記)	태강유고 (台江遺稿)	나수찬 (羅綬燦)	20	춘담 선생 밑에서 공부하면서 하루하루 읽었던 책, 교유했던 일들을 기록.
6	일기(日記)	매계문고 (梅谿文稿)	이전우 (李銓雨)	20	선생 밑에서 학문을 하는 날들을 기록.

네 번째로 공부의 과정을 기록한 강학일기가 있다. 이러한 일기는 자신이 공부한 내용을 요약적으로 짧게 정리한 형식을 가지는데, 아래와 같이 총 4편이 확인되었다.

〈공부의 과정을 기록한 강학일기〉

순번	일기명	수록 문집	문집 저자	해당 세기	요약
1	경신유월과정 (庚申六月課程)	목산고 (木山藁)	이기경 (李基敬)	18	공부한 것들에 대한 짧은 기록.
2	연력일기 (年歷日記)	삼오유고 (三悟遺稿)	박채기 (朴采琪)	19	5살 때 입학(入學)한 것을 시작으로 자라면서 공부한 것이 연보처럼 기록됨.
3	일기(日記)	근암문집 (近菴文集)	박인섭 (朴寅燮)	19	여러 책을 통해 공부한 내용을 요약하여 기록.
4	삼산재일기 (三山齋日記)	지헌유고 (止軒遺稿)	강희진 (康熙鎭)	20	공부의 과정을 기록.

『목산고』에 수록된 〈경신유월과정〉은 반드시 날짜를 기록한 후 매일 공부한 것을 짧게 정리하고 있고, 『삼오유고』에 수록된 〈연력일기〉는 5살 때인 1874년 학문에 발을 디딘 것을 시작으로 자라면서 공부한 것,

1891년에 과거시험을 본 것 등 1893년까지 20년간의 공부 과정을 연보처럼 기록하고 있다. 『근암문집』에 수록된 <일기>는 여러 책을 통해 공부한 내용을 요약 정리한 것으로서, 날짜와 날씨가 나온 후 책에서 본 중요 문구가 적혀 있다. 『지헌유고』에 수록된 <삼산재일기>는 첫 부분에 일기란 무엇이며, 일기의 효과가 무엇인지에 대해 쓰고 있으며 이후 공부한 일이 기록되어 있는데, 주로 숙부가 공부한 것을 봐주고 시험을 본 일이 담겨 있다. <삼산재일기>에서는 일기를 쓰는 행위 자체가 공부한 것을 다시 정리하여 기억하는, 공부의 한 과정이 되고 있음을 처음에 수록된 서문 같은 글을 통해 설명하고 있다. 이러한 일기들은 선조들이 어떠한 책을 중점적으로 공부했으며, 일기를 어떻게 공부에 활용했는지를 알 수 있게 한다.

다섯 번째로 스승과의 논의를 기록하되, 하루간의 일만 기록한 경우가 있다. 이러한 경우의 일기는 아래 목록과 같이 모두 3편이 발견된다. 하루간의 생활일기와 같이 저자의 일기 중에 중요한 날짜의 기록을 따로 문집에 수록한 것으로 보인다.

〈스승과 논의한 하루간의 일을 기록한 강학일기〉

순번	일기명	수록 문집	문집 저자	해당 세기	요약
1	일기(日記)	서헌유고 (瑞軒遺稿)	안규용 (安圭容)	19	송사 선생을 뵙고 현재 학문하고 있는 부분에 대해 토론한 일을 기록.
2	신문화록 (莘門話錄)	후창집 (後滄集)	김택술 (金澤述)	20	스승 간재와의 국사, 충에 관한 대화를 기록.
3	신묘중하일록 (辛卯仲夏日錄)	성당사고 (誠堂私稿)	박인규 (朴仁圭)	20	옥류동 최선생을 찾아가 비갈명, 제문 등을 작성하는 방법을 묻고 선생의 답을 들은 하루의 일을 기록.

마지막으로 강연과 같은 일회성 행사로 강학을 행한 일을 기록한 경우가 있다. 이러한 경우는 아래 목록과 같이 2편이 발견되는데, 모두 1970년대 박인규의 일기이다.

〈일회성 행사로 강학을 행한 일을 기록한 강학일기〉

순번	일기명	수록 문집	문집 저자	해당 세기	요약
1	유도유흥사실록 (儒道維興事實錄)	성당사고 (誠堂私稿)	박인규 (朴仁圭)	20	전주 유도회에서 명륜당을 열고 강학을 준비하는 과정과 실제 행한 일을 기록.
2	노양원경전강연일록 (魯陽院經傳講演日錄)	성당사고 (誠堂私稿)	박인규 (朴仁圭)	20	향교에서 강연을 준비하여 실제 행한 일을 기록.

박인규는 호남문집 소재 일기 중 가장 마지막 일기를 남긴 사람으로 1970년대까지 한문일기를 남겼다. 위의 두 편의 강학일기는『성당사고』내 11편의 일기 중 7번째, 8번째로 수록되어 있지만 담고 있는 시기는 1975년으로 가장 늦다. 1970년대는 초등학교(당시 국민학교), 중학교, 고등학교, 대학교로 이어지는 현대의 교육제도가 행해지고 있던 시대이다. 그러므로 이 강학일기에는 현대에 전통 학문을 가르치기 위해 향교를 중심으로 행했던 강연과정이 기록되어 있다.

호남문집 소재 강학일기 중 주목되는 것으로 박해량의『율수재유고』에 수록된 <해상일기>가 있다. 위의 분류 중 두 번째 '스승을 만나고 돌아오는 여정을 담되 특별한 경우의 강학일기'에 해당하는 일기로서, 대표적인 한말의 학자인 최익현을 찾아간 일을 기록한 것이다. 최익현이 제주도와 흑산도에 유배될 때 찾아가 수학한 일을 기록하여 스승을 찾아 먼 제주도도 마다 않는 의지를 볼 수 있다. 분량도 문집 간행본의 74

면에 이르러 강학일기 중 많은 편이며, 후손이 지은 일기에 대한 발문도 함께 수록되어 있어 의미가 있다.

3월 16일 면암선생을 모시고 우암선생이 귀양살이 했던 곳을 봉심하고 돌아오니, 옛날을 생각하는 감회를 이길 수 없었다. 부(賦) 1절과 또 1율을 읊어서 선생께 올리고, 또 한라산부를 지었다. 처세에 대하여 어렵고 쉬운 것을 물으니, 선생이 이르길 "가난에 처하는 것도 어렵고, 부에 처하는 것도 어려우니, 가난하면 생애에 골몰해서 어려운 것이 아니고, 굶주리고 추운 것을 견딜 수 없어서 어려운 것이 아니며, 쉽게 뜻을 잃게 되기 때문이다. 부유하면 매양 사람들이 그것을 기뻐하는 것이 하나의 어려움이요, 혹은 인사에 관여된 의리의 당연한 것에 인색한 것이 또 하나의 어려움이며, 혹 방탕하고 혹 교만하여 운명을 그르치는 것이 또 하나의 어려움이다."라고 하였다. 이어서 경의(經義)를 강의하고 질문하였는데, 일의 갈피가 매우 많아 지금 다 기록할 수 없다. 해설함이 상세하고 밝았으며, 순순하게 잘 가르쳐주서서 강물을 마신 배가 가득 찬 것 같았다. 그러나 고목은 때 맞춰 내리는 비에도 쉽게 화육되는 것이 아닐지라도 늙은 어버이를 멀리 떠나와서 한 달 이상 비우기가 어렵기 때문에 말씀드리고 물러났다.[12]

위는 박해량의 <해상일기> 중 1874년 3월의 기록이다. 면암 최익현은 1873~1875년에는 제주도에, 1876~1879년에는 흑산도에 안치되었는데 박

---

[12] 三月旣望, 陪先生, 奉審尤菴先生謫廬而還, 不勝感古之懷, 賦一絶, 又吟一律上先生, 又賦漢挐. 問處世難易, 先生曰, 處貧難, 處富亦難, 貧則非生涯之滾汨而難也, 非飢寒之叵耐而難也, 易至於喪志故也. 富則每人悅之一難也, 或各於人事所關義理當然底又一難也, 或蕩或驕, 誤身命又一難也. 因講質經義, 頭緖猥多, 今不能盡錄, 而解說詳明, 諄諄善誘, 飮河之腹, 若可以充然, 而枯木非時雨之易化, 親老遠遊曠月爲難, 因辭退. - 朴海量, 『聿修齋遺稿』, <海上日記>

해량은 두 곳 모두 최익현을 만나기 위해 찾아갔다. <해상일기>는 1874 년 2월 10일부터 4월까지, 1875년 4월 20일부터 10월 3일까지, 1876년 2월 7일부터 6월 23일까지 세 기간의 일기를 담고 있으며, 위의 인용문은 그중 첫 기간에 제주도로 최익현을 만나기 위해 갔던 일을 기록한 부분 이다.

일기는 먼저 최익현이 계유년(1873) 겨울에 제주도에 유배된 것을 간 략히 설명한 후, 1874년 2월 10일에 장성에 사는 김효환(金孝煥)과 선생 을 뵈러 가자고 결심을 하는 것으로 시작된다. 박해량은 3월 1일에 제주 도 무주포(無注浦)에 도착했으며 하루를 묵고 다음날 최익현을 뵈었다. 이후 4월 3일에 제주도를 떠나는데, 위의 인용문은 한 달 가량의 제주도 생활 중 중간에 해당하는 3월 16일에 최익현과 우암 송시열이 유배생활 을 했던 곳에 다녀온 일과 이후 가르침을 받은 일을 기록하고 있다. 인 용된 부분의 바로 다음 일기는 4월 1일 일기로 제주도를 떠나기 위해 조 천관에 간 일이 간략히 있다. '삼월기망(三月旣望)' 다음에 날짜가 나오 지 않고 위와 같은 내용을 담고 있는데, 내용상 하루의 일기가 아니라 약 보름간의 일을 요약적으로 담은 것으로 보인다. 경의(經義)를 강의하 고 질문한 내용이 구체적이지 않지만 처세에 대한 가르침, 유배지에서 도 강학을 하는 상황 등을 위와 같은 일기를 통해 볼 수가 있다.

한국학술교육정보원(KERIS)의 학술DB 'RISS'(http://www.riss.kr/)에서 '강학일기'를 검색하면 학술지논문 2편과 단행본 3편이 나온다. 학술지 논문은 최은주의 「조선 시대 일기 자료의 실상과 가치」(『대동한문학』 30, 대동한문학회, 2009)와 필자가 본 저서의 출판 전에 발표한 「호남문 집 소재(所載) 일기류 자료의 현황과 가치」(『국학연구』31, 한국국학진흥 원, 2016)이고, 단행본은 노상직의 『서당의 일상 - 소눌 노상직의 서당

일지 '자암일록(紫巖日錄)'』(신지서원, 2013), 한국국학진흥원 연구부에
서 출간한『국역 조선시대 서원일기 - 한국국학진흥원 소장자료를 중심
으로』(한국국학진흥원, 2007)[13], 송기면의『유재집(裕齋集) - 유재 송기
면의 문학과 사상』(이회, 2000)이다. 연구 성과물이 매우 적은 편으로, 그
마저도 강학일기에 대한 체계적인 연구가 아니다.

　강학일기에 대한 연구가 적은 것은 그 자료 자체가 적고, 그나마 있는
자료도 아직 다 밝혀지지 않았기 때문이다. 이번 조사를 통해 파악된 호
남문집 소재 강학일기 41편은 호남의 강학일기뿐 아니라 한국의 강학일
기를 연구하는 데 좋은 자료가 될 것이라 생각한다.

---

13) 이 책의 말미에 황위주의 논문「조선시대 일기자료의 현황과 활용방안」이 수록되
　　어 있다.

3. 관직일기

관직일기는 '사환일기'라는 명칭으로도 불린다. '관직(官職)'은 '조선시대에, 홍문관부제학 이하의 벼슬아치와 성균관대사성 이하의 벼슬아치를 통틀어 이르던 말'을, 사환(仕宦)은 '벼슬살이를 함'을 사전적 의미로 가지고 있어 비슷한 뜻을 갖는다. 현대에는 '사환'이라는 용어가 널리 쓰이지 않으므로 본 저서에서는 일반 대중들도 쉽게 알 수 있는 관직일기라는 명칭을 사용하였다.

관직일기는 관직생활 중 있었던 일이 중점적으로 기록된 일기이다. 황위주는 '사환일기'라는 명칭으로 조사하였는데, 관청이나 공동체가 쓴 일기를 제외한 개인의 일기 806편 중 사환일기는 179편을 확인하였다.[14] 최은주는 943편 중 230편의 사환일기를 확인하였는데,[15] 강학일기와 마찬가지로 최은주의 논문에서는 각 일기 제목을 확인할 수 없기 때문에 어떤 일기가 더 발굴되었는지는 알 수 없다. 어찌되었든 이들이 조사한 일기 중 관직일기는 가장 많은 비중을 차지한다. 그런데 호남문집 소재 일기 중 관직일기는 34편으로 전체 일기의 약 6%를 차지한다. 이는 10가지 일기 중 5번째에 해당하는 수량으로서, 황위주, 최은주의 조사와 매우 다른 결과를 보여준다.

황위주가 제시한 179편의 관직일기 목록을 보면, 문집 내에 수록된 일기는 41편으로 22%에 불과하다. 황위주가 조사한 강학일기 21편 중 17편

---

14) 황위주의 논문 「조선시대 일기자료의 현황과 활용방안」(『국역 조선시대 서원일기』, 한국국학진흥원, 2007)의 772쪽, 783~785쪽에 관직일기에 대한 설명이 있고, 826~838쪽에 179편 일기의 목록이 제시되어 있다.
15) 최은주, 「조선 시대 일기 자료의 실상과 가치」, 『대동한문학』30, 대동한문학회, 2009, 12~13쪽.

인 80%가 문집 내에 수록된 것과는 상반된 결과이다. 이를 통해 관직일
기의 경우 문집 내에 수록되어 전해지는 것보다 일기 자체가 별도로 전
해지는 경우가 많다고 추정할 수 있다. 그러므로 호남문집 내 관직일기
가 황위주의 조사 결과에 비해 적게 전해지는 것이라 생각된다.16) 호남
문집 소재 관직일기 34편의 시기별 수량을 살펴보면 다음과 같다.

〈호남문집 소재 관직일기의 시기별 수량〉

시기	14~15세기	16세기	17세기	18세기	19세기	20세기	합계
수량	1	8	7	9	9	·	34

14~15세기의 1편은 박심문의 『청재박선생충절록』 부록에 수록된 〈정
원일기〉이다. 이는 저자가 죽고 300년이 지난 후 《승정원일기》의 일부
를 발췌하여 수록한 것으로 일반적인 관직일기는 아니다. 저자 본인의
관직생활을 기록한 일반적인 관직일기는 16세기부터 나타나며, 호남문
집 소재 관직일기는 16세기 8편, 17세기 7편, 18세기와 19세기 각 9편으
로 고르게 나타난다. 20세기는 조선이 역사 속으로 사라지고 일제강점
기를 거쳐 현대적 변혁을 가져온 시대로 전통적인 관직일기가 보이지
않는 것은 당연한 일이라 할 수 있다.

관직은 종류가 다양하고, 사람들마다 관직에 있던 기간이 다르다.17)

---

16) 호남문집 내 관직일기가 적은 것은 영남, 강원 등 다른 지역 문집 내 관직일기와
   비교해 보았을 때 더 정확한 원인을 찾을 수 있다. 전체적으로 문집 안에 관직일
   기가 적게 수록된 것인지, 아니면 호남지역 문인의 관직활동이 적었는지 등은 추
   후 전 지역과의 비교를 통해 알 수 있을 것이다. 현재 다른 지역 문집 소재 일기
   조사가 이루어지지 않았기 때문에 이러한 비교는 나중의 과제로 남겨 둔다.

17) 이와 관련하여 황재문은 그의 논문 「사환일기와 관직생활 - 암행어사 일기를 중
   심으로」(『대동한문학』30, 대동한문학회, 2009, 43쪽)에서 "관직만큼이나 사환일

최은주의 경우 중앙사환, 지방사환 및 파견, 사환종합으로 나누어 시대별로 수량을 정리하기도 하였다.18) 하지만 관직의 종류가 워낙 다양하고, 1일간의 일기도 수록하는 문집 소재 일기의 특성상 관직일기의 경우 수록 기간에 따른 특징이 더 드러나기 때문에, 여기에서는 수록 기간별로 관직일기를 살펴보고자 한다.

　호남문집 소재 관직일기 중에는 다른 사람의 일기 속에 수록된 저자 관련 기록을 발췌 수록한 것이 있다. 박심문의 『청재박선생충절록』 부록에 수록된 <정원일기>는 《승정원일기》를 발췌한 것이고, 박태보의 『정재집』에 수록된 <정원일기> 또한 기사환국 당시 소를 올린 것과 관련한 《승정원일기》를 발췌하여 수록한 것이다. 김계의 『운강유고』 부록에 수록된 <제현기술>은 김계가 등장한 기록을 모아 놓은 것으로서, 미암 유희춘의 일기에서 발췌한 것이 많으며, 관직생활과 관련한 내용이 대부분이다. 이러한 일기들은 일반적인 경우가 아니므로, 34편의 관직일기에는 포함시키지만 수록 기간별로 정리한 아래의 표들에서는 제외하였다.

　호남문집 소재 관직일기는 수록 기간별로 살필 때, 1년 미만인 것, 1년 이상~10년 이하인 것, 30년 이상인 것으로 나눌 수가 있다. 먼저 수록 기간이 1년 미만인 관직일기는 다음과 같다.

기의 종류 또한 다양하여, 일기로서의 특징과 주된 서술 내용을 통일적으로 파악하는 것은 어려운 일이다.”라고 하였다.
18) 최은주, 「조선 시대 일기 자료의 실상과 가치」, 『대동한문학』30, 대동한문학회, 2009, 13쪽.

〈수록 기간이 1년 미만인 관직일기〉

순번	수록 기간	일기명	수록 문집	문집 저자	해당 세기	요약
1	1일	별전일기 (別殿日記)	양호당선생유고 (養浩堂先生遺稿)	이덕열 (李德悅)	16	하루간의 일기로 윤두수 관련 임금과 영상 등의 문답을 기록.
2	3일	경연일기 (經筵日記)	양호당선생유고 (養浩堂先生遺稿)	이덕열 (李德悅)	16	이덕열이 경연에 참여했던 일자의 일기를 모은 것 일자별로 '경연일기'라는 제목이 다시 붙음.
3	3일	경연소대 (經筵召對)	난석집 (蘭石集)	박창수 (朴昌壽)	19	임금의 부름으로 경연에 참여한 일을 기록.
4	5일	사진일지 (仕進日誌)	송사유고 (松史遺稿)	박용주 (朴用柱)	19	5일간의 관직생활을 기록.
5	1개월 이내	가도종정 (椵島從征)	귀래정유고 (歸來亭遺稿)	이준 (李浚)	17	가도(椵島)의 유흥치(劉興治) 토벌에 참여한 일을 간략 설명 후 참여자의 이름을 기록.
6	1개월 이내	기해동어장감착청어봉진시사실대개 (己亥冬漁場監捉青魚封進時事實大槩)	물기재집 (勿欺齋集)	강응환 (姜膺煥)	18	어장의 감독관으로서 웅천에서 청어 진상을 주관할 때의 일을 기록.
7	1개월 이내	탑전일기 (榻前日記)	난석집 (蘭石集)	박창수 (朴昌壽)	19	대왕대비전에서 나온 말들을 기록.
8	1개월	경연일기 (經筵日記)	난석집 (蘭石集)	박창수 (朴昌壽)	19	경연에 참석했던 3월 26일, 29일, 4월 3일, 5월 4일, 5월 5일 등 5일간의 일을 기록.
9	2개월	전라도도사시일록(全羅道都事時日錄)	행당유고 (杏堂遺稿)	윤복 (尹復)	16	관찰사의 보좌관으로서 부임지에 내려가 임무를 수행한 일을 기록.
10	3개월	경연록 (經筵錄)	창계선생집 (滄溪先生集)	임영 (林泳)	17	여러 차례 경연에 참여하여 왕에게 진언한 일을 기록.

순번	수록 기간	일기명	수록 문집	문집 저자	해당 세기	요약
11	3개월	서연일기 (書筵日記)	목산고 (木山藁)	이기경 (李基敬)	18	서연관으로서의 직무를 기록.
12	3개월	계유일기 (癸酉日記)	백석헌유집 (柏石軒遺集)	기양연 (奇陽衍)	19	동당회시의 시관으로 참 여했던 일과 사복에서의 관직생활을 기록.
13	4개월	기성겸사일록 (騎省兼史日錄)	목산고 (木山藁)	이기경 (李基敬)	18	병조좌랑에 제수된 후 외 직으로 나가기 전까지의 관직생활을 기록.
14	4개월	기사관일록 (記事官日錄)	목산고 (木山藁)	이기경 (李基敬)	18	춘추관기사관으로서의 직무를 기록.
15	5개월	은대일록 (銀臺日錄)	행당유고 (杏堂遺稿)	윤복 (尹復)	16	승정원의 주요 사건을 기록.
16	5개월	사관시기주초략 (史官時記注抄畧)	오재집 (梧齋集)	양만용 (梁曼容)	17	춘추관기주관으로서 국 사와 사론을 기록.
17	6개월	일기(日記)	유헌집 (遊軒集)	정황 (丁熿)	16	사신 방문 등 정사상 있었 던 일을 기록.
18	8개월	설서시일기초략 (說書時日記抄畧)	오재집 (梧齋集)	양만용 (梁曼容)	17	시강원설서로서 경연의 내용을 기록.
19	8개월	토평일기 (討平日記)	난파유고 (蘭坡遺稿)	정석진 (鄭錫珍)	19	동학농민운동이 일어났 을 때 목사 민종렬의 휘하 에서 나주를 방어한 일을 기록.

수록 기간이 1년 미만인 관직일기는 19편으로, 다른 일기에서 발췌한 3편을 제외한 호남문집 소재 관직일기 31편의 61%에 이른다. 이 중 1개월 이내인 것이 8편으로 생활일기와 마찬가지로 수록 기간이 짧은 일기가 많다. 문집에 많은 양의 일기를 수록할 수 없기 때문에 문집 편찬 과정에서 중요한 일부분의 일기만 수록했던 것으로 보인다.

정석진의 『난파유고』에 수록된 <토평일기>는 동학농민운동을 기록한 것이다. 다른 동학농민운동 관련 일기는 사건일기에 포함시켰는데, 위의 일기는 동학농민운동을 막는 것이 공적인 임무였던 관리의 입장에서 기록한 것이기 때문에 관직일기에 포함시켰다.

다음으로 수록 기간이 1년 이상~10년 이하인 관직일기는 모두 6편이다. 이를 목록으로 제시하면 다음과 같다.

<수록 기간이 1년 이상~10년 이하인 관직일기>

순번	수록 기간	일기명	수록 문집	문집 저자	해당 세기	요약
1	1년 3개월	호서일기 (湖西日記)	동오선생유고 (東塢先生遺稿)	이필무 (李必茂)	17	관직상의 일로 호서에 다녀온 일을 기록.
2	1년 8개월	봉화일기 (奉化日記)	소포유고 (素圃遺稿)	오경리 (吳慶履)	19	봉화현감으로 제수되면서부터 지평을 제수받아 다시 서울에 이를 때까지의 일을 기록.
3	1년 10개월	태주일록 (泰州日錄)	목산고(木山藁)	이기경 (李基敬)	18	태천현감으로 재직하던 상황과 스승 도암 이재의 장례식에 다녀온 일을 기록.
4	6년	간원일기 (諫院日記)	귀락와집 (歸樂窩集)	유광천 (柳匡天)	18	약 6년간의 관직생활을 기록.
5	8년 3개월	논사록 (論思錄)	고봉집(高峯集)	기대승 (奇大升)	16	후손들이 정리한 것으로 경연에 참여했던 일을 기록.
6	8년 11개월	경연일기 (經筵日記)	미암집(眉岩集)	유희춘 (柳希春)	16	경연관으로서 경연에 참여했던 일을 기록.

수록 기간이 1년 미만인 관직일기들은 대부분 관직생활 중 단편적인 일이나 한 가지 직책과 관련한 일을 담고 있었다. 1년 이상~10년 이하인 일기도 한 가지 직책과 관련한 일이 기록된 것이 대부분이다. 이필무의 『동오선생유고』에 수록된 <호서일기>, 오경리의 『소포유고』에 수록된 <봉화일기>와 같은 경우 한 가지 직책으로 인한 여정이 끝날 때 일기도

끝이 나고 있다. 하지만 유광천의 『귀락와집』에 수록된 <간원일기>의 경우 6년이 넘는 기간이 실린 만큼 여러 직책에 대한 것을 담고 있기도 한다.

편의상 '10년 이하'라고 하였는데, 호남문집 소재 관직일기는 8년 11개월을 기록한 유희춘의 <경연일기> 다음에는 수록 기간이 30년이 넘는 일기로 넘어간다. 수록 기간이 30년 이상인 관직일기는 6편으로, 이를 표로 정리하면 다음과 같다.

〈수록 기간이 30년 이상인 관직일기〉

순번	수록 일수	일기명	수록 문집	문집 저자	해당 세기	요약
1	30년	서사일기 (筮仕日記)	수졸재유고 (守拙齋遺稿)	유화 (柳㪇)	17	유화의 관직 이력을 기록.
2	32년	일유재일기 (一逌齋日記)	일유재집 (一逌齋集)	장태수 (張泰秀)	19	관직생활 중 경연할 때의 일기가 친필로 먼저 있고, 뒤쪽에 다른 글씨로 1890년과 1891년 관직생활이 기록됨.
3	39년 11개월	본말록 (本末錄)	목산고 (木山藁)	이기경 (李基敬)	18	부안에서 향시에 합격할 때부터 영조의 장례를 치를 때까지의 관직생활을 기록.
4	41년 3개월	일록(日錄)	묵헌유고 (默軒遺稿)	김재일 (金載一)	18	김재일이 영암 동당에서 과거를 본 것을 시작으로 이후 관직생활을 다른 사람이 정리한 것.
5	44년	일기(日記)	취은일고 (醉隱逸稿)	정덕필 (鄭德弼)	18	과거를 치르고 벼슬을 하는 과정을 간략하게 기록.
6	44년 3개월	일유재종환록 (一逌齋從宦錄)	일유재집 (一逌齋集)	장태수 (張泰秀)	19	문과 합격 후 중요한 날짜별로 관직 관련 일을 기록.

수록 기간이 30년 이상인 관직일기는 대부분 과거 합격을 시작으로 평생의 관직생활을 기록하고 있다. 30~40년의 관직생활을 자세히 문집

에 수록할 수 없으므로 이런 경우 관직생활이 매우 간략하게 제시된다. 연보처럼 저자의 평생을 정리하되, 관직에 초점이 맞추어져 있다.

강학일기 중 박채기의 <연력일기>도 공부한 것을 연보처럼 정리한 것이라고 앞서 설명을 했었다. 관직일기에서 30년 이상 일기를 수록한 경우도 이러한 형태인데, 저자의 평생 중 관직에 초점을 맞추느냐, 강학에 초점을 맞추느냐에 따라 일기의 종류가 달라진다. 이러한 형식은 현대의 관점에서 봤을 때 일기로 보는 것에 의문을 갖는 사람도 있을 것이다. 하지만 '일기', '일록'으로 제목을 붙여 글을 정리했던 선조들의 관점에서 일기를 정리하고, 최대한 넓은 의미로 일기를 보며, 다양한 유형의 일기에 대한 정보를 제공하고자 하는 본 저서에서는 일기에 포함시켰다.

아래는 호남문집 소재 관직일기 중 윤복의 『행당유고』에 수록된 <전라도도사시일록> 중 하루 일기를 예로 든 것이다.

대궐에 나아가 배사(拜謝)하였는데 서벽(西壁)의 여러 고관(高官)들도 맞이해 주며 잠시 이별의 뜻과 지나간 일들의 이야기를 하였다. 도승지 및 응림(應霖)과 원길(元吉) 두 승지공(承旨公)도 그 방에서 나와 지나간 이야기와 새로 맡는 일에 관하여 이야기하였다.

사직동으로 돌아오니 정랑인 형님이 나를 전송하고자 한강가로 나가 이미 말안장을 정비해 두고 기다리고 있었다. 잠시 이야기한 뒤에 홍례문 쪽으로 향하여 지나면서 호조·예조의 두 판서를 배알하였다. 이어서 성문을 나왔는데 여러 동료들이 전송하려고 강두(江頭)에 나와 제천루(濟川樓) 위에 모여 있었으며 전별주를 마시었다. 사형(舍兄)과 국좌(國佐)가 함께 배를 타고 강의 남쪽 가에 이르러 잡은 손을 놓고 작별하였으며, 말을 타고 우정루(郵亭樓)에 이르니 광주 사람이 소찬(素饌)의 음식을 가져 와서 점심이라 이르므로 몇 순배 술잔을 들었으며 그 후 용인에 이르러 묵었다.19)

<전라도도사시일록>은 1551년 7월 13일 전라도도사 겸 춘추관기주관
으로 임명된 일을 간략히 기록한 후, 1551년 8월 6일부터 10월 19일까지
의 일기를 담고 있다. 인용된 부분은 그중 첫날인 1551년 8월 6일 일기
의 전문으로 이후 날짜 일기에 비해 분량이 많은 편이다. 관직을 받은
사람이 부임지로 떠나기 전 작별하는 과정을 자세히 볼 수 있다. 이후
전라도로 내려가는 과정과 전라도관찰사를 모시고 임실, 남원, 장성, 순
창, 담양, 장성, 부안, 김제 등을 다니며 임무를 수행한 일들이 기록되어
있다.

인간의 다양한 삶 중 관직에 초점을 맞추어 기록하였기 때문에 관직
일기에는 누락된 날짜들이 많다. 박창수의 『난석집』에 실린 <경연일기>
의 경우 일기 기간은 1개월이 약간 넘지만 수록 날짜는 3월 26일, 29일,
4월 3일, 5월 4일, 5월 5일로 총 5일간의 일기만 수록되어 있다. 30년 이
상인 것에는 특히 누락된 것이 많을 수밖에 없다. 호남문집 소재 관직일
기는 총 34편으로 많은 편은 아니며, 수록 일기 속 누락된 일자도 많다.
하지만 선조들의 관직생활을 자세히 살펴볼 수 있고, 일기라는 장르를
선조들이 어떻게 생각했는지를 볼 수 있는 좋은 자료라 할 수 있다.

---

19) 詣闕拜謝, 西壁僉令公邀見, 暫敘別意歷話. 都令公及應霖元吉二令公于其
房而出, 歷辭新使. 歸社稷洞, 正郎兄欲出餞江頭, 已整鞍待之. 暫話後, 向弘
禮門歷, 謁戶禮兩判. 因出城門, 諸僚出餞江頭, 會在濟川樓上, 行餞杯. 舍兄
及國佐同船涉, 到南涯分手, 騎馬到郵亭樓上, 廣州人持淡饌稱晝點, 而進數
巡酒, 後到龍仁宿. - 尹復,『杏堂遺稿』, <全羅道都事時日錄>

4. 기행일기

'기행(紀行)'은 '여행 중에 보고 듣고 느낀 것을 적은 것'이다. 그렇다면 여행은 무엇인가? 현대인에게 여행은 일상을 벗어나 다른 지역으로 가서 새로운 것을 보고 휴식을 취하는 개념이 크다. 그런데 '여행'이라는 용어가 반드시 구경과 휴식을 동반하는 것은 아니다. 여행의 사전적 의미는 "자기(自己)의 거주지(居住地)를 떠나 객지(客地)에 나다니는 일, 다른 고장이나 다른 나라에 가는 일"로서, 거주지를 떠나 다른 곳을 가는 것은 모두 여행으로 보았다.[20] 그러므로 기행일기의 경우 명승을 유람한 일을 기록한 것도 있지만, 여러 가지 다양한 이유로 다른 지역을 가게 된 일을 기록한 것도 있다.

호남문집 소재 일기 중 산수를 유람한 일, 여러 가지 이유로 다른 지역을 가게 된 일을 기록한 기행일기는 총 322편으로, 시기별 수량은 다음과 같다.

〈호남문집 소재 기행일기의 시기별 수량〉

시기	14~15세기	16세기	17세기	18세기	19세기	20세기	합계
수량	3	14	23	34	119	129	322

기행일기는 호남문집 소재 일기가 처음 등장한 14~15세기부터 꾸준히 나타나지만, 특히 19~20세기에 많은 작품이 등장하였다.

기행일기 중 가장 많은 것은 산수유람을 기록한 것으로서, 이는 유기 문학에도 속한다. 황위주는 개인의 일기 806편 중 164편의 기행일기를

---

20) 김미선, 「조선시대 기행일기의 범주에 대한 논의」, 『국학연구』35, 한국국학진흥원, 2018, 421쪽.

확인하였고,21) 최은주는 943편 중 186편의 기행일기를 확인하였다.22) 황위주는 기행일기를 유산록 계열 88편, 여행기 계열 43편, 종합여행·기타 33편으로 나누었고, 최은주는 산수를 유람한 유산록과 특정지방의 명승지 일대를 두루 돌아보는 여행기로 나누었다. 두 사람 모두 산을 유람한 유산록을 별도로 분리하였다. 누대나 명승을 유람한 것도 산을 유람한 것과 비슷한 형식 및 내용을 갖는다. 그러므로 본 저서에서는 유산록만을 따로 분리하지 않고, 산수유람을 기록한 기행일기에 포함시켰다.

322편의 호남문집 소재 기행일기의 내용을 살펴본 결과 산수유람을 기록한 일기는 모두 249편이다. 기행일기 중 약 77%에 이르는 많은 수량이다. 산수유람을 기록한 기행일기의 경우 작품의 편수가 많고, 앞서 세기별로 제시한 일기 목록 '내용 분류' 항목의 '기행일기' 아래에 '유기'라고 표기를 해 두었기 때문에 본 절에서는 목록 제시를 생략하였다. 또한 산수유람을 기록한 기행일기는 유기문학의 하위에도 포함되어, 유기에 대한 많은 연구 성과가 축적되면서 이에 대한 연구도 많이 이루어졌다.23) 그렇기 때문에 본 절에서는 산수유람을 기록한 기행일기 이외의

---

21) 황위주의 논문 「조선시대 일기자료의 현황과 활용방안」(『국역 조선시대 서원일기』, 한국국학진흥원, 2007)의 772쪽, 785~786쪽에 기행일기에 대한 설명이 있고, 838~849쪽에 164편 일기의 목록이 제시되어 있다.

22) 최은주, 「조선 시대 일기 자료의 실상과 가치」, 『대동한문학』30, 대동한문학회, 2009, 12쪽, 14~15쪽.

23) 유기 개별 작품에 대한 연구는 많이 이루어졌으며, 유기 작품군을 정리하고 연구한 것으로는 다음과 같은 연구 성과가 있다.
정민 편, 『韓國歷代山水遊記聚編』1~10, 민창문화사, 1996 ; 이혜순 외, 『조선중기의 유산기 문학』, 집문당, 1997 ; 김대현, 「무등산 유산기에 대한 연구」, 『남경 박준규 박사 정년기념논총』, 전남대학교, 1998 ; 강현경, 「鷄龍山 遊記에 대한 硏究」, 『한국한문학연구』31, 한국한문학회, 2003 ; 강정화 외 편저, 『지리산 유산기 선집』, 경상대학교 경남문화연구원, 2008 ; 윤미란, 「조선시대 한라산 遊記 연

일기를 내용별로 분류하여 살펴보고자 한다.

호남문집 소재 기행일기 중 산수유람 이외의 여정을 기록한 일기는 총 73편이다. 기행의 이유는 다양하지만, 그중 특색이 있는 5가지를 별도로 분류할 수 있다. 첫째, 문헌과 관련한 여정을 담은 기행일기가 있다. 아래 9편의 기행일기는 신도비명(神道碑銘), 묘갈문(墓碣文), 행장(行狀)과 같이 선조와 관련한 글을 받기 위한 여정, 문집 간행을 상의하기 위한 여정, 족보를 만들기 위해 보소(譜所)에 다녀온 여정 등 문헌과 관련한 여정을 담고 있다. 문집, 족보 간행이 성행했던 시대에 이러한 여정은 반드시 있었을 것으로 추정할 수 있는데, 아래와 같은 기행일기를 통해 그 구체적 과정을 확인할 수 있다.

〈문헌과 관련한 여정을 담은 기행일기〉

순번	일기명	수록 문집	문집 저자	해당 세기	요약
1	회천일기(懷川日記)	송백당집 (松柏堂集)	이실지 (李實之)	17	외선조인 김인후의 신도비명을 송시열에게 받기 위해 서울을 다녀온 일을 기록.
2	도원계일기 (到遠溪日記)	창암집 (滄庵集)	조종덕 (趙鍾悳)	19	묘갈문을 받는 문제로 연재 송병선이 있는 원계에 다녀온 일을 기록.
3	자문산지화양동기 (自文山至華陽洞記)	창암집 (滄庵集)	조종덕 (趙鍾悳)	19	『성담집』을 간행하는 일로 선대의 글을 가지고 성담서사에 갔다가 화양동을 다녀온 일을 기록.

구」, 고려대학교 교육대학원 석사학위논문, 2008 ; 김대현 외, 『국역 無等山遊山記』, 광주시립민속박물관, 2010 ; 권혁진, 「淸平山 遊山記 연구」, 『인문과학연구』 29, 강원대학교 인문과학연구소, 2011 ; 김순영, 「무등산 유산기 연구」, 전남대학교 석사학위논문, 2013 ; 김순영, 「호남 유산기의 자료적 특징과 의의」, 『국학연구론총』13, 택민국학연구원, 2014 ; 이길구, 「鷄龍山 遊記의 硏究 - 콘텐츠 活用方案 摸索을 겸하여」, 충남대학교 박사학위논문, 2016 등.

순번	일기명	수록 문집	문집 저자	해당 세기	요약
4	서유록(西遊錄)	후석유고 (後石遺稿)	오준선 (吳駿善)	20	선조들 문집의 행장 등을 받기 위해 충청도에 다녀온 일을 기록.
5	정산왕환일기 (定山往還日記)	산곡유고 (山谷遺稿)	최기모 (崔基模)	20	경주 최씨 대동보 편수의 일로 보소가 설치된 충청도 정산에 다녀온 일을 기록.
6	만연사보소일기 (萬淵寺譜所日記)	야은유고 (野隱遺稿)	박중면 (朴重勉)	20	화순 만연사 보소를 찾아가 일을 보는 과정을 기록.
7	정남일기(征南日記)	지헌유고 (止軒遺稿)	강희진 (康熙鎭)	20	숙부의 명으로 『노사집』 간행 문제로 선생을 모시고 영남지역을 다녀온 일을 기록.
8	재정교남일기 (再征嶠南日記)	지헌유고 (止軒遺稿)	강희진 (康熙鎭)	20	숙부를 모시고 다시 영남에 간 일을 기록.
9	화도기행(華島紀行)	월담유고 (月潭遺稿)	김재석 (金載石)	20	선친의 문집 간행관련 부탁을 위해 화도로 스승인 간재를 두 차례 찾아간 일을 기록.

둘째, 제사를 지내거나 성묘를 가기 위한 여정을 담은 기행일기가 있다. 호남문집 소재 기행일기 중에서는 아래와 같이 7편이 발견되는데, 모두 19~20세기의 일기이다.

〈제사, 성묘로 인한 여정을 담은 기행일기〉

순번	일기명	수록 문집	문집 저자	해당 세기	요약
1	금성일기(錦城日記)	송애집 (松厓集)	이지헌 (李志憲)	19	금성으로 성묘를 다녀온 일을 기록.
2	남정기(南征記)	수월사고 (水月私稿)	박제망 (朴齊望)	19	나주 봉현의 선산을 다녀온 일을 기록.
3	자활산지화양동기 (自活山至華陽洞記)	창암집 (滄庵集)	조종덕 (趙鍾悳)	20	제사를 돕기 위해 화양동을 다녀온 일을 기록.

순번	일기명	수록 문집	문집 저자	해당 세기	요약
4	자화양팔입유동기 (自華陽入仙遊洞記)	창암집 (滄庵集)	조종덕 (趙鍾悳)	20	화양동에서 제사를 지낸 후 선유동으로 가 유람한 이틀간의 일을 기록.
5	평장동왕자공단향행일기(平章洞王子公壇享行日記)	춘재유고 (春齋遺稿)	김기숙 (金錤淑)	20	기차를 타고 장성에 가서 하루 묵은 후 다음날 왕자공유허비를 살피고 제사를 지낸 일을 기록.
6	파주선묘제행일기 (坡州先墓祭行日記)	낙헌유고 (樂軒遺稿)	김인섭 (金寅燮)	20	파주에 성묘를 다녀온 일을 기록.
7	강화행일기 (江華行日記)	만취유고 (晩翠遺稿)	봉창모 (奉昌模)	20	시조의 탄신일이라 강화도에 가서 제사를 지내고 고창으로 돌아온 일을 기록.

　셋째, 과거시험을 치르기 위한 여정을 담은 기행일기가 있다. 강학일기의 경우에도 스승을 만나기 위한 여정을 담고 있는 일기들이 있지만, 강학이 중점적으로 서술되었기 때문에 별도로 강학일기에 넣었다. 과거시험을 치르는 경우에도 '과거일기'로 별도로 분류할 수도 있다. 하지만 호남문집 소재 일기 중 과거시험의 여정을 담은 것은 아래의 5편에 불과하다. 이런 경우의 일기는 과거시험 자체도 중요하지만 그 전후의 여정에 많은 분량을 할애하고 있고, 과거를 보러 갔다가 유람까지 하고 온 경우들이 있어서 기행일기에 포함시켰다.

〈과거(科擧)로 인한 여정을 담은 기행일기〉

순번	일기명	수록 문집	문집 저자	해당 세기	요약
1	괴황일기(槐黃日記)	목산고 (木山藁)	이기경 (李基敬)	18	서울에 가서 진사시험을 보고 합격한 일을 기록.
2	여유일록(旅遊日錄)	죽록유고 (竹麓遺稿)	윤효관 (尹孝寬)	18	윤효관이 담양의 향시에 합격한 후 서울에 올라가 공부하고 문과에 합

순번	일기명	수록 문집	문집 저자	해당 세기	요약
					격한 뒤 고향으로 올 때까지의 과정을 후손이 기록한 것.
3	정해회행일기 (丁亥會行日記)	백파집 (白波集)	김재탁 (金再鐸)	19	회시를 보기 위해 서울을 다녀온 일을 기록.
4	서행일기(西行日記)	덕암만록 (德巖漫錄)	나도규 (羅燾圭)	19	과거를 보기 위해 서울을 다녀온 일을 기록.
5	부례위려락일기 (赴禮圍戾洛日記)	몽암집 (夢巖集)	이종욱 (李鍾勖)	19	과거를 보기 위해 서울을 다녀온 일을 기록.

그동안 일기를 통해 과거시험 과정을 살펴본 연구들이 있었다.[24] 위의 일기들은 과거시험에 참여하여 시험을 치르는 행위뿐만 아니라 과거시험 전후 호남의 선비들이 어떠한 여정을 거쳐 오고 갔으며, 그 과정에서 어떠한 일들이 있었는지를 살펴보는 좋은 자료가 될 것이다.

넷째, 스승 등을 배종(陪從)하기 위한 여정을 담은 기행일기가 있다. 이때는 유람을 하기도 하고, 다른 집을 방문하기도 하는데, 모두 자신을 위한 여정이 아니라 스승을 따르기 위한 여정이라는 점에서 특징이 있다.

---

24) 송재용, 「'眉巖日記'에 나타난 敎育 및 科擧制度의 실상」, 『한자한문교육』20, 한국한자한문교육학회, 2008 ; 이지은, 「17~18세기 경상도 士族의 科擧 體驗 - '溪巖日錄'과 '淸臺日記'를 중심으로」, 경북대학교 석사학위논문, 2012 ; 최은주, 「일기를 통해 본 조선시대 영남지방 지식인과 과거시험의 형상화」, 『대동한문학』38, 대동한문학회, 2013 등.

〈배종을 위한 여정을 담은 기행일기〉

순번	일기명	수록 문집	문집 저자	해당 세기	요약
1	종유일기(從遊日記)	솔성재유고 (率性齋遺稿)	박정일 (朴楨一)	19	자운동 송직장 집에서 관례를 행하면서 스승을 초대하여, 스승을 모시고 다녀온 일을 기록.
2	승유일기(勝遊日記)	복재집 (復齋集)	위계민 (魏啓玟)	19	연재 송병선이 명산을 유람하다가 낭주에 이르렀다는 것을 듣고 찾아가 배종한 일을 기록.
3	배종일기(陪從日記)	창암집 (滄庵集)	조종덕 (趙鍾惪)	19	스승이 월악산을 유람할 때 함께 다녀온 일을 기록.
4	사문배종일기(師門陪從日記)	서헌유고 (瑞軒遺稿)	안규용 (安圭容)	20	한천정사에 모여 석채례를 행하는 중 순사가 와서 선생을 잡아가자 안규용이 이를 따라가 배종한 일을 기록.

　　마지막 다섯 번째로 표류로 인한 여정을 담은 기행일기가 있다. 호남
문집 소재 기행일기 중 단 2편에 불과하지만, 표류라는 극한 상황에 의
해 해외를 다녀온 일을 기록한 매우 특별한 경우이므로 별도로 분류하
였다. 표류는 매우 특별한 경험이기 때문에, 표해록류는 이미 하나의 장
르처럼 연구가 되어오고 있다.25)

25) 윤치부, 「韓國 海洋文學 硏究 - 漂海類 작품을 중심으로」, 건국대학교 박사학
　　위논문, 1992 ; 최영화, 「朝鮮後期 漂海錄 硏究」, 연세대학교 석사학위논문,
　　2017 등.

〈표류로 인한 여정을 담은 기행일기〉

순번	일기명	수록 문집	문집 저자	해당 세기	요약
1	표해록(漂海錄)	금남집 (錦南集)	최부 (崔溥)	14~15	제주도에서 나주로 이동 중 표류와 중국을 통한 귀환과정을 기록.
2	표해시말 (漂海始末)	유암총서 (柳菴叢書)	이강회 (李綱會)	19	문순득이 우이도에서 홍어를 사러갔다 표류되어 유구, 여송, 중국을 거쳐 돌아온 일을 일기 형식으로 기록한 것. 원래 정약전이 문순득의 말을 듣고 대필하였고, 이것을 다시 이강회가 정리한 것.

위와 같이 여정의 이유가 특색 있는 것 외에도 일상생활 중에 서울을 다녀 오거나 지인을 만나기 위해 다른 지역에 다녀오는 등 다양한 여정을 기록한 기행일기가 있다. 산수유람을 위한 여정이 아닌 기행일기 중 위의 다섯 가지를 제외한 46편의 기행일기를 '기타 종합 기행일기'라는 범박한 이름으로 정리하면 아래 표와 같다.

〈기타 종합 기행일기〉

순번	일기명	수록 문집	문집 저자	해당 세기	요약
1	입도기행 (入島紀行)	계거유고 (溪居遺稿)	나준 (羅俊)	17	나주목사 이민서가 신안군 일대 섬의 기근을 구휼할 때 동행했던 일을 기록.
2	봉산일기 (蓬山日記)	묵와집 (默窩集)	유응수 (柳應壽)	17	봉산에 귀양 중인 송시열을 찾아가 위로하고, 오는 길에 경주 첨성대 등을 유람한 일을 기록.
3	기행(紀行)	회만재시고 (悔晩齋詩稿)	박동눌 (朴東訥)	18	영남지역을 거쳐 철령 이북까지 유람한 2년간의 기록.
4	경행일기 (京行日記)	동곡유고 (東谷遺稿)	이복연 (李復淵)	19	약 80일간 서울을 다녀온 일을 기록.
5	서행일록 (西行日錄)	연천유고 (蓮泉遺稿)	최일휴 (崔日休)	19	10일간 과천 등을 다녀온 일을 기록.

순번	일기명	수록 문집	문집 저자	해당 세기	요약
6	좌춘일록 (坐春日錄)	연천유고 (連泉遺稿)	최일휴 (崔日休)	19	약 2개월간 좌춘을 떠났던 일을 기록.
7	서행일록 (西行日錄)	낭해선생집 (朗海先生集)	이휴 (李烋)	19	여러 교우들과 해남에서 강진, 함평, 나주, 정읍 등을 다녀온 일을 기록.
8	좌행일기 (左行日記)	노하선생문집 (蘆河先生文集)	박모 (朴模)	19	만연산, 무등산 등을 다녀온 일을 기록.
9	낙행일기 (洛行日記)	광산유고 (匡山遺稿)	백민수 (白旻洙)	19	서울에 가는 과정을 기록.
10	흑산록 (黑山錄)	동해집 (東海集)	김훈 (金勳)	19	흑산도에 유배 중인 최익현을 만나고 온 일을 기록.
11	지유록 (坻遊錄)	동해집 (東海集)	김훈 (金勳)	19	7개월 여의 시간 동안 지인의 집, 서원 등을 방문하고 절에 머물기도 하면서 유람했던 일을 기록.
12	경성유람기 (京城遊覽記)	추산유고 (秋山遺稿)	김운덕 (金雲悳)	19	서울을 유람한 일을 기록.
13	영남유람기 (嶺南遊覽記)	추산유고 (秋山遺稿)	김운덕 (金雲悳)	19	선조 삼외재의 유문을 모으는 일로 농은 민선생 후손가를 방문하는 것을 시작으로 경주 등 영남지역을 유람한 일을 기록.
14	서호유람기 (西湖遊覽記)	추산유고 (秋山遺稿)	김운덕 (金雲悳)	19	무주에 조문을 갔다가 초청을 받아 충청지역을 유람한 일을 기록.
15	남원유람기 (南原遊覽記)	추산유고 (秋山遺稿)	김운덕 (金雲悳)	19	세 차례에 걸쳐 남원에 다녀온 일을 기록.
16	남유일기 (南遊日記)	소산유고 (蘇山遺稿)	안성환 (安成煥)	19	연재 송병선을 뵙기 위해 임피에 다녀온 일을 기록.
17	기행일록 (畿行日錄)	과암유고 (果庵遺稿)	염재신 (廉在愼)	19	문중회의 후에 원계에 가서 송병선을 뵌 후 청주, 수원 등을 경유하여 서울까지 여행한 일을 기록.
18	원유일기략 (遠遊日記略)	남곡유고 (南谷遺稿)	염석진 (廉錫珍)	19	장성에서 송사를, 옥천에서 연재를, 포천에서 면암을 뵙고 서울, 수원 등을 다녀온 일을 기록.

순번	일기명	수록 문집	문집 저자	해당 세기	요약
19	기유구월원유일록(己酉九月遠遊日錄)	남전유고 (藍田遺稿)	최경휴 (崔敬休)	19	서울을 다녀온 일을 기록. 중간에 선생과 학문적 토론을 하는 부분도 있음.
20	북행일기 (北行日記)	남전유고 (藍田遺稿)	최경휴 (崔敬休)	19	평양을 다녀온 일을 기록.
21	화양동기행 (華陽洞記行)	심석재선생문집 (心石齋先生文集)	송병순 (宋秉珣)	20	화양의 만동묘가 다시 열렸으나 제사를 지내지 않는다는 것을 듣고 화양동에 다녀온 일을 기록.
22	환국일기 (還國日記)	둔헌유고 (遯軒遺稿)	임병찬 (林炳瓚)	20	대마도 유배가 끝난 후 부산을 통해 고향으로 돌아오는 과정을 기록.
23	서행록 (西行錄)	후석유고 (後石遺稿)	오준선 (吳駿善)	20	최익현, 송근수, 송병선을 찾아가 문중 일을 처리하고 학술적 문답을 나눈 일을 기록.
24	교남일기 (嶠南日記)	겸산유고 (謙山遺稿)	이병수 (李炳壽)	20	선현의 유풍이 남아 있는 경상도 지역을 다녀온 일을 기록.
25	중사유람기 (中沙遊覽記)	추산유고 (秋山遺稿)	김운덕 (金雲悳)	20	송사 기선생을 찾아 뵙고 의병에 대한 이야기를 나눈 것 등 여러 차례 다녀온 일을 기록.
26	회덕유람기 (懷德遊覽記)	추산유고 (秋山遺稿)	김운덕 (金雲悳)	20	회덕에 상사가 있어서 조문을 갔다가 주변을 유람한 일을 기록.
27	임피유람기 (臨陂遊覽記)	추산유고 (秋山遺稿)	김운덕 (金雲悳)	20	연재 선생의 명으로 임피에 다녀온 일을 기록.
28	화양동유람기 (華陽洞遊覽記)	추산유고 (秋山遺稿)	김운덕 (金雲悳)	20	화양동 만동묘에 다녀온 일을 기록.
29	남유일기 (南遊日記)	창암집 (滄庵集)	조종덕 (趙鍾悳)	20	황묘를 다시 설향하는 일로 능주를 다녀오면서 근처를 유람한 일을 기록.
30	등서불암견노인성기(登西佛庵見老人星記)	창암집 (滄庵集)	조종덕 (趙鍾悳)	20	황묘를 설향하는 일로 고흥에 갔다가 팔영산 노인봉에 가서 별을 본 하루의 일을 기록.
31	재유관산기 (再遊冠山記)	창암집 (滄庵集)	조종덕 (趙鍾悳)	20	보성 안진사의 계옥서실에 방문했다가 장흥 천관산을 방문한 일을 기록.

순번	일기명	수록 문집	문집 저자	해당 세기	요약
32	유상지(遊賞志)	물재유고 (勿齋遺稿)	이연회 (李淵會)	20	순천, 서울 등 다른 지역을 다녀왔던 날들의 기록을 모은 것.
33	상경일기 (上京日記)	춘재유고 (春齋遺稿)	김기숙 (金錤淑)	20	기차를 타고 서울에 다녀온 일을 기록.
34	연산둔암서원정 향여수원각현씨 위문행일기 (連山遯巖書院 丁享與水原珏鉉 氏慰問行日記)	춘재유고 (春齋遺稿)	김기숙 (金錤淑)	20	둔암서원에서 향사를 드린 후 수원에 가서 지인을 방문하고 온 일을 기록.
35	호행일기 (湖行日記)	율산집 (栗山集)	문창규 (文昌圭)	20	행장을 싸서 출발하여 추월산 등지를 유람한 일과 나라가 망해가는 것에 대한 한탄을 기록.
36	화양행일기 (華陽行日記)	오헌유고 (梧軒遺稿)	위계룡 (魏啓龍)	20	화양동의 만동묘에 다녀온 일을 기록.
37	금광일기 (錦光日記)	화담유고 (花潭遺稿)	정상열 (鄭相烈)	20	금성에서 옛 친구를 방문하고, 광산에 이르러 시장을 구경한 일을 기록.
38	북유일기 (北遊日記)	신헌유고 (愼軒遺稿)	김옥섭 (金玉燮)	20	서울 등을 유람하고 내려와 나주에 다녀온 일을 기록.
39	관서일기 (關西日記)	석전유고 (石田遺稿)	유건영 (柳健永)	20	종친의 일로 문화 유씨 중흥지인 장단에 다녀 온 일을 기록.
40	유한성기 (遊漢城記)	정재집 (正齋集)	양회갑 (梁會甲)	20	세 차례에 걸쳐 한성에 다녀온 일을 묶어 정리한 글.
41	낙행일기 (洛行日記)	화운유고 (華雲遺稿)	홍경하 (洪景夏)	20	서울에 가서 지인들을 만나고, 도서관에 가 『태종실록』, 『세종실록』 등을 본 일 등을 기록.
42	화행일기 (華行日記)	진재사고 (眞齋私稿)	이연우 (李演雨)	20	부안에 가서 벗들을 만나 이야기를 나누고 선생님의 글들을 본 일을 기록.
43	원유록(遠遊錄)	초당유고 (草堂遺稿)	정순방 (鄭淳邦)	20	1919년 7월에 지암 선생을 모시고 원계로 길을 떠났던 일, 1920년 4월에 경남으로 길을 떠났던 일을 기록.

순번	일기명	수록 문집	문집 저자	해당 세기	요약
44	용인일록 (龍仁日錄)	송계유고 (松溪遺稿)	이희탁 (李熙鐸)	20	선조들의 무덤 근처 도로가 유실되어 용인으로 가서 선영을 수리하고 돌아온 일을 기록.
45	경성일기 (京城日記)	학산유고 (學山遺稿)	소재준 (蘇在準)	20	간재의 대상이 끝난 후 바로 서울로 이동하여 박물원 등을 유람한 일을 기록.
46	을해중추일록 (乙亥仲秋日錄)	성당사고 (誠堂私稿)	박인규 (朴仁圭)	20	서울에 가서 사람들을 만나고 돌아온 일을 짧게 일자별로 기록.

기타 종합 기행일기 중에는 이복연의 『동곡유고』에 수록된 <경행일기>, 백민수의 『광산유고』에 수록된 <낙행일기>, 김운덕의 『추산유고』에 수록된 <경성유람기> 등과 같이 서울에 다녀온 것이 여러 편 보인다. 위의 기행일기 중에도 유람이 일부 포함된 것이 있으나 산수유람이 중심이 아니기 때문에 기타 종합 기행일기에 넣었다. 송병선, 최익현 등을 만나고 온 일을 기록한 일기도 있는데, 이 또한 강학이 중심이 아니므로 위와 같이 기타 종합 기행일기에 포함시켰다.

앞서도 언급하였듯이 다양한 호남문집 소재 기행일기 중 가장 많은 수량을 차지하는 것은 산수유람을 기록한 기행일기이다. 본 절에서는 산수유람 이외의 여정을 기록한 기행일기를 살펴보았는데, 작품 예시로는 가장 많은 수량을 차지하는 산수유람을 기록한 기행일기를 보고자 한다.

4일 기미 맑음. 호금 연주자 이성(李誠)이 서울에서 와서 알현하므로 함께 행장을 재촉하여 길을 떠났다. 아버지를 모시고 쌍화안(雙花岸) 위에서 술을 마시고 전별하였다. 맑은 냇물이 나무를 안고 흐르고 어지러운 산들이 들판을 에워싸고 있었으며, 시냇가에는 바위가 있는데 수십 명이 앉을 만했으니, 경관이 맑고 깨끗했다. 고을 사람 서너 명이 먼저 전별할 자리를 펼치고 술잔을 벌여놓고 기다리고 있었다. 말을 멈추어 잠시 쉰 다음에 저녁께 횡성현(橫城縣)에 투숙하였다.26)

석안봉에 올라 망고봉을 바라보니, 마치 만 길 옥으로 장식한 화려한 궁전이 하늘 밖에 아득하게 올라 있는 것 같아서 사람으로 하여금 기운을 몰아 공중을 타는 흥이 있게 하여 나도 모르게 발을 들고 뛰어올랐다. 두 봉우리 사이에 암석으로 된 낭떠러지가 깎은 듯이 서 있어서, 아래 위로 길이 없는 곳에다가 모두 쇠사슬을 바위에 박아 아래로 드리워서 더위잡고 오르게 하는 도구로 갖추어 놓았으니, 이와 같이 한 곳이 모두 네 곳이었다.27)

위의 두 인용문은 양대박의 『청계집』에 수록된 <금강산기행록>의 일부분이다. 금강산은 조선시대 선비들이 한 번쯤은 반드시 가보고 싶어했던 곳으로, 양대박은 1572년에 관동지방에서 관직생활을 했던 아버지 양의(梁艤)가 금강산을 유람한다는 소식을 듣고 아버지를 찾아가 함께 유람을 한다. 이를 기록한 것이 <금강산기행록>으로 1572년 4월 4일부터 같은 달 20일까지의 금강산 유람을 담고 있다.

첫 번째 인용문은 1572년 4월 4일 기록의 전문으로 이 앞부분에는 여행을 떠나게 되는 경위가 자세히 설명되어 있고, 인용된 부분부터 일기 형식으로 일별로 구분되어 일기가 나오기 시작한다. 위의 기록을 통해

---

26) 初四日己未晴. 胡琴手李誠自京來謁, 因與之俱促裝發行. 陪家君飮餞于雙花岸上. 淸川抱樹, 亂山圍野, 溪邊有巖, 可坐數十人, 景物瀟洒. 鄕人數三, 設別筵, 開尊以待之. 停驂少憩, 向夕投宿橫城縣. - 梁大樸, 『靑溪集』, <金剛山紀行錄>

27) 登石鷹峯, 仰見望高峯, 恰似萬丈瓊臺縹緲於霄漢之表, 使人有馭氣凌空之興, 自不覺擧足而騰躍也. 兩峯之間, 石崖如削, 上下無路處, 皆以鐵鎖釘于巖而下垂, 以備扳援之具, 如是者凡四處. - 梁大樸, 『靑溪集』, <金剛山紀行錄>

유람 전 전별 자리를 갖게 되는 과정과 이동 수단으로 말을 이용해 여행을 갔음을 알 수 있다.

두 번째 인용문은 4월 10일 일기의 일부로서, 금강산에 올라 보게 된 풍광이 담겨 있다. 이날은 금강산 곳곳을 유람한 일을 일기에 묘사하여 풍광이 자세하게 나오는데, 이것도 그중 하나이다. 봉우리의 화려한 모습이 묘사되어 있으며, 사람들이 잡고 오를 수 있게 쇠사슬을 바위에 박아 늘어뜨려 놓은 것을 설명하고 있다. 인용문 바로 다음 부분에는 위험을 무릅쓰고 봉우리를 오르는 과정이 기록되어 있다.

양대박은 16세기 인물로 비교적 초창기의 금강산 기행일기를 남겼다. 이후에도 금강산을 유람한 일을 기록한 일기가 조선시대 내내 꾸준히 호남문집에 실리고, 일제강점기에도 한문으로 금강산 기행일기를 남기는 것을 확인할 수 있다. 아래는 일제강점기, 곧 20세기 초에 쓰여진 금강산 기행일기를 예로 든 것이다.

> 8월 1일 기축 맑음. 동강과 이별을 고한 뒤에 길을 떠나 창동역(倉洞驛)에 이르렀다. 기차를 탈 시간이 되지 않아서 대합실에서 조금 쉬다가 다음 기차를 타고 의정부역(議政府驛)에 도착했다. 몇 시간을 지나 점심으로 탕반(湯飯)을 먹고 나서 기차를 갈아타고 덕정·동두천·전곡·연천·대광리를 거쳐 철원역(鐵原驛)에 이르러 하차하였다. 다시 전차로 갈아타고 사요·동철원·동송·양지·이길·정연·유곡·금곡·금화·행정·탄감리·굴·창도·기성·현리·화계·오량·단발령·굴·말휘리·북창을 거쳐 내금강역(內金剛驛)에 이르러 하차하였다. 걸어서 장안사(長安寺)의 유일여관(惟一旅館)에 들어가니 시간은 이미 한밤중이었다. 여기에서 숙박하며 시 한 수를 읊었다.28)

---

28) 八月一日己丑晴. 與東江告別, 行至倉洞驛, 以時刻未及, 小憩于待合室, 乘次車, 至議政府驛. 過數時, 點心湯飯, 乘交換車, 歷德亭·東豆川·全谷·漣

2일 경인 맑음. 이른 아침에 듣자하니 이 산에는 정해진 규칙이 있었다. 안내조합(案內組合)에 속한 내금강(內金剛) 6명, 외금강(外金剛) 6명의 안내원 외에 타인은 사사로이 안내할 수 없다고 했다. 과연 조합으로부터 두 사람이 와서 안내를 청하였는데 수당은 하루에 2원이라고 했다. 때마침 사진영업(寫眞營業)을 하는 사람 한 명이 와서 "수석(水石)이 뛰어난 경치에서 사진 두 장을 찍으면 무료로 안내해주겠다."고 말했다. 그 사람의 말에 따르기로 하고 곧장 출발하여 명경대(明鏡臺)에 이르렀다. 석대(石臺)의 대마다 하늘을 찌를 듯하고 황류담(黃流潭)은 굽이굽이 얽혀 돌아가는데, 소리마다 우레를 치고 곳곳마다 기이하니 참으로 뛰어난 강산이었다. 네 늙은이가 나이에 따라 차례대로 서서 사진 한 장을 찍고, 입으로 시 한 수를 읊었다.29)

위는 임기현의 『노석유고』에 수록된 <금강산유상일기> 중 1933년 8월 1일과 2일 일기의 일부이다. <금강산유상일기>에는 1933년 7월 25일부터 8월 27일까지의 일기가 담겨 있으며, 고향을 출발하여 금강산을 유람하고 다시 고향인 보성에 돌아오기까지의 일이 날짜별로 수록되어 있다. 양대박이 1572년에 금강산을 유람했으니, 그보다 약 360년 뒤에 유람한 것이다. 세상이 많이 변한 일제강점기에도 금강산은 여전히 유람 희망지였던 것을 알 수 있는 한편, 시대의 변화를 일기를 통해 확인할 수 있다.

川·大匡里, 至鐵原驛下車. 換乘電車, 歷四要·東鐵原·東松·陽地·二吉·亭淵·楡谷·金谷·金化·杏亭·炭甘里·窟·昌道·岐城·縣里·花溪·五兩·斷髮嶺·窟·末輝里·北窓, 至內金剛驛下車. 步行入長安寺惟一旅館, 時已夜半也. 仍留泊, 遂吟一絶. - 任奇鉉, 『老石遺稿』, <金剛山遊賞日記>

29) 二日庚寅晴. 早朝聞, 此山定則. 有案內組合, 內金剛六人外金剛六人, 元定外他人, 不可私自案內云矣. 果自組合有二人來請案內者, 手當日金二圓云矣. 適有寫眞營業者, 一人來言, 水石絶勝處, 寫眞二本, 則無料案內云云. 故如其言, 卽發至明鏡臺. 石臺之臺·臺衝天, 黃流潭之曲曲縈回, 聲聲鼓雷, 面面奇絶, 眞勝地江山也. 四老順齒序立, 因寫眞一本, 口占一絶. - 任奇鉉, 『老石遺稿』, <金剛山遊賞日記>

양대박이 말을 타고 금강산에 간 반면, 위의 인용문을 통해 보듯이 임기현은 새로운 교통수단인 기차, 전차 등을 타고 빠른 시간 내에 금강산에 도착한다. 그리고 금강산에는 안내조합과 거기에 소속된 안내원들이 있으며, 사진을 찍어 주는 사람이 있어 현대적인 상업활동이 이루어졌음을 볼 수 있다.

임기현은 1874년에 태어나 1955년에 사망한 근현대의 인물로 그의 『노석유고』는 2008년에야 문집의 형태로 출간되었다.[30] 임기현은 안규용과 교유하였고 금강산을 유람할 때 함께 갔는데, 안규용의 증손자인 안동교가 서고에서 일기를 발견하여 임기현의 손자 임종모에게 알렸다. 임종모는 일기의 탈초·번역을 안동교에게 부탁하였고, 안동교가 임기현 관련 문헌을 더 찾아내어 문집을 만드는 편이 낫겠다고 하였다. 안동교는 서고의 고문서 더미에서 시축(詩軸)을 발견하여 임기현의 시를 찾고, 임기현과 교유한 벗들의 문집에서 문헌을 수습하여 『노석유고』를 편찬하고 번역하였으며, 문집은 2008년에 출판되었다. 현대에 출판되었으므로 옛날 판본의 형태는 아니지만 내용 구성은 기존 문집의 형식을 갖추었으며[31], 번역, 원문, 일기 원전 영인을 이 문집에 담고 있다. 이렇듯 현대에 편찬, 출판된 문집도 중요한 문집 중 하나로서, 이러한 문집에서 근현대 인물들이 남긴 호남문집 소재 기행일기를 찾을 수 있었다.

황위주가 조사한 일기의 경우 관직일기가 179편으로 가장 많고, 두 번째가 164편인 기행일기, 세 번째가 156편인 사행일기였다. 최은주의 경

---

30) 『노석유고』 편찬 과정에 대한 것은 『국역 老石遺稿』 권두에 실린 안동교의 <옮긴이의 말> 참조.(임기현 저/안동교 역, 『국역 老石遺稿』, 심미안, 2008, 14~17쪽)
31) 권1과 권2로 이루어져 있고, 권1에는 시, 편지, 서문, 일기가 수록되어 있으며 권2에는 부록이 수록되어 있다. 이후 말미에 '주요 인명록', '노석유고 원문', '노석의 금강산유상일기 초고'가 실려 있다.

우 관직일기가 230편으로 가장 많고, 두 번째가 203편인 사행일기, 세 번째가 186편인 기행일기였다. 이들의 조사 결과로는 관직일기가 가장 많고, 기행일기와 사행일기가 비슷한 추이를 보이며 두 번째로 많은 일기가 된다. 그런데 호남문집 소재 일기 중 가장 많은 것은 기행일기이다. 전체 호남문집 소재 일기 565편 중 322편으로 56%에 이르는 엄청난 숫자이다.

호남문집 소재 일기 중 이렇게 기행일기가 많은 것은 비교적 양이 적어 문집 안에 수록하기가 용이했기 때문으로 생각된다. 생활일기, 관직일기 등은 기간도 길고 양도 많아서 문집에 수록하는 데 어려움이 있다. 하지만 기간이 한정된 기행일기, 그중에서도 시기와 상관없이 창작되어 작품 수도 많고, 유람의 시작과 끝의 완결성이 있으며, 한 편이 담고 있는 양도 적은 산수유람을 기록한 일기는 문집 수록이 용이했을 것이다. 그러므로 문집에 수록된 일기와 단독으로 존재하는 일기를 모두 조사한 황위주, 최은주의 연구 결과에 비해 호남문집 소재 일기에는 기행일기의 비율이 높은 것이다.

호남문집 소재 기행일기는 황위주가 조선시대 기행일기로 조사한 164편보다 많기 때문에, 호남문인이 다른 지역 문인보다 기행일기를 많이 썼을 것이라고 추측할 수도 있다. 그러나 본 저서에서는 최대한 많은 자료를 제공하고자 일기의 범위를 넓게 정했기 때문에 황위주와 같은 기준으로 기행일기를 조사했다고 할 수 없다. 또 다른 지역 문집 소재 일기가 연구되지 않았기 때문에 지역간 비교도 어렵다.

다만 필자가 조사한 기행일기 322편 중 황위주가 조사한 기행일기 164편과 중복되는 일기는 양대박의 『청계집』에 수록된 <금강산기행록>, <두류산기행록>, 최부의 『금남집』에 수록된 <표해록> 총 세 편에 불과하다.32) 중복된 3편을 제외한 319편에는 날짜가 확실히 기재되고, 날짜별로 경험을 기록한 좁은 범위의 일기도 많다. 곧 황위주의 조사에서 일부러 제외시킨 게 아니라 찾지 못했던 일기들도 많이 있을 것으로 생각된다.

또한 577편의 유기를 모아 영인한 정민의 『한국역대산수유기취편』에 수록된 작품과 본 호남문집 소재 기행일기 322편을 비교했을 때, 중복된 것은 70편에 불과했다. 호남문집 소재 기행일기 322편 중 유기에도 속하는 것은 249편으로, 중복된 70편을 제외한 179편이 『한국역대산수유기취편』에 실리지 않은 자료이다.

『한국역대산수유기취편』에 수록된 577편의 유기 중 호남문인의 작품은 70편보다 더 된다. 여기에는 문집 내에 수록되지 않고 단독으로 간행된 고경명의 『유서석록』도 있고, 날짜별로 기록하지 않고 공간을 설명적으로 기록하여 일기 형식이 아닌 윤선도의 『고산유고』 소재 <금쇄동기>도 있다. 그렇다 하더라도 『한국역대산수유기취편』 중 호남문인의 작품은 전체의 10%가 조금 넘는 수치로, 호남문인이 특별히 많은 작품을 쓴 것은 아니라는 것을 알 수 있다. 필자가 호남문집 소재 일기를 3년간 조사하면서 유기에도 속하는 많은 기행일기를 찾은 것으로, 다른 지역도 문집 소재 일기를 조사한다면 더욱 많은 유기, 기행일기를 찾을 수 있을 것이라 생각한다.

---

32) 황위주의 목록에 호남문인의 기행일기 2편이 더 있지만 고경명의 『유서석록』은 문집 내에 수록되지 않고 단독으로 존재하여 문집 내에 수록된 일기만 조사한 본 연구의 대상에 들어가지 않는다. 또 강항의 『수은집』에 수록되었다고 나오는 <유두류산록>은 필자가 확인한 강항의 문집(1658년 목판 간행본)에는 수록되지 않았다. 황위주의 목록에 판본에 대한 사항이 나와 있지 않아 어떠한 판본인지 알 수 없고, 필자가 일기를 직접 확인하지 못했기 때문에 본 저서에는 넣지 않았다.

5. 사행일기

'사행(使行)'은 '사신행차'를 의미하는 것으로, 사행일기는 사신으로서 중국이나 일본에 다녀온 일을 일기 형식으로 기록한 것을 말한다. 사행을 한시나 가사 등으로도 표현하기 때문에, 호남문집에 수록된 사행문학 중 일기로 기록한 것만 조사한 결과 총 10편을 확인하였다. 10편의 사행일기를 시기별로 정리하면 아래 표와 같다.

〈호남문집 소재 사행일기의 시기별 수량〉

시기	14~15세기	16세기	17세기	18세기	19세기	20세기	합계
수량	·	4	5	1	·	·	10

수량이 적기 때문에 세기별로 나누는 것이 큰 의미가 있는 것은 아니지만, 위의 표를 통해 16세기 4편, 17세기 5편, 18세기 1편의 사행일기가 호남문집에 수록되어 있음을 확인할 수 있다. 아래는 10편의 호남문집 소재 사행일기를 사행시기순으로 제시한 목록이다.

〈호남문집 소재 사행일기의 사행시기순 목록〉

순번	일기명	수록 문집	문집 저자	해당 세기	일기 기간	요약
1	부경일기 (赴京日記)	양곡선생문집 (陽谷先生文集)	소세양 (蘇世讓)	16	1533년 11월~ 1534년 4월 28일	진하사로서 중국 연경에 다녀온 일을 기록.
2	조천록 (朝天錄)	회산집(檜山集)	정환 (丁煥)	16	1537년 7월 1일~ 11월 14일	서장관으로서 중국 북경에 다녀온 일을 기록.
3	연행록 (燕行錄)	면앙집(俛仰集)	송순 (宋純)	16	1547년	사절로서 추천받고 출발할 때의 일을 짧게 기록.

순번	일기명	수록 문집	문집 저자	해당 세기	일기 기간	요약
4	조천록 (朝天錄)	동상선생문집 (東湘先生文集)	허진동 (許震童)	16	1572년 8월 6일~ 1573년 2월 11일	등극하사인 외숙을 따라 중국에 다녀온 일을 기록.
5	조천일록 (朝天日錄)	후천유고 (后泉遺稿)	소광진 (蘇光震)	17	1603년	중국 사행시의 이동 경로를 성참을 중심으로 기록.
6	일기상 (日記上)	죽계집(竹溪集)	김존경 (金存敬)	17	1617년 6월 13일 ~11월 1일	성절사로서 중국 북경에 다녀온 일을 기록.
7	조천일기 (朝天日記)	입택집(笠澤集)	김감 (金鑑)	17	1617년 8월 27일 ~1618년 윤4월 25일	성절사 서장관으로서 중국 연경에 다녀온 일을 기록.
8	심행일기 (瀋行日記)	귀래정유고 (歸來亭遺稿)	이준 (李浚)	17	1635년 1월 20일 ~4월 15일	춘신사로서 중국 심양에 다녀온 일을 기록.
9	북행일기 (北行日記)	장암유집 (壯巖遺集)	나덕헌 (羅德憲)	17	1636년 2월 9일 ~4월 29일	춘신사로서 중국 심양에 다녀온 일을 기록.
10	음빙행정력 (飮水行程歷)	목산고(木山藁)	이기경 (李基敬)	18	1755년 8월 7일 ~1756년 2월 26일	동지사 서장관으로서 북경에 다녀온 일을 기록.

　　10편이라는 수량은 결코 많은 수가 아니며, 모두 중국을 다녀온 일을 기록한 것으로서 지역상 한계도 있다. 황위주는 개인의 일기 806편 중 156편의 사행일기를 확인하였고,33) 최은주는 943편 중 203편의 사행일기를 확인하였다.34) 연행록을 집중적, 체계적으로 조사한 임기중은 독립성을 가진 연행록 418편을 확인하였다.35) 이들의 조사에 비하면 호남문집

---

33) 황위주의 논문 「조선시대 일기자료의 현황과 활용방안」(『국역 조선시대 서원일기』, 한국국학진흥원, 2007)의 772쪽, 787~788쪽에 사행일기에 대한 설명이 있고, 849~860쪽에 156편 일기의 목록이 제시되어 있다.

34) 최은주, 「조선 시대 일기 자료의 실상과 가치」, 『대동한문학』30, 대동한문학회, 2009, 12쪽, 15~16쪽.

35) 임기중, 『연행록 연구』, 일지사, 2002, 29쪽. 이 책의 31~45쪽에 연행록 목록이 제

소재 사행일기는 매우 적은 편이다.

위의 10편의 사행일기는 모두 황위주가 조사한 156편에 포함되지 않았다. 소세양의 사행일기는 문집에 수록된 것 외에 별도로 필사본으로 존재하는 『양곡부경일기(陽谷赴京日記)』가 있는데, 황위주의 목록에는 이 필사본이 포함되어 있다.

그런데 사행록 목록 전체를 제시한 임기중의 조사에도 포함되지 않은 일기들이 있어 주목된다. 송순의 『면앙집』에 수록된 <연행록>, 소광진의 『후천유고』에 수록된 <조천일록>, 김존경의 『죽계집』에 수록된 <일기상>, 이준의 『귀래정유고』에 수록된 <심행일기>가 그것이다.

이 중 송순의 <연행록>은 사행을 떠나기 전의 일이 간략하게 수록된 것이라 보고 들은 다른 나라의 상황과 사행의 과정을 기록하지 않고 있다. 단 이틀간의 일기를 싣고 있는데, 21일에 이이가 상소로 송순을 사절로 추천한 일, 13일에 출발할 때 이황, 이이, 유희춘 등이 시를 지어주자 송순이 감사를 표하며 우리말 노래를 부른 일이 나오고 우리말 노래가 수록되어 있다. 본문 주(註)에 '율곡일기(栗谷日記), 우송재일기(又松齋日記)'라고 한 것으로 보아 이 두 일기의 내용을 문집에 넣은 것으로 보인다. 연도도 월도 나오지 않는데, 연보36)에 의하면 1547년에 주문사(奏聞使)로서 중국에 다녀오므로 연도를 추정하였다. 짧은 일기이지만 사행을 떠나기 전의 교유를 볼 수 있고, <면앙정가>와 같은 국문시가를 남긴 송순이 사행 전 부른 우리말 노래를 볼 수 있어 의미가 있다.

소광진의 <조천일록>에는 '연로각성참(沿路各城站)'이라는 부제가 붙

시되어 있다.

36) 여기에서 연보는 '한국고전종합DB'(http://db.itkc.or.kr/) 내 <면앙집 해제>의 연보
    를 말한다.

어 있고, 성참을 중심으로 성참 사이의 거리 등이 서술되어 있다. 시기
가 나와 있지 않으나 문집해제에 "1603년에 정언·사서·병조정랑이 되어
지제교춘추관기주관을 겸하였고 중국에 사신으로 갈 때 제술관(製述官)
으로 차정되었다."37)고 한 것을 통해, 1603년의 기록으로 추정하였다.

김존경의 <일기상>과 이준의 <심행일기>는 호남문집 소재 사행일기
중 양적으로 풍부한 편이다. 날짜가 정확히 기재되어 있고, 몇 개월에
걸친 사행 경험이 자세하게 기록되어 있다. 이준의 사행일기는 59면으
로 문집에 수록된 작품 중에서는 양이 많은 편인데도, 연행록 조사에서
누락되는 등 널리 알려지지 않고 있었다.

> 21일 맑음. 아침에 첨지 최혼(崔渾)·첨지 박은생(朴殷生)·첨지 오선신
> (吳善臣)·봉산쉬(鳳山倅) 윤응시(尹應時)·정랑 홍익한(洪翼漢)·생원 윤
> 인(尹墳)·철산(鐵山) 강자과(姜子果)·주부(主簿) 정례(鄭砅)·동지(同知) 임
> 예룡(林禮龍)이 와서 보았다. 모화관(慕華館)에 도착하니 동지 황집(黃緝)
> 이 어영중군령(御營中軍領)으로서 병사를 습조(習操)하다가 나를 맞이하
> 여 잠시 이야기했다. 동지 이영달(李英達)과 첨지 이후여(李厚興) 역시 자
> 리에 있었다. 홍제원(洪濟院)에 이르렀을 때 정돈부(鄭敦夫)가 따라와서
> 이야기하다 헤어졌다. 저물녘 고양군(高陽郡)에 이르렀는데 주쉬(主倅)
> 이문헌(李文憲)이 나와 기다리고 있었다. 김성지(金成之)가 와서 함께 잤
> 다.38)

---

37) 전남대학교 호남한문고전연구실,『호남지역 간행본 한문문집 간명해제』下, 전남
   대학교출판부, 2010, 551쪽.
38) 二十一日晴. 朝崔僉知渾朴僉知殷生吳僉知善臣鳳山倅尹應時洪正郎翼漢尹
   生員墳姜鐵山子果鄭主簿砅林同知禮龍來見. 到慕華館, 黃同知緝, 以御營中
   軍領兵習操而邀余暫話. 李同知英達李僉知厚興在座. 到洪濟院鄭敦夫追來
   話別. 暮到高陽郡, 主倅文憲出待. 金成之來共枕. - 李浚,『歸來亭遺稿』, <瀋
   行日記>

22일 맑음. 주쉬(主倅)와 이별하고 김성지(金成之)는 서울로 돌아갔다. 파주(坡州)에 도착한 후 주쉬(主倅) 민인검(閔仁儉)이 서울로 올라갔다. 점심을 먹은 후에 임진강(臨津江)을 건너서 장단부(長湍府)에서 잤다.39)

23일 맑음. 천수원(天水院)에 이르러 타고 있던 역마가 놀라 말에서 떨어졌으나 다행히 다치지 않았다. 송경(松京)에 도착하자 도사(都事) 박해(朴垓)가 찾아와 보았다. 오후에 유수(留守)인 남태(南台)가 공손하게 곧바로 나와서 접대하였다. 지나가면서 경력(經歷) 이영식(李永式)을 보았고, 저물어서는 숙천(肅川) 한민달(韓敏達)과 대정(大靜) 이구(李球)가 와서 보았다.40)

위는 이준의 『귀래정유고』에 수록된 <심행일기> 중 연속된 3일간의 일기이다. 1635년 1월 21일~23일의 일기로, 이 앞부분에는 숭정 8년 을해(1635) 1월에 춘신사에 제수되어 심양에 가게 되었다는 간략한 기록이 있고, 1635년 1월 20일에 조정에 인사를 드리고 하사품을 받은 일이 기록되어 있다. 바로 다음에 위의 일기들이 있는데, 21일에 사람들이 찾아와 인사하고 한양을 출발하며 22일에 임진강을 건너는 등 심양으로 향하는 일정이 시작됨을 볼 수 있다. 23일에는 말에서 떨어진 일과 같이 사행 중 일어난 사건을 확인할 수 있으며, 위의 몇 날 일기만 보아도 사행의 시작부터 하루하루의 일과를 기록함을 확인할 수 있다.

이준은 사신의 임무를 마치고 약 3개월 후인 4월 14일에 위의 1월 22일에 지나갔던 파주에 다시 당도하고 4월 15일에 한양에 도착하여 복명

---

39) 二十二日晴. 與主倅別, 金成之還京. 到坡州, 主倅閔仁儉上京矣. 晝占後渡臨津, 宿長湍府. - 李浚, 『歸來亭遺稿』, <瀋行日記>

40) 二十三日晴. 到天水院, 所騎驛馬驚逸墜馬, 幸不至傷. 到松京, 都事朴垓來見. 午後留守南台, 以恭卽出接. 歷見經歷李永式, 昏韓肅川敏達李大靜球來見. - 李浚, 『歸來亭遺稿』, <瀋行日記>

하고 집으로 돌아간다. 일기는 집으로 돌아온 4월 15일로 끝을 맺으며, 말미에 <심양정후(瀋陽程堠)>를 부기하여 '용만(龍彎)에서 중강(中江)까지 십 리[自龍彎至中江〔十里〕]'와 같이 주요 지점간의 거리를 표기하였으며, '서울[京]'에서 심양(瀋陽)까지의 거리는 1,635리[自京去瀋陽一千六百三十五里]'라고 종합 정리하고 있다.

한편 김존경의 일기는 제목만 보고서는 사행일기임을 알기가 어려운 글로서, 이번 조사를 통해 사행일기임을 확인할 수 있었다. 호남문집 소재 사행일기는 적은 수량이지만, 알려지지 않았던 일기를 대중과 연구자들에게 소개할 수 있다는 점에서 의의가 있다.

호남문집 소재 사행일기 수량이 적은 것은 호남문인의 작품이 적은 영향도 있지만, 사행일기의 문집 수록이 적은 것도 영향을 미친 듯하다. 황위주가 조사한 156편 중 문집 내에 수록된 것은 25편으로 16%에 불과하다. 그가 조사한 기행일기 164편 중 134편, 약 82%가 문집 내에 수록된 것과는 대조적이다. 곧 사행일기는 짧은 여정도 기록하는 기행일기와 달리 몇 개월에 걸친 기간의 일을 기록하고 있어 상대적으로 분량이 많아 문집에 실리지 않은 경우가 많았고, 사절로서 해외를 다녀온 일을 기록한 중요성으로 인해 단독으로 간행되거나 전해지는 경우가 많았던 것으로 추측된다.

6. 유배일기

'유배(流配)'의 사전적 의미는 '오형(五刑) 가운데 죄인을 귀양 보내던 일'로서, 과거에 많이 집행된 형벌이다.[41] 죄의 등급이 높을수록 더 먼 곳으로 가게 되는 유배는 기행일기와 같이 여정을 동반한다. 그렇기 때문에 유배를 기록한 일기를 기행일기의 한 종류로 볼 수도 있지만, 형벌을 받아 일정 장소에 머물기 위해 가는 것이라는 특색을 가지므로 유배일기를 별도로 분류하였다. 죄인이 형벌로서 가게 되는 여정은 과거를 치르거나 유람을 위해, 아니면 제사를 지내거나 문중의 일을 보기 위해 자유롭게 가는 것과는 다르기 때문이다. 호남문집 소재 일기 중 유배일기는 총 7편으로, 시기별 수량은 다음과 같다.

〈호남문집 소재 유배일기의 시기별 수량〉

시기	14~15세기	16세기	17세기	18세기	19세기	20세기	합계
수량	·	·	1	3	1	2	7

17세기 1편, 18세기 3편, 19세기 1편, 20세기 2편으로 17세기 이후로 유배일기가 고르게 나타남을 확인할 수 있다. 이 7편의 호남문집 소재 유배일기를 유배시기순으로 제시하면 다음과 같다.

---

41) 이와 관련하여 신규수는 그의 논문 「조선시대 유배형벌의 성격」(『한국문화연구』 23, 이화여자대학교 한국문화연구원, 2012, 146쪽)에서 "벽지(僻地), 절해고도(絶海孤島), 원지(遠地)에 처하게 함으로써 철저하게 고독 속에서 치르도록 하는 형벌"이라고 설명하고 있다.

〈호남문집 소재 유배일기의 유배시기순 목록〉

순번	일기명	수록 문집	문집 저자	해당 세기	일기 기간	요약
1	위원일기 (渭源日記)	검암집 (黔巖集)	박치도 (朴致道)	17	1689년 윤3월 25일~1694년 윤3월	5년간의 위원 유배생활을 기록.
2	해상일록 (海上日錄)	목산고 (木山藁)	이기경 (李基敬)	18	1748년 10월 21일~1751년 1월 3일	상소로 인해 해남에 유배되었을 때의 일을 기록.
3	사촌일록 (沙村日錄)	목산고 (木山藁)	이기경 (李基敬)	18	1751년 7월 7일~1752년 8월 21일	부친상으로 인한 여묘살이 중 유배의 명을 받고 유배생활을 한 일을 기록.
4	궐시일기 (闕時日記)	폐와유집 (閉窩遺集)	유적 (柳迪)	18	1769년 8월 3일~9월 27일	상소를 위해 대궐에 들어갔을 때부터 유배지인 삼수에 도착할 때까지의 일을 기록.
5	초산적소일기 (楚山謫所日記)	습정재선생유고(習靜齋先生遺稿)	김한충 (金漢忠)	19	1866년 4월 5일~5월 3일	장형을 받고 유배지인 초산에 도착하기까지의 과정을 기록.
6	대마도일기 (對馬島日記)	둔헌유고 (遯軒遺稿)	임병찬 (林炳瓚)	20	1906년 6월 26일~1907년 1월 17일	최익현과 대마도로 유배되어 갔다 돌아오기까지의 일을 기록.
7	거문도일기 (巨文島日記)	둔헌유고 (遯軒遺稿)	임병찬 (林炳瓚)	20	1914년 6월 13일~1916년 5월 22일	거문도에서의 유배생활을 기록.

7편의 유배일기 중 가장 긴 기간을 기록한 것은 박치도의 〈위원일기〉로 위원(渭源)에서의 5년간의 유배생활을 담고 있다. 생략된 일자들이 많지만 유배를 떠나게 된 과정, 유배지에서의 생활과 교류, 유배를 마치고 서울에 도착하기까지의 생활이 담겨 있어 유배의 전 과정을 볼 수가 있다.

유적의 『폐와유집』에 수록된 〈궐시일기〉, 김한충의 『습정재선생유고』에 수록된 〈초산적소일기〉는 유배지에 도착하기까지의 과정만을 담고 있다. 유배지로 가는 과정도 유배의 일부이기 때문에 이러한 일기도 유배일기에 포함시켰다. 이기경과 임병찬은 각각 두 편의 유배일기를 남겨 호남의 유배일기를 풍부하게 해 주었다.

여기에서는 그중 임병찬의 유배일기를 간략히 살펴보고자 한다. 임병찬은 1906년 최익현과 태인의 무성서원에서 의병을 일으켰으며, 순창전투에서 일본군과 격전하다가 최익현과 함께 대마도에 유배되었다. 이후 해배되어 대한독립의군부를 만들어 의병운동을 조직적으로 계획하였다. 그러나 동지인 김창식(金昌植)이 체포되면서 그도 거문도에 유배되었다.[42] 이렇게 두 차례 대마도와 거문도에 유배될 때 그는 일기를 썼으며, 이는 그의 문집인 『둔헌유고』 권6에 각각 <대마도일기>, <거문도일기>로 수록되어 있다.

술시에 윤선(輪船)에 올랐는데 바람은 고요하고 파도도 출렁거리지 않았으며 달빛이 매우 아름다웠다. 일본 헌병이 말하기를 "여기를 건널 때마다 풍랑을 걱정했는데 오늘은 이처럼 평온하니 참으로 하늘이 도운 것이다."라고 하였다.[43]

오후에 대대장과 중대장이 병정 4~5명을 데리고 와서 사검(査檢)을 실시했다. 11명을 침상 머리에 나란히 서게 한 뒤 통역이 말하기를 "장관에게 경례하라."고 하고 관(冠)을 벗으라고 하였다. 면암이 노하여 꾸짖고 벗지 않았다. 장관이 말하기를 "너희들은 일본의 음식을 먹었으니 일본의 명령을 따라야 한다. 관을 벗으라고 명령하면 벗고 삭발하라고 명령하면 삭발해야 한다. 오직 명령을 따라야 하니 어찌 감히 거역하는가?"라고 하였다. 병정들이 면암의 관건(冠巾)을 벗겼다. 면암이 소리치자 병정들이

---

42) 호남지방문헌연구소, 『호남유배인 기초목록』, 전남대학교출판부, 2017, 270~271쪽.
43) 戌時上輪船, 風靜波平月色正佳. 日憲兵曰, 此渡每患風浪, 今如是平穩, 實是天佑. - 林炳瓚, 『遯軒遺稿』, <對馬島日記>

총구를 들고 쏘려고 하니 면암은 가슴을 풀어 헤치고 나가서 속히 쏘라고 크게 고함을 질렀다. 그 광경을 차마 말로 하리오! 장관이 돌아가려 하면서 또 면암에게 서서 경례하도록 명했으나 면암은 앉아서 일어나지 않았다. 병정 몇 사람이 좌우에서 끌어당기고 핍박하였다.44)

위는 <대마도일기> 중 1906년 7월 8일과 7월 9일의 일기이다. <대마도일기>는 1906년 6월 26일부터 1907년 1월 17일까지의 일기를 담고 있으며, 위는 그중 배를 타고 대마도로 가던 날과 대마도 유배지에 도착한 첫날의 일을 기록한 것 중 일부이다. 일본 군인들은 유배인들에게 관을 벗고 머리 숙여 인사할 것을 강요하고 면암 최익현이 이를 거부하자 총구를 겨누며 위협한다. 위의 두 번째 인용문을 통해 일본 군인들의 강압적인 태도와 이에 강하게 저항하는 최익현의 모습을 생생하게 볼 수 있다. 이후 최익현이 그들의 음식을 먹으면서 그들의 말을 따르지 않는 것은 의리가 아니라며 단식을 선언한 일도 7월 9일 일기에 기록되어 있다. 최익현은 1906년 11월 17일에 유배지에서 사망하며, 최익현과 함께 대마도에서 유배생활을 했던 일을 기록한 이 <대마도일기>에는 최익현의 사망과 시신 운구 과정도 기록되어 있다.

앞서 20세기 일기를 볼 때에도 살폈듯이 임병찬의 문집에는 유배일기 2편을 포함 총 6편의 일기가 수록되어 있다. <창의일기(倡義日記)>, <대마도일기(對馬島日記)>, <환국일기(還國日記)>, <거의일기(擧義日記)>,

---

44) 午後, 大隊長中隊長, 率兵丁四五人來到査檢. 十一人列立床頭, 通辯曰, 敬禮於長官, 因令脫冠. 勉菴怒喝不脫. 長官曰, 汝等食日本之食, 從日本之令, 令脫冠則脫冠, 令削髮則削髮. 惟令是從, 焉敢拒逆. 兵丁仍脫勉菴冠巾. 勉菴喝之, 兵丁擧銃頭欲築, 勉菴披胸而前大喝速築. 其光景尙忍言哉. 長官欲還, 又令勉菴立禮, 勉菴坐而不起. 兵丁數人, 左右牽引, 揮之迫之. - 林炳瓚, 『遯軒遺稿』, <對馬島日記>

<거문도일기(巨文島日記)>, <초종일기(初終日記)>가 그것으로, 일기의 문집 수록 순서는 시간순이다. <대마도일기> 바로 다음에 실린 <환국일기>는 대마도 유배가 끝난 후 고향으로 돌아오는 과정을 담고 있어, 문집에 수록된 다른 일기들도 함께 보면 당시 상황을 이해하는 데에 도움이 된다.

오늘은 아버지의 제삿날이다. 올해 이 밤에는 저승에서 뫼실 줄 알았는데 죽지 않고 오늘이 되어 제사에 참여할 수도 없으니 송구스러움이 언제나 그치리오? 목욕하고 옷을 갈아입은 뒤 자정에 이르러 망배례(望拜禮)를 행하였다.[45]

옥구 사람 강경선(姜暻善)이 편지 2통과 시 2수, 『치포귀감(治圃龜鑑)』 1편을 보내왔다. 이준영(李俊榮)이 편지와 시를 보내왔고, 오계엽(吳啓曄)이 편지와 흰쌀, 인삼을 보내왔다.[46]

일본 대마도에 머물렀을 때 『역경(易經)』을 초록하다가 끝내지 못했다. 이에 이르러 「계사전(繫辭傳)」과 「총목(總目)」을 유촌(柚村) 박진기(朴晉琪) 집에서 빌려와 이어서 베껴 썼다.[47]

위는 <거문도일기> 중 1914년 7월 3일 일기 전체, 1914년 10월 1일 일기의 후반부, 1915년 3월 30일 일기의 전반부이다. <거문도일기>는 1914년 6월 13일부터 1916년 5월 22일까지의 유배생활을 담고 있는데, 위와

---

45) 今日卽先考忌日也. 吾料今年今夜歸侍泉臺, 不死而有今日, 不得參祭, 悚感何已. 沐浴更衣, 至于子正, 行望拜禮. - 林炳瓚, 『遯軒遺稿』, <巨文島日記>
46) 沃溝姜暻善, 書二度詩二律治圃龜鑑一篇送來. 李俊榮有書與詩, 吳啓曄有書與白米人蔘. - 林炳瓚, 『遯軒遺稿』, <巨文島日記>
47) 居停於日本對馬島時, 抄易經而未終. 至是倩繫辭及總目於柚村朴晉琪家, 嗣謄之. - 林炳瓚, 『遯軒遺稿』, <巨文島日記>

같이 아버지 제삿날의 감회, 사람들이 보내 준 편지와 물품, 글을 베껴 쓴 일 등 유배인들의 미시적인 삶을 볼 수 있는 다양한 기록이 있다.

앞서 5절에서 살펴본 호남문집 소재 사행일기는 10편으로, 7편인 유배일기와 수량이 크게 차이가 나지 않는다. 절대적인 수치는 큰 차이가 나지 않지만, 각 내용별 일기에서 갖는 의미는 다르다. 사행일기의 경우 앞서 일기를 연구한 황위주는 개인의 일기 806편 중 156편, 최은주는 943편 중 203편을 확인했었다. 그 수치와 비교했을 때 10편은 적은 수라 할 수 있다. 그런데 유배일기의 경우 황위주는 31편,[48] 최은주는 38편을 확인하였다.[49] 사행일기가 유배일기보다 5배 가량 많은 것이다. 그런데 호남문집 소재 일기에서 사행일기보다 3편 적은 7편의 유배일기가 발견되었으니, 결코 적은 수라고 할 수 없다.

더구나 호남문집 소재 유배일기 7편은 황위주가 조사한 31편의 유배일기와 단 한 편도 겹치지 않는다. 곧 새로운 유배일기를 소개하는 것으로, 얼마 되지 않은 한국 유배일기의 수량을 늘려주게 된다.

2010년에 김경옥이 조선왕조실록을 통해 전남지역 유배인을 조사한 결과 534명의 유배인을 확인하였다.[50] 이후 2017년 호남지방문헌연구소에서는 호남지방 유배인을 총 조사한 『호남유배인 기초목록』을 출간하였는데, 여기에는 928명의 유배인이 확인된다.[51] 이는 결코 적지 않은

---

48) 황위주의 논문 「조선시대 일기자료의 현황과 활용방안」(『국역 조선시대 서원일기』, 한국국학진흥원, 2007)의 772쪽, 790쪽에 유배일기에 대한 설명이 있고, 869~871쪽에 31편 일기의 목록이 제시되어 있다.

49) 최은주, 「조선 시대 일기 자료의 실상과 가치」, 『대동한문학』30, 대동한문학회, 2009, 12쪽, 14쪽.

50) 김경옥, 「조선시대 유배인의 현황과 문화자원의 활용 - 전남지역을 중심으로」, 『역사학연구』40, 호남사학회, 2010, 150~151쪽. 논문의 말미에 부록으로 시기, 유배인, 유배지, 전거를 담은 유배인 목록이 수록되어 있다.

숫자인데, 영남지역, 강원지역, 지금의 북한지역까지 고려한다면 훨씬 많은 유배인들이 있었을 것이라 생각된다. 이러한 유배인들이 유배지를 오가는 동안 어떠한 일들을 겪었고, 유배기간 동안 어떠한 생활을 했으며, 어떠한 감정을 느꼈는지를 진술하게 알 수 있게 해 주는 것이 유배일기이다. 그런데 수량이 많지 않아 아쉬움이 있었는데, 호남문집 소재 일기 조사를 통해 조금이나마 일기를 더 제공할 수 있어 의미가 있다.

유배가사에 대해서는 그동안 여러 차례 석·박사학위논문이 발표되는 등 많은 연구 성과가 있었고,[52] 한글 유배실기에 대한 박사학위논문도 발표되었으나[53] 한문으로 된 유배일기 작품군을 대상으로 한 학위논문은 아직 발표되지 않고 있다. 이는 알려진 유배일기가 적은 것이 영향을 미쳤을 것이라 생각된다. 호남문집 소재 일기 조사와 같이 지역별 문집 조사를 통해, 많은 유배일기가 발굴되어 이에 대한 연구가 활성화되기를 기대한다.

---

51) 호남지방문헌연구소, 『호남유배인 기초목록』, 전남대학교출판부, 2017. 『호남유배인 기초목록』에는 호남지역(광주·전남·전북·제주)에 유배되었던 사람들의 인물명, 생몰연도, 유배지, 유배시기, 내용설명 등이 담겨 있으며, 인물명 가나다순으로 사전식으로 구성되어 있다.

52) 이재식, 「유배가사연구 - 작품에 나타난 소재분석을 중심으로」, 건국대학교 박사학위논문, 1993 ; 정진태, 「유배가사에 나타난 자연에 관한 연구」, 충북대학교 석사학위논문, 1999 ; 이현주, 「유배가사의 연구」, 전남대학교 박사학위논문, 2001 ; 우부식, 「유배가사연구」, 충남대학교 박사학위논문, 2005 ; 김지성, 「조선후기 중인층 유배가사 연구」, 서강대학교 석사학위논문, 2007 ; 양정화, 「유배가사의 담론특성과 사적 전개 양상」, 성균관대학교 박사학위논문, 2014 ; 주혜린, 「조선후기 유배가사의 서술방식과 내면의식」, 고려대학교 석사학위논문, 2015 등.

53) 조수미, 「조선후기 한글 유배실기 연구」, 부산대학교 박사학위논문, 2013.

7. 전쟁일기

'전쟁(戰爭)'은 '국가와 국가, 또는 교전(交戰) 단체 사이에 무력을 사용하여 싸움'을 의미한다. 본 저서에서는 '국가와 국가' 사이의 전쟁에 초점을 맞추어, 조선과 일본, 조선과 청나라 사이의 전쟁인 임진왜란, 병자호란에 대한 일기를 전쟁일기로 보았다. 호남문집 소재 일기 중 정묘호란에 대한 일기는 없었다. 1592년에 시작되어 7년간 일어난 임진왜란은 16세기에, 1636년 12월부터 다음해 1월까지 일어난 병자호란은 17세기에 해당된다. 그렇기에 호남문집 소재 전쟁일기를 세기별로 살펴보면, 아래와 같이 16세기와 17세기에만 일기가 분포함을 볼 수가 있다.

〈호남문집 소재 전쟁일기의 시기별 수량〉

시기	14~15세기	16세기	17세기	18세기	19세기	20세기	합계
수량	·	41	7	·	·	·	48

호남문집 소재 전쟁일기는 16세기 41편, 17세기 7편이다. 이는 곧 임진왜란 경험을 기록한 일기가 41편, 병자호란 경험을 기록한 일기가 7편이란 것을 의미한다.

임진왜란은 7년에 걸쳐 일어난 전쟁으로, 2개월 남짓 일어난 병자호란보다 기간이 훨씬 길다. 또한 호남지역은 1592년 침입 때는 큰 피해를 입지 않았지만, 1597년 재침입 때는 주된 공격지역이 되어 엄청난 피해를 입었다. 그렇기 때문에 호남문인 중 임진왜란을 경험한 사람도 많고, 이를 일기로 기록하여 남긴 사람도 많으며, 문집에도 자연스럽게 수록된 것으로 보인다.

호남문집 소재 임진왜란 일기는 크게 세 가지로 나눌 수가 있다. 첫

째, 문집 저자가 자신의 전쟁 경험을 쓴 것, 둘째, 문집 저자가 자신의
경험이 아닌 전쟁 관련 상황을 기술한 것, 셋째, 문집 저자가 아닌 다른
사람이 쓴 저자 관련 일기를 문집에 수록한 것이 그것이다.

　문집 저자가 자신의 전쟁 경험을 쓴 것은 가장 일반적인 일기라 할
수 있다. 41편 중 24편이 문집 저자가 직접 자신의 경험을 쓴 것으로, 이
는 다시 포로 경험을 기록한 것, 의병활동을 기록한 것, 관직생활 중의
전쟁 참여를 기록한 것으로 나눌 수가 있다.

〈호남문집 소재 임진왜란 일기 중 포로 경험을 기록한 경우〉

순번	일기명	수록 문집	문집 저자	일기 기간	요약
1	정유피부 (丁酉彼俘)	금계집 (錦溪集)	노인 (魯認)	1597년	정유년 재침입 때의 상황과 본인이 피랍되는 과정을 기록.
2	만요척험 (蠻徼陟險)	금계집 (錦溪集)	노인 (魯認)	1597년	순천에서 바다를 건너 일본으로 가는 과정을 기록.
3	왜굴탐정 (倭窟探情)	금계집 (錦溪集)	노인 (魯認)	1597년~1599년	일본에서 포로로서 살던 몇 년간의 생활을 기록
4	화관결약 (和館結約)	금계집 (錦溪集)	노인 (魯認)	1599년 2월~3월	중국 차관의 종자인 진병산, 이원징과 중국으로 도망가기로 약속하는 과정 을 기록.
5	화주동제 (華舟同濟)	금계집 (錦溪集)	노인 (魯認)	1599년 3월	배를 타고 중국으로 이동하고, 중국에 도착한 일을 기록.
6	장부답문 (漳府答問)	금계집 (錦溪集)	노인 (魯認)	1599년 4월 4일	하루간의 일기로 해방아문(海防衙門) 에서 전쟁 상황에 대해 물은 것에 대 답함.
7	해방서별 (海防敍別)	금계집 (錦溪集)	노인 (魯認)	1599년 4월 5일	하루간의 일기로 함께 중국으로 온 진 병산, 이원징과 이별하는 과정을 기록.
8	홍화력람 (興化歷覽)	금계집 (錦溪集)	노인 (魯認)	1599년 4월 6일~ 미상	임차관과 함께 출발하여 복건성에 도 착하기까지 보게 된 것과 도착한 후 사람들을 만난 일을 기록.

순번	일기명	수록 문집	문집 저자	일기 기간	요약
9	복성정알 (福省呈謁)	금계집 (錦溪集)	노인 (魯認)	1599년 4월	복건성에 머무르면서 군문에 글을 바친 일, 사람들을 만난 일을 기록.
10	대지서회 (臺池舒懷)	금계집 (錦溪集)	노인 (魯認)	1599년 5월 1일 ~10일	복건성의 누대에 올라 감상하고 사람을 만난 일 등을 기록.
11	원당승천 (院堂升薦)	금계집 (錦溪集)	노인 (魯認)	1599년 5월 11일 ~30일	양현사서원에 가서 강학에 참여한 일을 기록.
12	화동과제 (華東科制)	금계집 (錦溪集)	노인 (魯認)	1599년 6월 1일	조선과 중국의 과거제도에 대해 문답한 내용을 기록.
13	성현궁형 (聖賢窮亨)	금계집 (錦溪集)	노인 (魯認)	1599년 6월 3일 ~1604년 6월	북경으로의 호송과 고향으로 돌아오는 과정 및 1604년에 남은 왜적을 치는 내용을 기록.
14	섭란사적 (涉亂事迹)	수은집 (睡隱集) 간양록 (看羊錄)	강항 (姜沆)	1597년 8월~ 1600년 5월	정유재란 시 일본에 끌려갔다가 돌아오기까지의 체험을 기록.
15	일록(日錄)	호산공 만사록 (湖山公 萬死錄)	정경득 (鄭慶得)	1597년 8월~ 1599년 7월	정유재란 시 동생 정희득 등과 일본에 끌려갔다가 돌아오기까지의 체험을 기록.
16	해상일록 (海上日錄)	월봉해 상록 (月峰海 上錄)	정희득 (鄭希得)	1597년 7월 20일 ~1599년 7월 28일	정유재란 시 형 정경득 등과 일본에 끌려갔다가 돌아오기까지의 체험을 기록.

위는 호남문집 소재 일기 중 임진왜란 포로의 경험을 기록한 것으로서, 모두 16편이다. 이 중 1~13번은 노인의 글로서, 포로로서의 경험을 문집에 수록할 때 주요 노정별로 제목을 짓고 글을 나누어 수록하였다. 본 저서에서 일기 목록을 만들 때 문집 수록 편제상 제목이 다른 경우 각각의 작품으로 정리하였기 때문에, 연결된 경험이지만 위와 같이 13편으로 나누었다. 위의 첫 번째 글 <정유피부> 앞에 <임진부의>라는 제

목으로 글이 한 편 더 있는데, 이는 포로 경험이 아닌 임진왜란 발발 후 의병으로 참여한 일을 기록한 것이다.

노인, 강항, 정경득, 정희득은 모두 1597년 재침입 때 피란을 떠났다가 포로가 되어 일본으로 갔고, 이후 다시 조선으로 돌아왔다. 노인은 일본에서 중국으로 탈출하여, 중국을 경유하여 조선으로 돌아왔으며, 위의 13편의 일기 속에 그 과정이 담겨 있다. 이 문집에 수록된 일기 외에도 별도로 초고본『금계일기』가 전해지며, 초고본이 훨씬 자세하다. 하지만 초고본의 경우 앞과 뒤가 끊어져 1599년 2월 31일부터 6월 27일까지 4개월여의 일기만 전해지기 때문에, 문집 소재 일기를 통해 전후 과정을 모두 알 수가 있다.

강항의 임진왜란 포로 경험은 일기체인 <섭란사적> 외에 소(疏), 견문록(見聞錄), 격문(檄文), 계사(啓辭)로도 남아있다. 다섯 편의 글이 모두 들어있는 실기가『간양록(看羊錄)』이며, 이『간양록』 전체가 강항의 문집에 수록되어 있다. 본 저서에서는 일기만을 보기 때문에 <섭란사적>만을 넣었다. 정경득, 정희득의 <일록>, <해상일록>도 비슷한 경우로 이들의 임진왜란 경험은 시로도 쓰였으며, 임진왜란을 담은 다양한 글이『호산공만사록』과『월봉해상록』에 들어있다. 본 저서에서는 이 중 일기만을 위와 같이 목록에 제시하였다.

문집 저자가 자신의 의병활동을 기록한 일기로는 다음과 같은 7편이 있다. 5편은 임진왜란 초기인 1592년의 의병활동을 기록한 것이고, 다른 2편은 1597년과 1598년의 일기이다. 전쟁이 소강 상태일 때는 의병일기도 발견되지 않고 있다.

〈호남문집 소재 임진왜란 일기 중 의병활동을 기록한 경우〉

순번	일기명	수록 문집	문집 저자	일기 기간	요약
1	일기(日記)	선양정문집 (善養亭文集)	정희맹 (鄭希孟)	1592년 4월~ 1594년 1월 4일	임진왜란 초기의 상황과 의병활동을 기록.
2	예교진병일록 (曳橋進兵日錄)	섬호시집 (剡湖詩集)	진경문 (陳景文)	1598년 9월 14일~ 10월 13일	정유재란 시 의병이 순천 예교에서 대전한 상황을 기록.
3	창의일기 (倡義日記)	오천집 (鰲川集)	김경수 (金景壽)	1592년 7월 18일~ 1597년 9월 10일	남문에서 창의한 것을 시작으로 의병으로서 전쟁에 참여한 일을 기록.
4	임진부의 (壬辰赴義)	금계집 (錦溪集)	노인 (魯認)	1592년~1593년	임진왜란이 일어나고 권율의 아래에 들어가 전쟁에 참여하는 과정을 기록.
5	임진창의일기 (壬辰倡義日記)	모재집 (慕齋集)	정열 (鄭悅)	1592년 5월 16일~ 8월 말	임진왜란 초기의 의병활동을 기록.
6	양화일기 (楊花日記)	모재집 (慕齋集)	정열 (鄭悅)	1592년 9월 26일~ 1593년 7월 15일	임진왜란 초기 양화도를 중심으로 한 의병활동을 기록.
7	정유일기 (丁酉日記)	모재집 (慕齋集)	정열 (鄭悅)	1597년 1월~미상	정유년의 의병활동을 기록.

문집 저자가 임진왜란 당시 관직에 있으면서, 전쟁에 참여하게 된 일을 기록한 것은 1편에 불과하다. 정경달의 『반곡집』에 수록된 <난중일기>로, 1592년 4월부터 1596년 3월까지 선산부사 및 이순신의 종사관으로서 임진왜란 때 겪었던 일들을 기록하고 있다.

다음으로, 문집 저자가 자신의 경험이 아닌 임진왜란과 관련한 상황을 쓴 일기로는 다음과 같은 5편이 있다.

〈호남문집 소재 임진왜란 일기 중 역사적 상황을 기술한 경우〉

순번	일기명	수록 문집	문집 저자	일기 기간	요약
1	일록(日錄)	양호당선생 유고(養浩堂 先生遺稿)	이덕열 (李德悅)	1592년 4월 13일~1599년 6월 1일	임진왜란의 상황을 일기 형식으로 정리한 것으로, 본인의 일이 아니라 전쟁을 정리한 것.
2	임진기사 (壬辰記事)	은봉전서 (隱峰全書)	안방준 (安邦俊)	1592년 4월	임진왜란 전 10년간의 상황을 간략히 설명 후 임진왜란 발발 후 1개월 간의 상황을 기록.
3	부산기사 (釜山記事)	은봉전서 (隱峰全書)	안방준 (安邦俊)	1592년 4월~ 9월 1일	임진왜란 발발 시 이순신과 정운의 해전에서의 활동상을 기록.
4	노량기사 (露梁記事)	은봉전서 (隱峰全書)	안방준 (安邦俊)	1598년 11월	이순신이 노량해전에서 사망할 때의 상황을 서술.
5	진주서사 (晉州敘事)	은봉전서 (隱峰全書)	안방준 (安邦俊)	1593년 6월 14일~ 7월 2일	제2차 진주성전투의 상황을 서술.

5편 중 4편이 안방준의 일기이다. <부산기사>는 원래 임진왜란 때 수군으로 활약한 흥양의 오모(吳某)가 언문으로 쓴 일기였는데, 이것을 안방준의 제자인 주엽(朱曄)이 안방준에게 보여주었고, 안방준이 이것에 다시 첨삭을 가하여 작성하였다.54) <노량기사>와 <진주서사>도 전쟁에 참여했던 사람들에게 듣고 작성한 것으로,55) 본인의 직접 경험은 아니나 임진왜란 중 중요한 전투를 일기체로 생생하게 기록하고 있다.

전쟁은 충격적인 사건이기에 많은 사람들이 그 경험을 기록으로 남겼

54) '호남기록문화유산'(http://memoryhonam.or.kr/) 내 일기자료 하위 <부산기사 해제> 참조.
55) '호남기록문화유산'(http://memoryhonam.or.kr/)의 <진주서사 해제>에 의하면 <진주서사>는 1595년 겨울에 광양에서 임우화(林遇華)를 만나 그에게 일의 전말에 대해서 듣고 쓴 것이다.

고, 일기로도 많은 작품이 남아 있다. 저자가 일기를 남기지 않은 경우
에도 후손이나 후학들은 다른 사람의 일기에서 저자 관련 기록을 발췌하
거나 저자의 행적을 일기 형식으로 정리하여 문집에 실었다. 이처럼 호
남문집 소재 임진왜란 일기 중 타인의 일기가 수록된 것은 다음과 같다.

〈임진왜란 관련 다른 사람의 일기를 수록한 경우〉

순번	일기명	수록 문집	문집 저자	일기 기간	요약
1	산서일기절록 (山西日記節錄)	삼도실기 (三島實記)	임계영 (任啓英)	1592년 7월 20일~1593년 6월 15일	조경남 일기 중 임계영과 관련된 기록이 있는 날짜의 일기들을 수록.
2	충무공난중일기절록(忠武公亂中日記節錄)	삼도실기 (三島實記)	임계영 (任啓英)	1593년 1월 14일	이순신 일기 중 전라 좌의병장 임계영과 우의병장 최경회를 만나 토벌을 약속한 부분 발췌 수록.
3	고산일록 (孤山日錄)	일휴당선생실기 (日休堂先生實記)	최경회 (崔慶會)	1592년 7월	조경남의 일기 중 최경회가 활약한 부분 발췌 수록.
4	흥의소일기 (興義所日記)	야수실기 (野叟實記)	채홍국 (蔡弘國)	1592년 8월 11일~ 11월 19일	임진왜란 초기에 흥덕에서 의병을 규합하고 훈련한 과정 등을 기록.
5	호벌치순절일기 (胡伐峙殉節日記)	야수실기 (野叟實記)	채홍국 (蔡弘國)	1597년 3월 23일~ 4월 23일	부안에서 왜적과 싸우다 죽어간 일을 기록. 채홍국 사망 후까지 기록되므로 다른 사람이 기록한 것으로 보임.
6	임진창의일기 (壬辰倡義日記)	풍암문선생실기 (楓菴文先生實記)	문위세 (文緯世)	1592년 4월 13일~1597년 8월 15일	다른 사람이 쓴 것으로 임진왜란 당시 문위세의 의병활동을 기록.
7	안우산부산기사 (安牛山釜山記事)	정충장공실기 (鄭忠壯公實紀)	정운 (鄭運)	1592년 4월~ 9월 1일	〈부산기사〉는 임진왜란 발발 시 이순신과 정운의 해전에서의 활동상을 안방준이 기록한 것으로, 정운의 문집에 전체가 수록됨.

순번	일기명	수록 문집	문집 저자	일기 기간	요약
8	난중일기 (亂中日記)	정충장공실기 (鄭忠壯公實紀)	정운 (鄭運)	1592년 5월 1일, 6월 7일	이순신의 일기 중 정운이 등장한 이틀간의 일기 발췌 수록.
9	찬술선고양건 당임진창의격 왜일기(纂述先 考兩蹇堂壬辰 倡義擊倭日記)	양건당문집 (兩蹇堂文集)	황대중 (黃大中)	1592년 4월 ~1598년 12월 19일	임진왜란 당시의 상황과 황대중의 활약을 기록한 것으로, 자식들이 정리한 것으로 보임.
10	일기(日記)	월파집(月坡集)	유팽로 (柳彭老)	1592년 4월 2일~7월 10일	임진왜란 초기 의병으로서 유팽로의 활약을 다른 사람이 기록한 것.
11	예교진병일록 (曳橋進兵日錄)	습정유고 (習靜遺稿)	임환 (林懽)	1598년 9월 14일~ 10월 13일	정유재란 시 의병이 순천 예교에서 대전한 상황을 기록한 것으로, 진경문의 일기를 그대로 수록.
12	오산남문일기 (鰲山南門日記)	노파실기 (老坡實記)	윤황 (尹趪)	1592년 7월 28일~1593년 6월 2일	『창의록』에서 윤황이 기록된 부분만 발췌 수록.

호남문집 소재 일기 중 임진왜란 경험을 기록한 일기는 41편이며, 그 중 문집 저자가 아닌 다른 사람의 일기를 수록한 경우는 위와 같이 12편으로, 전체의 29%에 이르는 많은 수치이다. <산서일기절록>, <고산일록>과 같이 다른 사람의 일기에서 저자가 등장한 부분을 발췌 수록한 것이 많고, 후손이나 후학들이 임진왜란 당시 저자의 행적을 일기 형식으로 정리한 것도 볼 수가 있다.

이러한 일기로는 임진왜란 당시 저자의 감정을 생생하게 볼 수는 없다. 하지만 다른 사람 글에서 저자의 흔적을 찾는 후손들의 노력을 통해 임진왜란 상황 속에서 문집 저자들이 어떠한 일을 겪었는지를 확인할 수 있다.

호남문집 소재 전쟁일기 중 병자호란 경험을 기록한 일기는 모두 7편
으로 다음과 같다.

〈호남문집 소재 전쟁일기 중 병자호란 관련 일기〉

순번	일기명	수록 문집	문집 저자	일기 기간	요약
1	남원의사김원건맹서일기(南原義士金元健盟書日記)	취수당집(醉睡堂集)	김성진(金聲振)	1636년 12월 22일~1637년 1월 25일	병자호란 때 김원건의 의병 활동을 기록한 일기를 수록.
2	병자거의일기(丙子擧義日記)	청강유집(淸江遺集)	조수성(曹守誠)	1636년 12월 25일~1637년 2월 4일	조수성의 아들 조욱이 아버지의 의병부대에 참여하면서 있었던 일을 기록.
3	남한수록(南漢隨錄)	휴헌문집(休軒文集)	문재도(文載道)	1636년 12월 12일~1637년 2월 26일	병자호란 때에 왕을 호종하고 남한산성으로 들어가 종군한 일을 기록.
4	강도추록(江都追錄)	휴헌문집(休軒文集)	문재도(文載道)	1636년 12월 14일~1637년 1월 30일	병자호란 때 강화도가 함락된 과정을 쓴 신대식의 〈강도일기〉를 문재도가 수정한 것.
5	창의일기(倡義日記)	당촌집(塘村集)	황위(黃暐)	1636년 12월 22일~1637년 1월 30일	병자호란 시의 의병활동을 기록.
6	남한일기(南漢日記)	시남집(市南集)	유계(俞棨)	1636년 12월 12일~1637년 2월 3일	병자호란 초기부터 세자가 인질로 끌려가던 때의 상황을 기록.
7	순천조원겸가행군일기(順天趙元謙家行軍日記)	유주세적(儒州世積)	유인흡(柳仁洽) 외 13인	1636년 12월 23일~1637년 2월 3일	병자호란 때에 참전했던 일을 기록.

병자호란 관련 일기는 수량이 적기 때문에 내용에 따라 분류하지 않
고, 저자 생몰연도순으로 정리하였다. 임진왜란 일기의 경우 타인의 일
기를 문집에 수록한 경우가 30% 가까이 되었는데, 병자호란 일기의 경
우도 문집 저자가 아닌 다른 사람이 쓴 일기를 수록한 경우가 많았다.

김성건의 『취수당집』에 수록된 <남원의사김원건맹서일기>도 같은 전라북도 지역의 다른 사람 일기를 수록한 것이고, 조수성의 『청강유집』에 수록된 <병자거의일기>는 조수성의 아들이 쓴 것이다. 문재도의 『휴헌문집』에 수록된 <강도추록>의 경우에는 원래 다른 사람이 썼던 글을 문재도가 수정한 것이다.

이렇듯 임진왜란, 병자호란을 기록한 호남문집 소재 전쟁일기에는 문집 저자가 아닌 다른 사람의 글이 수록된 경우가 많다. 전쟁이라는 엄청난 상황 속 선조의 행적을 다른 사람 글을 통해서라도 남기고 싶어했던 후손들의 마음을 알 수 있는 것으로, 이러한 글들을 통해 일기가 선조들의 행적을 볼 수 있는 자료로 활용되고 있음을 알 수 있다.

이처럼 다양한 호남문집 소재 전쟁일기 중 특색 있는 3편의 일기를 간략히 살펴보고자 한다. 임진왜란 당시 포로로 일본에 잡혀갔다가 돌아온 일을 기록한 정희득의 <해상일록>, 임진왜란 때 채홍국이 의병으로서 싸우다 순절한 일을 기록한 <호벌치순절일기>, 병자호란 때 왕을 호종하고 남한산성으로 들어가 종군한 일을 기록한 문재도의 <남한수록>이 그것이다. 세 일기는 각각 정희득의 『월봉해상록』, 채홍국의 『야수실기』, 문재도의 『휴헌문집』 내에 수록되어 있으며, 채홍국의 문집에 수록된 <호벌치순절일기>는 다른 사람이 쓴 일기를 수록한 것이다.

> 배가 칠산(七山) 앞 바다에 이르렀는데, 갑자기 적선을 만났다. 사공의 놀란 고함 소리에 온 배에 탔던 사람이 창황실색하여 어쩔 줄을 몰랐다. 어머님 이씨(李氏)께서 형수 박씨(朴氏)와 아내 이씨(李氏), 시집 안 간 누이동생에게 이르기를 "추잡한 왜적이 이렇게 닥쳤으니 횡액을 장차 예측할 수 없구나. 슬프다, 우리 네 부녀자가 자처할 방도는 죽음 하나만이 생사 간에 부끄럽지 않을 뿐이다." 하시니, 아내가 말하기를 "집에서 난을 처음 당했을 때, 일찍이 가장과 더불어 함께 죽기를 약속했지요. 저의 결

심은 이미 정해져 있습니다." 하고는 낯빛도 변함없이 늙은 어버이께 하직을 고하고, 나를 돌아보며 이르기를 "지성이면 하늘도 감동한다 하오니 당신은 조심조심 몸을 아껴 형제분 함께 아버님을 모시고 꼭 생환토록 하시오. 이것이 바로 장부의 할 일입이다. 간절히 비옵니다." 하였다.

마침내 어머니·형수님·누이동생과 더불어, 앞을 다투어 바다에 몸을 던졌다. 우리 형제는 적도(賊徒)가 배 안에 묶어 두어 죽으려야 죽을 수도 없었으니, 망극하고 통곡할 뿐이었다. 법포(法浦)에서 피란하던 배가 당초에는 바둑판 벌여 있듯 했었는데, 어찌하여 우리만이 이 지경에 이르렀는가? 하늘을 부르짖고 땅을 쳐, 간장이 찢어질 듯하였다.56)

우연히 시장에 갔다가, 조롱 안에 든 외로운 새를 보았다. 그 조롱으로 둘러 갇힌 정상이 바로 내 몸과 같다. 몇 마디 슬피 우는 소리를 들으니 하늘 끝에서 돌아가지 못하는 사람의 슬픈 회포가 갑절이나 간절했다.57)

위의 인용문은 정희득의 『월봉해상록』에 수록된 <해상일록> 중 1597년 9월 27일, 1598년 2월 15일 일기의 전문이다. 첫 번째 인용문은 1597년 일본의 대대적인 재침입, 곧 정유재란이 일어나자 온 일가가 배로 피란을 떠났다가 왜적에게 잡힐 때의 상황을 기록한 것이다. 특히 남자들은 묶여서 아무것도 하지 못할 때 어머니, 형수, 아내, 누이동생 등이 바

---

56) 船到七山大洋中, 忽遇賊船. 薥卒驚呼, 一船人蒼黃失色, 罔知所措. 母夫人李氏謂邱嫂朴氏, 妻李氏, 未笄妹曰, 賊醜此迫, 禍將不測, 嗟吾四婦女自處之道, 無出一死, 將無愧於幽明之間矣. 妻曰在家亂初, 曾有與夫同死之約, 吾計已定, 神色不變, 告訣老親而顧謂余曰, 至誠感天, 竊願卿卿愼重自愛, 與兄衛親, 必圖生還, 此是丈夫之事, 至祝至祝. 遂與母嫂妹爭先投海. 吾兄弟則賊徒縛置船中, 求死不得, 罔極罔極, 痛哭痛哭. 法浦避亂之船, 初如布碁, 而奈何吾獨至於斯境. 叫天扣地, 肝摧腸裂. - 鄭希得, 『月峯海上錄』, <海上日錄>

57) 偶到市邊, 見籠中孤鳥. 其籠裏羈縶之狀, 正類吾身. 聞數聲悲啼, 天涯未歸之人, 悽懷倍切. - 鄭希得, 『月峯海上錄』, <海上日錄>

다에 뛰어들어 자결하는 상황을 생생하게 볼 수가 있다. 임진왜란 때 이
처럼 자결한 여인들에 대한 이야기가 다양하게 전해지는데, 이런 내용
을 담은 일기가 있기 때문에 당시의 상황을 구체적으로 볼 수가 있다.

두 번째 인용문은 일본에서 억류생활 중에 쓴 일기로, 조롱 안에 든
새를 보고 갇혀 있는 것이 자신의 처지와 같다고 생각하고 서글픈 심정
을 토로한 것이다. 짧은 기록이지만 낯선 타국에서 기약 없이 잡혀 지냈
던 전쟁 포로의 심정을 볼 수가 있다.

<해상일록>은 1597년 8월 12일부터 1599년 7월 28일까지의 일기를 담
고 있는데, 1599년 6월 29일부터 7월 28일까지는 부산에 도착한 이후의
일기이다. 일본에 끌려가는 과정과 억류생활 동안의 일뿐만 아니라 부
산에서 고향 함평으로 돌아오기까지의 과정도 일기에 담겨 있어, 당대
포로들이 겪었던 다양한 고난을 볼 수가 있다. 또 이 일기는 정희득의
문집 『월봉해상록』 권1에 수록되어 있는데, 권2에는 포로생활 중에 쓴
다양한 한시가 수록되어 있어 일기와 한시를 함께 교차하여 읽으면 서
로의 작품 이해에 큰 도움이 된다.

<해상일록>이 포로로서 임진왜란 경험을 기록한 일기라면, 아래의
<호벌치순절일기>는 의병으로서 임진왜란 경험을 기록한 것이다. 호벌
치는 부안 변산의 한 지역으로, 임진왜란 때 왜적을 토벌했다하여 '호벌
치(胡伐峙)'라고 부른다고 <호벌치순절일기> 말미에 설명되어 있다.

쟁(錚)을 쳐서 진군 돌격하였다. 한참 있다가 김필선(金弼善)이 왜의 부
장(副將) 아이대(阿伊大)에게 사로잡혀, 가슴에 상처를 입고 죽었다. 뒤에
한 왜적이 와서 코를 베어갔다. 조익령(曺益齡)·최언심(崔彦深) 등이 구
하려고 갔으나 이미 죽은 뒤였다. 채홍국(蔡弘國)과 채우령(蔡禹齡)이 분
개하여 급히 돌격하니, 왜적은 어찌할 줄 몰라 동분서주하였다. 김헌(金
瑠)이 울면서 검을 뽑고 쫓아가 두 왜적을 잡아 간을 쪼개어 이것을 씹었

다. 곧 고덕봉(高德鳳)·오송수(吳松壽)·이번(李蕃) 등이 함께 잡은 것이
었다. 나기인(羅起寅)이 죽었는데 그 시신을 잃어버렸다. 종제 나기종(羅
起宗)이 초혼(招魂)하여 갔다. 이날 열여섯의 인원이 죽었다.58)

조익령이 왜적 낙고이개(洛古伊介)에게 사로잡혔는데, 채홍국이 구하
려고 왜적을 쫓아갔다.【결략】크게 소리치며 적의 예리한 칼날을 무릅쓰
고 돌격하다가 조익령과 함께 죽었다.59)

위의 인용문은 채홍국의 『야수실기』에 수록된 <호벌치순절일기> 중
1597년 4월 14일과 4월 20일 일기의 전문이다. 채홍국은 임진왜란이 일
어나자 의병을 일으켜 금산전투에 참여하였으며, 금산전투에 패한 후에
다시 홍덕 남당에서 창의를 하였다. 왜적과 싸우던 중 1597년 4월 20일
에 부안 호벌치 전투에서 순절하였다. 이 전투에서 그의 큰아들 채명달
(蔡命達)과 작은 아들 채경달(蔡慶達)도 왜적과 싸우다가 죽었다.
채홍국의 문집에는 임진왜란 의병일기인 <홍의소일기>와 <호벌치순
절일기>가 나란히 수록되어 있는데, 이 두 작품은 모두 다른 사람이 쓴
것이다. <홍의소일기>는 임진왜란 초기인 1592년 8월부터 11월까지의
일기이고, <호벌치순절일기>는 1597년 3월 23일부터 4월 23일까지의 일
기이다. 위의 예문을 통해 볼 수 있듯이 의병으로 전투에 함께 참여하여
동료들의 죽음을 직접 본 사람이 쓴 일기로 보이며, 채홍국이 죽는 과정

---

58) 以錚進軍突擊. 良久, 金弼善爲倭副將阿伊大所俘, 傷胸以死. 後來一賊, 割
鼻而去. 曺益齡崔彦深等, 相救赴之已死矣. 蔡弘國蔡禹齡, 憤突急擊, 賊不
知其所措, 東奔西走. 金玉蕙呼泣拔劍, 逐捕二賊, 剖肝嚙之. 乃高德鳳吳松壽
李蕃等, 共捕也. 羅起寅死, 失其尸. 從弟起宗, 招魂而去. 右日十六員死. -
蔡弘國, 『野叟實記』, <胡伐峙殉節日記>
59) 曺益齡, 爲洛古伊介賊所俘. 蔡弘國, 以救逐賊.【缺】大呼掩擊冒白刃, 與曺
益齡同死. - 蔡弘國, 『野叟實記』, <胡伐峙殉節日記>

도 볼 수 있다. 채홍국은 4월 20일에 죽으며 일기는 그 뒤 3일간의 기록
이 더 있다. 특별히 채홍국을 집중적으로 기록한 게 아니라 전투 상황을
기록한 일기라서 채홍국도 함께 등장하며, 채홍국의 문집을 간행하는
후손들이 채홍국이 등장하는 이 일기를 문집에 수록한 것으로 보인다.
일기는 전체적으로 짧은 편이지만 어떤 사람들이 의병으로서 호벌치 전
투에 참여했고, 하루하루 전투가 어떻게 진행되었는지를 위 일기를 통
해 볼 수가 있다.

　　아래의 인용문은 호남문집에 수록된 병자호란 일기 중 문재도의『휴
헌문집』에 수록된 <남한수록>을 예로 든 것이다.

　　이른 아침에 주상께서 산성을 나갈 뜻을 반포할 때에 정온(鄭蘊)이 자
　결하려면서 작성한 상소를 간관(諫官)이 올리니, 주상께서 살펴본 뒤에 눈
　물을 흘렸다. 장차 성문을 나서려하자 상하 관민들이 모두 통곡하였다. 주
　상이 청나라 진영에 이르러 항복의 예를 행한 뒤에 한(汗)이 자색 수 놓은
　옷과 표구(豹裘) 1습(襲), 백마 1필을 내어와 큰 잔치를 열었으며, 한(汗)
　이 온순한 말로 그것들을 주었다. 해가 진 뒤에 주상께서 궁중으로 돌아왔
　고 세자와 두 대군은 청나라 진영에 머물렀다. 주상께서 선전관에게 명하
　여 산성의 순찰을 폐하도록 하였다.60)

　　오시(午時)에 아들 희순(希舜)이 여산(礪山)의 의병소에서 찾아와 인사
　했다. 부자는 서로 통곡하다가 한참 후에 정신을 수습하고 집안의 일을 상
　세히 들었다. 이후 점차 정신이 깨어났으나 한냉증의 통증이 골수를 파고
　들어 수족에 힘이 없고 갈증이 더욱 심했다.61)

---

60)　早朝上出城之意頒下時, 鄭蘊臨決時上疏, 諫官奉進, 上覽後涕泣. 將出城,
　　上下官民, 皆痛哭. 上至淸陳, 行禮後, 汗出紫製繡衣及豹裘一襲白馬一匹,
　　設大宴, 汗以順辭善諉之, 而日沒後, 上還御宮中, 世子及兩大君, 留連淸陳
　　焉. 上命宣傳官, 廢巡城焉. - 文載道,『休軒文集』, <南漢隨錄>

문재도는 병자호란이 일어난 1636년 당시 삼남순검사(三南巡檢使)로
있다가 오랑캐의 침입 소식을 들었고, 왕을 호종하여 남한산성에 들어
가 종군하였다. 그는 병자호란의 참혹한 현장 속에서 왕의 곁에 함께 있
었으며, 그의 일기는 1636년 12월 12일부터 1637년 2월 26일까지의 일을
기록하고 있다.

위는 그중 1637년 1월 30일 일기의 전문과 1637년 2월 8일 일기의 전
반부이다. 전자를 통해서는 왕이 항복을 하는 역사적 상황을, 후자를 통
해서는 전쟁에 참여한 자들의 고통을 세밀하게 볼 수가 있다.

황위주는 '전쟁·종군·창의일기'라는 명칭으로 전쟁일기 95편을 조사
하고 목록화하였다.62) 이 중 9편은 본 저서와 겹치는 일기이다. 겹친다
고 표현한 것은 본 저서와 기준이 다른 것이 일부 있기 때문이다. 황위
주는 본 저서와는 다르게 노인의 문집 소재 전쟁일기를 '잡록'이라는 장
르명으로 한 편의 일기로 보았고, 별도로『금계일기』를 넣었다. 정희득
과 정경득의 글의 경우 본 저서에서는 일기체인 부분만 대상으로 하였
는데, 황위주는『월봉해상록』과『호산공만사록』전체를 하나의 일기로
보았으며,『월봉해상록』의 경우 '해상록'이라는 이름으로 번역본이 있
는 것도 별도로 목록에 넣었다. 이외 유계의 <남한일기>, 정경달의 <반
곡난중일기>, 안방준의 <부산기사>, <진주서사>가 황위주의 목록에도
있는 전쟁일기로, 이외의 호남문집 소재 전쟁일기는 황위주의 목록에

61) 午時兒子希舜, 自礪山義兵所來謁. 父子相與痛哭, 良久收拾精神, 詳問家事.
自後精神漸蘇, 然寒冷之症, 痛入骨髓, 手足無力, 渴症尤甚. - 文載道,『休軒
文集』, <南漢隨錄>

62) 황위주의 논문「조선시대 일기자료의 현황과 활용방안」(『국역 조선시대 서원일
기』, 한국국학진흥원, 2007)의 788~789쪽에 전쟁일기에 대한 설명이 있고, 860~
867쪽에 95편 일기의 목록이 제시되어 있다.

포함되지 않은 일기들이다.

황위주의 조사는 문집 외 일기도 포함하기 때문에 전쟁일기의 경우 28권에 이르는 이덕열의 『양호당일기』, 14권에 이르는 오희문의 『쇄미록』 등 방대한 양의 일기들이 포함된다. 이러한 일기들은 양적으로 풍부한 내용을 담고 있어, 전쟁을 다각도로 볼 수 있게 한다. 호남문집 소재 일기는 기존에 조사된 전쟁일기에 수량을 더하여, 임진왜란, 병자호란 속 선조들의 삶을 보는 데 기여를 하고 있다. 또한 선조 관련 다른 사람의 글을 찾거나 자신들이 직접 선조의 행적을 일기체로 기록하여, 전쟁 상황 속 선조들의 행적을 문집에 남기려한 후손들의 노력을 볼 수 있다는 점에서 의의가 있다.

8. 의병일기

　'의병(義兵)'은 '외적의 침입을 물리치기 위하여 백성들이 자발적으로 조직한 군대, 또는 그 군대의 병사'를 말한다. 임진왜란, 병자호란 중에도 의병들의 활약이 있었고, 이들의 경험을 기록한 일기도 있었다. 앞서 7절에서 전쟁일기 중 임진왜란 일기를 살피면서, 내용 중 하나로 의병일기를 보기도 하였다. 그런데 임진왜란, 병자호란은 조선 대 일본, 조선 대 청나라라는 국가 대 국가의 전쟁이므로 이때의 의병일기는 전쟁일기 안에 포함시켰다. 본 절에서 다루고자 하는 의병일기는 한말 및 일제강점기에 일본에 대항한 의병활동을 기록한 일기만을 의미한다.

　한말 및 일제강점기에 일본에 적극적으로 저항한 의병활동은 임진왜란, 병자호란 때와는 상황이 다르다. 임진왜란, 병자호란에는 관군, 의병할 것 없이 외부의 적과 싸웠다면 한말 및 일제강점기에는 의병이 주체가 되었고 국권을 빼앗긴 후에도 일본과 싸웠기 때문이다. 그러므로 본 저서에서는 의병일기를 전쟁일기 하위에 포함하지 않고 그 특수성을 인정하여 별도로 분류하였다. 호남문집 소재 의병일기는 모두 9편으로, 시기별 수량을 살펴보면 다음과 같다.

〈호남문집 소재 의병일기의 시기별 수량〉

시기	14~15세기	16세기	17세기	18세기	19세기	20세기	합계
수량	·	·	·	·	·	9	9

　호남문집 소재 의병일기 9편은 모두 20세기의 일기로서, 위와 같이 시기별 수량을 보는 것은 큰 의미가 없다. 하지만 위의 표를 통해 호남문집 소재 의병일기가 19세기 말에는 없고, 20세기 초반에만 존재함이 한

눈에 보이므로 위와 같이 제시하였다. 호남문집 소재 의병일기를 일기
의 시기순으로 정리하면 다음과 같다.

〈호남문집 소재 의병일기의 일기 시기순 목록〉

순번	일기명	수록 문집	문집 저자	일기 기간	요약
1	창의일기 (倡義日記)	둔헌유고 (遯軒遺稿)	임병찬 (林炳瓚)	1904년 1월 1일~1906년 윤4월 29일	창의하여 의병활동하다 수감된 일을 기록.
2	을병거의일기 (乙丙擧義日記)	습재실기 (習齋實紀)	최제학 (崔濟學)	1905년 10월 19일~1906년 8월 28일	면암을 따라서 한 의병활동과 수감생활을 기록.
3	병오거의일기 (丙午擧義日記)	화은문집 (華隱文集)	양재해 (梁在海)	1906년 1월 6일~9월 2일	면암 최익현이 의병을 일으키자 함께 참여했던 일을 기록.
4	병오일기 (丙午日記)	둔재집 (遯齋集)	문달환 (文達煥)	1906년 1월 16일~7월	스승인 면암 최익현을 따라 의병을 일으켰던 일을 기록.
5	옥천일기 (玉川日記)	성암집 (省菴集)	조우식 (趙愚植)	1906년 1월 25일~7월 7일	을사조약 후의 상황과 의병활동, 수감생활을 기록.
6	의소일기 (義所日記)	후은김선생 신담록 (後隱金先 生薪膽錄)	김용구 (金容球)	1907년 8월 8일~1908년 4월 19일	정미의병 때 성재 기삼연과 영광에서 기병하여 이듬해 4월까지의 의병활동을 기록.
7	남관일기 (南冠日記)	국사유고 (菊史遺稿)	정희면 (鄭熙冕)	1907년 8월 12일~12월 25일	성재 기삼연, 후은 김용구 등과의 의병활동과 의병들이 경무소에서 문초를 받은 일 등을 기록.
8	섬왜일기 (殲倭日記)	진지록 (盡至錄)	심수택 (沈守澤)	1908년 3월 7일~1909년 5월 12일	의병장으로서 항일의병활동을 한 일을 기록. 전투별로 총 13편의 소제목이 붙어 있음.
9	거의일기 (擧義日記)	둔헌유고 (遯軒遺稿)	임병찬 (林炳瓚)	1912년 9월 28일~1914년 6월 3일	독립운동단체 대한독립의군부를 조직하는 과정을 기록.

호남문집 소재 의병일기는 임병찬의 <거의일기>를 제외하고는 모두 1900년대의 항일의병활동을 기록하고 있다. 한말 후기의병을 연구한 홍영기는 "1905년 11월 체결된 을사조약을 전후하여 의병의 열기가 되살아났다. 특히 면암 최익현은 호남지역 의병의 활성화에 가장 큰 영향을 끼쳤다. 창의를 호소하는 그의 글은 전남지역의 의병 봉기를 크게 자극하였다."[63]고 하였다. 호남문집 소재 의병일기는 이러한 당시 상황이 반영된 것으로, 1905년 일본이 한국의 외교권을 박탈하기 위해 강제로 체결한 조약인 을사조약 이후에 의병일기가 집중되어 있다. 최제학, 양재해, 문달환 등의 일기는 면암 최익현을 따라 의병활동을 한 일을 기록한 것으로서, 이를 통해 최익현의 의병활동이 당시에 얼마나 컸는지를 다시 한 번 확인할 수 있다.

의병일기를 남긴 문인 중 주목되는 인물은 임병찬으로, 그의 문집『둔헌유고』속에는 2편의 의병일기가 남아 있다. 이 중 <창의일기>는 1904년 1월 1일부터 1906년 윤4월 29일까지의 의병활동을 기록한 것으로서, 호남문집 소재 의병일기 중 가장 빠른 시기의 일기이다.

> 면암(勉菴)이 다시 종석산(鍾石山)에 와서 진영이 어떤지 물었다. 대답하여 말하길 "재정을 우선 변통할 방법이 없고, 하절기라 농번기에 이르렀으니 바야흐로 은근히 가을을 기다려 재정을 마련해야 할지, 거사를 어떻게 해야 할지 모르겠습니다. 또 근래 아무개 아무개가 수하에 병사가 있다고 이르는데, 우리나라는 일찍이 집안에서 군대를 양성하는 사람이 없기에 혹 동지 한 두 사람을 거느리고 오는 것은 가능하지만 수십 수백은 모두 거짓말이니 오직 선생께서 살펴야만 합니다."라고 했다. 면암이 눈물을 흘리면서 탄식하여 말하길 "그대의 말이 옳지 않은 것은 아니지만 나

---

63) 홍영기,『한말 후기의병』, 한국독립운동사편찬위원회·독립기념관 한국독립운동사연구소, 2009, 197쪽.

랏일은 시일이 급하고 또 내 나이는 지금 죽을 날이 얼마 남지 않았는데
일이 뜻대로 되지 않아 이처럼 연기되었다. 지금 생각해 보니 차라리 작년
겨울 변고를 들은 날 궐에 달려가 목숨을 바치는 것만 못하다. 결코 집에
돌아가 한가히 생활하려는 뜻이 없고, 지금부터 사찰에서 지내며 추수 때
를 기다리겠다."라고 했다. 나 역시 울면서 아뢰기를 "뜻이 여기에 이르렀
으니 감히 성패로써 논의할 수 없으니, 동지들을 규합해 목숨을 바쳐 거사
를 하여 단지 천하에 대의를 알리면 어떻겠습니까?"라고 했다. 면암이 말
하기를 "좋다! 이 말은 모름지기 허황되지 않으니 조속히 거의해도 좋다."
라고 했다.[64]

위는 1906년 윤4월 1일 일기의 전반부로서, 면암 최익현과 함께 창의
를 결심하는 모습을 볼 수가 있다. 임병찬은 재정이 없고 한창 농번기로
바쁠 때라 가을에 창의하자고 말하지만 최익현은 나랏일이 시급하고 자
신이 늙은 것을 이야기한다. 이에 임병찬은 당장 창의를 하자고 하고,
인용한 부분 다음에서는 무성서원(武城書院)에서 강회를 한 뒤 거의를
논하면 따르는 사람이 많을 것이라 조언하고 면암은 기뻐한다. 함께 의
기투합했던 임병찬과 최익현은 결국 일본군에 잡히지만, 나라를 위했던
그들의 마음과 노력을 알 수가 있다.

임병찬의 문집에 수록된 또 다른 의병일기인 <거의일기>는 호남문집

---

64) 勉菴再臨鍾石山, 問所營之如何. 答告曰, 財政姑無變通之方, 而夏節已屆農
務, 方殷待秋辦財, 擧事恐未知何如. 且近日某某之所謂有手下兵者, 我國曾
無有家養兵之人, 或同志一二人率來則爲可, 而數十數百皆是虛言, 惟先生
察之. 勉菴流涕嘆曰, 君言非不然也, 但國事時日爲急, 且吾年今朝暮, 而事
不諧意, 如是遷延. 到今思之, 寧莫若昨冬聞變之日奔闕致命也. 斷無還家閒
養之志, 從今棲遑於寺刹, 以待秋成也. 炳瓚亦泣告曰, 命意到此, 不敢以成
敗爲論, 糾合同志, 捨命擧事, 只聲大義於天下則何如. 勉菴曰, 快哉, 此言不
須汗漫, 亟日擧義可也. - 林炳瓚, 『遯軒遺稿』, <倡義日記>

소재 의병일기 중 유일하게 1910년대의 일기로서, 대한독립의군부를 조
직하는 과정을 담아 의병이 체계적인 독립운동 조직으로 발전해가는 한
단면을 일기를 통해 확인할 수 있다.

호남문집 소재 의병일기 중 김용구의 『후은김선생신담록』에 수록된
<의소일기>도 주목된다. 1907년 8월 8일부터 1908년 4월 19일까지를 기
록한 이 일기 속에는 성재(省齋) 기삼연(奇參衍)과 전남 영광에서 의병을
일으킨 후 영광·함평·장성·구례 등에서 전투한 일이 담겨 있어, 일제에
대항한 호남의 의병활동을 세밀히 볼 수 있기 때문이다.

출발하여 구례(求禮) 화엄사(華嚴寺)에 도착하고서, 상세히 고녹천(高
鹿泉) 의병부대의 소재를 탐문했더니, 바야흐로 지리산(智異山) 산봉우리
토굴사(土窟寺)에 있다고 하였다. 바위를 타고 숲을 헤치며 힘들게 절 앞
에 도착해서, 성명을 대고 면회를 요청하자 녹천(鹿泉)이 바로 군문(軍門)
밖으로 나와 손을 잡고 맞이하였다. 뜰 위에 앉아서 말하길 "그대는 영광
(靈光)의 김용구(金容球)인가? 그대와 나 양 집안의 세의(世誼)가 오래 전
부터 있고, 또 주진지의(朱陳之誼, 혼례를 통해 사돈이 되는 것)를 맺었는
데, 지금에야 비로소 상봉하니 기뻐서 말로 다할 수 없네. 그런데 양가가
의병을 일으켰으나 내가 지금 패하고 그대 또한 패하니, 이 장차 어찌해야
하는가?"라고 하였다. 내가 웃으며 말하길 "일승일패는 병가(兵家)에 항상
있는 일인데, 어찌 크게 마음을 쓰십니까? 지금의 일의 형세는 저들이 강
하고 우리가 약하니, 은둔해서 군대를 모아 무장을 완비하는 것을 도모하
려는, 저의 뜻이 좋을 것 같습니다."라고 하였다. 녹천이 말하길 "모의해서
흩어진 군대를 모아도 30~40명에 불과한데, 오래도록 산 정상에 있는 것
은 진실로 군대를 모으는 계책이 아니니, 어쩔 수 없이 내일 산 밖으로 출
군할 생각이네. 그대의 생각은 어떠한가?"라고 하였다. 내가 말하길 "지금
군의 일은 당신이 주모하니, 생각대로 조처하십시요."라고 하였다. 상세히
진중의 인물을 살펴보니, 선봉(先鋒) 김대수(金大秀), 중군(中軍) 장봉래
(張奉來), 주기감(主器監) 김연(金淵) 이 세 사람은 경성인이고, 후군(後

軍) 진사 고광수(高光秀)는 남원인으로, 모두 으뜸가는 호걸로 사람을 얻었다 할 만하였다.65)

　행군하여 고창(高敞) 읍내에 도착해서 왜적과 전투를 하고, 적병 20여 명을 죽였으며, 남은 왜적이 도망가자 그 병장기를 거두어 들였다. 계속 성 안에 머물렀는데, 왜적과 친한 자가 적병과 몰래 통하였으므로 뜻밖에 새벽에 적병 50여 명이 우리 군대가 잠이 든 틈을 타서 성에 들어와 포를 쏘았다. 여러 장수와 군졸들은 매우 당황하며 넘어지면서, 해야 할 것을 몰라 혹 도망치거나 혹은 숨으니 형세를 어찌할 수 없었다. 이때에 성재(省齋) 김준(金準), 김익중(金翼中), 이남규(李南奎), 유인수(柳寅壽)가 행동을 같이하며, 남은 군 수십 명을 호령하고, 2~3시간 전투를 독려하니, 왜추(倭酋) 중 죽은 자는 수십 명이었고, 참모 김익중(金翼中)이 탄환에 맞아 사망했으며, 군인으로 죽은 자 또한 1인이었다. 왜적이 모두 도망가자 우리 군 역시 후퇴하였는데, 뒤에 따르는 자는 18인에 불과했다.66)

---

65) 行至求禮華嚴寺, 詳探高鹿泉義旅所在, 則方在智異山上峰土窟寺云. 故攀石穿林, 艱到寺前, 以姓名通刺, 則鹿泉卽出軍門外, 執手迎入. 廷之上座曰, 君是靈光金容球耶, 君吾兩家世誼自在, 又結朱陳之誼, 今纔相逢, 喜難盡言, 然兩家擧義, 而我今敗績, 君亦敗軍, 此將奈何. 余笑曰, 一勝一敗, 兵家常事, 有何大關念耶, 目今事機, 彼强我弱, 隱跡聚軍, 以圖完備武獎, 鄙意似好也. 鹿泉曰, 謀聚散軍, 不過三四十名, 則久在山上, 固非聚軍之計, 不得不明日出軍山外爲料, 於君意何如. 余曰, 今者軍事, 吾丈主謀, 自意措處焉. 詳察陣中人物, 則先鋒金大秀, 中軍張奉來, 主器監金淵, 而此三人京城人也. 後軍高進士光秀南原人, 而皆是魁傑可謂得人也. - 金容球, 『後隱金先生薪膽錄』, <義所日記>

66) 行軍直抵高敞邑內, 與賊相戰, 殺賊兵二十餘名, 餘賊逃去, 收獲其兵杖機械. 仍留城中, 親倭者暗通于賊兵, 故不意曉頭賊兵五十餘名, 乘我軍之醉睡, 入城放炮. 諸將軍卒, 蒼黃顚倒, 不知所爲, 或逃或隱, 勢無奈何. 於是, 與省齋金準金翼中李南奎柳寅壽聯袂, 而號令餘軍數十名, 督戰二三時間, 賊酋死者幾十名, 參謀金翼中中丸而死, 軍人死者亦一人. 賊皆逃去, 我軍亦退歸, 從後者不過十八人也. - 金容球, 『後隱金先生薪膽錄』, <義所日記>

첫째 인용문은 1907년 8월 25일 일기의 전문이고, 둘째 인용문은 1907년 9월 26일 일기의 전문이다. 첫째 인용문에서는 함께 힘을 모아 싸우기 위해 녹천(高鹿) 고광순(高光洵, 1848~1907)의 의병부대를 찾아가 고광순을 만난 일을 기록하고 있다. 고광순은 한말 호남지역에서 의병을 일으킨 대표적인 인물로 1894년 을미사변 후 의병을 일으켰다가 선유사의 권고로 해산하였고, 을사조약 후인 1906년 최익현이 의병을 일으키자 그를 찾아갔으나 이미 최익현이 잡힌 후였다. 고광순은 다시 1907년 1월에 의병을 일으켰고, 8월에 구례에서 의병부대를 머무르게 하고 훈련시켰는데, 이때 김용구도 힘을 합치기 위해 고광순을 찾아갔던 것이다. 위의 일기를 통해 구체적인 대화와 당시 부대에 어떤 사람들이 있는지를 알 수 있다.

둘째 인용문은 1907년 9월의 전투를 기록한 것으로, 고창에서 일본군과 전투한 상황이 생생하게 기록되어 있다. 첫 전투에서는 이겼으나 새벽에 적병이 쳐들어와 힘든 전투를 치렀음을 알 수 있다. 왜적과 내통한 의병이 있어 침입을 받은 사실과 마지막에 뒤따르는 자가 18명에 불과한 것에서 당대 의병들의 고통이 느껴진다.

황위주는 의병일기를 따로 나누지 않았고, 전쟁일기에서 살폈듯이 '전쟁·종군·창의일기'로 묶어서 목록화하였으며, 한말의 일기도 포함하였다. 그런데 위의 9편은 그가 조사한 '전쟁·종군·창의일기' 95편에 포함되어 있지 않다. 곧 황위주가 조사한 일기에 본 호남문집 소재 의병일기를 더하고, 다른 지역 의병일기에 대한 조사가 활성화된다면, 한말 및 일제강점기 의병들의 삶을 더욱 풍부하게 살펴볼 수 있을 것이다.

9. 사건일기

'사건(事件)'의 사전적 의미는 '사회적으로 문제를 일으키거나 주목을 받을 만한 뜻밖의 일'이다. 본 저서에서는 사회적인 큰 사건을 기록한 일기뿐만 아니라 '뜻밖의 일' 한 가지를 집중적으로 기록한 일기 또한 사건일기에 포함시켰다. 호남문집 소재 일기 중 사건일기에 포함되는 일기는 모두 31편으로, 시기별로 수량을 정리하면 다음과 같다.

〈호남문집 소재 사건일기의 시기별 수량〉

시기	14~15세기	16세기	17세기	18세기	19세기	20세기	합계
수량	1	3	2	1	10	14	31

호남문집 소재 사건일기는 호남문집 소재 일기가 처음 등장한 14~15세기 1편을 시작으로, 16세기 3편, 17세기 2편, 18세기 1편 등 적은 수량이지만 꾸준히 문집에 등장하였다. 그리고 호남문집 소재 일기의 수량이 172편, 197편으로 가장 많은 19세기, 20세기에 사건일기도 10편, 14편으로 가장 많이 나타난다.

사건일기는 국가적 사건부터 개인적 사건까지 다양한 사건을 담고 있기 때문에 시기적 제약이 적다. 호남문집 소재 사건일기가 담고 있는 국가적 사건은 이성계의 조선 건국, 조선중기의 동서분당과 당쟁, 자연재해 등으로 다양하다. 국가적 사건을 담고 있는 일기를 정리하면 다음과 같다.

〈호남문집 소재 사건일기 중 국가적 사건을 기록한 경우〉

순번	일기명	수록 문집	문집 저자	해당 세기	일기 기간	요약
1	일기(日記)	건천선생유집 (巾川先生遺集)	정광 (程廣)	14~15	1359년~ 1392년	이성계가 홍두적을 대파한 때부터 즉위할 때까지의 활약상을 기록.
2	기축기사 (己丑記事)	은봉전서 (隱峰全書)	안방준 (安邦俊)	16	1589년 10월	정여립과 그 무리들의 역옥 과정을 기록.
3	기묘유적 (己卯遺蹟)	은봉전서 (隱峰全書)	안방준 (安邦俊)	16	1506년~ 1611년	기묘사화 때 조광조가 겪은 일이 중점적으로 기록된 것으로서, 1506년 연산군의 폐위부터 1611년에 조광조가 배향된 것까지 시간순으로 기록.
4	혼정편록 (混定編錄)	은봉전서 (隱峰全書)	안방준 (安邦俊)	16	1575년~ 1650년	동서분당 및 당쟁의 일을 시간순으로 기록.
5	일기(日記)	남곡유고 (南谷遺稿)	소학섭 (蘇學燮)	19	1876년~ 1917년	흉년, 일식 등 각 해별로 나라의 중요한 사건을 짤막하게 기록.
6	소청사실급 정원일기 (疏聽事實及 政院日記)	회계집(晦溪集)	조병만 (曹秉萬)	19	1875년 6월 7일 ~7월	대원군이 실각하자 상소를 올린 일을 설명 한 후 1875년 《승정원일기》의 관련 기록을 발췌하여 수록.
7	병자일기 (丙子日記)	춘재유고 (春齋遺稿)	김기숙 (金錤淑)	20	1936년	병자년의 가뭄과 백성들의 고통을 시간순으로 정리한 글.

국가적 사건을 기록한 문인 중 가장 대표적인 사람은 안방준으로, 〈기축기사〉, 〈기묘유적〉, 〈혼정편록〉 등 세 편을 남겼다. 정여립의 역옥 과정, 조광조가 겪은 일, 동서분당 및 당쟁 등 안방준이 살았던 시기의 국가적 사건을 방대하게 기록하였다.

동학농민운동도 국가적 사건이라 할 수 있는데, 동학농민운동을 기록한 일기가 6편에 이르기 때문에 별도로 정리하면 다음과 같다.

〈호남문집 소재 사건일기 중 동학농민운동을 기록한 경우〉

순번	일기명	수록 문집	문집 저자	해당 세기	일기 기간	요약
1	갑오구월제행일기(甲午九月濟行日記)	임하유고 (林下遺稿)	김방선 (金邦善)	19	1894년 9월	동학농민운동의 과정과 그때 자신이 제주도에 갔던 일을 기록.
2	금성정의록 (錦城正義錄)	겸산유고 (謙山遺稿)	이병수 (李炳壽)	19	1894년~ 1896년	나주지역의 동학농민운동과 항일의병활동을 기록.
3	갑오동란기사 (甲午東亂記事)	서헌유고 (瑞軒遺稿)	안규용 (安圭容)	19	1893년 12월~ 1894년 12월	동학농민운동의 전말을 시간순으로 정리.
4	호남기사 (湖南記事)	화동유고 (華東遺稿)	김한익 (金漢翼)	19	1894년 2월~ 12월	동학농민운동을 시간순으로 기록.
5	동란일기 (東亂日記)	농암유고 (聾巖遺稿)	박성근 (朴性根)	19	1894년 10월 16일~11월 23일	동학농민운동 때 영암에 모임이 있다는 것을 듣고 참여했다가 전투를 치르고 도망다녔던 일을 기록.
6	갑오사기 (甲午事記)	오암유고 (梧巖遺稿)	조석일 (曺錫一)	19	1894년 4월 5일~12월 3일	동학농민운동의 전말을 시간순으로 기록.

　　동학농민운동을 기록한 일기의 경우 당시 본인의 경험을 기록한 것도 있으며, 동학농민운동의 전말을 시간순으로 기록한 것도 있다. 위의 6편 이외에 정석진의 『난파유고』에 수록된 〈토평일기〉도 동학농민운동을 기록한 것이다. 그런데 이 일기는 관직에 있으면서 동학농민운동을 막아야 했던 관리의 입장에서 기록한 것이기 때문에 관직일기에 포함시켰다.
　　사건일기 중에는 국가적 사건뿐만 아니라 개인적으로 겪은 사건, 자신이 속한 공동체 관련한 사건을 기록한 일기들도 있다.

〈호남문집 소재 사건일기 중 개인적 사건을 기록한 경우〉

순번	일기명	수록 문집	문집 저자	해당 세기	일기 기간	요약
1	천왕봉기우 동행기 (天王峯祈 雨同行記)	현주집 (玄洲集)	조찬한 (趙纘韓)	17	1613년 7월 1일	5월부터 6월이 끝나가도록 비가 오지 않아 기우제에 다녀온 일을 기록.
2	화전일기 (花田日記)	장암유집 (壯嚴遺集)	나덕헌 (羅德憲)	17	1636년	나덕헌이 청나라 심양성에서 경축 반열에 참석하라하자 거부하는 과정을 제3자가 기록.
3	이역복마환 점사입어수 계취리시일 기(以驛卜 馬換點事入 於繡啓就理 時日記)	물기재집 (勿欺齋集)	강응환 (姜膺煥)	18	1781년 1월 8일~2월 6일	역마를 환점(換點)했다는 누명을 쓰고 심문을 받던 상황을 기록.
4	환비일기 (圜扉日記)	우졸재집 (愚拙齋集)	김경규 (金慶奎)	19	1871년 10월 23일	행장을 꾸려 옥에 들어가고, 수령의 부탁으로 대화를 나눈 하루의 일을 간략히 기록.
5	사월이십육 일향안봉심 일기(四月 二十六日鄕 案奉審日記)	몽암집 (夢嚴集)	이종욱 (李鍾勗)	19	미상	향안을 봉심한 하루의 일을 기록.
6	각금일기 (卻金日記)	춘우정문고 (春雨亭文稿)	김영상 (金永相)	20	1910년 10월 24일~ 1911년 9월 12일	일제가 내린 은사금(恩賜金)을 거절한 일로 감옥에 갇히고, 결국 죽어 장례를 치르는 과정 및 장례 후 일본군이 와서 김영상의 문고, 일기 등을 모두 가지고 간 일 등을 기록. 다른 사람이 기록한 것임.
7	광릉일기부 수남비역 (廣陵日記 附水南碑役)	쌍청헌유고 (雙淸軒遺稿)	이기유 (李基瑜)	20	1915년~ 1917년	대종회에서 문중의 세 가지 큰 일을 해결하기 위해 노력하는 과정을 기록.

순번	일기명	수록 문집	문집 저자	해당 세기	일기 기간	요약
8	광주교궁일기 (光州校宮 日記)	서헌유고 (瑞軒遺稿)	안규용 (安圭容)	20	1908년 3월 17일~4월 14일	광주향교에 일본 수비대 병원이 설립된다는 것을 듣고 그것에 반대한 일을 일자별로 기록.
9	을사부경일기 (乙巳赴京 日記)	습재실기 (習齋實紀)	최제학 (崔濟學)	20	1905년 1월 29일~2월 24일	헌병사령부에 압송된 면암 선생을 서울로 찾아가 곁에서 모신 일을 기록.
10	오산정사일기 (鰲山精舍 日記)	경암집 (敬菴集)	김교준 (金教俊)	20	1907년 2월 ~4월 8일	김교준 자신이 태어나 공부하게 된 과정을 먼저 설명한 후 1907년에 오산정사를 짓는 일을 기록.
11	병자수란일기 (丙子水亂 日記)	경암집 (敬菴集)	김교준 (金教俊)	20	1936년 6월 27일~12월	수해를 입어 가족을 이끌고 피란하는 과정, 마을의 피해 상황, 복구 과정 등을 기록.
12	진영화사일 완행일기 (震泳禍士日 完行日記)	후창집 (後滄集)	김택술 (金澤述)	20	1925년 6월 2일~12월 12일	스승인 간재의 문집 간행과 관련한 오진영과의 갈등, 검열을 받는 문제로 조사를 받은 일 등을 기록.
13	일기(日記)	향암유고 (向菴遺稿)	이정순 (李靖淳)	20	1937년 4월 24일, 5월 9일	이상호가 자신을 찾아오다 일본 헌병대에 잡혀 간 일과 후에 석방되어 자신을 찾아온 일을 기록.
14	무자중춘일록 (戊子仲春 日錄)	성당사고 (誠堂私稿)	박인규 (朴仁圭)	20	1948년 2월	문묘의 제사 때 하루간의 일을 기록.
15	옥산집촉록 (玉山執燭錄)	성당사고 (誠堂私稿)	박인규 (朴仁圭)	20	1957년 8월 23일~윤8월	금재 선생의 병이 깊다하여 찾아가 뵙고 문집 간행에 대한 선생의 당부를 들은 일을 기록.
16	남양사봉안 일록(南陽祠 奉安日錄)	성당사고 (誠堂私稿)	박인규 (朴仁圭)	20	1969년 4월 13일	고재 이병은을 남양사에 봉안한 하루의 일을 기록.
17	한전사실추록 (韓田事實 追錄)	성당사고 (誠堂私稿)	박인규 (朴仁圭)	20	1917년 8월 20일~28일	금재 선생이 일본군에게 땅을 팔지 않아 고초를 겪는 일을 일별로 자세하게 기록.
18	산행일기 (山行日記)	몽암집 (夢巖集)	이종욱 (李鍾勖)	20	1917년 5월 8일~미상	이장을 하기 위해 곡성, 옥과, 겸면, 창평, 동복 일대의 산에 올라가 묘혈을 찾는 과정을 기록.

　호남문집 소재 사건일기 중 개인적 사건을 기록한 것은 모두 18편이
다. 개인들이 겪은 사건이 기우제 참여, 문중 관련 일, 일제에 의한 고난
등 다양하기 때문에 내용별로 분류하지 않고, 문집 저자 생몰연도순으
로 정리하였다.

　이제 31편의 호남문집 소재 사건일기 중 동학농민운동을 기록한 일기
1편과 일제강점기 때 겪은 개인적인 사건을 기록한 일기 1편을 살펴보
고자 한다. 먼저 보고자 하는 것은 동학농민운동을 기록한 6편의 사건일
기 중 이병수의 『겸산유고』에 실린 <금성정의록>이다.

　　적의 괴수 최경선(崔京先)이 일당 수천 명을 거느리고 유린하며 달려
　본 고을에 직접 쳐들어 왔다. 오권선(吳權善)은 괴적의 우두머리가 되어
　군중들을 통솔하고 와서 금안동(金安洞)에 합세하여 진을 치고 수삼일 동
　안 침략을 가하면서 금성산으로 개미떼가 붙듯이 몰려들었다.[67]

　　어두컴컴할 때에 산 정상으로부터 일제히 물밀 듯이 내려와 읍성 서성
　문을 공격하였다. 나주목사 민종렬이 급히 명령을 내려 "적이 서문으로
　쳐들어 왔으니 그 쪽은 내가 대적하여 감당할 것이다. 너희들은 북문, 동
　문, 남문 등 삼문을 맡도록 하고, 별장(別將)들은 각각 신중히 방어하여
　동요되지 말며 위치를 이탈하지 말고, 불의의 사태에 대비를 잘하라. 적들
　이 서문으로 돌격하다가 동문으로 들어오거나, 남문으로 돌격하다가 북문
　으로 들어오지는 않을지 어찌 알겠는가? 더더욱 엄중히 경계하여 흉적들
　에게 기만당하지 말라."고 하였다.[68]

───────────────

67) 賊魁崔京先, 率黨數千, 蹂躪長驅, 直搗本州. 吳權善爲倀鬼, 率其衆, 合陣于
　　金安洞, 侵掠三數日, 蟻附錦城山. - 李炳壽, 『謙山遺稿』, <錦城正義錄>
68) 昏黑自山巓, 一齊滾下, 直薄西城門. 閔公急下令曰, 寇來在吾西門, 對敵吾
　　當自任. 惟爾北東南三門, 別將各謹防守, 勿驚擾勿遷離, 以備不虞. 安知此
　　賊不有擊西而聲東, 圖南而意北者乎. 益加戒嚴, 無爲凶賊見欺也. - 李炳壽,
　　『謙山遺稿』, <錦城正義錄>

'금성(錦城)'은 나주의 옛 지명으로 제목에서 추측할 수 있듯이 <금성정의록>은 전남 나주지역의 일을 중심으로 한다. <금성정의록>은 『겸산유고』의 권19~20에 수록되어 있으며, 분량도 간행본의 86면을 차지할 정도로 많다. 갑편(甲編), 을편(乙編), 병편(丙編)으로 구성이 나뉘어져 있는데, 갑편에는 1894년의 일이 기록되어 있으며, 동학농민군과 수성군 사이의 전투 등을 볼 수 있다. 을편에는 1895년의 일이 기록되어 있으며, 동학군 토평 이후 행정 개편과 단발령에 대한 반발 등을 볼 수 있고, 병편에는 1896년의 일이 기록되어 있으며 의병활동 관련 통문과 관련 상황을 볼 수 있다.

위는 그중 갑편에 수록된 1894년 7월 1일 일기의 전문과 7월 5일 일기의 전반부이다. 두 일기의 사이 7월 2~4일의 일기는 없고, 7월 1일 다음에 5일의 일기가 바로 수록되어 있다. 나주로 동학농민군이 쳐들어올 때의 위급한 상황이 담겨 있는데, 나주목사의 명령까지 생생하게 볼 수가 있다. 저자인 이병수가 동학농민운동 당시 나주의 수성군(守成軍)이었으므로 동학농민군을 막으려는 입장에서 일기가 기술되어 있는데, 이런 수성군의 일기와 농민군의 일기를 함께 본다면 당대 상황을 입체적으로 볼 수 있을 것이다.

아래는 일제강점기 때 일제가 내려준 은사금(恩賜金)을 거절했다가 고초를 겪은 일을 기록한 일기를 예로 든 것이다. 김영상의 『춘우정문고』 부록에 수록된 <각금일기> 중 3일간의 기록이다.

> 선생이 환각(煥珏)에게 명하여 <각금서(卻金書)>를 베끼게 하며 "원수의 금을 받을 수 없다."고 하였다. 면장에게 전달하려고 하였으나 면장이 출타하여 하지 못하였다.69)

　　왜적 장전(長田)과 통역 박정호(朴正晧)가 깨끗하게 한다는 거짓 핑계
로 영좌에 돌입하여, 문고와 일기, 제문과 만사 등 책자를 수색하고 갔
다.70)

　　왜추(倭酋) 삼천장전(三川長田)을 보조하여 이칠만(李七万) 무리가 본
읍으로부터 왔다. 돌진하듯 집에 들어와 간재(艮齋) 전공(田公)의 언장(唁
狀)을 찾아 취하고 또한 평술(坪述)과 환각(煥珏)을 잡아 갔는데, 읍에 이
르니 날이 저물었다.71)

　　위는 각각 1910년 10월 9일, 1911년 9월 6일, 1911년 9월 11일 일기의
전문으로, 첫 번째 인용문을 통해 은사금을 거절하는 것을 볼 수 있다.
문집의 부록에는 저자의 글이 아니라 다른 사람이 쓴 문집 저자 관련 글
이 수록된다. <각금일기> 또한 김영상이 쓴 것이 아니라 바로 옆에서 지
켜 본 제자 등이 쓴 것으로서 김영상을 '선생(先生)'이라는 호칭으로 기
술하고, 김영상이 죽은 후의 상황도 기록하고 있다.
　　김영상은 은사금을 거절하고 일제에 저항한 일로 감옥에 갇히고 옥중
에서 1911년 5월 9일에 사망한다. 위의 두 번째, 세 번째는 그가 사망한
지 약 4개월 뒤의 일로 일본군들이 집에 쳐들어와 책자를 수색해 가고
집안 사람들까지 끌고 가는 것을 확인할 수 있다. 일제시대에 일제에 대
항했던 사람들이 겪었을 고초를 위와 같은 일기를 통해 간접적으로 체
험할 수가 있다.

---

69) 先生命煥珏, 寫郤金書曰, 讐金不受. 欲傳致于面長而面長出佗, 未果. - 金永
　　相, 『春雨亭文稿』, <郤金日記>
70) 倭賊長田, 通譯朴正晧, 假稱淸潔, 突入靈座, 搜文稿日記祭挽等冊子而去. -
　　金永相, 『春雨亭文稿』, <郤金日記>
71) 倭酋三川長田補助, 李七万輩來自本邑. 突騎入家, 覓取艮齋田公唁狀, 且執
　　坪述煥珏而去, 至邑日已暮矣. - 金永相, 『春雨亭文稿』, <郤金日記>

황위주는 '사건 견문일기'라는 명칭으로 34편의 일기를 조사하였는데,[72] 본 저서에서 조사한 사건일기와 중복되는 것은 없다. 그는 사건일기에 대하여 "사건 견문일기는 특정 사건의 발단과 전개 과정에 대한 견문을 기록한 것인데, 기록 내용이 하나의 사건에 집중되어 있고, 일기 서술이 작자 중심이 아니라 사건 전개 중심이란 점이 특징적이다."[73]라고 하였다. 호남문집 소재 사건일기는 문집에 수록되어 비록 양은 적지만, 황위주가 언급한 사건일기의 정의처럼 사건의 발단, 전개 과정이 기록되어 있다. 또한 국가적 사건뿐만 아니라 개인이 겪은 세세한 사건, 특히 일제강점기 때 겪었던 고난을 담고 있어 선조들의 세밀한 삶을 보는 데에 도움이 된다.

---

72) 황위주의 논문 「조선시대 일기자료의 현황과 활용방안」(『국역 조선시대 서원일기』, 한국국학진흥원, 2007)의 789~790쪽에 사건일기에 대한 설명이 있고, 867~869쪽에 34편 일기의 목록이 제시되어 있다.

73) 황위주, 「조선시대 일기자료의 현황과 활용방안」, 『국역 조선시대 서원일기』, 한국국학진흥원, 2007, 789쪽.

10. 장례일기

‘장례(葬禮)’의 사전적 의미는 ‘장사를 지내는 일. 또는 그런 예식’이다. 선조들은 관혼상제(冠婚喪祭) 모두를 중시했지만, 이 중 가장 감정의 동요가 심한 것이 상례, 곧 장례이다. 스승, 부모 등 자신에게 큰 영향을 미치고, 의지했던 사람의 죽음은 깊은 슬픔을 동반할 수밖에 없다. 그렇기 때문에 장례를 기록한 일기는 호남문집 안에서 여러 편 발견할 수 있었다. 호남문집 소재 장례일기는 모두 23편으로 이를 시기별로 정리하면 다음과 같다.

〈호남문집 소재 장례일기의 시기별 수량〉

시기	14~15세기	16세기	17세기	18세기	19세기	20세기	합계
수량	·	·	1	1	5	16	23

호남문집 소재 장례일기는 17세기부터 등장하며, 17세기 1편, 18세기 1편으로 적은 수량을 보이다가 19세기에 5편이 나타난다. 그리고 20세기에 16편에 이르는 많은 장례일기가 나타나는데, 이는 전체 장례일기 23편의 70%에 이르는 수치이다.

황위주는 ‘고종·문상일기’라는 명칭으로 16편의 장례일기를 조사하였고,[74] 이용원은 ‘고종일기’라는 명칭을 사용하였다.[75] 일기들을 살펴본

---

74) 황위주의 논문 「조선시대 일기자료의 현황과 활용방안」(『국역 조선시대 서원일기』, 한국국학진흥원, 2007)의 792쪽에 장례일기에 대한 설명이 있고, 873~874쪽에 16편 일기의 목록이 제시되어 있다.

75) 이용원, 「考終日記와 죽음을 맞는 한 선비의 日常 - 大山 李象靖의 考終時日記를 중심으로」, 『대동한문학』30, 대동한문학회, 2009.

결과 인물의 임종을 기록하더라도 그 뒤의 장례까지 함께 기록하고 있고, 문상도 장례의 과정 중에 이루어지기 때문에 본 저서에서는 '장례일기'라는 명칭을 사용하였다.

문집 소재 일기는 저자가 직접 쓴 일기를 수록한 경우가 당연히 압도적으로 많다. 그런데 장례일기의 경우에는 23편 중 다른 사람이 쓴 일기를 수록한 경우가 11편에 이르러 절반 가까이 되었다. 이는 저자의 사망과 장례 과정을 기록한 일기를 문집에 수록한 경우가 많기 때문이다. 타인이 쓴 장례일기 11편 중 9편이 문집 저자의 장례를 기록한 것으로, 다음과 같다.

〈타인이 쓴 장례일기 중 문집 저자의 장례를 기록한 경우〉

순번	일기명	수록 문집	문집 저자	해당 세기	일기 기간	요약
1	반상일기 (返喪日記)	광반와유고 (廣胖窩遺稿)	홍이장 (洪以樟)	17	1727년 3월 21일~1728년 2월 4일	홍이장이 강원도에서 사망하여 시신을 운구하는 과정을 기록. 후손이 기록한 것임.
2	임종시일기 병록(臨終時日記病錄)	애경당유고 (愛景堂遺稿)	남극엽 (南極曄)	19	1803년 3월~1804년 3월	남극엽이 아프기 시작하여 사망하고 장례를 치른 과정을 아들 석우가 기록.
3	손룡친산기사 (巽龍親山記事)	애경당유고 (愛景堂遺稿)	남극엽 (南極曄)	19	1803년 6월~1806년	남극엽이 사망 전에 자식들에게 한 말과 사망 후 산에 묻히는 과정을 아들 석해가 기록.
4	정종일기 (正終日記)	송사선생문집 습유(松沙先生文集拾遺)	기우만 (奇宇萬)	20	1916년 10월 27일	기우만이 임종한 날의 상황을 구체적으로 기록.
5	초종일기 (初終日記)	둔헌유고 (遯軒遺稿)	임병찬 (林炳瓚)	20	1916년 5월 23일~12월 15일	임병찬이 유배지인 거문도에서 사망하자 시신을 고향으로 운구하여 장례를 치르는 과정을 최면식이 기록.

순번	일기명	수록 문집	문집 저자	해당 세기	일기 기간	요약
6	신미일기 (辛未日記)	후석유고 (後石遺稿)	오준선 (吳駿善)	20	1931년 6월 20일~7월 16일	오준선의 임종부터 삼우를 지낼 때까지를 문인인 양상하가 기록.
7	겸산선생임 종일기(謙山 先生臨終日記)	겸산유고 (謙山遺稿)	이병수 (李炳壽)	20	1941년	문인 정우석이 스승 이병수의 병세가 위중하다는 것을 듣고 찾아와 임종과 장례 과정을 기록.
8	선고경회당 부군임종시 일기(先考景 晦堂府君臨 終時日記)	경회집 (景晦集)	김영근 (金永根)	20	1934년 11월 23일~12월 7일	김영근이 병이 심해져 사망하기까지의 과정과 장례를 치르는 과정을 아들이 기록.
9	경회선생임 종일기(景晦 先生臨終日記)	경회집 (景晦集)	김영근 (金永根)	20	1934년 11월 24일~12월 11일	김영근의 병세가 심해지고 찾아온 사람들을 만난 일과 장례를 치르는 과정을 제자가 기록.

　모두 아들과 같은 후손이나 후학이 기록한 것으로, 홍이장과 임병찬의 경우에는 타지에서 사망하여 운구 과정까지 일기를 통해 볼 수가 있다.
　타인이 쓴 장례일기 중 문집 저자가 아닌 다른 이의 장례를 기록한 경우는 다음 2편이다.

〈타인이 쓴 장례일기 중 문집 저자 외의 장례를 기록한 경우〉

순번	일기명	수록 문집	문집 저자	해당 세기	일기 기간	요약
1	명상동친산기사 (明相洞親山記事)	애경당유고 (愛景堂遺稿)	남극엽 (南極曄)	19	1808년 3 월~1809년	남극엽의 부인 남원 윤씨가 사 망한 후 산에 묻히는 과정을 아들이 쓴 것. 글씨체를 보아 석해가 쓴 것으로 추정됨.
2	사문양례일기 (師門襄禮日記)	정수재유고 (靜修齋遺稿)	박한우 (朴漢祐)	19	1807년	박한우의 스승인 성담 송환 기가 죽고 그 장례 과정을 박동순이 기록한 것.

남극엽의 『애경당유고』에는 3편의 장례일기가 수록되어 있는데, 2편
은 아들 석우와 석해가 아버지 남극엽의 장례를 기록한 것이고, 다른 1
편은 위의 <명상동친산기사>로서 아들 석해가 어머니 남원 윤씨, 곧 남
극엽 부인의 장례를 기록한 것이다. 문집 저자 배우자의 장례일기이므
로 문집에 수록된 것이다. 박한우의 『정수재유고』에 수록된 <사문양례
일기>는 박한우의 스승인 송환기의 장례를 기록한 것이다. 박한우의 스
승에 대한 일기이기도 하고, 일기 내용 중에 장례에서 대축(大祝)을 맡
은 박한우의 이름이 한 차례 등장하기 때문에 문집에 수록된 것으로 보
인다.

호남문집 소재 장례일기 중 저자가 직접 쓴 일기는 모두 12편이다. 이
는 어떤 사람의 장례를 기록한 것이냐에 따라 나눌 수가 있는데, 가장
많은 것은 스승의 장례를 기록한 것이다.

〈문집 저자가 쓴 장례일기 중 스승의 장례를 기록한 경우〉

순번	일기명	수록 문집	문집 저자	해당 세기	일기 기간	요약
1	축장일기 (築場日記)	백수문집 (白水文集)	양응수 (楊應秀)	18	1746년 12월 20일~1747년 12월 1일	스승 도암 이재의 장례를 치르는 과정을 기록.
2	을사일기 (乙巳日記)	지암유고 (志巖遺稿)	정인채 (鄭仁采)	20	1905년 12월 21일~1909년 12월 30일	연재 송병선의 자결 후 장례 과정, 3년상을 마치고 후에 꿈에 선생이 나타난 일 등을 기록.
3	청파일기 (靑巴日記)	독수재유고 (篤守齋遺稿)	김인식 (金仁植)	20	1905년 12월 18일~1906년 1월 21일	연재 송병선이 을사조약 체결 후 왕께 건의하고, 사망 후 장례를 치르는 과정을 기록.
4	마관반구일기 (馬關返柩日記)	습재실기 (習齋實紀)	최제학 (崔濟學)	20	1906년 10월 19일~1907년 4월 5일	면암의 병이 깊다는 것을 듣고 대마도로 찾아가고, 면암의 사망 후 반장하는 과정을 기록.
5	화도산양록 (華島山樑錄)	후창집 (後滄集)	김택술 (金澤述)	20	1922년 7월 3일~9월 18일	간재 전우가 위독하다는 것을 듣고 부안 계화도에 찾아가 임종을 보고 장례를 치르는 과정을 기록.
6	사호일록 (沙湖日錄)	송계유고 (松溪遺稿)	이희탁 (李熙鐸)	20	1916년 3월~1918년 10월 28일	송사 선생이 계신 사호에서 학문을 질의하고 돌아온 일과 임종했다는 소식을 듣고 찾아가 장례를 치르는 과정을 기록.
7	화도대상시일기(華島大祥時日記)	봉산유고 (蓬山遺稿)	김현술 (金賢述)	20	1924년 7월 1일~3일	선사의 대기(大朞)일에 맞춰 화도에 다녀온 일과 스승의 문집 간행을 둘러싼 갈등 상황을 기록.
8	참선사대상일기(參先師大祥日記)	학산유고 (學山遺稿)	소재준 (蘇在準)	20	1924년 6월 27일~7월 4일	간재 전우의 대상(大祥)에 다녀온 일을 기록.

스승의 장례를 기록한 경우는 모두 8편으로, 이 중 7편이 20세기의 일기이다. 연재 송병선, 면암 최익현, 간재 전우, 송사 기우만 등 한말의 대표적인 학자들의 장례를 확인할 수가 있다.

스승이 아닌 다른 이의 장례를 기록한 경우는 모두 4편으로 아래의 표와 같다.

〈문집 저자가 쓴 장례일기 중 스승 외의 장례를 기록한 경우〉

순번	일기명	수록 문집	문집 저자	해당 세기	일기 기간	요약
1	경행일기 (京行日記)	창암집 (滄庵集)	조종덕 (趙鍾悳)	20	1919년 1월 27일~2월 5일	고종황제가 사망한 것을 듣고 서울에 올라가 장례를 보고 통곡하고 돌아온 일을 기록.
2	쇄언(瑣言)	성당사고 (誠堂私稿)	박인규 (朴仁圭)	20	1966년 1월 13일~7월 1일	앞부분에는 논어 등에 실린 말이, 뒷부분에는 순조의 아내 윤황후 사망에 슬퍼하고 곡하는 과정이 기록.
3	여묘일록 (廬墓日錄)	석정유고 (石汀遺稿)	문제중 (文濟衆)	20	1933년 7월 4일~8월 21일	아버지의 장례를 치르는 과정 중 여묘생활을 기록. 의론적인 내용이 많음.
4	옥과화면작산용산일기 (玉果火面鵲山用山日記)	몽암집 (夢巖集)	이종욱 (李鍾勖)	19	1889년 2월	장례 절차인 천광(穿壙)하는 과정을 기록.

4편에 불과하기 때문에 장례 대상별로 별도로 정리하지 않았다. 다만 조종덕의『창암집』에 수록된 <경행일기>, 박인규의『성당사고』에 수록된 <쇄언>은 고종황제, 윤황후 등의 국상을 기록한 것으로서 2편이므로 먼저 배치하였다. 그 다음으로 부친상을 기록한 일기, 장례의 대상이 누구인지는 알 수 없지만 장례 중 천광하는 과정을 기록한 일기가 있다.

다른 사람이 문집 저자의 사망과 장례에 대해 기록한 일기와 문집 저자가 스승이나 다른 사람의 장례를 기록한 일기에 내용상 차이는 없다. 문집을 편찬하는 사람들이 문집 저자에 대한 장례일기를 수록한 것이냐, 문집 저자가 쓴 장례일기를 수록한 것이냐의 차이일 뿐이기 때문이다. 여기에서는 문집 저자의 장례에 대해 제자가 쓴 일기를 한 편 살펴보고자 한다.

> 모든 가족과 사위들을 불러 둘러앉히고 말씀하시기를 "저녁 아니면 밤중에 나의 목숨이 끊어질 것이니 모두 내 눈 앞에서 곡을 하라." 하고, 이 뒤에는 전혀 곡기(穀氣)나 약을 들지 않았다. 그리고 "죽을 사람이 먹으면 뭘 하나."라고 하였다. 자식들과 형제가 억지로 권하자 종이, 붓을 가져오라 청하여 쓰기를 "칠십이 되어 죽으니 무슨 한이 있겠는가. 팔세 여아도 오히려 돌아보지 않는다." 하였는데 '하한(何恨)'의 아래 두 글자와 '불고(不顧)'의 아래 몇 자는 글자 모습이 더욱 착란해서 알 수가 없었다.
>
> 칠일 정해(丁亥), 자시(子時)에 과연 외당(外堂)에서 작고하였다. 문인 박효준(朴孝濬)이 고복(皐復)을 했고 이때 편의를 위해 시신을 내당으로 옮겼다. 마상덕(馬相德)이 새벽에 분곡(奔哭)을 했고, 김백진(金百鎭)은 아침 뒤에 분곡을 했으며, 능주 문충렬(文忠烈)씨에게 전부(電訃)를 하고 부고(訃告)를 인쇄해 왔다.[76]

위는 김영근의 『경회집』에 수록된 <경회선생임종일기>의 1934년 12월 6일 일기 마지막 부분과 12월 7일 일기 전체이다. 김영근은 1865년 3

---

76) 命呼諸家族及女婿等而列坐曰, 非夕則夜半則我命絶矣, 皆我眼前哭之. 自是絶不飮穀氣及藥物曰, 將死之人, 食則何爲. 胤子兄弟强之, 請紙筆書之曰, 七十而卒何恨○○, 八歲女兒猶不顧云云, 而何恨下二字及不顧下幾字, 字樣尤錯亂, 未曉得矣. 七日丁亥, 子時果易簀于外堂. 門人朴孝濬皐復, 時取便奉屍遷于內堂. 馬相德侵晨而奔哭, 金百鎭朝後奔哭, 電訃于綾州文忠烈氏, 印刷訃告而來. - 金永根, 『景晦集』, <景晦先生臨終日記>

월 3일에 강진에서 태어나 근대의 격동기에 유학자이자 우국지사로서의 삶을 살다 1934년 12월 7일에 세상을 떠났다. 문집에 수록된 <경회선생임종일기>는 작성자가 누구인지 알 수 없지만, 제목에 '선생'이라고 호칭한 것과 일기 내용을 볼 때 제자 중 한 명이 작성한 것으로 보인다. 일기의 시작부분에서는 1934년 여름의 병세부터 간략히 요약한 후, 1934년 11월 24일부터 12월 11일까지 일자별로 병세가 심해지고 사람들을 만난 일, 사망한 일, 장례치르는 과정이 기록되어 있다.

위의 인용한 부분에는 사망하기 직전의 일과 사망, 그리고 사망 직후의 상황이 담겨 있다. 사망하기 직전에 가족들을 불러 마지막 유언을 남기고 곡기를 끊은 일, 사람들의 청에 의해 마지막 글을 남긴 일 등을 상세히 볼 수 있으며, 사망 후 문인이 고복, 곧 죽은 이의 이름을 부르면서 초혼(招魂)하는 것과 사람들이 달려 와 곡하고 부고를 알리는 과정을 볼 수가 있다.

6일 일기 말미에는 작은 글씨로 된 세주(細註)가 있는데, 김영근이 마지막에 쓴 글귀를 귀하게 챙겨둬야 하는데 급해서 휴지에 쓴 데다 보관도 못해 한으로 남는다고 기록하여 안타까움을 드러내고 있다. 이처럼 장례일기를 통해 사망 전후의 상황과 세세한 일화까지도 볼 수가 있다. 김영근의 문집에는 아들이 쓴 <선고경회당부군임종시일기(先考景晦堂府君臨終時日記)>도 수록되어 있어, 김영근의 임종과 장례 상황을 다양한 시선으로 볼 수가 있다.

최근까지 장례일기를 별도로 조사한 경우는 없고, 황위주, 최은주가 조선시대 일기자료를 연구하면서 장례일기를 함께 조사한 것이 유일하다. 황위주는 앞서 언급했듯이 16편의 장례일기를 목록까지 제시하였는데, 이 중 오준선의 『후석유고』에 수록된 <신미일기> 1편만이 호남문집

소재 장례일기와 중복된다. 최은주는 '고종 문상 상장례일기'라는 명칭
으로 19편의 일기가 있다고 했지만[77] 목록이 제시되지 않아 구체적 일
기가 무엇인지는 알 수 없다. 그런데 호남문집 소재 장례일기를 조사한
결과 23편으로, 지역적 제한을 두었음에도 이들의 조사보다 많은 일기
를 확인할 수 있었다.

장례 자체가 기간적 제한이 있으므로 장례일기는 비교적 짧아 문집
수록이 용이하다. 그렇기 때문에 다른 지역도 문집을 세세히 살폈을 때
더 많은 장례일기를 찾을 수 있을 것이라 생각한다. 밝혀진 장례일기가
적은 현 상황에서, 23편에 이르는 호남문집 소재 장례일기는 선조들의
장례문화를 살피고, 부모·스승 등의 죽음에 직면한 사람들의 감정을 볼
수 있는 좋은 자료가 될 것이다.

---

77) 최은주, 「조선 시대 일기 자료의 실상과 가치」, 『대동한문학』30, 대동한문학회,
   2009, 12쪽.

Ⅳ. 호남문집 소재 일기류 자료의 특징

본 저서에서는 호남문집 소재 일기 총 565편을 확인하여, Ⅱ장에서는 시기별로, Ⅲ장에서는 내용별로 정리하였다. 호남문집 소재 일기는 14~15세기에 등장하기 시작한 이후, 다양한 내용을 담은 일기가 다수 발견되었다. 이를 다시 한 눈에 볼 수 있게 표로 정리하면 아래와 같다.

〈호남문집 소재 일기의 내용별, 시기별 수량〉[1]

내용 분류	14~15세기	16세기	17세기	18세기	19세기	20세기	총 수량
생활일기	·	5	8	4	13	10	40
강학일기	·	·	5	4	15	17	41
관직일기	1	8	7	9	9	·	34
기행일기	3	14	23	34	119	129	**322**
사행일기	·	4	5	1	·	·	10
유배일기	·	·	1	3	1	2	7
전쟁일기	·	**41**	7	·	·	·	48
의병일기	·	·	·	·	·	9	9
사건일기	1	3	2	1	10	14	31
장례일기	·	·	1	1	5	16	23
총 수량	5	75	59	57	172	**197**	565

위의 수치를 중심으로 하여 살폈을 때 호남문집 소재 일기는 크게 세 가지 면에서 특징적이다. 첫째, 단일 경험 중 임진왜란에 대한 일기가 집중적으로 수록되어 있으며, 둘째, 내용별 일기 중 기행일기에 편중된

---

1) 이 표는 기존에 발표한 소논문 「호남문집 소재 일기류 자료의 현황과 가치」(『국학연구』31, 한국국학진흥원, 2016, 546쪽)에도 실은 바 있다. 당시에는 2016년 11월까지의 조사 결과인 562편의 일기를 대상으로 하였다.

경향을 보이며, 셋째, 시기 중 20세기 일기를 다량 보유하고 있다.

16세기 전쟁일기 41편은 모두 임진왜란을 기록한 일기로 단일 경험에 대한 일기 중 가장 많은 수를 차지한다. 기행일기는 322편으로 10가지 내용별 일기 중 압도적으로 수량이 많다. 20세기 일기는 197편으로 세기 중 가장 많을 뿐만 아니라 20세기 전반부에 집중된 수치라 그 수가 갖는 의미가 더 크다. 이제 이 세 가지 특징에 대해 간략히 정리하도록 하겠다.

1. 임진왜란 일기의 집중적 수록

임진왜란은 1592년부터 1598년까지 치러진 전쟁으로, 조선시대를 통틀어 가장 비극적인 사건이라 할 수 있다. 많은 사람들이 죽었고, 포로로 해외에 끌려갔으며, 국토가 피폐화되고, 먹을 것이 없어 인육을 먹는 사태까지 일어났음은 익히 알려진 사실이다. 전쟁이라는 엄청난 비극을 경험한 사람들은 이를 다양한 기록으로 남겼으며, 이 중 일기는 당시 경험을 생생하게 기록하는 하나의 방식이었다.[2]

호남문집 소재 일기를 조사하기 전 임진왜란 관련 일기도 어느 정도 있을 것이라 추정하였다. 그런데 실제 조사를 해 본 결과 41편이나 되어 예상보다 훨씬 많은 수의 일기를 확인할 수 있었다. 14~15세기에 5편에 불과했던 일기가 16세기에 75편이나 발견되는 데에도 이 임진왜란 일기가 큰 몫을 차지하였다. 또한 대체적으로 후세기로 갈수록 일기의 수가 많아지는데 16세기 일기가 17·18세기 일기보다 20편 가까이 많은 것도 임진왜란 일기가 문집에 집중적으로 수록된 것 때문이었다.

조선시대 일기를 조사한 황위주의 결과는 15세기 11편, 16세기 165편, 17세기 243편, 18세기 305편으로 시기가 지날수록 일기의 수가 증가하였다.[3] 그러나 호남문집 소재 일기는 임진왜란 일기 수록의 영향으로 16세기가 17·18세기보다 많은 현상을 보인 것이다.

임진왜란에 대한 기록은 우리나라에만 있는 것이 아니다. 전쟁을 일으킨 일본인과 제3자인 서양인의 눈에도 임진왜란은 충격이 큰 비극적

---

2) 김미선, 『호남의 포로실기 문학』, 경인문화사, 2014, 19~20쪽 참조.
3) 황위주, 「조선시대 일기자료의 현황과 활용방안」, 『국역 조선시대 서원일기』, 한국국학진흥원, 2007, 770쪽.

인 전쟁이었다.

　들도 산도 섬도 죄다 불 태우고, 사람을 쳐 죽인다. 그리고 산 사람은
금속 줄과 대나무 통으로 목을 묶어서 끌어간다. 어버이 되는 사람은 자식
걱정에 탄식하고, 자식은 부모를 찾아 헤매는 비참한 모습을 난생 처음 보
게 되었다.[4]

　조선 측의 사상자 수는 알 수 없으나 죽은 자와 포로가 된 자의 수는
일본 측과 비교할 수 없을 정도였다. 교토나 다른 지역으로 끌려간 자들을
제외하고 이곳 시모[下]에 있는 포로만 하더라도 그 수가 헤아릴 수 없을
정도로 많았다.[5]

　위의 첫째 인용문은 재침입이 있던 1597년에 군의관으로서 종군하여
조선에 왔었던 일본 승려 케이넨[慶念]의 일기 중 1597년 8월 6일 일기의
일부이고, 둘째 인용문은 당시 일본에 있던 포르투칼 출신 선교사 루이
스 프로이스가 쓴 기록 중 조선인 포로에 대한 부분이다. 전쟁의 적군조
차 조선인들의 비극을 아프게 기록하고, 제3자인 선교사도 임진왜란을
체계적으로 기록함을 확인할 수 있다. 그렇다면 임진왜란의 고통을 직
접 경험한 조선 사람들은 어떠했을까?
　호남문집 소재 임진왜란 일기 41편은 임진왜란이라는 비극을 겪은 호
남사람들의 모습을 담고 있다. 그리고 그 후손들이 선조들의 전쟁 참여
와 그에 대한 기록에 대해 어떤 의식을 가지고 있는지를 볼 수가 있다.
　앞서 Ⅲ장의 전쟁일기 부분에서 살폈듯이, 임진왜란 일기는 문집 저
자가 자신의 임진왜란 경험을 쓴 일기가 24편, 문집 저자가 역사적 상황

---

4) 케이넨 저/신용태 역, 『임진왜란 종군기』, 경서원, 1997, 61쪽.
5) 루이스 프로이스 저/정성화·양윤선 역, 『임진난의 기록』, 살림, 2008, 141쪽.

을 일기 형식으로 기록한 것이 5편이었고, 나머지 12편은 타인의 일기를 문집에 수록한 것이었다.

문집은 대부분 저자의 사후에 후손들이나 후학에 의해 작품 수집, 편찬, 간행 과정을 거치게 된다. 곧 후손들이 문집 간행을 위해 작품을 모으고 문집에 실을 작품을 선별하는 과정에서 임진왜란 일기는 그 중요성을 높이 사 문집에 수록되었을 것이다.

노인의 문집『금계집』에는 임진왜란이 발발하자 의병으로 참여한 일, 1597년 8월에 포로로 잡혔다가 1600년 1월에 한양으로 돌아온 과정 등이 일기로 수록되어 있는데, 모두 14편으로 나뉘어 수록되어 있다. 이 문집은 1823년에 간행되었고, 임진왜란 당시 노인이 쓴 일기인 초고본『금계일기』가 현전하여 후손들이 이 일기의 내용을 문집에 수록하였음을 알수 있다.

그런데 잡록의 하위에 일기를 수록하되 <임진부의(壬辰赴義)>, <정유피부(丁酉被俘)>, <만요섭험(蠻徼涉險)>, <왜굴탐정(倭窟探情)>, <화관결약(和館結約)>, <화주동제(華舟同濟)>, <장부답문(漳府答問)>, <해방서별(海防敍別)>, <흥화력람(興化歷覽)>, <복성정알(福省呈謁)>, <대지서회(臺池舒懷)>, <원당승천(院堂升薦)>, <화동과제(華東科制)>, <성현궁형(聖賢窮亨)>이라는 제목으로 내용을 나누어 수록하였다.

이는 확실한 기록이 남아있지 않지만 300년이라는 시간이 지난 후의 간행이라는 점과 방대한 양의 일기를 싣기 어렵다는 점을 고려할 때 노인이 아닌 후손들이 정리했을 가능성이 커 보인다. 후손들이 노인의 임진왜란 일기를 내용별로 분류하고, 제목을 붙여 수록한 것으로 추정되는 것이다. 이런 정리로 인해 '임진년에 의거에 나아가다[壬辰赴義]', '정유년에 포로로 사로잡히다[丁酉被俘]'와 같이 제목만 보고도 어떠한 핵심 내용을 담고 있는지를 알 수가 있다.

이는 후손들이 노인의 전쟁 기록에 그만큼 큰 관심을 가졌고 적극적으로 수록하려 노력했기 때문에 가능한 것이다. 김자현은 왜 임진왜란을 연구하는지 언급하면서 "전쟁을 경험한 사람들은 인간 공동체 사회에 밀어닥친, 상상을 초월할 정도의 비극을 직접 목도하고 자각하였으며, 그것을 입증하는 기록들을 남겼다. 이후 임진왜란을 추념하는 문화적 정서는 그 전쟁을 영원토록 기억하려는 다양한 행사가 계속되도록 하였다."6)라고 하였다. 곧 비극적 전쟁을 겪은 당사자는 그를 기록으로 남기고, 임진왜란을 추념하는 문화적 정서 속에서 그를 기억하기 위해 후손들은 문집에 그 기록을 적극적으로 수록한 것이다.

후손, 후학들의 노력은 문집 저자의 임진왜란 기록이 없을 때에도 계속된다. 문집 저자가 쓰지 않은 12편의 호남문집 소재 임진왜란 일기가 그를 증명한다.

임계영의 『삼도실기』에 수록된 <산서일기절록>과 <충무공난중일기절록>은 각각 조경남과 이순신의 일기에서 임계영이 등장하거나 관련 있는 부분을 발췌하여 수록한 것이며, 최경회의 『일휴당선생실기』에 수록된 <고산일록>은 조경남의 일기 중 최경회가 등장한 부분을 발췌하여 수록한 것이다. 정운의 『정충장공실기』에는 안방준의 <부산기사> 전체가 <안우산부산기사>라는 제목으로 수록되어 있으며, 이순신의 일기 중 정운이 등장한 이틀간의 일기가 수록되어 있다. 임환의 『습정유고』에 수록된 <예교진병일록>은 진경문의 일기 전체가 수록된 것이다. 순천 예교에서 대전한 상황을 기록한 것으로 당시 전투에 임환도 참여하였으

---

6) 김자현, 「우리는 왜 임진왜란을 연구합니까?」, 『임진왜란 동아시아 삼국전쟁』, 휴머니스트, 2007, 35쪽.

므로, 문집에 수록된 것이다. 이외 Ⅲ장에서 예를 들어 살폈던 채홍국의
『야수실기』에 수록된 <호벌치순절일기>는 일기 저자는 누구인지 알 수
없으나 채홍국의 마지막 전투에 같이 참여하여 채홍국의 죽음도 기록한
것을 볼 수 있었다.

임진왜란 일기 중 가장 널리 알려진 것은 이순신(李舜臣, 1545~1598)의
일기이다. 이순신은 삼도수군통제사로서 임진왜란 중 수군을 통솔하였
고, 패전을 기록하던 조선에 승전보를 가져다 준 인물이다. 그런 그가
전쟁 중 기록한 친필본 일기는 현재도 전해져 국보로 지정되어 있으며,
그의 문집 『이충무공전서(李忠武公全書)』의 권5~8에도 <난중일기(亂中
日記)>라는 제목으로 일기가 수록되어 있다.7)

이순신 자체가 영웅으로 추앙받았고, 그의 문집 『이충무공전서』안에
도 일기가 수록되었으니 사람들은 친필본은 보지 못했더라도 문집 내에
수록된 이순신의 일기는 접했을 것이다. 그리고 임진왜란 때 전투에 참
여했던 사람의 후손들은 이순신의 일기에서 선조에 대한 기록을 찾았던
것으로 보인다. 그리하여 12편의 호남문집 소재 타인의 임진왜란 일기
중 3편이 이순신의 일기에서 발췌한 것이었다.

　　5월 초1일 경오. 수군이 모두 앞바다에 모였다. 이날 흐리고 비가 오지
않았고, 남풍이 크게 불었다. 진해루(鎭海樓)에 앉아 방답첨사, 흥양현감,
녹도만호를 불러들이니, 모두 격분하여 제 한 몸을 잊었다. 가히 의사(義
士)라 이를만 하였다.8)

---

7) 『이충무공전서』에 대해서는 '한국고전종합DB'(http://db.itkc.or.kr/) 내 한국문집총
　　간 하위 <이충무공전서 해제> 참조, 『정충장공실기』에 대해서는 '호남기록문화유
　　산'(http://memoryhonam.or.kr/) 내 문집 하위 <정충장공실기 해제> 참조.
8) 五月初一日庚午. 舟師齊會前洋. 是日, 陰而不雨, 南風大吹. 坐鎭海樓, 招防
　　踏僉使, 興陽倅, 鹿島萬尸, 則皆憤激忘身. 可謂義士也. - 鄭運, 『鄭忠壯公實

6월 7일 을사 맑음. 정탐선을 아침에 출발시켰는데 영등(永登) 앞바다에 이르러 적선이 율포(栗浦)에 있다는 것을 들었다. 복병선으로 하여금 탐지하게 하니, 적선 5척이 우리 군대를 먼저 알아보고 남쪽 넓은 바다로 달아났다. 여러 배가 일시에 쫓아가 사도첨사 김완이 한 척을 온전히 잡고, 우후 이몽구도 한 척을 온전히 잡고, 녹도만호 정운도 한 척을 온전히 잡았다. 36개의 왜적 머리를 수급했다.[9]

위의 인용문은 이순신의 일기를 발췌 수록한 것으로 정운의『정충장공실기』에 수록된 <난중일기> 전체이다. 전쟁 초기인 1592년 5월 1일과 6월 7일 일기 전문이 수록되어 있다. '오월(五月)', '유월(六月)'이라는 월이 일자 앞에 표기된 것 외에는『이충무공전서』에 수록된 일기와 완전히 일치한다.

5월 1일 일기에는 정운의 이름이 나오지 않지만 여기에 등장한 녹도만호가 바로 정운이며, 6월 7일 일기에는 '녹도만호 정운'이라고 이름까지 정확히 나온다. 정운에 대한 이순신의 긍정적인 평가와 전쟁에서 정운의 활약을 짧게나마 확인할 수가 있다.

정운은 1570년 무과에 급제한 후 거산찰방·웅천현감·제주판관 등을 역임하였다. 49세 되던 1591년 유성룡의 천거로 녹도만호에 임명되었으며, 1592년 임진왜란이 발발하자 이순신의 막하로 들어가 옥포해전·당포해전·한산도해전 등에 참전하였다. 그는 부산포해전 때 쫓겨가는 적을 추격하다가 전사하였는데, 그의 이러한 행적을 너무나 잘 아는 후손

紀』, <亂中日記>

9) 六月初七日乙巳晴. 探賊船朝發, 到永登前洋, 聞賊船在栗浦. 令伏兵船指之, 則賊船五隻, 先知我師, 奔走南大洋, 諸船一時追及, 蛇渡僉使金浣, 一隻全捕, 虞候李夢龜, 一隻全捕, 鹿島萬戶鄭運, 一隻全捕. 合計倭頭三十六級. - 鄭運,『鄭忠壯公實紀』, <亂中日記>

들이 이순신의 일기에서 정운의 기록을 찾았던 것으로 보인다.『이충무
공전서』가 1795년에 간행되었고,『정충장공실기』가 1866년에 간행되었
으므로 문집 간행 전에 정운의 후손들이 이순신의 문집 내 일기를 충분
히 확인할 수 있었을 것이다.

이순신의 일기는 1592년 1월부터 1598년 11월까지 전쟁 전(全) 기간에
걸쳐 쓰여졌다. 그중 극히 일부에 정운이 등장하지만, 정운의 일기가 남
아 있지 않은 상황에서 이순신의 일기에 기록된 정운의 기록은 후손들
에게 큰 의미로 다가왔을 것이다.

이러한 태도는 정운의 후손뿐만 아니라 다른 후손들에게도 마찬가지
여서, 호남문집 소재 타인의 임진왜란 일기는 12편이 확인되었다. 선조
가 임진왜란 경험을 글로 남긴 경우는 물론이거니와 선조에 대한 타인
의 임진왜란 일기도 적극적으로 수록하는 호남문집 편찬자들의 태도를
확인할 수 있었다. 다른 지역 문집 소재 일기가 조사되지 않은 상황에서
지역별 비교는 힘들지만, 호남문집 소재 일기 안에서 임진왜란 일기의
적극적 수록이라는 특징을 알 수 있었다.

2. 기행일기 편중적 경향

호남문집 소재 일기는 내용에 따라 생활일기, 강학일기, 관직일기, 기행일기, 사행일기, 유배일기, 전쟁일기, 의병일기, 사건일기, 장례일기 등 10가지로 분류할 수 있다. 다양한 내용의 일기가 나타나나 수량에 있어서는 차이가 크다. 가장 많은 수량을 차지하는 것은 기행일기로 565편의 일기 중 322편이며 가장 적은 수량을 차지하는 것은 유배일기로 7편이다. 기행일기 다음으로 많은 수를 차지하는 것은 전쟁일기로 48편을 차지하여 기행일기와의 수량 차이가 매우 크다. 300편이 넘는 기행일기 외의 다른 9종류의 일기는 최저 7편에서 최고 48편으로, 호남문집 소재 일기는 기행일기에 편중된 특징을 갖는다.

호남문집 소재 일기 중 기행일기는 어느 한 시기에 집중된 것이 아니다. 기행일기는 호남문집 소재 일기가 처음 등장한 14~15세기 이래로 꾸준히 등장하며 점차 수량이 많아지는 현상을 보인다. 시기별로 기행일기의 수량과 비율을 표로 나타내면 다음과 같다.

〈호남문집 소재 기행일기의 시기별 수량 및 비율〉

내용 분류	전체 일기 수량(편)	기행일기 수량(편)	기행일기 비율(%)
14~15세기	5	3	60
16세기	75	14	18.67
17세기	59	23	38.98
18세기	57	34	59.65
19세기	172	119	69.19
20세기	197	129	65.48
합계	565	322	56.99

위의 표에서 볼 수 있듯이 호남문집 소재 기행일기는 14~15세기 3편으로 5편의 일기 중 60%에 이른다. 이후 16세기 14편, 17세기 23편, 18세기 34편으로 꾸준히 수량이 증가하다가 19세기에 이르면 119편으로 수량이 대폭 증가하며, 전통 문집과 한문일기가 사라져가는 시대인 20세기에 129편이라는 가장 많은 수량을 보인다.

이와 관련하여 이지영은 조선전기의 지리산 기행문을 연구하면서 "한문학에 있어서 기행산문은 조선전기에 들어와서 본격적으로 창작되면서 조선후기에 들어서는 더욱 성행하였다."[10]고 하였는데, 호남문집 소재 기행일기도 비슷하게 전개됨을 볼 수 있다.

14~15세기에는 워낙 작품 수가 적기 때문에 비율의 의미가 크지 않으며, 16세기에는 임진왜란 전쟁일기가 41편이나 수록된 영향으로 비율이 낮다. 이후 17세기 38%, 18세기 59%, 19세기 69%로 점점 높아지는 비율을 보이다가 20세기 65%로 약간 감소한 비율을 보인다.

20세기에는 일제강점기의 복잡한 시대적 상황 속에서 의병일기가 호남문집 소재 일기 중 유일하게 나타나고, 가장 많은 사건일기, 장례일기가 나타난 것이 기행일기의 비율이 감소하는 데에 영향을 준 것으로 보인다. 하지만 기행일기의 수량만큼은 줄어들지 않고 19세기보다 10편 중가한 상황을 보인다.

이처럼 호남문집 소재 일기 중 기행일기는 약 57%에 이르러 10가지 일기 중에 압도적인 비율이며, 시기가 흐를수록 그 비중은 높아지는 경향을 보인다. 그렇다면 호남문집 소재 일기가 기행일기에 이렇게 편중된 원인은 무엇일까?

---

10) 이지영, 「朝鮮 前期의 智異山 紀行文 硏究 - 佔畢齋, 秋江, 濯纓을 中心으로」, 『한국 기행문학 작품 연구』, 국학자료원, 1996, 33쪽.

호남문집 소재 일기가 기행일기 편중적 경향을 보이는 데에는 두 가지 원인을 생각할 수 있다. 첫째, 여행을 기록하는 기행 자체의 특성에서 기인한다. 여행은 거주지를 떠나 새로운 곳에 다녀오는 것으로, 유람을 목적으로 한 경우를 비롯하여 과거시험, 성묘 등 다양한 이유로 다른 곳에 다녀오게 된다. 일정한 기한에 제한을 두고 새로운 곳에 다녀오며 보게 되는 것들, 만나게 되는 사람들은 깊은 인상을 남기게 되고, 자기 삶의 특별한 일을 기록으로 남기고자 하는 욕구가 생기기 마련이다. 글쓰기가 생활화되었던 선조들은 한시, 가사 등의 시가문학과 일자별로 생생하게 기록한 일기로 이러한 여행을 기록하였다. 곧 여행 자체의 특성이 많은 작품 창작을 가져오는 것이다.

여행과 관련하여 김태준은 기행의 정신사에 대해 논하면서 우리의 사랑방 문화가 독특하게 발달한 것에 주목했다. 그는 "우리나라 사람들이 길손을 후대하는 정신은 한민족의 심성과 여행의 활발한 역사와 함께 뿌리깊게 발전해 왔다."고 하였다.11) 기행일기가 쓰여지기 위해서는 여행이 전제되어야 하는데, 여행을 중시하고 활발하게 한 선조들의 특성이 바탕이 되어 다양한 기행일기가 창작될 수 있었던 것이다.

또한 여행은 어느 특정시기에만 있는 것이 아니라 아주 오랜 옛날부터 현대에 이르기까지 인간 생활 속에 있어왔다. 호남문집 소재 일기가 처음 등장한 고려말, 조선시대 전 시기를 비롯하여 역사적으로 불행했던 일제강점기에도 사람들은 여행을 떠났고 이를 일기로 남겼다. 전쟁 참여, 의병활동 등은 특정 시점에만 있었지만 여행은 어느 시기에나 있어왔기 때문에 다량의 기행일기가 문집에도 실릴 수 있었던 것이다.

---

11) 김태준, 「紀行의 精神史」, 『여행과 체험의 문학 - 국토기행』, 민족문화문고간행회, 1987, 14쪽.

둘째, 분량, 구성 등에 의한 문집 수록의 용이성에서 기인한다. 생활일기, 관직일기의 경우 오랜 기간을 담고 있는 경우가 많아 문집에 수록하기가 쉽지 않다. 이에 반해 기행일기는 여정이 끝나면 일기도 끝이 나서 분량이 비교적 적으며, 구성에 있어서도 완결된 형식을 갖는다. 하루하루가 끝없이 이어지는 것이 아니라 여정이 시작되어 거주지를 출발하면서 일기가 시작되며 거주지에 도착하면서 일기가 끝나기 때문이다.

짐을 꾸려 집을 출발하고, 길을 다니면서 다양한 것을 보며, 산수유람이든 스승 방문이든 목적에 따라 일을 보고, 다시 집으로 돌아오는 과정을 담게 되는 기행일기는 여정으로 인한 기승전결을 갖는다. 곧 문학적 완성도를 갖게 되는 것이다. 분량도 적고 문학적 완성도가 있는 기행일기는 양적으로나 질적으로 편찬자들이 문집에 수록하는 데에 충분한 이점이 있었을 것이다.

조선시대 전체 일기를 조사·정리한 황위주는 806편 중 164편의 기행일기를 확인하였으며,12) 최은주는 943편 중 186편의 기행일기를 확인하여,13) 두 사람 연구의 기행일기 비율은 약간의 차이는 있지만 모두 20% 가량이다. 두 사람은 문집 소재 일기뿐만 아니라 단독으로 전해지는 간행본·필사본 일기도 포함하여 조사하였다. 그렇기 때문에 57%인 호남문집 소재 일기 중 기행일기 비율에 훨씬 미치지 못하였던 것으로 생각된다. 문집은 저자의 다양한 문학작품을 모은 작품 모음집으로 분량이 많은 일기를 수록하는 데에는 한계가 있었기 때문에, 분량이 적고 문학적 완성도가 높은 기행일기가 다수 수록되었을 것이다.

---

12) 황위주, 「조선시대 일기자료의 현황과 활용방안」, 『국역 조선시대 서원일기』, 한국국학진흥원, 2007, 783쪽.
13) 최은주, 「조선 시대 일기 자료의 실상과 가치」, 『대동한문학』30, 대동한문학회, 2009, 12쪽.

아래는 기행일기 중 양회갑의 『정재집』에 수록된 <서석산기>의 첫 부분과 마지막 부분이다.

서석산은 남쪽 고을의 거대한 진산(鎭山)이다. 우뚝하기가 마치 성인(聖人)이 엄숙히 아래에 임하여 성색(聲色)을 움직이지 않는 것과 같다. 모든 산이 마치 머리를 우러러 명을 듣는 것 같았다. 나는 서석산의 백리 안에 살기에 숨만 쉬어도 마땅히 서로 통하는 듯하였다. 일찍이 용추(龍湫)와 증심(澄心)을 지났지만 꼭대기에는 가보지 못했으나, 때마침 마음에 맞는 절친한 벗들과 모여 마음에 묵혀 두었던 이 노닒을 맘껏 즐기었다. 을해년(1935) 5월에 나의 벗 율계(栗溪) 정기(鄭琦)가 편지를 보내와 "장차 적벽(赤壁)과 서석(瑞石)의 강과 산에서 마음껏 노닐며 회포를 풀고자 하네."라 하였다. 나는 상쾌한 흥감이 일어 율계를 적벽에서 만났는데, 김전(金鈿)과 김성옥(金聖玉) 및 종자 수십 인이 함께 온 것을 보았다. 정씨 집안의 어진 이들도 모두 이르렀다. 욕천(浴川) 이교창(李敎昌)은 본향의 족질인데, 공경히 함께 왔다. 배를 불러 강물에 띄우고 저물녘 정병섭(丁秉燮)의 집에 들어가 밤새도록 풍류를 즐겼다.[14)]

혼자서 십리 길을 내려와 평지에 이르니 능주와 화순의 경계이다. 논물은 거울과 같았고 벼는 푸르고 보리는 누렇게 익어가니, 곳곳마다 볼만 했다. 저녁에 돌아와 적는다.[15)]

---

14) 瑞石, 爲南州巨鎭. 屹然, 若丈人儼臨下, 而聲色不動. 衆山, 殆若仰首聽命. 余在百里之內, 呼吸宜若加通. 嘗過龍湫澄心而未直抵上巓. 會與知心友償宿債侈其遊也. 歲乙亥端陽月, 吾友鄭栗溪, 以書來曰, 將散懷於赤壁瑞石, 翺翔流峙. 余灑然興動, 遇栗溪于赤壁, 見金鈿金聖玉, 及從者數十人. 丁氏諸賢, 畢至. 浴川李敎昌, 本鄕族姪, 敬承與焉. 招舟汎江, 暮入丁秉燮家, 談風月度也. - 梁會甲, 『正齋集』, <瑞石山記>

15) 獨行十餘里, 到平地綾和界. 田水如鏡, 稻青麥黃, 區區可見, 暮還記之. - 梁會甲, 『正齋集』, <瑞石山記>

서석산은 무등산의 다른 이름으로, 호남지역의 진산이다. 현 광주광역
시 북구와 화순군 이서면, 담양군 남면에 걸쳐 있는 이 산은 화순에 거
주한 양회갑에게 먼 곳에 있는 산은 아니었다. 그러나 그도 정상에는 가
지 못하였는데, 율계 정기의 편지를 받고 함께 무등산에 가게 된다. 위
의 첫 부분에는 무등산에 대한 설명, 유람을 떠나게 된 계기 등이 나와
있다. 중간 부분에는 다음날 무등산을 유람하는 과정이 시간순으로 세
세하게 기록되어 있으며 풍경에 대한 묘사도 많다. 그리고 마지막 부분
에서는 위의 두 번째 인용문과 같이 벼가 푸르른 논과 누렇게 익어가는
보리밭을 지나 집에 돌아와 글을 적는 것으로 끝맺는다. 약 이틀간에 걸
친 짧은 여행이 위의 일기에 기록되어 있으며, 여정의 시작과 끝이 일기
의 시작과 끝이 되는 완결성을 갖는 것을 확인할 수 있다.

양회갑의 문집 속에는 위의 <서석산기>를 시작으로 <천관만덕산기
(天冠萬德山記)>, <월출산기(月出山記)>, <유달산기(儒達山記)>, <팔영산
기(八影山記)>, <종고산기(鍾鼓山記)>, <두류산기(頭流山記)>, <유한성기
(遊漢城記)>가 차례대로 실려, 총 8편의 기행일기를 확인할 수 있다. 서
울에 다녀온 일을 기록한 <유한성기> 외의 7편은 모든 호남지방의 명산
을 유람한 것이다. 이 중 <천관만덕산기>, <월출산기>, <유달산기>는
1939년 4월에 장흥의 천관산, 강진의 만덕산, 강진·영암의 월출산, 목포
의 유달산을 차례대로 간 일을 기록한 것이다. 그가 한 번에 짐을 싸서
여러 산을 돌아본 것인데, 문집에는 이와 같이 다른 제목을 가진 작품으
로 수록되었다. 이어진 여정을 한 편의 일기로.수록하기도 하지만, 이와
같이 주요 목적지에 따라 한 편 한 편 완결된 형태로 문집에 수록된 것
도 있다.

지금까지 살펴본 것처럼 기행일기는 선조들이 즐겨 창작하던 일기이

고, 작품의 분량과 완성도로 인해 호남문집에 매우 많은 수량이 실려 있
다. 여행은 사람이 평생에 걸쳐 한 번만 가는 것이 아니기에 한 사람의
문집에 여러 편의 기행일기가 수록된 경우가 많다. Ⅱ장에서는 시기별
로 일기를 살피면서 시기에 따라 2편 이상의 일기를 수록한 경우를 정
리했었는데, 여기에서는 전 시기에 걸쳐 기행일기를 2편 이상 수록한 경
우를 정리하면 다음과 같다.

⟨호남문집에 기행일기가 2편 이상 수록된 경우⟩16)

순번	기행일기 편수	수록 문집	문집 저자	일기명	해당 세기
1	2편	지헌유고 (止軒遺稿)	강희진 (康熙鎭)	정남일기(征南日記), 재정교남일기(再征嶠南日記)	20
2	2편	식재집 (植齋集)	기재(奇宰)	남유록(南遊錄), 동유록(東遊錄)	19
3	2편	고당유고 (顧堂遺稿)	김규태 (金奎泰)	동유록(東遊錄), 유불일포기(遊佛日瀑記)	20
4	2편	자연당선생유고(自然堂先生遺稿)	김시서 (金時瑞)	조계유상록(曹溪遊賞錄), 대은암유상록 (大隱巖遊賞錄)	17
5	2편	신헌유고 (愼軒遺稿)	김옥섭 (金玉燮)	유어병산록(遊御屛山錄), 북유일기(北遊日記)	20
6	2편	장육재유고 (藏六齋遺稿)	문덕구 (文德龜)	유수인산록(遊修仁山錄), 유북한록(遊北漢錄)	18
7	2편	춘재유고 (春齋遺稿)	박기우 (朴淇禹)	유두류산기(遊頭流山記), 유보평산기(遊寶平山記)	20

16) Ⅱ장에서 세기별로 한 문집 안에 일기가 2편 이상 수록된 것을 표로 정리할 때는,
수록 편수별로 정리하고, 같은 편수를 가진 것은 저자 생몰연도순으로 정리하였
다. 기행일기가 한 문집 안에 2편 이상 수록된 것은 수가 많기 때문에 이 표에서
는 기행일기 편수별로 정리하고, 같은 편수를 가진 것은 문집 저자명 가나다순으
로 정리하였다.

순번	기행일기 편수	수록 문집	문집 저자	일기명	해당 세기
8	2편	죽포집 (竹圃集)	박기종 (朴淇鍾)	유삼각산기(遊三角山記), 유평양기(遊平壤記)	19
9	2편	도탄집 (桃灘集)	변사정 (邊士貞)	유송도록(遊松都錄), 유두류록(遊頭流錄)	16
10	2편	후암집 (後菴集)	송증헌 (宋曾憲)	동유록(東遊錄), 재유풍악기(再遊楓岳記)	20
11	2편	백촌문고 (柏村文稿)	신언구 (申彦球)	경북유람록(慶北遊覽錄), 황해도해주관람록(黃海道海州觀覽錄)	20
12	2편	염와집 (念窩集)	안치수 (安致洙)	남유기(南游記), 관동일기(關東日記)	20
13	2편	청계집 (靑溪集)	양대박 (梁大樸)	금강산기행록(金剛山紀行錄), 두류산기행록(頭流山紀行錄)	16
14	2편	희암유고 (希庵遺稿)	양재경 (梁在慶)	유쌍계사기(遊雙溪寺記), 유서석산기(遊瑞石山記)	20
15	2편	만희집 (晩羲集)	양진영 (樑進永)	유서석산기(遊瑞石山記), 유관두산기(遊館頭山記)	19
16	2편	오헌유고 (梧軒遺稿)	위계룡 (魏啓龍)	화양행일기(華陽行日記), 평양유상일기(平壤遊賞日記)	20
17	2편	귀락와집 (歸樂窩集)	유광천 (柳匡天)	유삼각산기(遊三角山記), 연정야유기(蓮亭夜遊記)	18
18	2편	옥산집 (玉山集)	이광수 (李光秀)	유옥류천기(遊玉流泉記), 유금강기(遊金剛記)	20
19	2편	해학유서 (海鶴遺書)	이기 (李沂)	유만덕산기(遊萬德山記), 중유만덕산기(重遊萬德山記)	19
20	2편	만촌집 (晩村集)	이언근 (李彦根)	유천관산【병서】(遊天冠山【幷序】), 유방장록(遊方丈錄)	18
21	2편	한천사고 (寒泉私稿)	이환용 (李桓溶)	남유기행(南遊紀行), 풍악기행(風岳紀行)	20
22	2편	학남재유고 (學南齋遺稿)	장기홍 (張基洪)	남유록(南遊錄), 금강기행(金剛紀行)	20
23	2편	노포유고 (老圃遺稿)	정면규 (鄭冕奎)	황산일기(黃山日記), 내포일기(內浦日記)	19

순번	기행일기 편수	수록 문집	문집 저자	일기명	해당 세기
24	2편	회계집 (晦溪集)	조병만 (曺秉萬)	태백산부석사동유기(太白山浮石寺同遊記), 해망산연유기(海望山宴遊記)	19
25	2편	현주집 (玄洲集)	조찬한 (趙纘韓)	유검호기(遊劍湖記), 유천마성거양산기(遊天磨聖居兩山記)	17
26	2편	남전유고 (藍田遺稿)	최경휴 (崔敬休)	기유구월원유일록(己酉九月遠遊日錄), 북행일기(北行日記)	19
27	2편	산곡유고 (山谷遺稿)	최기모 (崔基模)	유백양산기(遊白羊山記), 정산왕환일기(定山往還日記)	19~20
28	3편	양재집 (陽齋集)	권순명 (權純命)	유대학암기(遊大學巖記), 관삼인대기(觀三印臺記), 등룡화산기(登龍華山記)	20
29	3편	석당유고 (石堂遺稿)	김상정 (金相定)	유가야산기(遊伽倻山記), 동경방고기(東京訪古記), 금산관해기(錦山觀海記)	18
30	3편	후창집 (後滄集)	김택술 (金澤述)	화양동유록(華陽洞遊錄), 금강산유록(金剛山遊錄), 두류산유록(頭流山遊錄)	20
31	3편	이안유고 (易安遺稿)	남석관 (南碩寬)	유세심정기(遊洗心亭記), 면앙정유기(俛仰亭遊記), 화방재유선기(畵舫齋遊船記)	18
32	3편	성당사고 (誠堂私稿)	박인규 (朴仁圭)	을해중추일록(乙亥仲秋日錄), 유황방산기(遊黃方山記), 유구이호제기(遊九耳湖堤記)	20
33	3편	솔성재유고 (率性齋遺稿)	박정일 (朴楨一)	종유일기(從遊日記), 유금산록(遊金山錄), 유화양동기(遊華陽洞記)	19
34	3편	정와집 (靖窩集)	박해창 (朴海昌)	계상왕래록(溪上往來錄), 남유록【무술사월】(南遊錄【戊戌四月】), 남유록(南遊錄)	19~20
35	3편	심석재선생 문집 (心石齋先生 文集)	송병순 (宋秉珣)	유금오록(遊金烏錄), 유방장록(遊方丈錄), 화양동기행(華陽洞記行)	19~20
36	3편	행림유고 (杏林遺稿)	양회환 (梁會奐)	유산록(遊山錄), 유도통사기(遊道統祠記), 등호암산기(登虎巖山記)	20
37	3편	과암유고 (果庵遺稿)	염재신 (廉在愼)	기행일록(畿行日錄), 관동일록(關東日錄), 유서석산기(遊瑞石山記)	19
38	3편	영허집 (映虛集)	영허 해일 (映虛海日)	두류산(頭流山), 향산(香山), 금강산(金剛山)	16

순번	기행일기 편수	수록 문집	문집 저자	일기명	해당 세기
39	3편	존재전서 (存齋全書)	위백규 (魏伯珪)	금당도선유기(金塘島船遊記), 유금성기 (遊錦城記), 사자산동유기(獅子山同遊記)	18
40	3편	남파집 (南坡集)	이희석 (李僖錫)	유관산기(遊冠山記), 유사산기(遊獅山記), 원유록(遠遊錄)	19
41	3편	화운유고 (華雲遺稿)	홍경하 (洪景夏)	관행일기(關行日記), 낙행일기(洛行日記), 영행견문록(瀛行見聞錄)	20
42	4편	춘재유고 (春齋遺稿)	김기숙 (金錤淑)	유람일기(遊覽日記), 상경일기(上京日記), 평장동왕자공단향행 일기(平章洞王子公壇享行日記), 연산둔암서원정향여수원각 현씨위문행 일기(連山遯巖書院丁享與水原珏鉉氏慰問行日記)	20
43	4편	덕암만록 (德巖漫錄)	나도규 (羅燾圭)	서행일기(西行日記), 왕자대록(王子垈錄), 서석록(瑞石錄), 속서석록(續瑞石錄)	19
44	4편	율산집 (栗山集)	문창규 (文昌圭)	장사산기(長沙山記), 해상일록(海上日錄), 유영호기(遊嶺湖記), 호행일기(湖行日記)	19~20
45	4편	노하선생문집 (蘆河先生文集)	박모 (朴模)	좌행일기(左行日記), 서유기(西遊記), 유천 관산기(遊天冠山記), 유변산기(遊邊山記)	19
46	4편	수월사고 (水月私稿)	박제망 (朴齊望)	유두류일기(遊頭流日記), 유변산일기(遊邊山日記), 동유록(東遊錄), 남정기(南征記)	19
47	4편	후석유고 (後石遺稿)	오준선 (吳駿善)	서유록(西遊錄), 서행록(西行錄), 유금강 산기(遊金剛山記), 임술추황룡강선유기 (壬戌秋黃龍江船游記)	20
48	4편	목산고 (木山藁)	이기경 (李基敬)	괴황일기(槐黃日記), 변산동유일록(邊山東遊日錄), 기미행정력(己未行程歷), 동유 일기(東遊日記)	18
49	4편	저전유고 (樗田遺稿)	이종림 (李鍾林)	금강록(金剛錄), 남유록(南遊錄), 서유록 (西遊錄), 경신유람록(庚申遊覽錄)	20
50	4편	율계집 (栗溪集)	정기 (鄭琦)	유현암기(遊懸巖記), 유방장산기(遊方丈山記), 유백양산기(遊白羊山記), 남유사산 기(南遊四山記)	20
51	4편	연천유고 (蓮泉遺稿)	최일휴 (崔日休)	과화양원기(過華陽院記), 유두륜산기(遊頭崙山記), 서행일록(西行日錄), 좌춘일록 (坐春日錄)	19

순번	기행일기 편수	수록 문집	문집 저자	일기명	해당 세기
52	5편	명은집 (明隱集)	김수민 (金壽民)	삼동유산록(三洞遊山錄), 유변산록(遊邊山錄), 유석양산기(遊夕陽山記), 망덕산기(望德山記), 남산기(南山記)	18
53	5편	양곡집 (陽谷集)	오두인 (吳斗寅)	청량산기(淸凉山記), 부석사기(浮石寺記), 조석천기(潮汐泉記), 의암기(義巖記), 두류산기(頭流山記)	17
54	8편	동해집 (東海集)	김훈 (金勳)	동유록(東遊錄), 화양록(華陽錄), 흑산록(黑山錄), 천관록(天冠錄), 남유록(南遊錄), 지유록(坧遊錄), 옥천록(沃川錄), 방구록(訪舊錄)	19~20
55	8편	정재집 (正齋集)	양회갑 (梁會甲)	서석산기(瑞石山記), 천관만덕산기(天冠萬德山記), 월출산기(月出山記), 유달산기(儒達山記), 팔영산기(八影山記), 종고산기(鍾鼓山記), 두류산기(頭流山記), 유한성기(遊漢城記)	20
56	10편	창암집 (滄庵集)	조종덕 (趙鍾悳)	도원계일기(到遠溪日記), 배종일기(陪從日記), 두류산음수기(頭流山飮水記), 자문산지화양동기(自文山至華陽洞記), 자활산지화양동기(自活山至華陽洞記), 자화양팔입유동기(自華陽入仙遊洞記), 남유일기(南遊日記), 등서불암견노인성기(登西佛庵見老人星記), 재유관산기(再遊冠山記), 등서석산기(登瑞石山記)	19~20
57	12편	추산유고 (秋山遺稿)	김운덕 (金雲悳)	성유람기(京城遊覽記), 영남유람기(嶺南遊覽記), 서호유람기(西湖遊覽記), 남원유람기(南原遊覽記), 중사유람기(中沙遊覽記), 회덕유람기(懷德遊覽記), 임피유람기(臨陂遊覽記), 영주유람기(瀛州遊覽記), 서석유람기(瑞石遊覽記), 화양동유람기(華陽洞遊覽記), 태인평사유람기(泰仁平沙遊覽記), 백양사유람기(白羊寺遊覽記)	19~20
58	22편	연재선생문집 (淵齋先生文集)	송병선 (宋秉璿)	유황산급제명승기(遊黃山及諸名勝記), 유금오산기(遊金烏山記), 서유기(西遊記), 동유기(東遊記), 지리산북록기(智異山北	19~20

순번	기행일기 편수	수록 문집	문집 저자	일기명	해당 세기
				麓記), 서석산기(瑞石山記), 적벽기(赤壁記), 백암산기(白巖山記), 도솔산기(兜率山記), 변산기(邊山記), 덕유산기(德裕山記), 황악산기(黃岳山記), 수도산기(修道山記), 가야산기(伽倻山記), 단진제명승기(丹晉諸名勝記), 금산기(錦山記), 두류산기(頭流山記), 유승평기(遊昇平記), 유교남기(遊嶠南記), 유월출천관산기(遊月出天冠山記), 유안음산수기(遊安陰山水記), 유화양제명승기(遊華陽諸名勝記)	

　호남문집 중 2편 이상의 기행일기를 수록하고 있는 문집은 총 58종이다. 이 중 기행일기 2편을 수록한 문집이 27종으로 가장 많고, 기행일기 3편을 수록한 문집이 14편, 기행일기 4편을 수록한 문집이 10편으로 그 뒤를 따른다. 기행일기 5편과 8편을 수록한 문집도 각각 2종씩이다. 10편 이상으로는 10편을 수록한 문집이 1종, 12편을 수록한 문집이 1종 있다.

　10편의 기행일기를 수록한 문집은 조종덕의 『창암집』으로, 이 문집에는 10편의 기행일기 외에 <경행일기(京行日記)> 1편이 더 수록되어 있다. <경행일기>는 고종황제가 사망한 것을 듣고 서울에 올라가 장례를 보고 통곡하고 돌아온 일을 기록한 일기로, 본 저서에서는 장례일기에 넣었다. 하지만 이 일기에도 서울을 다녀온 과정이 담겨 있어 기행적 요소를 가지고 있다.

　12편의 기행일기를 수록한 김운덕의 『추산유고』에도, 기행일기 외에 <계산유람기(溪山遊覽記)> 1편이 더 수록되어 있다. 제목에서 볼 수 있듯 이 일기도 기행적 요소를 가지고 있으나 원계의 연재 선생을 찾아가 수학한 일이 중심 내용이기 때문에 강학일기에 포함시켰다.

마지막으로 가장 많은 22편에 이르는 기행일기를 수록한『연재선생
문집』이 있어, 20편이 넘는 많은 기행일기가 문집에 수록된 것을 확인할
수 있다. 한 사람의 일생에 여러 차례 여행을 하게 된 경우 여러 편의
일기를 창작하게 되어 다수의 기행일기가 호남문집에 수록될 수 있었던
것으로 보인다.

호남문집 소재 일기 중 322편이라는 가장 많은 수량을 차지하는 기행
일기는 내용에 있어서도 다양한 모습을 보인다. 앞서 Ⅲ장에서 살폈듯
이 기행일기 중 249편이 산수유람을 기록한 것으로서 유기에도 속하며,
그 많은 수만큼이나 다양한 명산, 명승을 볼 수가 있다. 또한 산수유람
을 기록한 일기 외에도 문헌과 관련한 여정을 담은 일기, 제사를 지내거
나 성묘를 가기 위한 여정을 담은 일기, 과거시험을 치르기 위한 여정을
담은 일기, 스승 등을 배종하기 위한 여정을 담은 일기, 표류로 인한 여
정을 담은 일기 등 다양한 여정을 담은 일기와 기행 목적을 볼 수 있
다.[17] 이러한 다양성은 호남문집 안에 기행일기가 다수 수록되어 있기
에 비례하여 나타나는 것이라 할 수 있다.

---

17) 이와 관련해서는 필자가 최근 발표한 논문「조선시대 기행일기의 범주에 대한 논
의」(『국학연구』35, 한국국학진흥원, 2018, 420~421쪽)에서도 언급한 바 있다.

3. 20세기 일기의 다량 보유

호남문집 소재 일기 565편을 세기별로 정리했을 때 가장 많은 세기는 20세기였다. 직전인 19세기 172편보다 25편이 많은 197편으로 다량의 일기를 확인할 수 있다. 그런데 20세기 일기의 수치는 19세기와 단순하게 비교할 수는 없다. 20세기는 전통적인 문집, 한문일기가 사라지는 시대이기 때문이다.

20세기 호남문집 소재 일기는 1970년대까지만 발견되며, 전반기에 집중적으로 발견되다가 후반기에 소멸한다. 20세기 호남문집 소재 일기는 1900년대부터 1940년대까지의 일기가 167편으로 20세기 일기의 약 85%에 이르는 비율을 보인다. 곧 20세기 중 전반기의 짧은 시기에 다량의 일기를 집중적으로 보유한 것이 호남문집 소재 일기의 특징적인 면모라 할 수 있다.

그리고 주목할 점은 이렇게 20세기 일기를 다량 보유한 것이 일반적인 현상이 아니란 사실이다. 다른 지역 문집 소재 일기에 대한 조사 결과가 없는 상황에서 기존에 조선시대 일기를 정리한 황위주, 최은주의 연구 결과는 가장 중요한 비교자료가 된다.[18] 황위주, 최은주, 본 연구에서 제시한 세기별 일기의 수량은 아래와 같다.

---

18) 황위주, 「조선시대 일기자료의 현황과 활용방안」, 『국역 조선시대 서원일기』, 한국국학진흥원, 2007 ; 최은주, 「조선 시대 일기 자료의 실상과 가치」, 『대동한문학』30, 대동한문학회, 2009.

〈연구자별 일기자료의 세기별 수량 비교〉

연구자	황위주[19]	최은주[20]	본 저서
연구 결과 발표 시기	2007년	2009년	2017년
대상 일기	조선시대 관청·공동체·개인의 일기	조선시대 개인의 일기	호남문집 소재 일기
14~15세기	15	7	5
16세기	165	142	75
17세기	243	211	59
18세기	305	228	57
19세기	437	273	172
20세기	178	27	197
미상	259	49	·
총 수량	1,602	937	565

세 사람의 연구는 대상으로 하는 일기에 차이가 있다. 황위주는 조선시대 일기 전체를 대상으로 하여 작성 주체가 관청·공동체·개인인 것을 모두 포함하였고, 최은주는 개인의 일기만을 대상으로 하였다. 황위주가 먼저 조선시대 일기를 정리하였으며, 최은주는 황위주가 발표한 일기 목록을 정밀 검토하여 수정·보완하는 작업을 진행하였다. 최은주의 논문은 이 조사 작업을 바탕으로 발표된 것이다.[21] 두 사람의 연구는 단독으로 전해지는 간행본·필사본 일기, 문집 내에 수록된 일기 등을 포함한 것으로, 최은주는 "일기자료들은 절반가량은 단독 필사본 형태로, 나머

---

19) 황위주, 「조선시대 일기자료의 현황과 활용방안」, 『국역 조선시대 서원일기』, 한국국학진흥원, 2007, 770쪽.
20) 최은주, 「조선 시대 일기 자료의 실상과 가치」, 『대동한문학』30, 대동한문학회, 2009, 12쪽.
21) 최은주의 논문 「조선 시대 일기 자료의 실상과 가치」(『대동한문학』30, 대동한문학회, 2009) 7쪽 각주 5)에 이에 대한 설명이 있다.

지 절반에 해당하는 부분은 개인 문집에 수록된 형태로 남아 있었다.'"22) 고 밝혔다.

이에 반해 본 연구는 시기에는 제한을 두지 않되, '호남'이라는 지역 적 제한과 '문집 수록'이라는 형태적 제한을 두었다. 그렇기 때문에 본 연구 결과에서는 황위주의 1,602편, 최은주의 937편보다 적은 565편이라 는 일기 수량을 보인다. 그런데 이렇게 세 연구에 차이가 있다하더라도 일기의 시기별 변화는 함께 살펴볼 수가 있으며, 서로의 연구에 비교자 료, 보완자료가 되어 줄 수 있다. 강원문집 소재 일기, 영남문집 소재 일 기와 같이 본 연구와 비슷한 유형의 연구가 없는 상황에서 두 사람의 연 구는 중요한 자료를 제공해 주었다.

황위주는 14세기와 15세기를 구분하여 14세기 4편, 15세기 11편의 일 기 수량을 제시하였고, 최은주는 15세기 7편을 제시하였으며, 본 저서에 서는 14~15세기 5편을 함께 정리하였다. 이 시기는 초창기로 작품 수가 적기 때문에 편의상 표에서는 14~15세기를 묶어서 정리하였다.

황위주와 최은주의 연구는 세기별로 비슷한 추이를 보인다. 14~15세 기 일기가 태동한 이래 꾸준히 일기의 수량이 증가하다가 19세기에 가 장 많은 수량을 보인 후 20세기에 급격히 줄어든다. 황위주의 조사 결과 20세기 일기는 19세기의 40% 가량밖에 되지 않으며, 최은주의 조사 결 과 20세기 일기는 19세기의 10%에 불과하다. 최은주는 개인의 일기만을 대상으로 하였기 때문에 개인의 일기가 20세기에 공동체의 일기보다 더 감소하게 된 것임을 파악할 수 있다.

호남문집 소재 일기는 임진왜란 일기를 집중적으로 수록한 영향으로

---

22) 최은주, 「조선 시대 일기 자료의 실상과 가치」, 『대동한문학』30, 대동한문학회, 2009, 11쪽.

16세기 일기가 17세기보다 많다. 그리고 나머지는 황위주, 최은주의 연구와 비슷한 추이를 보이다 20세기에 가장 많은 일기 수량을 보인다. 황위주, 최은주의 조사 결과 20세기에 일기가 급격히 줄어들었는데, 호남문집 소재 일기는 오히려 더 많이 발견된 것이다.

최은주는 목록을 제시하지 않아 그가 대상으로 한 일기가 무엇인지는 알 수 없지만 시대별로 일기를 정리하면서 '20세기초'라고 20세기에만 '초'라는 글자를 붙여 시기적 제한이 있음을 드러냈다. 황위주, 최은주 모두 '조선시대'의 일기자료를 조사한다 하였으므로, 20세기 후반기까지는 조사하지 않았을 것이라 생각된다. 그러나 그런 점을 감안하더라도 20세기 호남문집 소재 일기 197편은, 최은주 조사 결과인 27편의 7배에 이르러, 수량이 매우 많은 편이다. 황위주, 최은주는 지역과 수록 형태에 제한을 두지 않았으나, 본 연구는 '호남문집 소재'라는 제한을 두었음에도 세 연구 중 수량이 가장 많아 특징적이다. 또 앞서 살폈듯이 20세기 호남문집 소재 일기는 20세기 전반기에 일기가 집중되어, 황위주, 최은주의 조사와 시기적으로 큰 차이를 가져오지는 않는다 할 수 있다.

그렇다면 20세기 호남문집 소재 일기가 이렇게 다량 발견된 것은 어떤 이유 때문일까? 다른 지역 문집 소재 일기에 대한 조사가 진행되지 않은 상황에서 이에 대한 확실한 답은 찾기 어렵다. 다만 현재까지의 상황을 바탕으로 볼 때 다음과 같은 두 가지 점에서 원인을 생각해 볼 수 있다.

첫째, 호남문인들 사이에 일기 창작이 활성화된 데에 원인이 있을 것이다. 일기를 수록한 문집을 남긴 20세기 호남인물 중 학문, 강학활동, 의병활동 등으로 널리 알려진 인물로 황현, 안규용, 임병찬 등이 있다.[23]

---

23) 이와 관련하여 김대현은 황위주 등과 공동 집필한 논문 「일제강점기 전통지식인

본 일기 조사 결과 황현의 문집에서는 <적벽기(赤壁記)>, <유방장산기
(遊方丈山記)> 등 2편의 일기가 확인되었고, 안규용의 문집에서는 <일기
(日記)>, <사문배종일기(師門陪從日記)>, <광주교궁일기(光州校宮日記)>,
<갑오동란기사(甲午東亂記事)> 등 4편의 일기가 확인되었다. 임병찬의
문집에서는 <창의일기(倡義日記)>, <대마도일기(對馬島日記)>, <환국일
기(還國日記)>, <거의일기(擧義日記)>, <거문도일기(巨文島日記)>, <초종
일기(初終日記)> 등 6편에 달하는 일기가 확인되었다.

이를 통해 당대 호남에서 중요한 역할을 하고 영향력이 있었던 인물
들이 일기를 다수 창작하였고, 후에 문집에도 수록되었음을 알 수 있다.
이들이 일기를 썼다면 이들의 영향을 받은 사람들도 일기를 썼을 것이
라 추정할 수 있다. 이런 연쇄적인 상황 속에서 호남인의 일기 창작이
활성화되었을 것이라는 추측이 가능하다.

또 20세기 호남문집 소재 일기 중 한 문집에 2편 이상 수록된 경우가
39종에 이르고, 이 중 5편 이상 수록된 문집이 8종에 달한다. 여러 편의
일기를 남긴 사람이 이처럼 많을 정도로 일기 창작이 활성화되었다는
것을 알 수 있다.

의 문집 간행 양상과 그 특성에 관한 연구」(『민족문화』41, 한국고전번역원, 2013,
218쪽)에서 "주목할 만한 문집을 크게 4계열 정도로 구분해서 살펴볼 수 있었는
데, 이정직(李定稷, 1841~1910)의 『석정집(石亭集)』이나 송운회(宋運會, 1874~
1965)의 『설주유고(雪舟遺稿)』 등 호남지역 서화 예술가들의 문집, 고광순(高光
洵, 1848~1907)의 『녹천유고(鹿川遺稿)』나 기삼연(奇參衍, 1851~1908)의 『성재
기선생거의록(省齋奇先生擧義錄)』, 임병찬(林炳瓚, 1851~1916)의 『둔헌유고(遯
軒遺稿)』 같은 한말 호남지역 의병활동 관련 문집, 황현(黃玹, 1855~1910)의 문
인그룹 약 20여 명, 기타 보성·화순 등지에서 서당을 열어 강학활동에 종사한 학
자 안규용(安圭容, 1860~1910)과 김문옥(金文鈺, 1901~1960)의 문집 등이 주목할
만하였다."라고 밝힌 바 있다.

둘째, 호남지역 20세기 문집에 대한 기초 조사가 체계적으로 이루어진 것도 한 원인이 될 것이다. 호남문집에 대해서는 호남지방문헌연구소(구 전남대학교 호남한문고전연구실)에서 가장 많은 연구 성과를 가지고 있는데, 호남지방문헌연구소에서는 문집 조사·연구의 시작으로 근현대 호남문집에 대해 집중적으로 조사를 진행하였다.

호남지방문헌연구소는 2002년부터 3년간 근현대 호남문집 조사를 진행하여 2007년에 『20세기 호남 한문문집 간명해제』(경인문화사)와 『20세기 호남 주요 한문문집 해제』(전남대학교출판부)를 간행하였다. 전자에는 1,002종의 문집에 대한 해제가 수록되어 있으며, 후자에는 주요 33종에 대한 상세해제가 수록되어 있다. 이후에도 연구를 지속하여 2005년부터 3년간 간행본 호남문집 조사를 진행하였으며, 2010년부터는 호남문집 기초DB를 구축하고 있다.[24]

본 호남문집 소재 일기를 조사할 때 1차적으로 이러한 기존 연구 성과를 참조하여 조사를 진행하였다. 이미 근현대 호남문집에 대한 체계적인 전수 조사가 이루어졌기 때문에 그를 바탕으로 한 일기 조사에서도 많은 작품을 찾을 수 있었던 것이다.

일제강점기 전통지식인의 문집 간행 양상과 특성을 공동으로 연구한 황위주, 김대현, 김진균, 이상필, 이향배는 서울·경기, 호서, 호남, 대구·경북, 부산·경남으로 지역을 나누어 문집 간행의 특징을 살피고 지역별 근대문집 목록을 제시한 바 있다.[25] 여기에는 서울·경기 52종, 호서 302

---

24) 호남지방문헌연구소의 문집연구 성과에 대해서는 김대현·김미선의 논문 「호남문집 정리의 현황과 과제」(『호남문화연구』54, 전남대학교 호남학연구원, 2013)의 159~164쪽 참조.

25) 황위주·김대현·김진균·이상필·이향배, 「일제강점기 전통지식인의 문집 간행 양상과 그 특성에 관한 연구」, 『민족문화』41, 한국고전번역원, 2013.

종, 호남 663종, 대구·경북 391종, 부산·경남 462종의 문집 목록이 제시되어, 호남지역의 근대문집이 가장 많은 것을 확인할 수 있다.26)

그런데 이를 보고 호남지역에서 문집 간행이 가장 활성화되었다라고 성급히 판단해서는 안 된다. 논자들이 "제한된 시간에 급하게 조사를 진행하여 지역별 근대문집 간행의 실상을 제대로 파악했다고 하기 어렵다."27)고 토로한 것처럼 이들은 짧은 시간에 문집을 조사하였고, 이 과정에서 기존에 근현대 문집에 대한 연구 성과가 많았던 호남지역이 가장 많은 문집을 제시할 수 있었던 것으로 보이기 때문이다.

물론 호남지역에서 문집이 근현대에 이렇게 많이 발견될 수 있었던 것은, 근현대까지 이어진 선조들의 활발한 전통적 글쓰기에, 문집을 간행하려는 후손, 후학들의 노력이 더해진 의미 있는 결과임은 명확한 사실이다. 다만 다른 지역 근현대 문집 조사가 덜 이루어진 상황에서 판단하기에는 어려움이 있음을 언급하는 것이다.

20세기는 일제강점기, 광복, 분단 등을 겪은 복잡한 시대이자 근대화, 현대화가 일어난 시대이다. 이 과정에서 전통적 문집, 한문일기 등은 점차 사라지고 현대적 출판과 한글 글쓰기에 그 자리를 넘겨주게 된다. 이러한 복잡한 상황 속에서도 마지막 호남문집에는 197편에 이르는 일기가 수록되었다. 이 중에는 전통적인 생활일기, 강학일기, 기행일기, 장례

---

26) 기존 호남지방문헌연구소에서 1,002종의 근현대 문집을 확인하였는데, 이 논문에 663종만 수록된 것은 이 연구와 관련하여 1910년 이후 사망자, 세고(世稿)가 아닌 개인 문집, 초고가 아닌 간행본으로 압축한 결과라고 김대현은 논문 「일제강점기 전통지식인의 문집 간행 양상과 그 특성에 관한 연구」(『민족문화』41, 한국고전번역원, 2013)의 217쪽에서 밝히고 있다.
27) 황위주·김대현·김진균·이상필·이향배, 「일제강점기 전통지식인의 문집 간행 양상과 그 특성에 관한 연구」, 『민족문화』41, 한국고전번역원, 2013, 236쪽.

일기도 있지만 일제에 저항한 의병활동을 담은 의병일기가 있고, 여러 일기에는 복잡한 시대적 상황 속 사람들의 모습이 담겨 있어 의미가 있다.

> 정축년(1937) 4월 24일, 담양 월평에 사는 경주 이상호가 서석산 아래 최씨의 산재(山齋)로 나를 찾아오다 길이 익숙치 못하여 잘못 갈림길에서 서성이다가 일본 헌병대에게 수상하게 보여져 경찰서로 끌려가 심문을 받았다. 대개 이 친구의 행장 속에 그 선친의 머리를 깎이지 않으려다가 절사한 문자가 들어 있어 그것을 빼앗기자 그들을 격노시켰기 때문이다. 내가 듣고 즉시 찾아가서 말을 해보았지만 소용이 없어 섭섭하게도 헛되게 돌아오고 말았다.[28]

위는 이정순의 『향암유고』에 수록된 <일기>의 일부이다. 이정순 자체가 익히 알려진 인물도 아니고, 일기도 1937년 4월 24일에 이상호가 일본 헌병대에 잡혀간 일과 5월 9일에 풀려난 일만을 수록하여 분량도 적다. 하지만 위와 같이 일제강점기에 단발령을 거부한 아버지의 글을 가지고 가다 헌병대에 고초를 겪은 벗 이상호의 일이 일기에 기록되어 있어, 일제강점기 선조들이 겪었던 일을 짧지만 생생하게 볼 수가 있다.

또한 앞서 기행일기를 보면서도 살폈듯이 20세기에는 금강산 유람을 가더라도 자동차와 기차를 이용하는 등 시대적 변화가 일기 속에 드러난다. 이로 인해 일기는 급변하는 시대에 사람들의 삶을 생생히 볼 수 있는 좋은 자료가 된다.

필자는 2014년 12월 호남문집 소재 일기 조사를 시작하여 약 3년간의

---

28) 丁丑四月二十四日, 慶州李相瑚潭陽月評, 訪余於瑞石下崔氏之山齋, 路道不熟, 誤爲泣岐險, 被日憲之記詗, 今拘在警署連行訊査. 蓋李友行中携其先人, 殉髮義士之文字, 而旣被搶奪該有激觸. 余聞之卽往對而不能得送, 自快快空回矣. - 李靖淳, 『向菴遺稿』, <日記>

연구 결과 565편의 일기를 확인하였고, 그중 20세기 일기로 197편에 이르는 많은 일기를 찾을 수 있었다. 이는 기존에 호남문집에 대한 체계적인 연구 성과가 있었기 때문에 가능했던 것으로, 다른 지역에서도 이러한 문집 내 일기에 대한 조사가 진행되어 지역별 특성을 비교할 수 있기를 기대한다. 그렇다면 호남문집 소재 일기의 다른 지역과 대별되는 특성을 찾을 수 있을 것이다.

Ⅴ. 호남문집 소재 일기류 자료의 활용

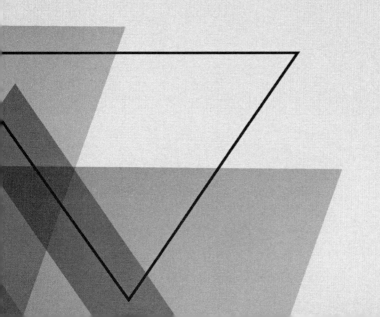

호남문집 소재 일기 조사를 통해 565편의 일기를 확인하였다. 이 일기 중에는 최부의 <표해록>, 유희춘의 <일기>, 강항의 <섭란사적>, 송병선의 유기 등 기존에 익히 알려진 일기도 있었지만, 전혀 존재를 몰랐던 일기가 다수를 차지하였다.

필자는 앞서 발표한 논문을 통해 호남문집 소재 일기와 황위주의 일기 목록을 대조하여 중복된 일기가 27편에 불과한 것을 밝혔고, 정민의 『한국역대산수유기취편』에 수록된 577편 작품과 본 조사 결과에서 찾은 산수유람을 기록한 일기 248편 중 중복된 것이 70편임을 밝혔다.[1]

또한 호남문집 소재 일기의 가치로 첫째, 우리나라 일기 확보에 기여할 수 있다는 점, 둘째, 한문일기의 변모 과정을 파악할 수 있다는 점, 셋째, 호남지역 일기 총 조사의 토대가 될 수 있다는 점, 넷째, 호남지역과 밀접한 관련이 있다는 점 등 네 가지를 제시하였다.[2]

논문에서는 일기 목록을 제시하지 못하였는데, 본 저서에서는 세기별로 일기 목록 전체를 제시하였고, 내용별로도 분류하여 살폈다. 이를 통해 호남문집에 수록된 다양한 일기가 간략하게나마 소개되어 전체적인 현황과 내용을 파악할 수가 있다. 그렇다면 이러한 일기는 어떤 측면에서 활용될 수 있을까?

이 장에서는 이러한 많은 수량과 가치를 가진 호남문집 소재 일기의

1) 김미선, 「호남문집 소재 일기류 자료의 현황과 가치」, 『국학연구』31, 한국국학진흥원, 2016, 542~543쪽 참조. 논문 발표 후 일기가 추가되어 산수유람을 기록한 일기는 1편 늘어난 총 249편이며, 『한국역대산수유기취편』과 중복된 작품 수는 같다.
2) 김미선, 「호남문집 소재 일기류 자료의 현황과 가치」, 『국학연구』31, 한국국학진흥원, 2016, 541~548쪽 참조.

활용 방면을 살펴보고자 한다. 일기 각 작품 한 편 한 편은 그만의 개성과 당대 현실의 반영으로 인해 다양하게 활용될 수 있다. 여기에서는 세세하게 각 작품을 살피지 않고, 호남문집 소재 일기를 전체적으로 어떻게 활용할 수 있는지, 크게 네 가지 면에서 살펴보고자 한다.

1. 호남학 관련 다각적 학술자료 제공

　지역학, 지방문학에 대해서 연구자들은 관심을 가지고 연구를 수행해 왔다. 조동일은 구비문학과 기록문학, 한문학과 국문문학, 고전문학과 현대문학이 각기 별개의 것으로 이해되는 잘못을 시정하고, 그 모두를 함께 다루면서 상호관련의 변천을 파악하여 한국문학사라는 이름과 부합되는 실체를 얻고자 하였다고 『한국문학통사』 집필 이유를 밝힌 후, 그 다음 단계로 '하위문학'에 들어서는 것이 적합하다고 하였다.3) 그리고 그는 하위문학의 여러 양상 가운데 한국에서는 지방문학이 특히 긴요하다고 하였다. 동질적인 민족이 지방에 따라 다른 삶을 이룩하면서 문학의 전통을 각기 다르게 가꾸어온 지방문학이 긴요한 관심의 대상이 된다고 한 그의 견해는 본 저서의 집필 의도와도 상통한다.

　호남은 광주·전남·전북·제주를 아우르는 지역으로 '남도(南道)', '전라(全羅)'라는 명칭으로 불리기도 한다. 예향으로 일컬어지는 호남의 문학, 학문에 대해서는 호남지역 연구자들을 중심으로 꾸준히 연구가 진행되고 있다.

　호남의 시단을 연구한 박준규의 『호남시단의 연구』(전남대학교출판부, 1998), 박만규, 나경수가 중심이 되어 편찬한 『호남전통문화론』(전남대학교출판부, 1999), 호남의 민속에 대해 정리한 표인주의 『남도민속문화론』(민속원, 2000), 김신중 등이 호남의 시조를 총 망라하여 실은 『호남의 시조문학』(심미안, 2006), 호남의 한시를 연구한 박명희의 『호남 한시의 공간과 형상』(경인문화사, 2006) 등 호남학 관련 많은 저서가 출간되었다. 이는 문학을 중심으로 하여 대략 살핀 것으로 위의 저자들은 언

---

3) 조동일, 『지방문학사 연구의 방향과 과제』, 서울대학교출판부, 2003, 1~3쪽 참조.

급한 책 외에도 호남학 관련 책과 논문을 다수 남겼다.

1963년에 설립된 이래 호남학 연구를 체계적으로 진행하고 있는 전남대학교 호남학연구원에서 연간 2회 발간하는 학술지인 『호남문화연구』는 꾸준히 호남학 관련 연구 성과를 싣고 있다.[4] 또 김대현을 중심으로 하여 2002년에 설립된 호남지방문헌연구소의 호남문집, 호남기록문화유산 관련 연구도 쉬지 않고 이어지고 있다.

본 저서에서는 일기를 조사하되 '호남문집 소재'라는 전제를 두었다. 한국 전체의 일기를 조사하는 것은 워낙 방대한 일이기에, 문집에 대한 연구 성과가 풍부하고 필자의 자료적 접근이 용이한 호남지역으로 제한을 두었다. 이러한 제한은 한국 전체를 보지 못한다는 아쉬움을 주지만, 대신 해당 지역 자료를 꼼꼼하고 충실히 살필 수 있다는 이점이 있다. 일기 총 조사는 워낙 방대한 작업이므로 이러한 치밀한 지역별 연구가 선행된 후 전체가 수합·정리될 수 있도록 해야 할 것이다.

앞서도 밝혔듯이 호남문집은 호남권에서 출생하였거나 이 지역과 긴밀한 관련을 맺은 인물의 개인 한문문집을 의미하는 것으로서, 이미 기존 연구 성과에서 호남문집에 포함시킨 것을 대상으로 하였다. 호남에

---

4) 전남대학교 호남학연구원에서는 연구원 설립 50주년이 되던 2013년에 '호남학연구원 50년의 회고와 전망'이라는 특집으로 『호남문화연구』 54집에 아래와 같은 4편의 특집 논문을 수록하였다. 이 논문들을 통해 호남학연구원의 연구 성과를 집약적으로 확인할 수가 있다.
정경운, 「호남 어문·민속학 연구의 성과와 전망」, 『호남문화연구』54, 전남대학교 호남학연구원, 2013 ; 정명중·류시현, 「호남학연구의 성과와 전망 - 역사 및 사회 분야」, 『호남문화연구』54, 전남대학교 호남학연구원, 2013 ; 이향준, 「호남학 - 어느 철학자의 비전과 그 후 50년」, 『호남문화연구』54, 전남대학교 호남학연구원, 2013 ; 이선옥, 「호남문화예술 연구의 성과와 전망」, 『호남문화연구』54, 전남대학교 호남학연구원, 2013.

서 삶의 많은 시간을 보낸 인물들의 문집에 수록된 일기이다 보니 내용 중에는 호남과 밀접한 관련이 있는 것이 많다.

금강산과 같은 다른 지역의 유명한 산으로 유람을 가거나, 서울을 다녀온 일을 기록한 일기도 있지만 호남의 명산, 호남의 여러 지역을 다녀온 일을 기록한 일기가 다수를 차지하여, 과거 선조들이 호남의 명승을 어떻게 다녀왔으며 어떤 생각을 했는지를 일기를 통해 볼 수가 있다.

호남의 많은 산 중 널리 알려진 산으로 무등산이 있다. 무등산은 현재 많은 사람들이 사랑하고 즐겨 찾는 산으로서, 과거의 선조들도 이 산을 찾고 문학작품을 남겼다. 김대현은 사람들이 무등산을 유람하고 남긴 유산기 자료를 소개하였고,5) 무등산 유산기 편역을 주도하였다.6) 그리고 최근에는 무등산 한시를 모아 번역한 한시 선집을 출간하기도 하였다.7) 무등산 유산기에 대한 편역 자료를 바탕으로 김순영은 무등산 유산기를 종합적으로 연구한 학위논문을 발표하였으며,8) 연구를 확장하여 무등산 유산기를 비롯한 호남 유산기 자료를 전체적으로 조사·정리하였다.9)

이러한 연구 결과 현재까지 알려진 무등산 유산기는 22편이었다. 무등산 유산기를 모아 2000년에 출간한 『국역 무등산유산기』에 18편의 무등산 유산기가 소개되었고, 이후 김대현이 1편을 더 발굴하여 김순영이 2013년 발표한 「무등산 유산기 연구」에서는 19편의 무등산 유산기를 대

---

5) 김대현, 「無等山 遊山記에 대한 硏究」, 『남경 박준규박사 정년기념논총』, 남경 박준규박사 정년기념논총 간행위원회, 1998.
6) 김대현 외, 『국역 無等山遊山記』, 광주시립민속박물관, 2010.
7) 김대현, 『무등산 한시선』, 전남대학교출판부, 2017.
8) 김순영, 「무등산 유산기 연구」, 전남대학교 석사학위논문, 2013.
9) 김순영, 「호남 유산기의 자료적 특징과 의의」, 『국학연구론총』13, 택민국학연구원, 2014.

상으로 연구를 하였다. 그리고 2014년에 김순영이 발표한 「호남 유산기의 자료적 특징과 의의」에는 추가 조사한 유산기가 포함되어 22편의 무등산 유산기가 소개되었다.

무등산 유산기는 호남의 여러 산에 대한 유산기 중 오랜 연구 기간과 가장 많은 연구 성과를 가지고 있다. 해당 산의 편역 자료, 소논문, 학위논문, 한시선까지 있는 경우는 현재까지 호남의 산 중 무등산이 유일하다 할 수 있다. 그럼에도 불구하고 필자가 호남문집 소재 일기를 전체적으로 조사한 결과 5편의 무등산 유산기를 더 찾을 수 있었다.

본 호남문집 소재 일기 조사를 통해 새로 발견한 무등산 유산기 5편은 아래와 같다.

〈호남문집 소재 일기 조사를 통해 새로 발견한 무등산 유산기〉

순번	일기명	수록 문집	문집 저자	저자 생몰연도	일기 기간	요약	비고
1	유서산초당기 (遊西山草堂記)	난실유고 (蘭室遺稿)	김만식 (金晩植)	1845~1922	1887년	무등산에 있는 서산초당을 다녀온 일을 기록.	무등산 내 초당 다녀옴.
2	유서석일기 (遊瑞石日記)	청봉집 (晴峯集)	하원순 (河元淳)	1858~1924	미상	무등산을 유람한 일을 기록.	
3	유서석록 【병서】 (遊瑞石錄 【幷序】)	소봉유고 (小峰遺稿)	이일 (李鎰)	1868~1927	1913년 5월	무등산을 유람한 일을 기록한 시의 서문으로, 서문 자체는 유기의 형태임.	시의 서문
4	유람일기 (遊覽日記)	춘재유고 (春齋遺稿)	김기숙 (金錤淑)	1868~1945	1933년 5월 5일~16일	무등산을 유람한 일을 일자별로 기록.	
5	유서석산기 (遊瑞石山記)	지호유고 (砥湖遺稿)	윤경혁 (尹璟赫)	1885~1966	미상	화순 동복을 시작으로 무등산을 유람한 일을 기록.	

새로 발견한 5편의 무등산 유산기는 모두 19~20세기의 일기이다. 이 중 김만식의 『난실유고』에 수록된 <유서산초당기>는 무등산 내에 있는 서산초당에 다녀온 일을 기록한 것으로 무등산 전체를 유람한 것은 아니다. 하지만 무등산 유람을 볼 수 있으므로 포함시켰다. 이일의 『소봉유고』에 수록된 <유서석록【병서】(遊瑞石錄【幷序】)>의 경우 무등산을 유람하고 쓴 시의 서문이다. 하지만 무등산 유람을 일자별로 기록한 일반적인 일기의 형식을 가지므로 포함시켰다.

이 두 편은 연구자에 따라 무등산 유산기에 해당되지 않는다고 판단할 수도 있어 논란의 여지가 있는 작품이나, 나머지 세 작품은 일반적인 유산기의 형태이다. 특히 김기숙의 『춘재유고』에 수록된 <유람일기>는 제목만 보고서는 무등산을 유람했는지 알기 어려운 작품이다. 이렇게 호남문집 소재 일기 조사를 통해 작품을 살펴본 결과 첫 문장부터 "내가 무등산을 보고자한 지 오래되었다."[10]라고 하여 무등산 유람을 담은 작품임을 알 수 있었다.

이외에 박모의 『노하선생문집』에 수록된 <좌행일기>에도 무등산 유람이 담겨 있다. 그런데 여기에는 화순의 만연산, 무등산, 다시 화순 동복의 적벽 등 근처 여러 곳을 유람하는 과정이 담겨 있기 때문에 위의 표에는 넣지 않았다.

새로 발견한 무등산 유산기 5편은 적은 수라고 할 수도 있다. 하지만 2000년 편역 자료에 18편이 제시된 이후 10년이 넘는 시간 동안 단 4편만이 더 알려졌는데, 3년간의 본 조사를 통해 5편이 더 발견된 것은 결코 적다고 할 수 없다. 더구나 본 호남문집 소재 일기 연구는 유산기만 찾은 연구가 아니라 다양한 일기를 조사한 것이다. 그 과정에서 위와 같

---

10) 余欲觀無等山久矣. - 金鎭淑, 『春齋遺稿』, <遊覽日記>

이 무등산 유산기 자료를 더 발견하였으며, 무등산뿐 아니라 광주의 어
등산, 목포의 유달산, 부안의 변산, 영암의 월출산, 장흥의 천관산, 전주
의 만덕산 등 호남의 다양한 산에 대한 유산기도 볼 수가 있었다.

여행은 먼 곳으로 떠나기도 하지만 자기의 거주지와 가까운 곳으로
가기도 하며, 한 군데만 가는 것이 아니라 여러 지역을 연달아 여행하기
도 한다. 호남문집 소재 일기에는 호남의 여러 지역을 여행하고 쓴 일기
들도 있다.

〈호남의 여러 지역을 여행한 일기〉

순번	일기명	수록 문집	문집 저자	저자 생몰연도	일기 기간	요약
1	역진연해군현잉입두 류상쌍계신흥기행록 (歷盡沿海郡縣仍入頭 流賞雙溪神興紀行祿)	제호집 (霽湖集)	양경우 (梁慶遇)	1568~?	1618년 윤4 월 15일~ 5월 18일	영암, 진도, 지리 산 등을 유람한 일 을 기록.
2	서행일록(西行日錄)	낭해선생집 (朗海先生集)	이휴 (李烋)	1819~1894	1846년 3월 16일~6월 21일	여러 교우들과 해 남에서 강진, 함평, 나주, 정읍 등을 다 녀온 일을 기록.
3	좌행일기(左行日記)	노하선생문집 (蘆河先生 文集)	박모 (朴模)	1828~1900	1874년 3월 ~4월	만연산, 무등산 등을 다녀온 일을 기록.
4	동유기행(東遊記行)	유남유고 (悠南遺稿)	노유탁 (魯愉鐸)	1860~1938	1920년 3월	담양, 순창 등을 유람한 일을 기록.
5	남유사산기 (南遊四山記)	율계집 (栗溪集)	정기 (鄭琦)	1879~1950	1939년	천관산, 만덕산, 월출산, 유달산을 유람한 일을 기록 하고, 각 산에 대 해 설명.

순번	일기명	수록 문집	문집 저자	저자 생몰연도	일기 기간	요약
6	남유록(南遊錄)	학남재유고 (學南齋遺稿)	장기홍 (張基洪)	1883~1956	1904년 8월 18일~21일	담양, 광주 등을 유람한 일을 기록.
7	남유일기(南遊日記)	석련유고 (石蓮遺稿)	정대현 (丁大晛)	1884~1958	1945년 4월 16일~5월	호남지역에 살면서 호남의 명승지를 유람하지 않은 것을 애석히 여겨 순천, 고흥 등을 유람한 일을 기록.

　금강산을 유람한 일기의 경우 호남인들이 금강산으로 출발할 때와 도착할 때만 배경이 호남이다. 그런데 위와 같은 일기는 모든 배경이 호남이며, 단일 산이나 누정이 아닌 연속적인 여행 경로가 나타난다. 이러한 일기를 통해서는 호남인이 자신의 고향을 어떻게 생각하고 근처의 명승을 어떻게 여행했는지를 볼 수가 있다.

　여기에서는 호남문집 소재 일기 중 작품 수가 가장 많은 기행일기를 예로 들어 살펴보았다. 그런데 본 연구는 '일기류 자료'라는 범주로 조사한 것이기 때문에 제공할 수 있는 자료가 다양하다. 유산기 연구자들에게는 다양한 유산기를, 전쟁관련 연구자들에게는 호남문집에 수록된 임진왜란, 병자호란 관련 일기를 제공해 줄 수 있다. 호남지역 의병활동을 볼 수 있는 일기도, 일제강점기의 혼란한 시대상황 속 호남인들의 삶을 볼 수 있는 자료도 호남문집 소재 일기를 통해 제공할 수가 있다. 사승 관계를 연구하는 사람들에게는 호남사람들이 우암 송시열, 간재 전우, 면암 최익현 등을 찾아가 수학하고 오는 과정을 담은 강학일기를 제공해 줄 수 있다.

　송재용은 유희춘의 『미암일기』를 연구하면서 이 일기가 문학사적으

로 주목되는 일기이며, 특히 일기문학 측면에서 매우 높이 평가된다고
하였다.11) 그리고 정치·사회·경제·행정·사상·예속·민속·한의학·복식·
풍수지리·천문기상·식생활사적으로도 그 자료적 가치가 높다고 하였
다.12) 그는 필사본 일기를 중심으로 하긴 했지만 이는 유희춘의 문집에
수록된 일기에도 해당되는 평가이다. 그리고 호남문집 소재 일기를 비
롯하여 우리의 여러 일기가 담고 있는 다양한 내용을 대변하는 것이기
도 하다.

호남문집 소재 일기는 분량도 다양하고 시대도 다양하다. 그리고 경
험을 직접적으로 기록하는 일기의 특성상 저자가 겪은 일에 따라 다양
한 내용을 담고 있다. 그렇기 때문에 일기문학으로서도 의의가 있지만
사학, 철학, 민속학 등 다양한 학문의 연구자료로서도 의의가 있다. 본
연구를 통해 조사한 호남문집 소재 일기는 호남문인에 의해 쓰여졌고,
호남지역에서의 일을 담고 있는 것이 많기 때문에 호남학 관련 다각적
인 자료를 제공해 줄 수 있을 것이다.

---

11) 송재용, 「'眉巖日記' 研究」, 단국대학교 박사학위논문, 1996, 314쪽.
12) 송재용, 「'眉巖日記' 研究」, 단국대학교 박사학위논문, 1996, 309쪽.

2. 호남인물의 입체적 파악에 활용

　인물은 역사와 문화의 주체이자 원동력이다. 이름이 알려지지 않은 수많은 사람들이 이 땅에 살다가 떠나갔고, 업적과 작품을 남긴 사람들은 사람들 사이에 이름이 전해졌다. 인간의 생명은 유한하기에, 남은 사람들은 떠나간 사람들을 기억하고자 하였고 그에 대한 기록을 남겨 후대에까지 전해지게 하였다.

　인물에 대한 기록 중 가장 대표적인 것은 행장(行狀), 묘갈명(墓碣銘), 가장(家狀)과 같은 전기자료이다. 전기자료에는 해당 인물의 선조들에 대한 대략적인 설명과 인물의 일생에 대한 기록이 있고, 자식들에 대한 설명까지 있어 한 인물에 대한 정보를 한 눈에 볼 수 있다. 문집을 남긴 경우 이러한 전기자료는 부록에 수록되어 문집 저자의 행적을 쉽게 볼 수 있게 하며, 문집 저자가 쓴 다른 사람에 대한 전기자료도 본문에 수록되어 있다. 이러한 전기자료는 문집에 담겨 전해짐으로써 해당 전기자료가 유실되지 않는 이점이 있다. 곧 문집과 함께 인물의 평생에 대한 정보가 전해지는 것이다.

　우리 선조들의 문헌자료 중에 문집처럼 중요도가 높은 것으로 지방지(地方誌)가 있다.13) 문집은 한 개인의 글을 모은 것이라면 지방지는 한 지방에 대한 정보를 모은 것이다. 호남지방문헌연구소에서는 호남지역

---

13) 이와 관련하여 김대현은 『호남지방지 기초목록』(전남대학교출판부, 2014, 7쪽) <서문>에서 "지방지는 전통적인 읍지(邑誌)를 비롯하여 서원지(書院誌), 향교지(鄕校誌), 사찰지(寺刹誌), 누정지(樓亭誌), 시사지(詩社誌) 등 지역 문화에 대한 기록자료들을 포괄적으로 가리키는 말이다. 따라서 지방지는 개인들의 저작물인 한문문집과 함께 지역 문화 연구의 핵심자료임은 두말할 나위가 없다."라고 하였다.

지방지를 모아 기초적인 정보를 제공하는『호남지방지 기초목록』(전남
대학교출판부, 2014)을 발간하였다. 여기에는 읍지(邑誌), 서원지(書院
誌), 향교지(鄕校誌) 등 다양한 지방지에 대한 설명이 있는데, 특히 읍지,
군지 등을 보면 대부분 인물편이 수록되어 있음을 확인할 수 있다. 지방
지의 인물편 안에는 해당 지역의 이름난 인물들에 대한 간략한 사전식
설명이 담겨 있다.

지방지의 인물편에 실린 인물에 대한 설명은 문집의 전기자료에 비해
매우 소략한 편이지만, 해당 지역의 여러 인물에 대한 정보를 볼 수 있
다는 점에서 의의가 있다. 지방지를 통해서는 문집이 없어 정보를 알기
어려운 효녀 등에 대한 정보도 볼 수가 있다.

이상과 같이 문집, 지방지에 실린 인물에 대한 글은 그동안 중요성이
인정되어 인물에 대해 파악하는 기초자료로 활용되었다. 최근 한국고전
번역원에서는 '한국고전종합DB' 내에 '한국문집총간 편목색인'이라는
하위 DB를 만들었다. 여기에는 전기자료가 인물별, 문집별로 분류되어
있으며 문집에 수록된 전기자료를 통해 파악한 인물에 대한 정보가 간
략히 정리되어 있다. 또 해당 전기자료의 제목까지 곧바로 확인할 수 있
게 하고 있다.

호남의 문헌자료를 집중적으로 조사·정리·연구한 호남지방문헌연구
소에서도 호남문집, 호남지방지를 활용하여 호남인물을 정리하였다. 먼
저 호남지방지의 인물편을 중심으로 하여 호남인물에 대한 정보를 정리
한 '호남인물검색시스템'이 '호남기록문화유산' 하위에 있다. 여기에는
현재 호남인물 8,000명에 대한 정보가 담겨 있다.

누리집에 공개된 호남인물검색시스템 소개에 따르면 호남인물검색시
스템은 호남 역사에 의미 있는 인물들의 종합적인 인물 사전을 목표로

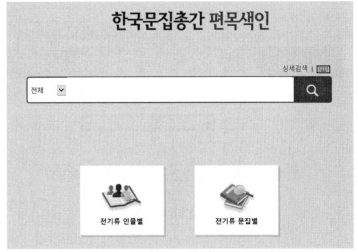

〈'한국문집총간 편목색인'(http://index.itkc.or.kr/) 첫 화면〉

하며, 고려시대나 조선시대의 인물은 물론, 가능한 한 20세기 근대 인물
들까지 폭넓게 조사하여 정리하여 나가고 있다. 또 호남지역의 인물만
집중적으로 DB화하여 기존 전국범위의 인물사전에 수록되어 있지 않은
호남의 인물들에 대한 정보를 쉽게 파악할 수 있으며, 검색을 할 때 이
름뿐 아니라 호(號)나 자(字) 등으로도 검색이 가능하다.

호남지방문헌연구소에서는 이렇게 웹상에서 쉽게 검색할 수 있는 인
물검색시스템을 구축하는 한편, 문집에 수록된 전기자료를 중심으로 하
여 호남의 대표적인 인물에 대한 전기자료를 모으고 번역하는 연구를
진행하였다.

문집을 간행한 호남인물 중 문학적, 사상적으로 비중이 큰 인물 100여
명의 전기자료를 표점 및 주해한 『호남 주요 인물 전기자료』(전남대학
교출판부, 2010)를 출간하였으며, 2016년부터는 호남관련 중요한 인물의
전기자료를 선별하여 번역한 『호남관련인물 전기자료 선집』을 출간하고

〈'호남기록문화유산' 내 호남인물검색시스템 화면〉

있다. 2016년에 선집1이, 2017년에 선집2가 전남대학교출판부를 통해 출간되었으며, 선집1에는 15세기 이전에 출생한 호남인물 20명, 선집2에는 16세기 호남인물 20명에 대한 설명과 전기자료 번역문, 원문이 수록되어 있다.

아울러 호남지방문헌연구소에서는 '호남유배인'에 초점을 맞추어 2017년에 호남유배인 928명에 대한 정보를 담은 책『호남유배인 기초목록』(전남대학교출판부, 2017)도 출간하였다. 호남지방문헌연구소의 이러한 다양한 연구 성과를 통해 호남인물 관련 중요한 정보를 확인할 수 있다.

이와 같이 인물에 대한 중요성은 이미 인식되었고, 전기자료를 중심으로 인물정보를 정리하는 작업이 진행되고 있다. 그런데 이러한 전기자료가 인물에 대한 핵심자료이긴 하지만, 당대 인물의 세세한 삶은 볼 수가 없다. 적게는 간행본 2면에서 많게는 20면에 이르는 한 편의 글에 인생 전체가 들어있다 보니 요약적일 수밖에 없다.

전기자료는 인물의 평생을 한눈에 볼 수 있다는 장점이 있지만, 인물의 세세한 삶을 보기가 어렵다. 이러한 전기자료의 부족한 점은 일기자료를 통해 채울 수가 있다. 곧 인물의 세세한 삶, 구체적인 생활은 일기를 통해 파악할 수가 있다. 호남문집 소재 일기는 호남인의 일기로 호남인들의 교유, 호남지역에서의 삶을 구체적으로 담고 있다. 그렇기 때문에 호남문집 소재 일기는 호남인물을 입체적으로 파악하는 데 활용할 수 있는 것이다.

호남의 대표적인 일기를 남긴 인물인 최부를 예로 들어보자. 최부는 앞서도 살폈지만 1488년 제주도에 추쇄경차관으로 있던 중 아버지의 상을 당해 고향으로 가다 표류하여 중국을 거쳐 조선으로 돌아왔으며, 그 5개월 남짓의 일을 적은 일기 <표해록>을 남겼다.

조선시대에 해외에 가는 일은 매우 드문 일이었다. 더구나 표류로 인해 중국으로 가게 되고, 그곳에서 황제를 알현하고 다시 조선으로 오는 과정은 매우 특별한 것이었다. 그런데 이러한 특별한 일도 그의 일생에서는 짧은 기간의 일이라 전기자료에는 아래와 같이 간략하게 기록되어 있다.

> 정미년(1487)에 부교리로 승차하였다. 9월에 추쇄경차관(推刷敬差官)으로 제주에 갔다가 홍치(弘治) 무신년(1488) 윤 정월에 아버지의 상사(喪事)를 듣고 황망히 바다를 건너다가 태풍을 만나 표류하여 태주(台州, 중국 절강성(浙江省)의 현)에 이르렀다. 6월에 한양 청파역(青坡驛)에 돌아와 왕명을 받들어 <표해록(漂海錄)>을 찬술하여 올렸다.[14]

최부의 전기자료로는 외손자인 미암 유희춘이 쓴 <금남선생사실기>

---

14) 丁未, 陞副校理. 九月, 以推刷敬差官, 往濟州. 弘治戊申閏正月, 聞父喪, 荒忙渡海, 遭風漂至中國之台. 六月, 回到漢陽青坡驛. 承上命, 撰進漂海錄. - 柳希春, 『眉巖集』, <錦南先生事實記>

가 전한다. 이는 유희춘의 『미암집』에 실려 전하며, 위는 <금남선생사실
기> 중 표류와 <표해록>에 대해 서술한 부분이다. 제주에 갔다가 표류
하여 중국에 이르고, 이후 돌아와 왕명으로 <표해록>을 지은 일이 매우
간략하게 제시되어 있다.

이 전기자료만 보아서는 표류의 구체적인 상황을 알 수가 없다. 하지
만 다행스럽게 5개월 남짓의 일을 기록한 일기 <표해록>이 있어 당시의
상황을 구체적으로 볼 수가 있다. 표류라는 극한 상황과 왜구로 몰려 죽
을 뻔한 위기가 일기 속에 세밀하게 묘사되어 있으며, 절강성에서 북경
을 거쳐 조선으로 오는 과정도 하루도 빠짐없이 기록되어 있다.

> 밤이 되자 비가 약간 그쳤으나 무섭게 밀려오는 큰 파도는 마치 산과
> 같아서 높을 때는 푸른 하늘로 솟는 듯했고, 낮을 때는 깊은 연못에 들어
> 가는 듯했다. 세차게 부딪혀 뛰어오르는 파도 소리가 천지를 찢는 듯했고,
> 모두 바다에 빠져 썩게 될 일이 경각에 달렸다.15)

> 나는 보관해둔 옷 두서너 벌을 바로 찾아내어 최거이산을 시켜서 옷을
> 비에 적신 다음 물을 짜 저장하게 했는데, 거의 두서너 병에 달했다. 김중
> 에게 숟가락으로 나누어 마시도록 하니, 김중이 숟가락을 들고 사람들의
> 입을 벌리도록 했는데, 물을 떠 넣는 광경이 마치 새끼제비가 먹이를 달라
> 는 모습 같았다.16)

위는 『금남집』에 수록된 <표해록> 중 1488년 윤1월 5일과 윤1월 10일
일기의 일부이다. 첫 번째 인용문을 통해서는 표류 당시의 위급한 상황

---

15) 至夜雨少止, 怒濤如山, 高若出靑天, 下若入深淵. 犇衝擊躍, 聲裂天地, 胥溺
臭敗, 決在呼吸之間. - 崔溥, 『錦南集』, <漂海錄>
16) 臣卽點出所藏衣數領, 令巨伊山承雨露洽, 取汁以貯, 幾至數甁. 令金重用匙分
飮之, 重執匙以擧, 舟人張口, 有如燕兒望哺然. - 崔溥, 『錦南集』, <漂海錄>

을, 두 번째 인용문을 통해서는 마실 물이 없어 옷에 비를 적셔 나누어 먹으며 위기를 극복하고자 노력하는 상황을 볼 수 있다. 위는 <표해록> 중 극히 일부의 예만 든 것으로서, 이처럼 일기를 통해 호남인물이 겪었던 구체적인 상황을 알 수가 있다. 또 일기에 기록된 상황을 통해 인물의 특성도 입체적으로 파악할 수 있다.

필자는 「최부 '표해록'의 기행문학적 연구」(전남대학교 석사학위논문, 2006)를 통해 여정에 따른 서술 방식과 작자 심리를 살핀 적이 있다. 이때 작자 심리로서 표류 부분에서는 지도자 의식을, 도저소 압송과 억류 부분에서는 고통으로 인한 삶의 의지 소실을, 북경 이송 부분에서는 중국에 대한 소극적 관심을, 북경 억류 부분에서는 빨리 귀향하고자 하는 욕망을, 송환 부분에서는 사람들에 대한 정(情)을 파악하였다. 이렇듯 5개월 남짓의 여정 속 인물의 심리 변화를 입체적으로 볼 수 있는 것은 일기가 남아 있기 때문에 가능한 것이었다.

최부의 <표해록>, 유희춘의 <일기>와 같은 대표적인 호남인물의 풍부한 일기는 물론, 널리 알려지지 않았던 인물들의 일기에 이르기까지 565편의 다양한 일기 속에는 호남인물들의 삶이 담겨 있다.

한편 호남인물의 삶 중에서 과거를 치르는 과정도 일기를 통해 볼 수 있다. 과거시험은 조선시대 많은 선비들이 치렀던 시험이다. 이기경의 『목산고』에 수록된 <괴황일기>에는 무안에서 향시를 치르고 다시 회시를 치르기 위해 서울로 오가는 과정이 담겨 있다. 곧 전국의 누구나 시험을 치를 수 있지만 호남사람들이 어떻게 과거시험을 위해 서울을 오고 갔으며 그 길에서 어떤 일들을 겪는지는 호남의 일기를 통해 자세히 볼 수가 있는 것이다.

사람들은 홀로 여행을 떠나기도 하지만 친한 동료들과 함께 여행을

떠나는 경우가 많다. 임기현의 『노석유고』에 수록된 <금강산유상일기>
를 보면 당대 호남의 대표적인 인물인 회봉 안규용, 설주 송운회 등과
금강산 유람을 떠나는 것을 확인할 수 있다. 또 신안 흑산도와 제주도에
유배 간 면암 최익현을 만나러 다녀온 일을 기록한 김훈의 <흑산록>, 박
해량의 <해상일기>와 같은 일기를 통해 호남지역 유배인을 만나기 위한
여정을 볼 수 있다. 곧 일기를 통해 한 개인의 삶을 풍부하게 볼 수 있을
뿐만 아니라 호남인들의 관계, 교유도 볼 수 있는 것이다.

　이외에 생활일기 1편, 강학일기 3편, 관직일기 5편, 기행일기 4편, 사
행일기 1편, 유배일기 2편 등 『목산고』에 수록된 16편의 일기를 통해 선
비 이기경의 인생 굴곡을, 『연재선생문집』에 수록된 22편의 기행일기를
통해 송병선이란 선비의 적극적인 유람을, 기행일기 1편, 유배일기 2편,
의병일기 2편, 장례일기 1편 등 『둔헌유고』에 수록된 6편의 일기를 통해
일제강점기 호남의병 임병찬의 활동과 그가 겪은 고난을, 강학일기 3편,
기행일기 3편, 사건일기 4편, 장례일기 1편 등 『성당사고』에 수록된 11
편의 일기를 통해 근현대 호남유학자 박인규가 20세기 하반기까지 전통
적인 한문 글쓰기를 이어갔던 상황을 볼 수가 있다.

　호남문집 소재 일기를 통해 저자 한 사람의 생생한 삶을 볼 수도 있
고, 호남사람들의 교유 과정도 볼 수가 있다. 문집의 저자가 널리 알려
진 인물이라면 일기를 통해 그의 세부적인 삶을 파악할 수 있으며, 알려
지지 않았던 인물이라면 새로운 호남인물을 발견하여 호남인물사를 풍
부하게 하는 보람이 있다. 호남지역에 살았던 많은 사람들은 호남문화
의 중요한 토대가 된다. 호남문집 소재 일기는 이러한 호남인물을 입체
적으로 파악하는 데 활용할 수가 있다.

3. 문화콘텐츠의 원형자료로 활용

일기는 자신의 경험을 생생하게 기록한 것으로, 표류, 전쟁과 같은 큰 사건에서부터 제사를 지내고 친구와 교유하는 평범한 일상까지 인간이 겪는 다양한 일을 기록하고 있다. 그렇기 때문에 일기는 문학작품으로서도 의의가 있지만 미시적인 역사를 보는 자료로서도 의의가 크다. 18세기의 대표적 일기인 황윤석의 『이재난고』를 언어와 문학, 학문과 정치, 경제생활과 지식의 소통으로 분류하여 연구한 책 『이재난고로 보는 조선 지식인의 생활사』[17]는 일기가 생활사를 볼 수 있는 귀중한 자료임을 쉽게 알 수 있게 해 준다.

최부의 표류와 그로 인한 중국 여정을 500년이 더 지난 현대의 학자가 다시 찾아가며 사진과 글로 남긴 『명대의 운하길을 걷다 - 항주에서 북경 2500km 최부의 '표해록' 답사기』[18], 선조들이 수없이 오갔던 중국 사행길을 6명의 학자가 답사하고 사진과 글로 남긴 『연행노정, 그 고난과 깨달음의 길』[19]은 최부가 남긴 일기인 <표해록>과 선조들이 남긴 다양한 사행일기가 있기 때문에 세상에 나올 수 있는 것이었다. 일기 속에 당대의 여정과 경험이 자세히 기록되어 있기 때문에 선조들이 갔던 그 길을 현대에 다시 갈 수 있었던 것이다.

호남의 대표적인 일기이자 조선시대 대표적 생활일기인 『미암일기』

---

17) 강신항·이종묵·권오영·정순우·정만조·이헌창·정성희·강관식, 『이재난고로 보는 조선 지식인의 생활사』, 한국학중앙연구원, 2008.
18) 서인범, 『명대의 운하길을 걷다 - 항주에서 북경 2500km 최부의 '표해록' 답사기』, 한길사, 2012.
19) 소재영·김태준·조규익·김현미·김효민·김일환, 『연행노정, 그 고난과 깨달음의 길』, 박이정, 2004.

를 바탕으로 선비의 삶을 읽기 쉽게 정리한 정창권의『홀로 벼슬하며 그대를 생각하노라』(사계절출판사, 2003)와 송재용의『조선시대 선비이 야기 - 미암일기를 통해 과거와 현재를 보다』(제이앤씨, 2008)도 일기를 통해 과거의 삶을 세세하게 볼 수 있음을 알게 해 준다.

현대는 문화콘텐츠의 중요성이 높아지고 있는 시대로, 이제 일기는 역사적인 사실, 당대의 삶을 단순히 보여주는 것을 넘어 문화콘텐츠의 원형자료로서 그 가치를 인정받고 있다. 일기 속 선조들의 삶에 관한 다 양한 내용은 문화콘텐츠의 주요 요소가 되고, 이는 현대의 기술, 매체와 만나 새롭게 창조되고 있다.[20]

이처럼 문화문화콘텐츠의 원형자료로서 일기의 역할과 가치는 이미 인식이 되었고, 일기에서 콘텐츠 요소를 추출하여 문화콘텐츠화하는 작 업은 지속적으로 이루어지고 있다.

대표적으로 한국국학진흥원에서는 다양한 일기 속에서 이야기 요소 들을 추출하여 누리집 '스토리테마파크:일기와생활'(http://story.ugyo.net/) 에 제공하고 있다. 이 누리집은 사건 중심으로 이야기를 모은 '테마스토 리', 갈등을 이끄는 인물들을 중심으로 이야기를 모은 '인물캐릭터', 사 건이 발생한 이유와 상황을 보는 '배경이야기', 이야기의 이해를 돕는 시각자료를 담은 '멀티미디어', 현대인들이 이해하기 쉬운 글과 웹툰 등 을 연재하는 '웹진 담(談)' 등으로 이루어져 있다.

---

20) 이와 관련하여 이훈익은「문화콘텐츠 창작소재로서의 문화원형 연구 -《2003경주 세계문화엑스포》주제영상 <천마의 꿈>을 중심으로」(『문화예술콘텐츠』1, 한국문 화콘텐츠학회, 2008, 318쪽)에서 "문화산업의 핵심인 문화콘텐츠 부문은 과거의 보존대상이었던 문화자원과 현대의 첨단기술이 결합되어 새로운 문화상품을 만 들어내며 미래 성장산업으로 떠오르고 있다."고 하였다.

〈'스토리테마파크:일기와 생활'의 첫 화면〉

이 중 일기에서 찾은 이야기는 '테마스토리', '인물캐릭터', '배경이야기'에 이야기별로 담겨 있는데, 하위 분류를 표로 정리하면 다음과 같다.

〈'스토리테마파크:일기와 생활'의 하위 분류〉

테마스토리	인물캐릭터	배경이야기
가족, 영원한 동반자	무인 장수	경제
갈등과 대립의 기록	양반	교육과 과거
근대를 위한 진통	여성	문화
만남의 나날들	왕실	사회
머나먼 등용문	외국관리	인물
북적북적 공동체생활	외국장수	전쟁과 외교
사행, 타국을 걷는 길	중앙관리	정치와 행정
전쟁, 혼란의 기록	중인 상민	
특별한 신분의 삶	지관 무속	
풍류, 여행의 기술	지방관리	
피땀어린 돈과 땅	천민 승려	

위의 내용은 다시 세분화되는데, '테마스토리'의 '가족, 영원한 동반

자'의 경우 다시 '왕래와 갈등', '자녀와 부모', '제사와 차례', '질병과 생사', '집안 경조사'로 나뉜다. 이 중 첫 번째인 '왕래와 갈등' 부분에는 일기에서 추출한 201개의 이야기 요소가 소개되고 있다. 이는 추후 과거를 배경으로 한 영화, 드라마, 웹툰 등의 핵심자료로 활용될 수 있을 것이다.

한국국학진흥원이 다른 주제로 운영하는 누리집 '사행록 역사여행'(http://saheng.ugyo.net/)도 중국에 다녀온 일을 기록한 연행일기, 일본에 다녀온 일을 기록한 통신사일기 등 사행일기를 중심으로 하여 조선시대 사행을 파악하고, 다양한 이야기 요소들을 제공하고 있다.

〈'사행록 역사여행'의 첫 화면〉

호남지역에서도 이렇게 일기를 원형자료로하여 문화콘텐츠화하는 작업이 이루어지고 있다. 그런데 한국국학진흥원처럼 집중적으로 이루어진 것이 아니라 호남기록문화유산을 정리하는 과정에서 일부 이루어진 것이다.

'호남기록문화유산' 누리집 내에 '문화유산 스토리텔링', '문화유산이야기', '스토리뱅크'라는 하위 분야가 있다. 이는 호남기록문화유산 중 문집, 일기자료, 지방지, 고문서 등에서 스토리텔링할 수 있는 이야기 요소를 정리하고, 일부는 애니메이션으로 제작한 것이다.

이 중 '문화유산 스토리텔링'에는 13편의 애니메이션이 탑재되어 있는데, 일기인 '미암일기'와 '유서석록'을 제목으로 한 것이 한 편씩 있다. 이는 유희춘의 생활일기인 『미암일기』와 고경명의 무등산 기행일기인 『유서석록』의 내용을 바탕으로 두 일기를 소개하는 애니메이션으로, 분량은 각 2분 정도이다.

〈'호남기록문화유산' 내 문화콘텐츠 관련 부분 화면〉

스토리뱅크에 수록된 이야기 요소도 '스토리테마파크:일기와생활'처럼 이야기를 '지방 다스리기', '한푼, 한되, 한필', '사람 사는 모습', '뜻과 사람이 모이다', '나라에 환난이 나면', '벼슬길에 오르다', '타향에서 돌아와', '학문에 뜻을 두어', '다양한 방식의 삶'으로 나누고 다시 2~6개로 하위 분류하여 제공하고 있다.

예를 들어 '지방 다스리기'의 경우 '관청과 백성 사이', '법 체계', '지방관원의 임무', '사건과 사고' 등 4가지로 다시 분류된다. 그런데 각 항목별 이야기 요소는 1~3개에 불과하며, 대부분 1개의 이야기 요소만이 제공되고 있다. 그리고 이도 일기에서만 추출한 것이 아니라 간찰 등 여러 자료에서 추출한 것이다. 호남일기를 문화콘텐츠에 활용한 것이 매우 적은 상황인 것이다.

호남문집 소재 일기를 조사한 결과 565편의 일기를 확인하였다. 호남문집 소재 일기는 14세기 후반부터 20세기 후반까지 600년이라는 시간 동안 꾸준히 존재하였다. 고려말, 조선초부터 일제강점기를 거쳐 1970년대까지 다양한 시기의 삶을 볼 수 있음을 확인하였다. 내용에 있어서도 일상생활, 강학, 관직생활, 여행, 사행, 유배, 전쟁, 의병활동, 크고 작은 사건, 임종과 장례 등 인간이 겪는 다양한 경험이 일기에 담김을 확인하였다. 이러한 호남문집 소재 일기는 문화콘텐츠화 할 수 있는 많은 이야기를 담고 있다.

최부 <표해록>의 경우 '사행록 역사기행'에 15세기 사행록 중 이 작품만이 소개되어 있고, 17개의 이야기가 제공되고 있다. 또 이 작품을 연구하여 드라마, 영화 시나리오로 만들어 낸 『문화콘텐츠로서의 '표해록' 읽기와 활용』[21]이라는 책도 2012년에 출간되었다. 그런데 <표해록>을

---

21) 안영길, 『문화콘텐츠로서의 '표해록' 읽기와 활용』, 지식과 교양, 2012.

비롯하여 유희춘의 『미암일기』, 고경명의 『유서석록』 등 널리 알려진
일부 작품만 문화콘텐츠화되고 있고, 다른 많은 호남의 일기에 대해서
는 이야기 요소조차 파악이 이루어지지 않고 있다.

실제 호남문집 소재 일기를 살펴본 결과 다양한 이야기 요소를 담고
있는 일기가 많았다. 일제강점기만을 예로 들어보면, 일제가 내린 은사
금(恩賜金)을 거절한 일로 감옥에 갇혔다가 사망한 일을 기록한 <각금일
기>(김영상의 『춘우정문고』 소재), 을사조약 후 자결한 송병선의 장례
과정과 송병선이 꿈에 나타난 일을 기록한 <을사일기>(정인채의 『지암
유고』 소재), 61세의 나이에 기차를 타고 금강산에 다녀온 일을 기록한
<금강록>(이종림의 『저전유고』 소재), 고종황제의 사망 소식을 듣고 서
울에 올라가 장례를 보고 통곡한 일을 기록한 <경행일기>(조종덕의 『창
암집』 소재), 광주향교에 일본수비대 병원이 설립된다는 것을 듣고 반대
한 일을 기록한 <광주교궁일기>(안규용의 『서헌유고』 소재) 등에 당대
의 생생한 이야기가 담겨 있었다.

한국국학진흥원이 '스토리테마파크:일기와 생활'에 일기의 이야기 요
소를 체계적으로 모으고 있지만 지역적으로 한계가 있다. 경상북도 안
동에 위치한 한국국학진흥원에서 연구를 진행하다보니 영남지역 일기
가 중심이 되어, 호남의 일기는 널리 알려진 일부 일기만 반영되어 있
다. 본 연구에서 조사한 호남문집 소재 일기에는 알려지지 않은 많은 일
기가 포함되어 있다. 이러한 일기들을 문화콘텐츠화에 활용한다면, 우리
의 문화콘텐츠는 훨씬 다양하고 풍부해질 수 있을 것이다.

4. 인문학 교육자료로 활용

인문학은 인간의 조건을 탐구하는 학문으로서,[22] 인문학의 중요성은 많은 사람들이 인식하고 있다.[23] 문학, 사학, 철학으로 대표되는 인문학은 초·중·고등학교 정규 교과에서 교육되고 있으며, 대학의 인문학 전공자의 전공 교과로서는 물론 기초교양으로서도 교육되고 있다. 또한 최근에는 시민들에 대한 인문학 강좌도 널리 진행되고 있다.[24] 이렇게 어린 학생들부터 노년 어르신에 이르기까지 다양한 사람들이 다양한 통로로 인문학 교육을 접하게 되는데, 호남문집에 실린 다양한 일기는 인문학 교육자료로 활용할 수 있다.

호남문집 소재 일기는 565편에 이르러 양적으로 풍부하며, 14세기부터 20세기에 이르는 긴 시간 동안의 일기가 확인되어, 임진왜란, 동학농민운동, 강제적 한일합방 등 역사적 사건 속 실존했던 사람들의 미시적인 삶을 볼 수가 있다. 또한 큰 역사적 사건은 아니더라도 한 개인이 태어나서 죽을 때까지 겪는 강학, 여행 등 선조들의 생활, 그리고 사람이

---

22) 최현철, 「인문학과 인문학 교육에 관한 소고」, 『시민인문학』23, 경기대학교 인문과학연구소, 2012, 185쪽.

23) 이와 관련하여 박찬인은 논문 「인문학의 길」(『인문학연구』108, 충남대학교 인문과학연구소, 2017, 170쪽)에서 "인문학 위기 운운하며 인문학을 걱정하는 것은 문학, 사학, 철학에 관한 교양이 어느 정도는 우리 모두에게 필요하다는 인식에 다름 아니다. 즉 고등학교는 물론이고 대학을 졸업했어도 일정 수준의 인문교양을 갖추지 못하고 있다는 반성인 것이다. 또한 과학기술 개발의 경쟁에서 앞서려면, 아니 기술개발 자체는, 아이러니하게도, 기계적 결과가 아니라 창의력의 문제라는 각성이다."라고 언급하였다.

24) 시민들에 대한 인문학 강좌에 대해서는 진정일이 논문 「인문학 대중화에 대한 비판적 고찰 - '시민인문강좌'를 중심으로」(『인문학연구』101, 충남대학교 인문과학연구소, 2015)에서 분석한 바 있다.

죽은 후의 장례 상황까지 다양하게 볼 수가 있다. 그렇기 때문에 호남문
집 소재 일기는 생생한 역사 교육자료로 활용할 수가 있다.

우리 민족이 겪은 비극적인 전쟁인 임진왜란에 대한 일기가 호남문집
에 41편이 실려 있어서, 포로, 의병 등의 전쟁 당시 상황을 생생히 볼 수
있다고 이미 언급하였다.

> 어린아이 용(龍)과 첩의 소생 딸 애생(愛生)을 모래 밭에 버려 두었는
> 데, 조수가 밀려 떠내려가느라 우는 소리가 귀에 들리더니 한참만에야 끊
> 어졌다. 나는 나이가 30세에 비로소 이 아이를 얻었는데, 태몽에 새끼 용
> 이 물 위에 뜬 것을 보았으므로 마침내 이름을 용이라 지었던 것이다. 누
> 가 그 아이가 물에 빠져 죽으리라 생각했겠는가? 부생(浮生)의 온갖 일이
> 미리 정해지지 않은 것이 없는데, 사람이 스스로 깨닫지 못하는 모양이
> 다.25)

위는 강항『수은집』에 수록된 <섭란사적>의 한 부분으로, 포로로 잡
혀갈 때 자식이 죽는 과정을 기술한 것이다. 앞서 전쟁일기를 살피면서
예를 들었던 정희득의『월봉해상록』에 수록된 <해상일록> 부분과 함께
활용한다면, 임진왜란 당시 포로들의 아픔을 생생하게 전해줄 수 있을
것이다. 그렇다면 교육을 받는 사람들은 임진왜란을 단순히 암기해야
하는 딱딱한 역사적 사건이 아니라, 가족을 잃는 아픔을 겪은 선조들의
비극적 경험으로 공감하며 배울 수 있을 것이다.

그런데 호남문집 소재 임진왜란 일기 41편을 통해서는 당시 상황뿐만
아니라 후대에 선조들의 임진왜란 활약상을 문집에 수록하고자 하는 노

---

25) 稚子龍及妾女愛生, 遺置沙際, 潮回浮出, 呱呱滿耳, 良久而絶. 余年三十, 始
得此兒, 方娠夢見兒龍浮水中, 遂以爲名. 孰謂其死於水中也. 浮生萬事莫不
前定, 而人自不悟矣. - 姜沆,『睡隱集』,「看羊錄」, <涉亂事迹>

력까지도 볼 수 있어, 이를 교육에 활용할 수 있다.

임계영의 『삼도실기』에 수록된 <산서일기절록>, <충무공난중일기절록>, 최경회의 『일휴당선생실기』에 수록된 <고산일록>, 채홍국의 『야수실기』에 수록된 <홍의소일기>, <호벌치순절일기>와 같이 다른 사람의 일기에 문집 저자 관련 내용이 등장한 부분을 발췌하여 문집에 수록한 경우, 다른 사람의 글들 속에서 자신의 선조 관련 글을 찾아 전쟁 당시 선조의 모습을 남기기 위해 노력한 수고를 볼 수 있다. 또한 선조 사후 몇 백년이 지나서라도 문집을 간행하고, 다른 사람의 선조 관련 글을 찾아 문집에 수록하는 그 행위를 통해, 선조들을 기리기 위한 후손들의 태도와 방식을 사실적으로 가르칠 수가 있다.

일기는 중요한 역사자료이기도 하지만 문학자료이기도 한다. 그렇기 때문에 호남문집 소재 일기 각 작품들은 그 자체가 일기문학 텍스트가 되어, 문학 교육에 활용할 수 있다. 아울러 호남문집 소재 일기는 한문으로 표기 되어 한문학에 속하고, 산문문학, 수필문학, 고전문학 등에도 포함되며, 일부 작품들은 내용상 사행문학, 여행문학, 유배문학 등에 포함된다. 이러한 다양한 문학을 교육할 때 호남문집 소재 565편의 일기를 활용할 수 있다. 그 예로 대학의 국어국문학과 교과과정을 살펴보면, 다음과 같은 교과목에서 일기를 활용할 수가 있을 것이다.

〈일기를 활용할 수 있는 국어국문학과 교과목〉

순번	학년	학기	과목구분	교과목명
1	1	전체	교필	한문
2	1	전체	교필	문학의 이해
3	1	전체	교필	글쓰기
4	1	1	전선	한국고전문학개론
5	2	1	전선	한국한문학의이해

순번	학년	학기	과목구분	교과목명
6	2	2	전선	한국고전독해
7	3	2	전필	한국고전문학사
8	3	2	전선	한국고수필론
9	3	2	전선	호남고전문학의이해

위는 전남대학교 국어국문학과 누리집(http://korean.jnu.ac.kr/)에 제공되고 있는 교과과정에서 호남문집 소재 일기를 교육자료로 활용할 수 있는 과목만 정리한 것이다. 교과구분에서 '교필'은 '교양필수', '전선'은 '전공선택', '전필'은 '전공필수'를 의미한다. '교필' 세 과목은 교양이긴 하지만 일기를 충분히 활용할 수 있는 과목이다.

호남문집 소재 일기가 한문으로 쓰여졌기 때문에 '한문' 교과목의 중요자료로 활용할 수 있으며, 실제 전남대학교 '한문' 수업 시간에 사용하는 교재에도 호남문집 소재 일기가 예시로 들어가 있다. 『대학학문(大學漢文)』[26]이라는 이 교재는 '한자 한문의 첫 걸음', '명구(名句)로 배우는 한문', ' 고사(故事)로 배우는 한문', '한시(漢詩)로 배우는 한문', '문장(文章)으로 배우는 한문'으로 나뉘어 있는데, 이 중 '문장으로 배우는 한문' 하위 '일기문'에 최부의 <표해록>(『금남선생문집』 소재) 중 표류 부분, 유희춘의 <일기>(『미암집』 소재) 중 아내 등장 부분, 강항의 <섭란사적>(『수은집』 소재) 중 피랍 부분이 제시되어 있다.

교재에 제시된 이 부분 자체가 일기를 활용한 것이며, 이 부분을 수업할 때 여기에 제시되지 않은 호남문집 소재 일기도 보조적으로 활용할 수 있다. 예컨대 최부의 <표해록>을 설명하면서 표류를 기록한 다른 일기인 <표해시말>(이강회의 『유암총서』 소재)을 예로 들어줄 수 있으며,

---

26) 대학한문교재편찬위원회 편, 『大學漢文』, 전남대학교출판부, 2012.

유희춘의 <일기>를 설명하면서 후대에 아내 송종개의 문집을 간행하면서 유희춘의 <일기>에서 아내 등장 부분을 발췌하여 부록에 수록한 <미암일기초>(『덕봉집』 소재)를 함께 이야기해 줄 수 있다. 강항의 <섭락사적>을 설명하면서는 비슷한 시기 포로로 일본에 잡혀갔다 온 일을 기록한 정희득의 <해상일록>(『월봉해상록』 소재), 노인의 『금계집』 소재 14편의 일기 등을 함께 설명해 주면 학생들이 시야를 넓힐 수가 있을 것이다.

교양교과목인 '문학의 이해', '글쓰기'와 같은 수업에서도 고전문학, 선조들의 글쓰기 방식을 설명할 때 방대한 호남문집 소재 일기를 부수적 자료로 활용할 수 있으며, 국어국문학과 전공교과목의 경우 주요자료로 활용할 수가 있다. 특히 전남대학교가 호남지역인 광주광역시에 위치한 특성상 '호남고전문학의이해'라는 과목이 있는데, 호남문집 소재 일기는 호남문인이 쓴 것이므로 이 자료를 적극 활용할 수가 있을 것이다.

고등학교 국어교사와 대학교 국어교육과 교수가 함께 만든 책 『깊고 넓게 읽는 고전문학 교육』에서 한문 수필을 논하면서 "양적으로나 질적으로나 지금 알려져 있는 한문 수필은 극히 일부분에 불과하다. 홀륭한 작품을 더 많이 만나기 위해서는 간행본뿐 아니라 필사본, 혹은 책으로 묶이지 못한 채 문서로 전하는 방대한 한문 전적들을 정리하고 검토하는 과정이 선행되어야 한다."27)고 언급하였다. 호남문집 소재 일기는 수필문학에도 속하는 것으로서, 본 저서 자체가 방대한 자료를 조사·정리한 연구의 결과물이다. 본 저서를 통해 다양한 호남문집 소재 일기가 알려질 수 있게 되었으니, 이를 교재를 만들 때의 주요자료로, 수업을 할

---

27) 이민희·이호승·고화정·하윤섭·송미경 편, 『깊고 넓게 읽는 고전문학 교육』, 창비교육, 2014, 269쪽.

때의 보조자료로 활용할 수 있을 것이다.

이러한 일기는 대학교뿐만 아니라 초·중·고등학교의 국어, 국사, 문학, 한문 수업에서 활용할 수 있으며, 대중들을 대상으로 한 인문학 강좌에서도 선조들의 다양한 삶과 문학을 보여줄 때 활용할 수가 있다. 실제 필자는 2017년 9월에 한국가사문학관에서 시행한 '인문학 교육'의 일환으로 "<관동별곡>을 통해 선조들의 여행 엿보기"라는 교육을 진행하였다. <관동별곡>은 가사작품이지만 작자인 송강 정철이 호남의 담양지역에 살았던 인물로서, 담양에 있다가 강원도관찰사로 부임하는 과정과 금강산 및 관동팔경을 여행한 일이 담겨 있으므로, 호남사람이 금강산을 다녀온 일을 기록한 호남문집 소재 금강산 기행일기를 덧붙여 설명하였다.

〈호남문집 소재 금강산 기행일기〉

순번	작품명	저자	창작연대	비고
1	금강산 (金剛山)	영허 해일(映虛海日, 1541~1609)	미상	『영허집(映虛集)』내에 수록
2	금강산기 (金剛山記)	배용길(裵龍吉, 1556~1609)	미상	『금역당집(琴易堂集)』내에 수록
3	금강산기행록 (金剛山紀行錄)	양대박(梁大樸, 1543~1592)	1572년	『청계집(靑溪集)』내에 수록
4	동유록 (東遊錄)	박순우(朴淳愚, 1686~1759)	1739년	『명촌선생유고(明村先生遺稿)』내에 수록
5	원유록 (遠遊錄)	이희석(李羲錫, 1804~1889)	1866년	『남파집(南坡集)』내에 수록
6	동유기 (東遊記)	송병선(宋秉璿, 1836~1905)	1868년	『연재선생문집(淵齋先生文集)』내에 수록
7	동유록 (東遊錄)	김훈(金勳, 1836~1910)	1875년	『동해집(東海集)』내에 수록

순번	작품명	저자	창작연대	비고
8	동유록 (東遊錄)	기재(奇宰, 1854~1921)	1891년	『식재집(植齋集)』 내에 수록
9	해산지 (海山誌)	정인채(鄭仁采, 1855~1934)	1898년	『지암유고(志巖遺稿)』 내에 수록
10	관동일록 (關東日錄)	염재신(廉在愼, 1862~1935)	1899년	『과암유고(果庵遺稿)』 내에 수록
11	금강록 (金剛錄)	이종림(李鍾林, 1857~1925)	1917년	『저전유고(樗田遺稿)』 내에 수록
12	동행록 (東行錄)	임상희(林相熙, 1858~1931)	1921년	『금우유고(錦愚遺稿)』 내에 수록
13	금강유록 (金剛遊錄)	김한익(金漢翼, 1863~1944)	1924년	『화동유고(華東遺稿)』 내에 수록
14	금강일록 (金剛日錄)	조우식(趙愚植, 1869~1937)	1924년	『성암집(省菴集)』 내에 수록
15	동유록 (東遊錄)	송증헌(宋曾憲, 1878~1947)	1928년	『후암집(後菴集)』 내에 수록
16	금강산유록 (金剛山遊錄)	김택술(金澤述, 1884~1954)	1930년	『후창집(後滄集)』 내에 수록
17	재유풍악기 (再遊楓岳記)	송증헌(宋曾憲, 1878~1947)	1932년	『후암집(後菴集)』 내에 수록
18	유금강기 (遊金剛記)	이광수(李光秀, 1873~1953)	1933년	『옥산집(玉山集)』 내에 수록
19	금강산유상일기 (金剛山遊賞日記)	임기현(任奇鉉, 1874~1955)	1933년	『노석유고(老石遺稿)』 내에 수록
20	유금강산기 (遊金剛山記)	송은헌(宋殷憲, 1876~1945)	1935년	『강와집(剛窩集)』 내에 수록
21	금강기행 (金剛紀行)	장기홍(張基洪, 1883~1956)	1935년	『학남재유고(學南齋遺稿)』 내에 수록
22	관동일기 (關東日記)	안치수(安致洙, 1863~1950)	1937년	『염와집(念窩集)』 내에 수록
23	풍악기행 (風岳紀行)	이환용(李桓溶, 1879~1968)	1939년	『한천사고(寒泉私稿)』 내에 수록

순번	작품명	저자	창작 연대	비고
24	동유록 (東遊錄)	김규태(金奎泰, 1902~1966)	1939년	『고당유고(顧堂遺稿)』 내에 수록
25	유금강산기 (遊金剛山記)	오준선(吳駿善, 1851~1931)	미상	『후석유고(後石遺稿)』 내에 수록
26	풍악록 (楓岳錄)	이종택(李鍾澤, 1868~1938)	미상	『복재유고(復齋遺稿)』 내에 수록

위는 실제 '인문학 교육' 때 제시했던 표를 예로 든 것으로, 이렇게 시기순으로 호남인의 금강산 기행일기를 제시하며 설명하여, 기행문학이 가사, 일기 등 다양한 장르로 이루어지며 금강산 여행이 조선 전 시기는 물론 일제강점기에도 꾸준히 이루어졌음을 쉽게 이해시킬 수 있었다.

본 저서에서는 사학, 문학을 중심으로 언급하였지만, 일기를 통해 철학 사상도 볼 수 있어 철학 교육에도 활용할 수 있으며, 문집 간행 과정 등에 대한 교육자료로도 활용할 수가 있을 것이다. 565편에 이르는 호남 문집 소재 일기가 다양한 교육에 활용될 수 있기를 기대한다.

필자는 2015년에 김대현과 함께 『호남지방 일기자료 연구의 현황과 과제』라는 논문을 발표한 적이 있다.[28] 이때 호남일기 연구의 과제로서 첫째, 호남일기에 대한 전체적인 조사와 현황 파악이 이루어져야 한다는 점, 둘째, 호남일기 연구의 구심점이 될 자료센터가 구축되어야 한다는 점, 셋째, 일기 전체에 대한 DB 구축과 체계적인 번역이 필요하다는 점을 언급하였다.

호남문집 소재 일기를 조사하여 소개한 본 연구가 호남일기의 현황

---

28) 김대현·김미선, 「호남지방 일기자료 정리의 현황과 과제」, 『호남문화연구』58, 전남대학교 호남학연구원, 2015, 41~72쪽.

파악에 일조할 수 있을 것이라 생각한다. 또한 본 저서에서는 세기별로 호남문집 소재 일기 목록을 제공하고, 부록으로 문집 저자별로 다시 한 번 간략히 정리한 목록을 제시하여 일기에 관심 있는 사람들이 일기를 쉽게 파악할 수 있도록 하였다. 하지만 자료센터 설립과 일기 전체에 대한 DB 구축이 이루어지지 않은 상황에서 원자료를 다시 찾는 수고를 겪어야 한다.

호남일기가 활발히 활용되기 위해서는 문집 소재 일기뿐만 아니라 필사본, 단일 간행본 일기까지 포함한 호남일기에 대한 체계적인 조사, 이러한 일기를 한자리에 모은 자료센터 설립, 웹상에서 누구나 손쉽게 원자료를 확인할 수 있게 하는 DB 구축, 대중들도 쉽게 내용을 파악하고 콘텐츠제작자들이 자유롭게 볼 수 있도록 하는 번역 작업 등이 체계적으로 이루어져야 할 것이다.

참고문헌

1. 자료

姜膺煥, 『勿欺齋集』, 국립중앙도서관 소장본.
姜芝馨, 『愚堂遺稿』, 국립중앙도서관 소장본.
姜 沆, 『睡隱集』, 한국문집총간 수록본.
康熙鎭, 『止軒遺稿』, 호남지방문헌연구소 소장본.
高在鵬, 『翼齋先生文集』, 국립중앙도서관 소장본.
權純命, 『陽齋集』, 국립중앙도서관 소장본.
權晉奎, 『靑蓮齋遺集』, 국립중앙도서관 소장본.
金慶奎, 『愚拙齋集』, 호남지방문헌연구소 소장본.
金景壽, 『鰲川集』, 한국역대문집총서 수록본.
金 啓, 『雲江遺稿』, 국립중앙도서관 소장본.
金敎俊, 『敬菴集』, 국립중앙도서관 소장본.
金奎泰, 『顧堂遺稿』, 호남지방문헌연구소 소장본.
金鎭淑, 『春齋遺稿』, 국립중앙도서관 소장본.
金晩植, 『蘭室遺稿』, 국립중앙도서관 소장본.
金萬英, 『南圃集』, 전남대학교 도서관 소장본.
金相定, 『石堂遺稿』, 국립중앙도서관 소장본.
金成烈, 『兼山集』, 국립중앙도서관 소장본.
金聲振, 『醉睡堂集』, 국립중앙도서관 소장본.
金時瑞, 『自然堂先生遺稿』, 국립중앙도서관 소장본.
金汝重, 『軒軒軒先生文集』, 국립중앙도서관 소장본.
金永相, 『春雨亭文稿』, 국립중앙도서관 소장본.
金玉燮, 『愼軒遺稿』, 한국역대문집총서 수록본.
金容球, 『後隱金先生薪膽錄』, 국립중앙도서관 소장본.
金雲悳, 『秋山遺稿』, 전남대학교 도서관 소장본.

金胤燮, 『樂軒遺稿』, 호남지방문헌연구소 소장본.

金仁植, 『篤守齋遺稿』, 국립중앙도서관 소장본.

金載石, 『月潭遺稿』, 국립중앙도서관 소장본.

金載一, 『默軒遺稿』, 호남지방문헌연구소 소장본.

金存敬, 『竹溪集』, 전남대학교 도서관 소장본.

金之白, 『湛虛齋集』, 국립중앙도서관 소장본.

金漢翼, 『華東遺稿』, 호남지방문헌연구소 소장본.

金漢忠, 『習靜齋先生遺稿』, 호남지방문헌연구소 소장본.

金赫洙, 『養窩遺稿』, 국립중앙도서관 소장본.

金賢述, 『蓬山遺稿』, 국립중앙도서관 소장본.

金鎬永, 『愼齋漫錄』, 국립중앙도서관 소장본.

金 勳, 『東海集』, 국립중앙도서관 소장본.

奇大升, 『高峯集』, 한국문집총간 수록본.

奇陽衍, 『柏石軒遺集』, 국립중앙도서관 소장본.

奇宇萬, 『松沙先生文集拾遺』, 국립중앙도서관 소장본.

奇 宰, 『植齋集』, 국립중앙도서관 소장본.

金 鑑, 『笠澤集』, 국립중앙도서관 소장본.

金永淳, 『止齋遺稿』, 국립중앙도서관 소장본.

金再鐸, 『白波集』, 국립중앙도서관 소장본.

羅德憲, 『壯巖遺集』, 국립중앙도서관 소장본.

羅燾圭, 『德巖漫錄』, 국립중앙도서관 소장본.

羅燾毅, 『錦窩遺稿』, 국립중앙도서관 소장본.

羅綏燦, 『台江遺稿』, 호남지방문헌연구소 소장본.

羅 俊, 『溪居遺稿』(『나주나씨세고(羅州羅氏世稿)』 내), 국립중앙도서관 소장본.

魯愉鐸, 『悠南遺稿』, 국립중앙도서관 소장본.

魯 認, 『錦溪日記』, 나주목향토문화연구회 영인본.

魯 認, 『錦溪集』, 한국문집총간 수록본.

盧 禛, 『玉溪先生文集』, 한국문집총간 수록본.

樑進永, 『晩羲集』, 국립중앙도서관 소장본.

柳 泗, 『雪江遺稿』, 국립중앙도서관 소장본.

柳應壽, 『默窩集』, 호남지방문헌연구소 소장본.

柳日榮, 『滄溟遺稿』, 국립중앙도서관 소장본.

柳 俹, 『守拙齋遺稿』, 전남대학교 도서관 소장본.

柳希春, 『眉巖集』, 한국문집총간 수록본.

文達煥, 『遯齋集』, 국립중앙도서관 소장본.

文德龜, 『藏六齋遺稿』, 호남지방문헌연구소 소장본.

文緯世, 『楓菴文先生實記』, 호남지방문헌연구소 소장본.

文載道, 『休軒文集』, 국립중앙도서관 소장본.

文濟衆, 『石汀遺稿』, 국립중앙도서관 소장본.

閔胄顯, 『沙厓先生文集』, 국립중앙도서관 소장본.

朴光一, 『晚德唱酬錄』, 국립중앙도서관 소장본.

朴光後, 『安村集』, 한국문집총간 수록본.

朴淇禹, 『春齋遺稿』, 국립중앙도서관 소장본.

朴淇鍾, 『竹圃集』, 국립중앙도서관 소장본.

朴東訥, 『悔晚齋詩稿』, 국립중앙도서관 소장본.

朴 模, 『蘆河先生文集』, 전남대학교 도서관 소장본.

朴炳允, 『月隱遺稿』, 전남대학교 도서관 소장본.

朴性根, 『聾巖遺稿』, 호남지방문헌연구소 소장본.

朴淳愚, 『明村先生遺稿』, 국립중앙도서관 소장본.

朴用柱, 『松史遺稿』, 국립중앙도서관 소장본.

朴仁圭, 『誠堂私稿』, 국립중앙도서관 소장본.

朴寅爕, 『近菴文集』, 호남지방문헌연구소 소장본.

朴楨一, 『率性齋遺稿』, 국립중앙도서관 소장본.

朴齊望, 『水月私稿』, 호남지방문헌연구소 소장본.

朴周鉉, 『松谷遺稿』, 국립중앙도서관 소장본.

朴重勉, 『野隱遺稿』, 국립중앙도서관 소장본.

朴昌壽, 『蘭石集』, 한국역대문집총서 수록본.

朴采琪, 『三悟遺稿』, 전남대학교 도서관 소장본.

朴春長, 『東溪集』, 국립중앙도서관 소장본.

朴致道, 『黔巖集』, 국립중앙도서관 소장본.

朴泰輔, 『定齋集』, 한국문집총간 수록본.

朴漢祐, 『靜修齋遺稿』, 국립중앙도서관 소장본.

朴海量, 『聿修齋遺稿』, 국립중앙도서관 소장본.

朴海昌, 『靖窩集』, 국립중앙도서관 소장본.

白旻洙, 『匡山遺稿』, 국립중앙도서관 소장본.

邊士貞, 『桃灘集』, 국립중앙도서관 소장본.

奉昌模, 『晩翠遺稿』, 국립중앙도서관 소장본.

宣始啓, 『知吾齋遺稿』, 국립중앙도서관 소장본.

蘇光震, 『后泉遺稿』, 국립중앙도서관 소장본.

蘇世讓, 『陽谷先生文集』, 국립중앙도서관 소장본.

蘇在準, 『學山遺稿』, 호남지방문헌연구소 소장본.

蘇鎭德, 『遲山遺稿』, 국립중앙도서관 소장본.

蘇學燮, 『南谷遺稿』, 한국역대문집총서 수록본.

宋秉璿, 『淵齋先生文集』, 한국문집총간 수록본.

宋秉珣, 『心石齋先生文集』, 한국역대문집총서 수록본.

宋 純, 『俛仰集』, 한국문집총간 수록본.

宋殷憲, 『剛窩集』, 국립중앙도서관 소장본.

宋廷耆, 『竹溪集』, 국립중앙도서관 소장본.

宋曾憲, 『後菴集』, 국립중앙도서관 소장본.

宋顯道, 『芹村遺稿』, 전남대학교 도서관 소장본.

申彦球, 『柏村文稿』, 호남지방문헌연구소 소장본.

愼在哲, 『松菴遺稿』, 호남지방문헌연구소 소장본.

申顯仁, 『三洲先生文集』, 국립중앙도서관 소장본.

沈守澤, 『盡至錄』, 전남대학교 도서관 소장본.

安邦俊, 『隱峰全書』, 한국문집총간 수록본.

安成煥, 『蘇山遺稿』, 국립중앙도서관 소장본.

安重燮, 『蓮上集』, 국립중앙도서관 소장본.

安致洙, 『念窩集』, 호남지방문헌연구소 소장본.

梁慶遇, 『霽湖集』, 한국문집총간 수록본.

梁大樸, 『靑溪集』, 한국문집총간 수록본.

楊應秀, 『白水文集』, 한국역대문집총서 수록본.

梁在慶, 『希庵遺稿』, 국립중앙도서관 소장본.

梁在海, 『華隱文集』, 국립중앙도서관 소장본.

梁會甲, 『正齋集』, 한국역대문집총서 수록본.

梁會奐, 『杏林遺稿』, 국립중앙도서관 소장본.

廉錫珍, 『南谷遺稿』, 국립중앙도서관 소장본.

廉在愼, 『果庵遺稿』, 국립중앙도서관 소장본.

映虛海日, 『映虛集』, 전남대학교 도서관 소장본.

芮大周, 『毅齋集』, 한국역대문집총서 수록본.

吳慶履, 『素圃遺稿』, 한국역대문집총서 수록본.

吳斗寅, 『陽谷集』, 한국문집총간 수록본.

吳允厚, 『梧溪私稿』, 호남지방문헌연구소 소장본.

吳駿善, 『後石遺稿』, 국립중앙도서관 소장본.

吳炯淳, 『雙山遺稿』, 국립중앙도서관 소장본.

魏啓龍, 『梧軒遺稿』, 국립중앙도서관 소장본.

魏啓玟, 『復齋集』, 국립중앙도서관 소장본.

柳健永, 『石田遺稿』, 국립중앙도서관 소장본.

俞　棨, 『市南集』, 한국문집총간 수록본.

柳匡天, 『歸樂窩集』, 호남지방문헌연구소 소장본.

柳永毅, 『五泉遺稿』, 국립중앙도서관 소장본.

柳　楫, 『白石遺稿』, 한국문집총간 수록본.

柳彭老, 『月坡集』, 전남대학교 도서관 소장본.

尹璟赫, 『砥湖遺稿』, 국립중앙도서관 소장본.

尹　復, 『杏堂遺稿』, 국립중앙도서관 소장본.

尹　趌, 『老坡實記』, 국립중앙도서관 소장본.

尹孝寬, 『竹麓遺稿』, 국립중앙도서관 소장본.

李　矼, 『嘉林二稿』, 국립중앙도서관 소장본.

李康采, 『又軒遺稿』, 국립중앙도서관 소장본.

李光秀, 『玉山集』, 한국역대문집총서 수록본.

李圭哲, 『一菴遺稿』, 전남대학교 도서관 소장본.

李　沂, 『海鶴遺書』, 한국문집총간 수록본.

李基瑜, 『雙淸軒遺稿』, 전남대학교 도서관 소장본.

李大遠, 『素拙齋遺稿』, 호남지방문헌연구소 소장본.

李德悅, 『養浩堂先生遺稿』, 호남지방문헌연구소 소장본.

李敦植, 『農隱遺稿』, 국립중앙도서관 소장본.
李炳壽, 『謙山遺稿』, 국립중앙도서관 소장본.
李復淵, 『東谷遺稿』, 국립중앙도서관 소장본.
李舜臣, 『李忠武公全書』, 한국문집총간 수록본.
李承鶴, 『靑皐集』, 국립중앙도서관 소장본.
李實之, 『松柏堂集』, 국립중앙도서관 소장본.
李演雨, 『眞齋私稿』, 한국역대문집총서 수록본.
李淵會, 『勿齋遺稿』, 호남지방문헌연구소 소장본.
李 鎰, 『小峰遺稿』, 한국역대문집총서 수록본.
李銓雨, 『梅谿文稿』, 국립중앙도서관 소장본.
李靖淳, 『向菴遺稿』, 국립중앙도서관 소장본.
李定稷, 『石亭集』, 국립중앙도서관 소장본.
李鍾林, 『樗田遺稿』, 국립중앙도서관 소장본.
李鍾勖, 『夢巖集』, 국립중앙도서관 소장본.
李鍾澤, 『復齋遺稿』, 호남지방문헌연구소 소장본.
李周憲, 『尙實菴遺稿』, 국립중앙도서관 소장본.
李 浚, 『歸來亭遺稿』, 국립중앙도서관 소장본.
李志憲, 『松厓集』, 국립중앙도서관 소장본.
李昌新, 『槐亭集』, 한국역대문집총서 수록본.
李鐸憲, 『南坡遺稿』, 국립중앙도서관 소장본.
李必茂, 『東塢先生遺稿』, 호남지방문헌연구소 소장본.
李桓溶, 『寒泉私稿』, 국립중앙도서관 소장본.
李 烋, 『朗海先生集』, 국립중앙도서관 소장본.
李僖錫, 『南坡集』, 국립중앙도서관 소장본.
李熙鐸, 『松溪遺稿』, 국립중앙도서관 소장본.
任啓英, 『三島實記』, 국립중앙도서관 소장본.
林炳瓚, 『遯軒遺稿』, 국립중앙도서관 소장본.
林相熙, 『錦愚遺稿』, 국립중앙도서관 소장본.
任世復, 『日新齋遺稿』, 국립중앙도서관 소장본.
林 泳, 『滄溪先生集』, 한국문집총간 수록본.
林亨秀, 『錦湖遺稿』, 한국문집총간 수록본.

張基洪,『學南齋遺稿』, 국립중앙도서관 소장본.

張憲周,『餘力齋集』, 국립중앙도서관 소장본.

丁景達,『盤谷集』, 한국역대문집총서 수록본.

鄭經源,『以堂遺稿』, 국립중앙도서관 소장본.

程　廣,『巾川先生遺集』, 호남지방문헌연구소 소장본.

鄭　琦,『栗溪集』, 국립중앙도서관 소장본.

鄭　佶,『蘭谷遺稿』, 국립중앙도서관 소장본.

丁大睍,『石蓮遺稿』, 국립중앙도서관 소장본.

鄭德弼,『醉隱逸稿』, 국립중앙도서관 소장본.

鄭冕奎,『老圃遺稿』, 한국역대문집총서 수록본.

鄭鳳鉉,『雲藍先生文集』, 국립중앙도서관 소장본.

鄭相烈,『花潭遺稿』, 호남지방문헌연구소 소장본.

丁錫龜,『虛齋遺稿』, 국립중앙도서관 소장본.

鄭錫珍,『蘭坡遺稿』, 국립중앙도서관 소장본.

鄭淳邦,『草堂遺稿』, 한국역대문집총서 수록본.

鄭　悅,『慕齋集』, 국립중앙도서관 소장본.

鄭允喬,『畏庵集』, 국립중앙도서관 소장본.

鄭義林,『日新齋集』, 국립중앙도서관 소장본.

鄭仁采,『志巖遺稿』, 국립중앙도서관 소장본.

鄭鍾燁,『修堂遺稿』, 국립중앙도서관 소장본.

鄭遵一,『向北堂先生遺稿』, 전남대학교 도서관 소장본.

鄭　澈,『松江先生文集』, 한국문집총간 수록본.

鄭河源,『小蠹集』, 국립중앙도서관 소장본.

鄭弘溟,『畸庵集』, 한국문집총간 수록본.

丁　煥,『檜山集』, 한국문집총간 수록본.

鄭希得,『月峯海上錄』, 전남대학교 도서관 소장본.

鄭希孟,『善養亭文集』, 국립중앙도서관 소장본.

鄭熙冕,『菊史遺稿』, 국립중앙도서관 소장본.

鄭熙鎭,『愼晦遺稿』, 국립중앙도서관 소장본.

趙奎運,『德林實記』, 국립중앙도서관 소장본.

曹秉萬,『晦溪集』, 호남지방문헌연구소 소장본.

曺鳳默, 『華郊遺』, 국립중앙도서관 소장본.
曺錫一, 『梧巖遺稿』, 한국역대문집총서 수록본.
曺守誠, 『淸江遺集』, 전남대학교 도서관 소장본.
趙愚植, 『省菴集』, 국립중앙도서관 소장본.
趙緯韓, 『玄谷集』, 한국문집총간 수록본.
趙鍾悳, 『滄庵集』, 국립중앙도서관 소장본.
趙纘韓, 『玄洲集』, 한국문집총간 수록본.
陳景文, 『剡湖詩集』, 국립중앙도서관 소장본.
崔慶會, 『日休堂先生實記』, 전남대학교 도서관 소장본.
崔敬休, 『藍田遺稿』, 국립중앙도서관 소장본.
崔基模, 『山谷遺稿』, 국립중앙도서관 소장본.
崔敏烈, 『宗陽遺稿』, 국립중앙도서관 소장본.
崔炳夏, 『一石遺稿』, 국립중앙도서관 소장본.
崔 溥, 『錦南集』, 한국문집총간 수록본.
崔益鉉, 『勉菴集』, 한국문집총간 수록본.
崔日休, 『蓮泉遺稿』, 국립중앙도서관 소장본.
崔濟學, 『習齋實紀』, 국립중앙도서관 소장본.
河元淳, 『晴峯集』, 국립중앙도서관 소장본.
韓重錫, 『翠松堂遺稿』, 국립중앙도서관 소장본.
許 梱, 『聽潮遺稿』, 전남대학교 도서관 소장본.
許震童, 『東湘先生文集』, 한국문집총간 수록본.
洪景夏, 『華雲遺稿』, 한국역대문집총서 수록본.
洪南立, 『華谷遺稿』, 국립중앙도서관 소장본.
洪淳柱, 『晦堂遺稿』, 국립중앙도서관 소장본.
洪 鈺, 『幾宇集』, 국립중앙도서관 소장본.
洪以楣, 『廣眸窩遺稿』, 국립중앙도서관 소장본.
洪翼鎭, 『南崖集』, 한국역대문집총서 수록본.
黃大中, 『兩蹇堂文集』, 국립중앙도서관 소장본.
黃 暐, 『塘村集』, 국립중앙도서관 소장본.
黃 玹, 『梅泉集』, 한국문집총간 수록본.
김규태 저/박완식 역, 『고당집』, 구례문화원, 2012~2015.

김수민, 『明隱集』, 보경문화사, 1987.

김억술 저/허호구 역, 『(譯註)拓齋文集』, 이회문화사, 1999.

김영근 저/이백순 외 역, 『국역 경회집』, 강진군, 2010.

김영찬 저/서암유고편찬위원회 편, 『棲巖遺稿』, 서암유고편찬위원회, 2004.

김택술, 『後滄集』, 여강출판사, 1988.

나사침, 『금호유사』, 금호사유연당, 1986.

남극엽, 『愛景堂遺稿』, 전라남도, 1987.

남석관, 『易安遺稿』, 전라남도, 1986.

노인 저/노기욱 역, 『임진 義兵將 魯認의 금계집 국역본』, 전남대학교출판부, 2008.

노인, 『금계일기』, 나주목향토문화연구회, 1999.

루이스 프로이스 저/정성화·양윤선 역, 『임진난의 기록』, 살림, 2008.

문창규, 『栗山集』, 율산집간행위원회, 1995.

박심문 저/밀양박씨청재공파대동보소 편역, 『(國譯)淸齋 朴先生 忠節錄』, 밀양박씨청재공파대동보소, 1985.

박홍현, 『一心齋遺稿』(『寒泉世稿』 내), 전남대학교출판부, 1994.

송종개 저/안동교 편, 『국역 덕봉집』, 조선대학교 고전연구원, 2012.

안규식 저/안동교 역, 『(역주)월송사고』, 심미안, 2013.

안규용, 『瑞軒遺稿』, 전라남도, 1989.

안방준 저/이상익·최영성 역, 『은봉야사별록』, 아세아문화사, 1996.

양만용 저/양남진 편, 『據梧齋集』, 낭주인쇄사, 1995.

양주남, 『(國譯)四松遺集』, 화순군, 1994.

위백규, 『存齋全書』, 영인문화사, 1974.

유우현·유일수, 『聾黙·小石遺稿』, 전라남도, 1987.

유인흡 외, 『儒州世積』, 전라남도, 1986.

유희춘 저/안동교 외 역, 『미암집』, 경인문화사, 2013~2014.

유희춘 저/이백순 역/김대현 외 윤문, 『다시읽는 미암일기』, 담양군, 2004.

윤복 저/윤해규 외 편, 『행당 윤복 선생: 탄신 500주년 기념집·유고·백서』, 행당윤복선생탄신500주년기념사업회, 2012.

이기경, 『木山藁』, 세원사, 1990.

이몽제·이언근, 『慕淸堂遺稿·晩村集』, 전라남도, 1987.

이순신 저/구인환 편,『난중일기』, 신원문화사, 2004.

이원배·이용호,『雙柏堂·經齋遺稿』, 전라남도, 1988.

임기현 저/안동교 역,『국역 老石遺稿』, 심미안, 2008.

임환,『習靜遺稿』, 민창사, 2006.

장태수,『一追齋集』, 보경문화사, 1990.

정경득 저/신해진 역,『호산만사록』, 보고사, 2015.

정운 저/충장공 정운장군 숭모사업회 역,『(國譯)忠壯公 鄭運將軍實紀 』, 충장공
　　　정운장군 숭모사업회, 1991.

정황 저/장수문화원 편,『국역(유헌집)』, 장수문화원, 2008.

정희득,『해상록』,《국역해행총재》Ⅷ, 민족문화추진회, 1977.

조성가,『月皐集』, 여강출판사, 1989.

채홍국 저/김희동 역,『野叟實記』, 平康蔡氏判書公派野叟公宗會, 2010.

최부 저/서인범·주성지 역,『표해록』, 한길사, 2004.

케이넨 저/신용태 역,『임진왜란 종군기』, 경서원, 1997.

황현 저/전주대학 호남학연구소 편,『梅泉全集』, 한국인문과학원, 1984.

강정화 외,『지리산 유산기 선집』, 경상대학교 경남문화연구원, 2008.

김대현 외,『국역 無等山遊山記』, 광주시립민속박물관, 2010.

성균관대학교 동아시아학술원·성균관대학교 대동문화연구원,『茶山學團 文獻集
　　　成』1~9, 성균관대학교출판부, 2008.

정민 편,『韓國歷代山水遊記聚編』1~10, 민창문화사, 1996.

2. 단행본

강신항·이종묵·권오영·정순우·정만조·이헌창·정성희·강관식,『이재난고로 보는
　　　조선 지식인의 생활사』, 한국학중앙연구원, 2008.

강진군문화재연구소,『강진문집해제1』, 태성기획, 2008.

국학진흥연구사업추진위원회,『臥遊錄』, 한국정신문화연구원, 1997.

김대현,『무등산 한시선』, 전남대학교출판부, 2017.

김미선,『호남의 포로실기 문학』, 경인문화사, 2014.

김신중·조태성·김석태·박세인·국윤주 편,『호남의 시조문학』, 심미안, 2006.

김훈식·고영진·정진영·이해준·김건태·정연식·김호·한희숙,『조선시대사 ② - 인간과 사회』, 푸른역사, 2017.

남권희 외,『목판의 행간에서 조선의 지식문화를 읽다』, 글항아리, 2014.

대학한문교재편찬위원회 편,『大學漢文』, 전남대학교출판부, 2012.

박만규·나경수 편,『호남전통문화론』, 전남대학교출판부, 1999.

박명희,『호남 한시의 공간과 형상』, 경인문화사, 2006.

박명희,『호남한시의 전통과 정체성』, 경인문화사 2013.

박완식 외,『전북 선현 문집 해제』1~6, 민족문화추진회 부설 국역연수원 전주분원, 2003~2008.

박완식 외,『전북 선현 문집 해제』7~10, 호남고전문화연구원, 2009~2012.

박준규,『湖南詩壇의 硏究』, 전남대학교출판부, 1998.

보성문학회,『寶城文學大幹』, 보성문학회, 1997.

서인범,『명대의 운하길을 걷다 - 항주에서 북경 2500km 최부의 '표해록' 답사기』, 한길사, 2012.

소재영·김태준 편,『여행과 체험의 문학 - 국토기행』, 민족문화문고간행회, 1987.

소재영·김태준·조규익·김현미·김효민·김일환,『연행노정, 그 고난과 깨달음의 길』, 박이정, 2004.

송재용,『조선시대 선비이야기 - 미암일기를 통해 과거와 현재를 보다』, 제이앤씨, 2008.

안영길,『문화콘텐츠로서의 '표해록' 읽기와 활용』, 지식과 교양, 2012.

이민희·이호승·고화정·하윤섭·송미경 편,『깊고 넓게 읽는 고전문학 교육』, 창비교육, 2014.

이연순,『미암 유희춘의 일기문학』, 혜안, 2012.

이우경,『한국의 일기문학』, 집문당, 1995.

이혜순·정하영·호승희·김경미,『조선중기의 유산기 문학』, 집문당, 1997.

임기중,『연행록 연구』, 일지사, 2002.

장흥문화원,『장흥문집해제』, 도서출판 무돌, 1997.

전남고시가연구회,『한시문』Ⅰ, 광주광역시, 1992.

전남고시가연구회,『한시문』Ⅱ, 광주광역시, 1995.

전남대학교 인문과학연구소,『光州圈文集解題』, 광주광역시, 1992.

전남대학교 인문과학연구소, 『全南圈文集解題』Ⅰ·Ⅱ, 금호문화, 1997.

전남대학교 호남한문고전연구실, 『20세기 호남 주요 한문문집 해제』, 전남대학교출판부, 2007.

전남대학교 호남한문고전연구실, 『20세기 호남 한문문집 간명해제』, 경인문화사, 2007.

전남대학교 호남한문고전연구실, 『春岡文庫目錄』, 전남대학교출판부, 2007.

전남대학교 호남한문고전연구실, 『호남 주요 인물 전기자료』, 전남대학교출판부, 2010.

전남대학교 호남한문고전연구실, 『호남누정 기초목록』, 전남대학교출판부, 2015.

전남대학교 호남한문고전연구실, 『호남문집 기초목록』, 전남대학교출판부, 2014.

전남대학교 호남한문고전연구실, 『호남지역 간행본 한문문집 간명해제』上·下, 전남대학교출판부, 2010.

전남대학교 호남한문고전연구실, 『湖南地域 漢文文集 豫備目錄』, 한국학중앙연구원 2008년도 국학기초자료사업 '호남지역 한문문집 분류별 색인' 최종결과물, 2009.

전북대학교 전라문화연구소, 『全羅文化의 脈과 全北人物』, 대홍정판사, 1990.

정두희·이경순 편, 『임진왜란 동아시아 삼국전쟁』, 휴머니스트, 2007.

정창권, 『홀로 벼슬하며 그대를 생각하노라』, 사계절출판사, 2003.

조동일, 『지방문학사 연구의 방향과 과제』, 서울대학교출판부, 2003.

지역문화교류호남재단·전남대학교 호남한문고전연구실, 『2014 호남기록문화유산 발굴·집대성·콘텐츠화 보고서』, 전남대학교출판부, 2014.

지역문화교류호남재단·전남대학교 호남한문고전연구실, 『호남기록문화유산 발굴·집대성·콘텐츠화 보고서』, 심미안, 2010.

지역문화교류호남재단·전남대학교 호남한문고전연구실, 『호남기록문화유산 발굴·집대성·콘텐츠화 보고서』, 심미안, 2011.

지역문화교류호남재단·전남대학교 호남한문고전연구실, 『호남기록문화유산 발굴·집대성·콘텐츠화 보고서』, 심미안, 2012.

최강현 편, 『한국 기행문학 작품 연구』, 국학자료원, 1996.

표인주, 『남도 민속의 이해』, 전남대학교출판부, 2007.

표인주, 『남도민속 문화론』, 민속원, 2000.

호남지방문헌연구소 편, 『호남관련인물 전기자료 선집』1·2, 전남대학교출판부,

2016~2017.

호남지방문헌연구소 편, 『호남유배인 기초목록』, 전남대학교출판부, 2017.

홍영기, 『한말 후기의병』, 한국독립운동사편찬위원회·독립기념관 한국독립운동사
　　연구소, 2009.

3. 논문

강현경, 「鷄龍山 遊記에 대한 硏究」, 『한국한문학연구』31, 한국한문학회, 2003.

권혁진, 「淸平山 遊山記 연구」, 『인문과학연구』29, 강원대학교 인문과학연구소,
　　2011.

김경옥, 「조선시대 유배인의 현황과 문화자원의 활용 - 전남지역을 중심으로」, 『역
　　사학연구』 40, 호남사학회, 2010.

김대현, 「無等山 遊山記에 대한 硏究」, 『남경 박준규박사 정년기념논총』, 남경
　　박준규박사 정년기념논총 간행위원회, 1998.

김대현·김미선, 「호남문집 정리의 현황과 과제」, 『호남문화연구』54, 전남대학교 호
　　남학연구원, 2013.

김대현·김미선, 「호남지방 일기자료 정리의 현황과 과제」, 『호남문화연구』58, 전남
　　대학교 호남학연구원, 2015.

김미선, 「문집 부록에 수록된 일기의 양상과 의의 - 호남문집을 대상으로」, 『국학
　　연구』29, 한국국학진흥원, 2016.

김미선, 「조선시대 기행일기의 범주에 대한 논의」, 『국학연구』35, 한국국학진흥원,
　　2018.

김미선, 「崔溥 '漂海錄'의 기행문학적 연구」, 전남대학교 석사학위논문, 2006.

김미선, 「호남문집 소재 일기류 자료의 현황과 가치」, 『국학연구』31, 한국국학진흥
　　원, 2016.

김순영, 「무등산 유산기 연구」, 전남대학교 석사학위논문, 2013.

김순영, 「연재 송변선의 호남 지역 名山 인식에 대한 연구 - '연재집' 소재 호남
　　유산기 작품을 중심으로」, 『어문논총』31, 전남대학교 한국어문학연구소,
　　2017.

김순영, 「호남 유산기의 자료적 특징과 의의」, 『국학연구론총』13, 택민국학연구원,
　　2014.

김영진, 「朝鮮朝 文集 刊行의 諸樣相 - 朝鮮後期 事例를 中心으로」, 『민족문화』 43, 한국고전번역원, 2014.

김지성, 「조선후기 중인층 유배가사 연구」, 서강대학교 석사학위논문, 2007.

나천수, 「역주 '謙山遺稿' - 詩·書·日記類」, 전남대학교 박사학위논문, 2017.

노혜경, 「黃胤錫의 文獻資料 檢討 - 文集을 중심으로」, 『장서각』9, 한국학중앙연구원, 2003.

박영호, 「朝鮮時代 仕宦日記 硏究 - 朴來謙의 '西繡日記'를 中心으로」, 『동방한문학』45, 동방한문학회, 2010.

박원호, 「崔溥 '漂海錄' 板本考」, 『서지학연구』26, 서지학회, 2003.

박찬인, 「인문학의 길」, 『인문학연구』108, 충남대학교 인문과학연구소, 2017.

박현순, 「문집을 통해 본 조선시대의 일기와 일기쓰기」, 『조선시대사학보』79, 조선시대사학회, 2016.

송재용, 「'眉巖日記'에 나타난 敎育 및 科擧制度의 실상」, 『한자한문교육』20, 한국한자한문교육학회, 2008.

송재용, 「'眉巖日記' 硏究」, 단국대학교 박사학위논문, 1996.

신규수, 「조선시대 유배형벌의 성격」, 『한국문화연구』23, 이화여자대학교 한국문화연구원, 2012.

신영우, 「'동학농민전쟁' 연구와 일기자료」, 『역사와현실』12, 한국역사연구회, 1994.

양정화, 「유배가사의 담론특성과 사적 전개 양상」, 성균관대학교 박사학위논문, 2014.

염정섭, 「조선시대 일기류 자료의 성격과 분류」, 『역사와현실』24, 한국역사연구회, 1997.

우부식, 「유배가사연구」, 충남대학교 박사학위논문, 2005.

윤미란, 「조선시대 한라산 遊記 연구」, 고려대학교 교육대학원 석사학위논문, 2008.

윤치부, 「韓國 海洋文學 硏究 - 漂海類 작품을 중심으로」, 건국대학교 박사학위논문, 1992.

이길구, 「鷄龍山 遊記의 硏究 - 콘텐츠 活用方案 摸索을 겸하여」, 충남대학교 박사학위논문, 2016.

이병찬, 「연재 송병선의 유기문학 연구」, 『어문연구』68, 어문연구학회, 2011.

이서희, 「병자호란시 강화도 관련 실기 연구 - 서술 의도와 방식을 중심으로」, 전남대학교 석사학위논문, 2014.

이선옥, 「호남문화예술 연구의 성과와 전망」, 『호남문화연구』54, 전남대학교 호남학연구원, 2013.

이용원, 「考終日記와 죽음을 맞는 한 선비의 日常 - 大山 李象靖의 考終時日記를 중심으로」, 『대동한문학』30, 대동한문학회, 2009.

이재식, 「유배가사연구 - 작품에 나타난 소재분석을 중심으로」, 건국대학교 박사학위논문, 1993.

이종묵, 「황윤석의 문학과 '이재난고'의 문학적 가치」, 『이재난고로 보는 조선 지식인의 생활사』, 한국학중앙연구원, 2008.

이지은, 「17~18세기 경상도 士族의 科擧 體驗 - '溪巖日錄'과 '淸臺日記'를 중심으로」, 경북대학교 석사학위논문, 2012.

이향준, 「호남학 - 어느 철학자의 비전과 그 후 50년」, 『호남문화연구』54, 전남대학교 호남학연구원, 2013.

이현주, 「유배가사의 연구」, 전남대학교 박사학위논문, 2001.

이형성, 「木山 李基敬의 삶과 思想에 대한 一攷」, 『퇴계학논총』18, 퇴계학부산연구원, 2011.

이훈익, 「문화콘텐츠 창작소재로서의 문화원형 연구 - 《2003경주세계문화엑스포》 주제영상 <천마의 꿈>을 중심으로」, 『문화예술콘텐츠』1, 한국문화콘텐츠학회, 2008.

정경운, 「호남 어문·민속학 연구의 성과와 전망」, 『호남문화연구』54, 전남대학교 호남학연구원, 2013.

정구복, 「朝鮮朝 日記의 資料的 性格」, 『정신문화연구』19, 한국학중앙연구원, 1996.

정명중·류시현, 「호남학연구의 성과와 전망 - 역사 및 사회 분야」, 『호남문화연구』54, 전남대학교 호남학연구원, 2013.

정진태, 「유배가사에 나타난 자연에 관한 연구」, 충북대학교 석사학위논문, 1999.

정하영, 「朝鮮朝 '日記'類 資料의 文學史的 意義」, 『정신문화연구』19, 한국학중앙연구원, 1996.

조수미, 「조선후기 한글 유배실기 연구」, 부산대학교 박사학위논문, 2013.

주혜린, 「조선후기 유배가사의 서술방식과 내면의식」, 고려대학교 석사학위논문,

2015.

진정일, 「인문학 대중화에 대한 비판적 고찰 - '시민인문강좌'를 중심으로」, 『인문학연구』101, 충남대학교 인문과학연구소, 2015.

최영화, 「朝鮮後期 漂海錄 硏究」, 연세대학교 석사학위논문, 2017.

최은주, 「일기를 통해 본 조선시대 영남지방 지식인과 과거시험의 형상화」, 『대동한문학』38, 대동한문학회, 2013.

최은주, 「조선 시대 일기 자료의 실상과 가치」, 『대동한문학』30, 대동한문학회, 2009.

최현철, 「인문학과 인문학 교육에 관한 소고」, 『시민인문학』23, 경기대학교 인문과학연구소, 2012.

황위주, 「日記類 資料의 國譯 現況과 課題」, 『고전번역연구』1, 한국고전번역학회, 2010.

황위주, 「朝鮮時代 日記資料와 '秋淵先生日記'」, 『대동한문학』30, 대동한문학회, 2009.

황위주, 「조선시대 일기자료의 현황과 활용방안」, 『국역 조선시대 서원일기』, 한국국학진흥원, 2007.

황위주·김대현·김진균·이상필·이향배, 「일제강점기 전통지식인의 문집 간행 양상과 그 특성에 관한 연구」, 『민족문화』41, 한국고전번역원, 2013.

황재문, 「사환일기와 관직생활 - 암행어사 일기를 중심으로」, 『대동한문학』30, 대동한문학회, 2009.

4. 누리집

RISS(http://www.riss.kr/)

국립국어원 표준국어대사전(http://stdweb2.korean.go.kr/)

국립중앙도서관(http://www.nl.go.kr/)

미디어한국학(http://www.mkstudy.com/)

사행록 역사여행(http://saheng.ugyo.net/)

스토리테마파크:일기와 생활(http://story.ugyo.net/)

유교넷(http://ugyo.net/)

전남대학교 국어국문학과(http://korean.jnu.ac.kr/)
한국고전종합DB(http://db.itkc.or.kr/)
한국문집총간 편목색인(http://index.itkc.or.kr/)
호남기록문화유산(http://memoryhonam.or.kr/)
호남학연구원(https://homun.jams.or.kr/)

[부록] 호남문집 소재 일기류 자료 목록
(문집 저자명 가나다순)

[부록] 호남문집 소재 일기류 자료 목록(문집 저자명 가나다순)

순번	문집 저자	일기명	수록 문집	해당 세기	내용 분류
1	강응환1(姜膺煥)	이역복마환점사입어수계취리시일기(以驛卜馬換點事入於繡啓就理時日記)	물기재집(勿欺齋集) 권2 잡저	18	사건일기
2	강응환2(姜膺煥)	기해동어장감착청어봉진시사실대개(己亥冬漁場監捉靑魚封進時事實大槩)	물기재집(勿欺齋集) 권2 잡저	18	관직일기
3	강지형(姜芝馨)	광로산기(匡盧山記)	우당유고(愚堂遺稿) 권4 기	19	기행일기 유기
4	강항(姜沆)	섭란사적(涉亂事迹)	수은집(睡隱集) 간양록(看羊錄)	16	전쟁일기 포로일기
5	강희진1(康熙鎭)	삼산재일기(三山齋日記)	지헌유고(止軒遺稿) 권3 일기	20	강학일기
6	강희진2(康熙鎭)	정남일기(征南日記)	지헌유고(止軒遺稿) 권3 일기	20	기행일기
7	강희진3(康熙鎭)	재정교남일기(再征嶠南日記)	지헌유고(止軒遺稿) 권3 일기	20	기행일기
8	고재붕(高在鵬)	일기(日記)	익재선생문집(翼齋先生文集)	20	생활일기
9	권순명1(權純命)	유대학암기(遊大學巖記)	양재집(陽齋集) 권10 기	20	기행일기 유기
10	권순명2(權純命)	관삼인대기(觀三印臺記)	양재집(陽齋集) 권10 기	20	기행일기 유기
11	권순명3(權純命)	등용화산기(登龍華山記)	양재집(陽齋集) 권10 기	20	기행일기 유기
12	권진규(權晉奎)	풍영유산기(風詠遊山記)	청련재유집(靑蓮齋遺集) 권4 부록	19	기행일기 유기
13	기대승(奇大升)	논사록(論思錄)	고봉집(高峯集) 권4~5	16	관직일기 경연일기
14	기양연(奇陽衍)	계유일기(癸酉日記)	백석헌유집(柏石軒遺集) 권1 잡저	19	관직일기

순번	문집 저자	일기명	수록 문집	해당 세기	내용 분류
15	기우만(奇宇萬)	정종일기(正終日記)	송사선생문집습유 (松沙先生文集拾遺) 권3	20	장례일기 임종일기
16	기재1(奇宰)	남유록(南遊錄)	식재집(植齋集) 권6 잡저	19	기행일기 유기
17	기재2(奇宰)	동유록(東遊錄)	식재집(植齋集) 권6 잡저	19	기행일기 유기
18	김감(金鑑)	조천일기(朝天日記)	입택집(笠澤集) 권2	17	사행일기
19	김경규1(金慶奎)	환비일기(圜扉日記)	우졸재집(愚拙齋集) 권3 잡저	19	사건일기 옥중일기
20	김경규2(金慶奎)	심관일록(審觀日錄)	우졸재집(愚拙齋集) 권4	19	기행일기 유기
21	김경수(金景壽)	창의일기(倡義日記)	오천집(鰲川集) 권1 잡저	16	전쟁일기
22	김계(金啓)	제현기술(諸賢記述)	운강유고(雲江遺稿) 부록	16	관직일기
23	김교준1(金敎俊)	오산정사일기 (鰲山精舍日記)	경암집(敬菴集) 권4 잡저	20	사건일기
24	김교준2(金敎俊)	두류산기행록 (頭流山紀行錄)	경암집(敬菴集) 권4 잡저	20	기행일기 유기
25	김교준3(金敎俊)	병자수란일기 (丙子水亂日記)	경암집(敬菴集) 권4 잡저	20	사건일기
26	김규태1(金奎泰)	동유록(東遊錄)	고당유고(顧堂遺稿) 권7	20	기행일기 유기
27	김규태2(金奎泰)	일기(日記)	고당유고(顧堂遺稿) 권8 잡저	20	생활일기
28	김규태3(金奎泰)	유불일포기(遊佛日瀑記)	고당유고(顧堂遺稿) 권10 기	20	기행일기 유기
29	김기숙1(金錤淑)	유람일기(遊覽日記)	춘재유고(春齋遺稿) 권하 잡저	20	기행일기 유기

순번	문집 저자	일기명	수록 문집	해당 세기	내용 분류
30	김기숙2(金錤淑)	병자일기(丙子日記)	춘재유고(春齋遺稿) 권하 잡저	20	사건일기
31	김기숙3(金錤淑)	상경일기(上京日記)	춘재유고(春齋遺稿) 권하 잡저	20	기행일기
32	김기숙4(金錤淑)	평장동왕자공단향행일기 (平章洞王子公壇享行 日記)	춘재유고(春齋遺稿) 권하 잡저	20	기행일기 제사일기
33	김기숙5(金錤淑)	연산둔암서원정향여수원 각현씨위문행일기 (連山遯巖書院丁享與水原 珏鉉氏慰問行日記)	춘재유고(春齋遺稿) 권하 잡저	20	기행일기
34	김만식(金晩植)	유서산초당기 (遊西山草堂記)	난실유고(蘭室遺稿) 권2 기	19	기행일기 유기
35	김만영(金萬英)	남교일기(南郊日記)	남포집(南圃集) 권14~15	17	생활일기
36	김방선(金邦善)	갑오구월제행일기 (甲午九月濟行日記)	임하유고(林下遺稿)	19	사건일기 동학일기
37	김상정1(金相定)	유가야산기(遊伽倻山記)	석당유고(石堂遺稿) 권2 문	18	기행일기 유기
38	김상정2(金相定)	동경방고기(東京訪古記)	석당유고(石堂遺稿) 권2 문	18	기행일기 유기
39	김상정3(金相定)	금산관해기(錦山觀海記)	석당유고(石堂遺稿) 권2 문	18	기행일기 유기
40	김성렬(金成烈)	유청학동일기 (遊靑鶴洞日記)	겸산집(兼山集) 권4	19	기행일기 유기
41	김성진(金聲振)	남원의사김원건맹서일기 (南原義士金元健盟書日記)	취수당집(醉睡堂集) 부록	17	전쟁일기
42	김수민1(金壽民)	삼동유산록(三洞遊山錄)	명은집(明隱集) 권15 유산록	18	기행일기 유기
43	김수민2(金壽民)	유변산록(遊邊山錄)	명은집(明隱集) 권15 유산록	18	기행일기 유기

순번	문집 저자	일기명	수록 문집	해당 세기	내용 분류
44	김수민3(金壽民)	유석양산기(遊夕陽山記)	명은집(明隱集) 권15 유산록	18	기행일기 유기
45	김수민4(金壽民)	망덕산기(望德山記)	명은집(明隱集) 권15 유산록	18	기행일기 유기
46	김수민5(金壽民)	남산기(南山記)	명은집(明隱集) 권15 유산록	18	기행일기 유기
47	김시서1(金時瑞)	조계유상록(曺溪遊賞錄)	자연당선생유고 (自然堂先生遺稿) 권2 유상록	17	기행일기 유기
48	김시서2(金時瑞)	대은암유상록 (大隱巖遊賞錄)	자연당선생유고 (自然堂先生遺稿) 권2 유상록	17	기행일기 유기
49	김억술(金億述)	일기(日記)	척재문집(拓齋文集) 권4	20	생활일기 장례일기
50	김여중(金汝重)	유천관산기(遊天冠山記)	헌헌헌선생문집 (軒軒軒先生文集) 권1 기	17	기행일기 유기
51	김영근1(金永根)	선고경회당부군임종시일기 (先考景晦堂府君臨終時日記)	경회집(景晦集)	20	장례일기
52	김영근2(金永根)	경회선생임종일기 (景晦先生臨終日記)	경회집(景晦集)	20	장례일기
53	김영근3(金永根)	원유일록(遠遊日錄)	경회집(景晦集)	20	기행일기 유기
54	김영상(金永相)	각금일기(却金日記)	춘우정문고(春雨亭文稿) 권5 부록	20	사건일기
55	김영순(金永淳)	일기(日記)	지재유고(止齋遺稿) 권4 잡저	19	생활일기
56	김영찬(金永粲)	서암일기(棲巖日記)	서암유고(棲巖遺稿)	20	생활일기
57	김옥섭1(金玉燮)	유어병산록(遊御屛山錄)	신헌유고(愼軒遺稿) 권4 잡저	20	기행일기 유기
58	김옥섭2(金玉燮)	북유일기(北遊日記)	신헌유고(愼軒遺稿) 권4 잡저	20	기행일기

순번	문집 저자	일기명	수록 문집	해당 세기	내용 분류
59	김용구(金容球)	의소일기(義所日記)	후은김선생신담록 (後隱金先生薪膽錄)	20	의병일기
60	김운덕1(金雲悳)	경성유람기(京城遊覽記)	추산유고(秋山遺稿) 권3 잡저 유람록	19	기행일기
61	김운덕2(金雲悳)	영남유람기(嶺南遊覽記)	추산유고(秋山遺稿) 권3 잡저 유람록	19	기행일기
62	김운덕3(金雲悳)	서호유람기(西湖遊覽記)	추산유고(秋山遺稿) 권3 잡저 유람록	19	기행일기
63	김운덕4(金雲悳)	계산유람기(溪山遊覽記)	추산유고(秋山遺稿) 권3 잡저 유람록	19	강학일기 기행일기
64	김운덕5(金雲悳)	중사유람기(中沙遊覽記)	추산유고(秋山遺稿) 권3 잡저 유람록	20	기행일기
65	김운덕6(金雲悳)	회덕유람기(懷德遊覽記)	추산유고(秋山遺稿) 권3 잡저 유람록	20	기행일기
66	김운덕7(金雲悳)	임피유람기(臨陂遊覽記)	추산유고(秋山遺稿) 권3 잡저 유람록	20	기행일기
67	김운덕8(金雲悳)	영주유람기(瀛州遊覽記)	추산유고(秋山遺稿) 권3 잡저 유람록	20	기행일기 유기
68	김운덕9(金雲悳)	서석유람기(瑞石遊覽記)	추산유고(秋山遺稿) 권3 잡저 유람록	20	기행일기 유기
69	김운덕10(金雲悳)	화양동유람기 (華陽洞遊覽記)	추산유고(秋山遺稿) 권3 잡저 유람록	20	기행일기
70	김운덕11(金雲悳)	남원유람기(南原遊覽記)	추산유고(秋山遺稿) 권3 잡저 유람록	19	기행일기
71	김운덕12(金雲悳)	태인평사유람기 (泰仁平沙遊覽記)	추산유고(秋山遺稿) 권3 잡저 유람록	20	기행일기 유기
72	김운덕13(金雲悳)	백양사유람기 (白羊寺遊覽記)	추산유고(秋山遺稿) 권3 잡저 유람록	20	기행일기 유기
73	김이백(金履百)	일기(日記)	이요와유고(二樂窩遺稿)	17	생활일기
74	김인섭(金寅燮)	파주선묘제행일기 (坡州先墓祭行日記)	낙헌유고(樂軒遺稿) 권4 잡저	20	기행일기

순번	문집 저자	일기명	수록 문집	해당 세기	내용 분류
75	김인식(金仁植)	청파일기(靑巴日記)	독수재유고(篤守齋遺稿) 권1 잡저	20	장례일기
76	김재석(金載石)	화도기행(華島紀行)	월담유고(月潭遺稿) 권3 잡저	20	기행일기
77	김재일(金載一)	일록(日錄)	묵헌유고(默軒遺稿) 권3	18	관직일기
78	김재탁(金再鐸)	정해회행일기 (丁亥會行日記)	백파집(白波集) 권2	19	기행일기 과거일기
79	김존경1(金存敬)	일기상(日記上)	죽계집(竹溪集) 권3	17	사행일기
80	김존경2(金存敬)	일기하(日記下)	죽계집(竹溪集) 권3	17	생활일기
81	김지백(金之白)	유두류산기(遊頭流山記)	담허재집(湛虛齋集) 권5 기	17	기행일기 유기
82	김택술1(金澤述)	진영화사일완행일기 (震泳禍士日完行日記)	후창집(後滄集) 권14 잡저	20	사건일기 기행일기
83	김택술2(金澤述)	금화집지록(金華執贄錄)	후창집(後滄集) 권17 잡저	20	강학일기 기행일기
84	김택술3(金澤述)	신문화록(莘門話錄)	후창집(後滄集) 권17 잡저	20	강학일기
85	김택술4(金澤述)	배면암최찬정일록 (拜勉菴崔贊政日錄)	후창집(後滄集) 권17 잡저	20	강학일기 기행일기
86	김택술5(金澤述)	화도산양록(華島山樑錄)	후창집(後滄集) 권17 잡저	20	장례일기
87	김택술6(金澤述)	화양동유록(華陽洞遊錄)	후창집(後滄集) 권17 잡저	20	기행일기 유기
88	김택술7(金澤述)	금강산유록(金剛山遊錄)	후창집(後滄集) 권17 잡저	20	기행일기 유기
89	김택술8(金澤述)	두류산유록(頭流山遊錄)	후창집(後滄集) 권17 잡저	20	기행일기 유기
90	김한익1(金漢翼)	호남기사(湖南記事)	화동유고(華東遺稿) 권1	19	사건일기 동학일기

순번	문집 저자	일기명	수록 문집	해당 세기	내용 분류
91	김한익2(金漢翼)	금강유록(金剛遊錄)	화동유고(華東遺稿) 권1	20	기행일기 유기
92	김한충(金漢忠)	초산적소일기 (楚山謫所日記)	습정재선생유고 (習靜齋先生遺稿) 권1 기	19	유배일기 기행일기
93	김혁수(金赫洙)	원유록(遠遊錄)	양와유고(養窩遺稿) 권3 잡저	19	강학일기 기행일기
94	김현술(金賢述)	화도대상시일기 (華島大祥時日記)	봉산유고(蓬山遺稿) 권2 잡저	20	장례일기 사건일기 기행일기
95	김호영(金鎬永)	서석산기(瑞石山記)	신재만록(愼齋漫錄)	20	기행일기 유기
96	김훈1(金勳)	동유록(東遊錄)	동해집(東海集) 권5 팔유록(八遊錄)	19	기행일기 유기
97	김훈2(金勳)	화양록(華陽錄)	동해집(東海集) 권5 팔유록(八遊錄)	19	기행일기 유기
98	김훈3(金勳)	흑산록(黑山錄)	동해집(東海集) 권5 팔유록(八遊錄)	19	기행일기
99	김훈4(金勳)	천관록(天冠錄)	동해집(東海集) 권5 팔유록(八遊錄)	19	기행일기 유기
100	김훈5(金勳)	남유록(南遊錄)	동해집(東海集) 권5 팔유록(八遊錄)	19	기행일기 유기
101	김훈6(金勳)	지유록(坻遊錄)	동해집(東海集) 권5 팔유록(八遊錄)	19	기행일기
102	김훈7(金勳)	옥천록(沃川錄)	동해집(東海集) 권5 팔유록(八遊錄)	20	기행일기 유기
103	김훈8(金勳)	방구록(訪舊錄)	동해집(東海集) 권5 팔유록(八遊錄)	20	기행일기 유기
104	나덕헌1(羅德憲)	북행일기(北行日記)	장암유집(壯巖遺集) 권2	17	사행일기
105	나덕헌2(羅德憲)	화전일기(花田日記)	장암유집(壯巖遺集) 권7 부록	17	사건일기

순번	문집 저자	일기명	수록 문집	해당 세기	내용 분류
106	나도규1(羅燾圭)	서행일기(西行日記)	덕암만록(德巖漫錄) 권7 유산록	19	기행일기 과거일기
107	나도규2(羅燾圭)	왕자대록(王子坮錄)	덕암만록(德巖漫錄) 권7 유산록	19	기행일기 유기
108	나도규3(羅燾圭)	서석록(瑞石錄)	덕암만록(德巖漫錄) 권7 유산록	19	기행일기 유기
109	나도규4(羅燾圭)	속서석록(續瑞石錄)	덕암만록(德巖漫錄) 권7 유산록	19	기행일기 유기
110	나도의(羅燾毅)	유어등산기(遊魚登山記)	금와유고(錦窩遺稿) 권2 기	20	기행일기 유기
111	나사침(羅士忱)	정해일기초(丁亥日記抄)	금호유사(錦湖遺事) 문	16	생활일기
112	나수찬(羅綬燦)	일기(日記)	태강유고(台江遺稿) 권2	20	강학일기
113	나준(羅俊)	입도기행(入島紀行)	계거유고(溪居遺稿) 권2 기	17	기행일기
114	남극엽1(南極曄)	영남일기(嶺南日記)	애경당유고(愛景堂遺稿) 권8	18	기행일기 유기
115	남극엽2(南極曄)	임종시일기병록 (臨終時日記病錄)	애경당유고(愛景堂遺稿) 권8	19	장례일기
116	남극엽3(南極曄)	손룡친산기사 (巽龍親山記事)	애경당유고(愛景堂遺稿) 권8	19	장례일기
117	남극엽4(南極曄)	명상동친산기사 (明相洞親山記事)	애경당유고(愛景堂遺稿) 권8	19	장례일기
118	남석관1(南碩寬)	유세심정기(遊洗心亭記)	이안유고(易安遺稿) 권1	18	기행일기 유기
119	남석관2(南碩寬)	면앙정유기(俛仰亭遊記)	이안유고(易安遺稿) 권1	18	기행일기 유기
120	남석관3(南碩寬)	화방재유선기 (畫舫齋遊船記)	이안유고(易安遺稿) 권1	18	기행일기 유기
121	노유탁(魯愉鐸)	동유기행(東遊記行)	유남유고(悠南遺稿) 잡저	20	기행일기 유기

순번	문집 저자	일기명	수록 문집	해당 세기	내용 분류
122	노인1(魯認)	임진부의(壬辰赴義)	금계집(錦溪集) 권3	16	전쟁일기
123	노인2(魯認)	정유피부(丁酉彼俘)	금계집(錦溪集) 권3	16	전쟁일기 포로일기
124	노인3(魯認)	만요척험(蠻徼陟險)	금계집(錦溪集) 권3	16	전쟁일기 포로일기
125	노인4(魯認)	왜굴탐정(倭窟探情)	금계집(錦溪集) 권3	16	전쟁일기 포로일기
126	노인5(魯認)	화관결약(和館結約)	금계집(錦溪集) 권3	16	전쟁일기 포로일기
127	노인6(魯認)	화주동제(華舟同濟)	금계집(錦溪集) 권3	16	전쟁일기 기행일기
128	노인7(魯認)	장부답문(漳府答問)	금계집(錦溪集) 권3	16	전쟁일기
129	노인8(魯認)	해방서별(海防敍別)	금계집(錦溪集) 권3	16	전쟁일기
130	노인9(魯認)	흥화력람(興化歷覽)	금계집(錦溪集) 권3	16	전쟁일기 기행일기
131	노인10(魯認)	복성정알(福省呈謁)	금계집(錦溪集) 권3	16	전쟁일기 생활일기
132	노인11(魯認)	대지서회(臺池舒懷)	금계집(錦溪集) 권3	16	전쟁일기 기행일기
133	노인12(魯認)	원당승천(院堂升薦)	금계집(錦溪集) 권3	16	전쟁일기 강학일기
134	노인13(魯認)	화동과제(華東科制)	금계집(錦溪集) 권3	16	전쟁일기 강학일기
135	노인14(魯認)	성현궁형(聖賢窮亨)	금계집(錦溪集) 권3	16	전쟁일기
136	노진(盧禛)	유장수사기(遊長水寺記)	옥계선생문집 (玉溪先生文集) 권5	16	기행일기 유기

순번	문집 저자	일기명	수록 문집	해당 세기	내용 분류
137	문달환(文達煥)	병오일기(丙午日記)	둔재집(遯齋集) 권4	20	의병일기
138	문덕구1(文德龜)	유수인산록(遊修仁山錄)	장육재유고(藏六齋遺稿) 권1	18	기행일기 유기
139	문덕구2(文德龜)	유북한록(遊北漢錄)	장육재유고(藏六齋遺稿) 권1	18	기행일기 유기
140	문덕구3(文德龜)	정해일기(丁亥日記)	장육재유고(藏六齋遺稿) 권2	18	생활일기
141	문위세(文緯世)	임진창의일기 (壬辰倡義日記)	풍암문선생실기 (楓菴文先生實記) 권3	16	전쟁일기
142	문재도1(文載道)	남한수록(南漢隨錄)	휴헌문집(休軒文集) 권1	17	전쟁일기
143	문재도2(文載道)	강도추록(江都追錄)	휴헌문집(休軒文集) 권1	17	전쟁일기
144	문제중(文濟衆)	여묘일록(廬墓日錄)	석정유고(石汀遺稿) 권3 잡저	20	장례일기
145	문창규1(文昌圭)	장사산기(長沙山記)	율산집(栗山集) 권6 기	20	기행일기 유기
146	문창규2(文昌圭)	해상일록(海上日錄)	율산집(栗山集) 권7 기	20	기행일기 유기
147	문창규3(文昌圭)	유영호기(遊嶺湖記)	율산집(栗山集) 권7 기	19	기행일기 유기
148	문창규4(文昌圭)	호행일기(湖行日記)	율산집(栗山集) 권7 기	20	기행일기
149	민주현(閔冑顯)	유쌍회정기(遊雙檜亭記)	사애선생문집 (沙厓先生文集) 권6 기	19	기행일기 유기
150	박광일1(朴光一)	박광일록(朴光一錄)	만덕창수록(晩德唱酬錄) 부록 일기	17	강학일기
151	박광일2(朴光一)	안여해록(安汝諧錄)	만덕창수록(晩德唱酬錄) 부록 일기	17	강학일기

순번	문집 저자	일기명	수록 문집	해당 세기	내용 분류
152	박광일3(朴光一)	최형록(崔衡錄)	만덕창수록(晚德唱酬錄) 부록 일기	17	강학일기
153	박광후(朴光後)	봉해록(蓬海錄)	안촌집(安村集) 권3 어록	17	강학일기 기행일기
154	박기우1(朴淇禹)	유두류산기(遊頭流山記)	춘재유고(春齋遺稿) 권1 기	20	기행일기 유기
155	박기우2(朴淇禹)	유보평산기(遊寶平山記)	춘재유고(春齋遺稿) 권1 기	20	기행일기 유기
156	박기종1(朴淇鍾)	유삼각산기(遊三角山記)	죽포집(竹圃集) 권8 기	19	기행일기 유기
157	박기종2(朴淇鍾)	유평양기(遊平壤記)	죽포집(竹圃集) 권8 기	19	기행일기 유기
158	박동눌1(朴東訥)	일기(日記)	회만재시고(悔晚齋詩稿)	18	강학일기
159	박동눌2(朴東訥)	기행(紀行)	회만재시고(悔晚齋詩稿)	18	기행일기
160	박모1(朴模)	북유일기(北遊日記)	노하선생문집(蘆河先生文集) 권2	19	강학일기 기행일기
161	박모2(朴模)	좌행일기(左行日記)	노하선생문집(蘆河先生文集) 권2	19	기행일기 유기
162	박모3(朴模)	서유기(西遊記)	노하선생문집(蘆河先生文集) 권2	19	기행일기 유기
163	박모4(朴模)	남류일기(南留日記)	노하선생문집(蘆河先生文集) 권2	19	생활일기
164	박모5(朴模)	유천관산기(遊天冠山記)	노하선생문집(蘆河先生文集) 권2	19	기행일기 유기
165	박모6(朴模)	유변산기(遊邊山記)	노하선생문집(蘆河先生文集) 권2	19	기행일기 유기

순번	문집 저자	일기명	수록 문집	해당 세기	내용 분류
166	박병윤(朴炳允)	서석산기(瑞石山記)	월은유고(月隱遺稿)	19	기행일기 유기
167	박성근(朴性根)	동란일기(東亂日記)	농암유고(聾巖遺稿) 권1 잡저	19	사건일기 동학일기
168	박순우(朴淳愚)	동유록(東遊錄)	명촌선생유고 (明村先生遺稿)	18	기행일기 유기
169	박심문(朴審問)	정원일기(政院日記)	청재박선생충절록 (淸齋朴先生忠節錄) 부록	14~ 15	관직일기
170	박용주1(朴用柱)	일기(日記)	송사유고(松史遺稿) 권2 잡저	19	생활일기
171	박용주2(朴用柱)	사진일지(仕進日誌)	송사유고(松史遺稿) 권2 잡저	19	관직일기
172	박인규1(朴仁圭)	쇄언(瑣言)	성당사고(誠堂私稿) 권4 잡저	20	장례일기
173	박인규2(朴仁圭)	을해중추일록 (乙亥仲秋日錄)	성당사고(誠堂私稿) 권4 잡저	20	기행일기
174	박인규3(朴仁圭)	무자중춘일록 (戊子仲春日錄)	성당사고(誠堂私稿) 권4 잡저	20	사건일기 제사일기
175	박인규4(朴仁圭)	신묘중하일록 (辛卯仲夏日錄)	성당사고(誠堂私稿) 권4 잡저	20	강학일기
176	박인규5(朴仁圭)	옥산집촉록(玉山執燭錄)	성당사고(誠堂私稿) 권4 잡저	20	사건일기 임종일기
177	박인규6(朴仁圭)	남양사봉안일록 (南陽祠奉安日錄)	성당사고(誠堂私稿) 권4 잡저	20	사건일기
178	박인규7(朴仁圭)	유도유흥사실록 (儒道維興事實錄)	성당사고(誠堂私稿) 권4 잡저	20	강학일기
179	박인규8(朴仁圭)	노양원경전강연일록 (魯陽院經傳講演日錄)	성당사고(誠堂私稿) 권4 잡저	20	강학일기
180	박인규9(朴仁圭)	한전사실추록 (韓田事實追錄)	성당사고(誠堂私稿) 권4 잡저	20	사건일기
181	박인규10(朴仁圭)	유황방산기(遊黃方山記)	성당사고(誠堂私稿) 권5 기	20	기행일기 유기

순번	문집 저자	일기명	수록 문집	해당 세기	내용 분류
182	박인규11(朴仁圭)	유구이호제기 (遊九耳湖堤記)	성당사고(誠堂私稿) 권5 기	20	기행일기 유기
183	박인섭(朴寅燮)	일기(日記)	근암문집(近菴文集) 권10	19	강학일기
184	박정일1(朴楨一)	종유일기(從遊日記)	솔성재유고(率性齋遺稿) 권1	19	기행일기 생활일기 배종일기
185	박정일2(朴楨一)	유금산록(遊金山錄)	솔성재유고(率性齋遺稿) 권1	19	기행일기 유기
186	박정일3(朴楨一)	유화양동기(遊華陽洞記)	솔성재유고(率性齋遺稿) 권1	19	기행일기 유기
187	박제망1(朴齊望)	유두류일기(遊頭流日記)	수월사고(水月私稿)	19	기행일기 유기
188	박제망2(朴齊望)	유변산일기(遊邊山日記)	수월사고(水月私稿)	19	기행일기 유기
189	박제망3(朴齊望)	동유록(東遊錄)	수월사고(水月私稿)	19	기행일기 유기
190	박제망4(朴齊望)	남정기(南征記)	수월사고(水月私稿)	19	기행일기
191	박주현(朴周鉉)	유백운대(遊白雲坮)	송곡유고(松谷遺稿) 권2 잡저	19	기행일기 유기
192	박중면1(朴重勉)	만연사보소일기 (萬淵寺譜所日記)	야은유고(野隱遺稿) 권1 기	20	기행일기
193	박중면2(朴重勉)	보소송세기(譜所送歲記)	야은유고(野隱遺稿) 권1 기	20	생활일기
194	박창수1(朴昌壽)	탑전일기(榻前日記)	난석집(蘭石集) 권4	19	관직일기
195	박창수2(朴昌壽)	경연소대(經筵召對)	난석집(蘭石集) 권4	19	관직일기 경연일기
196	박창수3(朴昌壽)	경연일기(經筵日記)	난석집(蘭石集) 권4	19	관직일기 경연일기
197	박채기(朴采琪)	연력일기(年歷日記)	삼오유고(三悟遺稿)	19	강학일기

순번	문집 저자	일기명	수록 문집	해당 세기	내용 분류
198	박춘장(朴春長)	지제산유상기 (支提山遊賞記)	동계집(東溪集) 권2 기	17	기행일기 유기
199	박치도(朴致道)	위원일기(渭源日記)	검암집(黔巖集) 권4 잡저	17	유배일기
200	박태보(朴泰輔)	정원일기(政院日記)	정재집(定齋集) 후집 권5 기사(己巳) 민절록(愍節錄, 上)	17	관직일기
201	박한우(朴漢祐)	사문양례일기 (師門襄禮日記)	정수재유고(靜修齋遺稿) 권3 부록	19	장례일기
202	박해량(朴海量)	해상일기(海上日記)	율수재유고(聿修齋遺稿) 권4 일기	19	강학일기 기행일기
203	박해창1(朴海昌)	계상왕래록(溪上往來錄)	정와집(靖窩集) 권7 소	19	강학일기 기행일기
204	박해창2(朴海昌)	남유록【무술사월】 (南遊錄【戊戌四月】)	정와집(靖窩集) 권7 소	19	기행일기 유기
205	박해창3(朴海昌)	남유록(南遊錄)	정와집(靖窩集) 권7 소	20	기행일기 유기
206	박홍현(朴弘鉉)	유봉래산기(遊蓬萊山記)	일심재유고(一心齋遺稿) 권3 기	20	기행일기 유기
207	백민수(白旻洙)	낙행일기(洛行日記)	광산유고(匡山遺稿) 권2 잡저	19	기행일기
208	변사정1(邊士貞)	유송도록(遊松都錄)	도탄집(桃灘集) 권1 잡저	16	기행일기 유기
209	변사정2(邊士貞)	유두류록(遊頭流錄)	도탄집(桃灘集) 권1 잡저	16	기행일기 유기
210	봉창모(奉昌模)	강화행일기(江華行日記)	만취유고(晚翠遺稿) 권2 잡저	20	기행일기 제사일기
211	서봉령(徐鳳翎)	유금당도기(遊金堂島記)	매학선생집(梅壑先生集)	17	기행일기 유기
212	선시계(宣始啓)	유성동기(遊聖洞記)	지오재유고(知吾齋遺稿) 권3 기	18	기행일기 유기

순번	문집 저자	일기명	수록 문집	해당 세기	내용 분류
213	소광진(蘇光震)	조천일록(朝天日錄)	후천유고(后泉遺稿) 권3	17	사행일기
214	소세양(蘇世讓)	부경일기(赴京日記)	양곡선생문집 (陽谷先生文集) 권14 잡저	16	사행일기
215	소재준1(蘇在準)	계화일기(繼華日記)	학산유고(學山遺稿) 권4 잡저	20	강학일기 기행일기
216	소재준2(蘇在準)	지락당일기(至樂堂日記)	학산유고(學山遺稿) 권4 잡저	20	강학일기
217	소재준3(蘇在準)	참선사대상일기 (參先師大祥日記)	학산유고(學山遺稿) 권4 잡저	20	장례일기
218	소재준4(蘇在準)	경성일기(京城日記)	학산유고(學山遺稿) 권4 잡저	20	기행일기
219	소진덕(蘇鎭德)	봉래유람일기 (蓬萊遊覽日記)	지산유고(遲山遺稿)	20	기행일기 유기
220	소학섭(蘇學燮)	일기(日記)	남곡유고(南谷遺稿) 권4	19	사건일기
221	송병선1(宋秉璿)	유황산급제명승기 (遊黃山及諸名勝記)	연재선생문집 (淵齋先生文集) 권19 잡저	19	기행일기 유기
222	송병선2(宋秉璿)	유금오산기(遊金烏山記)	연재선생문집 (淵齋先生文集) 권19 잡저	19	기행일기 유기
223	송병선3(宋秉璿)	서유기(西遊記)	연재선생문집 (淵齋先生文集) 권19 잡저	19	기행일기 유기
224	송병선4(宋秉璿)	동유기(東遊記)	연재선생문집 (淵齋先生文集) 권20 잡저	19	기행일기 유기
225	송병선5(宋秉璿)	지리산북록기 (智異山北麓記)	연재선생문집 (淵齋先生文集) 권21 잡저	19	기행일기 유기

순번	문집 저자	일기명	수록 문집	해당세기	내용 분류
226	송병선6(宋秉璿)	서석산기(瑞石山記)	연재선생문집(淵齋先生文集)권21 잡저	19	기행일기유기
227	송병선7(宋秉璿)	적벽기(赤壁記)	연재선생문집(淵齋先生文集)권21 잡저	19	기행일기유기
228	송병선8(宋秉璿)	백암산기(白巖山記)	연재선생문집(淵齋先生文集)권21 잡저	19	기행일기유기
229	송병선9(宋秉璿)	도솔산기(兜率山記)	연재선생문집(淵齋先生文集)권21 잡저	19	기행일기유기
230	송병선10(宋秉璿)	변산기(邊山記)	연재선생문집(淵齋先生文集)권21 잡저	19	기행일기유기
231	송병선11(宋秉璿)	덕유산기(德裕山記)	연재선생문집(淵齋先生文集)권21 잡저	19	기행일기유기
232	송병선12(宋秉璿)	황악산기(黃岳山記)	연재선생문집(淵齋先生文集)권21 잡저	19	기행일기유기
233	송병선13(宋秉璿)	수도산기(修道山記)	연재선생문집(淵齋先生文集)권21 잡저	19	기행일기유기
234	송병선14(宋秉璿)	가야산기(伽倻山記)	연재선생문집(淵齋先生文集)권21 잡저	19	기행일기유기
235	송병선15(宋秉璿)	단진제명승기(丹晉諸名勝記)	연재선생문집(淵齋先生文集)권21 잡저	19	기행일기유기
236	송병선16(宋秉璿)	금산기(錦山記)	연재선생문집(淵齋先生文集)권21 잡저	19	기행일기유기

순번	문집 저자	일기명	수록 문집	해당 세기	내용 분류
237	송병선17(宋秉璿)	두류산기(頭流山記)	연재선생문집 (淵齋先生文集) 권21 잡저	19	기행일기 유기
238	송병선18(宋秉璿)	유승평기(遊昇平記)	연재선생문집 (淵齋先生文集) 권21 잡저	19	기행일기 유기
239	송병선19(宋秉璿)	유교남기(遊嶠南記)	연재선생문집 (淵齋先生文集) 권22 잡저	19	기행일기 유기
240	송병선20(宋秉璿)	유월출천관산기 (遊月出天冠山記)	연재선생문집 (淵齋先生文集) 권22 잡저	19	기행일기 유기
241	송병선21(宋秉璿)	유안음산수기 (遊安陰山水記)	연재선생문집 (淵齋先生文集) 권22 잡저	19	기행일기 유기
242	송병선22(宋秉璿)	유화양제명승기 (遊華陽諸名勝記)	연재선생문집 (淵齋先生文集) 권22 잡저	20	기행일기 유기
243	송병순1(宋秉珣)	유금오록(遊金烏錄)	심석재선생문집 (心石齋先生文集) 권12 잡저	19	기행일기 유기
244	송병순2(宋秉珣)	유방장록(遊方丈錄)	심석재선생문집 (心石齋先生文集) 권12 잡저	20	기행일기 유기
245	송병순3(宋秉珣)	화양동기행(華陽洞記行)	심석재선생문집 (心石齋先生文集) 권12 잡저	20	기행일기
246	송순(宋純)	연행록(燕行錄)	면앙집(俛仰集) 속집 권1	16	사행일기
247	송은헌(宋殷憲)	유금강산기(遊金剛山記)	강와집(剛窩集) 권5	20	기행일기 유기
248	송정기(宋廷耆)	동춘선생문답일기 (同春先生問答日記)	죽계집(竹溪集) 권3 부록	17	강학일기

순번	문집 저자	일기명	수록 문집	해당 세기	내용 분류
249	송종개(宋鍾介)	미암일기초(眉巖日記抄)	덕봉집(德峰集) 부록	16	생활일기
250	송증헌1(宋曾憲)	동유록(東遊錄)	후암집(後菴集) 권3 잡저	20	기행일기 유기
251	송증헌2(宋曾憲)	재유풍악기(再遊楓岳記)	후암집(後菴集) 권3 잡저	20	기행일기 유기
252	송현도(宋顯道)	일기(日記)	근촌유고(芹村遺稿) 권3 잡저	18	생활일기
253	신언구1(申彦球)	경북유람록(慶北遊覽錄)	백촌문고(柏村文稿)	20	기행일기 유기
254	신언구2(申彦球)	황해도해주관람록 (黃海道海州觀覽錄)	백촌문고(柏村文稿)	20	기행일기 유기
255	신재철(愼在哲)	유속리산기(遊俗離山記)	송암유고(松菴遺稿) 권2 기	19	기행일기 유기
256	신호인(申顥仁)	등오도산기(登吾道山記)	삼주선생문집 (三洲先生文集) 권3 기	18	기행일기 유기
257	심수택(沈守澤)	섬왜일기(殲倭日記)	진지록(盡至錄)	20	의병일기
258	안규식(安圭植)	무등산유상록 (無等山遊賞祿)	월송사고(月松私稿)	20	기행일기 유기
259	안규용1(安圭容)	일기(日記)	서헌유고(瑞軒遺稿) 권4	19	강학일기
260	안규용2(安圭容)	사문배종일기 (師門陪從日記)	서헌유고(瑞軒遺稿) 권4	20	기행일기 배종일기
261	안규용3(安圭容)	광주교궁일기 (光州校宮日記)	서헌유고(瑞軒遺稿) 권4	20	사건일기
262	안규용4(安圭容)	갑오동란기사 (甲午東亂記事)	서헌유고(瑞軒遺稿) 권4	19	사건일기
263	안방준1(安邦俊)	기축기사(己丑記事)	은봉전서(隱峰全書) 권5	16	사건일기
264	안방준2(安邦俊)	임진기사(壬辰記事)	은봉전서(隱峰全書) 권6	16	전쟁일기

순번	문집 저자	일기명	수록 문집	해당 세기	내용 분류
265	안방준3(安邦俊)	부산기사(釜山記事)	은봉전서(隱峰全書) 권7	16	전쟁일기
266	안방준4(安邦俊)	노량기사(露梁記事)	은봉전서(隱峰全書) 권7	16	전쟁일기
267	안방준5(安邦俊)	진주서사(晉州敍事)	은봉전서(隱峰全書) 권7	16	전쟁일기
268	안방준6(安邦俊)	기묘유적(己卯遺蹟)	은봉전서(隱峰全書) 권11~16	16	사건일기
269	안방준7(安邦俊)	혼정편록(混定編錄)	은봉전서(隱峰全書) 권17~34	16	사건일기
270	안성환(安成煥)	남유일기(南遊日記)	소산유고(蘇山遺稿) 권3 잡저	19	기행일기
271	안중섭(安重燮)	유설산록(遊雪山錄)	연상집(蓮上集) 권3 잡저	20	기행일기 유기
272	안치수1(安致洙)	남유기(南游記)	염와집(念窩集) 권7	20	기행일기 유기
273	안치수2(安致洙)	관동일기(關東日記)	염와집(念窩集) 권7	20	기행일기 유기
274	양경우(梁慶遇)	역진연해군현잉입두류상쌍계신흥기행록(歷盡沿海郡縣仍入頭流賞雙溪神興紀行祿)	제호집(霽湖集) 권11	17	기행일기 유기
275	양대박1(梁大樸)	금강산기행록(金剛山紀行錄)	청계집(青溪集) 권4 문	16	기행일기 유기
276	양대박2(梁大樸)	두류산기행록(頭流山紀行錄)	청계집(青溪集) 권4 문	16	기행일기 유기
277	양만용1(梁曼容)	설서시일기초략(說書時日記抄畧)	오재집(梧齋集) 권3 일기	17	관직일기
278	양만용2(梁曼容)	사관시기주초략(史官時記注抄畧)	오재집(梧齋集) 권4 일기	17	관직일기
279	양응수(楊應秀)	축장일기(築場日記)	백수문집(白水文集) 권17	18	장례일기

순번	문집 저자	일기명	수록 문집	해당 세기	내용 분류
280	양재경1(梁在慶)	유쌍계사기(遊雙溪寺記)	희암유고(希庵遺稿) 권8 기	20	기행일기 유기
281	양재경2(梁在慶)	유서석산기(遊瑞石山記)	희암유고(希庵遺稿) 권8 기	20	기행일기 유기
282	양재해(梁在海)	병오거의일기 (丙午擧義日記)	화은문집(華隱文集) 권6	20	의병일기
283	양주남(梁柱南)	일기(日記)	사송유집(四松遺集) 권1 잡저	17	생활일기
284	양진영1(樑進永)	유서석산기(遊瑞石山記)	만희집(晚羲集) 기	19	기행일기 유기
285	양진영2(樑進永)	유관두산기(遊館頭山記)	만희집(晚羲集) 기	19	기행일기 유기
286	양회갑1(梁會甲)	서석산기(瑞石山記)	정재집(正齋集) 권8 기	20	기행일기 유기
287	양회갑2(梁會甲)	천관만덕산기 (天冠萬德山記)	정재집(正齋集) 권8 기	20	기행일기 유기
288	양회갑3(梁會甲)	월출산기(月出山記)	정재집(正齋集) 권8 기	20	기행일기 유기
289	양회갑4(梁會甲)	유달산기(儒達山記)	정재집(正齋集) 권8 기	20	기행일기 유기
290	양회갑5(梁會甲)	팔영산기(八影山記)	정재집(正齋集) 권8 기	20	기행일기 유기
291	양회갑6(梁會甲)	종고산기(鍾鼓山記)	정재집(正齋集) 권8 기	20	기행일기 유기
292	양회갑7(梁會甲)	두류산기(頭流山記)	정재집(正齋集) 권8 기	20	기행일기 유기
293	양회갑8(梁會甲)	유한성기(遊漢城記)	정재집(正齋集) 권8 기	20	기행일기
294	양회환1(梁會奐)	유산록(遊山錄)	행림유고(杏林遺稿) 권1 잡저	20	기행일기 유기
295	양회환2(梁會奐)	유도통사기(遊道統祠記)	행림유고(杏林遺稿) 권1 기	20	기행일기 유기

순번	문집 저자	일기명	수록 문집	해당 세기	내용 분류
296	양회환3(梁會奐)	등호암산기(登虎巖山記)	행림유고(杏林遺稿) 권1 기	20	기행일기 유기
297	염석진1(廉錫珍)	원유일기략(遠遊日記略)	남곡유고(南谷遺稿) 권3 잡저	19	기행일기
298	염석진2(廉錫珍)	평장서재일기 (平場書齋日記)	남곡유고(南谷遺稿) 권3 잡저	20	강학일기
299	염재신1(廉在愼)	기행일록(畿行日錄)	과암유고(果庵遺稿) 권3 잡저	19	기행일기
300	염재신2(廉在愼)	관동일록(關東日錄)	과암유고(果庵遺稿) 권3 잡저	19	기행일기 유기
301	염재신3(廉在愼)	유서석산기(遊瑞石山記)	과암유고(果庵遺稿) 권3 기	19	기행일기 유기
302	영허 해일1(映虛海日)	두류산(頭流山)	영허집(映虛集) 권4 유산록	16	기행일기 유기
303	영허 해일2(映虛海日)	향산(香山)	영허집(映虛集) 권4 유산록	16	기행일기 유기
304	영허 해일3(映虛海日)	금강산(金剛山)	영허집(映虛集) 권4 유산록	16	기행일기 유기
305	예대주(芮大周)	유오대기(遊烏臺記)	의재집(毅齋集) 권5 기	19	기행일기 유기
306	오경리(吳慶履)	봉화일기(奉化日記)	소포유고(素圃遺稿) 부록	19	관직일기
307	오두인1(吳斗寅)	청량산기(淸凉山記)	양곡집(陽谷集) 권3	17	기행일기 유기
308	오두인2(吳斗寅)	부석사기(浮石寺記)	양곡집(陽谷集) 권3	17	기행일기 유기
309	오두인3(吳斗寅)	조석천기(潮汐泉記)	양곡집(陽谷集) 권3	17	기행일기 유기
310	오두인4(吳斗寅)	의암기(義巖記)	양곡집(陽谷集) 권3	17	기행일기 유기
311	오두인5(吳斗寅)	두류산기(頭流山記)	양곡집(陽谷集) 권3	17	기행일기 유기

순번	문집 저자	일기명	수록 문집	해당 세기	내용 분류
312	오윤후(吳允厚)	유산록(遊山錄)	오계사고(梧溪私稿)	19	기행일기 유기
313	오준선1(吳駿善)	서유록(西遊錄)	후석유고(後石遺稿) 권7 잡저	20	기행일기
314	오준선2(吳駿善)	서행록(西行錄)	후석유고(後石遺稿) 권7 잡저	20	기행일기
315	오준선3(吳駿善)	유금강산기(遊金剛山記)	후석유고(後石遺稿) 권10 기	20	기행일기 유기
316	오준선4(吳駿善)	임술추황룡강선유기 (壬戌秋黃龍江船游記)	후석유고(後石遺稿) 권10 기	20	기행일기 유기
317	오준선5(吳駿善)	신미일기(辛未日記)	후석유고(後石遺稿) 권10 기	20	장례일기
318	오형순(吳炯淳)	금해유록(錦海遊錄)	쌍산유고(雙山遺稿) 권2 잡저	20	기행일기 유기
319	위계룡1(魏啓龍)	화양행일기(華陽行日記)	오헌유고(梧軒遺稿) 권5 기	20	기행일기
320	위계룡2(魏啓龍)	평양유상일기 (平壤遊賞日記)	오헌유고(梧軒遺稿) 권5 기	20	기행일기 유기
321	위계민(魏啓玟)	승유일기(勝遊日記)	복재집(復齋集) 권3 잡저	19	기행일기 배종일기
322	위백규1(魏伯珪)	금당도선유기 (金塘島船遊記)	존재전서(存齋全書) 권17 기	18	기행일기 유기
323	위백규2(魏伯珪)	유금성기(遊錦城記)	존재전서(存齋全書) 권17 기	18	기행일기 유기
324	위백규3(魏伯珪)	사자산동유기 (獅子山同遊記)	존재전서(存齋全書) 권17 기	18	기행일기 유기
325	유건영(柳健永)	관서일기(關西日記)	석전유고(石田遺稿) 권1 잡저	20	기행일기
326	유계1(兪棨)	황산기유(黃山記遊)	시남집(市南集) 권19 기	17	기행일기 유기
327	유계2(兪棨)	남한일기(南漢日記)	시남집(市南集) 별집 권8	17	전쟁일기

순번	문집 저자	일기명	수록 문집	해당 세기	내용 분류
328	유광천1(柳匡天)	간원일기(諫院日記)	귀락와집(歸樂窩集) 권7 일기	18	관직일기
329	유광천2(柳匡天)	유삼각산기(遊三角山記)	귀락와집(歸樂窩集) 권11 기	18	기행일기 유기
330	유광천3(柳匡天)	연정야유기(蓮亭夜遊記)	귀락와집(歸樂窩集) 권11 기	18	기행일기 유기
331	유사(柳泗)	유호가정기(遊浩歌亭記)	설강유고(雪江遺稿) 부록 권2 기	16	기행일기 유기
332	유영의(柳永毅)	유상기(遊償記)	오천유고(五泉遺稿)	20	기행일기 유기
333	유우현1(柳禹鉉)	신축회일소기 (辛丑晦日所記)	농묵유고(聾默遺稿)	19	생활일기
334	유우현2(柳禹鉉)	계묘일기(癸卯日記)	농묵유고(聾默遺稿)	19	생활일기
335	유응수(柳應壽)	봉산일기(蓬山日記)	묵와집(默窩集)	17	기행일기
336	유인흡(柳仁洽) 외 13인	순천조원겸가행군일기 (順天趙元謙家行軍日記)	유주세적(儒州世積)	17	전쟁일기
337	유일수(柳日秀)	유람일기(遊覽日記)	소석유고(小石遺稿)	19	기행일기 유기
338	유일영(柳日榮)	도유기(島遊記)	창명유고(滄溟遺稿) 권3 기	19	기행일기 유기
339	유적(柳迪)	궐시일기(闕時日記)	폐와유집(閉窩遺集)	18	유배일기
340	유즙(柳楫)	송수옹일기(宋睡翁日記)	백석유고(白石遺稿) 권4 부록상	17	생활일기
341	유팽로(柳彭老)	일기(日記)	월파집(月坡集)	16	전쟁일기
342	유화(柳㶹)	서사일기(筮仕日記)	수졸재유고(守拙齋遺稿)	17	관직일기
343	유희춘1(柳希春)	일기(日記)	미암집(眉岩集) 권5~14	16	생활일기
344	유희춘2(柳希春)	경연일기(經筵日記)	미암집(眉岩集) 권15~18	16	관직일기 경연일기
345	윤경혁(尹璟赫)	유서석산기(遊瑞石山記)	지호유고(砥湖遺稿) 권4 기	20	기행일기 유기

순번	문집 저자	일기명	수록 문집	해당 세기	내용 분류
346	윤복1(尹復)	전라도도사시일록 (全羅道都事時日錄)	행당유고(杏堂遺稿) 권3	16	관직일기
347	윤복2(尹復)	은대일록(銀臺日錄)	행당유고(杏堂遺稿) 권3	16	관직일기
348	윤복3(尹復)	유사척록(遺事摭錄)	행당유고(杏堂遺稿) 권4 부록	16	생활일기
349	윤황(尹趪)	오산남문일기 (鰲山南門日記)	노파실기(老坡實記) 권1	16	전쟁일기
350	윤효관(尹孝寬)	여유일록(旅遊日錄)	죽록유고(竹麓遺稿) 권2 부록	18	기행일기 과거일기
351	이강(李矼)	유문산석굴기 (遊文山石窟記)	가림이고(嘉林二稿) 권2	18	기행일기 유기
352	이강채(李康采)	일기(日記)	우헌유고(又軒遺稿) 권2 잡저	20	생활일기
353	이강회(李綱會)	표해시말(漂海始末)	유암총서(柳菴叢書)	19	기행일기 표류일기
354	이광수1(李光秀)	유옥류천기(遊玉流泉記)	옥산집(玉山集) 권4 기	20	기행일기 유기
355	이광수2(李光秀)	유금강기(遊金剛記)	옥산집(玉山集) 권4 기	20	기행일기 유기
356	이규철(李圭哲)	북유일기(北遊日記)	일암유고(一菴遺稿) 권4 기	20	강학일기 기행일기
357	이기1(李沂)	유만덕산기(遊萬德山記)	해학유서(海鶴遺書) 권8 기	19	기행일기 유기
358	이기2(李沂)	중유만덕산기 (重遊萬德山記)	해학유서(海鶴遺書) 권8 기	19	기행일기 유기
359	이기경1(李基敬)	구심록(求心錄)	목산고(木山藁) 권2 잡록	18	강학일기
360	이기경2(李基敬)	취정일기(就正日記)	목산고(木山藁) 권2 잡록	18	강학일기
361	이기경3(李基敬)	괴황일기(槐黃日記)	목산고(木山藁) 권2 잡록	18	기행일기 과거일기

순번	문집 저자	일기명	수록 문집	해당 세기	내용 분류
362	이기경4(李基敬)	기성겸사일록 (騎省兼史日錄)	목산고(木山藁) 권3 잡록	18	관직일기
363	이기경5(李基敬)	태주일록(泰州日錄)	목산고(木山藁) 권3 잡록	18	관직일기 장례일기
364	이기경6(李基敬)	변산동유일록 (邊山東遊日錄)	목산고(木山藁) 권3 잡록	18	기행일기 유기
365	이기경7(李基敬)	해상일록(海上日錄)	목산고(木山藁) 권3~4 잡록	18	유배일기
366	이기경8(李基敬)	사촌일록(沙村日錄)	목산고(木山藁) 권4 잡록	18	유배일기 장례일기
367	이기경9(李基敬)	기사관일록(記事官日錄)	목산고(木山藁) 권5 잡록	18	관직일기
368	이기경10(李基敬)	서연일기(書筵日記)	목산고(木山藁) 권6 잡록	18	관직일기
369	이기경11(李基敬)	음빙행정력(飮氷行程歷)	목산고(木山藁) 권7~8 잡록	18	사행일기
370	이기경12(李基敬)	본말록(本末錄)	목산고(木山藁) 권9 잡록	18	관직일기
371	이기경13(李基敬)	기미행정력(己未行程歷)	목산고(木山藁) 권10 잡록	18	기행일기 과거일기
372	이기경14(李基敬)	경신유월과정 (庚申六月課程)	목산고(木山藁) 권10 잡록	18	강학일기
373	이기경15(李基敬)	갑술서역일기 (甲戌書役日記)	목산고(木山藁) 권10 잡록	18	생활일기
374	이기경16(李基敬)	동유일기(東遊日記)	목산고(木山藁) 권10 잡록	18	기행일기 유기
375	이기유(李基瑜)	광릉일기부수남비역 (廣陵日記附水南碑役)	쌍청헌유고(雙淸軒遺稿) 권3 잡저	20	사건일기
376	이대원(李大遠)	일기(日記)	소졸재유고(素拙齋遺稿) 권4 잡저	20	강학일기

순번	문집 저자	일기명	수록 문집	해당 세기	내용 분류
377	이덕열1(李德悅)	별전일기(別殿日記)	양호당선생유고 (養浩堂先生遺稿) 권3	16	관직일기
378	이덕열2(李德悅)	경연일기(經筵日記)	양호당선생유고 (養浩堂先生遺稿) 권3	16	관직일기 경연일기
379	이덕열3(李德悅)	일록(日錄)	양호당선생유고 (養浩堂先生遺稿) 권4 보유	16	전쟁일기
380	이돈식(李敦植)	일기(日記)	농은유고(農隱遺稿) 권3 잡저	19	생활일기
381	이병수1(李炳壽)	교남일기(嶠南日記)	겸산유고(謙山遺稿) 권17 잡저	20	기행일기
382	이병수2(李炳壽)	금성정의록(錦城正義錄)	겸산유고(謙山遺稿) 권19~20	19	사건일기 동학일기 의병일기
383	이병수3(李炳壽)	겸산선생임종일기 (謙山先生臨終日記)	겸산유고(謙山遺稿) 권20 부록	20	장례일기
384	이복연(李復淵)	경행일기(京行日記)	동곡유고(東谷遺稿) 권4	19	기행일기
385	이승학(李承鶴)	유옥담기(遊玉潭記)	청고집(靑皐集) 권3 기	19	기행일기 유기
386	이시헌(李時憲)	유합장암기(遊合掌巖記)	자이선생집(自怡先生集) 권중 기	19	기행일기 유기
387	이실지(李實之)	회천일기(懷川日記)	송백당집(松柏堂集) 권3	17	기행일기 생활일기
388	이언근1(李彦根)	유천관산【병서】 (遊天冠山【幷序】)	만촌집(晚村集) 권1 잡저	18	기행일기 유기
389	이언근2(李彦根)	유방장록(遊方丈錄)	만촌집(晚村集) 권2 잡저	18	기행일기 유기
390	이연관(李淵觀)	신묘유서석록 (辛卯遊瑞石錄)	난곡유고(蘭谷遺稿) 권2	19	기행일기 유기

순번	문집 저자	일기명	수록 문집	해당 세기	내용 분류
391	이연우(李演雨)	화행일기(華行日記)	진재사고(眞齋私稿) 권4 기	20	기행일기
392	이연회(李淵會)	유상지(遊賞志)	물재유고(勿齋遺稿) 권4	20	기행일기
393	이용호(李龍鎬)	영유록(嶺遊錄)	경재유고(敬齋遺稿)	19	기행일기 유기
394	이일(李鎰)	유서석록【병서】 (遊瑞石錄【幷序】)	소봉유고(小峰遺稿) 권4 시	20	기행일기 유기
395	이재두(李載斗)	유성암정기(遊星巖亭記)	직봉유고(直峯遺稿)	20	기행일기 유기
396	이전우(李銓雨)	일기(日記)	매계문고(梅谿文稿) 권3	20	강학일기
397	이정순(李靖淳)	일기(日記)	향암유고(向菴遺稿) 권1	20	사건일기 생활일기
398	이정직(李定稷)	유도성암기(遊道成庵記)	석정집(石亭集) 권4 기	20	기행일기 유기
399	이정회(李正會)	서석록(瑞石錄)	심재유고(心齋遺稿) 권2 잡저	20	기행일기 유기
400	이종림1(李鍾林)	금강록(金剛錄)	저전유고(樗田遺稿) 권8 유람일기	20	기행일기 유기
401	이종림2(李鍾林)	남유록(南遊錄)	저전유고(樗田遺稿) 권8 유람일기	20	기행일기 유기
402	이종림3(李鍾林)	서유록(西遊錄)	저전유고(樗田遺稿) 권8 유람일기	20	기행일기 유기
403	이종림4(李鍾林)	경신유람록(庚申遊覽錄)	저전유고(樗田遺稿) 권8 유람일기	20	기행일기 유기
404	이종욱1(李鍾勖)	산행일기(山行日記)	몽암집(夢巖集) 권3 일기	20	사건일기 기행일기
405	이종욱2(李鍾勖)	중산죽헌공묘소일기 (中山竹軒公墓所日記)	몽암집(夢巖集) 권3 일기	19	생활일기
406	이종욱3(李鍾勖)	옥과화면작산용산일기 (玉果火面鵲山用山日記)	몽암집(夢巖集) 권3 일기	19	장례일기

순번	문집 저자	일기명	수록 문집	해당 세기	내용 분류
407	이종욱4(李鍾勗)	부례위려락일기 (赴禮圍戾洛日記)	몽암집(夢巖集) 권3 일기	19	기행일기 과거일기
408	이종욱5(李鍾勗)	사월이십육일향안봉심일기 (四月二十六日鄕案奉審日記)	몽암집(夢巖集) 권3 일기	19	사건일기
409	이종택1(李鍾澤)	일기(日記)	복재유고(復齋遺稿) 권2 잡저	20	생활일기
410	이종택2(李鍾澤)	풍악록(楓岳錄)	복재유고(復齋遺稿) 권2 잡저	20	기행일기 유기
411	이주(李胄)	금골산록(金骨山錄)	망헌선생문집 (忘軒先生文集)	16	기행일기 유기
412	이주헌(李周憲)	덕호일기(德湖日記)	상실암유고(尙實菴遺稿) 권2 잡저	19	생활일기
413	이준1(李浚)	가도종정(椵島從征)	귀래정유고(歸來亭遺稿) 권3	17	관직일기
414	이준2(李浚)	심행일기(瀋行日記)	귀래정유고(歸來亭遺稿) 권4	17	사행일기
415	이지헌(李志憲)	금성일기(錦城日記)	송애집(松厓集)	19	기행일기
416	이창신(李昌新)	유위봉산성기 (遊威鳳山城記)	괴정집(槐亭集)	19	기행일기 유기
417	이탁헌(李鐸憲)	유등어등산기 (遊登魚登山記)	남파유고(南坡遺稿) 권4 기	19	기행일기 유기
418	이필무(李必茂)	호서일기(湖西日記)	동오선생유고 (東塢先生遺稿) 권3	17	관직일기 기행일기
419	이환용1(李桓溶)	남유기행(南遊紀行)	한천사고(寒泉私稿) 권2	20	기행일기 유기
420	이환용2(李桓溶)	풍악기행(風岳紀行)	한천사고(寒泉私稿) 권2	20	기행일기 유기
421	이휴(李烋)	서행일록(西行日錄)	낭해선생집(朗海先生集) 권7 부록	19	기행일기
422	이희석1(李僖錫)	유관산기(遊冠山記)	남파집(南坡集) 권5	19	기행일기 유기

순번	문집 저자	일기명	수록 문집	해당 세기	내용 분류
423	이희석2(李僖錫)	유사산기(遊獅山記)	남파집(南坡集) 권5	19	기행일기 유기
424	이희석3(李羲錫)	원유록(遠遊錄)	남파집(南坡集) 권7	19	기행일기 유기
425	이희탁1(李熙鐸)	사호일록(沙湖日錄)	송계유고(松溪遺稿) 권2 잡저	20	장례일기 강학일기 기행일기
426	이희탁2(李熙鐸)	장동일록(長洞日錄)	송계유고(松溪遺稿) 권2 잡저	20	강학일기
427	이희탁3(李熙鐸)	용인일록(龍仁日錄)	송계유고(松溪遺稿) 권2 잡저	20	기행일기
428	이희탁4(李熙鐸)	시제일록(侍癠日錄)	송계유고(松溪遺稿) 권2 잡저	20	생활일기 임종일기
429	임계영1(任啓英)	산서일기절록 (山西日記節錄)	삼도실기(三島實記) 권2 부록	16	전쟁일기
430	임계영2(任啓英)	충무공난중일기절록 (忠武公亂中日記節錄)	삼도실기(三島實記) 권2 부록	16	전쟁일기
431	임기현(任奇鉉)	금강산유상일기 (金剛山遊賞日記)	노석유고(老石遺稿) 권1	20	기행일기 유기
432	임병찬1(林炳瓚)	창의일기(倡義日記)	둔헌유고(遯軒遺稿) 권6	20	의병일기
433	임병찬2(林炳瓚)	대마도일기(對馬島日記)	둔헌유고(遯軒遺稿) 권6	20	유배일기
434	임병찬3(林炳瓚)	환국일기(還國日記)	둔헌유고(遯軒遺稿) 권6	20	기행일기
435	임병찬4(林炳瓚)	거의일기(擧義日記)	둔헌유고(遯軒遺稿) 권6	20	의병일기
436	임병찬5(林炳瓚)	거문도일기(巨文島日記)	둔헌유고(遯軒遺稿) 권6	20	유배일기
437	임병찬6(林炳瓚)	초종일기(初終日記)	둔헌유고(遯軒遺稿) 권6 부록	20	장례일기

순번	문집 저자	일기명	수록 문집	해당 세기	내용 분류
438	임상희(林相熙)	동행록(東行錄)	금우유고(錦愚遺稿) 권2 잡저	20	기행일기 유기
439	임세복(任世復)	일록(日錄)	일신재유고(日新齋遺稿) 권1~2 잡저	17	생활일기
440	임영1(林泳)	백운봉등유기 (白雲峯登遊記)	창계선생집(滄溪先生集) 권16 기	17	기행일기 유기
441	임영2(林泳)	경연록(經筵錄)	창계선생집(滄溪先生集) 권18	17	관직일기 경연일기
442	임영3(林泳)	일록(日錄)	창계선생집(滄溪先生集) 권25~26	17	생활일기
443	임형수(林亨秀)	유칠보산기(遊七寶山記)	금호유고(錦湖遺稿) 잡저	16	기행일기 유기
444	임환(林懽)	예교진병일록 (曳橋進兵日錄)	습정유고(習靜遺稿) 부록2	16	전쟁일기
445	장기홍1(張基洪)	북학록(北學錄)	학남재유고(學南齋遺稿) 권4 잡저	20	강학일기 기행일기
446	장기홍2(張基洪)	남유록(南遊錄)	학남재유고(學南齋遺稿) 권4 잡저	20	기행일기 유기
447	장기홍3(張基洪)	금강기행(金剛紀行)	학남재유고(學南齋遺稿) 권4 잡저	20	기행일기 유기
448	장태수1(張泰秀)	일유재종환록 (一逌齋從宦錄)	일유재집(一逌齋集) 추록	19	관직일기
449	장태수2(張泰秀)	일유재일기(一逌齋日記)	일유재집(一逌齋集) 추록	19	관직일기
450	장헌주1(張憲周)	경신구월구일야록 (庚申九月九日夜錄)	여력재집(餘力齋集) 권7 잡저	19	생활일기
451	장헌주2(張憲周)	지월이십일일야록 (至月二十一日夜錄)	여력재집(餘力齋集) 권7 잡저	19	생활일기
452	장헌주3(張憲周)	지월회일야록 (至月晦日夜錄)	여력재집(餘力齋集) 권7 잡저	19	생활일기
453	장헌주4(張憲周)	신유칠월회일자계 (辛酉七月晦日自戒)	여력재집(餘力齋集) 권7 잡저	19	생활일기

순번	문집 저자	일기명	수록 문집	해당 세기	내용 분류
454	장헌주5(張憲周)	을묘세제야자경 (乙卯歲除夜自警)	여력재집(餘力齋集) 권7 잡저	19	생활일기
455	장헌주6(張憲周)	서유록(西遊錄)	여력재집(餘力齋集) 권7 잡저	19	강학일기 기행일기
456	장헌주7(張憲周)	정묘서행일기 (丁卯西行日記)	여력재집(餘力齋集) 권7 잡저	19	강학일기 기행일기
457	정경달(丁景達)	난중일기(亂中日記)	반곡집(盤谷集) 권5	16	전쟁일기
458	정경득(鄭慶得)	일록(日錄)	호산공만사록 (湖山公萬死錄) 권1	16	전쟁일기 포로일기
459	정경원(鄭經源)	원유일기(遠遊日記)	이당유고(以堂遺稿) 권6	19	기행일기 유기
460	정광1(程廣)	일기(日記)	건천선생유집 (巾川先生遺集)	14~ 15	사건일기
461	정광2(程廣)	등산록(登山錄)	건천선생유집 (巾川先生遺集)	14~ 15	기행일기 유기
462	정기1(鄭琦)	유현암기(遊懸巖記)	율계집(栗溪集) 권14 기	20	기행일기 유기
463	정기2(鄭琦)	유방장산기(遊方丈山記)	율계집(栗溪集) 권14 기	20	기행일기 유기
464	정기3(鄭琦)	유백양산기(遊白羊山記)	율계집(栗溪集) 권14 기	20	기행일기 유기
465	정기4(鄭琦)	남유사산기(南遊四山記)	율계집(栗溪集) 권14 기	20	기행일기 유기
466	정길(鄭佶)	유삼각산기(遊三角山記)	난곡유고(蘭谷遺稿) 권2 잡저	16	기행일기 유기
467	정대현(丁大晛)	남유일기(南遊日記)	석련유고(石蓮遺稿) 권4 기	20	기행일기 유기
468	정덕필(鄭德弼)	일기(日記)	취은일고(醉隱逸稿) 권1	18	관직일기

순번	문집 저자	일기명	수록 문집	해당 세기	내용 분류
469	정면규1(鄭冕奎)	황산일기(黃山日記)	노포유고(老圃遺稿) 권3 잡저	19	기행일기 유기
470	정면규2(鄭冕奎)	내포일기(內浦日記)	노포유고(老圃遺稿) 권3 잡저	19	기행일기 유기
471	정봉현(鄭鳳鉉)	유독균대기(遊獨鈞臺記)	운람선생문집 (雲藍先生文集) 권6 기	20	기행일기 유기
472	정상(鄭詳)	월출산유산록 (月出山遊山錄)	창주유고(滄洲遺稿)	17	기행일기 유기
473	정상열(鄭相烈)	금광일기(錦光日記)	화담유고(花潭遺稿) 권2 기	20	기행일기
474	정석구(丁錫龜)	불일암유산기 (佛日庵遊山記)	허재유고(虛齋遺稿) 권하	19	기행일기 유기
475	정석진(鄭錫珍)	토평일기(討平日記)	난파유고(蘭坡遺稿) 권3	19	관직일기 동학일기
476	정순방(鄭淳邦)	원유록(遠遊錄)	초당유고(草堂遺稿) 잡저	20	기행일기
477	정열1(鄭悅)	임진창의일기 (壬辰倡義日記)	모재집(慕齋集) 권2	16	전쟁일기
478	정열2(鄭悅)	양화일기(楊花日記)	모재집(慕齋集) 권2	16	전쟁일기
479	정열3(鄭悅)	정유일기(丁酉日記)	모재집(慕齋集) 권2	16	전쟁일기
480	정운1(鄭運)	안우산부산기사 (安牛山釜山記事)	정충장공실기 (鄭忠壯公實紀)	16	전쟁일기
481	정운2(鄭運)	난중일기(亂中日記)	정충장공실기 (鄭忠壯公實紀)	16	전쟁일기
482	정윤교(鄭允喬)	유화양록(遊華陽錄)	외암집(畏庵集) 권2 잡저	18	기행일기 유기
483	정의림(鄭義林)	서석창수운【병서십수】 (瑞石唱酬韻【幷序十首】)	일신재집(日新齋集) 권1	19	기행일기 유기

순번	문집 저자	일기명	수록 문집	해당 세기	내용 분류
484	정인채1(鄭仁采)	을사일기(乙巳日記)	지암유고(志巖遺稿) 권2 잡저	20	장례일기
485	정인채2(鄭仁采)	해산지(海山誌)	지암유고(志巖遺稿) 권3 잡저	19	기행일기 유기
486	정종엽(鄭鍾燁)	유두류록(遊頭流錄)	수당유고(修堂遺稿) 권4 록(錄)	20	기행일기 유기
487	정준일(鄭遵一)	덕룡유산록(德龍遊山錄)	향북당선생유고 (向北堂先生遺稿) 권상 잡저	16	기행일기 유기
488	정지반(鄭之潘)	유서석산기(遊瑞石山記)	면와공유고(勉窩公遺稿) 부기(附記)	14~ 15	기행일기 유기
489	정철(鄭澈)	일기십오조(日記十五條)	송강선생문집 (松江先生文集) 별집 권1 잡저	16	생활일기
490	정하원(鄭河源)	관불암기의(觀佛菴記意)	소두집(小荳集) 권10 일기	19	강학일기
491	정홍명(鄭弘溟)	유풍암기(遊楓巖記)	기암집(畸庵集) 권11 기	17	기행일기 유기
492	정홍채(鄭泓采)	적벽일기(赤壁日記)	일재유고 (逸齋遺稿)	20	기행일기 유기
493	정환1(丁煥)	조천록(朝天錄)	회산집(檜山集) 권2	16	사행일기
494	정환2(丁煥)	서행기(西行記)	회산집(檜山集) 권2	16	기행일기 유기
495	정황(丁熿)	일기(日記)	유헌집(遊軒集) 권3	16	관직일기
496	정희득(鄭希得)	해상일록(海上日錄)	월봉해상록(月峰海上錄) 권2	16	전쟁일기 포로일기
497	정희맹(鄭希孟)	일기(日記)	선양정문집(善養亭文集) 권3	16	전쟁일기
498	정희면(鄭熙冕)	남관일기(南冠日記)	국사유고(菊史遺稿) 권4 별록	20	의병일기

순번	문집 저자	일기명	수록 문집	해당 세기	내용 분류
499	정희진(鄭熙鎭)	유복암기(遊福庵記)	신회유고(愼晦遺稿) 권2 기	19	기행일기 유기
500	조규운(趙奎運)	사군일기(四郡日記)	덕림실기(德林實記) 권2	18	기행일기 유기
501	조병만1(曺秉萬)	태백산부석사동유기 (太白山浮石寺同遊記)	회계집(晦溪集) 권5 기	19	기행일기 유기
502	조병만2(曺秉萬)	해망산연유기 (海望山宴遊記)	회계집(晦溪集) 권5 기	19	기행일기 유기
503	조병만3(曺秉萬)	소청사실급정원일기 (疏聽事實及政院日記)	회계집(晦溪集) 권6 부록	19	사건일기 유배일기
504	조봉묵(曺鳳默)	유무등산기(遊無等山記)	화교유고(華郊遺稿) 권2 잡저	19	기행일기 유기
505	조석일1(曺錫一)	동강일기략(東岡日記略)	오암유고(梧巖遺稿) 권2 잡저	19	강학일기
506	조석일2(曺錫一)	삼산일기략(三山日記略)	오암유고(梧巖遺稿) 권2 잡저	19	강학일기
507	조석일3(曺錫一)	서행록략(西行錄略)	오암유고(梧巖遺稿) 권2 잡저	19	강학일기
508	조석일4(曺錫一)	갑오사기(甲午事記)	오암유고(梧巖遺稿) 권2 잡저	19	사건일기
509	조성가(趙性家)	사상일기(沙上日記)	월고집(月皐集) 권19	19	강학일기
510	조수성(曺守誠)	병자거의일기 (丙子擧義日記)	청강유집(淸江遺集)	17	전쟁일기
511	조우식1(趙愚植)	옥천일기(玉川日記)	성암집(省菴集) 권6 잡저	20	의병일기
512	조우식2(趙愚植)	금강일록(金剛日錄)	성암집(省菴集) 권7 잡저	20	기행일기 유기
513	조위한(趙緯韓)	유두류산록(遊頭流山錄)	현곡집(玄谷集) 권14	17	기행일기 유기
514	조종덕1(趙鍾悳)	도원계일기(到遠溪日記)	창암집(滄庵集) 권6 기	19	기행일기 강학일기

순번	문집 저자	일기명	수록 문집	해당 세기	내용 분류
515	조종덕2(趙鍾悳)	배종일기(陪從日記)	창암집(滄庵集) 권6 기	19	기행일기 배종일기
516	조종덕3(趙鍾悳)	두류산음수기 (頭流山飮水記)	창암집(滄庵集) 권6 기	19	기행일기 유기
517	조종덕4(趙鍾悳)	자문산지화양동기 (自文山至華陽洞記)	창암집(滄庵集) 권6 기	19	기행일기
518	조종덕5(趙鍾悳)	자활산지화양동기 (自活山至華陽洞記)	창암집(滄庵集) 권6 기	20	기행일기 제사일기
519	조종덕6(趙鍾悳)	자화양입선유동기 (自華陽入仙遊洞記)	창암집(滄庵集) 권6 기	20	기행일기
520	조종덕7(趙鍾悳)	남유일기(南遊日記)	창암집(滄庵集) 권6 기	20	기행일기
521	조종덕8(趙鍾悳)	등서불암견노인성기 (登西佛庵見老人星記)	창암집(滄庵集) 권6 기	20	기행일기
522	조종덕9(趙鍾悳)	경행일기(京行日記)	창암집(滄庵集) 권6 기	20	장례일기 기행일기
523	조종덕10(趙鍾悳)	재유관산기(再遊冠山記)	창암집(滄庵集) 권6 기	20	기행일기
524	조종덕11(趙鍾悳)	등서석산기(登瑞石山記)	창암집(滄庵集) 권6 기	20	기행일기 유기
525	조찬한1(趙纘韓)	유검호기(遊劍湖記)	현주집(玄洲集) 권15 기	17	기행일기 유기
526	조찬한2(趙纘韓)	천왕봉기우동행기 (天王峯祈雨同行記)	현주집(玄洲集) 권15 기	17	사건일기 기행일기
527	조찬한3(趙纘韓)	유천마성거양산기 (遊天磨聖居兩山記)	현주집(玄洲集) 권15 기	17	기행일기 유기
528	진경문(陳景文)	예교진병일록 (曳橋進兵日錄)	섬호시집(剡湖詩集)	16	전쟁일기
529	채홍국1(蔡弘國)	흥의소일기(興義所日記)	야수실기(野叟實記) 권1	16	전쟁일기
530	채홍국2(蔡弘國)	호벌치순절일기 (胡伐峙殉節日記)	야수실기(野叟實記) 권1	16	전쟁일기

순번	문집 저자	일기명	수록 문집	해당 세기	내용 분류
531	최경회(崔慶會)	고산일록(孤山日錄)	일휴당선생실기 (日休堂先生實記) 부록	16	전쟁일기
532	최경휴1(崔敬休)	기유구월원유일록 (己酉九月遠遊日錄)	남전유고(藍田遺稿) 권2	19	기행일기 강학일기
533	최경휴2(崔敬休)	북행일기(北行日記)	남전유고(藍田遺稿) 권2	19	기행일기
534	최기모1(崔基模)	유백양산기(遊白羊山記)	산곡유고(山谷遺稿) 권3 기	19	기행일기 유기
535	최기모2(崔基模)	정산왕환일기 (定山往還日記)	산곡유고(山谷遺稿) 권4 잡저	20	기행일기
536	최기모3(崔基模)	박산서실독서일기 (博山書室讀書日記)	산곡유고(山谷遺稿) 권5	20	강학일기
537	최민열(崔敏烈)	일기서【신해일기발취】 (日記序【辛亥日記拔取】)	종양유고(宗陽遺稿) 권2 잡저	20	생활일기
538	최병하(崔炳夏)	남유기행(南遊記行)	일석유고(一石遺稿) 권5 잡저	19	기행일기 유기
539	최부(崔溥)	표해록(漂海錄)	금남집(錦南集) 권3~5	14~15	기행일기 표류일기
540	최익현(崔益鉉)	유한라산기(遊漢拏山記)	면암집(勉菴集) 권20 기	19	기행일기 유기
541	최일휴1(崔日休)	과화양원기(過華陽院記)	연천유고(蓮泉遺稿) 권3 기	19	기행일기 유기
542	최일휴2(崔日休)	유두륜산기(遊頭崙山記)	연천유고(蓮泉遺稿) 권3 기	19	기행일기 유기
543	최일휴3(崔日休)	서행일록(西行日錄)	연천유고(蓮泉遺稿) 권5 일록	19	기행일기
544	최일휴4(崔日休)	좌춘일록(坐春日錄)	연천유고(蓮泉遺稿) 권5 일록	19	기행일기
545	최제학1(崔濟學)	을사부경일기 (乙巳赴京日記)	습재실기(習齋實紀)	20	사건일기

순번	문집 저자	일기명	수록 문집	해당 세기	내용 분류
546	최제학2(崔濟學)	을병거의일기 (乙丙擧義日記)	습재실기(習齋實紀)	20	의병일기
547	최제학3(崔濟學)	마관반구일기 (馬關返柩日記)	습재실기(習齋實紀)	20	장례일기
548	하원순(河元淳)	유서석일기(遊瑞石日記)	청봉집(晴峯集) 권2 잡저	19	기행일기 유기
549	한중석(韓重錫)	임산야유기(林山夜遊記)	취송당유고(翠松堂遺稿) 권2 기	20	기행일기 유기
550	허각(許桷)	유천관산기(遊天冠山記)	청조유고(聽潮遺稿) 기	18	기행일기 유기
551	허진동(許震童)	조천록(朝天錄)	동상선생문집 (東湘先生文集) 권7	16	사행일기
552	홍경하1(洪景夏)	관행일기(關行日記)	화운유고(華雲遺稿) 권3 잡저	20	기행일기 유기
553	홍경하2(洪景夏)	낙행일기(洛行日記)	화운유고(華雲遺稿) 권3 잡저	20	기행일기
554	홍경하3(洪景夏)	영행견문록(瀛行見聞錄)	화운유고(華雲遺稿) 권3 잡저	20	기행일기 유기
555	홍남립(洪南立)	천문일록(泉門日錄)	화곡유고(華谷遺稿) 권11 부록	17	생활일기 기행일기
556	홍삼우당(洪三友堂)	서석록(瑞石錄)	삼우당집(三友堂集)	19	기행일기 유기
557	홍순주(洪淳柱)	남유기(南遊記)	회당유고(晦堂遺稿) 권2 기	20	기행일기 유기
558	홍옥(洪鈺)	일기(日記)	기우집(幾宇集) 권7 기	20	생활일기 사건일기
559	홍이장(洪以樟)	반상일기(返喪日記)	광반와유고(廣胖窩遺稿) 권2 부록	17	장례일기
560	홍익진(洪翼鎭)	일기(日記)	남애집(南崖集) 권1	18	생활일기

순번	문집 저자	일기명	수록 문집	해당세기	내용 분류
561	황대중(黃大中)	찬술선고양건당임진창의격왜일기(纂述先考兩蹇堂壬辰倡義擊倭日記)	양건당문집(兩蹇堂文集)권3	16	전쟁일기
562	황위1(黃暐)	창의일기(倡義日記)	당촌집(塘村集)권3 잡저	17	전쟁일기
563	황위2(黃暐)	북관일기(北關日記)	당촌집(塘村集)권3 잡저	17	기행일기유기
564	황현(黃玹)	적벽기(赤壁記)	매천집(梅泉集)권6 기	19	기행일기유기
565	황현(黃玹)	유방장산기(遊方丈山記)	매천전집(梅泉全集)권3 기	19	기행일기유기

김미선(金美善)

전남대학교 국어국문학과를 졸업하고 같은 대학원에서 박사학위를 받았다.
현재 전남대학교 인문학연구소 학술연구교수로 재직 중이며,
전남대학교와 조선대학교에서 강의하고 있다.

일기문학에 관심을 갖고 연구하고 있으며,
「노송당일본행록(老松堂日本行錄)'의 구성 방식과 시서(詩序)의 역할」,
「임자도 유배에 관한 부자(父子)의 기록 읽기」,
「조선시대 기행일기의 범주에 대한 논의」 등의 논문을 발표하였다.
저서로는『호남의 포로실기 문학』이,
공저로는『호남유배인 기초목록』등이 있다.

호남문집 소재(所載) 일기류 자료

2018년 11월 08일 초판 인쇄
2018년 11월 15일 초판 발행

지 은 이   김미선

발 행 인   한정희
발 행 처   경인문화사
총 괄 이 사   김환기
편 집 부   김지선 박수진 유지혜 한명진
마 케 팅   전병관 하재일 유인순
출 판 신 고   제406-1973-000003호
주   소   파주시 회동길 445-1 경인빌딩 B동 4층
대 표 전 화   031-955-9300   팩 스   031-955-9310
홈 페 이 지   http://www.kyunginp.co.kr
이 메 일   kyungin@kyunginp.co.kr

ISBN 978-89-499-4774-7   93810
값 25,000원